Katharina Till

Sünde

Roman

btb

Mix
Produktgruppe aus vorbildlich bewirtschafteten
Wäldern und anderen kontrollierten Herkünften
www.fsc.org Zert.-Nr. GFA-COC-001223
© 1996 Forest Stewardship Council
FSC

Verlagsgruppe Random House FSC-DEU-0100
Das FSC-zertifizierte Papier *Munken Pocket* für dieses Buch
liefert Arctic Paper Munkedals AB, Schweden.

1. Auflage
Originalausgabe Dezember 2009

Umschlaggestaltung: semper smile, München
Umschlagmotiv: © plainpicture / Stockwerk;
© Svenja-Foto / zefa / Corbis
Satz: Uhl + Massopust, Aalen
Druck und Einband: CPI – Clausen & Bosse, Leck
UB · Herstellung: SK
Printed in Germany
ISBN 978-3-442-73506-8

www.btb-verlag.de

PROLOG

Campanien, 1618

Isotta vertraute das lang gehütete Geheimnis ihrer Tochter an.

Wenige Tage vor deren Hochzeit rief sie Lilia zu sich in ihr kleines Gemach. Es lag direkt unter dem Dach und stand bis auf Stuhl und Tisch leer. Kostbarer als jeder Hausrat war der Blick auf das Meer – ein schmaler, glänzender Halsreif, der sich um den Horizont schmiegte. Sein Rauschen glich zwar nur einem ersterbenden Gemurmel, und sein salziger Geruch verlor sich in Campaniens harzigen Wäldern. Doch das ferne Gleißen genügte Isotta, um Erinnerungen an die Kinder- und Jugendzeit zu beschwören, da es ähnlich dunstig-blau durch die Giebelfenster der heimatlichen Burg geschimmert hatte.

Von dieser Kindheit begann Isotta zu sprechen – desgleichen von der Zeit, die auf die unbeschwerten Tage gefolgt war. Lilias Neugierde, erweckt von der ungewohnten Einladung in den stillen Raum, erstarb ob der Erzählung der Mutter – in ihren Augen eine nichtige, weil längst verjährte Mär.

»Es gibt unten viel zu tun«, drängte sie. »Randvoll wird nächste Woche das Haus mit Gästen sein.«

»Und deswegen steht dir der Sinn nach anderem, als bei deiner Mutter zu hocken«, meinte Isotta mit nachsichtigem Lächeln. »Trotzdem wirst du mir zuhören. Ich habe dir ein

Geschenk zu machen, das kostbarer ist als alles, was dein Vater und ich dir als Mitgift überreichen werden.«

Bei den letzten Worten hatte sich Isotta abgewendet. So bestimmt wie sie sprach, streckte sie die Hände nach der zugesagten Gabe aus. Es war trockenes Pergament, beschrieben mit der dünnen, spitzen Schrift, die Lilia von den Geschäftsbüchern kannte, in denen die Mutter Einnahmen und Ausgaben des väterlichen Stoffhandels festhielt.

Ehe Lilia etwas fragen konnte, sprach die Mutter fort.

»Dies sind meine Erinnerungen«, sagte sie. »Die Erinnerungen an mein Leben, ehe ich es mit deinem Vater teilte. Auch die Erinnerungen an ein großes Geheimnis, das ich keiner Menschenseele jemals anvertraut habe. Du sollst die Erste sein, die davon erfährt.«

Isottas Stimme glich nun dem Raunen einer Greisin. Sie passte nicht zu ihr, denn wiewohl ihre Jugend verblüht war, hatte das graue Alter noch keine Wurzeln in der aufrechten, zähen Gestalt geschlagen.

»Was vermag ich von deinem Leben an Neuem zu erfahren, was du nicht längst schon berichtet hast?«, trotzte Lilia und wollte nicht nach den Schriften greifen. »Wir wissen alle – meine Brüder so gut wie ich –, dass du in Rom als Kurtisane lebtest, ehe du in die Ehe gingst.«

Lilia sprach das ungewohnte Wort mit Vorsicht aus. Die einstigen Sünden der Mutter ängstigten sie in gleicher Weise, wie sie sie bannten.

»Damit weißt du vieles, aber nicht genug von mir«, murmelte Isotta, drückte Lilia die Schriften in die Hand und griff mit der gleichen Entschlossenheit wie vorhin zu ihrem zweiten Geschenk für die Tochter. Es war eine Hülle mit funkelnden Steinen, in der ein kleiner Dolch steckte mit einem rostigen Griff und einer Klinge, die zwar nur matt glänzte, aber scharf zu sein schien.

»Gütiger Himmel, Mutter!«, stieß Lilia entsetzt aus, als Isotta den Dolch aus der Scheide zog. »Du wirst dich verletzen!«

»Keineswegs werde ich das«, entgegnete Isotta kühl. »Ich weiß damit umzugehen, besser, als dir lieb sein mag. Dieser Dolch hat mir einst die Freiheit geschenkt.«

»Gütiger Himmel!«, wiederholte Lilia. »Du wirst doch niemanden damit gemordet haben?«

Isotta antwortete nicht darauf.

»Lies es in den Schriften, die ich dir überreicht habe. Einstweilen sei gesagt, dass dieser Dolch Caravaggio gehörte. Er ist in meinem Besitz seit jener Stunde, da wir uns das letzte Mal sahen. Und falls du mit seinem Namen nichts anzufangen weißt, so kann ich nur versichern, dass er einst in Rom ein großer Maler war und der größte hätte werden können, hätte er es nur vermocht, seinen Jähzorn und seinen Hochmut zu beherrschen. Nie gelang es ihm. Er war bösartig, launenhaft und brutal. Und doch habe ich ihn begehrt.«

Isottas Züge wurden weich und jung. Gebannt starrte Lilia auf die veränderte Mutter.

»Begehrt?«, fragte sie unbehaglich. »Hast du ihn auch geliebt?«

»Gott bewahre!«, rief Isotta aus, steckte den Dolch in die Scheide und drückte ihn wie zuvor ihre Lebenserinnerungen in Lilias Hand. »In meinen Schriften wirst du lesen, dass er mich gemalt hat. Dieses Gemälde war nicht nur sündig wie kein zweites aus seiner Hand, sondern auch so gefährlich, dass ich den Dolch vonnöten hatte, um mein Leben zu schützen. Denn es gab jemanden, der mit aller Gewalt die wahre Bedeutung des Bildes zu vertuschen suchte.«

1

Rom, Gegenwart

Das Gemälde zeigte eine Frau mit dunkelblondem Haar, das seidig über die schmalen Schultern fiel. Ihr Blick wirkte entrückt, wie von einem unsichtbaren Ziel gefesselt, und ihre feingliedrigen Hände ruhten ineinander verschränkt auf ihrem Schoß. Das Gesicht der Frau – voller Hingabe und zugleich entspannt – leuchtete hell auf dem fein nuancierten Dunkel, in dem der Raum, in dem sie saß, versank. Friede breitete sich in ihrem Antlitz aus, Geborgenheit und Versöhnung. Und zugleich verriet die Zielgerichtetheit des Schauens eine Art von Erregung, eine nicht übermäßige und doch den ganzen Leib in Anspruch nehmende Anspannung. Was diese bedingte, ließ sich nicht erkennen, denn der Teil des Gemäldes, auf dem sich befunden hatte, worauf die Augen der Frau so sehnsüchtig gerichtet waren, war unkenntlich, weil völlig zerstört.

Tano Faresi, der Restaurator des Bildes, hatte dieses Loch mit einem Gewebepflaster aus Gaze geschlossen – ein nicht unriskantes Vorgehen, das bei einem spannungsreichen Klebstoff zur Verformung führen konnte. Abgesehen von dieser größten Schadstelle, wies das Gemälde mehrere Druckbeulen auf, Runzeln bei jenen Schichten, wo viele Farben übereinanderlagen, und schließlich ein Craquelé – ein Netz aus feinen Rissen. Bei erster Betrachtung ließ sich nicht feststellen, ob dieses sich nur durch den Firnis verästelte, den abschließenden Belag aus gelösten Harzen, oder ob es die darunterliegende Malschicht zerfurchte. An manchen Stellen war das Gemälde stark vergilbt, an anderen hatten sich einzelne Pigmentkörnchen gelöst.

Ricarda erkannte die unaufdringliche Schönheit des Gemäldes und seine altersbedingten Schäden mit einem kurzen Blick, doch sie konnte sich nicht lang darauf konzentrieren. Neben dem Bild kauerte der Restaurator Tano Faresi, in sich zusammengesunken wie die dargestellte Frau – aber nicht in sich ruhend, sondern tot.

Als Ricarda das Bild fand, lag ein ereignisloser Tag hinter ihr. Vormittags hatte sie sich an den üblichen Ablauf gehalten, den sie sich für ihre Zeit als Forschungsstipendiatin in Rom vorgenommen und bisher ausnahmslos eingehalten hatte: Der Wecker läutete um 6.30 Uhr. Ab 8.00 Uhr war sie entweder in der Bibliothek oder im Archiv, um für ihre Dissertation zu recherchieren und Daten zusammenzutragen. Danach folgte ein kurzes Mittagessen, meist im Stehen – heute war es eine trockene Pizza con patate gewesen, gleich in der Nähe des Pantheons. Auf den Espresso hatte sie verzichtet; sie hatte sich am Morgen in ihrem billigen Pensionszimmer zwei Tassen Löskaffee angerührt – dank dem segensreichen Wasserkocher, den sie aus Österreich mitgenommen hatte.

Nach dem Mittagessen war der strikte Terminplan durcheinandergeraten. Anstatt vor ihrem Laptop zu sitzen, um dort die Forschungsergebnisse zusammenzutragen und weiter an ihrer Arbeit über das Weltbild des Barockmalers Caravaggio zu schreiben, war sie zu dem Antiquitätenladen der Familie Faresi in der Via Coronari aufgebrochen. Es war eine der exquisitesten Straßen Roms, in deren vielfältigen Galerien jeder

Sammler auf seine Kosten kam, galt seine Vorliebe nun Murano-Glas, Gemälden alter Meister, Druckgraphiken oder ausgefallenen Lampen.

Sie kannte Tano Faresi von einem Gastsemester, das er als Student der Kunstgeschichte in Salzburg verbracht hatte, ein versponnener Kerl, der wenig sprach, mit Theorie nichts anfangen konnte, aber Kunst liebte. Das zumindest behauptete er. Ricarda nannte diese Liebe eine sklavische Hörigkeit. Die Beschäftigung mit den Alten Meistern – die Moderne war ihnen beiden stets fremd geblieben – sah sie als Herausforderung für den Intellekt, nicht als hingebungsvolle Unterwerfung, wie Tano sie betrieb. Meist konnte sie es nicht nachvollziehen, wenn er mit glänzenden Augen von diversen Restaurationstechniken erzählte, mit denen man diesen epochemachenden Künstlern zu neuem Glanz verhelfen könne.

»Es ist eben so, dass ich ein Handwerker bin – und du eine Wissenschaftlerin.«

In seinem akzentreichen Deutsch hatte er das während einem der wenigen längeren Gespräche, die sie geführt hatten, festgestellt. Ihr Kontakt war eigentlich auf kurze Nachbesprechungen von Vorlesungen auf dem Flur der Fakultät beschränkt gewesen, und später, nachdem Tano wieder zurück nach Italien gegangen war, auf gelegentliche E-Mails. Auch nachdem Ricarda das Forschungsstipendium in Rom erhalten hatte, hatten sie ihre Kommunikation vor allem per Internet fortgesetzt.

Sie waren eben beide keine Plauderer, auch keine Freunde, sondern quasi Kollegen, die sich von sehr unterschiedlichen Blickwinkeln aus mit der gleichen Materie beschäftigen.

Tanos letzte E-Mail hatte jedoch nicht wie üblich seitenlange Arbeitsberichte beinhaltet, in denen er detailgenau seine Methoden der Gemälderestauration beschrieb – wenn sie ihm antwortete, ging sie nie darauf ein, sondern hielt ihre neuesten

Erkenntnisse, die sie für ihre Dissertation gewonnen hatte, dagegen. Ebenso wenig hatte er von der üblichen Frustration geschrieben, die er erlebte, wenn er für den Antiquitätenhandel seiner Großmutter vor allem alte Möbel restaurieren musste und seiner Leidenschaft für Malerei nicht frönen durfte – auf solche E-Mails antwortete Ricarda gar nicht erst, weil sie ihr zu persönlich vorkamen.

Stattdessen hatte er sich auf drei Zeilen beschränkt:

Bitte komm so bald wie möglich zu mir, ich muss dir etwas zeigen. Habe ein Gemälde entdeckt, das ein echter Caravaggio sein könnte. Wenn ich Recht habe, verbirgt sich hinter diesem holden Bild ein richtiger Skandal.

Als sie im Laden der Faresis eintraf, der sich wie viele in seiner Nachbarschaft trotz des prächtigen Inneren hinter einer billigen, verschmierten Glastür mit Plastikrahmen verbarg, traf Ricarda nicht auf Tano, sondern auf eine ältliche Signora, die die Kunden bediente – sichtlich missmutig, weil sich keine echten Antiquitätenliebhaber hierher verirrt hatten, sondern Touristen, die nur zum Gaffen kamen, nicht zum Kaufen.

Es waren zwei Engländer mit militärgrünen Rucksäcken. Einer presste seinen Rucksack gegen Ricardas Bauch, während er fasziniert eine kleine Franziskusstatue fotografierte.

Ricardas Gesicht versteinerte. Seit sie in Rom lebte, versuchte sie verbissen, sich von den Touristen abzugrenzen. Sie sprach zwar nicht sehr gut italienisch, aber sie versuchte standhaft den Eindruck zu vermeiden, irgendetwas mit den Drei-Tage-Eroberern der Ewigen Stadt gemein zu haben. Bis jetzt hatte sie sich von allen Sehenswürdigkeiten ferngehalten und sich entweder in den Bibliotheken, den Archiven oder in ihrem Pensionszimmer verkrochen. Heute hatte sie auf dem Weg zu Tano über die Ponte San Angelo und die Piazza San

Salvatore die Engelsburg erstmals überhaupt wahrgenommen.

»How beautiful, isn't it?«, kreischte der andere Engländer, und prompt landete auch dessen Rucksack in Ricardas Rippen. Eine Ansichtskarte vom Petersdom ragte daraus hervor.

»How much is it?«, fragte er, nachdem er eine Madonnenikone entdeckt hatte.

Die ältliche Signora, die über den Laden wachte – wahrscheinlich war das Signora Luisa, die Tano in einer E-Mail als Vertraute seiner Großmuter und bösartigen, aber sehr effizienten Drachen beschrieben hatte –, übersah Ricarda, die ihr hilfesuchende Blicke zuwarf, und stürzte entrüstet auf den Engländer zu. Ihr Blick verhieß mehr als die Fülle an schnellen, italienischen Worten, die sie den Engländern entgegenbellte.

An Touristen verkaufen wir nichts, schien er zu sagen. *Und obendrein kostet diese Ikone mehr als Ihr ganzer Urlaub.*

Ricarda nutzte die Gelegenheit, um sich unauffällig an den Engländern vorbeizudrängen. Sie erspähte einen Gang, der zu einem kleinen Innenhof und von dort in einen weiteren Raum, wahrscheinlich das Atelier, führte. Anders als viele seiner Kollegen, die ihre Werkstätten auf offener Straße betrieben, schien Tano lieber zurückgezogen zu arbeiten.

Zögerlich betrat Ricarda den Innenhof, ihre Handtasche wie üblich fest an sich gerafft. Der Raum, der an den Innenhof grenzte, war niedrig und fensterlos. Die rötlich gefärbten Steinwände wirkten heimelig und zugleich bedrückend, das schummrige Licht war eine Mischung aus der lose baumelnden Glühbirne und dem Tageslicht, das durch die beschlagenen ovalen Fenster kroch. Ricarda drehte sich noch einmal um, aber Signora Luisa, die mittlerweile nicht mehr sprach, sondern keifte, schien sie nicht bemerkt zu haben.

Davon ermutigt trat sie in den Raum, der mit Kunst nichts

zu tun zu haben schien, sondern einer Werkstatt glich. Es roch nach Bienenwachs, Acrylharzkleber und nach Coletta – eine Mischung aus Roggen- und Weizenmehl, Glutinleim, Wasser, Harzen und Leinsamen. Tano hatte ihr einmal erklärt, dass heutzutage kaum noch ein Restaurator mit diesem historischen Rezept arbeitete. Er hielt das für einen Fehler, denn warum, so seine Worte, sollte man nicht von den Erkenntnissen zehren, die Restauratoren über Jahrhunderte gesammelt hatten?

Tano war ein Nostalgiker, befand Ricarda, verliebt in alles, was historisch war. Er trug auch altmodische Kleidung, niemals Jeans. Eigentlich erstaunlich, dass er überhaupt das Internet benutzte.

Als sie an dem Vakuumtisch und dem Infrarotheizstab vorbeiging und im Augenwinkel das Sortiment an Lötnadeln und Heizspachteln wahrnahm, das an das Rüstzeug eines Chirurgen erinnerte, dachte sie erneut an seine seltsame E-Mail. Sie war seiner Bitte rasch gefolgt, aber dass sich ausgerechnet in dieser Werkstatt ein echter Caravaggio befinden sollte, hatte sie keinen Augenblick lang ernsthaft geglaubt. Auch als sie das Gemälde entdeckte, das Tano gemeint haben musste – das einzige, das sich in der Werkstatt befand –, betrachtete sie es nicht mit dem Sachverstand einer Caravaggio-Expertin, sondern mit dem gleichen flüchtigen Interesse wie draußen im Laden die Franziskusstatue oder die Madonnenikone. Die Stimme von Signora Luisa klang mittlerweile wie ein wütendes Bellen. Vielleicht hatte einer der Engländer mit seinem Rucksack etwas umgestoßen.

Der Lärm der Straße war nur gedämpft zu hören; von nebenan ertönte das nervtötende Geräusch eines Bohrers. Offenbar wurde in der benachbarten Werkstatt fleißig gearbeitet – ganz anders als hier.

»Tano?«, fragte Ricarda.

Er saß neben dem Gemälde, den Ellbogen auf ein Tischchen gestützt, auf dem eine leere Tasse stand, und den Oberkörper nach vorne gebeugt, sodass man sein Gesicht nicht sehen konnte.

»Tano!«, wiederholte Ricarda etwas lauter, als er nicht reagierte. Sie tastete sich mit der Hand an den jungen Mann heran, erreichte seine Schulter, spürte den rauen Stoff seines Hemdes und darunter die warme, schweißverklebte Haut. Sie stieß ihn sachte an und zog die Hand sogleich befangen zurück. Sein Kopf stürzte mit einer Wucht nach vorn, die den Oberkörper mit sich zog und ihn über den Knien baumeln ließ. Ricarda zuckte zusammen. Wie konnte er sich am helllichten Tag derart betrinken, dass er völlig das Bewusstsein verlor?

Panisch drehte sich Ricarda um. Vom Gang her hörte sie Schritte, aber statt der erwarteten Signora Luisa erblickte sie eine andere ältere Dame, viel eleganter gekleidet und mit freundlicherem Gesichtsausdruck.

»Buon giorno!«, rief die Dame herzlich aus und trat über die Schwelle der Werkstatt.

Ah, hier sei er, der gute Tano Faresi, sie habe einen Termin mit ihm, Signora di Campanella sei ihr Name. Sie musterte Ricarda abschätzend. Ob sie auch hier im Laden arbeite, sie habe sie hier noch nie gesehen? Oder habe Tano sie etwa auch hierherbestellt? Es gehe um das Gemälde, das …

Die Fremde stand vor Ricarda und verstellte ihr den Weg zurück in den Laden. Ricarda brachte ohnehin keinen Schritt zustande. Sie starrte auf die Signora, lauschte gebannt dem Wortschwall, der nur schwer verständlich war. Ihre Hände waren schweißnass. Endlich ging ihr Blick von der plappernden Dame zurück auf den zusammengekrümmten, reglosen Tano. Seine Schultern hoben und senkten sich nicht. Der Atem war nicht zu hören. Zäher, gelblicher Speichel tropfte auf den rot gefliesten Boden.

Da erst begriff sie.

»Ich glaube, er ist tot«, hörte sie sich plötzlich stammeln.

Signora di Campanella schrie auf. Es war ein greller, hysterischer Schrei, der nicht enden wollte, und Ricarda fühlte in diesem Augenblick nicht Entsetzen, nicht Angst, sondern nur unglaublichen Ärger, dass sich die Dame so gehen ließ. Konnte sie sich nicht zusammenreißen? War die Sache nicht schlimm genug?

Vor ihnen saß ein Toter … ein noch junger Mann … den sie, Ricarda, gekannt hatte.

Signora Luisa verhielt sich um vieles gefasster. Als sie herbeigeeilt kam, sagte sie kein Wort, sondern wandte sich sofort ab, um Polizei und Krankenwagen zu rufen. Zwanzig Minuten später waren sie da. Signora di Campanella hatte mittlerweile immerhin zu schreien aufgehört. Stattdessen wimmerte sie jetzt. »Non è possibile! Non è possibile!«, stieß sie ein ums andere Mal aus.

Die drei Carabinieri betrachteten den Toten schlecht gelaunt und blieben tatenlos. Vielleicht hatten sie seinetwegen ihre Mittagspause verkürzen müssen und warteten nun auf deren offizielles Ende, ehe sie irgendetwas zu unternehmen gedachten. Während Ricarda sie beobachtete, bemerkte sie, dass sie die ganze Zeit auf dem Arbeitstisch gesessen hatte und ihr eine Feile in den Hintern stach. Sie konnte sich nicht einmal daran erinnern, sich gesetzt zu haben. Ihr Kopf fühlte sich an wie in Watte gepackt – ein weicher, grauer Dunst, der alle Stimmen und Laute dämpfte. Erinnerungen begannen sich stattdessen darin abzuspulen.

Tano hat gerne *cioccolata calda*, heiße Schokolade, getrunken. Er hatte zwar die Angewohnheit der meisten Italiener geteilt, das Salzburger Wetter grundsätzlich als zu kalt und zu vernieselt zu empfinden, nicht aber deren Vorliebe für Cappuccino oder Espresso. Kaffee trinke er äußerst selten, hatte er von sich behauptet. Allerdings war ihm der Kakao, den Ricarda für ihn zubereitet hatte, anfangs auch nicht recht gewesen, weil zu dünnflüssig. Sie hatte ihn nur dann zufriedenstellen können, wenn sie einen Löffel Schokopudding in die Milch gerührt hatte, der dem Getränk die Konsistenz einer glutamathaltigen Chinasuppe verlieh. Wenn Tano dann anerkennend geschmatzt hatte, als würde er in ihrem öden, altmodisch eingerichteten Studentenzimmer den Inbegriff der Glückseligkeit finden, war sie stets überrascht gewesen, dass sie offenbar ein solches Ausmaß an Wärme und Gemütlichkeit bieten konnte.

Irgendwie hatte ich ihn richtig gern, dachte Ricarda plötzlich – das Eingeständnis einer Gefühlswallung, die sie zu seinen Lebzeiten – und vor allem außerhalb der *cioccolata-calda*-Stunden – als Sentimentalität zurückgewiesen hätte. Ja … richtig gern. Er hat mich verstanden. Er hat sich nie darüber lustig gemacht, dass ich ganz in meiner Forschungsarbeit aufgehe …

Später, sehr viel später – sie schien jedes Zeitgefühl verloren zu haben und konnte nicht sagen, wie lange es her war, dass sie den toten Tano gefunden hatte –, saß Ricarda auf einer Parkbank in der Villa Borghese, auf ihrem Schoß eine Packung mit Schokoladenkeksen, die sie gekauft hatte, um ihren Kreislauf wieder in Schwung zu bringen. Erst jetzt bemerkte sie, dass es eine Familienpackung war. Nun saß sie mit einem Kilo Kekse da – jeder einzelne in dickes, wenig umweltfreundliches Plastik eingeschweißt.

Ihren Fingern fehlte die Kraft, das Plastik zu lösen. *Apoplettico cerebrale.*

Diese Diagnose hatte nicht der Arzt gestellt, sondern Carlo Forli. Carlo Forli war offenbar der Vorgesetzte der Carabinieri, den diese zu Hilfe geholt hatten. Nach ihrer langen Untätigkeit war das die erste vernünftige Handlung – und zugleich ihre letzte: Denn kaum war Carlo Forli da, überließen sie ihm das Feld und begnügten sich damit, aufgeregt zu gestikulieren, durcheinanderzurufen und Kaugummi zu kauen. Nach Carlo

Forli kam schließlich der Dottore angehetzt. Letzterer hatte im Stau gesteckt. Als er den Laden betrat, hing Signora di Campanella an Carlo Forlis Arm, schluchzte zwar noch ein bisschen, aber schien den schlimmsten Schock überwunden zu haben. Die Carabinieri sprachen ein wenig leiser, seit Carlo Forli eine Diagnose gestellt hatte, die auf kein gewaltsames Verbrechen hinauslief. Ihre Worte kreisten nicht länger um den Toten, sondern um Alltagstratsch, während Signora Luisa – trotz ihrer Gefasstheit leichenblass – an der Tür zur Werkstatt stand und mit dem gleichen unbeteiligten Tonfall, mit dem sie die Polizei informiert hatte, erklärte, dass sie Tanos Großmutter Antonella Bescheid sagen musste.

Ob er sonst keine Verwandten habe, hörte Ricarda Carlo Forli gedämpft fragen.

Signora Luisa antwortete, dass er welche in Kalabrien habe. Aber er habe seit einigen Jahren bei Antonella gelebt. Ihr gehöre der Laden. Da ihre eigenen Kinder tot seien, habe sie Tano als Erben bestimmt. Sie habe seine Ausbildung finanziert. Er hätte ihr Nachfolger werden sollen …

Ihre Stimme klang trocken und kalt, ein wenig so wie die von Ricarda, als sie die Fragen beantwortet hatte, die Carlo Forli ihr gestellt hatte. Er war Südtiroler und sprach Deutsch, was die Sache für Ricarda erleichterte. Er hatte nicht wissen wollen, warum sie hier war und woher sie Tano kannte, und darum hatte sie den Inhalt seiner E-Mail verschwiegen.

»Ja, ich habe ihn gefunden«, hatte sie angegeben. »Er war schon tot. Er saß ganz ruhig hier, und als ich ihn sachte angestoßen habe, ist er nach vorne gefallen.«

»*Apoplettico cerebrale*«, hatte Carlo Forli wiederholt, den es zu beglücken schien, dass der Arzt zu spät kam und er an seiner Stelle den Dottore mimen durfte. Vielleicht hatte er einmal zu oft »Emergency Room« gesehen.

»Was heißt das?«, hatte Ricarda verwirrt gefragt.

»Gehirnschlag.«

»Bei einem so jungen Mann? Das ist doch sehr ungewöhnlich!«

»Kann vorkommen. Ungesunde Lebensweise. Zu viel Stress …«

Ricarda hatte nie den Eindruck gehabt, dass sich Tano gestresst fühlte. Er liebte seine Arbeit, er ging in ihr auf. Er war keiner, der frustriert von Geschäftstermin zu Geschäftstermin hetzte. Doch das hatte sie dem Beamten nicht gesagt.

Als der Dottore gekommen war, hatte Carlo Forli ihn mit amikalen Küssen auf die Wangen begrüßt. Offenbar waren sie hocherfreut, sich wieder einmal zu sehen – wenn auch neben Tanos Leiche, die unbeachtet auf dem Stuhl kauerte. Die beiden Männer schoben – ähnlich wie die Polizisten – ein kleines Schwätzchen ein, in dem es anfangs um das Wetter, später um Berlusconi ging. Erst nach zehn lähmenden Minuten bequemte sich der Dottore, der Form halber den Toten abzutasten.

Wieder hörte Ricarda Carlo Forli stolz, ja nahezu freudig erregt vom *apoplettico cerebrale* sprechen, und der Dottore erwies ihm anscheinend den Freundschaftsdienst, dieses pseudoärztliche Urteil unkommentiert zu lassen.

»Ach ja«, wandte sich Carlo Forli jetzt wieder an Ricarda. Er schien sie vergessen zu haben, während er mit seinem Freund parliert hatte. »Sie müssen nicht bleiben. Sie müssen nur Ihren Namen, die Adresse und eine Telefonnummer hinterlassen.«

Dann wandte er sich Signora di Campanella zu, die Carlo Forli mittlerweile wieder losgelassen und sich auf Signora Luisas Arm gestützt hatte. Ricarda hörte nicht mehr, was er zu ihr sagte.

Mit wackeligen Beinen verließ sie das Atelier. Und plötzlich fiel ihr ein, dass sie in dem ganzen Trubel nicht länger auf das Gemälde geachtet hatte …

Am Abend saß sie im Speisesaal ihrer Pension und sah Maurizio zu, wie er Spaghetti pomodoro aß. Er wickelte sie nicht am Tellerrand auf die Gabel, sondern benutzte einen Suppenlöffel, um Spaghetti heuballengleich um die Zinken zu drapieren – die einzige deutsch-österreichische Unsitte, die sich Maurizio von Zeit zu Zeit gönnte, während er ansonsten seine Herkunft verschwieg. Lange bevor er nach Rom gekommen war, hatte er auf den Namen Moritz gehört.

Sein bartstoppeliges Kinn triefte vor Sauce. Nur halbherzig presste er die Serviette, die er sich vor die Brust geheftet hatte, darauf.

Maurizio erzählte Ricarda oft, dass ihm die italienische Küche zum Halse raushing und dass er seinen Geschmacksnerven nie wieder ein banales Gericht wie Spaghetti pomodoro zumuten würde, wenn er einmal zu Geld gekommen wäre, zu richtig viel Kohle. Er hob dabei die Hand zum Schwur, zu verspielt und spöttisch, um selbst an das Versprechen zu glauben.

Maurizio würde nie zu viel Kohle kommen. Maurizio war in seinem Leben bereits Fernsehjournalist, Drehbuchautor und Dokumentarfilmer gewesen. Geld hatte es ihm nicht eingebracht, keine Festanstellung und auch keine nennenswerten Preise. Er konnte sich keine ordentliche Wohnung leisten und hatte sich deswegen in einem Hinterzimmer der Pension Buzzo eingemietet. Als er herausgefunden hatte, dass auch Ricarda zu den Dauergästen gehörte, hatte er sich einmal zu ihr an den Tisch gesetzt und oberflächlichen Smalltalk begonnen – und daraus war eine Gewohnheit geworden. Sie hatten nichts miteinander gemein, nur, dass sie sich – wenn sie es auch beide niemals zugegeben hätten – in Rom manchmal einsam fühlten.

Durch die Gaststube schlenderten zwei junge Französinnen, bauchfrei und mit türkisen Paillettentops. Eine Schülertruppe wohnte für eine Woche in Signora Buzzos billiger Pension, wurde tagsüber von einer Lehrerin an Ruinen vorbeigeschleift und lief später den pickeligen, gelverschmierten Marcellos oder Massimos oder Lucas nach, entweder kreischend oder gespielt unbeteiligt. In den Augenwinkeln der Schülerinnen klebten silbrige Sterne. Die Lippen waren tiefrot angemalt, und über dem Lidrand hatten sie millimeterdicke Kajalstreifen gezogen. Im Elektrolicht der Gaststube zeichnete sich der dunkle Ansatz unter den weißblond gefärbten Haaren ab.

»Französisch ist wenigstens eine erträgliche Sprache«, knurrte Maurizio, als sie zu tuscheln begannen. Er schob den Spaghettiteller zu Ricarda und bot ihr, wie oft in den vergangenen Wochen, an mitzuessen. Sie schob den Teller zurück. Ihr war übel.

»Eine erträgliche Sprache«, wiederholte er. »Kannst dir nicht vorstellen, was mir heute passiert ist. Chiara D'Auri, das berühmte Fotomodel, ist offenbar schwanger. Und weilt hier in Rom. Das musst du dir mal vorstellen: Chiara D'Auri! Der Tipp kam am Morgen von Giuseppe. Giuseppe riecht immer und überall die Lunte. Aber wo man Chiara D'Auri in Rom findet, das wusste nicht mal Giuseppe. Alter Penner.«

Er starrte Ricarda durchdringend an. Am Anfang, als er sie noch nicht so gut gekannt hatte, hatte er zuerst immer gefragt, wie ihr Tag verlaufen sei – bis sich herausgestellt hatte, dass es nicht viel zu erzählen gab.

Dr. Ricarda Weiss. Abgeschlossenes Studium und Promotion in Theologie, nun Arbeit an der zweiten Doktorarbeit in Kunstgeschichte, für ein halbes Jahr Forschungsstipendiatin in Rom. Schwach bei Kasse, im Privatleben tat sich nichts. Das war's.

»Tut mir leid«, hatte sie einmal zu ihm gesagt, »ich habe nichts zu bieten, was einen Paparazzo interessieren könnte.«

»Nenn mich nicht Paparazzo. Ich bin Fotograf. Und das auch nur, weil man damit mehr verdient als mit dem Schreiben«, hatte er damals geantwortet.

»Heute ist etwas Schlimmes passiert…«, murmelte sie eben. Erst jetzt bemerkte sie, dass sie noch immer die riesige Packung mit den Schokoladenkeksen in den Händen hielt. Unter dem Plastik hatte ihre Haut zu schwitzen begonnen.

»Chiara D'Auri ist ein Top-Model und hatte mal was mit Umberto Capa«, fuhr Maurizio fort, der an die Alleinunterhaltung zu sehr gewöhnt war, um den leisen Hilferuf zu vernehmen. »Umberto Capa, der Popstar, du weißt schon – weißt du das nicht? Auf welchem Planeten lebst du eigentlich, wenn du Umberto Capa nicht kennst? Chiara D'Auri ist also schwanger, allerdings von ihrem Ehemann, nicht von Umberto Capa. Was nichts zur Sache tut. Schwanger ist schließlich schwanger. Und Capa könnte man die Samenspende durchaus zutrauen. Der hat schon mal ein Model zur Mutter gemacht, die Zavattini. Cosima Zavattini – kennst du die etwa auch nicht? Super mager, aber pralle Plastiktitten!«

Er fragte beinahe schreiend und mit vollem Mund. Die beiden jugendlichen Französinnen hoben kurz den Kopf. Maurizio starrte Ricarda an, während sie sich einen Schokoladenkeks in den Mund steckte.

»Also, wo finde ich nun die D'Auri?«, dröhnte er in die schäbige, schwüle Gaststube. »In einem Kindermodengeschäft! Dolce & Gabbana hat neu eröffnet, Luxusware für die Kleinsten, ein Strampler ab fünfhundert Euro. Ich habe fast den ganzen Nachmittag dort zugebracht. Ohne dass die D'Auri auftauchte. Die Verkäuferin fragte mich, was ich wolle. Ich habe behauptet, dass meine Frau schwanger wäre. Als ich nichts gekauft habe, fragte sie mich, ob mir das Auto da draußen gehöre, es parke direkt vor dem Laden, unerlaubterweise. Sie wusste natürlich, dass das Auto nicht mir gehört, aber sie wollte mich loswerden. Jetzt kommt's. Sie hat also gefragt, ob das Auto mir gehöre. Das heißt, sie hat gefragt, ob der Citroën mir gehöre. Das Auto vor dem Laden war nämlich ein

Citroën. Aber sie sagte natürlich nicht Citroën. Kein Italiener kann Fremdsprachen. Ich verstehe nicht, warum sie keine Fremdsprachen in der Schule lernen. Sie sagte … Zitrone!«

Maurizio tippte sich an die Stirn. »Zitrone!«, zischte er. »Ich hab die Italiener so satt. Machen um alles ein Riesengeschrei, aber können keine einzige Fremdsprache. Ich hau hier ab. Scheiß Rom. Scheiß Job. Scheiß Chiara D'Auri.«

Ricarda musterte ihn schweigend, während er die gemeinen Finten seines Paparazzolebens darlegte und dabei unfreiwillig komisch wirkte, wie so oft.

Sie lachte nicht. »Tano Faresi ist tot.«

Maurizio hörte den Satz nicht, schüttelte den Kopf, pathetisch jetzt. Leben ist Krieg – auch wenn er nicht mit dem Gewehr, sondern mit dem Fotoapparat auf die Feinde schoss, den V.I.P.s dieser Welt nachhastete und meistens an ihnen vorbeizielte.

»Zitrone!«, stieß er erneut hervor. »Was tue ich hier überhaupt? Immer nur nutzlos Zeit verplempern und kaum was dafür kriegen! Da hätte ich gleich beim Schreiben bleiben können. Weißt du eigentlich, wie lange ich schon in Rom lebe? Viel zu lange! Das ist ja nicht zum Aushalten hier! Schöne Stadt heißt's immer! Aber in Wahrheit pumpt sie dich leer wie ein Riesenstaubsauger! Sonnig und warm – von wegen! Wer soll die vierzig Grad im Sommer nur ertragen?«

»Ich glaube, er ist nur wenige Minuten bevor ich kam gestorben«, fuhr Ricarda fort, während sie sich einen weiteren Schokoladenkeks in den Mund schob. Ihr wurde noch übler. »Er saß neben dem Gemälde. Er hat mir geschrieben, dass es ein echter Caravaggio sei. Ich verstehe überhaupt nicht, wie ein junger Mann so plötzlich sterben kann. Er ist doch in meinem Alter. Ich kenne ihn von einem Gastsemester in Salzburg …«

»Wovon zum Teufel redest du?«, fragte Maurizio und trank

hastig sein Glas mit billigem Rotwein leer. »Von Schokoladenkeksen wird man nicht satt, nur fett. Iss lieber was Anständiges.« Es klang ruppig, aber er beugte sich vor, um sie genau zu mustern.

»Hast du mir nicht zugehört?«, fragte Ricarda. »Tano ist tot … ein ehemaliger Studienkollege … Aber er hat mir doch diese E-Mail geschrieben. Ich sollte zu ihm kommen. Und daraufhin hab ich ihn gefunden. Er hat ausgesehen, als würde er schlafen.«

Noch während sie mit ihm sprach, hatte sie den Blick abgewendet, war langsam aufgestanden und hatte mechanisch den Stuhl nach hinten geschoben. Maurizio riss sich die Serviette aus dem Hemdkragen und folgte ihr hastig durch den Speisesaal. Die beiden Französinnen tuschelten weiter und begannen dann hysterisch zu lachen.

»Wer ist Tano?«, fragte er verständnislos.

»Er arbeitet im Antiquitätenladen seiner Großmutter, als Restaurator. Er hat behauptet, er sei auf einen echten Caravaggio gestoßen.«

»Und wer ist Caravaggio?«

»Caravaggio war einer der bedeutendsten Maler zwischen Renaissance und Barock!«, erklärte sie ungeduldig.

Sie konnte sich nicht daran erinnern, ob sie ihm je ausführlich über ihr Forschungsvorhaben erzählt hatte. *Caravaggios Malerei im Lichte des weltanschaulichen Umbruchs im 16. und 17. Jahrhundert.*

»Und was ist denn nun mit diesem Tano passiert?«, fragte er.

Sein Interesse kam verspätet.

»Mir ist schlecht«, murmelte Ricarda und stürzte nach draußen.

An der Wand hinter der Rezeption hing ein kitschiges Jesusbild. Signora Buzzo, der die billige Pension gehörte und die immer zu einem *chiacchierata*, einem kleinen Schwätzchen, aufgelegt war, hatte einmal aufgebracht auf dieses Bild gedeutet. Herumtreiber hätten vor einigen Monaten die ganze Gaststube leergeräumt, dreckiges Gesindel, allesamt, geben Sie nur auf Ihre Handtasche acht, aber das Bild hätten sie hängen gelassen, das wagten sie nicht, sich am Herrgott zu vergreifen. Eine eigenartige Moral, alles zu klauen, nur keine Jesusbilder. Heute erinnerte Ricarda das Bild an die Madonnenikone im Antiquitätenladen der Faresis.

Maurizio war ihr gefolgt.

»Brauchst du was?«, rief er ehrlich besorgt. »Kann ich was für dich tun?«

Als sie die schiefe Treppe erreichten und nach oben stiegen, fühlte sie kalten Schweiß an ihren Schläfen kleben.

»Du hast ja keine Ahnung!«, murmelte sie erstickt. »Ein Freund von mir ist tot, und du plapperst von irgendwelchen Autos!«

Noch nie hatte sie ihn so scharf angefahren. Seine Bereitschaft, ihr beizustehen, erlahmte augenblicklich.

»So, so, ein Freund von dir ... Bislang habe ich nichts davon mitbekommen, dass du in Rom irgendwelche Freunde hast, mit denen du deine Freizeit verbringst.«

Sie hielt sich am Geländer fest.

»Kein Wunder, dass dir schlecht ist, wenn du nur Schokoladenkekse in dich hineinfrisst«, erklärte Maurizio kühl und ließ sie im Gang stehen.

Ricarda hastete zu ihrem Zimmer und sperrte die Tür auf. Wenige Augenblicke später beugte sie sich über das weiße Waschbecken, in dem kleine schwarze Flecken das Email durchlöcherten. Gelbliches Wasser ergoss sich in den silbernen Abfluss, als sie den Hahn aufdrehte, den Beckenrand umkrallte und die wenigen Bissen hinaufwürgte, die sie an diesem Tag zu sich genommen hatte. Es schmeckte säuerlich in ihrem Mund. Als sie nach dem Wasserhahn tastete, bemerkte sie die zwei frischen Handtücher auf ihrem Bett. Signora Buzzo hatte sie dorthin gelegt, ebenso wie das Päckchen gleich neben den Handtüchern.

Ohne sich den Mund abzuwischen, griff Ricarda rasch danach. Die Adresse auf dem Päckchen hatte unverkennbar Tano geschrieben, mit seiner spitzen, geschwungenen, altertümlichen Handschrift, die seine Vorliebe für alles Historische deutlich machte.

Mit zitternden Händen riss Ricarda das Päckchen auf. Ein kleiner Notizzettel mit weiteren Zeilen in dieser Handschrift flatterte ihr entgegen.

Wie angekündigt schicke ich dir die Lebenserinnerungen der Kurtisane Isis de Luna. Jetzt, da du das Geheimnis des Bildes kennst, verstehst du, warum ich sie nicht gemeinsam mit dem Gemälde aufbewahren will. Behalte du sie einstweilen.

Eine Weile saß sie ratlos auf ihrem Bett. Der Wasserhahn rann noch immer, obwohl das Erbrochene längst in den Abfluss gespült worden war.

Erst nach zwei, drei Minuten riss sie das Päckchen weiter auf, stieß auf lose zusammengehaltene Seiten, wieder mit einem handschriftlichen Text beschrieben, allerdings nicht mit Tanos vertrauten Buchstaben. Das Papier griff sich hart und dick an und wies einige Alterserscheinungen auf – gelbliche Fettspuren, getrocknete Wassertropfen und Tintenflecken. Es musste sich um die Abschrift einer historischen Quelle handeln, die selbst viele Jahrzehnte alt war, wahrscheinlich – so ihre erste grobe Schätzung – um 1900 entstanden. Die Schrift war kaum leserlich, das Italienisch altertümlich und nur schwer zu übersetzen.

Ricarda verzweifelte, als sie die Seiten zählte und auf mehr als einhundert kam. Sie brauchte lange, um nur den ersten Satz zu entziffern, abzuschreiben und ihn schließlich mühsam und unter Zuhilfenahme des Wörterbuchs zu übersetzen. *Der Geruch des Todes ist süß,* stand dort geschrieben, *aber sein Anblick so schwarz wie die Pestbeulen, die das Antlitz meiner Schwester Graziosa verunstalteten.*

Sie war so sehr darauf konzentriert, den Text zu übersetzen, dass sie zusammenzuckte, als es plötzlich an ihrer Zimmertür klopfte. Hektisch sprang sie auf, als wäre sie bei etwas Verbotenem ertappt worden. Gedankenlos legte sie die alten Schriften auf ihren schmalen Schreibtisch, ging zur Tür und öffnete sie. Doch niemand stand davor, der Flur war leer.

Ricarda blieb im Türrahmen stehen, den Türgriff fest umklammert, drehte sich nach rechts und links. Vielleicht hatte Maurizio nach ihr sehen wollen. Oder vielleicht wollte Signora Buzzo fragen, ob sie neben den Handtüchern auch noch frische Bettwäsche brauchte.

Da sie niemanden erblickte, wollte Ricarda wieder zurücktreten, doch in diesem Augenblick nahm sie einen schwarzen Schatten wahr. Jemand hatte sich hinter der Türe versteckt. Sie fuhr herum, und noch ehe sie ein Gesicht erkennen konnte, sah sie einen großen, dunklen Gegenstand auf sich heruntersausen. Ein stechender Schmerz durchzuckte ihren Kopf, dann versank alles um sie herum in Schwärze.

2

Aus den Lebenserinnerungen der Kurtisane Isis de Luna
Emilia Romagna und Rom, 1595

Der Geruch des Todes ist süß, aber sein Anblick so schwarz wie die Pestbeulen, die das Antlitz meiner Schwester Graziosa entstellten. Sie war die Schönere von uns beiden, die Mutigere, die Lebendigere; sie hatte dichtes Haar, honigbraun und voll sonnigem Glanz – doch nun verfaulte sie, und Ratten nagten an ihren bläulichen Zehen. Ich jagte sie fort – entsetzt, dass sie sich an dem verderbenden Leib meiner Schwester vergingen, und erleichtert, dass noch etwas in diesem Raum lebte. Denn außer mir waren alle tot.

Ein fahrender Händler hatte die Pest mit ihren schwarzen Beulen, dem üblen Gestank, den vertrockneten Kehlen, den unmenschlichen Schreien gebracht. »Ihr hättet ihm niemals das Tor öffnen dürfen«, klagte Serafina, meine Amme, ehe sie sich niederlegte, um zu sterben.

»Wer hätte es ahnen können«, gab meine Mutter zurück, weinerlich und verzagt und dennoch selbst in der Todesstunde nicht bereit, von ihrem Recht zu lassen, das Leben bunter und fröhlicher zu färben, als mein Vater es ihr zugestand.

Der Händler hatte Stoffe verkauft – Atlas, Samt und Seide. Mit einem dieser edlen Tücher – von denen er behauptete, sie stammten aus dem fernen Morgenland, meine Amme Serafina aber wusste, dass sie gewiss nicht weit von hier in Umbrien gewebt worden waren – lag meine Mutter zugedeckt, als ich sie fand. Ihr Gesicht war nicht zerfressen wie das von Graziosa, sondern bleich und eingefallen wie geschmolzenes Wachs. Aber sie stank so süß, wie es alle meine Lieben getan hatten, die ich zu beklagen hatte.

Mein Hals war ausgedörrt vom Fieber. Tagelang hatte es mich in seinen roten Fängen gehalten, mir vorgegaukelt, die Welt um mich wäre ein verlockendes Paradies voll saftiger Früchte. Ich griff danach, sie zu ernten, zu kosten, zu trinken. Doch als ich ins Leere tastend die Augen aufschlug, gewahrte ich, dass in meinem Gemach nichts wuchs, was Leben versprach, und dass die Süße der Äpfel aus dem Traum nichts weiter war als der Geruch der Verwesung. Tagelang musste ich den Tod meiner Familie verschlafen haben – gebeugt von einer Krankheit, aber nicht von ihr bezwungen. Mein Fieber hatte nicht der Pest gehört und sich geschlagen gegeben, kaum dass mein junger Körper sich dagegen wehrte. Letzterer war rein geblieben von den schwarzen Beulen, die an den anderen als Erste zum klebrigen Leichnam zerronnen.

Ich übergab mich neben meiner toten Mutter. Es war nicht viel, da ich über Tage nichts gegessen hatte. Ich wagte nicht, sie zu berühren, sondern zog lediglich das edle Tuch über ihr Gesicht, hastete weiter – und stolperte schließlich weinend über den Leichnam meiner Amme Serafina. Sie hatte mich genährt und großgezogen und mir oftmals die Geschichte ihres Lebens erzählt, das nun nicht nur vergangen, sondern stinkend verrottet war.

Lange vor dieser Stunde, da ich es schmerzlich selbst erfahren musste, hatte sie bereits behauptet, der Tod sei süß. Vierzehnjährig war sie verheiratet worden, der Bräutigam zwölf und die Mitgift knapp bemessen. Sie war überzeugt davon, dass die Schwiegermutter sie würde vergiften wollen, kaum dass die Summe aufgebraucht wäre, und spuckte, wann immer es ans Essen ging, bittere Bissen aus. Sie war sich gewiss, dass Gift bitter schmecken müsse. Überhaupt aß sie nicht viel, sondern wurde mager und blieb es ihr Leben lang. Ein einziges Mal nur überkam sie beim Anblick von frischem Marzipan, das süß auf der Zunge zerging, echter Hunger. Sie konnte sich nicht erinnern, je freimütiger, gieriger und selbstverständlicher gegessen zu haben – beruhigt von der Gewissheit, dass Gift bitter sein müsse, dieser Speise aber nichts Bitteres anhaftete. Kaum hatte sie den letzten Bissen geschluckt, begannen die Krämpfe. Sie fühlte sie im Magen und über die Wirbelsäule hochsteigen, ihr den kalten Schweiß aus der Stirn pressen, den Gaumen durch Speichel und Sodbrennen verätzen. Sie dachte, dass sie sterben müsse, und zugleich, dass sie nicht allein den Weg in die dunkle Unterwelt antreten wolle. Sollte der Schwiegermutter der gemeine Mord gelingen, so wollte sie sich mit letzter Kraft dafür rächen.

Darum lächelte sie lieblich und ohne Anzeichen des Elends und reichte, mit letzter Kraft, dem kindlichen Gatten, der sie stets schweigend anglotzte, vom Marzipan. »Esst, mein Guter«, forderte sie ihn auf. »Esst!«

Sie überlebte, er nicht.

Als sie nach einwöchigem Kampf um Leben und Tod als Witwe erwachte, stellte sie sich ohnmächtig und schlafend und flüchtete später in der Nacht, indem sie aus dem Schlafgemach sprang. Das Hinken ob des darob verknacksten Knöchels blieb ihr wie die Magerkeit und der Ekel vor süßem Essen. Um sich das solcherart schwer erkämpfte Leben auch weiter zu sichern, gab sie ihre Ehre auf, wurde die Geliebte meines Vaters, als der noch nicht verheiratet war, und trug fortan mit gleicher Regelmäßigkeit seine Kinder aus, wie sie diese begrub. Keines der ersten fünf blieb länger als wenige Wochen am Leben. Als sie das sechste gebar, war sie nicht mehr seine Geliebte. Mein Vater hatte geheiratet, auf der Schwelle zu seinem Hochzeitsgemach entschieden, von nun an ein tugendhafter Christ zu sein, und von Serafina verlangt, dass sie es ihm gleichtäte – der Tatsache gewiss, dass dieses letzte ihrer Kinder so wenig überleben würde wie all die anderen und kein sichtbares Zeichen bliebe, das meine Mutter an das kränkende Verhältnis erinnern würde. Serafina rechnete ebenso damit. Umso erstaunter waren beide, dass ich zwei Monate vor meiner eigenen Geburt eine Schwester bekam, die lebte. Sie hieß Graziosa, sorgte dafür, dass Serafina genug Milch hatte, um auch mich zu nähren – und war nun tot, lag reglos mit von der Pest zerfressenem Gesicht und süßlich riechend wie der Tod.

Ich floh die Kemenate der Frauen, betend, dass die schrecklichen Beulen nicht auch die Männer befallen hätten. Unmöglich! Sie waren doch stark – mein Vater und meine drei jüngeren Brüder!

Munter liefen die Ratten über die Gänge und scherten sich weder um mein Gekreische noch um meine Fußtritte. Sie rochen an meinen Zehen, aber bissen nicht daran. Mein Schweiß war zu salzig und meine Haut zu hart und hornig – gewiss gab es ein delikateres Mahl zu ernagen. Tränenblind stolperte ich ihnen nach, fand verdorbenes Wasser in einem Krug und schüttete es in mich herein. Ich weiß nicht genau, ob es Wasser war. Vielleicht war es Pisse. Der Tod schien mit dünnen Fäden ein Netz um mich zu weben. Mich ängstigte die dunkle Spinne, die irgendwo darin hockte und mich verspeisen wollte. Zögernd nur öffnete ich die Türe zu meiner Brüder Kammer. Es war dunkel und still, und ihre Schatten regten sich so wenig wie die Leiber. Baldassare, der nach meinem Vater benannt worden war, war tot. Giovanni, der seinen Namen von dem großen Medici erhalten hatte, dem mein Vater lange Jahre gedient hatte, lag starr wie eine in Marmor gehauene Statue. Anselmo, der dritte schließlich, hockte zwar halb aufgerichtet, aber ebenso bar des erhofften Lebenszeichens. Ihm war vorherbestimmt gewesen, Priester zu werden, und wäre es nach meiner Mutter gegangen, dann gewiss auch Kardinal. Sie wollte hoch hinaus in allem. Dass sie mein Vater zur Gattin nahm, wiewohl er von Adel war, sie jedoch nicht, deuchte sie als großer Gewinn. Sie vergaß darob, dass das Leben an seiner Seite viel langweiliger war als das derbe bäuerliche, das sie von den Eltern kannte. Sie vergaß es bis auf die wenigen Stunden, wenn ein Tuchhändler kam und Stoffe brachte und von einer Welt kündete, die großartig und riesig und beängstigend und erstaunlich und wunderbar war – und die sie niemals sehen würde, weil mein Vater sie, kaum dass er ihr in den höheren Stand verholfen hatte, von all dem, was sie jemals fröhlich gestimmt hatte, weggesperrt hatte.

»Vater!«, gellte ich durch die leeren Gänge. »Vater!«

Mich hatte er nie weggesperrt vom Leben. Es war nicht vonnöten gewesen, denn ich hatte nie nach draußen gewollt wie meine Halbschwester Graziosa. Hungrig hatte sie stets auf das Burgtor gestiert und alle Geschichten gefressen, die man ihr von den großen Städten erzählt hatte – Florenz, Padua, Neapel. Vor allem aber Rom.

»Denk dir, Isotta«, hatte sie mir gesagt. »Einmal möchte ich dort sein.«

»Lieber Gott!«, hatte ich ängstlich ausgestoßen. »Ich hingegen nie und nimmer.«

Es genügte mir, das ferne Meer aus jener sicheren Welt zu erahnen, die uns der Vater gebaut hatte. Es genügte mir, an seiner Seite in die Kapelle zu treten und die Wandfresken zu bestaunen, welche zeigten, wie Christus, unser Herr, sich als Geringster seiner Brüder gab und den Jüngern die Füße wusch – in der Woche, ehe sein Leiden begann.

Mein Vater belog mich und schrieb die Fresken dem großen

Giotto zu. »Er war der Größte seiner Zeit«, sagte er. »Ich habe Werke von ihm in Arezzo und Assisi gesehen.«

»Welch ein Unsinn!«, meinte die dürre, humpelnde Serafina später, als ich ihr davon berichtete. »Giotto ist seit Jahrhunderten tot. Diese Burg aber wurde erst errichtet, als dein Vater dem Kriege abschwor und sich vom erraubten Kampfgut einen Hort des Friedens schaffen wollte.«

»Wie kommt es, dass er lügt?«, fragte ich entsetzt. »Und wie kommt es, dass er seinem Heim das Antlitz längst vergangener Zeiten gegeben hat?«

»Ihm erscheint das Gestern größer als das Heute«, gab Serafina zur Antwort. »Vor allem aber weniger blutig.«

Ich ängstigte mich, sein Gemach zu betreten. Es war untersagt, ihn ungebeten zu besuchen, wenn er in den Schriften der großen lateinischen Dichter las. Ich war die Einzige, die er manchmal zu sich rief, um mir anfangs Vergil und Horaz zu übersetzen und mich schließlich selbst die fremde Sprache zu lehren. Doch diese Stunden waren sorgsam erwählte. Nie durfte ich ihn bedrängen, wenn er nicht von sich aus entschied, mir von seinem Wissen zu leihen. Nun klopfte, hämmerte ich an die verschlossene Türe, zuerst zaudernd, später verzweifelt.

Ich wusste, dass er tot war, noch ehe ich sein Schlafgemach betrat. Wäre er nur im Schlaf versunken gewesen, so hätte ihn mein Schreien erweckt. Er hörte alles. Jeder Laut ließ ihn aufschrecken. In den Zeiten des Krieges hatte er gelernt, dass keine nächtliche Stunde zu schwarz war, um nicht sogleich zum Schwert zu greifen und zu töten.

Mein Vater Baldassare di Mantaco war einstmals Condottiere gewesen, träumte wie viele seiner Zunft davon, dass große Dichter seine Taten besingen und er unsterblich werden würde wie die großen griechischen und römischen Helden. Auf dem Schlachtfeld war jedoch nur wenig Ruhm zu kosten gewesen. Die Halbinsel war zerrissen von den Kämpfen zwischen Franzosen und Spaniern, und er hatte sich mal diesen, mal jenen angeschlossen, oft mitten im Kampf nicht gewiss, auf welcher Seite er gerade stand. Manchmal hatte er Freunde töten müssen, mit denen er vor wenigen Monaten noch beim gemeinsamen Würfelspiel gesessen hatte, während seine Mitstreiter nicht einmal die gleiche Sprache wie er gesprochen hatten – denn es waren Söldner aus der Schweiz gewesen, aus Württemberg oder aus der Gascogne.

Zuletzt hatte er unter Giovanni de' Medici gedient, welcher prahlte, dass er alle Fremden, die in Italien kämpften, verjagen wollte. Mein Vater Baldassare glaubte daran und fand sich selbst in der Gefolgschaft eines Mannes wieder, der am nächsten Tag schon aufkündigte, was er zuvor versprochen hatte, der Pläne hinausposaunte, um sie niemals zu verwirklichen. Anstatt an seiner Seite endlich Heldentaten zu vollbringen, wurde mein Vater ein elender Plünderer, der mit seinen Scharen Dorf um Dorf überfiel und beraubte – und zuletzt nie wieder Frieden fand vor den Schreien der geschändeten Frauen und der ermordeten Bauern, die unbegraben unter der heißen Sonne verwesten. Er wünschte taub zu werden und verkroch sich in ein Dörfchen, von dessen großer Vergangenheit nichts weiter mehr kündete als eine halbzerfallene Burg. Baldassare baute sie in altem Stil auf und entsagte der Gegenwart, indem er sich ganz so verhielt wie die Grafen jener Zeit, die Petrarca dunkel nannte. Inmitten der Einöde, umgeben von wenigen Bauern, der warmen tuscischen Luft und – in der Ferne – dem Ausblick auf das thyrenische Meer, schuf er sich eine Welt ohne Krieg und ohne Außen, die niemand von uns je verlassen durfte.

Ich trat zu seinem Bett.

»Vater«, murmelte ich.

Ich stieß ihn an, der er wie eine schläfrige Katze mit gebogenen Gliedern lag, und gewahrte, dass auf dieser Welt niemand bei mir geblieben war.

Ich war fünfzehn Jahre alt und hatte keinen einzigen Tag meines Lebens außerhalb der Burgmauern verbracht. Ich kannte den Wald nicht, durch den ich jetzt lief und dessen schwarze Äste wie Hände nach mir griffen. Sie drohten, aber hielten mich nicht fest. Sie trieben mich immer weiter, anstatt mir zu raten, in der heimatlichen Burg nach Spuren des Lebens zu suchen. Vielleicht hatten ein paar der Dienstboten und der Bauersleute überlebt, auf dass ein kundigerer Mensch mich umsichtig und behutsam der Welt zuführen und mir als einziger Erbin meines Vaters ein sicheres Leben auf der heimatlichen Burg sichern konnte. Würden freilich die einstmals Getreuen es tun? Würden sie einem schwachen Mädchen gestatten, die Stellung meines Vaters einzunehmen?

Ganz gleich, wie die Antwort darauf lauten mochte, dieser Einfall kam ohnehin zu spät, denn als mir aufging, dass ich nicht nur vor der schrecklichen Krankheit floh, sondern vor den Menschen, die meiner Familie stets gedient hatten, war noch größer als Beklemmung über mein gedankenloses Tun die Erleichterung: Es roch nach Moos, nach nassem Laub, nach rötlicher Erde. Aber nach Tod roch es nicht mehr.

Ich sank unter einem Baum nieder, ich fror. Nichts trug ich bei mir als das graue Gewand, mit welchem ich mich zur Nachtruhe kleidete. Es tropfte vom Schweiß des Fiebers, vom Schweiß des raschen Laufens und schließlich von der Feuchtigkeit, die vom Boden hochkroch. Ich aß Blätter und Beeren, übergab mich ein zweites Mal an diesem Tag und fragte mich, was Graziosa an meiner Stelle entschieden hätte. Sie, die, sobald sie alt genug war zu denken, die Burg hatte fliehen wollen, hatte mir das Außen in schönsten Farben gemalt, vor allem aber als Hort der vielen Möglichkeiten. Man könnte nach Norden, Süden, Osten oder Westen gehen, um dort sein Glück zu versuchen. Man könnte Stadt und Land erforschen und die Menschen, die dort lebten. Man könnte sich von den Höfen anziehen lassen und dort den großen Fürstinnen dienen. Man könnte einen reichen Kaufmann ehelichen oder einen Soldaten oder schließlich das Herz an einen Kirchenfürsten verlieren und dessen Kurtisane sein.

»Pfui, schäme dich!«, schimpfte Serafina, die ihre Mutter war und meine Amme und die nicht wieder gesündigt hatte, seitdem sie das letzte Mal bei meinem Vater gelegen hatte.

Graziosa schämte sich nicht.

»Ich hab gesehen, wie es Kater und Katze miteinander treiben«, erzählte sie mir, als sie zehn Jahre alt war und ich zwei Monate jünger. »Und auch habe ich den Knecht mit der Magd begafft. Sie stöhnen dabei, aber es scheint nicht wehzutun.«

Während sie dies sagte, lag sie auf ihrem Bett, den Bauch aufs Laken gepresst, denn auf dem Rücken konnte sie nicht liegen. Er schmerzte von den blutigen Striemen, die Serafina ihr mit der Reitpeitsche meines Vaters geschlagen hatte, nachdem Graziosa wieder einmal zu fliehen versucht hatte. Schmählich war sie gescheitert, noch ehe sie den Wald erreicht hatte, den ich eben durchschritt. Ihr Mut war davon nicht erloschen.

»Aber weißt du nicht«, erklärte ich mit Entsetzen, »dass Söldner und Räuberbanden durch den Wald ziehen? Mutter hat es mir erzählt. Und auch, dass sie mich … dass sie mich …«

»Dass sie dich schänden würden«, schloss Graziosa an meiner statt – und dann sprach sie es aus: dass es nicht wehtun würde und dass es doch einen gelungenen Tausch bedeutete: den Körper zu geben und die Freiheit zu gewinnen.

Graziosa war furchtlos gewesen. Die Erinnerung daran wärmte mich, schläferte mich ein und ließ mich vergessen, dass auf mich nicht die vielen Möglichkeiten warteten, die sie sich vor dem Pesttod stets ausgemalt hatte, sondern derer nur zwei: zu leben oder zu sterben.

Als ich vom traumlosen Dämmerschlaf erwachte, war ich mir gewiss, dass der Herr im Himmel Letzteres für mich beschieden hatte. Ich betete zu ihm, er möge es schnell geschehen lassen und mich mit den Meinen zusammenführen.

Im Schatten der Nacht war ich fast blind, aber ich roch zwischen den hölzernen Düften des Waldes verschwitztes Leder. Jener Geruch gehörte zu Stiefeln, und diese Stiefel zu Männern, die den Baum umstellten und mich schutzloses Mädchen begafften.

Sie öffneten grinsend die Münder – kaum einer hatte sich Zähne behalten in all den Jahren ihres rohen Lebens. Grobschlächtig waren die Gesichter, faustgroß die aufgedunsenen Nasen und kräftig ihre Hände, von denen ein Finger dicker sein musste als mein ganzer Arm. Zumindest erschien es mir so. Alles an ihnen war riesig. Vielleicht, dachte ich und flüchtete mich in Wahn, vielleicht konnten sie mich gar nicht sehen, weil sie so groß, ich aber so klein wie ein Käfer war.

Dann hörte ich sie sprechen und verstand kein Wort davon. Zwar benutzten sie meine Sprache, aber meine Ohren stellten sich ihnen taub, auf dass ich nichts von ihnen erfahren musste. Gewiss waren sie eine schreckliche Räuberbande. Oder marodierende, gewalttätige Soldaten, die sich nun rühmten, mich entdeckt zu haben, sich an meiner hellen, feinen Haut erfreuten und an den dunklen Haaren – so viel dünner als die von Graziosa, aber lang und von der Feuchtigkeit gekräuselt.

Einer der Männer trat auf mich zu und streckte mir seine Hand entgegen. Ich schlug meinerseits die eigenen vors Gesicht. Die Wahl ist auf ihn gefallen, dachte ich. Er wird der Erste sein, der mich schänden darf – der erste von so vielen! Es ist wahr, was man sich erzählt, in den Wäldern hausen Ungeheuer. Sie werden mir Leid zufügen, einer nach dem anderen, und hernach werden sie mich liegen lassen, blutend und zerstört und tot. Ich werde nicht in den Himmel kommen, und meine Liebsten werden dort vergebens auf mich warten, denn die Sünde der abscheulichen Unholde wird mich nach unten in die Hölle zerren. Ich dachte an die schrecklichen Strafen, die mich peinigen würden, an den Gestank nach Schwefel und an das ewige, grün spuckende Feuer.

Letzteres ängstigte mich jedoch nicht wie erwartet, sondern versprach jene Wärme, die aus all meinen Gliedern geflohen war.

Vorsichtig senkte ich die Hände von meinem Gesicht. Der Mann war wieder zurückgetreten, die anderen waren indessen nicht näher gekommen. Sie warteten wie ich. Die Pranken, die ich bereits auf mir gefühlt hatte, blieben gebändigt, solange nicht der Gewichtigste unter ihnen ein Machtwort spräche. Dieser saß auf einem Pferd und kam nun langsam zu dem Kreis geritten. Er trug einen edlen Pelz um seine Schultern, einen taubengrauen Umhang und auf dem Kopf eine runde schwarze Mütze. Das Gesicht darunter blickte nicht neugierig, sondern griesgrämig. Dass ich hier schutzlos lag und seine Männer um mich versammelt hielt, war für ihn offenbar eine lästige Störung. Krebsrot war seine Nase, seine Augen wässrig und farblos, die Stirn sehr spitz, sehr gefurcht und sein Mund bläulich verfärbt. Obgleich er wärmere Kleidung trug als ich, war uns das Frieren gemeinsam.

»Sie lag hier und hat geschlafen wie eine Tote«, sagte einer der Gefolgsleute. Es waren die ersten Worte, die in mein Bewusstsein drangen.

Die Zunge des Reiters schnalzte; an ihrer Spitze saß eine bläuliche Warze.

»Was tust du hier, Mädchen?«, fragte er unwirsch und ohne das Grinsen, das seinen Männern in die feisten Gesichter geschrieben stand.

Was würde Graziosa, meine mutige, lebenshungrige Schwester nun tun?, ging es mir durch den Kopf. Der Rückweg zur heimatlichen Burg war versperrt – nicht nur von den Unholden, die um mich standen und die wohl Übles mit mir im Sinn hatten, sondern von der Ahnung, dass die überlebende Dienerschaft zwischenzeitig gewiss vor der Pest geflohen war wie ich. Und gesetzt, es wären welche dort geblieben, wo sie ihre Heimat wussten: Wer von ihnen würde mir Schutz andienen oder gar Besitz zusprechen, wo ich doch ohne männlichen Vormund war?

Mühsam rappelte ich mich auf, da keiner mich hochzerrte. Stehend erschienen mir die Männer freilich nicht weniger bedrohlich, denn jeder einzelne von ihnen trug Waffen.

Was würde Graziosa nun tun?, beschwor ich eindringlich meine Gedanken und hoffte, ihr Mut und ihr Einfallsreichtum würden auf mich abfärben, wenn ich nur erst an sie dachte.

Da ich ihm keine Antwort gab, entschied sich der mürrische Reiter, sich seinerseits zu erklären.

»Ich heiße Hippolyte Botta«, hörte ich ihn sagen, und seine Stimme schälte sich heiser aus der Kehle. »Und ich reise als Kaufmann von Padua nach Rom.«

Jetzt erst gewahrte ich Schatten hinter ihm – weitere Männer, nur diese nicht mit Waffen beschwert, sondern mit mannshohen Truhen, die sie durch die Wälder schleppten. Ein langer Zug an wertvollen Handelsgütern war da an mir vorbeigekommen, beschützt von Waffenmännern, die der Kaufmann bezahlte, auf dass sie ihn sicher zum Ziel brachten. Jene Menschenschlange war nun um mich geringelt – und auch wenn ich nun ahnen konnte, dass mich keine Mordbande belauerte, die nur aufs Töten aus war, so blieb es dabei, dass ich die einzige Frau unter den vielen Männern war, schutzlos und allein und gewiss brauchbar zu ihrer aller Unterhaltung.

Sie werden mich umherreichen, dachte ich. Vom Höchsten

angefangen bis zum Niedrigsten werden sie meinen Körper gebrauchen. Dies war mir Gewissheit. Die Drohung, in den unheimlichen, bösen Wäldern geschändet zu werden, begleitete mich, seit ich denken konnte.

Was würde Graziosa nun tun?, fragte ich mich zum dritten Mal, aber ich dachte nicht nur an meine Schwester, sondern auch an ihre Mutter Serafina, meine Amme – sittenstreng, wenn sie mit uns sprach, doch in ihrer Jugend war sie bereit gewesen, Entehrung zu wählen, um zu überleben.

Langsamen Schrittes ging ich auf den Kaufmann zu, der Hippolyte Botta hieß, und neigte mein Gesicht zu ihm hoch. Ich legte mein Heil in seine Hände und bot ihm als Belohnung das Einzige, was mir geblieben war.

»Achtlose Männer, die der Teufel holen soll, ließen mich an dieser Stelle zurück«, begann ich weinerlich und spielte wie Graziosa, die sich stets vor meinen Augen in angelernten, fremden Gesten geübt hatte. »Mein Begehr ist nichts weiter, als nach Rom zu kommen. Dies wurde mir versichert, und darum wurde ich betrogen. Gewiss seid Ihr bereit, jenen Dienst zu erfüllen, wenn ich Euch den gleichen Lohn biete, den ich ihnen gewährte.«

Die Dunkelheit senkte sich über das Gesicht des Kaufmanns. Sein Gesicht wurde so schwarz wie seine Mütze.

»Wer bist du?«, fragte er verwirrt.

»Eine Kurtisane«, sagte ich und sank kraftlos zu Boden.

Hippolyte Botta war ein weitgereister Mann.

Später hörte ich ihn oft von den Orten und Städten sprechen, die er gesehen und erkundet hatte, wohin er Güter gebracht und woher er andere geholt hatte. Er kannte überall auf der Welt Menschen und unterhielt mit ihnen Handelsbeziehungen – ganz gleich, ob sie seine Sprache sprachen und seine Hautfarbe hatten oder nicht. London und Lyon, Brügge und

Montpellier, Alexandria schließlich und Konstantinopel – all das war ihm vertraute Welt.

Wiewohl er so viel Neues und gewiss auch Schönes in seinem Leben hatte erschauen dürfen, zeigte er sich dennoch stets griesgrämig, nörgelnd und unzufrieden. Es schien, als hätten ihn all seine Abenteuer nicht gelehrt, des Lebens Vielfalt zu bestaunen, sondern ihn mit Reizen derart überladen, dass er sich von ihnen beleidigt fühlte.

Als ich in sein Leben trat, befand er sich auf seiner letzten großen Reise. Der Handel mit den Gütern dieser Welt hatte ihn reich gemacht und zugleich darin bestärkt, dass es nun nichts Neuartiges mehr gäbe, was er jemals mit den Händen befühlen, mit der Nase riechen, mit den Lippen kosten konnte: ob Straußenfedern aus der großen Wüste, welche an Ägypten grenzt, Goldstaub aus der Mitte Afrikas, Opium, Seidenstoffe und Düfte aus dem Morgenland – er hatte die Gier der Wohlhabenden stets gesättigt und war dabei selbst vermögend geworden. Von nun an, so sein Trachten, wollte er die Halbinsel nicht mehr verlassen, sondern sich darauf beschränken, was die italienischen Städte zu bieten hatten – sei es Marmor aus Carrara oder Bronze aus Padua.

Zufrieden schien ihn dieser Entschluss nicht zu stimmen. Auf dem Weg nach Rom sah ich kein einziges Mal ein Lächeln um seinen Mund, der von den gleichen blauen Warzen übersät war, wie sie auch auf seiner Zungenspitze hockten. Vielleicht wusste er gar nicht von seiner Übellaunigkeit. Vielleicht hatte er sich dereinst zufällig dafür entschieden und war dabei geblieben, in der gleichen Weise, wie er gewohnt war, alle begonnenen Reisen zu Ende zu bringen – gleichgültig, welch hitziger Sandsturm ihn umwehen, welche frostige Sturmflut ihn nässen, welcher glitschige Morast ihn versinken lassen mochte. Hippolyte Botta war zielstrebig in dem, was er tat. Und was er tat, sollte immer sein, was sich gehörte.

Aus diesem Grund hatte er vor einigen Jahren seine Ehefrau erschlagen. Wiewohl er gut verstehen konnte, dass sie in seiner langen Abwesenheit einen warmen Leib gesucht hatte, an den sie sich schmiegen konnte, hörte er auf ihre Brüder – seine Schwager. Sie beschworen ihn, dass er diesen Betrug nicht hinnehmen dürfe und nicht nur seine, sondern auch ihre verlorene Ehre wiederherstellen müsse. Dabei ließen sie ihm gerne das Vorrecht. Die eigene Frau zu morden, weil diese die Ehe brach, war seine Pflicht und nur dann die ihre, wenn er scheitern würde. Er scheiterte nicht, sondern erschlug sie mit den bloßen Fäusten, und es ging rasch mit ihr zu Ende, weil er damals noch jung und kräftig war und nicht ausgelaugt von den langen Reisen. Gerne hätte er sie am Leben gelassen – doch nur unter der Bedingung, dass dies auch den Sitten entsprochen hätte.

Später erkannte ich, dass er mich niemals angefasst hätte, wäre er von meiner Jungfräulichkeit und hohen Herkunft unterrichtet gewesen. Von meiner Lüge, Kurtisane zu sein, jedoch bestochen – die Angst hatte mich dazu getrieben; kein Mann, so war ich überzeugt, könnte einer Frau Gewalt antun, wenn sie ihm von sich aus gab, was er sich ansonsten brutal rauben würde –, fragte er nicht danach. Wie stets entsprach er dem, was sich gehörte – und das hieß bei einer Kurtisane, das Bett mit ihr zu teilen. Schließlich war das ihr Beruf, und schändlicher als dieser deuchte ihn die Tatsache, sie nicht zu entlohnen.

Er war wortkarg in jener Nacht. Eilends hatte man an der Stelle, wo man mich gefunden hatte, ein Zeltlager errichtet. Durch dünnen Stoff von den anderen abgeschirmt, war ich mit ihm allein. Aufmunternde Rufe, die ihm galten, nicht mir, hatte er zum Schweigen gebracht, um sich nun selbst für lange Minuten dareinzufinden.

Ich war zu hungrig, zu durstig und zu müde, um Furcht zu

haben. Ich starrte ihn im Dunkeln an und dachte an nichts anderes als an seinen Umhang aus Pelz und dass dieser mich wärmen würde, wenn er ihn denn endlich ablegte und unter uns breitete. Da er es unterließ, trat ich meinerseits auf ihn zu, gewiss, dass meine Beine vom Zittern bald nachgeben würden. An seiner Brust gesenkt stand ich und roch seinen Atem, welcher faulig war und dennoch erträglich.

»Wie heißt du?«, fragte er.

»Isotta«, gab ich zurück.

»Möchtest du Wein?«

»Ja.«

Er drehte sich um, um mir einen Kelch zu reichen. Der Wein war gewürzt und mit Honig vermischt, und er rann mir brennend die Kehle herab. Nun konnte ich nicht vor Zittern, sondern vor Schwindel nicht mehr aufrecht stehen. Er musterte mich nachdenklich, zog den mit Pelz verbrämten Mantel aus und breitete ihn auf den harten Boden.

Als meine Hände den Pelz berührten und sich daran festkrallten, war ich gewiss, dass mir nichts Schlimmes mehr geschehen könnte. Ich schloss die Augen und hielt sie zu, während er sich keuchend an meiner Seite niederließ und sich nicht entscheiden konnte, ob er sich weiter entkleiden oder nur seine Beinkleider öffnen sollte.

Seine unschlüssigen Bewegungen waren langsam, schwerfällig und wohl auch schmerzhaft, denn das Stöhnen, das seinem bläulichen Mund entkroch, klang nicht lustvoll, sondern gepeinigt. Schließlich entblößte er meine Scham wie seine. Ich krallte meine Hände noch fester in den Pelz, dachte an Graziosa und daran, dass sie gesagt hatte, es würde nicht wehtun. Noch drang er nicht in mich ein.

»Du musst mich berühren«, raunte er unbeholfen. Er zog eine meiner Hände zu seinem Glied, welches kalt und weich war – und ich folgte ihm nur widerwillig, weil ich den Pelz spüren wollte, nicht ihn. Ich drehte den Kopf fort, so weit es möglich war, kniff die Augen noch enger zusammen und spürte, wie der Wein heiß in mir hochstieg und ich ihn erneut im Mund zu schmecken bekam – diesmal aber nicht süß, sondern säuerlich. Die Hand, die im Pelz verkrallt blieb, war warm; jene, die Hippolyte umschloss, um damit sein Glied zu massieren, wurde hingegen kalt und gefühllos. Irgendwann entschied er, dass es genug damit war, und hievte sich mit Stöhnen – erst später erfuhr ich, dass er von schlimmen Rückenschmerzen geplagt war – auf mich. Dort lag er eine Weile. Sein fauliger Mund ruhte schwer atmend auf meinem Hals, ehe er unter Mühen seine Hände aufstützte und endlich sein Geschlecht in meinen Körper schob. Beim ersten Mal geschah es langsam, und es rutschte wieder hinaus, noch ehe er mich zum Bluten brachte.

»Verflucht!«, hörte ich ihn stöhnen, und ich dachte daran, dass Graziosa gewiss lachen würde, geschähe ihr etwas Derartiges, und ich dachte auch, dass Graziosa tot war und ich vor wenigen Stunden vor ihrem verwesenden Körper gestanden hatte, und als ich mich daran erinnerte, stiegen mir Tränen hoch. Ich weinte, als er zum zweiten Mal zustieß.

»Verflucht!«, hörte ich ihn erneut schnauben. Er zuckte zurück und befühlte mit seinen gerunzelten Händen meine Scham. »Du blutest ja!«, schimpfte er missmutig – und nun, da er davon sprach, spürte ich, dass es schmerzte.

»Sie sind alle tot!«, schluchzte ich. »Sie sind alle an der Pest gestorben. Mein Vater, meine Mutter, meine Schwester, meine drei Brüder, meine Amme.«

»Wovon redest du, zum Teufel?«

»Wir lebten nicht weit von hier! Mein Vater war der Sohn des Grafen von Mantaco und Condottiere von Giovanni de' Medici.«

»Bist du verrückt geworden, Mädchen?«

»Nein, nein! Ich spreche die Wahrheit! Ich habe mich nur als Kurtisane ausgegeben, um nicht gewaltsam von Euren Männern geschändet zu werden und weil ich nicht wusste, wohin ich mich wenden sollte! Ich kann doch nicht wieder zurück zur Burg – wer wäre dort, um für mich Sorge zu tragen? Mein Vater hat niemals einen Vormund für mich bestimmt!«

Ich heulte, bis der Pelz nass war. »Sie sind tot! Sie sind alle tot! Meine ganze Familie!«

Meine nackten Schenkel, über die das dünne Blut meiner Jungfräulichkeit floss, wurden klamm und kalt. Hastig rutschte er von mir ab.

»Die Pest!«, rief er ängstlich. »Du sagtest, sie starben an der Pest?«

»Ja, gewiss!«, stöhnte ich. »Meine Schwester war so schön und so mutig, doch die schwarzen Beulen haben ihr Gesicht zerfressen, und die Ratten haben an ihren Füßen genagt!«

Mein Reden ging in Schluchzen über. Wie starr hockte er an meiner Seite und vergaß darauf, sich zu bedecken.

Ich weiß nicht, was ihn in jener Stunde mehr ängstigte – dass er, ein rechtschaffener Mann, ein ehrbares Fräulein entehrt hatte oder dass dieses Fräulein eine schreckliche Krankheit zu ihm und den Seinen gebracht haben könnte. Vielleicht streckte diese schon ihre grausigen Fänge nach ihnen allen aus.

»Kein Wort!«, zischte er. »Kein Wort von der Pest und kein Wort, wer du in Wahrheit bist! Das geht niemanden etwas an! Hörst du?«

Ich nickte unter Tränen, fühlte, wie er mein Kleid über meine Scham zog, und hatte nun endlich wieder beide Hände frei, um mich an den Pelz zu klammern.

»Versprich es mir!«, rief er streng. »Versprich, dass du es niemandem erzählst!«

»Ja«, murmelte ich schwach. »Ja, gewiss.«

Langsam kam die tröstende Wärme zurück und gaukelte

mir vor, ein gutes Tauschgeschäft geschlossen zu haben. Ich glitt in einen tränen- und traumlosen Schlaf, und als ich am nächsten Tag erwachte, war alles bereit zur Weiterreise nach Rom und mein Schicksal besiegelt, fortan kein gelehriges Grafentöchterlein mehr, sondern eine entehrte Hure zu sein – denn solches verhieß das Kurtisanendasein.

Die Ewige Stadt war groß, schmutzig und versank im Regen, als ich das erste Mal über die Via Cassia kommend durch die Porta del Popolo ritt. Ich deutete die Tropfen, die mein Gesicht nässten, jedoch nicht als schlechtes Omen. Ich hatte gar keinen Sinn dafür. Hippolyte Botta zu Pferde folgend, waren meine Augen schreckgeweitet ob des Lärms, ob der Menge, schließlich ob der engen Gassen.

Rom ist die schönste Stadt der Welt, hatte mein Vater mir gesagt und mich belogen. Einstmals hatte ihn eine Pilgerreise dorthin geführt, doch seine Erinnerungen mochten über die Jahre zum Trugbild geronnen sein – und mit ihnen all die prachtvollen Gebäude und Stätten, von denen er mir so anschaulich erzählt hatte. Ich sah nichts davon – weder die Kuppel des mächtigen Petersdoms, welche vor fünfzehn Jahren vollendet worden war, noch die eindrucksvollen Basiliken Santa Maria Maggiore oder San Giovanni in Laterano, nicht den Quirinalspalast, wo der Papst residierte. Ebenso blieb mir der Pasquine auf der Piazza Navona verborgen, den uns mein Vater eindrucksvoll ausgeschmückt hatte – mir und Graziosa, meiner schönen, großen Halbschwester, die geschworen hatte, sie wolle in Rom leben und einen edlen Mann haben. Sein Rock solle mit Goldschnüren besetzt sein, sein Wams aus schwarzem Samt gefertigt und sein Mantel aus Brokat genäht sein.

Ich erblickte keinen solchen Herrn – nur aufdringliche Marktschreier, bunt gekleidete Bänkelsänger und zerlumpte

Dirnen. Junge Frauen trugen Gemüse in Körben auf dem Kopf, das ob des Regens nicht frisch, sondern verwelkt aussah; weiß gewandete Pilger knieten ungeachtet des Drecks auf Kirchentreppen; Viehhändler trieben grunzende Schweine und Schafe durch die Gassen und scherten sich nicht um die empörten Schreie jener, die in deren Scheiße stiegen. Kaum einer unterschied sich vom anderen, denn alle waren nass vom Regen, und alle wateten im Schlamm.

Es war nicht Vaters und nicht Graziosas Rom, stellte ich fest und ward davon nicht traurig, sondern lustlos gestimmt. Ich hatte aufgehört, um Graziosa zu weinen. Zwei Wochen waren seit ihrem Tod vergangen, und in diesen zwei Wochen war ich Tag für Tag älter geworden, während sie das Mädchen blieb, als das sie gestorben war. Ihr stets größerer Mut, ihre Waghalsigkeit – was zählten sie schon, da ich mich in dem, worum ich heute kämpfte, nicht mit ihr vergleichen konnte? Sie suchte schwärmend das Bunte, aber forderte es nur in Gedanken ein. Ich – die ich leibhaftig hier stand – begnügte mich mit dem grauen Rom, solange ich warm und satt blieb. Erstaunlich einfach war mein Trachten – hinfortgeweht jegliche Scham, jeglicher Ekel und all meine Sehnsüchte.

Erkaltet schien mein Herz seit jenem Tag, da ich mit Hippolyte Botta das Geheimnis meiner Herkunft und das Geheimnis der schrecklichen Krankheit, der ich entgangen war, teilte – in gleicher Weise wie Nacht um Nacht sein Lager. Da es nun mal geschehen sei, so hatte er befunden, ich entehrt und ohne Zukunft sei, was mache es schon aus, wenn er sich an meinem jungen Körper wärmte? Er hatte gefragt, ob ich in Rom Verwandte hätte, und war erleichtert, als ich verneinte. Niemanden gab es also, der an ihm Rache üben konnte für meine Schändung. Erst später fiel ihm auf, dass, was ihn erleichtert stimmte, ihm auch die Last meines jungen Lebens aufbürdete.

Sie wog umso schwerer, da wir Rom erreichten, und während wir durch die Straßen ritten, bemerkte ich, dass er nachdenklich die krebsrote Nase rümpfte, wann immer sein Blick auf mich fiel, abschätzend und argwöhnisch.

Ich bin doch ein junges Mädchen, dachte ich, ich muss ihm gefallen, ihm schön erscheinen! Er darf mich nicht fortschicken! An wen sonst sollte ich mich wenden? Wer sonst würde mich in dieser rauen Welt beschützen?

Ich hatte mich an sein hässliches Antlitz gewöhnt, an die Last seines alternden Körpers und noch mehr an den hermelinbesetzten Umhang, den zu tragen er mir überließ. Während verkommenes Gesindel, lepröse Bettlerinnen und zahnlose Blinde heiser krächzend die Hände nach unserer Truppe ausstreckten, schwor ich mir, um diesen Mantel zu kämpfen.

Unser Zug kam vor einem Haus zu stehen – höher als alle, die ich bisher gesehen hatte. Ich reckte meinen Kopf nach oben – und mochte doch nicht den reinen Himmel sehen, sondern nur ein Stückchen von seinem verwaschenen Grau, welches eingerahmt von Häuserwänden blieb.

Als ich den Kopf wieder senkte, blickte ich mitten in Hippolytes Gesicht, das wie immer unwirsch verzogen war und mich misstrauisch musterte. Beim Reden stieß die bläuliche Warze auf der Zunge gegen seine Zähne, die schief gewachsen, gelblich, aber immerhin noch vollzählig waren.

»Und jetzt, Isotta?«, fragte er. »Was soll aus dir werden?«

Selten sprach er in ganzen Sätzen. Er stöhnte häufiger, als dass er Worte gebrauchte, und am lautesten stöhnte er, wenn sich sein alter Körper mit mir abmühte – oft schmerzvoll und außerdem vergebens. Drei oder vier Mal nur hatte er es zustande gebracht, seine Lust an mir zu stillen – die anderen Male hatte er sich vorzeitig der Weisung seines wehen Leibes fügen müssen, der lieber ruhig liegen wollte, anstatt sich auf mir zu quälen.

Ich stieg so schnell vom Pferd, dass ich auf dem schlammigen Boden ausrutschte und der Länge nach hinfiel. Ich stand nicht wieder auf, sondern erhob mich nur so weit, bis ich vor ihm kniete. Wiewohl nicht geplant, erschien mir ein solches Verhalten für mein Vorhaben passend. Mein Umhang sog sich mit Dreck voll – und immerhin, dachte ich, immerhin wird er ihn mir deswegen lassen, ganz gleich, was geschieht.

»Bitte!«, rief ich klagend, suchte den Blick seiner wässrigen Augen, die missmutig an mir vorbeizustarren schienen, und wähnte mich verloren, wenn ich nicht sein Mitleid erringen konnte. »Bitte! Auch wenn nicht mehr zwischen uns an Abmachung stand, als dass Ihr mich nach Rom bringen würdet! Bitte schickt mich nicht fort in die elende Gosse, sondern lasst mich bei Euch bleiben!«

3

Rom, Gegenwart

Als Ricarda wieder zu sich kam, schien sich alles um sie herum zu drehen. Sie blickte starr auf die weiße Decke und hatte das Gefühl, dass diese langsam näher, immer näher kam. Sie spürte ihr Laken unter sich, aber vermeinte weniger in einem Bett, als vielmehr auf einem schaukelnden Kahn zu liegen, der sich seinen Weg durch unruhige Fluten bahnte. Sie atmete tief ein und aus, das Schaukeln blieb, doch dann merkte sie plötzlich, dass sie gar nicht auf dem Bett lag, nicht nur zumindest: Ihr Kopf ruhte auf dem Schoß eines Mannes. Seit sie ihn kannte, hatte sie ihm höchstens einmal die Hand geschüttelt – nie war sie ihm so nah gekommen wie jetzt.

»Ricarda?«, fragte er leise.

Sie fuhr hoch und hatte das Gefühl, ihr Kopf würde zerspringen. Mühsam erinnerte sie sich an den schwarzen Schatten, der plötzlich hinter der Tür aufgetaucht war, und an den dunklen Gegenstand, mit dem irgendjemand auf ihren Hinterkopf eingeschlagen hatte. Sie versuchte, den stechenden Schmerz zu ignorieren.

»Frater Elias – was machst du hier? Wie … wie bin ich hierhergekommen?«

Ihre Gedanken lahmten. Tano war tot … das Gemälde … Caravaggio … die Schriften der Kurtisane …

Suchend ging ihr Blick durch das Zimmer, blieb schließlich am Schreibtisch haften. Ihre Bücher waren dort gestapelt, daneben einige Skripten und Unterlagen, doch weit und breit war nichts von diesen alten Schriften zu sehen. Sie hätte schwören können, sie dorthin gelegt zu haben. Hastig sprang sie auf; das Bild vor ihr explodierte in viele grelle, kleine Sterne, doch sie ignorierte den Schwindel, wartete, bis sie wieder halbwegs klar sah, und suchte dann hektisch nach den Schriften: im Schrank, unter dem Bett, auf dem Nachtkästchen. Es gab nicht viele Möglichkeiten, wo man sie hätte ablegen können.

»Kannst du mir erklären, was du da machst?«, fragte Frater Elias.

»Hast du hier Schriften gesehen … keine gewöhnlichen Skripten, sondern alte Schriften, sehr alte …«

»Das Einzige, was ich gesehen habe, warst du. Du hast reglos am Gang gelegen, und es war ziemlich mühselig, dich wieder ins Zimmer zu ziehen. Bist du ohnmächtig geworden? Kriegst du die Grippe?«

Sie schüttelte den Kopf. Der stechende Schmerz war zu einem dumpfen Pochen verkommen. Ihr Nacken fühlte sich geschwollen an.

»Jemand hat mich zusammengeschlagen.«

Ein mehr als skeptischer Blick traf sie.

»Doch, wirklich!«, sagte sie. »Um die Schriften zu stehlen!«

Frater Elias' Blick wurde noch skeptischer und etwas spöttisch.

Er war ein Benediktinermönch aus Bayern, der in San Anselmo ein Gastsemester Theologie mit Schwerpunkt Monastik studierte, und einer ihrer wenigen Bekannten hier in Rom. In Salzburg hatten sie – als Vorbereitung für ihren Studienaufenthalt in der Ewigen Stadt – gemeinsam einen Italienischkurs belegt.

Ricarda war mit einem Sprachschatz von mehreren hundert Wörtern in die erste Stunde gekommen; sie bereitete sich immer gründlich auf ein neues Lerngebiet vor. Die Sitznachbarin, der sie diesen Umstand halb scheu, halb arrogant mitgeteilt hatte, hatte die Nase über so eine Streberin gerümpft. Ricarda war von ihr abgerückt. Nun gut, dann war sie hier eben die Einzige mit intellektuellem Anspruch. Sie war nicht hier, um Freundinnen zu finden.

Dann war Frater Elias aufgetaucht, hatte gleich die erste Übung von ihr abgeschrieben – so wie er es fortan bei jedem Grammatik- und Vokabeltest tun würde – und sie hinterher zum Kaffee ins Tomaselli eingeladen. Sein Armutsgelübde hielt ihn nicht davon ab, das viele Geld auszugeben, das ihm die besorgte Mutter regelmäßig als »Notgroschen« zusteckte. Auch hier in Rom lud er sie manchmal ein, wobei Ricarda den Verdacht hatte, dass er damit nicht nur seine Großzügigkeit und Weltgewandtheit unter Beweis stellen, sondern sie sich warmhalten wollte, damit sie ihm gegebenenfalls bei Seminararbeiten helfen würde. Erst letzte Woche hatte er sich diverse Exzerpte von ihr ausgeborgt, um anstelle von dicken Büchern nur deren Zusammenfassung lesen zu müssen – wahrscheinlich war er heute hierhergekommen, um sie ihr zurückzugeben.

»Kannst du mir jetzt endlich erklären, von welchen Schriften du sprichst?«

»Die Schriften, die mir …«

Da erst ging ihr auf, dass ihm die wichtigste Information fehlte.

»Tano Faresi ist tot.«

»Wer?«

»Ich habe dir sicher schon mal von ihm erzählt. Es ist dieser Restaurator, der in Salzburg ein Gastsemester eingelegt hat. Vor einigen Tagen hat er mir eine E-Mail geschrieben, dass ich kommen solle. Wegen des Caravaggio-Bildes. Dann saß er tot daneben. Und nun …«

»Ich verstehe kein Wort!«, rief Elias verwirrt.

»Das kann doch alles kein Zufall sein! Tano stirbt, ohne jemals krank gewesen zu sein. Dann tauchen diese Schriften auf. Ich kann gerade mal den ersten Satz übersetzen – und prompt werde ich zusammengeschlagen, und die Schriften sind verschwunden. Tano … Tano hat behauptet, dass das Gemälde ein echter Caravaggio ist.«

Elias rümpfte die Nase. »Ein echter Caravaggio taucht einfach so bei einem x-beliebigen Restaurator auf?«

»Ich habe es ja auch nicht für möglich gehalten, aber jetzt … Ich habe das Bild bei ihm im Laden gesehen.«

»Wenn es ein Caravaggio ist, müsstest du ihn doch als solchen erkannt haben. Du bist doch die Expertin auf diesem Gebiet.«

»Ja«, murmelte sie. Ihr Nacken fühlte sich immer tauber an. Sie betastete ihn vorsichtig und fühlte getrocknetes Blut. »Aber nicht alle Werke von Caravaggio sind bekannt. Es kommt immer mal wieder vor, dass ein Bild als echter Caravaggio identifiziert wird – erst vor wenigen Jahren war das der Fall. In San Bartolomeo della Certosa bei Genua hing jahrelang eine Version der ›Dornenkrönung‹, von der man dachte, sie wäre nur eine Kopie. In Frankreich wurden auch zwei Gemälde entdeckt, auf einem Dachboden.«

»Mhm«, machte Elias. Der Spott war aus seinem Gesicht geschwunden, aber der Blick war noch immer skeptisch. »Du hast mir immer noch nicht gesagt, was in diesen Schriften steht.«

Ricarda schluckte. In ihrem Mund schmeckte es säuerlich; sie dachte an die Schokoladenkekse, die sie heruntergewürgt hatte, und wie sie sich ins Waschbecken übergeben hatte. »Das weiß ich auch nicht so genau«, murmelte sie. »Diese Schriften sind offenbar die Lebenserinnerungen einer Kurtisane. Sie hieß Isis de Luna.«

Frater Elias hatte sich längst von ihrem Bett erhoben. Als sie hektisch nach den Schriften gesucht hatte, war er ihr ausgewichen und stand nun an die Tür gelehnt. »Merkwürdiger Name. Sagt er dir etwas?«

Sie wollte den Kopf schütteln, hielt aber mitten in der Bewegung inne, weil es schmerzte.

»Das Gemälde … Das Gemälde in Tanos Laden zeigte eine Frau. Caravaggio hat diverse Frauenporträts gemalt. Von Caterina Campana zum Beispiel, der Frau seines Freundes Onorio. Auf den Namen Isis de Luna bin ich allerdings noch nie gestoßen.«

»Merkwürdiger Name«, wiederholte er.

»Die Kurtisanen haben sich damals meist ›Künstlernamen‹ zugelegt«, murmelte Ricarda.

Elias zuckte mit den Schultern und griff nach der Türklinke. »Soll ich dich vielleicht zum Arzt bringen?«, fragte er.

Ricarda stützte sich auf den Schreibtisch. Das Schwindelgefühl hatte nachgelassen, doch der Schock über den plötzlichen Überfall zeigte Nachwirkungen. Ein Zittern überkam sie, und zu allem Überfluss stiegen ihr Tränen in die Augen.

»Aber Tano war doch so etwas wie ein Freund …«, stieß sie aus und wusste nicht, was genau ihr dieses Bekenntnis abrang. Im Antiquitätenladen war sie zutiefst schockiert gewesen, auf einen Toten zu treffen, doch bis jetzt hatte sie keinen Augenblick lang echte Trauer um ihn gefühlt, eher Irritation darüber, dass er die unkomplizierten Rahmenbedingungen ihrer Kollegenschaft außer Kraft gesetzt hatte, indem er einfach starb. Investition von Gefühlen hatte nie dazu gehört, bestenfalls die Bereitschaft, die beruflichen Erfolgserlebnisse des jeweils anderen zu kommentieren. Nie hatte es Momente der Verwirrung zwischen ihnen gegeben wie jetzt nach seinem Tod. Dank der Verwandtschaft ihrer Fächer war die Kommunikation nicht anstrengend gewesen. Worte konnten sparsam verwendet werden, weil sie die Fachtermini nicht hatten erläutern müssen. Und die vertraulichen *cioccolata-calda*-Stunden waren eben kleine Ausnahmen von dieser Regel gewesen, nicht sonderlich wichtig, nicht sonderlich erwähnenswert. Bis jetzt zumindest. Nun weckte die Erinnerung daran ein Gefühl des unwiederbringlichen Verlusts.

Elias zuckte wieder die Schultern. »Ich mache dir einen Vorschlag«, meinte er. »Geh doch einfach in diesen Antiquitätenladen und frag nach dem Bild. Oder eben nach diesen Schriften. Vielleicht weiß jemand mehr darüber.«

Ricarda blickte zu Boden. Im Laden würde sie wahrscheinlich auf Signora Luisa stoßen, die Frau, die Tano immer als den alten Drachen bezeichnet hatte. »Besser, ich gehe zur Beerdigung«, meinte sie. »Ich muss seiner Großmutter doch mein Beileid ausdrücken, und dann ergibt sich vielleicht die Gelegenheit, über das Bild zu sprechen.«

»Das ist doch eine gute Idee«, meinte er und schien erleichtert, dass sie aufgehört hatte zu weinen und sich die befremdliche Situation, in die er zufällig geraten war, erfreulich schnell geklärt hatte.

»Begleitest du mich?«

Während sie noch fragte, biss sie sich auf die Lippen. Nur weil er sie ohnmächtig gefunden, ins Zimmer geschleift und sie auf seinem Schoß gelegen hatte, hatte sich ihr Verhältnis nicht verändert; ihre spontane Bitte musste ihm aufdringlich erscheinen.

Wie erwartet schwieg Frater Elias zunächst, und sie verdächtigte ihn, nach einer erstbesten Ausrede zu suchen.

Doch zu ihrem Erstaunen sagte er schließlich zögerlich: »Wenn du unbedingt möchtest …«

Wahrscheinlich hatte er Angst, ging ihr später, als er gegangen war, auf, dass sie ihn sonst nicht mehr mit Exzerpten versorgen würde.

Zu Caravaggios Zeiten boten sich einem aufstrebenden Künstler viele Chancen. Selten wurde in Rom so viel gebaut, selten wurden so viele Maler beschäftigt wie in diesem Jahrhundert, in dem die Stadt ihre größte Zeit seit dem römischen Imperium erlebte: Berühmte Kirchen wurden eben erst fertig gestellt und mussten dementsprechend mit Bildern ausgestattet werden – der Petersdom zum Beispiel war gerade einmal fünfzehn Jahre alt.

Tatsächlich begann Caravaggios Karriere – etwa dreißig Jahre nach dem Tod Michelangelos – vielversprechend, nicht zuletzt, weil er nach seinen schwierigen Anfangsjahren unter die Fittiche des einflussreichen Kardinals Francesco del Monte genommen wurde.

Doch trotz der hervorragenden Ausgangsposition ist Caravaggio letztlich gescheitert. Seine provokanten Bilder (z. B. hat er fettleibige und vulgäre Personen dargestellt, lasterhafte und betrunkene Menschen, die in gottloser Weise die Rolle Christi oder der Apostel einnahmen), vor allem aber sein ungeordnetes Privatleben, das von Besäufnissen und Gewaltexzessen dominiert war, machten ihn beim Establishment jener Zeit unbeliebt. Eine Mordtat zwang ihn schließlich zur Flucht aus Rom.

Caravaggio hätte einer der Großen, wenn nicht gar der Größte seiner Zeit sein können – doch bei seinen Zeitgenossen blieb vor allem das Skandalöse seines Lebens als bleibender Eindruck. Und er hat nicht nur seinen Ruf beschädigt – für lange Zeit gerieten auch seine Bilder in Vergessenheit. Erst Ende des 19. Jahrhunderts wurde sein Werk wiederentdeckt; die wahre Dimension seines Schaffens erkannte man wohl nicht vor 1920.

Seine Hell-Dunkel-Technik hinterließ freilich als »Caravaggismus« Spuren in der Kunstgeschichte – Rubens, Rembrandt,

Velázquez griffen diesen Stil auf, auch Ribera und Zurbarán. Für die Moderne am entscheidendsten war vor allem sein pathetischer Naturalismus bzw. Realismus. André Berne-Joffroy bringt es auf die schlichte Formel:

»Was kurz nach der Renaissance mit Caravaggio beginnt, das ist schlicht und einfach die moderne Malerei.«

Ricarda versuchte sich vom Begräbnis abzulenken. In Gedanken wiederholte sie bereits zum dritten Mal einen Vortrag, den sie im nächsten Monat am Österreichischen Kulturinstitut halten würde. Auf diese Weise fiel es ihr leichter, die sengende Sonne zu ertragen, die auf den Friedhof brannte, das heisere Geflüster des Pfarrers, der offenbar zu teilnahmslos war, um mehr Gewicht und Inbrunst in seine Stimme zu legen, und das kleine Grüppchen schwarz gekleideter Frauen, die wie Krähen das Gräberfeld umlauerten und Ricarda misstrauische Blicke zuwarfen.

Tano Faresi schien weder viele Freunde noch eine große Familie gehabt zu haben. Außer Ricarda und Frater Elias war keiner der Anwesenden jünger als fünfzig.

Drei Tage waren vergangen, seitdem sie ihn leblos neben dem Gemälde entdeckt hatte und ihr später am Abend irgendjemand die Schriften gestohlen hatte. Wenn sie daran dachte, hatte sie ein schlechtes Gewissen. Zwar konnte niemand ihr vorhalten, daran schuld zu sein, ohne Vorwarnung zusammengeschlagen zu werden – und doch nagte es an ihr, dass Tano offenbar auf die Falsche gesetzt hatte, als er sie in sein Geheimnis hatte einweihen wollen. Jedes vernünftige Argument sprach dagegen, doch sie schleppte das Unbehagen wie einen schlammigen Bodensatz durch den Alltag.

Müde wischte sie sich den klebrigen Schweiß von der Stirn. Sie stand eingepfercht neben zwei Italienerinnen – offenbar entfernte Verwandte von Tanos Großmutter Antonella, die eben auf Signora Luisa gestützt eine Schaufel Erde ins Grab poltern ließ. Beide waren monströs-elegant gekleidet, trugen die graublonden Haare hochtoupiert und schweres Goldgehänge an den Handgelenken. Trotz des rosaroten Lippenstifts, der aus den Achtzigerjahren zu stammen schien, strahlten sie Würde aus. Gesprächsfetzen flogen bis zu Ricarda. Die beiden unterhielten sich nicht über Tano, sondern darüber, dass ein gewisser Matteo vor kurzem gestorben sei, seine Witwe jedoch nicht rechtzeitig ein Grab beantragt habe und Matteos Bruder Francesco ihn daraufhin auf dem städtischen Friedhof Campo Verano eingescharrt hätte, eigenhändig, bei Nacht und Nebel. Was natürlich verboten sei.

Antonella Faresi – deren aufgedunsenes Gesicht und schmale, ins Blaue verfärbte Lippen unter einem schwarzen Schleier nur undeutlich zu erkennen waren – drehte sich schluchzend vom Grab weg. Sofort kippten die gleichgültigen Stimmen der beiden Damen in tiefste Betroffenheit. Mit hysterischen Mitleidsbekundungen stürzten sie auf Antonella zu, begleiteten sie vom Grab weg und machten dadurch Signora Luisa den Platz an deren Seite streitig.

Ricarda seufzte. Nach allem, was ihr Tano von seiner Großmutter erzählt hatte, hatte sie sie für eine tatkräftige, rüstige Frau gehalten. Sie hatte zwar erwartet, sie tief von seinem plötzlichen Tod getroffen zu erleben, doch nicht als derart gebrechliches Häufchen Elend. Gleich auf den ersten Blick hatte sie erkannt, dass es unmöglich sein würde, ein vernünftiges Wort mit ihr zu reden – nicht zuletzt, weil sie von den Traugästen derart abgeschirmt wurde, dass Ricarda nicht einmal ihr Beileid ausdrücken konnte.

Um mehr über das Gemälde zu erfahren, musste sie wohl das in Angriff nehmen, was sie eigentlich hatte vermeiden wollen: Signora Luisa danach fragen. Dazu drängte jetzt auch Frater Elias, der seine Bereitschaft, sie zum Begräbnis zu begleiten, sichtlich bereute. Unruhig trat er von einem Fuß auf den anderen, schwitzte unter seinem dunklen Habit noch gnadenloser als sie und überlegte wahrscheinlich schon seit den ersten Minuten, wie er beizeiten unauffällig fliehen konnte.

»Jetzt mach schon!«, forderte er, als er sah, dass Signora Luisa für kurze Augenblicke ganz allein vor dem Grab stand.

Zögernd trat Ricarda auf sie zu.

»Scusa«, murmelte sie. Die Sonne blendete derart heftig, dass sie die Augen zusammenpressen musste. So blieb ihr wenigstens erspart, Signora Luisas misstrauischem Blick standzuhalten. Schon vorhin hatte diese sie so abfällig gemustert wie unerwünschte Kundschaft im Antiquitätenladen.

»Cosa vuole?«, fragte sie nun kühl.

Stockend brachte Ricarda ihr Anliegen vor. Sie hatte ihr Sprüchlein sorgfältig vorbereitet und die Vokabeln, die ihr dafür fehlten, im Wörterbuch nachgeschlagen. Während sie redete, hielt sie ihren Blick gesenkt – und spürte trotzdem, wie Luisa immer wieder den Kopf reckte: offenbar, um keine Lebensregung der weinenden Antonella zu verpassen.

Sie habe Tano nicht zufällig in dessen Werkstatt gefunden, erklärte Ricarda, sondern weil sie eine Kollegin sei. Er habe sie dorthin bestellt – ebenso wie offenbar diese Signora di Campanella, die zur gleichen Zeit dort aufgetaucht war. Sie, Ricarda, kenne diese Dame nicht. Auf jeden Fall verhalte es sich so, dass Tano einen Ratschlag bezüglich eines Gemäldes von ihr gewünscht habe. Sie habe das Bild gesehen, es habe neben ihm gestanden, das Motiv sei eine in Gedanken oder im Gebet versunkene Frau.

Ricarda schluckte, hob den Blick, und ihre Augen kämpften gegen die beißende Sonne.

»Tano Faresi hat geglaubt, dass es sich um einen echten Caravaggio handeln könnte«, schloss sie. Sie versuchte so unaufdringlich wie möglich zu klingen.

Kurz verweilten Signora Luisas Augen auf ihr. Der Blick war nicht länger misstrauisch, sondern kalt. Dann begann sie mit einer aufgebrachten Stimme, die nicht zu diesen Augen passte, das erbarmungslose Schicksal zu beklagen, das Tano in ihrer unmittelbaren Nähe hinweggerafft habe. Kaum zehn Schritte von ihr entfernt sei er gestorben; sie würde sich nie verzeihen können, sich an diesem Morgen nicht nach seinem Wohlbefinden erkundigt zu haben. Vielleicht hätte sie ihm noch helfen können. Welch eine schreckliche Tragödie! Welch ein unverwindbarer Verlust!

So pathetisch ihre Trauerrede klang, die Augen blieben kalt. Und Ricarda fiel es schwer, diese vermeintlich verzweifelte Frau mit jener Person in Übereinstimmung zu bringen, die nach Tanos Tod nüchtern die Polizei und den Notarzt informiert hatte.

Sie habe kaum gewusst, wie sie es Antonella beibringen sollte, fuhr Signora Luisa fort. Die alte Dame habe doch nur mehr ihn gehabt – alle anderen Angehörigen seien tot. Und er sei nicht nur der einzig verbliebene Verwandte gewesen, sondern der einzig legitime Nachfolger für den Antiquitätenhandel. Darin sei die Familie über Generationen hinweg beschäftigt gewesen. Auch Antonella habe einst als Restauratorin gearbeitet.

Ricarda schluckte wieder.

»Pero il imago da Caravaggio …«, setzte sie an.

Eben hatten die beiden monströsen Damen von Antonella abgelassen. Kurz stand diese allein ganz dicht am Grab, ehe der heisere Pfarrer mit ausdruckslosem Gesicht an sie heranschlich, jedoch genügend Abstand hielt, um sie nicht seinerseits stützen zu müssen.

Ricarda starrte unsicher in ihre Richtung und wusste nicht, ob sie Antonella nun nicht doch ihr Beileid aussprechen sollte.

Signora Luisa nahm ihr die Entscheidung ab.

Sie sei die Einzige, die sich jetzt um sie kümmern sollte, fügte sie fast trotzig hinzu. Arme Antonella. Sie, Signorina Ricarda, solle sich gar nicht erst einbilden, die bemitleidenswerte und obendrein sehr kranke Frau mit Fragen zu quälen. Und was dieses Bild anbelange, sie habe keine Ahnung, wovon sie, Ricarda, spreche. Tano habe viele Gemälde restauriert, warum nicht auch ein weiteres. Wahrscheinlich hätten die Besitzer es längst wieder abgeholt.

Ihre Stimme wurde resolut, als sie zum Schluss kam.

»Besitzer?«, fragte Ricarda. »Wem gehört das Gemälde? Wer hat die Restauration in Auftrag gegeben?«

Signora Luisa zuckte mit den Schultern. Kurz erwartete Ricarda, dass sie sie einfach stehen lassen würde. Aber dann sagte sie doch noch etwas, ehe sie zu Antonella Faresi eilte.

Das Gemälde sei in Tanos Zuständigkeitsbereich gefallen, sie habe sich niemals in seine Angelegenheiten eingemischt. Aber eines stehe doch klipp und klar fest. »È impossibile che nel nostro negozio si trovi un vero Caravaggio!«

Sie waren in den kühlen Schatten eines Mausoleums geflüchtet, dessen kitschiger Steinengel sich weinend über eine endlos lange Liste an Toten beugte. Auch hier fiel es Ricarda schwer, nicht zu blinzeln, und sie ärgerte sich über sich selbst, die Sonnenbrille vergessen zu haben. Frater Elias war vorausschauender gewesen. Er hatte sich eine schwarze Brille aufgesetzt – vermutlich ein teures Designermodell – und sah aus wie ein Verschnitt aus 007 und Pater Ralph.

»Sie meinte, es sei absoluter Unsinn, dass sich in ihrem Laden ein echter Caravaggio befunden habe«, berichtete Ricarda von ihm Gespräch und zuckte hilflos die Schultern.

»Ich bin keinen Schritt weitergekommen«, gab sie kleinlaut zu, als Elias nicht reagierte. »Und es macht auch keinen Sinn, mit Antonella zu reden. Du hast es ja selbst gesehen: Die

Frau ist völlig gebrochen und hat sicher keine Ahnung, was in ihrem Laden vorgeht.«

»Und nun?« Wieder schien er gereizt.

»Wenn ich es mir recht überlege, gibt es noch jemand anderen, mit dem ich reden könnte«, setzte Ricarda zögernd an. »Es fiel mir ein, als Signora Luisa von den Besitzerns des Gemäldes gesprochen hat. Als ich Tano gefunden habe, ist gerade Signora di Campanella in seine Werkstatt gekommen ... eine ältere Dame. Sie hat von dem Gemälde gesprochen und dass Tano sie deshalb herbestellt habe. Vielleicht ... vielleicht gehört es ihr.«

»Und nun möchtest du sie besuchen und fragen?«

»Ich will doch nur ...«

Sie brachte den Satz nicht zu Ende, sondern deutete mit ihrem Kinn auf Tanos offenes Grab.

»Er wollte meine Hilfe«, setzte sie hinzu. »Ich bin es ihm schuldig. Und ... und ...«

Sie geriet ins Stammeln.

»Und ich soll dich wahrscheinlich wieder begleiten«, vollendete er ihren Satz.

Sie sah, wie es hinter seiner Stirn arbeitete. Wahrscheinlich überlegte er, ob dieser Aufwand in einem vernünftigen Verhältnis zu dem Nutzen stand, den sie künftig für ihn erbringen könnte. Sie rechnete schon mit einer klaren Absage, schalt sich, dass sie sich auf ihn angewiesen fühlte, als wäre sie ein hilfloses, kleines Kind, das sich im fremden Rom nicht zurechtfand, und straffte schließlich stolz den Rücken. Selbstverständlich konnte sie Signora di Campanella auch allein aufsuchen, konnte sie nach dem Gemälde fragen und in welchem Verhältnis sie zu Tano gestanden hatte.

Zu ihrer Überraschung nickte er. »Wenn du unbedingt willst ... meinetwegen ...«

Sie blickte ihn erstaunt an und versuchte sich zu erklären,

woher die unerwartete Hilfsbereitschaft rührte. Womöglich war trotz aller Ungeduld der Seelsorger in ihm erwacht, der ihre Bedürftigkeit erkannte. Vielleicht suchte er aber auch nur eine Gelegenheit, um seine Vorlesungen zu schwänzen, weil er diese als noch langweiliger empfand, als mit ihr eine alte Dame zu besuchen.

Als sie schweigend den Friedhof verließen und die Sonne immer noch gnadenlos auf sie herabbrannte, machte sich Ricarda keine Gedanken mehr über Elias' wahre Motive, ihr zu helfen. Signora Luisas Worte kamen ihr wieder in den Sinn, aber auch Zeilen aus Tanos E-Mail. Sie schienen sich in ihrem Kopf zu verknoten, widersprüchlich und gerade darum unentwirrbar.

... Habe ein Gemälde entdeckt, das ein echter Caravaggio sein könnte... Es ist doch absoluter Unsinn, dass sich in unserem Laden ein solches Bild befindet!

4

Aus den Lebenserinnerungen der Kurtisane Isis de Luna
Rom, 1600

Halbnackt stand ich vor der Frau, die mich scharf musterte, die Mundwinkel verächtlich verzog und die Hände hinter ihrem Rücken verschränkte. Drei Mal umrundete sie mich mit einem Blick, der auch Händlern ins Gesicht geschrieben steht, wenn sie zum Kauf eines neuen Pferdes schreiten. Ich wusste nicht, wie ihr Urteil ausfallen würde. Und ich wusste auch nicht, warum sie eines über mich zu fällen beabsichtigte.

Die einzigen Worte, die ich bislang aus ihrem Mund zu hören bekommen hatte, beschränkten sich auf den schlichten Befehl, ich möge mein Kleid aufschnüren, auf dass sie meinen Leib betrachten könne. Dies tat sie nun – und da Blicke anscheinend nicht reichten, um sie auf Wohlgefallen oder Ablehnung einzustimmen, schnellte plötzlich eine ihrer Hände hinter dem Rücken hervor und legte sich prüfend auf meine nackte Brust.

Entsetzt schrie ich auf und wurde rot. Ihre Mundwinkel zuckten noch abfälliger, und dann begann sie zu reden – so viel und so schnell, dass man nicht meinen konnte, sie habe je in meiner Gegenwart geschwiegen.

»Nicht rot werden, Mädchen! Wenn eine Kurtisane gut ist, kann sie sich manches leisten – nur niemals vor Peinlichkeit zu erstarren. Deine Brüste gehören ab heute ebenso mir wie dir – und Gleiches gilt für die Kunden, die ich dir beschaffen. Ein wenig leichter habe ich es mir allerdings vorgestellt. Man sagte mir, du wärst schön – stattdessen trägst du Haare so schwarz wie die Nacht. Die Männer wollen blonde Frauen. Was habe ich mich dereinst geplagt, die meinen zu färben – mit Rebenasche, Lupinenblüten oder Alaun, angerührt mit Safran und Krapp. So wie du dreinschaust, dümmlich wie ein Schaf, das zur Schlachtbank geführt wird, hast du von solchen Mitteln freilich keine Ahnung. Das gereicht dir zum Nachteil. Gut, dass wenigstens dein Busen schön straff ist. Daraus lässt sich was machen …«

Sie schnalzte mit der Zunge, löste ihre Hand von meiner Brust und fuhr sich durch das erwähnte Haar, das nicht mehr blond war, sondern rötlich glänzte und von grauen Strähnen durchsetzt war. Es sah so alt aus wie ihr poröses Gesicht, das schlaffe Dekolleté und die fleckigen Hände.

»Also«, fuhr sie fort, ehe ich ein Wort sagen konnte. »Ich werde dir einige Fragen stellen und verlange, dass du nicht mehr als einen Satz darauf sagst. Wie alt bist du?«

»Neunzehn. Fast zwanzig.«

»Lieber Himmel!«, stieß sie unwirsch aus, schüttelte den Kopf und mit ihm die Gehänge, die ihr an den Ohren baumelten. »Das ist zu alt. Wir werden dich für jünger ausgeben. Wie lange lebst du schon in Rom?«

Ich senkte meinen Blick und schwieg.

»Wird's bald?«, zischte sie erbost.

»Fünf Jahre«, gab ich kleinmütig an.

»So, so«, grummelte sie. »Fünf Jahre. Und all die Zeit hat dich Hippolyte Botta in seinem Bettchen schlafen lassen? Da hast du Glück gehabt. Und zugleich warst du dumm, diese Gnadenfrist nicht besser zu nutzen. Hättest du dir nicht denken können, dass er eines Tages verrecken wird – ob seines Alters und seines Rückenleidens eher früher als später?«

Ich erwiderte ihren Blick nicht.

Natürlich hatte ich daran gedacht, jeden Tag, den ich an seiner Seite zubrachte, hatte gefragt, an wen ich mich wenden könnte, wenn er nicht mehr da sein würde, und hatte keine Antwort darauf bekommen. Seine Bereitschaft, sich meiner anzunehmen, weil das Schicksal mich ihm irgendwie zugetragen hatte, hatte sich auf jene Spanne beschränkt, die ihm auf dieser Welt zu wandeln noch bestimmt gewesen war. Nie hatte sie sich in Sorge und Zuneigung ausgedrückt, sondern stets nur in einer vagen, misslaunigen Ahnung von Pflicht. Ich glaube, als er die Augen schloss und starb, war er froh, diese Aufgabe los zu sein und mich auch. Jetzt musste ich mich selbst darum kümmern, nicht in der Gosse zu landen.

»Nun gut«, hörte ich die Frau sagen, die kurz nach Hippolytes Tod zu mir gekommen war – in jenes Haus, worin ich gut gelebt hatte und woraus mich seine Verwandten jetzt jagen wollten, heute, morgen, spätestens in zwei Tagen.

»Nun gut, wie hat dich Hippolyte am liebsten genommen? Von vorne, von hinten? Oder mochte er es, seinen Schwanz in deinen Mund zu stecken?«

Ich zuckte zusammen und senkte meinen Kopf, so tief ich konnte.

»Lieber Himmel, jetzt wird sie schon wieder rot! Wirst mir doch kein jungfräuliches Gemüt vorspielen wollen? Hast du Hippolyte nicht auch eine Tochter geboren?«

»Ja«, bekannte ich kleinlaut und dachte an den Schmerz, der mich begleitete und der tiefer ging als die Trauer um Graziosa und meine Familie. »Ja, aber ich musste sie hergeben, als ihr flaumiges Haar noch feucht von der Geburt war. Sie wird von den Nonnen von Campo Marzo erzogen. Hippolyte hat dies so entschieden und in seinem Testament auch für die Zukunft festgelegt.«

»Und damit hat er gut getan«, erklärte die fremde Frau

barsch. »Es wundert mich, dass er sie zeugen konnte. So wie du mir ausschaust, hat er nicht oft einen hochgekriegt. Gut, gut, so können wir dich vielleicht als Jungfrau verkaufen. Nun, wie viel Ahnung hast du von dem, was eine Kurtisane wissen muss? Wie viele Stellungen kennst du?«

»Bitte?«, entfuhr es mir.

»Nicht absichtlich dumm stellen! Stellungen! Im Bett! Wenn du mit einem Mann zusammen liegst!«

»Hippolyte konnte sich kaum rühren, wenn sein Rücken schmerzte …«, stammelte ich verlegen.

»Dacht ich's mir doch! Er hat dir nichts beigebracht, dieser alte Sack! Dreiunddreißig Stellungen solltest du als Kurtisane mindestens beherrschen. Meine Spezialität waren seinerzeit der Kranich, der Spazierstock und der Glockenturm. O, das kann ich dir sagen! Ich habe sie verrückt gemacht, die Männer! Wenn ich mit ihnen fertig war, ging ihr Atem röchelnd, und ihr Schwanz konnte keinen Tropfen mehr spucken. Das waren Zeiten!«

Ein wenig freundlicher war ihre Miene ob der Erinnerung geworden. Ein kalter Glanz legte sich auf das verwelkte Gesicht.

»Das waren Zeiten!«, wiederholte sie. »In einem kostbaren Mantel aus weißem Fuchspelz habe ich sie empfangen – und trug nichts darunter. Die höchsten Gäste kamen in mein Haus – Adelige, Kirchenfürsten, selbst ein ausländischer Gelehrter. Er kam aus dem Franzosenland und hieß Michel de Montaigne …«

Sie schnalzte mit den Lippen, doch diesmal klang es nicht wie ein Peitschenhieb, sondern wie das wohlige Schmatzen an einer vorzüglich mundenden Speise. Erst nach einer Weile wandte sie sich mir wieder zu.

»Dazu fällt dir natürlich nichts zu sagen ein, Mädchen!«, schimpfte sie. »Du hast hier in deinem warmen Nest gehockt, und wenn es mich nicht gäbe, so würdest du nun herauspurzeln wie ein frisch geschlüpfter Vogel. Solche wie du sind rasch verloren. Magst es auch geschickt angestellt haben, dich an den hässlichen Hippolyte zu halten; jetzt aber braucht es mehr als deinen Schafsblick, um als Hure gutes Geld zu machen.« Voller Verachtung stieß sie dieses Wort aus, um ebenso heftig fortzufahren. »Ja, merke dir dies am allerbesten! Ganz gleich, was wir tun, wie vornehm wir uns vor den Herren verrenken und wie oft wir damit prahlen, dass niemand ungestraft uns eine *puttana* heißen darf! Ganz gleich, wie stolz wir sind, uns Töchter der Venus zu nennen, uns gebildet, erfahren und vornehm zu geben, zu singen, zu tanzen und die Laute zu spielen! Wir sind Huren – da gibt's kein Schönreden. Zu der Zeit, da ich noch nicht geboren war, hat sich unsereins wie Fürstinnen gekleidet, wie die Hochwohlgeborenen gesprochen und die großen Dichter zitiert. Aber vergänglich ist alles in der Welt – von diesem Zeitalter lässt sich nur träumen, nur solltest du das niemals tun, genauso wenig wie ich.«

Ich begann ob meiner Nacktheit zu zittern.

»Darf ich mich wieder ankleiden?«, warf ich scheu ein.

Die fremde Frau schnaubte unwirsch. »Du solltest weniger die Kälte spüren als Furcht vor deinem Geschick. Hippolytes Neffe hat dich mir angeraten und dir damit gewiss mehr geschenkt als Hippolyte in all den Jahren! Er meinte, du könntest hier nicht bleiben, ich aber meinerseits könnte was Rechtes mit dir anfangen.«

»Aber was wollt Ihr denn von mir?«, fragte ich hilflos.

»Lieber Himmel! Kann man sich denn so blöde anstellen? Wovon rede ich denn die ganze Zeit? Was geben denn mein Hiersein und mein Aussehen dir allzu deutlich zu verstehen?«

»Ihr seid eine Kurtisane«, stammelte ich.

»Richtig!«, blökte sie mich an. »Aber auch ein Blinder kann erkennen, dass meine beste Zeit vorbei ist. Und nun? Soll ich meinen Lebensabend in Santa Maria Maddalena verbringen wie so viele andere meiner Zunft? Soll ich dort meine Sünden bereuen und – was den frömmelnden Nonnen noch wichtiger ist – ihnen mein Vermögen vererben? Soll ich putzen oder betteln gehen? Nein, nicht ich! Nicht Marzia de Pitigliano! Ich krieche nicht zu Kreuze! Also werde ich dir mein Wissen geben, dir feine Kunden suchen und mir von dir den Lebensabend bezahlen lassen.«

Sie umrundete mich ein letztes Mal, um hernach an meiner statt mein Kleid zu verschnüren. Mit ihrer harten Hand strich sie mir über das schwarze Haar, um zuletzt schmerzhaft daran zu ziehen.

»Aber …«, brachte ich hervor.

»Nein, nein! Denk gar nicht erst ans Widersprechen! Ich war seit langem auf der Suche nach einem brauchbaren Mädchen, und wenn du dich nicht so dumm anstellst, wie du aussiehst, kann etwas aus uns werden. Wer essen will, muss sein Brot verdienen. Wer im Bett schlafen will, muss es mit einem teilen, der die Decke beschafft. Entweder du stürzt dich in den Tiber, oder du gehorchst mir ohne Fragen und Widerspruch. Hast du mich verstanden?«

»Aber …«

»Hast du mich verstanden?«

Die Frau, die – wie ich nun wusste – den Namen Marzia di Pitigliano trug, war zur Türe getreten und drehte sich nicht nach mir um.

»Ja, ich habe verstanden«, rief ich ihr nach und dachte an Hippolyte, der blau und aufgedunsen auf seinem Bett gelegen hatte, der sich in den letzten Wochen von mir mit Essig waschen ließ und der sich nun in den schmerzfreien Himmel fortgestohlen hatte.

»So ist es abgemacht«, sagte Marzia streng, als ich ihr folgte. »Ab heute bin ich deine Mutter.«

5

Rom, Gegenwart

Sie hatten Signora di Campanellas Adresse im Telefonbuch gefunden und brachen am nächsten Nachmittag zu ihrem Haus auf dem Gianicolo auf, in der Via Corsini, gleich in der Nähe der berühmten Renaissance-Villa Farnesina gelegen. Anders als gestern war der Himmel bewölkt. Nachdem ein kurzer, aber heftiger Regenschauer über die Stadt niedergegangen war, schien die schwüle Luft zum Schneiden dick.

Frater Elias hatte darauf bestanden, dass sie sich ein Taxi nahmen – mit U-Bahn und Bus sei der Weg zu kompliziert.

Solange er – wahrscheinlich mit dem Geld seiner Mutter – zahlte, war es Ricarda recht.

Auf der Fahrt sprachen sie nicht über Tano, das Gemälde oder die Schriften der Kurtisane, stattdessen war Smalltalk angesagt.

»Hier hat man ja das Gefühl, durch Chinatown zu fahren, nicht durch Rom«, rief Frater Elias aus, nachdem sie mehrere chinesische Restaurants passiert hatten.

»Ich habe gehört, dass immer mehr Chinesen hier Läden aufmachen«, murmelte Ricarda. »Ich kann mir aber nicht vorstellen, dass sie sich mit ihrem Asian-Food durchsetzen. Unlängst bin ich an einem Sushi-Laden vorbeigekommen – da gab es nur eine Sorte Sushi, aber dafür zehn Arten Pizzen.«

»Na ja«, murmelte Elias. »Im Zweifelsfall esse ich auch lieber Pizza als rohen Fisch mit Alge und kaltem Reis.«

Das Taxi hielt an, der Fahrer nuschelte den Fahrpreis, der Ricarda völlig überteuert schien, aber Frater Elias zahlte anstandslos, ohne zu feilschen.

Ricarda hoffte, sie würden nun nicht vor verschlossenen Türen stehen. Sie hatte vorgeschlagen, Signora di Campanella ihren Besuch anzukündigen, doch Frater Elias hatte heftig widersprochen. »Dann hat sie die Gelegenheit, dich abzuwimmeln. Lass mich nur machen!«

Wie bei der Beerdigung trug er seinen schwarzen Habit – ein probates Mittel, das Vertrauen älterer Damen zu erwecken, wie er selbst behauptete. Das Skapulier flatterte im Wind, als er auf das Gebäude zutrat.

Angesichts der guten Adresse und der eleganten Kleidung von Signora di Campanella hatte Ricarda bereits erwartet, dass sie in einer Villa wohnen würde. Nun stellte sich heraus, dass sie in einem regelrechten Palazzo lebte, der von außen wie ein Museum aussah. Fast zwei Dutzend Stufen, von terrakottafarbenen Blumentöpfen umsäumt, führten zum riesigen Portal. Dahinter erwartete sie eine Art römisches Vestibül, beinahe so hoch wie eine Turnhalle. So beeindruckend das Gebäude war – die letzten Renovierungsmaßnahmen schienen lange zurückzuliegen: Der Marmorboden wirkte abgenützt und farblos, durch viele der Platten gingen Sprünge. An den Wänden waren Fresken zu sehen, doch diese waren längst verblasst und an manchen Stellen abgebröckelt.

Der livrierte Mann, der ihnen mit steifem Gestus und ausdruckslosem Gesicht geöffnet hatte – eine Art Butler –, war auf den ersten Blick nahezu grotesk elegant gekleidet. Doch wenn man den Stoff genauer betrachtete, dann sah man, wie dünn er insbesondere an den Ellbogen geworden war.

Er ließ sie herein, ohne abzuwarten, wie sie sich vorstellten, oder nach dem Grund ihres Besuchs zu fragen. Noch mehr erstaunte Ricarda, als er schließlich verkündete, dass sie viel zu früh kämen, sie seien erst in einer knappen Stunde erwartet worden.

»Ich möchte nur kurz mit Signora di Campanella sprechen«, bat Ricarda.

Der livrierte Diener blieb ebenso steif wie ausdruckslos. »Sie bereitet sich für den Empfang vor.«

Ricarda wurde unsicher. Sie verstand nicht, wovon er sprach, doch Frater Elias trat selbstbewusst nach vorne, stellte sich als Padre vor und wiederholte das Anliegen, zwar mit höflichem Lächeln, aber deutlich fordernder als sie. Als er fertig war, hatte sich Ricarda wieder gefasst und fügte ihr vorbereitetes Sprüchlein hinzu: dass sie Signora di Campanella kürzlich im Laden von Tano Fareis getroffen habe – leider unter ziemlich traurigen Umständen – und dass sie gerne noch einmal mit ihr darüber reden wolle.

Dem Diener zögerte und blickte dann kühl von einem zur anderen. Schließlich erklärte er gedehnt, er werde die Signora fragen, ob sie sich die Zeit nehmen wolle, versprechen könne er allerdings nichts. Dann ließ er sie in der Halle stehen.

Während sie warteten, versuchte sich Ricarda an Signora di Campanella zu erinnern. Sie hatte Schwierigkeiten, ihr Gesicht heraufzubeschwören, aber der penetrante Geruch ihres Parfüms war ihr noch deutlich in der Nase. Und sie erinnerte sich an das hysterische Geschrei, das sie als übertrieben empfunden hatte – im kleinen Laden, vor den tauben Ohren Tano Faresis.

Es schien Ewigkeiten zu dauern, bis der Diener zurückkehrte und sie endlich in den ersten Stock gebeten wurden. Grußlos huschten weitere livrierte Angestellte an ihnen vorbei, die damit beschäftigt waren, die Räumlichkeiten mit Kerzen zu dekorieren und kleine, runde Tische aufzustellen.

»Wie's scheint, gibt das heute eine richtig große Party«, stellte Frater Elias fest.

Der moderne Ausdruck erschien Ricarda in diesen Räumlichkeiten als unpassend. Jedes auch noch so kleine Detail der Einrichtung stammte aus dem vorigen Jahrhundert: Spiegel, Kerzenständer, kleine Tischchen und Stühle im Louis-Seize-Stil.

Sie wurden in einen achteckigen Raum geführt, dessen Wände mit dunkelroten Seidentapeten verkleidet waren und auf dessen Steinboden – ein Farbton heller als der im Vestibül – ihre Schritte nachhallten, und dort erwartete Signora di Campanella sie bereits mit ausgestreckten Armen und einem freudigen Lächeln, als würde sie nach langer Zeit wieder ein paar liebgewonnene Bekannte begrüßen.

»Liebe Frau Doktor Ricarda Weiss«, setzte die Dame übertrieben gutlaunig an. Ricarda war verwirrt – über die sichtliche Freude der Signora ebenso wie über die Tatsache, dass sie Deutsch sprach.

Doch noch ehe sie etwas sagen konnte, rief Signora di Campanella voller Pathos aus: »Wie gut, dass wir uns noch einmal sehen! Eine wirklich schreckliche Geschichte, die uns beiden da zugestoßen ist. Ich bin sehr, sehr dankbar, dass Sie den Weg zu mir gefunden haben. Eigentlich hatte ich mir schon überlegt, dass wir noch einmal miteinander reden sollten, uns darüber austauschen, wie sonst soll man ein solch ein furchtbares Erlebnis überwinden? Wirklich schrecklich … wirklich schrecklich … ach, der arme Tano …« Ihr Redeschwall erstarb kurz, eine Weile schüttelte sie mit ernstem Gesicht den Kopf, um dann abrupt das Thema zu wechseln. »Ich bin auch sehr dankbar für die Gelegenheit, wieder einmal Deutsch reden zu können. Diese bietet sich hier ja leider nur selten. Ich muss gestehen, dass ich richtiggehend eingerostet bin. Wenn ich mit meiner Nichte in Österreich telefoniere, finde ich oft gar nicht die richtigen Worte!«

Ricarda war so erstaunt, dass sie immer noch nichts zu sagen wusste, aber offenbar erwartete Signora di Campanella auch keine Stichworte, um ihren Monolog fortzuführen.

»Im Antiquitätenladen hatten wir keine Gelegenheit, uns vorzustellen. So gingen wir verständlicherweise davon aus, dass die jeweils andere Italienerin wäre, nicht wahr? Obwohl: Als mir die Polizei Ihren Namen nannte, da dachte ich mir schon, die junge Frau kann nicht von hier stammen. Allerdings waren Sie zu diesem Zeitpunkt schon fort. Was natürlich nur allzu verständlich ist nach dem, was geschehen ist. Wirklich schrecklich … wirklich schrecklich … der arme Tano … Nun, wir entstammen also derselben Heimat. Ich habe zudem gehört, dass Sie Kunsthistorikerin sind. Ach, für die Kunst habe ich mich auch mein Leben lang interessiert. Ich bin nicht mehr sonderlich gut auf den Beinen, Sie wissen, das Alter, aber ins Museum gehe ich doch so oft wie möglich. Wobei ich natürlich ein Laie bin, was die Kunstgeschichte anbelangt, kein Profi wie Sie.«

Das Thema Tano schien abgehakt. Ricarda war verwirrt. Warum wusste die Signora nicht nur ihren Namen, sondern auch von ihren Studien?

Vage erinnerte sie sich daran, dass Carlo Forli sie nach dem Grund gefragt hatte, warum sie sich in Rom aufhielt, und wahrscheinlich hatte sie es ihm erklärt. Hatte er Signora di Campanella später nicht nur ihren Namen gesagt, sondern auch das erwähnt?

»Ja«, sagte sie knapp. »Ich arbeite gerade an meiner Dissertation. Und dafür habe ich ein Stipendium hier in Rom bekommen.«

Signora di Campanellas Strahlen verstärkte sich. Sie trat nun etwas zurück und winkte mit beiden Händen.

»Kommen Sie näher! Setzen Sie sich! Ich bin unhöflich, dass ich erst jetzt danach frage, aber was kann ich Ihnen anbieten? Kaffee, Tee?«

Allmählich begann Ricarda, die Ursache für die völlig unerwartete, überbordende Freundlichkeit zu erahnen: Signora di Campanellas Blick richtete sich auf Frater Elias und fixierte seinen schwarzen Habit so gierig, als wäre dieser eine Trophäe, die es zu ergattern galt.

Das also war die geheime Trumpfkarte, ging es Ricarda auf. Dass sie nicht nur Österreicherin war, sondern auch mit einem künftigen Priester im Schlepptau gekommen war.

Frater Elias hatte sich bis jetzt im Hintergrund gehalten, setzte nun aber sein breitestes Lächeln auf und trat auf Signora die Campanella zu. Seine gewinnenden Gesten kamen reflexhaft. Ricarda wusste, dass er sich gerne von älteren Verwandten und frommen Gönnern umschmeicheln ließ – vor allem, wenn er sich davon eine Einladung zum Abendessen erhoffte.

»Ich bin käuflich«, gab er Ricarda gegenüber des Öfteren unumwunden zu, so wie er auch freimütig vom Geld berichtete, das seine Mutter ihm zusteckte. »Die brauchen einen Paradepfaffen, und ich hab's gern nett. Ist doch ein gutes Geschäft?«

»Man konnte meinen, du würdest nur darum im Kloster leben und Priester werden, damit du regelmäßig mehrgängige Dinner abstauben und dich von Seniorinnen umschwärmen lassen kannst, die auf deinen Habit abfahren.«

Er lächelte nur über solche Bemerkungen, genauso wie er jetzt Signora di Campanella angrinste. Später, wenn sie alleine waren, würde er sie wahrscheinlich als alternde Schreckschraube bezeichnen und sich darüber beschweren, wie anstrengend ihr atemloses Geplapper gewesen sei.

»Frater Elias Buchholzer«, stellte er sich mit Betonung auf ›Frater‹ vor.

Die Wangen der Signora röteten sich begeistert. Sie beachtete Ricarda nicht länger, sondern vollführte umstandslos einen rhetorischen Kniefall vor der römischen Kurie: Sie habe solch großen Respekt vor dem verstorbenen Papst Johannes Paul gehabt, jauchzte sie. Der sei zwar Pole gewesen, und anfangs, das gebe sie jetzt zu, habe sie nicht erwartet, dass von den Polen etwas Gutes kommen könnte, aber dass er, auch als er später so hinfällig geworden sei, weiterhin auf Reisen gegangen sei, habe ihr zutiefst imponiert. Die jungen Leute mögen es vielleicht nicht so gut verstehen wie sie, aber sie selbst, das habe sie ja auch eben gesagt, stoße immer häufiger an körperliche Grenzen. Umso größer sei die Bewunderung für einen Menschen, der echtes Leiden stur ignoriere und hinter seine Berufung zurückstelle und der schließlich einen so würdevollen Tod gestorben sei. Ein wahrhaft Heiliger.

Frater Elias lächelte galant. Davon ermutigt, quetschte sich auch Signora di Campanella dichter an ihn heran und stieg Ricarda beinahe auf die Zehe.

Die Benediktiner seien ihr Lieblingsorden, erklärte die Signora, ordentliche Gestalten seien das, kämen nicht abgerissen daher wie die Franziskaner. Sie würde gerne ein wenig plaudern, aber leider gebe sie heute Abend einen Empfang, und dafür sei noch so viel vorzubereiten …

Kaum mehr eine Handbreit währte der Abstand zwischen ihren weichen, fleischigen Brüsten und Frater Elias' Oberkörper. Er schien sich etwas unbehaglich zu fühlen, hielt aber an dem verkrampften Lächeln fest.

»Nun haben wir ja einen deutschen Papst. Eine schöne Sache. Als Bayer«, erstmals blinzelte sie wieder Ricarda zu, »ist er ja auch fast ein Landsmann von uns, nicht wahr?«

Wieder wartete sie nicht, dass ihre Frage beantwortet wurde, sondern fuhr ausufernd fort, berichtete, dass ihr Gatte Offizier unter Mussolini gewesen sei und einer italienischen Adelsfamilie entstammte – ansonsten hätte sie ihn auch nie geheiratet, nie heiraten dürfen. Ihre Eltern seien Italienern gegenüber etwas skeptisch gewesen. Dass er aber aus diesem alten Adelshaus stammte, milderte die Entrüstung. Er sei ein guter Mann gewesen, Enrico di Campanella.

Bis zu diesem Moment hatte Ricarda noch auf die passende Gelegenheit gewartet, um das Gespräch wieder zurück auf Tano zu bringen. Doch allmählich wurde ihr klar, dass sich diese Gelegenheit nie bieten würde. Darum nutzte sie die erste Pause, die Signora di Campanella zum Atemholen brauchte, und fragte ohne diplomatische Einleitung: »Wissen Sie, woran Tano Faresi gestorben ist?«

Die Stille, die sich über sie senkte, war nach dem langen Redeschwall eine richtige Wohltat. Kaum merklich zuckte Signora di Campanella zurück, das freudige Lächeln rutschte ihr aus dem Gesicht.

Es schien ihr eben recht zu kommen, dass der livrierte Dienstbote kam und Erfrischungen anbot.

Ricarda schüttelte den Kopf, Frater Elias hingegen ließ sich keine Gelegenheit entgehen, bedient zu werden, und erklärte, er würde gerne einen Espresso, Wasser ohne Kohlensäure und ein paar Dolci nehmen.

Ein anderer hätte es vielleicht als unhöflich gewertet, Signora di Campanella aber fand ob seiner Gier das Lächeln wieder und strahlte ihn in seinem schwarzen Habit hingerissen an.

Ricarda wurde ungeduldig. »Nun … wissen Sie es? Woran Tano Faresi …«

»Doch kein Gehirnschlag«, unterbrach Signora di Campanella sie kurz angebunden. »Sondern ein Herzinfarkt.«

»Bei einem so jungen Mann? Aber das ist doch …«

»O, es ist durchaus möglich!«, unterbrach die Signora sie erneut. »Ich habe kürzlich gelesen, dass immer jüngere Menschen davon betroffen sind. Stress, wissen Sie, das ungesunde Leben in der Großstadt. Mein Mann ist auch sehr jung gestorben.«

Sie sprach ebenso belehrend, wie Carlo Forli es getan hatte, als empfände sie es als ganz selbstverständlich, dass in hektischen, schnelllebigen Zeiten der Tod auch nach ganz Jungen seine wenig wählerische Hand ausstreckte. Danach betrachtete sie das Thema aber wohl endgültig als erledigt.

Ihr Mann Enrico, Gott hab ihn selig, habe großen Wert darauf gelegt, dass sie jeden Mittwochabend und jeden Sonntagmorgen den Gottesdienst besuchten, und sie habe auch nach seinem Tod daran festgehalten, auch wenn es nun, in ihrem Alter, doch ein Opfer sei, so lange auf den harten Kirchenbänken zu sitzen. Wo er, Frater Elias, denn am Sonntag zur Messe …

»Tano Faresi hat Sie wegen des Gemäldes zu sich bestellt, oder nicht?«, unterbrach Ricarda sie scharf, da sie ahnte, dass für Höflichkeit und Geplänkel keine Zeit mehr blieb.

»Bitte?«, fragte die Campanella irritiert.

»Das Gemälde, das die sitzende Frau zeigt – ganz in sich versunken, die Haare offen, den Blick gebannt auf ein bestimmtes Ziel gerichtet. Tano hat mich zu sich bestellt, damit ich dieses Gemälde begutachte; er … er«, sie zögerte kurz, aber dann setzte sie entschlossen hinzu: »Er meinte, es sei ein echter Caravaggio.«

»Bitte?«, entfuhr es Signora di Campanella ein zweites Mal.

Ricarda biss sich auf die Lippen. Frater Elias runzelte prompt die Stirn, wohl um anzudeuten, dass sie die falsche Taktik nutze, aber nun war es zu spät, sich zurückzuhalten.

»Sie haben ein Gemälde erwähnt, ehe wir festgestellt haben, dass Tano tot war«, fuhr sie fort. »Ich meine, es ist natürlich sehr unwahrscheinlich, dass ein Alter Meister einfach so in der Werkstatt der Faresis auftaucht. Aber ich wüsste gerne mehr darüber und …« Ricarda zuckte ein wenig hilflos die Schultern.

Signora di Campanella versiegelte den Mund trotzig, ja nahezu beleidigt, als wäre es ein Sakrileg, sie unterbrochen zu haben, wo sich doch von ihrem guten Enrico di Campanella, Gott hab ihn selig, gesprochen hatte.

»Ich glaube, Sie irren sich«, erklärte sie kurz angebunden. »Von einem Gemälde weiß ich rein gar nichts. Ich bin lediglich Mitglied im *Circolo Lucani*, einem Verein zur Erhaltung christlicher Kunst, und als solches befasst mit der Restaurierung von alten Kirchen. Dank unserer regelmäßigen Beiträge und Spenden soll die Kirche Santa Maria Egiziaca in neuem Glanz erstehen. Ein wunderschönes Gebäude, leider seit vielen Jahren mehr oder weniger dem Verfall preisgegeben. Hinsichtlich der Renovierungskosten wurde ein Zweitgutachter benötigt, und ich dachte, Tano Faresi könnte mir einen Experten empfehlen. Ich kenne ihn gut; ich habe erst vor kurzem einen sehr wertvollen Wandschrank aus dem 17. Jahrhundert bei ihm erworben. Nur deswegen habe ich ihn aufgesucht. Also, um nun wieder auf die sonntägliche Messe zurückzukommen …«

Sie wandte sich wieder an Frater Elias. »Mein Mann Enrico di Campanella …«

»Ich könnte schwören, Sie haben damals in der Werkstatt ein Gemälde erwähnt!«, unterbrach Ricarda sie.

»Meine Liebe«, die Signora wich etwas von Frater Elias zurück und drückte nun Ricarda ihre fleischigen und warmen Finger in den Arm, »in all der Aufregung ist es nur allzu verständlich, wenn Sie etwas durcheinanderbringen. Obendrein habe ich Italienisch gesprochen, und man hört Ihnen doch an, dass Sie dieser Sprache nicht wirklich mächtig sind. Sie müssen mich also falsch verstanden haben. Mein Mann nun aber …«

Ricarda gab auf und hörte dem weiteren Gerede kaum noch zu.

Der Diener kam und brachte den Espresso, den Frater Elias sichtlich begeistert entgegennahm. Der Kaffeeduft stieg ihr durchdringend in die Nase. Nun war die Existenz des Bildes schon zum zweiten Mal geleugnet worden. War das nun Zufall oder Absicht?

Signora di Campanellas Redefluss erstarb, und sie trat zur Tür. »Ich würde gerne weiter mit Ihnen plaudern, aber leider habe ich keine Zeit mehr. Habe ich den Empfang heute Abend schon erwähnt? Es kommen auch Mitglieder des *Circolo Lucani*. Ich nütze solche Anlässe ja gerne, um Spenden zu sammeln, und nun muss ich mich zurechtmachen. Aber trinken Sie nur in Ruhe aus, Frater Elias, lassen Sie sich nicht drängen. Wie gesagt: Es ist schön, Sie noch einmal gesprochen zu haben … so ein schreckliches Ereignis … der arme Tano … seine Großmutter tut mir von Herzen leid … viel Glück noch mit Ihrem Forschungsstipendium, Dottoressa Weiss … vielleicht sehen wir uns irgendwann einmal beim Gottesdienst, Frater Elias …«

Sie war aus dem Raum verschwunden, ohne dass Ricarda auch nur noch ein Wort hätte sagen können.

Ricarda wollte die Villa der Signora di Campanella so schnell wie möglich verlassen, doch Elias schlürfte seelenruhig seinen Kaffee und aß den ganzen Teller Kekse leer.

»Man könnte meinen, ihr kriegt im Kloster nichts zu essen.«

»Das schon, aber nur Fraß.«

Das war wohl auch der Grund, warum er die Treppe schließlich so langsam hinunterging – offenbar hatte er die Hoffnung, etwas von den Canapés für den Empfang abzukriegen, und lag damit nicht ganz falsch. In der Zwischenzeit waren die ersten Gäste gekommen – das Klappern von Absätzen auf dem Marmorboden, das zu ihnen heraufklang, kündete davon. Überall waren die Kerzen angezündet worden, sie tauchten die Halle in ein gediegenes Licht und verbargen, anders als die grellen Lampen, die kleinen Abnützungserscheinungen. Eben begannen die livrierten Diener Tabletts mit Champagner nach unten zu tragen. Klassische Musik setzte ein und dämpfte das Stimmengewirr.

Frater Elias nahm sich dreist ein Champagnerglas von einem der Tabletts, doch während Ricarda ein empörtes »He!« ausrief, blieb die Miene des livrierten Mannes arrogant und sein Mund zusammengepresst. Bald folgten weitere Angestellte, deren Tabletts nicht mit Champagnergläsern beladen waren, sondern mit diversen Leckereien.

Frater Elias war mitten auf der Treppe stehen geblieben, während er den Champagner trank. Nun machte er kehrt und ging wieder zurück nach oben.

»Was tust du denn?«

»Wenn wir schon einmal hier sind, können wir doch auch bleiben.«

»Aber wir sind nicht eingeladen!«

»Signora di Campanella hat gegen meine Anwesenheit sicher nichts einzuwenden.« Selbstgefällig blickte er auf seinen schwarzen Habit. Als Ricarda das eigene Erscheinungsbild betrachtete, war sie weit weniger zufrieden. Sie war zwar, wie meist, anständig gekleidet – mit dunklem Rock, Bluse und flachen Pumps –, aber für einen Cocktailempfang war das ein mehr als unpassender Aufzug.

Doch während sie Elias noch zu überzeugen versuchte, schnellstens zu verschwinden, kamen die ersten Gäste die Treppe hoch, und wenn sie von ihnen nicht gesehen werden wollte, blieb ihr nichts anders übrig, als ihm nachzustürmen. Oben angelangt versteckte sie sich vorsorglich hinter einer Säule, wohin Frater Elias ihr mit ein paar Canapés folgte, von denen er ihr eines reichte. Er schmatzte behaglich, sie würgte den Bissen hinunter, ohne zu schmecken, was sie da aß.

»Bist du satt?«, fragte sie nach einer Weile ungeduldig. »Können wir jetzt gehen?«

Das Geklapper von Absätzen war lauter geworden, ebenso wie das Gemurmel. Mehr als zwei Dutzend Gäste waren mittlerweile die Treppe hoch in den ersten Stock gestiegen.

»Elias!«, drängte sie.

Er gab keine Antwort, sondern grinste begeistert, als er im Gedränge ein Rudel älterer Prälaten und Kardinäle ausmachte.

»Die kenne ich! Die muss ich begrüßen!«, rief er aus, dann ließ er sie stehen und stürzte, ohne jedes Trachten, sich unauffällig zu verhalten, auf die Herren zu.

Ricarda starrte ihm mit einer Mischung aus Ärger, Verwirrung und Respekt vor so viel Dreistigkeit nach, versteckte sich dann tiefer im Schatten der Säule und wartete. Zuerst fühlte sie sich einfach nur unwohl, dann immer verlorener, weil fehl am Platz, zuletzt gelangweilt. Was sollte sie noch hier? Sie musste schnellstmöglich verschwinden.

Noch mehr Gäste strömten die Treppe herauf. Ihr Altersdurchschnitt lag bei sechzig Jahren. Nur wenige hatten junge Menschen im Schlepptau, die dazu dressiert schienen, ihre Jugend und Lebendigkeit in ausgewählten Nischen der Konversation zu verpuffen.

Seufzend versuchte sie, Frater Elias ein Zeichen zu geben, doch der war in ein Gespräch mit den Priestern vertieft – oder gab es zumindest vor. Mit sichtlichem Unbehagen hielt sie nach Signora di Campanella Ausschau, um sich gegebenenfalls ein anderes Versteck zu suchen. Doch nirgendwo war ein neuerlicher Redeschwall dieser schrillen Stimme zu vernehmen, stattdessen hörte sie plötzlich eine ganz andere Stimme in ihr Ohr rufen: »Seit wann mischst du dich unter den römischen Geldadel?«

Erschrocken fuhr sie herum.

»Maurizio!«, entfuhr es ihr.

Er sah fremd aus und hatte wenig mit dem leicht molligen Mann gemein, den sie für gewöhnlich nur dann sah, wenn er in der Pension Buzzo verdrießlich seine Spaghetti in sich hineinstopfte. Seine braunen Haare waren frisch geföhnt, die schwarze Anzugsjacke kaschierte seinen Bauchansatz, von den ansonsten oft dunklen Augenringen war nichts zu sehen.

Noch ehe sie fragen konnte, was er hier machte, begann er zu sprechen: »Bin vom Giornale ›Diva e Donna‹ hergeschickt worden. Arbeite oft frei für die. Hier ist aber nicht viel zu holen. Nur C-Promis, maximal B-Promis … nix Großes dabei. Das gibt am Ende nicht viel Kohle. Aber immerhin schenken sie genügend Champagner aus …«

Wie Frater Elias hielt auch er ein Glas in der Hand und trank den Champagner wie Wasser.

Stirnrunzelnd blickte sie ihn an, woraufhin er kicherte.

»Du hast nicht erwartet, dass mir ein Frack steht, nicht wahr? Wenn du wüsstest, auf wie vielen Film- und Fernsehpreisverleihungen ich schon war.«

»Du hast mir nie erzählt, dass du einen Preis bekommen hast.«

»Habe ich auch nicht. Aber Kollegen von mir, und die habe ich manchmal begleitet. Genau betrachtet haben die die Preise gar nicht verdient. Die waren auch nicht so viel besser als ich, nur … He!«, schrie er einem livrierten Diener nach, der mit einem Tablett an ihm vorbeirauschte. »Ich hätte auch gerne was von diesem Fleisch da, *all'uva bianca e tartufo*.«

Ricarda schüttelte den Kopf. Sie fragte sich, wer von ihnen beiden Signora di Campanella mehr irritieren würde, wenn sie sie entdeckte.

Im nächsten Augenblick hatte sie jedoch keine Zeit mehr, darüber nachzudenken. Wieder hatte sie in der Menge ein vertrautes Gesicht ausgemacht – doch dieses Mal war sie ungleich mehr schockiert als nach Maurizios plötzlichem Auftreten.

»Das darf doch nicht wahr sein!«, stieß sie aus.

Die Gäste hatten kleine Menschentrauben gebildet. Offenbar war Smalltalk angesagt, ehe der offizielle Teil des Abends begann. Unter ihnen stand Carlo Forli – jener Polizeibeamte, der bei Tano Faresis Tod zugegen gewesen war, die Diagnose a*poplettico cerebrale* gestellt hatte, die sich später als falsch erwiesen hatte, und jetzt gerade damit beschäftigt war, sich von den gleichen Häppchen zu nehmen, die erst Elias, dann Maurizio lautstark gerühmt hatten.

»Jetzt iss doch mal was!«, drängte Maurizio. »Probier wenigstens von den *peperoni dolci*!«

»Carlo Forli ist da!«

»Wer?«

Sie achtete nicht auf ihn. »Er gehörte zu den Carabinieri, die in dem Laden aufgetaucht sind, nachdem ich den toten Tano gefunden hatte ... aber was macht er jetzt hier? Wieso lädt Signora di Campanella ihn ein?«

Gerade klopfte Carlo Forli – mit einem sehr feinen, schwarzen Anzug bekleidet, der nicht nach Durchschnittsware von der Stange aussah – einem älteren Herrn auf die Schultern.

»Kannst du mir erklären, wovon du redest?«, fragte Maurizio irritiert.

»Ich habe doch erzählt, dass ein Bekannter ... ein Freund gestorben ist ... Dieser Polizist hat die Ermittlung geleitet ... und jetzt ist er plötzlich hier.«

»Wahrscheinlich ist er kein gewöhnlicher Beamter, sondern irgend so ein hohes Tier und wird deswegen von der Campanella gern gesehen. Lass ihn mal Generale di Brigata sein ... wobei, wenn er hier in Zivil auftaucht, dann gehört er wohl nicht zu den Carabinieri, sondern zur Polizia Giudiziaria.«

»Aber was wollte er dann in Tanos Laden?«

Ricarda fing sich für ihre hysterische Stimme einen strengen Blick von einem der livrierten Dienstboten ein. Etwas gemäßigter fuhr sie fort. »Wieso sollte eines der ganz großen

Tiere dort auftauchen? Und seit wann bist du ein Experte für das italienische Polizeisystem?«

»Meine Liebe«, meinte Maurizio süffisant, »ich bin Paparazzo. Ich will wissen, von wem ich im Zweifelsfall verhaftet werde. Die Carabinieri sind so etwas wie die Gendarmerie. Aber bei einem Kapitalverbrechen müssen sie jemanden von der Polizia Giudiziara hinzuziehen – und das haben sie offenbar in Tanos Fall gemacht und deswegen ist Carlo Forli hier, und vielleicht aus Dank, dass ihr ein Bulle in der ach so traurigen Stunde das Händchen gehalten hat, hat die Campanella ihn eingeladen.«

Kommentarlos ließ Ricarda ihn stehen und ging mit energischen Schritten, deren Takt nicht zur sanften Vivaldi-Musik im Hintergrund passte, auf Frater Elias zu, der immer noch mit den Prälaten parlierte. Er bemerkte ihr Kommen zu spät, um sich rechtzeitig in seiner durchlauchten Runde zu verschanzen.

»Elias!«, rief sie ihm aufgeregt zu, ohne an Lautstärke zu sparen. »Bitte, ich muss dich unbedingt sprechen!«

Etwas unsicher lächelte er in die Runde, um sie dann als Dr. Ricarda Weiss vorzustellen, eine österreichische Forschungsstipendiatin, die trotz ihres jungen Alters schon an ihrer zweiten Dissertation arbeite; er kenne sie aus gemeinsamen Studienzeiten aus Salzburg.

»Welches Thema, wenn ich fragen darf?«, wollte einer der Herren wissen.

»Das ist übrigens mein Onkel«, erklärte Frater Elias rasch, ehe sie antworten konnte. »Prälat Reinhold Buchholzer, Konsultator in der Päpstlichen Kommission für die Kulturgüter der Kirche. Er ist wie du Kunsthistoriker.«

Es war Ricarda neu, dass die Familie Buchholzer mehr als nur einen Kleriker hervorgebracht hatte. In solchen Fußstapfen würde es Frater Elias leichterfallen, sich irgendwann nach oben zu dienen, ging es ihr durch den Kopf.

»Ich schreibe über Caravaggio …«, erklärte sie hastig in Richtung des Prälaten. »Aber bitte, Elias, ich muss dich unbedingt sprechen. Sofort!«

»Caravaggio, wie beeindruckend!«, nahm der Prälat schneller als sein Neffe das Wort auf, stellte sich ihrer offensichtlichen Eile gegenüber blind und begann auf das Stichwort hin gemächlich zu referieren. »Natur und Wahrheit haben gegenüber allen künstlerischen Kriterien Vorrang. So lässt sich doch sein Werk charakterisieren, oder nicht? Das Alltägliche erschien dem damaligen Betrachter freilich noch als obszön. Die Malerei sollte verherrlichen, nicht entblößen, und schon gar nicht die großen Heiligen als gewöhnliche Menschen darstellen.«

Ricarda nickte höflich, aber ungeduldig. »Gewiss …«

Sie versuchte Frater Elias mit ihrem Blick zu beschwören, aber der achtete nicht darauf, und der sonore Prälaten-Onkel ließ sich die Gelegenheit nicht entgehen, mit einer jungen Frau anstatt mit den alternden Würdenträgern zu plaudern.

»Ich beneide Sie!«, rief er aus. »Sosehr meine jetzige Tätigkeit mit der Kunst zu tun hat – für Forschungen fehlt mir die Zeit. Seinerzeit habe ich meine Dissertation über die Bedeutung der Kunst für die Theologie geschrieben.«

»Ach ja?«, fragte Ricarda unkonzentriert. Was machte Carlo Forli bei der Campanella?

»Das war lange, bevor es die Päpstliche Kommission für die Erhaltung christlicher Kulturgüter gab. Sie wurde erst 1992 etabliert. Wobei ich mich rühmen kann – so viel Eitelkeit muss auch einem Kirchenmann erlaubt sein –, dass ich viele Thesen, die deren Arbeit bestimmen, schon vorweggenommen hatte.«

»Ach ja?«, wiederholte Ricarda hölzern. »Ich glaube, ich habe einmal den ›Brief an die Künstler‹ vom letzten Papst gelesen«, fügte sie hinzu, um nicht unhöflich zu wirken.

»Ein wunderbares Dokument«, erklärte Prälat Buchholzer freundlich und hörte nicht auf, weiter auf sie einzureden. »Kunstwerke könnten die Menschheit über ihren Weg und ihre Bestimmung aufklären, heißt es darin.«

Notgedrungen lächelte Ricarda dem Prälaten zu.

»Ich kann mich erinnern. Die Kunst kann einen Beitrag leisten, den menschlichen Geist auf Gott hin auszurichten«, referierte sie brav und in der Hoffnung, ihn dadurch abzuschütteln.

Sie erreichte das Gegenteil. Sichtlich begeistert rückte der Prälat so nahe an ihr Gesicht wie Signora di Campanella zuvor an das von Frater Elias. Sein Atem roch etwas säuerlich.

»Sie sagen es!«, rief er, von seiner informierten Gesprächspartnerin sichtlich angetan. »Oder wie Erzbischof Mauro Piacenzo, der Präsident der Kommission, es trefflich sagte: Künstlerisches Wirken war über Jahrhunderte Zeugnis des Wirkens der Kirche. Wahre Künstler gehören somit zu den Missionaren, ja zu den größten Wohltätern der Menschheit.«

Ricarda lächelte wieder gezwungen. »Ja«, sagte sie hastig. »Ja, eine schöne Formulierung …«

»Da ich allerdings so wortgewaltig von Wohltätern spreche«, setzte der Prälat vergnügt aufs Neue an, »muss ich umso beschämter feststellen, dass ich mich selbst nicht dazu zählen darf. Ich habe ein Glas in der Hand, und Sie haben gar nichts zu trinken. Darf ich mir erlauben, Ihnen etwas zu bringen?«

Ricarda nutzte die Gelegenheit, nickte schnell, und als der Prälat die Runde verließ – die übrigen Herren hatten ihrem Gespräch gleichgültig gelauscht –, zog sie Frater Elias hastig mit sich.

Widerstrebend folgte er ihr hinter die Säule, von wo aus man den besten Überblick über den ersten Stock, die Treppe und das Vestibül hatte. Maurizio war in der Zwischenzeit verschwunden. Entweder hatte er ein interessantes Fotoobjekt gefunden oder sich auf die Suche nach weiteren Leckereien gemacht.

»Carlo Forli ist da!«, rief Ricarda aufgeregt.

»Carlo … wer?«, fragte Frater Elias.

Ricarda packte ihn hartnäckig am Arm. »Der Polizeibeamte, der nach Tanos Tod in die Werkstatt gekommen ist!«, raunte sie, eine Spur leiser.

Frater Elias sah sie ratlos an. »Nun und? Das heißt noch gar nichts. Dann haben sich er und Signora di Campanella eben bereits gekannt, und du hast das nur nicht mitgekriegt.«

»Aber was ist, wenn alle unter einer Decke stecken und irgendwas vertuschen – was es mit dem Gemälde auf sich hat und warum Tano so plötzlich gestorben ist? Was ist, wenn das ein abgekartetes Spiel ist, in dem jeder eine festgelegte Rolle übernimmt und ich die der Idiotin, die nichts durchschaut?«

»Jetzt übertreib mal nicht!«

»Tano hat mich nicht einfach so zu sich gebeten! Und er hat mir diese Lebenserinnerungen geschickt! Weil sie aus irgendeinem Grund, den ich nicht kenne, enorm brisant sind. Sonst hätte man sie mir wohl auch nicht geklaut.«

»Und was willst du nun tun?«

»Ich denke, das einzig Mögliche ist …« Sie brach ab. »Siehst du! Jetzt begrüßen sie sich!«

Frater Elias fuhr herum und folgte ihrem Blick. »Das ist also Carlo Forli?«, fragte er.

Signora di Campanella, von der die ganze Zeit nichts zu hören und zu sehen gewesen war, mischte sich nun unter die Gäste, lächelte übertrieben in die eine oder andere Richtung, und der Erste, bei dem sie schließlich stehen blieb, war der südtiroler Beamte. Seine Miene war gleichmütig; das Gesicht der Campanella konnte Ricarda nicht länger erkennen, da sie ihr den Rücken zugewandt hatte. Sie glaubte jedoch zu hören, dass deren Stimme aufgeregt klang.

Eben noch hätte sie alles getan, um zu vermeiden, von Signora di Campanella gesehen zu werden – nun gab sie entschlossen ihr Versteck hinter der Säule auf und trat auf die beiden zu.

»Ricarda, willst du wirklich ...«

Frater Elias folgte ihr, nicht ohne noch einmal nach einem Champagnerglas zu greifen. »Willst du sie wirklich ansprechen?«, fragte er.

Ihre Neugierde war mittlerweile größer als die Furcht, sich für ihr Hiersein rechtfertigen zu müssen. Doch als sie näher an die beiden herantrat, zögerte sie tatsächlich – weniger von Frater Elias' Frage zurückgehalten als von den einzelnen Wortfetzen, die sie nun vernahm. Signora di Campanella und Carlo Forli unterhielten sich inmitten der anderen, auf Italienisch plaudernden Leute auf Deutsch.

»Ich möchte doch darum bitten ...«, setzte Carlo Forli eben an.

»Lieber Signore Forli!«, unterbrach ihn die Campanella mit schrillem Unterton. »Ich weiß Ihre Bemühungen und Ihre Hilfe sehr zu schätzen, aber am liebsten wäre mir, wir würden über diese ganze Angelegenheit kein Wort mehr verlieren.«

»Sie sind sich aber schon im Klaren ...«

Erneut unterbrach sie ihn mit einem heftigen »Signore Forli!«. Dann beugte sie sich dicht zu ihm, um etwas leiser fortzufahren: »Ich möchte mit diesem Gemälde keinesfalls in Verbindung gebracht werden. Die ganze Sache ist mir zu gefährlich. Ich will mir nicht die Finger daran verbrennen. Und wenn Sie klug sind, sollten Sie das auch nicht tun.«

Unwillkürlich war Ricarda zurückgewichen und trat Frater Elias beinahe auf die Zehen. Sie fuhr herum, starrte ihn an. Er wirkte nicht länger halb gönnerhaft, halb von ihr genervt, sondern zutiefst verwirrt.

»Hast du das gehört?«, fragte sie.

»Ja«, sagte er, »ja, ich …« Er brach ab.

»Sie weiß ganz genau, um welches Gemälde es sich handelt!«, stieß Ricarda aus, ehe sie verstand, warum Elias eben verstummt war und auch ihr nun ein Zeichen gab zu schweigen.

Während Ricarda nicht fassen konnte, was die Campanella und Carlo Forli beredet hatten, hatte er hinter ihrem Rücken seinen Onkel Reinhold Buchholzer entdeckt, der auf sie zukam und vorsichtig ein Cocktailglas balancierte.

6

Aus den Lebenserinnerungen der Kurtisane Isis de Luna
Rom, 1600

Das Leben ließ mir keine Wahl.

Was war mir übrig geblieben, als mich seinerzeit vor Hippolyte Botta in den Schlamm zu werfen, auf dass er mir die Gosse erspare? Was war mir übrig gelieben, als seinem Befehl folgend das Töchterlein, welches ich ihm geboren hatte – gewiss zu seiner großen Überraschung; das Liegen bei mir war für ihn mit so viel Ächzen und Rückenschmerzen verbunden, dass er wohl niemals gerechnet hätte, es würde ein Menschenkind daraus erstehen –, im Kloster abzugeben? Was blieb mir schließlich übrig, als der alternden Kurtisane zu folgen – die Einzige, die sich meiner annahm?

Marzia war nun also meine Mutter.

Das Wort klang drohend aus ihrem Mund, erschöpfte sich in dem kalten Handel, wonach ich ein Dach über dem Kopf bekäme und dafür ihren Lebensabend zu sichern hätte, und berührte in ihr eine bittere Erinnerung: Die eigene Mutter, so erzählte sie mir später, hatte sie gezwungen, sich zu prostituieren, da war sie zwölf. Fünf fremde Männer stillten nicht nur ihre Lust an ihr, sondern ihren Hunger nach Gewalt, schlugen sie blutig, bis sie sich nicht mehr rühren konnte, schändeten sie hintereinander und gleichzeitig. Als ihre Wunden verheilt und sie aus den blau geschlagenen Augen wieder klar blicken konnte, gab ihre Mutter sie aus Habgier erneut als Jungfrau aus und ersetzte das fehlende Hymen mit einer Schweineblase.

Die Tortur wiederholte sich, das Leiden aber wich dem Hass. Marzia entschied zu fliehen, fand sich zuletzt jedoch nicht in der Freiheit, sondern im Kerker wieder. Die Mutter hatte eine Klage eingereicht, wonach die Tochter sie aufs Gemeinste bestohlen und obendrein ein sittenloses Leben voll widernatürlicher Unzucht geführt hätte. Im Gefängnis von Corte Savella weinte Marzia drei Tage lang. Hernach, so behauptete sie, wäre der Lebensvorrat an Tränen für alle Zeiten aufgebraucht gewesen.

Sie lächelte den Pflichtverteidiger an, den man ihr zusprach, erklärte jenem nichts von ihrer Unschuld, sondern ließ sich auf den Knien vor ihm nieder, um ungefragt seine Beinkleider zu öffnen und an seinem Glied zu saugen. Er habe, wie sie mir sagte, nach Schweiß gestunken wie alte, verrottete Straßenstiefel, die unzählige Male durch Roms Unrat gewatet waren. Als seine Lust gestillt war, fiel dem Verteidiger ein, den Richter zu bestechen, die Klage auf Marzias Mutter hin zu wenden und nicht länger der Tochter, sondern ihr Diebstahl zu unterstellen. Bald wurde sie in der Larga eingekerkert, und dort starb sie an der Ruhr, drei Tage bevor der Prozess begann. Marzia erhurte fortan ihr Geld für sich allein.

Auf Mitleid hätte ich bei ihr nicht zu pochen, schloss sie ihre Erzählung; sie wolle mir nicht boshaft Schlimmes antun. Aber wenn mir des Lebens Lektion »Friss oder stirb!« noch nicht gründlich genug eingebläut worden sei, so wolle sie das gerne nachholen.

Ich lebte mit Marzia im Hortaccio, dem Viertel zwischen der Piazza di Spagna und der Piazza del Popolo, was zum einen bedeutete, dass wir fortgeschlossen waren aus Roms vornehmer, reicher Welt, und zum anderen, dass wir es gleichwohl besser getroffen hatten als die gefallenen Frauen bei der Piazza del Pozzo bianco, die kaum einen Scudo für die Nacht verlangen konnten. An guten Tagen rühmte sich Marzia, eine Wohnung im mehrstöckigen Mietshaus zu haben, die sie ihr Eigen nannte. An schlechten riss sie mich an den Haaren vor Wut, dass andere ihrer Zunft es noch viel weiter gebracht hätten als sie. »Aurelia, diese Schlampe, welche lispelt, beim Essen den Salat hineinschaufelt wie eine Kuh und ständig ölige Finger hat, kriegte irgendwie – ich schwöre es dir, es war Zauberei! – einen Bankier der Altovitis ins Bett! Fünf Dienstboten besitzt sie nun, darunter einen Mohr, acht gute Kleider aus Atlas, Damast und Seide, zwanzig Matratzen und vierzehn Ringe!«

Akribisch listete sie fremdes Vermögen auf, das wettzumachen und zu übertrumpfen sei. Noch während sie sprach, schlug der Neid in blinden Geifer um, und sie schlug auf mich ein, als wäre es meine Schuld.

Ich duckte mich und fürchtete sie. Ich kann mich nicht erinnern, jemals vor einem Menschen derart in Angst vergangen zu sein wie vor Marzia. »Was soll ich denn tun?«, fragte ich jämmerlich.

»Nichts!«, herrschte sie mich an. »Noch weißt du zu wenig vom Hetärentum – erst wenn ich dir alles beigebracht habe, wird's Zeit für dich, bei einem Mann zu liegen! Das schwör ich dir: All das Geld, das du bis dahin verbrauchst, wirst du mir später wieder einbringen, sonst erschlage ich dich mit meinen bloßen Händen. Nun denn, unser Gewerbe ist kein Beruf für Dumme. Es genügt nicht, die Röcke hochzuheben und zu sagen: So, meinetwegen kann's losgehen! Wir wollen damit beginnen, dass du zu jeder Zeit das rechte Sprüchlein auf den Lippen trägst. Kannst du lesen? Weißt du etwas von den großen Dichtern?«

Wiewohl bebend vor Furcht, reckte ich meinen Kopf und

war für kurze Zeit meines Vaters Tochter, welche auf seinem Schoß hockend Latein gelernt hatte, ein wenig Griechisch und die hebräischen Zeichen. »Natürlich!«, sagte ich hastig. »Wenn Ihr wollt, so kann ich wohl Cicero und Vergil zitieren, in gleicher Weise wie Petrarca und Boccacio.«

Marzia schlug mir mit dem flachen Handrücken ins Gesicht. »Gib nicht an, dumme Schwätzerin! Kein Mann will Vergil hören, wenn er kurz davor ist, seinen Samen in dir zu ergießen. Rede ich von Dichtern, so meine ich solche vom Schlage des großen Pietro Aretino. Also, wir wollen aus seinem Werke etwas lernen. Sprich mir die Worte drei Mal nach und wag es hernach nicht, auch nur eines zu vergessen!«

Und während sie mich am Arm gepackt hielt, zitierte sie:

»*Doch lass jetzt das Geschwätz!*
Und bis ans Herz
stoß mir den Schwanz hinein,
dass ich ergieß' die Seele,
die den Schwanz belebt und tötet.
Und Liebster, höre:
Wenn es möglich wäre,
lass mich auch noch die Eier drinnen haben,
die selig'n Zeugen allen Liebesglücks!«

Sie verachtete mich, weil ich vor Scham errötete, und schüttete mir kaltes Wasser ins Gesicht, damit mir die Farbe auf den Wangen verginge. Unter Schlägen und Kneifen musste ich nicht nur Pietro Aretino auswendig lernen, sondern auch, wie man einem Mann zur größten Lust verhilft.

»Keinen Einzigen gibt es«, keifte sie mir ins Ohr, »der sich nicht im siebten Himmel dünkt, wenn seine geliebte Freundin im Augenblick, wo er ihr das Züngelchen zwischen die Lippen schiebt, ihm nach dem Ding greift, es zwei- oder dreimal zusammenpresst, bis es sich aufrichtet, und – sobald es sich bäumt – ein wenig schüttelt. Dann lässt sie das tatenlustige Ding fahren, wartet einen Augenblick und nimmt seine Oliven in ihre flache Hand, um sie sachte zu streicheln. Hierauf tätschelt sie ihm den Popo, krabbelt ihm an den Haaren herum und fängt an, ihn auf den Hintern zu klatschen, bis sein Schwanz ganz saftgeschwollen aussieht wie einer, der sich übergeben möchte, aber nicht kann. Wenn du dich dann als Reiterin auf ihn schwingst, so wird er voll süßer Wollust seine Seele aushauchen. Und vergiss nicht: Manche wollen ihn nicht aus dir herausziehen, ehe du dreimal gekommen bist. Mit tiefem Seufzen, fröstelnder Zunge oder Verdrehen der Augen kannst du ihm andeuten, dass dies geschehen wäre.«

Noch war es nicht so weit, dass irgendjemand zwischen meinen Schenkeln die Seele aushauchte. Marzia war mit dem Anblick nicht zufrieden, den ich ihr bot, befahl mir, mich jeden Tag zu baden, und zupfte mir eigenhändig alle Körperhaare aus. Regelmäßig musste ich meine Zähne putzen, fünfzig Mal mit einer Glaskugel über mein Gesicht fahren – das straffe und glätte die Haut – und meine Augenbrauen mit schwarzem Kohlestift nachziehen.

In der Zeit, da ich bei Hippolyte Botta lebte, hatte ich vergessen, wie ich aussah. Da er ein hässlicher Mann war, war alles an mir schöner als er. Nun stand ich oft vor dem Spiegel und fragte mich, ob ich Marzias Ansprüchen jemals genügen könnte.

Doch so groß wie die Furcht war, sie nicht zufriedenzustellen, war auch die Angst, dass sie eines Tages ob meines Anblicks nicken und entscheiden würde, dass ich fortan für sie verdienen sollte.

Nachts lag ich schlaflos, erinnerte mich an Hippolyte Bottas gichtige Berührungen und ekelte mich vor ihnen genauso wie vor jenen, die mich erwarteten. Mein Körper war mir fremd gewesen in den Jahren, da ich bei ihm schlief. Nun aber verriet mir Marzia mehr über diesen Körper, als ich jemals hatte wissen wollen, gab mir ein Öl, womit ich täglich meine Scham beträufeln sollte, auf dass sie weich und dehnbar würde, und zwang mich solcherart, mich so lange mit meinem Leib zu beschäftigen, dass ich mich nicht mehr in ferne Gedanken flüchten konnte. Keine gnädige Fantasie führte mich von meinem drohenden Schicksal fort.

Ablenkung fand ich nur, wenn Gaspara bei uns weilte – eine Kurtisane wie die Frau, die sich nun meine Mutter nannte, wiewohl von anderem Schlage.

Ihr Haar war von glänzendem Rotgold, ihre Haut olivfarben, aber ihr Gesicht hässlich und entstellt von Narben. Eine Rivalin, die um den gleichen Domkanoniker von Sankt Peter buhlte, hatte dereinst drei Männer auf sie gehetzt, welche ihr einen *sfregio* zufügten, indem sie mit Messerstichen ihr Antlitz auf immer versehrten. Sie rächte sich auf ihre Weise, indem sie die Schuldige der Zuhälterei bezichtigte und jener daraufhin – so wie es als Strafe üblich war – die Nase abgeschnitten wurde. Freilich brachte dies Gaspara die Schönheit nicht zurück, und dieser verlustig gegangen, wäre es eigentlich ihr Schicksal gewesen, ihr Leben in Armut und Elend zu fristen. Doch anstatt an der Hässlichkeit zugrunde zu gehen, sah Gaspara in ebendieser ein Mittel, um sich einen eigentümlichen Ruf zu erschaffen.

»Weißt du, Isotta«, erzählte sie mir. »Ich war auch früher niemals hübsch. Ich habe keine Titten wie ein Weib, dafür den Arsch eines Mannes. So hielt ich denn schon damals lieber Zweiteren hin, anstatt mit meinem Lächeln liebreizend zu buhlen. Und seit dem *sfregio* ist es vielleicht sogar besser geworden. Natürlich mag man sagen, dass die Schönheit einer Kurtisane ihr größtes Gut sei. Doch hat man ein Gesicht wie meines, so nimmt man an, dass ich die fehlende Schönheit durch umso größere Schamlosigkeit wettzumachen habe. Kein Mann will eine Kurtisane mit Dreck bewerfen, die elegant und vornehm ist. Ich aber tauge für all den Schmutz, muss nicht geschont werden, sondern biete ihnen einen Körper für jede erdenkliche Perversion. Mir können sie zwei Schwänze gleichzeitig in den Arsch stecken, und sie werden kein Mucksen hören – es sei denn, sie wollen es. Ich klage nur auf Wunsch, niemals aus eigenem Verlangen. Denn was sollt' ich denn klagen, dass ich unter ihren Stößen zerreiße, wenn ich doch nur zu gut weiß, wie oft ich schon wieder zusammengewachsen bin? Das Leben hinterlässt keine bleibenden Wunden. Nur Narben.«

»Aber wie lässt sich so etwas ertragen?«, fragte ich gequält und zeigte größeres Vertrauen zu ihr als zu Marzia. Anders als diese schien sich Gaspara nicht daran zu erfreuen, wie sehr mein nahendes Schicksal mir zusetzte. Mitleid war ihr fremd, aber wenn sie kam, um an unserer Tafel Nudeln zu essen, die wir den Lasagnari vor unserem Haus abgekauft hatten, dann sahen ihre abschätzenden Augen mehr in mir als nur das frische Fleisch, aus dem sich Marzia ungerührt den sättigenden Braten kochen wollte. Sie begehrte zu wissen, wer ich war, woher ich kam und was mich auszeichnete.

Gutmütig beugte sich Gaspara jetzt zu mir. »Kleine Isotta«, murmelte sie. »Was nimmst du das Leben so schwer, wenn es doch einem so simplen Gesetz unterworfen ist? Hur dich in das Bett eines vornehmen Mannes oder verrecke. Und hast du nicht längst deine Wahl getroffen, als du dich auf Hippolyte Botta warfst?«

»Gewiss«, gab ich kleinlaut zu, »und doch ist's ein anderes, bei nur einem Mann zu liegen als bei wahllos vielen.«

Nachdenklich verzog Gaspara ihr Gesicht, und die Narben runzelten sich wie kleine, rote Würmer, die in der Sonne vertrockneten. »Darin sprichst du recht«, murmelte sie. »Wenn Marzia klug wäre, ließe sie dich nicht den gleichen Weg gehen, den sie selbst gelaufen ist. Ihr sieht man an, dass sie kraftvoll und lebendig bleibt, auch wenn sie mehrere Verehrer gleichzeitig bedient. Du aber scheinst mir vorzüglich die Jungfräuliche zu mimen. Am besten, du hättest nur einen Mann, welcher zu gottgefällig ist, um sich mit einer wie mir abzugeben, und der an dich gepresst vermeint, dass er die Wohltat begeht, dich zu beschützen.«

Das nachdenkliche Gesicht glättete sich wieder. »Nun gut«, schloss Gaspara. »Ich werde mit Marzia darüber reden.«

Am selben Abend noch wurde ich von einem lauten Streit wach, der zwischen den beiden Frauen entbrannt war.

»Mach sie nicht zur billigen Hure, wie sie an jeder Ecke stehen!«, hörte ich Gaspara sagen. »Wenn du einen nach dem anderen zu ihr lässt, ist sie zerbrochen, noch ehe du dich reicher nennen kannst. Die Preise stehen schlecht für Ware, die ersetzbar ist. Und Letzteres wird sie sein, kaum ist der vertrauensselige Glanz aus ihren Äuglein verschwunden. Du erzielst den besten Preis, wenn du sie sein lässt, wer sie ist – die Tochter eines Grafen, die auf dieser Welt verloren scheint, wenn sich nicht einer ihrer erbarmt.«

»Dummes Geschwätz!«, erboste sich Marzia. »Was sollte sie sich leisten, wählerisch zu sein, wo ich's nicht konnte?«

»So willst du sie nicht nur benutzen, sondern dich für dein eigenes Geschick an ihr rächen?«

»Ich hätte eine der ganz Großen werden können! Eine wie die göttliche Imperia oder Tullia d'Aragona oder wie Lucrezia Galletta, die man la Luparella nannte. Ich hätte so viel Geld machen können, dass ich heute ein Haus bei Macel de' Corvi und einen Weingarten auf dem Monte Testaccio hätte«, klagte Marzia bitter.

»Ja, gewiss hättest du das«, bemerkte Gaspara kühl. »Du wärst schön, gewinnsüchtig und verschlagen genug dafür gewesen. Aber wir leben in anderen Zeiten als jene Großen, verbannt in den Hortaccio, gerühmt nicht länger als Venustöchter, sondern verschrien als verruchte Konkubinen des Gottseibeiuns, als Irrwischbräute, als Luziferschwestern, als Schandfleck unseres Geschlechts in mulieribus. Früher waren wir Damen von Rang, denen man zu Füßen kniete. Aber das deutsche Mönchlein Martin Luther hat uns alles verdorben, die Päpste denken an die guten Sitten und wollen uns am liebsten aus Rom vertreiben. Wir haben uns zu verstecken, den Mund zu halten und mit geringem Lohn auszukommen.«

»So ist es!«, bestätigte Marzia. »Und deswegen bringt es nichts, die Scheue und Unberührte zu spielen! Mag sein, dass es einst für Isotta gesprochen hätte, Vergil zu zitieren. Doch sei ehrlich: Die Pfaffen von heute sind entweder zu fromm, um überhaupt bei einem Weib zu liegen, geschweige denn, sich eines der Ehefrau gleich zu halten. Oder aber sie sind so verkommen, dass eine wie du genügt, die sich vor ihnen bückt.«

»Mir brauchst du nichts zu erzählen! Oft genug decke ich den Tisch und verteile ›Prälatenspeise‹«, entgegnete Gaspara und lachte bitter auf.

Ich hingegen senkte – wiewohl noch immer unertappt beim Lauschen – den Kopf und errötete. Wiewohl ich's nicht zu wissen begehrte, hatte mir Marzia schon in den ersten Tagen erklärt, dass Prälatenspeise nichts anderes meinte, »als dass« so ihre Worte – »dich die allerehrwürdigsten Männer Gottes in den Arsch ficken, weil sie solcherart verhindern, dir ein Kind zu machen.«

Ich hob den Kopf wieder, als Gaspara fortfuhr. »Aber gerade weil die Preise verdorben sind, sich jede für alles hergibt und man sich an Billigkeit zu übertrumpfen sucht, solltest du dir Isotta als kostbares Juwel bewahren!«

»Juwel! Ha! Die bringt den Mund kaum zum Reden auf, geschweige denn, dass sie damit einen Mann in den siebten Himmel leckt!«

»Dann mach das Geschäft nicht mit ihrer Zunge, sondern

mit ihrer Keuschheit! Bei deinem Urteil über die Kirchenmänner hast du die dritte Gruppe vergessen: die, die ihre Gier nicht ganz drosseln können und doch zu vornehm sind, um sich mit unsereins abzugeben. Für diese mag sie taugen! Oder ist dir lieber, dass sie sich auf kurz oder lang die französische Krankheit einfängt, darob alle Haare verliert und elendiglich im eigenen Eiter ertrinkt?«

»Unsinn!«, zischte Marzia. »Wir beide sind auch lange Jahre im Geschäft und dennoch gesund geblieben. Und ansonsten wird sie sich daran gewöhnen müssen. Ich habe den ersten Handel geschlossen. Morgen kommt Ugolino Strozzi und kriegt sie für zwei Stunden. Und hernach wird endlich ein Ende sein mit dem Zittern und Heulen!«

Ich beendete mein Lauschen. Längst hatte ich verstanden, dass Marzia unbelehrbar und gnadenlos war und das Schicksal, das sie mir zugedacht hatte, in Bälde besiegelt sein würde. Dem ersten Mann würden weitere folgen. Sie würden kommen und gehen. Und vielleicht, am Ende, würde ich so trostlos lachen, wie Marzia es oft tat.

Ich legte mich ins Bett, zog mir die Decke über den Kopf und presste die Augen zu, auf dass ich nichts anderes sehen konnte als Schwärze. Ich fragte mich, ob mir wirklich die Wahl zwischen Leben und Tod blieb, wie Gaspara sagte, oder ob ich nicht lediglich die Art des Sterbens ausersehen konnte. Zweierlei gab es davon: ein schnelles Sterben, indem ich auf Roms dreckigen Straßen verhungerte, oder ein langsames, indem man mir Stück für Stück meine Seele aus den gefällten Gliedern fraß.

Als der nächste Abend nahte, hatte ich mich entschieden, mein Leben selbst zu beenden. Indessen Marzia mich für den ersten Freier kleidete und parfümierte, beklagte ich, dass mich die Pest nicht geholt hatte. Ich dachte zum ersten Mal seit langen

Jahren an Graziosa und daran, dass sie bis zu dieser Stunde meinen Mut bewundert hätte, sich nun aber mit Ekel von mir abwenden würde.

Während mich Marzia eindringlich darauf einschwor, alles zu tun, was jener Ugolino Strozzi verlangen würde – und immerhin zahlte er drei Scudi für zwei Stunden –, legten sich meine Hände prüfend um das kleine Messer, das ich an mich gebracht hatte und das mir den Tod schenken sollte. Gewiss war die Klinge zu stumpf, um diesen Tod mit einem raschen Schnitt einzuladen. Gewiss würde ich über Stunden langsam ausbluten müssen. Aber alles wäre angenehmer, als von nun an jede Nacht einen neuen Mann zu erdulden.

Als Marzia mich schließlich allein ließ, hatte ich vergessen, vor ihr Furcht zu haben. Da ich entschlossen war, mich selbst zu töten, war ich mir gewiss, sie niemals wiederzusehen. Aus dem Fenster blickend nahm ich Abschied von einer Stadt, von der ich nicht mehr gesehen hatte als den Regen und Schmutz am Ankunftstag, Hippolytes Heim und schließlich Marzias Wohnung im Hortaccio.

Kaum hörte ich, wie sich die Türe öffnete und der Mann den Raum betrat, an den ich verkauft worden war. Wiewohl dazu entschlossen, mich schon in diesem Augenblick zu töten, ließ ich ihn näher kommen. Der Stich des Messers war mir sicher – warum sollte ich nicht damit warten, bis ich in seinen Armen lag und solcherart zwar in schlechter Gesellschaft, aber nicht gänzlich alleine stürbe?

Er sah mich prüfend an – ich merkte es kaum. Er nannte mich mit einem Namen, den ich, trotz meines weggetretenen Gemüts, als fremd und ungewohnt empfand.

»Isis de Luna«, raunte Ugolino Strozzi. »Marzia sagte mir, dass du so hießest, und ebenso, dass deine Augen schwarz seien wie die der ägyptischen Göttin.«

Es tröstete mich, dass ich nicht mit meinem eigenen Namen

sterben musste. Jene Isotta, als die ich geboren worden war, war von meinem Tod entlastet. Marzia hatte sie mir gestohlen, da sie gemeint hatte, sie müsste mir wohlklingendere und verruchtere Silben aufschwätzen – und gewiss hatte sie keine schlechte Wahl getroffen. Auf diese Weise machte sie die dunklen Farben an mir, die sie so sehr grämten, zum verlockend Fremden und Exotischen. Zum anderen ließ dieser Name an »Isabella de Luna« denken, die lange vor mir eine berühmte Kurtisane gewesen war.

Ich hörte Ugolino Strozzi nicht, als er weitersprach. Erst als er mich am Arm packte, gewahrte ich, dass er mir etwas befohlen hatte. Unwirsch wiederholte er es: »Knie dich hin und verschränke deine Hände auf dem Boden!«

Meine Finger umspannten das verborgene Messer. Gleich würde es seinen Dienst tun. Gleich würde ich es mir zwischen die Rippen stoßen.

Ruhig tat ich, wie er mir geheißen hatte. Ich wollte seinen Körper spüren, wenn ich starb, und wartete, bis er schnaufend – viel schneller und heftiger, als Hippolyte es jemals getan hatte – seine Beinkleider geöffnet hatte und dann an meinen eigenen Kleidern zerrte. Er schob sie mir über den Kopf, der gebeugt am Boden lag, sodass mein Oberkörper wie unter einem Zelt geborgen schien, wohingegen mein Hinterteil nackt und ihm einladend entgegengereckt in der Luft stand.

Ich versuchte mein Gewicht zu verlagern. So sehr war ich auf meine Hände gestützt, dass ich kaum Kraft hatte, das Messer zu positionieren.

»Halt still, Schlampe!«, stöhnte Ugolino gepresst. Ich spürte sein Geschlecht auf meiner fröstelnden Haut – größer, heißer und härter, als ich jemals Hippolyte gefühlt hatte.

Dann stellte ich das Messer senkrecht vor meinen Leib, prüfte, wohin seine Spitze zielte, wollte mich mit aller Macht darauf fallen lassen – wollte es und konnte es nicht. Ich hatte zu sterben beabsichtigt genau in dem Augenblick, da er in mich zu dringen dachte. Doch nun, da er mit einem lang gezogenen Stöhnen dazu ansetzte, fiel mir dazu nichts anderes ein, als dass ich leben wollte. Ganz gleich, wie. Ganz gleich, auf welche Art erniedrigt und missbraucht.

Ich hörte mich stöhnen vor Scham über die eigene Ehrlosigkeit, und fast klang ich wie er. Tränenblind entglitt mir das Messer, auf dass es mich nicht länger an seiner statt durchbohren konnte.

Im Übrigen tat er es nicht. Noch ehe Ugolino Strozzi seine Lust an mir stillen konnte und als feststand, dass ich zu schwach war, mich selbst zu meucheln, aber stark genug, um mir ein elendes Leben zu erkaufen, riss jemand die Türe auf.

»Aufhören! Sofort aufhören!«, schrie eine schrille Stimme.

Ärgerlich wich Ugolino von mir zurück und klatschte zornig auf mein nacktes Hinterteil. »Was soll die Störung?«, hörte ich ihn zischen.

»Aufhören!«, wiederholte die Stimme. »Lass ab von ihr, oder ich schneid dir deinen Schwanz in kleinen Stücken ab, auf dass du langsam und qualvoll verbluten mögest, du Hurensohn!«

»Was erlaubst du dir?«

Der Streit erschreckte mich nicht mehr als die eigene Weigerung zu sterben. Indessen das Messer unbenützt am Boden ruhte, richtete ich mich mit steifen Gliedern auf. Mein Kopf schwindelte mir, und meine Schenkel, über die ich hastig meinen Rock zog, zitterten.

»Eine Unverschämtheit!«, schimpfte Ugolino. »Jeden Scudi lass ich mir doppelt zurückzahlen!«

»Kannst sie gerne von mir haben! Denn dieses Mädchen ist mehr wert, als du jemals bezahlen könntest.«

Hastig verbarg ich mit hochrotem Kopf das Messer. Jetzt erst erkannte ich, wer mich errettet hatte und nun mit raschem

Schritt auf mich zukam. Die Frau legte ihre Hand auf mein Gesicht und zwang mich, sie anzusehen.

»Auch wenn Marzia mir nicht glauben will – aber aus dir ist mehr herauszuholen«, sagte sie.

»Gaspara ...«, murmelte ich verwirrt.

»Mit Marzia werde ich fertig. Alsbald wird sie Ruhe geben, schiebe ich ihr erst ein paar Scudi in ihr keifendes Maul. Ich hoffe nur, du lohnst diese Mühe!«

Meine Beine gaben nach. »Was ... was hast du mit mir vor?«, fragte ich bebend.

»Ich halte nichts davon, dass Menschen nutzlos vergeudet werden«, erklärte Gaspara, und ihre Narben runzelten sich, als sie lächelte. »Es reicht, dass mein Leben nach der Gosse stinkt. Du aber wirst einem reichen, mächtigen und angesehenen Mann vorgestellt. Dem Kaufmann Vincenzo Giustiniani.«

Er umrundete mich mit der geduldigen Bedachtsamkeit einer Spinne, welche gemächlich webt, ehe sie tötet. Stückweise und mit langen Pausen zwischen den Gängen delektierte er sich an dem jungen Mädchen, als das ich vor ihm stand – ängstlich und bebend und dennoch erleichtert, hier zu sein und nicht mehr halbnackt dem geilen Ugolino Strozzi ausgeliefert.

Vincenzo Giustiniani war Kaufmann, Bankier und zweiter Depositar des Papstes, trug feinste golddurchwirkte Kleidung und funkelnde Juwelen. Gaspara hatte mir in aller Kürze erzählt, dass er ein ehrwürdiger Mann sei, gebildet, musikalisch und voll Liebe für die Kunst. All das sah man ihm nicht an. Vincenzo Giustiniani war von kleiner, gedrungener Gestalt, die ihm – ergänzt um winzige, schwarze Augen und eine lächerlich spitze Nase – das Äußere eines neapolitanischen Straßenhändlers gab.

Freilich hätte ich es auch hingenommen, wäre sein Antlitz

noch hässlicher und derber gewesen – vor allem zählte, dass er ein wohlgeborener Mann war, der offenbar mehr plante, als sich nur in einer hastigen Nacht an mir zu erfreuen. Ganz gleich, wie gierig er mich begaffte, wie unangenehm seine zögerlichen und dennoch besitzergreifenden Berührungen waren – er würde mir nicht mehr zusetzen als der alte, hässliche Hippolyte. Mein beschämender, ehrloser Verzicht auf das Messer lohnte sich allein schon darum, weil es ein einziger Mann war, dem ich nun gehören müsste, und nicht mehr namenlos viele.

»Habt Dank!«, stieß ich aus, fiel ihm schwach zu Füßen und griff nach seinen schwitzigen Händen, um sie mit Küssen zu bedecken. »O habt Dank, dass Ihr mich in Eurem Haus aufnehmt!«

Er schmatzte mit den Lippen und zögerte seine Antwort hinaus.

»Wie ist dein Name?«, fragte er schließlich und ließ den Schein einer kleinen Öllampe über mich gleiten, um mich genauer zu mustern.

»Isis de Luna«, sagte ich schnell und folgte Marzias Beschluss, wie ich zu heißen habe – vielleicht, weil ich den Namen meiner Geburt nicht mit meinem ehrlosen Leben bekleckern wollte.

»Und man hat dir gesagt, ich wolle dich für mich haben?«, fragte er, bleckte seine Zähne und grinste höhnisch, wie mir schien.

Verwirrt blickte ich ihn an. Genau genommen hatte Gaspara nichts von seinen Absichten gesagt; ich war mir jedoch sicher gewesen, dass dieser Mann mich als Frau musterte, die seine fleischlichen Gelüste stillen würde. Warum sonst hatte mich Gaspara der aufgebrachten Marzia für siebzig Scudi abgekauft und diesem Mann – wiederum für hundert Scudi – zugeführt, wenn nicht, um seine Geliebte zu werden?

Stattdessen aber tat er etwas gänzlich Unerwartetes, griff

nicht nach meinem bebenden Leib, sondern nach einem Buch und schlug es vor meiner Nase auf.

»Solche Schätze ermöglicht uns Signore Gutenberg! Gaspara meinte, du könntest lesen – ist das so?«

»O gewiss, aber …«

»Dann beweis es mir«, fiel mir Giustiniani rüde ins Wort – und fügte Sätze hinzu, die ich nicht verstand, gleich so, als wären sie in einer fremden Sprache gesprochen: »Die schöne Lavinia hat es vermocht; sie war sehr gebildet. Zwar hat der Kardinal sie besitzgierig von uns allen ferngehalten und wollte als Einziger an der seltenen Rose riechen, doch wer in seinem Palazzo die Augen offen hielt, konnte nur allzu leicht herausfinden, welch kostbares Kleinod sich in einem der Räume verbarg. Sie hatte ein Gesicht, das man niemals vergessen konnte, hatte man es einmal geschaut. Allzu schade, wie Lavinia endete … Also lies!«

Scheu erhob ich mich, denn ganz gleich, was seine rätselhaften Worte bedeuten mochten, wollte ich ihn nicht mit fehlendem Gehorsam verärgern.

»Galileo Galilei«, las ich den Namen dessen, der das Buch geschrieben hatte – danach trachtend, ihn mit allem, was ich zu bieten hatte, einzunehmen. »*De Motu antiquiora*.«

Vincenzo Giustiniani lachte schrill. »Du hast eine so hübsche, bebende Stimme, Isis de Luna. Mach weiter.«

Ich tat, wie mir geheißen.

»Eine Metallkugel scheint schneller zu fallen als eine Baumwollkugel, doch wenn man eine Kugel aus dicht zusammengepresster Baumwolle und ein dünnes, breites Metallblatt beobachtet, so fällt die Baumwolle schneller als das Metall«, las ich zitternd vor.

»So, so«, grinste Giustiniani. »Und was, kleine Isis de Luna, mag das nun bedeuten?«

Er nahm die Stimme eines mahnenden Lehrers an, was

mich nicht verstörte, sondern im Gegenteil vertraut klang – so hatte mein Vater zu mir gesprochen, wenn er von mir Gelehrsamkeit und Logik gefordert und überprüft hatte, ob ich seinen Lektionen auch aufmerksam gelauscht hatte.

»Das mag bedeuten«, erwiderte ich artig, »dass der Widerstand der Luft die Bewegung verändert. Ohne diesen Widerstand aber fallen alle Gegenstände gleich schnell.«

»Oho!«, rief er spottend. »Du bist tatsächlich klug wie Lavinia, vielleicht sogar klüger. Zwar nicht schöner, nicht begehrenswerter, aber das mag dem Kardinal sogar recht sein. Kein zweites Mal wird er eine Frau dulden, die sämtliche seiner Sinne so gänzlich für sich raubt!«

Er hielt das Buch mit der einen Hand geöffnet, während er sich mir mit der anderen kriecherisch und tastend näherte. Wie zufällig hatten sich seine Finger um meine Schulter gelegt – und packten sie jetzt fest.

»Im luftleeren Raum ist alle Bewegung gleich«, fuhr ich hastig zu lesen fort, um ihn davon abzuhalten. »Dies ist, was dieser Gelehrte behauptet. Desgleichen, dass diese Bewegung allem Seienden innerlich ist.«

»Aber gibt es nicht Dinge, die unbeweglich und unveränderlich sind?«, fragte Giustiniani. Seine Hand wanderte von meiner Schulter nach unten.

Ich atmete heftig, was ihm gefiel und ihn noch fester zupacken ließ.

»Galilei meint«, antwortete er an meiner statt, »dass dem nicht so ist. Selbst die Sterne am Himmel bewegten sich, die Erde, die Sonne, die Planeten. Auch hoch droben, weit entfernt von allem Irdischen und in den göttlichen Sphären, herrschen die gleichen Gesetze wie auf Erden.«

Seine feisten Finger drängten sich zwischen den Stoff, der meine Brüste bedeckt hielt. Schmerzhaft fest zwickte er meine Brustwarze, sodass ich verschreckt aufschrie und nicht wusste, was er denn wollte – mich berühren oder mich nach meinem Bildungsstand befragen, mich für sich selbst einfordern oder mich an den Kardinal ausliefern, von dem er gesprochen hatte.

»Gut!«, lachte er zufrieden. »Du gibst dich wie ein keusches Mädchen – ein Mädchen, dem man die Tugenden des Gehorsams und der Demut ansieht, welches sich in einem edlen Raum zu verhalten weiß und welches eine vornehme, gebildete Sprache mit kundigen Worten zu erwidern vermag. Ein Mädchen schließlich auch, das gefallen ist, nicht mehr ehrwürdig und rein genug, den Weg einer hochwohlgeborenen Jungfer zu gehen, der geradewegs zur Ehe führt.«

Das Buch entglitt meinen Händen.

»Was wollt Ihr denn von mir?«

»Wenn ich dich anschaue, so mag's mich durchaus nach dir gelüsten!«, stöhnte Giustiniani und näherte sich meiner zweiten Brust. »Du erinnerst mich an eine Kurtisane, die mein Bruder Benedetto einstmals hielt, vornehm, gebildet und wunderschön. Ich habe ihm jeden Preis geboten – doch teilen wollte er sie auf lange Zeit nicht mit mir. Es währte Jahre, ehe er ihrer überdrüssig war und ich bei ihr liegen durfte. Er gab es schließlich leichtfertig ab – das einstmals gierig Besessene. Zu oft hatte er sie gehabt. Sie hingegen sehnte sich nach ihm – das mochte ich nur zu genau erfühlen, wenngleich sie es nicht wagte, sich mir zu widersetzen. Alles gestattete sie mir. Alles durfte ich mit ihrem wohlgestalteten Leib anfangen. Nur ihre Brüste blieben mir verboten. Ich dürfe sie nackt besehen, sagte sie, aber nie danach greifen und sie noch weniger küssen. Dies wäre so Sitte bei den Kurtisanen. So sei es auch im alten Imperium Romanum gehandhabt worden, wo der Busen allein dem Kinde gehörte, nicht dem Manne. Und dennoch bin ich gewiss: Mein Bruder Benedetto, den sie liebte, durfte ihre Brüste haben, er durfte sie berühren und streicheln und daran kauen und saugen.«

Seine Berührungen wurden heftiger und schmerzender – und zugleich seltsam leblos. Gewiss, er schien meine Brüste mit den Händen verspeisen zu wollen, sie mir vom Körper zu reißen. Doch als sich zuletzt sein heißer Mund auf mein Dekolleté senkte und dort schnaufend und geifernd liegen blieb, so schien er nicht nur von Lust getrieben, sondern auch von Widerwillen.

Jählings riss er sich von mir los, und seine Nase – eben noch gerümpft wie die eines Schweins, wenn es Trüffeln sucht – glättete sich.

»Doch das tut hier nichts zur Sache!«, erklärte er schnell und schob die Erinnerungen beiseite. »Gebildet also bist du, schüchtern und mir ergeben – nicht wahr, so ist es doch? Was würdest du tun, um nicht in der Gosse zu landen?«

»Was wollt Ihr denn, dass ich tue?«, wiederholte ich bebend.

»Nun«, begann er gedehnt, »man möchte meinen, es sei dein weicher Busen, dessen ich bedarf, doch in Wahrheit ist's dein Köpfchen. Wach soll es alles aufnehmen, was um dich herum geschieht, und danach sollst du mir berichten. Von den Büchern, die er liest – und er liest viel, seine Bibliothek gehört zu den bestausgestatteten in Rom. Von den Künstlern, die er beschäftigt, und auch das sind viele. Von den Bildern, die er kauft und die seine Wände schmücken.«

Ich starrte ihn zweifelnd an.

»Ach, enttäusch mich nicht!«, sagte er schrill. »Gib dir Mühe, rascher zu verstehen! Dachtest du, du solltest meine Kurtisane werden? O nein! Ich werde dich an den ehrenwerten Kardinal Francesco del Monte weiterreichen. Der Arme trauert um seine Konkubine Lavinia, welche gestorben ist. So wird er wohl ein flauschiges Bettchen frei haben für eine wie dich!«

»Aber was habt Ihr davon?«, entfuhr es mir.

»Hoho!«, lachte er. »Ich hoffe, er ist leicht von meinem schlichten Freundschaftsbeweis zu überzeugen und vermutet nicht die bösartige Absicht dahinter, die mich in Wahrheit treibt. Schau, kleine Isis de Luna: Mein Bruder Benedetto ist Kardinal und meint, die Nase höher tragen zu dürfen als ich. Mein Freund del Monte ist Kardinal und blickt ebenso hochmütig auf mich herab, weil ich nur Kaufmann bin. Aber sollen sie nur denken, dass sie die großen, mächtigen Männer Roms sind, die von Politik und Kunst mehr verstünden als ich armseliger Wurm! In Wahrheit stehe ich ihnen um so viel nicht nach, vielleicht an Würde, aber nicht an Wissen um all die Ränkespiele in Rom, die heute den Mächtigen stürzen und morgen den Belächelten erhöhen! Ich will denn einen Happen von dem abbekommen, was diese herrliche und zugleich verdorbene Stadt den Einflussreichen verspricht! Und auf dass es mir besser gelingt, sollst du mir, kleine Isis, fortan Informationen beschaffen. Mein kleiner Spitzel in Kardinal del Montes Palazzo wirst du sein, mir restlos ergeben, weil ich war's, der dich von der grässlichen Marzia befreite – und darum solltest du auf ewig dankbar sein! So ist es doch? Du bist mir doch dankbar?«

Er blickte nunmehr an mir vorbei, richtete keinen einzigen begehrlichen Blick mehr auf meine Brüste und prüfte nicht, ob ich tatsächlich bereit war, mich mit Haut und Haar an ihn zu verkaufen. Im Übrigen wäre ich zu weit mehr bereit gewesen, als ihm als Spitzel zu dienen.

»Gewiss bin ich das!«, rief ich eilfertig aus.

»Nun gut«, sagte er und wandte sich zu gehen. »Morgen berichte ich dir mehr, sodass du für das Leben beim Kardinal gerüstet bist. Für heute aber magst du schlafen!«

Ich fiel zu Boden, als er ging, und blieb dort über Stunden liegen, während mein Zittern sich schleppend verflüchtigte.

Ich verstand nicht restlos, warum Vincenzo Giustiniani mir diesen Dienst auferlegte, warum ihm das Leben des Kardinals del Monte so wichtig schien und warum er über alle dessen Schritte durch mich Bescheid wissen wollte. Doch vorerst mochte es genügen, mir dieser einen Sache sicher zu sein: Giustiniani schenkte mir ein besseres Leben, als ich bei der geldgierigen Marzia zu erwarten hatte.

Während ich mich erhob, mit dem bereitgestellten Wasser meine Hände wusch und mich ganz und gar gesäubert wähnte, wusste ich noch nicht, dass mir Giustiniani noch ein zweites Geschenk machen würde.

Er ahnte es nicht und bezweckte es noch weniger, aber seine Pläne führten mich mit dem wichtigsten Mann meines Lebens zusammen, einem Künstler, der Kardinal del Monte diente, in seinem Palast lebte, wie ich es künftig tun sollte, und der sich nach dem Ort im Bergamo benannte, woher er stammte: Caravaggio.

7

Rom, Gegenwart

Frater Elias' aufgeregte Züge glätteten sich in Sekundenschnelle. Eben noch erregt durch das Gespräch zwischen Carlo Forli und der Campanella, das sie belauscht hatten, erschien plötzlich ein Allerweltslächeln auf seinem Gesicht, und er trat auf seinen Onkel zu, um ihm das Glas abzunehmen.

Obwohl es nur zu zwei Dritteln gefüllt war, drohten seine zittrigen Hände es auszuschütten.

Ricarda bedankte sich hastig, als Elias das Glas an sie weiterreichte, und befürchtete, dass der Kirchenmann mit der sonoren Stimme erneut in Endlosschleifen über das kirchliche Kunstverständnis reden wollte.

Sollten sie Forli oder die Campanella ansprechen?

Als Ricarda wieder in ihre Richtung blickte, sah sie, dass die beiden ihr Gespräch beendet hatten. Carlo Forli nahm sich eben ein Canapé; Signora di Campanella stand an der Treppe und begrüßte Gäste. Sie hatte den strahlenden Gesichtsausdruck aufgesetzt, mit dem sie auch Ricarda und Frater Elias empfangen hatte. Nicht die geringste Sorge stand darin zu lesen. Und doch hatte sie eben noch gesagt, dass die Sache mit dem Gemälde gefährlich sei und sie sich nicht ihre Finger daran verbrennen wolle.

»Wie wär's damit?«, riss die Stimme von Reinhold Buchholzer sie aus ihren Gedanken.

»Bitte?« Ratlos sah sie ihn an. Offenbar hatte er eine Weile auf sie eingeredet, ohne dass sie es gemerkt hatte.

»Mein Onkel hat eine private Gemäldesammlung«, raunte Elias ihr zu, »und er wollte dich einladen, sie einmal anzusehen.«

»Sehr gerne«, murmelte Ricarda geistesabwesend.

Gottlob vertiefte der Prälat das Thema nicht. »Melden Sie sich einfach, wenn Sie Lust haben. Nun aber wird es Zeit für mich«, meinte er und stellte sein eigenes, fast noch volles Glas auf der Balustrade ab. »Eigentlich wollte ich nur kurz vorbeikommen und Signora di Campanella begrüßen – ich habe noch einen anderen Termin.«

Ricarda verkniff sich nur mit Mühe einen erleichterten Stoßseufzer. Sein Aufbruch hatte allerdings nicht den von ihr gewünschten Effekt – dass sie nämlich endlich in Ruhe mit Elias reden konnte –, sondern stachelte diesen an, eilfertig zu rufen: »Ich bringe dich dort hin, wenn du willst!«

Offenbar war es ein Reflex von ihm, sich bei allen älteren Menschen einzuschleimen, dachte Ricarda ungeduldig. Wahrscheinlich hatte er einmal zu oft erlebt, dass immer etwas für ihn dabei heraussprang: eine gute Note bei den Professoren, eine Essenseinladung bei wohlhabenden Leuten, verwandtschaftliche Unterstützung bei der Kirchenkarriere.

»Nein, nein«, sagte der Prälat mit mildem Lächeln. »Ich brauche kein Kindermädchen. Es genügt, wenn du mich zur Garderobe bringst und mir hilfst, meinen Mantel wiederzufinden. Ich weiß nicht mehr, wo ich ihn abgelegt habe … Und Ihnen, junge Dame, viel Glück bei Ihrem Forschungsvorhaben! Lassen Sie es mich wissen, wenn Sie Ihre Arbeit abgeschlossen haben. Es würde mich ausgesprochen interessieren, sie zu lesen.«

»Noch einen schönen Abend!«, erwiderte Ricarda höflich und blickte ihnen nach, wie Frater Elias dem Onkel den Arm reichte und ihn durch das Gedränge führte. Ricarda stellte ihr Glas unauffällig auf einem kleinen Marmortischchen ab.

Also doch, sie hatte Recht gehabt, Signora di Campanella wusste von dem Bild und versuchte, etwas zu vertuschen. Wieder überlegte sie, die Campanella oder Forli unverblümt darauf anzusprechen, doch sie verwarf den Gedanken rasch. Anlass und Ort waren zu unpassend, um sie zu befragen – und außerdem galt es zuvor, ihre Aussagen noch einmal genau zu durchdenken.

»Na?« Maurizio pirschte sich unaufällig von der Seite an sie heran. »Wer ist dieser Pfaffe?«

»Ein Studienkollege«, entgegnete sie knapp.

»Bleibst du noch lange?«, fragte er. »Ich für meinen Teil habe die Nase gestrichen voll.«

Wahrscheinlich würde sich Frater Elias nicht die Gelegenheit entgehen lassen wollen, noch mehr Champagner zu trinken, aber Ricarda wollte der merkwürdigen Situation entfliehen und in Ruhe nachdenken.

»Ich möchte auch weg«, murmelte sie. Als sie an seiner Seite die Treppe hinunterstieg, fühlte sie sich zumindest ein wenig vor den neugierigen Blicken der anderen Gäste geschützt, die leicht verächtlich über ihre schlichte Kleidung und die flachen Schuhe gewandert waren.

Prälat Reinhold Buchholzer war eben gegangen, als sie das Vestibül erreichten und Frater Elias' Blick sich skeptisch auf Maurizio richtete. Doch er stellte keine Fragen, sondern folgte ihnen widerstandslos nach draußen.

Die Abneigung, die Frater Elias augenblicklich für Maurizio empfand, blieb nicht lange einseitig. Als Ricarda die beiden einander vorstellte, musterte Maurizio Frater Elias von Kopf bis Fuß und murmelte etwas von aufgeblasenen Pfaffen, die er längst gefressen habe. Er schlug vor, dass sie sich ein Taxi teilten, doch Frater Elias, ansonsten ebenso bequem wie spendabel, lehnte ab und wollte zu Fuß gehen. Auch Maurizio entschied sich daraufhin um und schloss sich ihnen an. Ricarda wusste nicht warum – weil ihm allein ein Taxi zu teuer war oder weil er »dem Pfaffen« eins auswischen wollte?

Frater Elias ließ sich von Maurizios Gegenwart jedoch nicht lange irritieren. Bald redete er aufgeregt, während sie an den bröckelnden Fassaden der Via della Lungara, die an das Tiberufer führte, vorbeigingen.

»Fassen wir zusammen. Tano Faresi restauriert ein altes Gemälde, das von Caravaggio stammen könnte. Signora di Campanella hat etwas damit zu tun, denn sie erscheint persönlich in seinem Antiquitätenladen. Doch dann stirbt Tano Faresi völlig unerwartet. Signora di Campanella bedankt sich bei Carlo Forli für irgendeinen Gefallen, den dieser ihr getan hat, distanziert sich nun aber von dem rätselhaften Gemälde und will sich, wie sie sagt, daran nicht die Finger verbrennen.«

Er sprach wie elektrisiert, und als Ricarda ihn von der Seite betrachtete, fühlte sie plötzlich Erleichterung: Sie war nicht länger allein mit Tanos Tod und dem Rätsel, das er ihr aufgegeben hatte. Sie zog Elias nicht unfreiwillig in eine Sache hinein, mit der er nichts zu tun haben wollte. Seine Neugierde war echt und tief.

»Was sollen wir denn jetzt tun?«, fragte sie. »Wir können die Sache doch nicht auf sich beruhen lassen.«

»Ich glaube nicht, dass wir von der Campanella noch mehr erfahren können«, murmelte Elias nachdenklich. »Sie würde uns mit endlosen Redeschwällen überhäufen – aber das Wesentliche verschweigen.«

»Aber sie ist doch der Schlüssel zu allem!«, warf Ricarda ein. »Wer, wenn nicht sie, kennt das Geheimnis des Bildes, das

Tano vor seinem Tod angedeutet hat? Offenbar ist sie von der ganzen Situation derart überfordert, dass sie nichts mehr damit zu tun haben will!«

Eine Weile gingen sie schweigend nebeneinander her.

»Eben!«, rief Frater Elias plötzlich beinahe enthusiastisch aus. »Und das macht sie doch verdächtig! Ricarda, überleg doch mal! Wenn sie es womöglich war, die Tano mit der Restauration beauftragt hatte oder zumindest davon wusste – in wessen Besitz befindet es sich dann jetzt?«

»Natürlich in ihrem.«

»Also ist es vielleicht nur ein Ablenkungsmanöver, wenn sie sagt, dass sie sich an der Sache nicht die Finger verbrennen will, weil es ihr zu gefährlich sei. Wer weiß, ob Carlo Forli die ganze Wahrheit kennt. Vielleicht hat sie ihn nur ausgenützt, ihn über manches im Unklaren gelassen und lacht sich jetzt ins Fäustchen, weil sie nun ganz allein eine Art Herrschaftswissen über das Gemälde hat.«

»Carlo Forli scheint kein Dummkopf zu sein. Und was will denn diese alte Dame …«

»Wenn es tatsächlich ein Caravaggio sein sollte – dann ist das Bild ungemein wertvoll. Du hast zu den wenigen gehört, denen Tano das überhaupt anvertraut hat, und falls Signora di Campanella die Restauration des Bildes in Auftrag gegeben hat, dann weiß sie vermutlich auch davon. Von Tano hat sie nichts mehr zu befürchten – nun muss sie zusehen, dass du dich nicht einmischst. Und dass Carlo Forli, wofür sie ihn auch gebraucht haben mag, den Mund hält.«

»Meinst du etwa, sie könnte Tano aus dem Weg geräumt haben, damit …« Ricarda brachte den Satz nicht zu Ende, so unvorstellbar war der Verdacht.

»Das will ich gar nicht behaupten. Wir wissen nicht, woran Tano wirklich gestorben ist, und es kann durchaus sein, dass es ein Infarkt oder was auch immer war. Die Campanella aber hatte auf jeden Fall die Chance, das Bild wieder verschwinden lassen. Vielleicht hat Forli ihr dabei geholfen, und das, noch ehe Tano irgendeinem Menschen – also dir – mitteilen konnte, was er darüber herausgefunden hatte.«

»Nämlich dass es ein echter Caravaggio ist. Wobei es das allein nicht war, was Tano mit mir besprechen wollte. Er hat noch etwas anderes herausgefunden. Irgendein bedeutungsvolles Detail über das Bild, das offenbar noch nicht bekannt war, als man ihn mit der Restauration beauftragt hat. In seiner E-Mail schrieb er von einem richtigen Skandal. Und dann hat er mir die Lebenserinnerungen der Kurtisane Isis de Luna geschickt.«

»Und irgendjemand hat alles darangesetzt, sie schnellstmöglich wieder an sich zu bringen.«

»Denkst du … denkst du, es könnte die Campanella gewesen sein?«, fragte Ricarda. Der Gedanke erschien ihr völlig abwegig. Unmöglich, dass diese schrille, parfümierte Dame in der Pension Buzzo aufgetaucht war, sich hinter ihrer Türe versteckt und sie dort überwältigt hatte. Allerdings hatte Signora di Campanella genügend Personal, das solche Aufträge für sie erledigen konnte.

»Es könnte natürlich auch sein«, überlegte Elias laut, »dass die Campanella ehrlich zu Forli war und mit der ›gefährlichen Sache‹ tatsächlich nichts zu tun haben will. Dann müsste eine unbekannte dritte Person der Drahtzieher sein.«

»Stellt sich die Frage: Drahtzieher von was? Das Bild verschwinden zu lassen? Es teuer als echten Caravaggio zu verkaufen? Sein Geheimnis – was immer das auch sein mag – zu vertuschen?«

Sie sprachen schnell, als befänden sie sich im Wettstreit, wer zuerst seine Schlussfolgerung hervorbringen könnte. Erst als sie Atem schöpfen mussten, meldete sich auch Maurizio zu Wort, der bislang schweigend und missmutig neben ihnen hergegangen war.

»Was für finstere Verschwörungstheorien heckt ihr denn da aus?«, warf er skeptisch ein. »Ich verstehe ja kein einziges Wort!«

Er starrte finster an Ricarda vorbei auf den Benediktiner.

»Kein Wunder. Du weißt nicht, was alles passiert ist«, sagte Ricarda.

»Aber ihr beide, ihr habt den Durchblick!«, rief Maurizio höhnisch.

Er wich einer Katze aus, deren helle Augen ihnen im fahlen Laternenlicht entgegenblinzelten. Maurizio hatte oft gesagt, dass er Katzen hasste. Als er laut in ihre Richtung aufstampfte, verschwand sie im Schatten einer Statue, auf der ein Engel hockte, der sich am Sternenhimmel festkrallte.

»Wir müssen jetzt überlegt vorgehen und möglichst viele Informationen sammeln, ehe wir entscheiden, was wir tun sollen«, ging Frater Elias über Maurizios Worte hinweg. »Du hast das Bild gesehen, wenn auch nur kurz. Vielleicht kannst du mehr über dieses Motiv herausfinden. Je mehr wir über das Gemälde wissen, desto besser.«

»Gut«, willigte Ricarda ein. »Ich werde sämtliche Caravaggio-Gemälde durchgehen und nach Parallelen fahnden. Ich werde auch noch einmal recherchieren, mit welchen Kurtisanen Caravaggio Kontakt hatte. Vielleicht war diese Isis de Luna dabei.«

»Und vielleicht sollte ich mal versuchen, mich über Signora di Campanella kundig zu machen – wie reich sie ist, ob sie eine erfahrene Kunstsammlerin ist und was es mit diesem *Circolo Lucani* auf sich hat.«

»Hat sie nicht von einer Kirche gesprochen? Santa Maria Egiziaca, wenn ich es recht in Erinnerung habe. Offenbar pumpt dieser Verein viel Geld in deren Renovierung.«

»Am besten, ich frage meinen Onkel Reinhold. Er weiß über solche Dinge bestens Bescheid. Vielleicht gibt es einen

Zusammenhang zwischen der Kirche und dem Gemälde; vielleicht stammt es sogar von dort.«

Sie hatten das Tempo ihrer Schritte dem der Worte angepasst. Trotz der kühlen Nachtluft wurde Ricarda warm. Maurizio offenbar auch, der kaum Schritt halten konnte und hörbar schnaufte.

»Donnerwetter!«, rief er ihnen nach. »Das nimmt ja richtig professionelle Züge an! Was genau bezweckt ihr eigentlich?«

Frater Elias schwieg erhaben.

Ricarda konnte sich nicht verkneifen, sich zu verteidigen: »Du hast keine Ahnung, also misch dich nicht ein.«

»Ich habe tatsächlich keine Ahnung. Aber bevor ihr euch als Hobbydetektive versucht, würde ich euch raten, zur Polizei zu gehen. Erzählt denen doch, was dieser Tano dir geschrieben hat, bevor ihr euch irgendwelche finsteren Machenschaften zusammenreimt. Ha! Wahrscheinlich hat die Mafia das Bild gestohlen und vertickt es jetzt auf dem Schwarzmarkt. Wir sind schließlich in Italien. Peng, Peng!«

Ricarda schnaubte unwillig. Sie hätte gerne ihren Schritt weiter beschleunigt und ihn stehen gelassen, aber mittlerweile hatten sie die Pension Buzzo erreicht. Umständlich begann Maurizio in seinem Frack nach dem Schlüssel zu kramen.

»Vielleicht sollten wir tatsächlich mit Carlo Forli sprechen«, setzte Elias nachdenklich an.

»Bist du verrückt?«, fuhr Ricarda auf. »Er ist ein Vertrauter der Campanella, das heißt, er steht auf ihrer Seite.«

»Ha!«, lachte Maurizio auf. »Und dass diese die Übeltäterin ist, ist mittlerweile klar?«

Frater Elias warf ihm einen finsteren Blick zu. »Wir haben nichts in der Hand, um Carlo Forli zum Reden zu bringen. Wahrscheinlich würde er alles abstreiten, wenn wir ihn auf das Gespräch mit der Campanella ansprechen. Aber wir müssen mit ihm ja nicht darüber reden. Wir besuchen ihn, und du erklärst ihm einfach, dass du gerne mehr über Tano Faresis Tod wissen möchtest, ganz unverbindlich, quasi als Teil der Trauerarbeit. Das ist dein gutes Recht, und er wird's verstehen – und vielleicht rutscht ihm zufällig eine Bemerkung heraus, die uns weiterhilft. Am besten, wir besuchen ihn gleich morgen Abend. Bis dahin machen wir's so, wie wir es beschlossen haben: Du recherchierst nach dem Gemälde, und ich mache mich über die Campanella und ihr Engagement für die Kunst schlau.«

Maurizio hatte den Schlüssel gefunden. Mit abfälligem Grinsen betrat er als Erster die Pension, immerhin bereit, endlich zu schweigen und sie nicht länger zu verhöhnen.

Erst später, nachdem sich Ricarda mit einem flüchtigen Händedruck von Frater Elias verabschiedet hatte, hob Maurizio noch einmal zu reden an, anstatt wortlos in seinem Zimmer zu verschwinden. Allerdings kam statt Hohn und Spott nur eine einfache Bitte. Ob er noch zwei Rollen Klopapier von ihr haben dürfe, knurrte er. Signora Buzzo sei nachlässig, wenn es um Nachschub ging.

Erleichtert über den Themenwechsel ging Ricarda in ihr Zimmer und holte die Rollen. Als sie sie ihm überreichte, berührten sich kaum merklich ihre Hände. Sie zuckte zurück, während er nachdenklich auf das Klopapier blickte. Er hatte die Jacke seines Fracks geöffnet und auch die obersten Knöpfe des weißen Hemds, das er darunter trug.

»Es tut mir leid, wenn ich dir vorhin zu nahe getreten bin«, begann er, ohne sie anzusehen. »Aber du solltest dich da in nichts verrennen.«

»Maurizio ...«

»Nein!«, er hob abwehrend die Hand. »Lass mich ausreden! Mein Leben hat mal so begonnen wie deins. Studium der Geisteswissenschaften. Mit Auszeichnung abgeschlossen. Ob du's glaubst oder nicht – ich war ein richtig guter Student. Und ich war auch ein guter Journalist, wirklich. Es ist halt einiges schiefgelaufen – hier wurde gespart, dort sind Projekte geplatzt. Das kann so schnell gehen, dass du deine Stelle los bist, und jetzt schlage ich mich gerade mal so durch.«

»Maurizio«, wiederholte sie. Sie fixierte seine Brust – dort, wo er das Hemd geöffnet hatte und wo ein paar Härchen hervorquollen, braun wie seine Haare, vereinzelt grau. Sie hatte ihn nie gefragt, wie alt er eigentlich war.

»Ich habe dich heute beobachtet«, fuhr er fort. »Du hast dich in der Villa der Campanella hinter einer Säule versteckt wie ein Schulmädchen, und das verstehe ich einfach nicht. Du bist doch nicht unattraktiv, Ricarda. Du kannst etwas aus dir machen, wirklich, ich kenne mich aus bei den Frauen. Schlimm genug, dass du die Streberin spielst und dich von allem abschottest. Aber warum musst du dich jetzt auch noch mit diesem Priester zusammentun? Was hast du mit so 'nem wichtigtuerischen Frömmler zu schaffen?«

Nachdenklich rieb er die zwei Rollen Klopapier aneinander.

»Und was geht dich das eigentlich an, Maurizio?«, gab sie betont nüchtern zurück. »Frater Elias ist kein Frömmler, sondern ein Benediktinermönch, der im nächsten Jahr zum Priester geweiht wird, na und? Er ist ein Freund. So wie Tano. Und der hat sich an mich gewandt. Auch wenn er jetzt tot ist, muss ich irgendwie auf seine Bitte reagieren, verstehst du? Oder traust du einer hirngesteuerten, herzlosen Forschungsstipendiatin so viel Engagement nicht zu? Das ist es doch, was du von mir denkst.«

Er zuckte mit den Schultern.

»Was ich von dir denke? Warum sollte ich mir deinen Kopf zerbrechen? Ich wollte dir einfach nur einen Rat geben, das ist alles.«

»Du? Ausgerechnet du?«

Sie schnaubte unwillig, als er gekränkt zusammenzuckte.

»Okay, okay«, murmelte er beleidigt, »ich bin hier der Penner, der nix versteht. Die verkrachte Existenz, über die du selbstverständlich erhaben bist. Und wenn du's so haben willst, dann ja: Wie du lebst und was du bist, kann mir im Grunde scheißegal sein.«

Noch einmal schulterzuckend drehte er sich um und ging langsam auf sein Zimmer zu.

»Genau so ist es!«, rief sie ihm gekränkt nach. »Es geht dich nichts an! Und glaub ja nicht, du kannst mich blöd anreden und dann stehen lassen!«

Er drehte sich um und grinste verbissen. »So, kann ich nicht? Warum? Wenn sich der Pfaffe und du auf die Spur eines der größten Geheimnisse der Kunstgeschichte begeben, darf ich jederzeit meine Meinung sagen. Ha! Was für ein erbärmliches Manöver eigentlich!«

»Erbärmlich? Du bist der Einzige, der hier erbärmlich ist! Aber ich ganz gewiss nicht. Und ich hab's vor allem nicht nötig, mich vor jemandem wie dir zu rechtfertigen.«

Sie merkte, dass sie ungewollt schrie.

»Aber natürlich nicht!«, gab er verbittert zurück und sperrte seine Zimmertür auf. »Signorina Dottoressa hat's im Gegensatz zu mir ja drauf. Der Möchtegernpfaffe sowieso. Zwei richtige Schlaumeier, ihr beiden. Ihr wisst auch genau, wie's auf dieser Welt hier läuft. Wie man lebt – und vor allem: was man tun muss, wenn einer stirbt. Wobei ihr euch aufs Sterben wahrscheinlich besser versteht als aufs Leben.«

Sie presste ihre Lippen aufeinander. »Als ob du jemals gelebt hättest, um daran Spaß zu haben! Du hast dich doch längst daran gewöhnt, dich selbst zum Kotzen zu finden!«

»Und du spielst liebend gern die einsame Wölfin, die nicht mal richtig trauern kann, wenn ein Freund stirbt. Genau darum geht's nämlich: Anstatt dich hinzusetzen und mal 'ne Runde um diesen Faresi zu heulen, baust du irgendwelche obskuren Theorien um seinen Tod herum!«

Ricarda hörte, wie ihre Stimme kiekste, als sie noch lauter wurde, aber sie konnte sich nicht bremsen. »Was heißt, ich kann nicht trauern? Ich will nur wissen, warum Tano mich zu sich gebeten hat! Das hat gar nichts mit Freundschaft zu tun, sondern mit Verlässlichkeit und mit Loyalität. Und ich versteige mich nicht in ein Hirngespinst. Irgendjemand ist hierhergekommen und hat mich zusammengeschlagen, weil er diese Schriften haben wollte, die Schriften von … ach, was rede ich eigentlich mit dir darüber?«

Er grinste wieder nachsichtig, belohnte ihre aufgebrachte Stimme mit einem gönnerhaften Nicken und verschwand in sein Zimmer. »Siehst du, es geht ja doch«, murmelte er lässig, schloss die Tür hinter sich und versperrte sie.

»Was soll das heißen, Maurizio?«, rief Ricarda, während sie mit beiden Fäusten auf seine verschlossene Tür einschlug. »Bist du jetzt auch noch stolz darauf, mich aus der Reserve gelockt zu haben? Ist das etwa die große Glanztat des Tages?«

Ihre Stimme wurde brüchig, aber sie trommelte unvermindert weiter. Maurizio antwortete nicht. Aus dem Türspalt des Nachbarzimmers lugte der Kopf eines alten, schnaufenden Engländers.

»Please«, setzte er an. »Please, shut up!«

Ricarda hätte im Boden versinken wollen. Hastig und rot vor Scham versteckte sie ihre Fäuste hinter dem Rücken.

»I'm so sorry«, stammelte sie. »I'm so sorry.«

Maurizio blieb immer noch still. Der schnaufende Alte beobachtete sie ungerührt. Hastig lief sie zu ihrer Zimmertür und suchte nervös nach dem Schlüssel.

»I'm so sorry«, wiederholte sie. Der Engländer schüttelte irritiert den Kopf.

Ricarda öffnete die Türe, ging ins Zimmer und schloss sie

eilig hinter sich. Heftig atmend blieb sie hinter der Tür stehen. Bücher, Manuskripte und ihr blinkender Laptop ragten in der Finsternis wie schwarze Vierecke vom Schreibtisch auf. Sie hörte sich schnaufen, sonst nichts. Schnell machte sie die Lampe an, aktivierte den Laptop, der auf Standby geschaltet war, und stellte eine Verbindung her. Während der Computer mit lautem Brummen das World Wide Web in ihr einfaches Pensionszimmer brachte, füllte sie ihren kleinen Wasserkocher und rührte sich Nescafé an.

Als der Kaffee fertig war und die Internetverbindung stand, hatte sie sich von ihrem Schreianfall beruhigt.

»Was für ein Idiot«, murmelte sie.

Dann rief sie verschiedene Werkverzeichnisse von Caravaggio auf, gab das Stichwort »Cortigiana/Kurtisane« ein und versuchte, die Ergebnisse zusammenzufassen.

Zu Caravaggios Zeiten war die Glanzzeit der Kurtisanen vorbei.

Noch einige Jahrzehnte zuvor hatten sie in der klerikal dominierten Gesellschaft eine wichtige öffentliche Stellung als gebildete, kulturbeflissene Gesellschafterinnen eingenommen. Adelige, Kurialbeamte, Prokuratoren – alle hielten sich Kurtisanen, neben oder anstelle einer Ehefrau. Das ging so weit, dass man Rom nicht caput, sondern cauda mundi – nicht Haupt, sondern Schwanz der Welt nannte.

Die Päpste der Gegenreformation wollten das nicht länger dulden, stellten strenge Gesetze auf, die die Kurtisanen teilweise in Scharen aus Rom verjagten und den verbliebenen Frauen, die nicht länger die Grandes Dames der Gesellschaft waren, das Leben schwer machten. Clemens VIII., der zur Zeit Caravaggios regierte, war besonders streng: Er verbannte die Kurtisanen in den »Hortaccio« und erlegte all jenen, die den Stadtteil verließen, strenge Strafen auf.

Diese ständigen Auseinandersetzungen mit der Kirche bedeu-

teten allerdings nicht, dass die Kurtisanen mit Glauben und Frömmigkeit grundsätzlich nichts zu tun haben wollten. Im Gegenteil: Als Kinder ihrer Zeit wussten die Kurtisanen, dass sie kein gottgefälliges Leben führten, und viele von ihnen versuchten das, nicht zuletzt aus Angst vor der Hölle, mit frommen Gaben, regelmäßigem Gebet und dem sonntäglichen Kirchgang zu kompensieren.

Vor allem zu einer Heiligen hatten sie einen besonderen Bezug: Maria Magdalena, die treue Gefolgsfrau Christi und laut christlicher Tradition eine bekehrte Prostituierte. Diese Sünderin, die aufgrund ihrer rechtzeitigen Bekehrung letztlich doch das Heil erlangte, war im 16. Jahrhundert so etwas wie die Schutzpatronin, die persönliche Fürsprecherin der Kurtisanen. Viele von ihnen trafen sich regelmäßig, um gemeinsam Wallfahrten zu Magdalenenkirchen zu begehen – gewiss nicht immer zum Wohlgefallen der Amtskirche. Auch in der Kunst schlug sich das nieder: Gerade im venezianischen Umfeld wurden Kurtisanen oft mit Attributen der Heiligen Maria Magdalena gemalt.

»Ich glaube, ich habe herausgefunden, wer die Frau auf dem Gemälde ist. Eigentlich ist es das Naheliegendste, auf das ich schon früher hätte kommen müssen. Es kann nur die heilige Maria Magdalena sein!«

Es war zeitig am Morgen, und der Tag war noch kühl und schläfrig, als Ricarda Frater Elias von ihren Erkenntnissen berichtete. Sie standen in einer Bar an einem runden Stehtisch, dessen Platte sich klebrig anfühlte. Elias hatte zwar schon im Kloster gefrühstückt, aber er gönnte sich dennoch ein extra Cornetto.

»Caravaggio hat 1606 das Bild ›Santa Maria Maddalena‹ gemalt«, fuhr sie hastig fort. »Davon existieren mehrere Kopien. Es lässt sich nicht sicher sagen, welches das Original ist oder ob dieses überhaupt erhalten ist. Und es zeigt genau das Motiv, das ich gesehen habe: eine Frau in einem an sich schmucklosen Raum, die Hände zum Gebet verschränkt, der Blick starr und voller Hingabe nach oben gerichtet. Und dieser Teil links oben, dort, wo sie hinschaut, war ziemlich zerstört – ein großes Loch klaffte dort. Aber ich bin sicher, dass an dieser Stelle ein Kruzifix dargestellt war, auf das die Heilige blickt. An ihren früheren Lebensstil erinnern nur mehr die offenen Haare; sie selbst wirkt verklärt und ganz dem Erlöser geweiht. Also Volltreffer.«

»Interessant!«, murmelte Elias.

»Die Details kann ich natürlich nicht mehr benennen – etwa die Farbe der Kleidung, die sie trug. Aber was ich auf jeden Fall gesehen habe, war eine Frau, die in Andacht und Gebet versunken ist«, sagte sie und verschränkte ihre Arme über der Tischplatte.

Anders als Frater Elias hatte sie nichts bestellt. Der Löskaffee von gestern Nacht hatte sie selbst in den Morgenstunden nicht einschlafen lassen. Nächte durchzumachen war für sie nicht üblich. Sie legte ihr Tagespensum stets so genau fest, dass die geplante Arbeit am Abend erledigt war. Der Streit mit Maurizio und die rasch gewonnenen Erkenntnisse zu dem Bild hatten sie jedoch bis zur Morgendämmerung in eine fiebrige, hektische Betriebsamkeit versetzt, die einen immensen Zeitdruck vorgaukelte – als hätte sie am Morgen eine fertige Dissertation vorlegen müssen.

Erst jetzt legte sich ihre Ruhelosigkeit ein wenig, und sie passte sich allmählich den ermatteten Gesichtern von Frater Elias und vom Barmann an, die beide immer wieder laut gähnten.

Frater Elias' Frage kam etwas verzögert. »Und was könnte das Skandalöse an diesem Bild sein, das Tano in seiner E-Mail angedeutet hatte?«, fragte er. Weißer Puderzucker klebte auf seinen Lippen und an seinen Händen, und er wischte ihn mit einer rauen Papierserviette ab.

Die gleiche Frage hatte sie sich selbst gestellt. Die Freude, dass sie das Bild so mühelos hatte identifizieren können, war darüber rasch wieder verflogen.

»Tja«, gab sie kleinlaut zu. »Damit sprichst du den wunden Punkt an. Caravaggio hat mehrere Male die Heilige Maria Magdalena gemalt – auch zu Beginn seiner Karriere: die ›Reuige Magdalena‹ zum Beispiel, ein Auftragswerk für Kardinal Francesco del Monte, seinen wichtigsten Förderer. Auch auf späteren Marienbildern taucht Maria Magdalena immer mal wieder auf, etwa auf dem ›Tod Mariens‹ – was für die damalige Zeit sehr unüblich war, weil Maria Magdalena in dieser Sterbeszene ansonsten nie vorkommt. Das Motiv des Magdalenenbildes von 1606 war allerdings sehr zeitgemäß und konventionell. Bereits Tizian, Jacopo Negretti oder – in der Zeit nach Caravaggio – Pietro D'Asaro zeigten Magdalena, wie sie in Anbetung versunken und ganz auf ihren Erlöser ausgerichtet ist. Auch bei ihnen erinnert nur mehr das offene Haar als Zeichen der Eitelkeit an die frühere Sündhaftigkeit. In der Gegenreformation war ein einstmals frevelnder Mensch, der sich bekehrt und auf den rechten Weg zurückgefunden hat, ein sehr beliebtes Motiv. Caravaggio griff es auf und setzte es auf eine sehr herkömmliche klassische Weise in Szene.«

Frater Elias warf kurz einen sehnsüchtigen Blick auf die Glasvitrine mit den zuckerbestäubten Cornetti, die einen mit Vanillepudding, die anderen mit einer fett glänzenden Schokoladencreme gefüllt, entschied sich wohl aber für Selbstbeherrschung.

»Also war das Motiv, wie du es auf dem Bild erkannt hast, mal unabhängig davon, ob's nun von Caravaggio ist oder nicht, alles andere als außergewöhnlich?«, fragte er.

Sie nickte. »Wenn das Bild, das ich gesehen habe, ›Santa Maria Maddalena‹ aus dem Jahr 1606 ist, dann ist es auf jeden

Fall keines der Bilder, mit denen Caravaggio die Provokation gesucht hat.«

»Hm«, murmelte Frater Elias wenig einfallsreich und setzte hinzu: »Du wirkst müde.«

Sie vermied es zu sagen, dass auch er mit seinem unrasierten Kinn und den dunklen Ringen unter den Augen alles andere als frisch aussah. Sie betrachtete ihn mit Sympathie, die viel tiefer reichte als der übliche kollegiale Respekt – als wäre seine Müdigkeit ein bewusst gesetztes Zeichen von Verbundenheit. Vielleicht hatte er nicht gut geschlafen, weil ihn die Gedanken an Tano und das Bild wach gehalten hatten. Vielleicht war er in der Nacht ebenso umtriebig in seinem Zimmer auf und ab gegangen wie sie.

»Es gibt Caravaggio-Gemälde, die damals das ganze Weltbild auf den Kopf stellten, die auf seine Zeitgenossen blasphemisch und gottlos wirkten«, fuhr sie fort. »Zum Beispiel die ›Bekehrung des Paulus‹, wo die Aufmerksamkeit des Betrachters ganz auf das Pferd im Bildmittelpunkt gezogen wird und nicht auf den Heiligen, der eher wie ein Detail am Rande erscheint. Oder das Gemälde für den Annenaltar, wo die Mutter Mariens wie eine runzelige Wäscherin aussieht, abgearbeitet, frustriert und resigniert. Aber eine Heilige Maria Magdalena in Büßerhaltung – tja, das ist fast schon banal. Selbst wenn es ein echter Caravaggio sein sollte, es wäre sicher nicht eines seiner bedeutenden, bahnbrechenden Gemälde …«

»Hm«, murmelte Frater Elias erneut. »Doch ein Espresso?«, fragte er.

»Lieber Wasser.«

Er ging zur Bar und bestellte. Er trug heute keinen Habit, sondern Zivil – offenbar hatte er keine Termine mit älteren Menschen, auf die er Eindruck machen wollte.

»Mit oder ohne Kohlensäure?«, rief er ihr zu.

»Ohne.«

»Ich habe übrigens auch etwas herausgefunden«, berichtete er, als er zurück zum Tisch kam. Er rieb sich die rot unterlaufenen Augen. »Die Renovierung der Kirche, von der Signora di Campanella gesprochen hat – du weißt schon, ›Santa Maria Egiziaca‹ –, steht leider in keinem Zusammenhang mit dem Gemälde. Schade.«

»Bist du sicher?«

»Die Campanella ist eine Schwätzerin. Und eine Angeberin. Es hat sich herausgestellt, dass sie mit der Renovierung der Kirche im Grunde gar nichts zu tun hat. Sie ist nämlich nicht mal vollwertiges Mitglied im *Circolo Lucani*, der die Arbeiten vorantreibt, sondern hat nur einmalig dafür gespendet.«

»Aber es kann doch trotzdem …«

»Ich habe lange mit meinem Onkel, dem Prälaten, telefoniert. Er hat mir ausufernd über den Zustand der Kirche erzählt – mehr, als ich je wissen wollte. Da geht's vor allem um einen Sprung in der Apsis, um völlig veraltete Kirchenbänke und schließlich um die Fassade, die neu verputzt werden muss, aber nicht um die Restaurierung von irgendwelchen Wand- oder Deckengemälden.«

»Und dieser *Circolo Lucani*?«

»Mein Onkel ist Ehrenvorsitzender, er hat mir alles darüber gesagt. Der *Circolo Lucani*, benannt nach dem Evangelisten Lukas, dem Patron der Künstler, ist ein Verein oder eher so etwas wie ein elitärer Club. Die Mitgliedsbeiträge sind extrem hoch. Nur der römische Geldadel kann sie sich leisten. Die meisten gehören aus Imagegründen dazu, nicht aus dem ehrlichen Bedürfnis heraus, Kunstmäzen zu sein. ›Salvate l'arte cristiana‹ lautet das hochtrabende Motto – ›Rettet die christliche Kunst!‹. Allerdings geht es dabei ausschließlich um die Instandsetzung von Gebäuden – von Kirchen und Kapellen –, nicht um Detailarbeiten wie die Restaurierung von Gemälden. Was immer die Campanella mit dem Bild zu tun hat, was sie darüber weiß und was sie uns verheimlicht – sich näher mit Santa Maria Egiziaca zu beschäftigen führt in eine Sackgasse.«

Hinter ihnen ertönte laute Radiomusik. Der Barmann fand offenbar, dass um Punkt zehn für Stimmung gesorgt werden müsste. Als Ricarda sich irritiert umdrehte, wertete er das als Zustimmung und grinste sie freudig an.

»Und was nun?«, fragte Ricarda ratlos.

Elias streckte sich und gähnte und nahm dann einen großen Schluck Wasser aus ihrem Glas. »Wie wir's beschlossen haben: Wir statten Carlo Forli einen Besuch ab. Heute Abend. Ich hol dich ab.«

Klirrend stellte er das Glas ab und wandte sich zum Gehen.

Der Barmann grinste anzüglich und drehte das Radio noch lauter.

»Beautiful song«, murmelte er mit starkem Akzent, als Ricarda Frater Elias nach draußen folgte.

8

Aus den Lebenserinnerungen der Kurtisane Isis de Luna
Rom, 1600

Als ich Caravaggio das erste Mal begegnete, lebte ich bereits einen Monat im Palazzo des Kardinals Francesco del Monte.

Der ehrwürdige Kirchenmann hatte sich bislang von mir ferngehalten. Zwar nahm er Giustinianis Freundschaftsgabe an, überließ es aber einer Kammerfrau, mir zu erklären, dass er noch zu sehr in seiner Trauer um Lavinia – die Frau, die vor mir seine Konkubine gewesen war – gefangen sei, um mich sehen zu wollen.

Die Kammerfrau sprach mit ausdrucksloser Stimme. Mehr, als dass Lavinia gestorben sei, erfuhr ich über diese nicht. Ausführlicher sprach sie über del Monte und wiederholte das, was mir bereits Vincenzo Giustiniani über den mächtigen Kardinal zu berichten gewusst hatte.

Er entstammte einer einflussreichen Familie: Sein Vater Raniere hatte es zu großem Reichtum gebracht, sein Bruder Guidobaldo sich als mutiger Soldat und kluger Gelehrter in einer Person erwiesen – so hatte er jenen Galilei gefördert, aus dessen Schriften ich Giustiniani hatte vorlesen müssen. Er selbst war Botschafter des Herzogs der Toskana am Hof des Pontifex Maximus und residierte im Palazzo Madama, wo die Großen der Stadt ein und aus gingen und sich rühmen konnten, an den vollendeten Hof eines wahren Kirchenfürsten geladen zu sein.

Del Monte war kunstsinnig, fein und gebildet und beherrschte bis ins Kleinste das ausgeklügelte Ränkespiel, dessen die Politik bedurfte. Man nannte es französische Politik im Gegenzug zu der des angefeindeten spanischen Lagers, mit dem man um jeden Bissen Macht, den der Papst zu verteilten hatte, stritt. Er sprach nicht nur Griechisch und Hebräisch, sondern auch orientalische Sprachen, erfreute sich am eleganten Klang der Lautenspieler und kleidete seine Wände mit großen Werken der Kunst – sowohl der vergangenen als auch der kommenden.

Er sei ein gerechter Mann, benehme sich gegenüber seinen Dienstboten niemals schändlich und verlange von diesen nicht mehr, als dass sie ruhig und unauffällig sein mögen, vor allem aber gehorsam. Gleiches habe auch für mich zu gelten: In dem mir zugewiesenen Gemach solle ich verbleiben, und falls ich es verlassen wolle, so nicht weiter, als um in den Dienstbotentrakt zu gelangen. Niemand dürfe ob meines Anblicks den Verdacht erlangen, dass das gottgefällige Leben des Kardinals mit kleinen Rissen und Unebenheiten versehen sei. Obendrein gelte, dass, wenn ich mit jemandem spreche, dies kein Mann sein dürfe. Dem Kardinal allein sei ich zur Antwort verpflichtet.

Als die Kammerfrau geendet hatte, hob ich fragend meinen Blick, doch sie fügte ihren letzten Worten keine Erklärungen hinzu. Es müsse reichen, del Montes Wunsch zu kennen – zu deuten habe ich ihn nicht.

Allein gelassen verzweifelte ich daran. Nicht, dass ich Gesellschaft suchte, aber wie sollte ich Giustinianis Wunsch entsprechen, wenn ich in meinem Gemach zu verbleiben hatte?

Früh dämmerte mir, was die Antwort des feisten, rotgesichtigen Kaufmanns auf meine Frage wäre. So müsste ich eben

Verbotenes tun, mich heimlich durchs Haus schleichen und lernen, lautlos wie eine Katze zu gehen.

Genau das tat ich schließlich, mich in ein Leben fügend, das nicht nur in Kardinal del Montes Schatten verlief, sondern in äußerster Dunkelheit. Die Welt, die mich vor der Gosse und der Hurerei errettete, bot sich mir ganz ohne Farben dar, nur in Schwarz und Weiß und Grau – denn ich erlebte sie nicht am Tage, sondern nur in der Nacht. Nur dann nämlich erforschte ich das edle Heim des Kardinals, worin mir Reichtum entgegentrat, wie ich ihn noch niemals erschaut hatte. Gemälde von Taddeo Zuccari und Cesare Nebbia, wie ich heute weiß, von Tintoretto und Paolo Veronese verzierten die Wände, ebenso wie golddurchwirkte Seidentapeten, Gobelins und edle Teppiche. Kostbare Spiegel und Kupfergefäße schmückten die Gänge, desgleichen reich geschnitzte Truhen und mit Samt überzogenes Mobiliar. Ich erblickte zum ersten Mal in meinem Leben ein Klavier – der Kardinal besaß sogar zwei davon – und ebenso, was mich, wie ich gestehe, noch mehr einnahm, eine Wasserleitung. Kein einziger Dienstbote des Kardinals musste zum Steinbrunnen gehen, um dort mühsam das Nass zu schöpfen. Nein, es floss wie durch Zauberhand ins Haus. Im Garten schließlich erstreckten sich lange Gänge durch sorgsam geschnittene Lorbeerhecken, die einem Labyrinth gleich gewachsen waren. Es gab Limonen- und Granatapfelbäume und sogar mächtige Skulpturen aus Marmor und Bronze.

Wie del Monte eingerichtet war und welche Kunstwerke sein edles Heim schmückten, begehrte Vincenzo Giustiniani freilich nur bedingt zu wissen – es war eine weitere Dienstmagd, die mir seine Aufträge übermittelte und umgekehrt meine Berichte entgegennahm. Weitaus wichtiger war ihm, dass ich Gespräche belauschte in der Abgeschiedenheit von del Montes Arbeitszimmer oder aber bei den festlichen Zusammenkünften. Genauestens sollte ich alles verfolgen, später aufschreiben und ihm diese Botschaften mit Hilfe der Dienstmagd übersenden.

Kaum weiß ich heute, wie ich ängstliches Mädchen damals solchen Wagemut aufbrachte, diesem Befehl zu gehorchen! Doch sobald ich all die verästelten Gänge kannte, darin geübt war, Menschen auszuweichen, vor allem aber kundig, von welchem Platz aus ich am besten lauschen konnte, begann ich nicht erst in tiefster Nacht mein Gemach zu verlassen, sondern schon in den dämmrigen Abendstunden, um den zufriedenzustellen, dem ich dieses Leben hier verdankte.

Oft führte mich mein Weg in die Bibliothek – nicht nur, um dort nach neuen Schriften und Büchern Ausschau zu halten, von denen Giustiniani wissen wollte, sondern weil sie nur durch eine Türe von einer Empore getrennt war, die in den großen Saal führte. Dort hielt del Monte gewöhnlich Hof und feierte steife Feste, deren Pracht an den Hof eines Kaisers erinnerte und nicht dem Vergnügen zu dienen schien, sondern dem ausgefeilten Zeremoniell.

Meine Mutter hatte stets großen Wert darauf gelegt, dass wir Kinder gute Tischmanieren hatten, doch diese deuchten mich – verglichen mit dem Benehmen an del Montes Tafel – derb und bäuerlich. Ein jeder hatte hier an der Tafel seinen eigenen Teller, sein eigenes Glas, sein eigenes Besteck und sogar seine eigene Serviette. Nicht mit der Hand griff man nach Oliven, sondern mit dem Löffel; die Serviette war nicht um den Hals gebunden, sondern über die Brust entfaltet, und das Brot wurde nicht mit der Hand gebrochen, sondern mit dem Messer in mundgerechte Stücke geschnitten.

Nicht nur das feine Benehmen zeichnete die Runde aus. Von meinem geheimen Platz aus konnte ich beobachten, dass sich – während Francesco del Monte am Ende der Tafel thronte – niemand gemütlich zurücklehnte und sich genüsslich den Gaumenfreuden hingab, sondern dass das schöngeistige Gespräch den Vorrang hatte. An gutem Appetit fehlte es zwar gewiss nicht – vom Koch hieß es, wie ich später erfuhr, dass er ein Nachfahre des berühmten Bartolomeo Scappi sei, und er servierte Rübengratin mit Majoran und Salbei, Kalbsbrät mit Ingwer, Zimt und Safran, Wildpfeffer mit blauen Trauben und Nelkenpulver, gesalzene Schleie und Karpfen mit gerösteten Mandeln, als Dessert Marzipan aus Venedig, Konfekt aus Zucker, Tragant, Maronen und Anis, desgleichen Früchte wie Datteln und Bitterorangen aus fernen Kolonien. Aber wiewohl jeder kleinste Happen einem Kunstwerk glich, legte man noch größeren Wert auf die Wahl der richtigen Worte.

Am ersten Abend konnte ich, obschon von Giustiniani instruiert und eingewiesen, die vielen Gesichter und Stimmen nicht auseinanderhalten – später aber wusste ich die meisten zu benennen und ihm genauestens zu berichten, wer auf welche Weise den Disput bestimmt hatte.

Da waren der Bankier Ottavio Costa und Tiberio Cerasi, der Generalschatzmeister der Kirche. Da waren Federico Borromeo, Kardinal und Erzbischof von Mailand, und Prospero Orsi, Neffe des Humanisten Aurelio Orsi und Sekretär des Herzogs von Parma, der dem Rang nach den anderen nachstand, aber vom Kardinal für seine grotesken Malereien geschätzt wurde und ebenso dafür, dass Orsi sich auf die Aufgabe verlegt hatte, junge Künstler zu fördern, die von allen Orten Italiens nach Rom kamen.

Melchiorre Crescenzi hielt sich ebenfalls unter ihnen auf. Jener Prälat stolzierte, anstatt zu gehen, lachte, so wie eine Katze miaute, strich sich sein Gesicht mit Farbe an und war gekleidet wie im Karneval. Er trug stets einen Dolch als Waffe bei sich und zückte ihn des Öfteren – immer dann, wenn er sich ärgerte, und er ärgerte sich oft. Bei del Monte hielt er seine Finger vornehm gespreizt, aber man trug sich unter den Dienstboten das Gerücht zu, dass er sich, sobald er den Palazzo Madama verließ, auf der Straße mit Gesindel prügelte und die vornehme, bunte Kleidung ihm manchmal nur mehr in Fetzen vom Leibe hing.

An einem Abend nun hob Kardinal del Monte, dessen Stimme mir vertraut geworden war, obwohl ich ihm immer noch nicht persönlich vorgestellt worden war, in dieser Runde zu reden an: »Wollt Ihr sagen, die Seele wäre nichts weiter als ein Teil des sterblichen Körpers und ihre Empfindungen mit dem Ausdruck von Schmerz gleichzusetzen? Sollte die Seele etwa nur ein Sinnesorgan sein?«

Antwort gab ihm Tiberio Cerasi. »Gewiss nicht die ganze Seele. Doch wir wollen die hohe, intellektive Seele, die unsterblich ist, von jener Schicht der Seele trennen, welche uns Aufschluss über die Regungen des Körpers und über die Reize der Außenwelt gibt. Ich betrachte die sinnliche Wahrnehmung nicht nur als ein Vermögen des Körpers, sondern eben auch der Seele – zumindest ihres materiellen Teils. Oder was im Körper, würdet Ihr sagen, trägt für die reaktive Bewegung der Gliedmaßen die Verantwortung?«

Kardinal del Monte sammelte sich zur Entgegnung. Noch ehe er sie vorbringen konnte, beteiligte sich Prospero Orsi an dem Disput. »Wenn Ihr nach körperlichen Regungen und deren Bedingtheit durch die Seele fragt, so mögt Ihr vielleicht eine Antwort finden, wenn Ihr die Disziplin der Naturwissenschaft verlasst. Ihr selbst, Eminenz, bietet in Eurem Palazzo einem Künstler Wohnstatt, der dieses Thema vorzüglich in seinem Werk aufgreift. Ich befinde es für einzigartig, welche Bedeutung er den Regungen des Körpers und der Mimik auf seinen Bildern beimisst. Selten habe ich erlebt, dass ein Maler so gut über die menschliche Anatomie Bescheid weiß und Schmerz und Lust so akkurat einzufangen versteht.«

»Ich weiß ihn sehr wohl zu schätzen«, meinte der Kardinal. »Erst kürzlich hat er ein sehr gelungenes Deckengemälde für meinen Alchemiesaal vollendet. Mein Dank darum an Euch, Signore Orsi, da Ihr ihn mir dereinst empfohlen habt. Dennoch meine ich, was die menschliche Seele betrifft …«

»Davon habt Ihr mir gar nichts erzählt«, warf Benedetto Giustiniani, Vincenzos Bruder, ein, »dass Ihr einen neuen Künstler beherbergt! Wir wollen doch nicht glauben, dass Ihr sein Können nur für Euch allein nutzt?«

»Gewiss nicht«, fügte sich der Kardinal dem raschen Themenwechsel. »Ich habe ihn aufgenommen, um ihm ausreichend Gelegenheit zu geben, seiner Passion nachzugehen. Beim Prälaten Pucci, wo er vorher lebte, blieb er zum Kopieren von Andachtsbildern verdammt.«

»Pah, Pandolfo Pucci!«, rief Tiberio Cerasi dazwischen. »Es spricht nicht für einen jungen Künstler, wenn er für einen solchen Banausen gemalt hat. Dieser dumme Gockel ist wahrhaft nur für eines bekannt: für seinen Geiz!«

»Mein Herr!«, wies del Monte ihn streng zurecht. »Wir wollen doch die Tugend der Höflichkeit an dieser Tafel nicht vergessen!«

»Aber so ist es doch«, verteidigte sich Cerasi. »Man nennt Pandolfo Pucci ›Monsignore Insalata‹, weil er seinen Dienstboten nichts Besseres vorsetzt als grünen Salat, und gewiss bekommt der Maler, von dem Ihr spracht, an Eurem Tisch ein delikateres Menü serviert.«

»Wenn er gut ist«, miaute Melchiorre Crescenzi mit seiner katzenhaften Stimme. »Wenn er gut ist, dann gebe ich gerne ein Porträt in Auftrag.«

Prospero Orsi lächelte zufrieden. »Ich denke doch, dies Urteil eint den Kardinal und mich, dass dereinst noch viel von ihm gesprochen werden wird. Freilich ist zu bedenken, dass er die Menschen sehr akkurat malt und ihnen darum wenig schmeichelt. Zudem erscheint er mir – auch das soll nicht verheimlicht werden – als schwieriger Charakter. Schnell erregt man seinen Zorn, und kommt jener über ihn, ist er nur schwer im Zaum zu halten. Mir wär's auch lieber, er würde besseren Umgang pflegen als mit dem Pack der Straße.«

»Was den Zorn anbelangt, so könnte er Euer Bruder sein, Crescenzi!«, warf Tiberio Cerasi spottend ein.

»Wagt es nicht!«, erboste sich jener schrill.

»Wie auch immer«, riss Prospero Orsi die Rede wieder an sich. »Er kam vom Norden nach Rom, fand zunächst Anstellung bei dem sizilianischen Maler Lorenzi, hat später für Chevalier d'Arpino gemalt, und jetzo fertigt er bedeutende Gemälde für Ihre Eminenz, den Kardinal an.«

»Und wie lautet sein Name?«, fragte Benedetto Giustiniani, ein wenig gekränkt, dass ebendieser bislang an ihm vorübergegangen war.

»Michelangelo Merisi«, erwiderte del Monte. »Doch seinen Vornamen hört er nicht gerne. Er will nicht bloß der zweite in der Welt der Kunst sein. Darum nennt er sich nach dem Ort im Bergamo, wo er geboren wurde: Caravaggio.«

Das Gespräch setzte sich gewiss fort – aber für mich riss es an dieser Stelle ab.

Während ich heimlich in meinem geheimen Versteck hockte und lauschte, wurde ich entdeckt – oder dachte zumindest, dass es so sein müsste, denn ich war dort nicht länger allein. Nicht weit von mir stand ein Mann, lauschte ebenfalls auf das, was im Saal gesprochen wurde, und stellte schließlich spöttisch fest: »Redet die Pfaffenmeute wieder einmal über mich?«

Ich saß erstarrt da und wähnte mich verloren. Mein Spitzeln ward entdeckt; wer immer mich beim Lauschen ertappt hatte, würde mich bei del Monte verraten – und der würde mich aus dem Palazzo vertreiben. Für Giustiniani hätte ich sodann gewiss keinen Wert mehr; der Gosse würde er mich preisgeben!

Beinahe entrang sich mir ein lautes Schluchzen, bis ich –

gottlob geistesgegenwärtig genug – gewahrte, dass der Mann, der mit spöttischer Stimme die Runde edler Herren als Pfaffenmeute benannt hatte, nicht zu mir sprach.

Wohl war er in der Bibliothek, jedoch nicht, um mich aufzuspüren, sondern um mit einem zweiten zu reden.

»Hör auf zu lästern!«, sagte dieser nun. »Beiß nicht die Hand, die dich füttert, Caravaggio.«

»Ich heiße die Pfaffen, wie ich will!«, rief der aufgebrachte Mann. »Und ich brauche keine guten Ratschläge. Kein Mensch sagt mir, was ich zu tun habe!«

Jedem Wort folgte ein Schritt – laut in den Boden gehauen von schweren Füßen, die haltlos den kleinen Raum durchquerten.

Während diese eine Stimme herrisch brüllte, seufzte der andere mit gewisser Nachsicht. »Du kämest in deinem Trachten so viel weiter, würdest du beachten, was Wohlmeinende dir mit auf den Weg geben!«

Kurz nur standen die Füße still. Dann folgte neues Getrampel. »Und was, bitte schön, soll das sein? Letztens sagte mir einer, ich möge in eine gute Werkstatt einheiraten! Bin ich denn eine männliche Hure? Soll das Talent, das Gott in meinen Blick und in meine Hände gelegt hat, nicht ausreichen? Und Gott war nicht sparsam beim Verteilen dieses Talents!«

Ich zuckte zusammen, nicht länger, weil ich das Schimpfen auf mich münzte, sondern weil mich die laute Stimme ängstigte. Gewiss hatte man sie längst im Saal unten vernommen – man würde nach dem Lärmenden Ausschau halten und mich mit ihm entdecken. O wenn er doch nur schweigen würde!

»Caravaggio, hör mir zu! Vom Prahlen allein wirst du nicht satt. Vor allem aber bekommst du auf diese Weise niemals den Auftrag für eine große Kirche.«

»Ha!«, rief der Künstler widerborstig. »So schlägst du vor, dass ich mich in Demut üben soll, Maestro Valentin? In solcher

Demut wie meine werten Kollegen? Die gar so demütig sind, dass sie meinen, es genüge, ihr Talent beim Nachäffen anderer zu verscherbeln? Wie ihr Speichel vor Ehrfurcht rinnt, wenn sie von den großen alten Meistern sprechen! Als hätten diese alles geschafft, was es in der Malerei jemals zu leisten gab.«

Lautlos drehte ich mich um, erspähte jedoch nicht den Wütenden, sondern einen älteren Herren, das Gesicht schon zerfurcht und verlebt, aber mit wachen Augen, die Klugheit und Bildung verrieten.

»Caravaggio!«, sprach er zum dritten Mal eindringlich den Namen. »Ich heiße deine Art zu malen gut – nicht aber deine Art, vor Menschen aufzutreten und sie zu verstören. Mit Demut ist gemeint, dass du dich als höflich erweisen solltest, zuvorkommend und willfährig.«

Höhnisch lachte Caravaggio auf. »Hat sich der Pfaffe etwa beschwert? Habe ich ihm nicht das Haupt der Medusa gemalt? Reicht es nicht, dass er auch die ›Kartenspieler‹ für gutes Geld erworben hat?«

»Zum einen, nenn' ihn nicht den Pfaffen, sondern bedenke, wen du mit del Monte vor dir hast. Er ist Protektor der römischen Accademia di San Luca, und er versteht mehr von Kunst als manch einer, der selbst den Pinsel schwingt und sich Maler heißt. Und zum anderen: Ja, deine Kartenspieler haben ihm zugesagt. Ganz meisterhaft fand er dargestellt, wie die älteren Spieler den jungen, törichten Mitspieler betrügen. Doch zugleich gab er nicht minder deutlich zu verstehen, dass du mit dieser Art, die Dinge zu offenbaren, keine Zukunft in Rom hast. Du zeigst den Betrug, aber du verurteilst ihn nicht. Und deswegen ist er zwar bereit, dich seinen Freunden zu empfehlen – doch vorerst sieht er davon ab, dich an die Fabricca von Sankt Peter zu vermitteln.«

Diesmal stampften sich die Schritte für eine Weile ohne begleitende Worte in den Boden. Einem Schatten gleich sah ich den Maler von hinten: Sein Hemd war fleckig und verschwitzt, seine Haare waren verfilzt und klebrig, seine Hände – großflächig und mit kräftigen, kurzen Fingern – blau, grün und rot verschmiert. Er blieb nicht lange still stehen. »So will mir der Pfaffe also vorschreiben, wie ich zu malen habe?«

Maestro Valentin schwankte wohl zwischen Buhlen und Ungeduld. »Ein Mann wie du lässt sich zu nichts zwingen, das weiß er so gut wie ich«, begann er scharf, um wieder werbend fortzufahren: »Aber nachdem er sich dir stets als Gönner erwies, dich in seine Famiglia aufnahm und dir in seinem Palazzo Unterkunft und Werkstatt bot, solltest du seinem Ratschlag folgen, der zugleich auch meiner ist: Mal die großen Heiligen und ihre Geschichte! Mal Christus und seine Jünger, male die Jungfrau und ihr Kind! Nur hör endlich auf, dieses Pack zu malen: Betrüger, Spieler, Wahrsagerinnen! Ach Caravaggio, sieh zu, dass du dem Kardinal entgegenkommst! Leg vor ihm einen Teil von deinem Wesen ab! Gib dich ehrerbietend, respektvoll!«

Erneut schwieg der andere – und kurz hoffte ich, er würde endlich nachgeben und den allzu lauten Mund halten. Doch im nächsten Augenblick vernahm ich, wie ein Leib hart gegen eine Wand flog. Als ich mich weiter vorbeugte, erkannte ich, wie Maestro Valentin von kräftigen Händen mit dem Kopf nach hinten geworfen und am Hals gewürgt wurde, bis sein keuchender Atem wie ein erbärmliches Winseln klang.

Zornrot und geifernd war Caravaggios Gesicht, als ich es das erste Mal erblickte. Seine Stimme war nicht nur aufgebracht, sondern dröhnte tief vor Wut.

»Hör endlich auf mit deinem verweichlichten Geschwätz! Magst damit jedem kommen, nur nicht einem Caravaggio! Was soll ich vor dem Pfaffen zu Kreuze kriechen, wenn nichts mir ferner und fremder ist als jene Furcht, die du – Feigling, du! – in mir beschwören willst?«

Ich sprang auf, ohne auf die Geräusche zu achten, die ich dadurch verursachte.

»Lasst ihn los!«, rief ich. »Und hört endlich auf zu brüllen!«

Ich machte mir vor, dass ich ihm aus Angst entdeckt zu werden diesen Befehl erteilte. In Wahrheit wurde ich vom Zorn getrieben. Wie konnte er es wagen, mich zu gefährden, und obendrein eine Dreistigkeit an den Tag legen, die einem Dienenden nicht zusteht – und Diener war er doch, wenn er für del Monte malte?

Ich blickte nun in sein Gesicht, aus dem, ob meinem Erscheinen, die Zornesröte wich. Niemals, so erfuhr ich später, war seine Mimik verstellt; stets zeigte sich in den Zügen, was er dachte und fühlte – und jetzt war es Spott.

Er warf den Kopf zurück, riss den Mund auf und lachte lauthals. »Ach nein!«, rief er. »Ein liebes Mägdelein kommt zu deiner Rettung, Maestro Valentin.«

»Hör mir gut zu!«, schimpfte der andere und kümmerte sich nicht um mich. »Du hast zu wenige Freunde, um deren Hilfe und Rat so gering zu achten!«

»Ha!«, höhnte Caravaggio. »Von wegen nur wenige Freunde! Ich kenne in Rom viele Menschen, und sie alle schätzen mich!«

»Gewiss«, nörgelte Maestro Valentin und putzte sich die Jacke ab. »Wenn sie in den schmierigsten Vierteln um die Piazza Navona oder in Trastevere leben. Wenn sie huren und fressen und saufen. Aber nun gut, wenn du meinst, du kämest an der Seite eines Lionello Spada weiter als an meiner ...«

»Sei nicht gekränkt, das steht dir nicht«, gab Caravaggio zurück, und sein Spott verebbte in Überdruss. Diese Stimmung nun ließ ihn sich auf mich besinnen.

Während Maestro Valentin mich weiterhin ignorierte, maßen mich des Künstlers flinke Augen. Sie waren dunkel wie sein Haar, leuchteten zunächst einladend warm, entpuppten sich dann aber als scharf und zudringlich. Ich vermeinte, er zöge mich aus mit seinen Blicken. Doch kaum war ich dann nackt, ließ er mich wieder fallen.

»Dein Name?«, fragte er nachlässig und wandte sich bereits ab, als gäbe es an mir nichts Reizvolles zu erschauen. Ich musterte ihn meinerseits verstohlen. Die Hose war so dreckig wie sein Hemd; jenes stank nach Schweiß, der es auch befleckte; der schmale Schnurrbart über den Lippen war unebenmäßig geschnitten.

Mir fiel auf, dass ich seit Jahren den Dreck der Gosse fürchtete und diesen dennoch nie erschnuppert hatte so wie jetzt an diesem Mann. Die Menschen, die mir zugesetzt hatten, waren stets sauber gewesen.

Angewidert rümpfte ich die Nase.

»Isis de Luna«, nannte ich den falschen Namen, den Marzia mir gegeben hatte und den ich schon Giustiniani gegenüber gebraucht hatte.

Caravaggio warf ein zweites Mal den Kopf zurück und kreischte vor Lachen. Sein Hals war kurz, dick und grindig.

»Hör auf!«, zischte Maestro Valentin.

»So kann nur eine Kurtisane heißen!«, lachte Caravaggio laut. »Del Monte hat also Ersatz für Lavinia gefunden! Und dieses Mägdelein schleicht heimlich durchs Haus!«

»Hör auf!«, wiederholte Maestro Valentin. »Das geht dich nichts an.«

Ich fühlte mich entlarvt, nicht nur vom lachenden Maler, sondern auch von seinem Gönner, der offenbar von meiner Vorgängerin wusste.

»Warum soll es mich nichts angehen?«, dröhnte Caravaggio. »Darf ich nicht wissen, an wen der Pfaffe das Herz verschenkt, das Lavinia fast gebrochen hat?«

»Genug jetzt!«, schimpfte Maestro Valentin.

Caravaggio aber umrundete meinen steifen Körper, untersuchte ihn erneut mit prüfenden Blicken und verzog seine

Lippen, die rund geraten waren, jedoch nicht rötlich, sondern bläulich glänzten.

»Meinerseits bevorzuge ich Huren, die ihren Arsch bewegen können und mich mit dem Schmatzen ihrer Lippen um den Verstand bringen. Nicht blutleere Geschöpfe, wie dein Kardinal sie sich hält. Vor gar nicht langer Zeit lag ich bei einem Mädchen, das Giulia hieß. Ihre Brüste waren groß wie Äpfel, aber fest wie Pflaumen, und ihre eigentliche Pflaume …«

Er brach ab, aber verriet seine Gedanken durch ein anerkennendes Nicken. Nachlässig hob er die Hand, die nicht der eines Malers, sondern der eines Stallburschen glich. Mit festen, kräftigen Fingern fuhr er vorsichtig prüfend über die Haut meiner Wangen, meines Nackens und meiner Schultern. Stechender Schweißgeruch entströmte dabei seiner Achselhöhle.

Ich gewahrte, dass sich dort, wo seine Hand entlangkroch, schaudernd Härchen aufstellten, und riss mich erzürnt von ihm los.

Wie konnte er es wagen, mich zu berühren!

Jetzt fühlte ich keine Angst mehr, sondern nur noch Neid, weil er es sich zugestand, weder Scheu noch Vorsicht zu kennen, wohingegen ich stets von Furcht zerrieben war. Mein Neid war giftig, durchdringend, und ich spuckte ihm in sein aufdringliches Gesicht.

»Fasst mich nicht an, stinkender Bastard!«, rief ich, und eine Stimme sprach aus mir – empört und fest –, die mir bis dahin fremd gewesen war. »Vor allem aber haltet Euer schändliches Maul, ehe alle im Saal erraten, was hier vor sich geht!«

Ich wartete seine Antwort nicht ab, sondern schlug seine aufdringliche Hand weg und hastete aus dem Raum.

9

Rom, Gegenwart

Sie kamen unangemeldet und fanden Carlo Forli samt Familie beim Essen vor. Genau genommen war Carlo Forli der Einzige, der am Tisch des Esszimmers saß. Seine fünfjährige Tochter hockte mit ihrem Teller am Boden und zerstampfte mit einer roten Plastikgabel die weißen Nudeln zunächst zu Brei und verteilte sie dann auf dem Teppich.

Seine Frau Adua lief ständig in die Küche, um entweder einen neuen Gang, einen Teller oder Servietten zu holen, und blieb dann maximal fünf Minuten sitzen – mehr um Carlo mit ausdruckslosem, leicht frustriertem Blick zu beobachten, als um selbst zu essen.

Sein pubertierender Sohn schließlich lungerte auf dem Sofa herum und aß mit beharrlichem Blick auf den Fernseher. Die Sendung, die auf Rai Due lief, war eine verwirrende Mischung aus Glücksspiel, Comic und Talkshow. Eine blondierte, vollbrüstige Moderatorin quasselte an einer überdimensionalen Obelix-Figur vorbei, drei puppenhafte Mädchen plärrten Kinderlieder ins Mikrofon, zwar falsch, aber zur Freude ihrer aufgekratzten Väter. Eine der Kleinen brach in Tränen aus und wurde daraufhin von Obelix getröstet.

Trotz Lärm und Unruhe war Carlo Forli gut gelaunt.

Dass man ihm beim Essen zusah, schien ihn nicht zu stören. Wortreich hatten sich Ricarda und Elias für den Besuch zur unpassenden Stunde entschuldigt – er hingegen hatte gemeint, dass sie gerne Platz nehmen und mitessen könnten. Als sie ablehnten und hölzern stehen blieben, machte er sich selbst ungerührt über die *Fusilli cacio e pepe* und später über das Hauptgericht, *Abbacchio alla romana* mit *Patate al forno*, her.

Elias' und Ricardas Taktik geriet ins Wanken. Eigentlich war eine Art Überraschungsangriff geplant gewesen – schnelle Fragen zu Tanos Tod noch an der Eingangstür. Stattdessen boten sie Carlo Forli die Möglichkeit, sich während der Dauer seiner Mahlzeit auf ihren Besuch einzustellen.

»Also gut«, meinte er schließlich, als er beim Espresso angelangt war. Adua war endgültig in der Küche verschwunden – vielleicht gehörte es zur Abmachung, dass sie nur dann bei ihm sitzen musste, wenn er feste Nahrung zu sich nahm. Auf dem Weg dorthin hatte sie der Tochter den halbvollen Teller mit den weißen Nudeln weggenommen, was diese zu einem lautstarken Gebrüll veranlasste.

»Also gut. Ricarda Weiss – richtig? Sie sind die Signorina, die Tano Faresi gefunden hat?«

Erneut dankte Ricarda dem Umstand, dass er Südtiroler war und ein brauchbares Deutsch sprach. Dennoch fiel es ihr nicht leicht, ihr Anliegen vorzubringen.

»Ich war mit Tano gut befreundet«, begann sie stockend. »Es war für mich natürlich ein Schock, ihn so zu sehen …«

Ratsuchend blickte sie auf Frater Elias, doch der erwies sich heute als stummer Begleiter, der ihr das Feld überließ.

Carlo Forli lächelte mitleidig. »Verstehe«, sagte er langsam. »War sicher kein schöner Anblick …«

»Sie hatten behauptet, es müsste ein Gehirnschlag gewesen sein«, fuhr Ricarda fort. »Aber mittlerweile habe ich von Signora di Campanella gehört, es sei doch ein Herzinfarkt gewesen. Das kommt mir etwas merkwürdig vor.«

Ihre Stimme nahm einen aggressiven Tonfall an, konnte aber nicht mit den Geräuschen mithalten, die aus dem Fernseher kamen. Carlos Sohn starrte – von den Gästen völlig unberührt – noch immer hinein.

»Signorina Weiss«, sagte Carlo Forli ruhig. »Ich bin kein Mediziner. Wenn ein an sich gesunder junger Mann plötzlich leblos dasitzt, gibt es nicht so viele Möglichkeiten, die sein Ableben erklären … Deswegen dachte ich zunächst an einen Gehirnschlag. Der Arzt hat jedoch meine Vermutung korrigiert.«

Er zuckte lächelnd mit den Schultern und schien überzeugt, dass er trotz der Fehleinschätzung gute Arbeit geleistet hatte. So weit lagen Gehirnschlag und Herzinfarkt in seinen Augen wohl nicht auseinander.

»Aber ein Herzinfarkt!«, rief sie schrill. »Meine Güte! Er war doch noch nicht mal dreißig!«

Sie schalt sich innerlich, ihre Aufregung nicht besser im Griff zu haben.

»Tja, das ist tatsächlich selten«, erklärte Carlo ruhig, als würde er auf ein kleines Kind einreden. »Aber das nimmt immer mehr zu. Das hat mir auch Dottore Calvi erzählt. Es gibt nicht die geringste Spur von Gewalteinwirkung.«

»Also haben Sie danach gesucht? Es hat für Sie die Möglichkeit bestanden, dass Tano Faresi … ermordet worden ist?«

Carlos Sohn blickte kurz vom Fernseher hoch.

»Wenn ein junger Mann so plötzlich stirbt, kann man ein Gewaltverbrechen nicht ausschließen«, erklärte Carlo ruhig. »Aber in diesem Fall gibt es keinerlei Hinweise.«

»Wurde eine Obduktion vorgenommen?«

»Nein.«

»Warum sind Sie sich dann so sicher, dass es ein Herzinfarkt war?«

»Ich war mir gar nicht sicher, darum mein Irrtum mit dem Gehirnschlag. Aber der Arzt war es. Der ist der Fachmann.«

Er zuckte die Schultern.

»Und Sie haben ihm geglaubt? Warum haben Sie die Obduktion nicht einfach angeordnet? In so einem Fall wäre eine solche doch ratsam gewesen!«

»Die Großmutter wollte es nicht. Sie ist die einzige Verwandte, weiß Gott, es ist schwer genug für sie. Ein Schicksalsschlag ungeahnten Ausmaßes. Außerdem ist sie sehr religiös, und die Vorstellung, den jungen Mann aufschneiden zu lassen, war ihr ein Gräuel. Ich habe sie nicht dazu gedrängt, es gab keinen Anlass dafür.«

»Warum sind Sie überhaupt hinzugezogen worden? Sie sind doch kein gewöhnlicher Polizeibeamter und als Dirigente Superiore gewiss nicht dafür zuständig, mal eben nach einem Toten zu sehen. Und woher kennen Sie Signora di Campanella? Ich habe Sie auf ihrem Empfang gesehen.«

Noch während sie sprach, merkte sie, dass sie einen Fehler gemacht hatte. Nicht nur, dass sie im hektischen Kommandoton fragte, als hätten sich ihre Rollen vertauscht, obendrein hatte sie zwei Fragen auf einmal gestellt.

Carlo Forli lächelte zuerst schmallippig, dann nachsichtig.

»Liebe Signorina Weiss«, begann er von oben herab. »Sie scheinen sich gut informiert zu haben. Und Sie scheinen leider die Vermutung zu haben, dass die italienische Polizei nicht ordentlich arbeitet. Aber das Gegenteil ist der Fall. Ich bin ein alter Bekannter von Signora di Campanella – und in ihrer Gunst nicht wegen meines Amtes als Dirigente Superiore, sondern weil ich Südtiroler bin und von ihr darum als österreichischer Landsmann betrachtet werde. Wenn Sie sie kennen, dann wissen Sie wahrscheinlich, wie wichtig ihr die Nationalität ist. Und um Ihre zweite Frage gleich mitzubeantworten: Es dürfte Ihnen nach Tanos Tod entgangen sein, dass Signora di Campanella einen meiner Kollegen gebeten hat, mich anzurufen – eben weil sie mich kennt. Und da sie eine geschätzte Freundin ist, bin ich gekommen. Ansonsten – und dessen bin ich mir aufgrund der fehlenden Spuren eines Gewaltverbrechens sicher – hätten die Carabinieri allein die Sache zufriedenstellend weiterbearbeitet.«

Ricarda senkte den Blick. »Das mag ja alles schön und gut sein«, fuhr sie fort, da sie nicht klein beigeben wollte. »Aber wenn ein junger Mann stirbt, muss das doch Anlass genug sein, seinem Tod auf den Grund zu gehen.«

»Und deswegen war ein Arzt da, hat ihn untersucht und ordnungsgemäß den Totenschein ausgestellt. Signorina Weiss, also wirklich, ich weiß, dass die Sache beunruhigend erscheinen mag. Aber auch Tanos Vater ist jung gestorben, kurz bevor er vierzig wurde. Ebenfalls an einem Herzinfarkt. Tano war also erblich vorbelastet. Fakt ist auch, dass er mit Sicherheit allein in der Werkstatt war, als er gestorben ist. Signora Luisa hat kurz zuvor eine Tasse Kaffee mit ihm getrunken; diese stand noch neben dem Toten. Anschließend hat sie Kundschaft im Laden bedient. Offenbar – und ich finde, das kann Sie trösten – ist es sehr schnell gegangen. Ein unangenehmer Druck in der Brust; er will sich aufrichten, etwas rufen … Und zack, er sinkt zurück in den Stuhl und ist tot. Noch ehe er ahnte, was ihm geschah.«

Carlo Forli unterlegte seine Ausführungen mit einer kleinen schauspielerischen Einlage. Er richtete sich auf, verzog schmerzverzerrt das Gesicht und fiel dann hochdramatisch zurück. Als er die Augen wieder aufschlug, grinste er. Sein Sohn nicht. Der hatte seinem Vater zugeschaut und tippte sich jetzt an die Stirn.

Ricarda geriet ins Stocken. Sie hatte mit Frater Elias vereinbart, ihn nicht auf sein Gespräch mit der Campanella anzusprechen, weil er wohl ohnehin alles leugnen würde. Doch sollte sie nicht wenigstens Tanos E-Mail ansprechen? Offensichtlich war sich auch Frater Elias nicht sicher, was sie nun tun sollten, denn er blieb nur wortlos neben ihr stehen, anstatt helfend einzugreifen oder ihr ein Zeichen zu geben.

Carlo Forli rührte seelenruhig in seinem Espresso.

»Schlafen Sie noch ein paar Mal drüber, dann wird es leichter. Traurige Sache, ohne Zweifel. Aber wenn Sie wüssten, was ich alles erlebt habe in meiner Laufbahn. Da gibt's Tragödien…«

Trotz seiner Worte hörte er nicht auf, höflich zu lächeln. Es gab keinen Hinweis darauf, ob er ihnen etwas verheimlichte.

Ricarda stieß Elias vorsichtig an. Bevor der ihr aber zu Hilfe kommen konnte, fuhr sich Carlo Forli mit der Hand durch die Haare und zeigte diese Strähne um Strähne seinen Besuchern.

»Bestimmt fragen Sie sich schon die ganze Zeit, warum ich so lila glänze«, begann er gutlaunig, um die Stille zu überbrücken. »Mein Sohn Luca hat mir vorgeschlagen, dass wir uns beide die Haare schwarz färben sollten. Aber irgendwas hat nicht funktioniert mit dem Haarfärbemittel. Am Ende kam ein Grün heraus und, als ich's wegmachen wollte, ein Lila. Ich bin schon den ganzen Tag mit einer Ferrari-Kappe herumgelaufen, damit man's nicht sieht. Jetzt werde ich sie mir wohl stoppelkurz schneiden lassen müssen!«

Carlo Forli lachte dröhnend. Frater Elias lachte auch – wenn auch aus Höflichkeit.

»Kann ich mal auf die Toilette?«, fragte Ricarda schnell.

Sie brauchte Zeit zu entscheiden, ob sie die Schriften der Kurtisane und die Tatsache, dass diese aus ihrem Pensionszimmer gestohlen worden waren, erwähnen sollte oder nicht.

Im Flur stritt Carlos Frau Adua mit Tochter Teresa, die zwar nicht länger Pasta auf den Teppich schmieren, jetzt aber unbedingt auf eine kleine Holzleiter klettern wollte.

»Lass sie doch!«, rief Carlo vom Wohnzimmer aus.

Als Ricarda den Flur entlangging, nahm eine vage Idee mehr und mehr Gestalt in ihr an. Carlo Forli ist ein Schwätzer, überlegte sie, der redet uns zu Tode, ohne uns etwas zu sagen – genau wie die Campanella. Wenn wir hier etwas herausfinden wollen …

»Ma se si fa male? Potrebbe cadere!«, keifte Adua.

»Aus Schaden wird man klug!«, gab Carlo Forli auf Deutsch zurück.

»Si potrebbe rompere una gamba!«

»Du kannst sie nicht immer und überall beschützen! So leicht bricht man sich kein Bein!«

»Non capisci niente trattandosi del bene di bambini!«

Ricarda hatte die Toilettentür erreicht und verharrte unschlüssig vor dem kleinen Raum. Gegenüber befand sich das Kinderzimmer, daneben eine Abstellkammer.

Das offenbar philippinische Hausmädchen kam vorbei und starrte sie fragend an.

»Scusa«, murmelte Ricarda und folgte einer spontanen Eingebung. »Ho besogno di qualcosa a scribere.«

Der fragende Gesichtsausdruck des Mädchens verstärkte sich. Vielleicht sprach sie kein Italienisch oder verstand Ricardas Akzent nicht.

»I need something to write«, versuchte es Ricarda auf Englisch.

Das Mädchen zuckte mit den Schultern, wies aber immerhin auf eine verschlossene Tür. Ricarda wartete, bis das Mädchen in die Küche getrottet war, und öffnete sie. Volltreffer. Carlo Forli nutzte diesen Raum als Büro – die Wände waren mit Aktenschränken verstellt, der Schreibtisch war mit verschiedenen Unterlagen überhäuft.

Ricardas Herz begann zu rasen, als sie auf die Uhr blickte und sich fünf Minuten dafür gab, in dieser Unordnung an

Papieren nach Anhaltspunkten im Todesfall Faresi zu suchen. Ihre Hände zitterten, als sie die Papiere durchkramte, kopflos, unsystematisch – und ergebnislos.

Alles, was sie fand, schien nichts mit Carlos Arbeit zu tun zu haben – ein Mietvertrag, eine Vorlage für die Steuererklärung, eine Rechnung vom Zahnarzt.

Sie wurde rot im Gesicht, als wäre sie bereits ertappt worden. Sie rechnete jeden Augenblick damit, dass jemand das Zimmer betreten würde – die kleine trotzige Teresa, die frustrierte Adua, der pubertierende Luca.

»Komm schon«, murmelte sie hektisch. »Komm schon!«

Als die fünf Minuten vorüber waren, fiel ihr Blick auf Carlos schmale Tasche, achtlos auf den Boden geworfen. Sie war aus Leder, aber schon alt, der Griff völlig zerfleddert; ihre Ecken sahen rau und abgewetzt aus.

Ricarda atmete tief durch, griff nach der Tasche und kramte nach ihrem Inhalt. Ein Notizbuch, ein Verzeichnis mit Telefonnummern und eine zerknüllte Abmahnung wegen Falschparkens, außerdem ein ausgespuckter Kaugummi.

Schließlich stieß sie auf ein vierseitiges Dokument, das zwar mit Computer oder Schreibmaschine geschrieben worden war, aber an den Rändern mit handschriftlichen Notizen versehen war.

Diese altmodische, schnörkelige Schrift kannte sie – so schrieb nur Tano Faresi.

Sie hörte vom Gang her Schritte, und das Gekeife zwischen Teresa und ihrer Mutter war lauter geworden. Jemand riss die Badezimmertür auf, wenig später lief Wasser in das Becken.

Ricarda wandte sich den Unterlagen zu. Sie enthielten einen ausführlichen Bericht zum Zustand eines Gemäldes sowie die Auflistung aller notwendigen Schritte zu dessen Restaurierung – inklusive Kostenvoranschlag und verwendeter Materialien –, die Tano geschrieben haben musste.

Ricarda fluchte, weil sie über viele Fachausdrücke stolperte, die sie nicht übersetzen konnte. Sie verstand kaum die Hälfte des Berichts, und auch davon war das meiste eher zusammengereimt.

Das Gewebe des Bildes sei brüchig; Schimmelpilze und Bakterien würden die Cellulose zunehmend abbauen. Als erster Schritt sei die Bildschicht durch Vlies zu überkleben, um sie temporär zu schützen. Danach würde die Reinigung der Gemälderückseite erfolgen, indem zuerst vorhandene Klebstoffreste mit Kompressen angeweicht würden – am besten unter Verwendung von Celluloseether – und später Unebenheiten mit einer Mischung aus Beva 371 und Kreide zu überspachteln seien. Mehrere kleinere Druck- und Spannungsbeulen müssten durch Befeuchtung und anschließende Beschwerung ausgeglichen werden; ebenso müsse der Rand verstärkt werden, indem Spannränder mit Feuchtigkeit und Wärme planiert würden.

Ricarda blätterte weiter, die Schrift verschwamm vor ihren Augen. Auf der zweiten und dritten Seite gab es eine längere Abhandlung zur Methode der Doublierung. Tano riet diese an, anstatt Risse, Löcher und Durchstoßungen einzeln zu reparieren.

Wieder fluchte sie. Sie fand keinen einzigen Hinweis auf den Namen des Gemäldes. Restaurierungsmethoden wurden in Fülle genannt, allerdings wurde an keiner Stelle die Vermutung geäußert oder gar der Beweis geführt, dass es ein Caravaggio sein konnte.

Ricarda atmete tief durch und blätterte zurück auf die erste Seite. Irgendwo musste doch eine ungefähre Datierung des Gemäldes vorgenommen worden sein!

Im Bad wurde der Wasserhahn abgedreht – Teresa schrie und heulte, weil ihre Mutter das mit raschem Handgriff erledigt hatte, anstatt es ihr zu überlassen. Jetzt zog Adua das strampelnde Kind hinaus in den Gang. Dort war plötzlich auch Carlos Stimme zu vernehmen, dem die Kleine direkt in die Arme gelaufen war. Offenbar hatten er und Frater Elias das Wohnzimmer verlassen, gingen nun den Gang entlang und wollten nachsehen, wo Ricarda blieb.

Rasch steckte Ricarda den Bericht in Carlos Aktentasche – und erst jetzt, da ihre Hände kaum mehr ihren Dienst versahen, weil sie völlig unkontrolliert zitterten, und sie Tanos Schrift nicht mehr vor Augen hatte, fiel ihr auf, dass nicht nur die Datierung des Gemäldes fehlte. Auch von einem anderen – eigentlich dem wichtigsten – Detail war keine Rede.

Anstatt leise zur Türe zu schleichen, erstarrte Ricarda mitten in dem Raum. Draußen vom Gang her hörte sie Elias nach ihr rufen.

»O mein Gott!«, stieß sie aus, als ihr die Tragweite dessen aufging, was sie eben bemerkt hatte.

10

Aus den Lebenserinnerungen der Kurtisane Isis de Luna
Rom, 1600

Noch erschöpft und befremdet von meinem eigenen wütenden Verhalten und außer Kraft, meinen nächtlichen Streifzug fortzusetzen, schlich ich mich nach meiner ersten Begegnung mit Caravaggio in mein Gemach zurück. Dort geschah noch in der gleichen Nacht, wovor ich mich stets gewappnet hatte, seitdem ich hier war, und was alle Gedanken an Caravaggio nur allzu schnell und allzu gründlich vertrieb.

Kardinal Francesco del Monte erschien in meinem Gemach, vom regen Weingenuss während des Festes nicht länger beherrscht, sondern zügellos genug gestimmt, um mich einzufordern.

Für einen Augenblick dachte ich, er hätte irgendwie von meinem unbotmäßigen Lauschen erfahren und wäre hier, mich zu bestrafen.

Das Zittern, welches meinem Körper vertraut geworden war, bemächtigte sich meiner so sehr, dass ich nicht reden konnte. Dies war mein Glück – denn so erkannte ich, dass del Monte nicht gekommen war, um mich zur Rede zu stellen. Desgleichen fiel mir auf, dass er nichts weiter als ein samtenes, rotes Nachtgewand trug.

Mein Beben ließ nicht nach. Ich wusste, dass er eines Tages jenen Dienst von mir verlangen würde, weswegen er mir eine Heimstatt bot – aber ich wünschte, es würde nicht just in der Nacht geschehen, da ich mich am wenigsten dafür gerüstet wähnte, da ich noch aufgewühlt war von dem vorigen Erlebnis.

Ich blickte zu Boden und rätselte, ob ich mich ins Bett legen sollte. Der Kardinal gab mir keine Anweisung dazu – stattdessen begann sich sein Gesicht mehr und mehr zu verfinstern. Kein Funke von Ruhe und Klugheit, wie ich sie während seiner Feste an ihm erschaut hatte, lag darin, als er schließlich, ansonsten grußlos, eine Geschichte erzählte. Sie erschien mir gänzlich widersinnig, weil sie weder in diesen Raum noch zu diesem Anlass passte.

»Stefano Calcinardi«, begann er mit angespannten Zügen und heiserer Stimme, »trug als Reliquie die Haarlocke des heiligen Philipp Neri um den Hals, und als er bei einer Kurtisane lag und sie ihn zu küssen begann, so spürte er an der Stelle, an der er die Reliquie trug, einen Schlag, der so mächtig war, dass er das Bewusstsein verlor. Wieder erwacht, ist er in religiöse Verzückung gefallen und floh aus dem Haus, um nimmer wiederzukehren.«

Seufzend endigte er, und als ich verlegen hochblickte, erkannte ich, dass er seinerseits den Blick abgewandt hatte und nicht zu mir, sondern zu sich selber sprach.

»Warum greift Gott nicht in mein Leben ein?«, fragte er missmutig. »Warum lässt er mich sündigen und straft mich nicht mit Schlägen? Warum versetzt er mich nicht in heilige Ekstase, sodass mein Körper – davon gesättigt – nicht länger nach dem Weibe verlangt und ihm Macht über mich gewährt?«

Ich überlegte, ob das abgewandte Sprechen seine Art war, mir sein Ansinnen zu benennen. Vielleicht deuchte es seinem

Stand nicht angemessen, mir direkt ins Gesicht zu sagen, dass er für diese Stunde angesetzt hatte, bei mir zu liegen.

Vorsichtig ging ich ihm drei Schritte entgegen, um zu zeigen, dass ich verstanden hatte. Ich hob langsam meine Hand und strich ihm über die Schulter. Er jedoch zuckte zurück, als hätte ich ihn verbrannt.

»Weg! Weg!«, rief er. »Fass mich nicht an! Weißt du denn nicht, was mich für diese Sünde erwartet? Drachen der Hölle werden meine Seele fressen, Pfannen voll siedenden Schwefels sich über mich ergießen und rot glühende Bratspieße meinen armen Leib schänden. Die Tatzen der Dämonen werden mich zerreißen und mit Schlangengeißeln züchtigen.«

Verwirrt von seiner Furcht, ließ ich die Hand sinken.

»Mein Herr, was soll ich tun?«, fragte ich unsicher.

»Weg! Weg!«, wiederholte er. »Weißt du denn nicht, was du tust, Mädchen? Willst du mich in Versuchung führen und dich solcherart selbst ins Verderben stürzen? Denk nicht, auf dich warten andere Strafen! Der Weiber Fähigkeit zur Sünde ist größer als die der Männer, das verrät uns die Geschichte vom Paradies, woraus wir ob Evas Schuld vertrieben sind!«

Da ich mich niemals freiwillig genähert hätte, trat ich zurück – dankbar für die Zurechtweisung, die mich nicht beschämte, sondern entlastete.

Anstatt mich zu meiden, so wie es seine wütende Rede verheißen hatte, folgte er mir nun aber, blieb dicht vor mir stehen und sprach mir fortwährend feucht ins Gesicht: »Ein gottgefälliges Leben mögest du wählen, deine Sünden überdenken und für sie Buße tun. Gewiss bedarf es dafür vieler Stunden, Monate, Jahre. Es ist doch so, dass du bei einem Mann gelegen hast, wiewohl du ihm nicht angetraut warst?«

Sein Gesicht berührte beinahe meines. Noch während er seine Worte ausrief, machte er den Eindruck, mich küssen zu wollen.

»Aber gewiss tat ich's nicht, um der Lust zu frönen, sondern nur …«

»Du bist, wie alle anderen Weiber sind!«, unterbrach er mich. »Willst mich hineinführen in das Labyrinth der Sinne, woraus es kein Entrinnen gibt! Du bringst mich in Versuchung, wie es Lavinia tat! Doch kein Vergehen bleibt dem Weltenherrn unentdeckt! Du solltest um das Heil deiner Seele bangen, anstatt es dem Teufel in den schmierigen Rachen zu werfen.«

Sein eigener Rachen stand ihm weit offen. Während er auf mich einschimpfte, löste er den samtroten Mantel und stand nackt und mit geschwollenem Geschlecht vor mir. Verschreckt flüchtete ich einen weiteren Schritt zurück und versuchte verzweifelt, mich darauf zu besinnen, welches Verhalten mich Marzia für diesen Fall gelehrt hatte. Del Monte aber ließ nicht zu, dass ich es erprobte.

»Du solltest wissen, was der Heilige Vater deutlich gesagt hat! Die Sünde der Kurtisane ist größer, wenn sie bei einem Kirchenmann liegt. Weitaus verdammenswerter nämlich ist, wenn jenes Gelübde gebrochen wird, das Gott gegeben wurde.«

Zum ersten Mal berührte er mich, indem er mich am Handgelenk packte. »Was stehst du also hier, lässt dich von allen Reichtümern dieser Welt bestechen und suchst ein Leben auf der breiten Straße des Verderbens, anstatt zu beten und dich Gott zu weihen? Was spielst du Luzifers Geliebte, welche nach nichts anderem trachtete, als mich hinzu ins Bett zu holen?«

Während alles in seinem Gesicht tiefrot angelaufen war, blieben seine Augen glanzlos und starr. Ein wenig verdrehten sie sich nach oben und hinterließen nur mehr das Weiße, als er meine Hand zu seinem Geschlecht zog und meine kalten Finger darumlegte. Meine Hand blieb schlaff, während er sie dirigierte, indem er seine Faust darumlegte und zupresste, fest, immer fester. Es musste ihm Schmerzen bereiten, denn sein

Stöhnen klang nicht befreit, sondern voller Qual. So heftig hieb er meine Finger in sein Fleisch, dass es schien, als wollte er es erwürgen und abtöten.

Da ihm sein Blick verrutscht war, tat ich es ihm gleich und wendete den Kopf so weit wie möglich zur Seite. Sein Schmerz, der sich immer lauter und heftiger entlud, machte mich selbst schwindeln. Ich wollte ihm meine Hand entziehen, nicht mehr fühlen, wie er sein Fleisch zwischen meinen Fingern einschnürte, als gelte es jeden Funken Leben herauszupressen. Er aber hielt mich fest, bis er mit einem letzten Stöhnen schließlich drei zähe, gelbe Tropfen ergoss, die lau über meine Hand flossen. Sein Körper zuckte, und sein bläulich gefärbtes Geschlecht erschlaffte. »O Lavinia!«, stöhnte er dabei. »Lavinia!«

Endlich ließ er mich los, trat zurück und schloss die Augen. Als er sie wieder öffnete, klang seine Stimme nicht mehr aufgebracht und zänkisch, sondern beinahe freundlich, und sein Gesicht glich nicht mehr dem eines gepeinigten Sünders, sondern des weltoffenen Kirchenmanns, als der er sich seinen Freunden zeigte.

»Geh jetzt zu Bett und schlafe«, befahl er und ging.

Ich hatte Hippolytes alternden Körper ohne Ekel ertragen. Ich war bereit gewesen, mich von Marzia zur Kurtisane machen zu lassen. Noch mehr als das setzte mir nun zu, dass ich diesem skrupulösen Mann nicht nur die Hand zu reichen hatte, sondern schon am nächsten Abend Vincenzo Giustiniani davon erzählen musste. Anstatt sich auf meine schriftlichen Botschaften zu verlassen, nutzte er während eines Besuchs beim Kardinal den Weg zum Abort, um mich im Gang abzufangen und sich mündlich von mir berichten zu lassen.

Zunächst enttäuscht, dass ich nichts Interessantes zu sagen wusste, gefiel er sich alsbald in der Rolle von einem, der sich rotgesichtig an mich heranpirschte und, auf mein Gesicht spuckend, erfragte, wie nahe mir del Monte in der Zwischenzeit denn gekommen sei, ob er in meinen Armen Lavinia bereits vergessen habe oder ob ihn die Trauer immer noch zermürbe. Ich berichtete ihm zögernd, wie del Monte in mein Gemach gekommen war, und Giustiniani antwortete mit einem amüsierten Grinsen. Erneut berührte er meine Brüste, denn jetzo war ich nicht nur sein Spitzel, sondern auch ein Besitz des Kardinals, den er heimtückisch und neidisch befingerte.

Ich wand mich in seinem Griff, hoffte, er möge vorzeitig von mir lassen, was er auch tat, aber hockte dann bleich und kraftlos im Gang, kaum dass er von mir gegangen war. Ich fühlte mich geschändet und gleichermaßen als Verräterin, von anderen ins Fangnetz der Falschheit getrieben und darin von eigener Scham erdrosselt, die mir von der einst vornehmen Erziehung geblieben war.

In dieser Stunde suchte ich Trost bei der Falschen.

Am Hintereingang der Küche traf ich auf Gaspara, die sich schon manches Mal hierher geschlichen und von mir gefordert hatte, ich möge ihr zu essen bringen. Die dreißig Scudi, die sie verdient hatte, als sie mich für siebzig bei Marzia losgekauft und von Giustiniani hundert dafür bekommen hatte, waren längst verbraucht, und den deswegen häufig leeren Magen manches Mal zu sättigen, sei das Mindeste, was ich ihr schuldig sei, nachdem sie mir doch dies edle Leben verschafft habe.

»Nun, Mädchen?«, bedrängte sie mich forsch. »Siehst mir heute blass aus! Und trägst obendrein kein Geschmeide, das du dem reichen del Monte längst hättest abringen können!«

Es gelang mir nicht, Haltung zu wahren.

»Ich ertrage es nicht!«, schluchzte ich. »Es ist nicht nach der Menschen Sitte, wie del Monte mich begehrt! Und Giustiniani will alles darüber erfahren, begeilt sich daran und fordert obendrein, dass ich del Monte hintergehe!«

Schluchzend erzählte ich ihr alle Einzelheiten.

»Kann das denn möglich sein!«, rief sie da, jedoch nicht mitleidig, sondern erbost, und ihre Narben liefen rot an. »Und jetzt klagst du auch noch, dass ich dich von Marzia befreit und dir ein weiches Bettchen bereitet habe! Es würden viele unserer Zunft mit dir tauschen und mehr von sich bieten als bloß dann und wann das Handhinhalten und das Spitzeln!«

Ich verstand, was sie meinte, aber es tröstete mich nicht.

»Und ständig höre ich jemanden von dieser Lavinia sprechen!«, rief ich. »Was bedeutete del Monte diese schöne Kurtisane? Wer ist sie ihm gewesen, dass er sie nicht vergessen kann?«

»Lass sie ihn vergessen, und es wird zu deinem Vorteil sein«, schimpfte Gaspara. »Lavinia ist tot, und du sieh zu, ihr nicht darin zu folgen. Hör endlich auf, dich derart bang und verschreckt zu stellen! Hast du dir nicht ausgerechnet, wie gut es dir bekommt, dass dich der Kardinal auf seine Weise nimmt? So pflanzt er dir kein Kind in den Bauch, und solches zu gebären, das kann ich dir sagen, ist misslich fürs Geschäft. Drei Mal hab ich's erlebt und musste die Kleinen im Drehfenster von Santo Spirito in Sassia abgeben.«

»Ich habe selbst ein Mädchen«, murmelte ich tränenerstickt und erinnerte mich an den zarten Flaum auf ihrem Kopf. »Wie hast du's ausgehalten?«

»Gütiger Himmel, du stellst Fragen!«, brummte Gaspara. »Und ebendas bereitet mir die größte Sorge. Es geht nicht darum, wie man es aushält, sondern dass man es tut. Sag selbst, warum hast du dich damals dem alten Hippolyte an den Hals geworfen?«

»Weil ich ganz allein war auf dieser Welt.«

»Nein, das ist so nicht wahr gesprochen«, widersprach sie scharf. »Du tatest es, weil du hungrig warst und weil du nicht bereit warst, zugrunde zu gehen. Magst mir ein Jammerspiel bieten, sosehr du willst, Isotta. Und bist auch gut darin, die Schwächelnde zu mimen. Dennoch verrätst du dich selbst, indem du leben willst.«

Hastig ließ ich ihre Hand los. »Das ist nicht wahr!«, verteidigte ich mich jämmerlich.

»So willst du leugnen, dass du nach dem Leben gierst?«

»Beinahe hätte ich mich einmal selbst getötet!«, drohte ich.

»Mag sein«, spottete Gaspara, »aber du hast es nicht getan.«

»Ich hatte ein Messer auf meinen Leib gerichtet – zu jener Stunde, da mir Marzia den Freier zuwies und du mich errettet hast.«

»Mag sein«, wiederholte Gaspara. »Aber hättest du den Willen gehabt, dich drauf aufzuspießen, so hätte ich dich in einer Lache von Blut vorgefunden und nicht halbnackt vor einem Mann kniend.«

»Und wenn ich's morgen täte?«

»Das glaub ich nicht! Magst dir dergleichen auch nur einreden, weil es dem gräflichen Töchterlein gebührt. Was hilft es, eine Tugend saumselig mit Verzagtheit und Beschämung zu betrauern, wo diese Tugend selbst doch lange schon geopfert ist? Du bist eine, die durchkommt. Sei stolz darauf.«

»Aber Giustiniani, was will er denn von mir? Wird er meinen Körper dereinst gebrauchen, und sei es nur, um sich solcherart an del Monte zu rächen, weil der ranghöher ist und mehr Einfluss hat?«

Ich hatte aufgehört zu schluchzen, aber meine Schultern zitterten noch. Fest packte mich Gaspara ebendort.

»Hör zu!«, sagte sie, nicht nur streng, sondern auch eindringlich. »Du musst lernen, selbst über dein Leben zu bestimmen! Mach dir del Monte gefügig, so weit es dir möglich ist, und begreife, dass er von Höllenqualen nicht schwafelt, weil sein Gewissen ihn dazu mahnt, sondern weil er dich solcherart einzuschüchtern und klein zu halten weiß! Horch ihn aus und gib nur das an Giustiniani weiter, was dir Nutzen bringt! Füge dich dessen Willen, aber nur so weit, wie du es selbst für richtig hältst, und ködere ihn mit deinem Leib, um Macht über ihn zu gewinnen! Nutze, dass du mehr durchschaust, als er dir zutraut, dass nämlich nicht dein liebes Mädchengesicht ihn wollüstig stimmt, sondern allein der Gedanke, dass deine feinen Glieder dem beneideten del Monte gehören! Ach Isotta! Schau nicht so verzagt drein wie ein Lämmchen! Wenn du es richtig anstellst, kannst du am Ende die sein, die alle Fäden lenkt.«

Sie zwang mich, sie anzusehen, ihrem verschlagenen und zugleich kräftigen Blick standzuhalten. Ich nickte schwach, wenngleich von ihren Ratschlägen nicht ermutigt, sondern gelähmt.

Ich glaubte ihnen nicht, lehnte mich, kaum dass sie gegangen war, lange an die Wand und ging, als ich mich endlich wieder kräftig wähnte, mich zu erheben, sehr langsam und gebeugt nach oben.

So sehr war ich von meiner eigenen Verzweiflung gefangen genommen, dass ich zu spät jenem auswich, der mir aus der anderen Richtung entgegenkam. Er trug eine Lampe vor sich her und betrachtete mit dieser prüfend den Gang. Zumindest dachte ich das zunächst. Erst nachdem ich ob der unerwarteten Begegnung erschrocken aufgeschrien hatte, gewahrte ich, dass der Mann nicht den Raum erkundete, worin er sich befand, sondern die Art, wie das Licht fiel. Während ich erleichtert seufzte, dass ich lediglich Caravaggio, dem herrischen Maler, begegnet war und niemandem, der mich für mein unbotmäßiges Verhalten verraten könnte, nutzte er mein Erscheinen für seine Erforschung des Lichts.

»Bleib stehen!«, rief er kurz angebunden. »Ja, so ist's recht, beweg dich nicht! Ich will sehen, bis wohin der Lichtschein reicht und auf welche Art das umliegende Grau unterschiedlich nuanciert ins Schwarz verfällt.«

Er schwenkte die Lampe hoch, bis sie mein Gesicht blendete, während mein restlicher Leib im Dunkeln verblieb.

»Schön. Sehr schön. Das Licht gleicht einem Heiligenschein, obwohl ...«, und hierbei spitzte er die Lippen, »obwohl Huren für gewöhnlich keinen solchen tragen.«

Offenbar war ihm auf den ersten Blick eingefallen, wer ich war, wenngleich er sich mit diesem Umstand nicht länger aufhalten wollte.

»Komm mit!«, rief er mir über die Schultern zu, indessen er das Licht senkte und sich zum Gehen wandte.

»Warum sollte ich?«, fragte ich zurück, und die Empörung darüber, dass er derart dreist über mich verfügte, vertrieb meine Verzweiflung. »Gebt mir einen Grund, warum ich einem zu gehorchen habe, der mich Hure nennt?«

Er grinste abfällig. »Bist du's denn nicht?«, fragte er.

»Nein! Ich bin die Tochter von Baldassare, dem Sohn des Grafen von Mantaco, Condottiere der Medici!«

Er ging weiter, ohne sich um mich zu scheren, und ich folgte ihm, ohne darüber nachzudenken.

»So, so«, murmelte er. »Schön für dich. Aber machst du nicht für del Monte die Beine breit, um hier ein warmes Bettchen zu bekommen? Was machst du also anderes als die Dirnen von der Straße, die sich mit der Lust der hohen Herren ihr täglich Brot erkaufen? Sei's drum! Ich für meinen Teil mag's, wenn man zugibt, wer man ist. Ist auch nichts Schlimmes dabei. Denn ganz gleich, wohin man geboren wird – der König scheißt und pisst nicht anders als der Pferdeknecht. ... Bleib stehen jetzt! Ja, genau auf diese Weise! Neige dein Antlitz ein wenig auf die rechte Seite!«

Ich tat zwar, wie mir geheißen, aber konnte mir das Reden nicht verkneifen. »Weiß der Kardinal«, fragte ich, »was du hier nächtlich treibst? Hat er dir erlaubt, durch die Gänge zu streifen?«

»Oho!«, lachte Caravaggio, und er umschritt mich prüfend mit der Lampe. »Ich möchte meinen, er weiß, dass ich es tue, nicht aber, dass auch du nicht auf deinem Zimmer bleibst. Zwei Bilder male ich eben für ihn. Den Heiligen Franziskus und die reuige Magdalena. Und auf dass ich daran werke, darf ich mehr als nur den Raum nutzen, den er mir seit Jahren hier als Werkstatt gewährt. Ich weiß nicht, ob das Abkommen, welches dich mit ihm verbindet, dir gleiche Rechte zukommen lässt wie mir … Ja, du stehst ganz richtig! Wie gelbes Wachs ist dein Gesicht, umrahmt vom dunklen Haar; das Licht verglüht rötlich an deinen Rändern, und drumherum bleibt Schwarz. Weiß Gott, ich möchte die Sonne nicht mehr rühmen als das lodernde Feuer! Die grellen Farben, die diese verheißt, werden wettgemacht durch Letzteres, das die Welt in Hell und Dunkel teilt – viel entschiedener und deutlicher als sie. Was brauche ich Farben, wenn ich diese Schwärze habe, die aufs Wesentliche beschränkt?«

Er sprach nicht zu mir, sondern zu sich, eingenommen von dem, was er erblickte. Die Begeisterung über das Erschaute klang selbstverliebt und eitel.

»So habt Ihr Euch denn doch dem Kardinal gebeugt und entschieden, auch die großen Heiligen der Kirche zu malen?«, lästerte ich, um diesem stolzen Gecken zuzusetzen. »Zum Preis des Brots, das Ihr verzehrt, verhaltet Ihr Euch ganz anders, als Ihr's vor Tagen noch dem Maestro Valentin geschworen habt. Scheltet mich nur eine Hure, ich aber darf wohl sagen, dass ich nicht die einzige bin, die hier steht!«

»Oho!«, lachte er ein zweites Mal. »So sucht sie mich also wieder mit der giftigen Zunge zu treffen. Zum einen: Ich gebe nach, wann's mir beliebt. Und was soll ich am Tiberufer frösteln, wenn ich's hier lauschig haben kann? Zum anderen sei mir erlaubt richtigzustellen, was du mir beim letzten Mal an den Kopf geworfen hast. Da nanntest du mich einen stinkenden Bastard, und dass ich stinke mag zwar richtig sein, nicht aber, dass ich ein Bastard bin. Benennst du den deinen als Condottiere, so hatte mein Vater, Fermo Merisi, das Amt des Magisters inne. Er war ein solcher bei Francesco Sforza, dem Herzog von Mailand. Leider holte ihn die Pest, noch ehe er mehr draus machen konnte … Siehst du übrigens, wie rund das Licht fällt? Je nachdem, wie man die Lampe hält, entsprechend einem gleichmäßigen Kreis oder oval wie ein Ei. Es ist zu bedenken, von welcher Höhe es hinabscheint. Meinen Franziskus soll es von oben rechts befallen. Er ruht im Schatten des dichten Laubwerks eines Baumes auf der Wiese, mehr schwebend als liegend, in nächtliches Dunkel gehüllt. Wie bewusstlos liegt er, von einem Engel gehalten, während sich der göttliche Lichtstreif vom Himmel neigt.«

Erneut ging er weiter, ohne sich umzudrehen, und wieder folgte ich ihm – diesmal jedoch nicht erpicht, ihm die Beleidigung heimzuzahlen.

»Wie?«, rief ich. »Euer Vater starb an der Pest?«

»Beim Onkel sind ich und mein Bruder hernach aufgewachsen, und bei dem setzte es ob des kleinsten Aufmucksens Prügel. Ich hatte immer mehr einzustecken als Battista; der war schon damals fromm und feige. Ha! Mein Brüderchen ist ein vorzüglicher Pfaffe geworden! Im Übrigen war mein Vater nicht der Einzige, der mit den schwarzen Beulen starb. Gar viele wurden in Mailand heimgesucht … Da du mir nachläufst wie ein Hündchen, fällt mir ein, dass ich dich brauchen könnte. Ich gab dem Engel, der zu Franziskus herabsteigt, das Gesicht der Straßendirne Giulia, aber die Art, wie er die Hände hält, könnte ich mir von dir leihen, oder nicht? Du hast schön geformte, edle Finger …«

Über die Treppe hatten wir das unterste Geschoss erreicht und stiegen noch tiefer. Im Keller, wo die Dienstboten schliefen und der Wein lagerte, befand sich Caravaggios Wohnstatt.

»Ihr habt dem Bildnis eines Engels das Antlitz einer Straßendirne verliehen?«, rief ich ihm hinterher, schwankend, zu welchem seiner vielen Worte ich ihn zuerst befragen sollte. Die Ausführungen über das Licht stimmten mich neugierig; die Erwähnung des Pesttods seines Vaters weckte Erinnerungen; die Art, wie er von seinem Modell sprach, Erstaunen.

»Zum Teufel, ja! Ich meine, dass leben müsste, was ich male! Freilich kenn ich Giulias Fotze besser als ihr Gesicht. Die trocknet nie aus. Sie ist geil wie eine läufige Hündin, und wenn sie stöhnt, hört man es drei Häuser weiter. Meinen Schwanz mag sie von allen am liebsten. Man soll zwar nicht glauben, was eine Straßendirne dir im Liebesrausch ins Öhrchen flüstert. Aber ich ficke so gut, wie ich male – was gleichsam heißt, dass niemand in ganz Rom so gut fickt wie ich. Und hätte sie denn vor kurzem ganz ohne Bezahlung die Beine breitgemacht, wenn's nicht so wäre? … So, hier sind wir also nun. Caravaggios Herberge in des Pfaffen Haus, wo er für dessen Bilder schuftet. Giovanni! Nino! Lasst euch nicht erschrecken, ich bringe einen Gast mit! Und du, kleine Isis de Luna, achte mir gar nicht auf diese elenden Dreckskerle, welche bei mir lernen und mir die Farben mischen. Unnützes Pack! Steht nicht maulfaul da! Hach, wie sie dämlich glotzen!«

Caravaggio sprach in einem fort, ohne den einen Gedanken vom anderen abzulösen. Er spuckte aus, was ihm in den Sinn kam, und wechselte die Laune so schnell wie das Thema. So wenig wie er prüfte, ob ich ihm folgte, wollte er wissen, ob ich dazu etwas kundzutun hatte. Im Übrigen war ich geneigt, ihn stehen zu lassen – vor allem, als ich die beiden Männer erblickte, die für ihn schufteten. An den falschen Ort schien ich geraten, in eine Welt aus Schweißgeruch, abgetragenen Lederstiefeln und den Worten eines Mannes, der so dreckig sprach, wie er aussah. Doch noch während ich an der Schwelle stehen blieb, erlag ich ebendieser Welt.

Denn in gleicher Weise, wie sie elendiglich stank, gab sie auch die kostbarsten und ungewöhnlichsten Düfte von sich: nach Bienenwachs, dem Harz der Fichte und nach Branntwein zum Zubereiten des Firnises, welcher ein Gemälde abdeckt; nach Acqua di raggia, dem Öl von Föhren, mit dem die Farbe verdünnt wird; nach der Milch vom Feigenbaum, die man mit Ei und Wasser vermischt, um damit die Leinwand aus Flachs und Hanf zu isolieren.

Am stärksten aber roch es – wie in einem Gotteshaus – nach Weihrauch. Giovanni, einer von Caravaggios Lehrlingen, vermengte ihn, wie er mir erklärte, mit schwarzem Pech, Leinöl und Wachs, um diese Mixtur wiederum mit einem Pulver aus gemahlenem Lapislazuli-Stein und Lauge zu vermischen. Kräftig knetete er alles über Stunden, auf dass sich zuletzt kleine Körnchen des kostbaren Pigments von der Masse trennten. Nino indessen, sein Bruder, verbrannte auf offenem Feuer und unter starkem weißen Rauch Arsenicum, mit welchem sich ein roter Farbstoff aufhellen ließ.

»Nun gut«, sagte Caravaggio und scherte sich kein bisschen darum, wie ich von dieser farbigen Welt bestochen ward. »Setz dich dort hin! Ja, ebendort! Willst du wohl Platz machen, Giovanni, du dreckiger Kretin! Hach! Soll das ein Blau sein, wie ich's wollte? Hast du den Stein auch sorgsam genug gemahlen? Ja muss ich euch alles drei Mal sagen? Die Goldfarbe gestern war nicht zu gebrauchen! Wir wollen morgen eine Rezeptur aus Bier und Safran erproben! Und Nino, geh vom Ofen weg! Bereite neue Leinwände und sieh zu, dass du als Imprimatur Zinngelb wählst und nicht Grünspan!«

Er zog dem armen Burschen mit der Faust eins über, um diese im gleichen Augenblick wieder zu entkrampfen und mich in Position zu rücken. »Ich brauche nicht lange«, rühmte er sich eitel. »Ich male schnell und direkt auf Leinwand. Unnützes Künstlerpack, welches da lang und breit durch die Camera starren muss und mit dem Kohlestift skizziert! Feiglinge und Nichtskönner! Faulpelze obendrein, wenn sie in Schichten malen und Tage warten, bis sie trocknen!«

Ohne mich anzublicken, zog er meine Hände an die richtige Stelle, auf dass sie der Haltung von Franziskus, wie er sie auf dem Gemälde wiedergeben wollte, entsprachen. Obwohl er so gleichgültig war, waren seine Griffe fest und bestimmt. Noch nie hatte mich ein Mann auf diese Weise berührt – nicht Hippolyte Botta, der seine Hände nur gebrauchte, um den schmerzenden Körper aufzustützen, nicht Ugolino Strozzi, welcher das eigene Geschlecht gehalten und gesteuert hatte, und nicht del Monte, der zwar zupackte, aber mit solchem Widerwillen, als berührte er eine tote Ratte. Das sachte Beben kehrte wieder, wie einst, vor zwei Tagen, da Caravaggio meine Wange berührte und sich meine Härchen aufgerichtet hatten.

Jetzt trat er zur Leinwand, ließ sich einen Pinsel reichen und malte gehetzt. Das Gesicht, das vorhin zwischen dem Ausdruck von Spott, Eitelkeit und Ärger geschwankt war, geriet zu einer reglosen Maske, in der sich nur die Augen rührten. Sie fixierten nicht prüfend und entblößend eine Stelle, sondern huschten aufgeregt umher, als suchten sie so viel wie möglich gleichzeitig zu erschauen, rastlos, getrieben, gierig. Seine Hände legten sich um den Pinsel, als wollten sie jenen zermalmen; der Körper war angespannt, als schritte er in eine Schlacht um Leben und Tod. Unruhig kreisten die Fußspitzen und brachten das Bein bis zum Knie fortüber zum Beben, als wolle er diesen schnellen Takt sich auch als Tempo des Malens aufzwingen.

Giovanni und Nino, Caravaggios Lehrlinge, huschten aufgeregt durch den Raum und suchten einander darin zu übertrumpfen, wer denn dem Künstler schneller zu Diensten war.

»Ich brauche Schwarz!«, rief Caravaggio ungehalten, als hätten die beiden diesen Befehl erahnen müssen, noch ehe er ausgesprochen war. »Viel Schwarz! Dunkles Schwarz! Kommt mir nicht mit Holzkohle, Ruß und Korkschwarz! Beinschwarz brauche ich, das dunkelste, das es gibt! Herrje! Das soll es sein?«

»Wir haben Zähne gebrannt«, murmelte Nino schüchtern.

Erneut ließ Caravaggio krachend seine Faust auf den armen Burschen los. Der duckte sich geübt, vermochte ihr aber nicht gänzlich zu entgehen. »Verflucht!«, girrte Caravaggio, und sein Fuß schlug in den Boden. »Fischbeine und Knochen sollt ihr nehmen!«

Er warf ungehalten einen Pinsel durch den Raum, um ihn im nächsten Augenblick wieder zu holen. Nicht nur mit den Borsten, sondern auch mit dessen Stil kratzte er Details in das Bild.

»Das hat mir einer aus d'Arpinos Werkstatt so gezeigt«, murmelte er, als müsste er's erklären. »Er malt ordentliche Bilder, aber spricht ein wirklich grässliches Italienisch. Ausländerpack. Rubens war sein Name. Davor Pietro oder Paolo… Zum Teufel, Giovanni, das ist kein Grün, sondern ein Gelb! Was hast du mit der Gilbwurzel getrieben, sie in Weingeist angesetzt oder in Pottaschenlauge?«

Ich duckte mich an des armen Gesellen statt, denn ich erwartete das dritte Mal Prügel für ihn. Diesmal rührte sich Caravaggio aber nicht von der Leinwand fort.

»Still halten!«, knurrte er übellaunig in meine Richtung, den Mund verzerrt, als wäre ihm das, was er trieb, eine unerträgliche Qual und gewiss keine Freude.

Er ist ein solch widerwärtiger Mensch!, dachte ich, und es entging mir, dass ich über Stunden steif und folgsam dahockte und nicht aufhören konnte, diesen Unhold mit betörten Blicken anzuglotzen.

Als der Morgen graute, beendete Caravaggio sein Werk so ungestüm, wie er es ausgeführt hatte. Er warf den gebrauchten Pinsel hinter seine Schultern und scherte sich nicht um die Flecke, die er auf der weißen Wand hinterließ. »Jetzt brauche ich was zu saufen!«, stöhnte er, schloss die Augen und rieb sie sich mit den verfärbten Fingern. Nun war sein Gesicht mit blauen Flecken übersät, als wäre er in eine Prügelei geraten. Ich erhob mich mit steifen Händen, durch die ob der stundenlangen starren Haltung kaum mehr Blut floss.

»Kannst du mir Wein beschaffen?«, knurrte er unwirsch in meine Richtung. Ich hatte gewiss keinen Dank erwartet, aber ebenso wenig einen neuen Befehl.

»Bin ich dein Mundschenk?«, fragte ich zurück.

Amüsiert lachte er auf, aber er deuchte mich müder als in der Nacht. Das fahle Morgenlicht zeigte nicht nur die verschmierte Farbe auf seinem Gesicht, sondern auch die dunklen Augenringe und eine Haut, die sich wie welkes, gelbliches Pergament um das unruhige Antlitz legte. Er grinste nicht lange.

»Verdammt, ich will was zu saufen!«, murrte er. »Und überhaupt, was muss ich in diesem elenden Verlies hausen! Man will doch Lust am Leben haben!«

Nachdem er lange an einer Stelle gestanden hatte, schritt er nun übellaunig auf und ab, dem eigenen Werk gegenüber nicht nur gleichgültig gestimmt, sondern ungeduldig, ihm zu entkommen.

»Wenn du keinen Wein hast, hast du Geld?«, schnauzte er mich an. Giovanni und Nino duckten sich, erleichtert, dass diesmal ich die schlechte Laune des Meisters abbekam.

»Keinen Scudo«, erwiderte ich nicht ohne Schadenfreude.

»Und du willst mir eine Hure sein, pah!«, knurrte er. »Was gibt dir denn dein Kardinal, wenn du dich vor ihm bückst!«

»Verlangst du von ihm Großzügigkeit gegen mich, so sollte man meinen, du würdest selbst genug an ihm verdienen!«, gab ich zurück, nicht ohne einen gewissen Spaß an dem Rededuell. Er seinerseits verlor ihn bei der abschlägigen Antwort.

»Kein Wein zum Saufen, kein Geld zum Spielen, kein ordentliches Weib zum Ficken!«, stieß er übermüdet und zugleich ruhelos aus. »Hau bloß schnell ab! Hier ist ja kein Aushalten. Und ihr, Giovanni, Nino, schaut zu, dass ihr mir aus den Augen kommt! Ist ja unerträglich, euch fortwährend zu begaffen. Ich brauche endlich Luft, frische Luft, ich kann nicht mehr atmen.«

Er stierte uns an und zugleich an uns vorbei, rieb sich die Augen erneut, die zu schmerzen schienen, und beendete seine wüste Tirade, indem er hinausstürmen wollte – ja, wollte und nicht konnte.

Bei der Tür war sein unruhiger Schritt bereits gebremst; er wurde zunächst von einem Klopfen aufgehalten, dann von einer Stimme.

Sie klang vertraut, o, schrecklich vertraut, wenngleich ich nie vermutet hätte, dass ich sie hier, in diesem stinkenden, dreckigen Arbeitsraum würde vernehmen müssen.

Dumpf klang durch die Türe del Montes Bitte, eingelassen zu werden – nicht nur, weil er sich von des Künstlers Werk überzeugen wolle, obendrein gelte es Wichtiges zu besprechen. Einen wichtigen Auftrag könne er dem Maler beschaffen, der größten Ruhm begründen könnte.

Die beiden Malerlehrlinge glotzten verwirrt, Caravaggio desgleichen. Del Montes verheißungsvolle Andeutung schien ihn nicht zu erreichen. Stattdessen war er verärgert, dass er den Durst nach Wein nicht stillen konnte, und ein wenig auch verwirrt, dass sein Gönner in die Tiefen des Dienstbotentrakts hinabstieg, um ihn zu sehen. Dies nun wieder schien ihn zu belustigen. Ein selbstgefälliges Lächeln schlich sich auf sein gerade noch düsteres Gesicht.

Ich indessen stöhnte entsetzt auf.

»Er darf mich hier nicht sehen! Verboten ist's mir, hier zu weilen und obendrein mit einem Mann zu reden! Findet er mich in diesem Raum, bin ich verloren!«

11

Rom, Gegenwart

Wieder waren sie in einer kleinen Bar gelandet, diesmal bei der Piazza Barberini, gleich neben der U-Bahn-Station, wo es angeblich die besten Tramezzini von Rom gab. Ricarda konnte das nicht beurteilen, weil sie zum einen fand, dass Tramezzini – vor allem solche mit Tomaten und Mozzarella – überall gleich schmeckten, und weil sie zum anderen nicht daran interessiert war herauszufinden, wo was in Rom am besten schmeckte.

Eine Gruppe alter Herren saß am Nebentisch, hämmerte ein Würfelspiel auf die kreisrunden Tische mit grün-gelb karierten Plastiktischdecken und durchlöcherte die beiden sichtbar aufgeregten jungen Leuten mit mürrischen Blicken.

»Du wirst mir doch nicht sagen wollen, dass du heimlich in seinen Unterlagen geschnüffelt hast!«, rief Frater Elias entsetzt.

»Aber ich hatte allen Grund dazu, wie sich herausgestellt hat. Ich habe …«

»Ricarda!«, unterbrach er sie aufgebracht. »Was hättest du ihm denn gesagt, wenn er dich erwischt hätte?«

»Ha!«, lachte sie. »Und was hätte er gesagt, wenn ich ihn gefragt hätte, warum der Bericht über Tanos Restaurationsvorhaben bei ihm zu Hause herumliegt? Und das ist noch nicht das Wichtigste, was ich herausgefunden habe!«

»Du hättest mir das vorher sagen müssen, wenn du solche Aktionen planst«, warf Frater Elias ein. Er wirkte eher beleidigt als entrüstet.

»Ich habe es spontan entschieden«, erklärte Ricarda ruhig. »Ich wollte mich einfach nur ein bisschen umsehen … Jetzt hör mir doch mal zu! Ich habe dir noch nicht gesagt, was in diesem Bericht steht.«

»Wirklich, Ricarda! Er sitzt am längeren Hebel! Er ist ein hohes Tier bei der Polizei! Und wir wissen auch nicht, wie tief er in der Sache drinsteckt.«

»Aber du warst doch die ganze Zeit bei ihm und hast ihn abgelenkt. Es hätte doch gar nichts passieren können. Also …«, sie atmete tief durch. »Als ich das Gemälde in der Werkstatt gesehen habe, war es sehr stark beschädigt, ja nahezu zerstört. Ein Teil des Gemäldes fehlte, und ich spreche hier nicht von einem kleinen Loch, sondern von einem großflächigen, quadratischen Ausschnitt an der oberen, linken Bildhälfte. Es sah fast so aus, als hätte jemand mutwillig diesen Teil des Bildes herausgeschnitten. Natürlich kann das auch ein Unfall gewesen sein, wie auch immer: Für die Restauration eines Bildes ist so etwas der Megagau und zugleich die größtmögliche Herausforderung, denn dann hat der Restaurator nicht nur die Aufgabe zu reparieren, sondern er muss auch rekonstruieren. In dem Bericht, den ich bei Carlo Forli gefunden habe, ist diese Zerstörung jedoch mit keinem Wort erwähnt. Alle möglichen Details sind aufgezählt, aber nicht das, worauf sich das Hauptaugenmerk jedes Restaurators als Erstes richten würde. Und was schließen wir daraus?«

»Sag schon!« Seine Stimme klang knurrend, aber immerhin neigte er sich nun vertraulich vor.

»Ich glaube«, setzte sie an, »ich glaube, dass Tano Faresi von diesem Schaden nichts erwähnt hat, weil er zum Zeitpunkt des Berichts noch nicht bestanden hat. Erst später, also erst vor kurzem, hat jemand das Bild so stark zerstört – ob nun absichtlich oder nicht –, dass ein wichtiges Detail unkenntlich wurde.«

In ihrer Stimme zitterte noch immer die vorige Aufregung nach.

Er neigte sich noch näher zu ihr.

»Aber welches Detail?«, fragte er ratlos.

»Aufgrund der anderen Magdalenenbilder dieser Art habe ich ursprünglich vermutet, dass an dieser Stelle das Kruzifix zu sehen ist, in dessen Anblick die heilige Sünderin versunken ist. Aber mittlerweile bin ich mir nicht mehr so sicher.«

»Könnte es sein, dass die Frau erst durch dieses Detail als Maria Magdalena erkennbar ist? Und man es darum zerstört hat?«

»Natürlich nicht«, winkte Ricarda ab. »Ich habe schließlich auch vom zerstörten Bild ableiten können, um welches Motiv es sich handelt. Dieses ist bekannt, die Haltung eindeutig. Man braucht nicht den Gekreuzigten, um zu wissen, dass es sich um eine Heilige handelt. Nein, ich glaube, auf diesem zerstörten Teil des Gemäldes muss noch etwas anderes zu sehen gewesen sein als nur ein Kruzifix.«

»Vielleicht ein Detail, das das Gemälde eindeutig als echten Caravaggio ausweist? Die Signatur?«

»Oben links?«, fragte Ricarda zurück. »Aber du hast Recht – ich habe mir schon überlegt, wie Tano zu dem Schluss gekommen ist, dass das Bild ein echter Caravaggio sein könnte. Aufgrund des Motivs, der Datierung des Gewebes, der Maltechnik? Ich weiß nicht, ob ihm das allein diese Sicherheit gegeben hätte. Die Signatur wäre natürlich ein wichtiger Hinweis. Allerdings hat Caravaggio nur ein einziges seiner Bilder signiert: die ›Geburt Christi mit Heiligen‹ für San Lorenzo in Palermo. Rätselraten besteht darüber, ob auch bei der ›Enthauptung des Johannes‹ die Blutspur unter dem Kopf des Heiligen eine Art Signatur andeutet. So oder so, sehr wahrscheinlich ist es nicht, dass ausgerechnet der zerstörte Teil der Leinwand seinen Namenszug trug.«

Nachdenklich zuckte Elias mit den Schultern. »Die Frage ist doch auch: Wenn jemand wirklich mit Absicht das Bild zerstört hat – warum? Wer fügt einem solch kostbaren Gemälde Schaden zu, nur um Tano daran zu hindern, die Wahrheit herauszufinden?«

»Wobei immer noch nicht klar ist, was nun die Wahrheit ist, die vertuscht werden soll. Dass das Gemälde ein echter Caravaggio ist? Oder geht es nicht vielmehr um den Skandal, den Tano andeutete? Könnte in dieser fehlenden Bildecke etwas zu sehen sein, was diesen Skandal überhaupt erst ausmacht?«

Ricarda rang die Hände und musste sich eingestehen, dass die Bandbreite möglicher Vermutungen nicht begrenzt war. Sie drehten sich im Kreis. Es gab zu wenig, woran sie sich festbeißen konnten. Das Bild war verschwunden, Tano war tot. Die Campanella gab vor, damit nichts zu tun zu haben, und Carlo Forli auch, obwohl er Tanos Restaurationsbericht aufbewahrte. Und irgendjemand hatte das Gemälde kurz vor Tanos Tod beschädigt.

Elias nestelte nervös an seinem Kragen und blickte unauffällig auf die Uhr.

»Und was jetzt?«, fragte er stumpf.

Sie zuckte mit den Schultern.

»Ich dachte eigentlich, dass es keinen Sinn hätte«, murmelte Ricarda. »Aber vielleicht sollten wir doch noch einmal Antonella Faresi aufsuchen. Vielleicht hat sie sich von dem Schock schon etwas erholt. Und wenn uns Signora Luisa abblockt, so können wir wenigstens sie mit den neuesten Erkenntnissen konfrontieren.«

Kurz wirkte Frater Elias unentschieden, dann nickte er entschlossen. »Lass uns das machen … aber erst morgen. Ich habe heute noch andere Termine.«

12

Aus den Lebenserinnerungen der Kurtisane Isis de Luna
Rom, 1600

Ich hörte del Montes Stimme nur dumpf. Viele seiner Worte entgingen mir in dem dunklen, engen Gefängnis, worin ich regungslos hockte.

Ob meiner verzweifelten Angst, von del Monte bei dem unflätigen Maler entdeckt zu werden, hatte Caravaggio grinsend auf eine Truhe gewiesen, in der ich mich verstecken könnte – vorausgesetzt, ich könnte meine schmächtigen Glieder da hi neinzwängen. Ich schaffte es mit großer Mühe – und nur weil mir einer von Caravaggios Lehrlingen half und sich zuletzt auf den Deckel setzte. Dann betrat del Monte schon den Raum, erklärte, dass er des Meisters Werk persönlich inspizieren wollte, und gab sich – dies entnahm ich seiner hellen Stimme – vom »Franziskus in Ekstase« beeindruckt.

Dass der dargestellte Engel meine Hände hatte, konnte er nicht erahnen. Auch nicht, dass ich während seiner respektvollen Worte zu ersticken glaubte – nicht nur, weil ich kaum zu atmen wagte, sondern auch, weil mir dafür die Luft fehlte. Caravaggios Lehrling Giovanni war auf der Truhe hocken geblieben, und das Gewicht seines Körpers machte mein Gefängnis noch enger und heißer.

Wieder hörte ich dumpf del Monte sprechen, diesmal nicht von dem Gemälde, sondern von dem eigentlichen Anlass dieses ungewöhnlichen Besuchs.

Von San Luigi dei Francesi sprach er, der Kirche der Franzosen in Rom, welche neben dem Palazzo Madama lag. In einer von deren Seitenkapellen, benannt nach dem verstorbenen Kardinal Matteo Contarelli, sollte die Geschichte des Apostels Matthäus auf Bildern erzählt werden. Die Entscheidung, welcher Künstler damit beauftragt würde, unterlag der Fabricca von Sankt Peter. Kardinal del Monte gehörte dieser an, und del Monte versprach Caravaggio eben, ihn für diesen Auftrag vorzuschlagen. Eine beachtliche Chance wäre dies für einen Künstler wie ihn. Er könnte sich einen großen Namen machen, und es wäre alsbald nur mehr eine Frage der Zeit, bis er auch für eine der Papstkirchen malen dürfte – Sankt Peter oder Santa Maria Maggiore oder San Giovanni in Laterano.

Mehr vernahm ich nicht – entweder weil mir mein Bewusstsein schwand oder weil del Monte an dieser Stelle endigte. Ich verlor das Gefühl für Zeit. Da all meine Sinne darauf ausgerichtet waren, in der stickigen Truhe zu überleben, hörte ich auch nicht, wie del Monte den Raum verließ – sondern nur, dass Caravaggio schließlich lachte und selbst dann nicht aufhörte, als mein enges Gefängnis geöffnet wurde und mein Oberkörper halb ohnmächtig aus der Truhe hing.

»Ha, was für ein Spaß, den Pfaffen zu hintergehen!«, kreischte er.

»Habt Dank!«, stammelte ich und vergaß, dass ich den ungeziemenden Maler vor kurzem noch verachtet und für einen widerwärtigen Menschen befunden hatte. Nun hätte ich ihm die Hände küssen wollen, weil er mich vor del Monte errettet hatte – allein, er kam nicht mehr in meine Nähe.

»So ist's denn gut ausgegangen für dich!«, rief er mir noch grinsend zu, dann wandte er sich zum Gehen, wie er's schon vor del Montes Erscheinen geplant hatte. »Nun aber will ich etwas zum Saufen – und habe denn auch doppelt Grund zu feiern! Das hast du doch gehört, oder? Endlich begreift die lahme Pfaffenmeute, zu was ich tauge! Und das schwör ich dir! Sie werden sich noch wundern, was sie von mir zu sehen kriegen!«

Es interessierte ihn nicht, wie ich mich mühsam erhob. Es blieb Giovannis Dienst, mir ein Tuch zu reichen, um mein erhitztes Gesicht abzuwischen. Doch gerade weil er meinen Dank nicht hören wollte und nicht zu brauchen schien, wärmte mich die Ahnung noch über Stunden, auf dieser verstörenden Welt einen Menschen zu kennen, der mir zu helfen bereit war.

Noch am Abend, da del Monte mich erneut in meinem Gemach aufsuchte, zehrte ich von der schrillen Lebendigkeit, die Caravaggio so selbstverständlich an den Tag gelegt hatte.

Wieder begehrte er – der nicht ahnte, dass ich ihn heute bereits von der Truhe aus belauscht hatte – meine Hände – wohingegen er die Berührung des restlichen Körpers mied und verlangte, dass sie ihn in gleicher Weise peinigten wie beschenkten.

»Sag, Mädchen«, raunte er hernach erschöpft, »was ist es, was du dir vom Leben wünschst?«

Ich ließ mich von seinen merkwürdigen Launen nicht verstören, sondern ahnte, was er von mir zu erfahren wünschte, und antwortete folgsam: »In einem Kloster leben und Gott dienen.«

Ein mageres Lächeln huschte über sein Gesicht, das noch aufgewühlt war von Lust und Schmerz. »Und weshalb mangelt es dir jetzo am Bestreben, dieses zu erreichen?«

Meine Hände waren noch feucht von seinem Samen. Ich fragte mich, wie viel in einem Augenblick wie diesem die Wahrheit wert wäre – ein paar wütende Ohrfeigen oder aber seine Einsicht, dass ich Recht hätte? Die Wahrheit war, dass Nonnen eine Mitgift brauchten, die ich nicht besaß, und ebenso, dass niemand anderer sie für mich bezahlen könnte als er.

Seufzend gestand ich stattdessen ein: »Mein Körper lechzt zu sehr nach edlen Gewändern, vornehmer Speise und einer warmen Bettstatt.«

»So solltest du denn nachsinnen, ob du damit die rechte Wahl triffst.«

Nachdenklich musterte er mein Gesicht – beinahe enttäuscht, dass ich dem Teufel so wenig glich und ich scheues Mädchen ihn zu rühren drohte, obgleich er nach Lavinias Tod doch geschworen hatte, nie wieder einem Weibe zu erliegen. Rasch wandte er sich ab und floh von mir.

Ich starrte ihm hinterher und spuckte ihm nach, kaum dass er die Tür geschlossen hatte. »Pfaffe!«, keuchte ich, äffte dabei unwillkürlich Caravaggios Tonfall nach und hieb mit den Fäusten in mein Kissen. »Elendiger Pfaffe!«

Ausgespuckt verloren Eifer und Wut ihre Spitzen, befreiten mich aber doch nicht gänzlich von meiner immerwährenden Angst. Dennoch war ich dickfelliger geworden, seit ich in Caravaggio einen Menschen getroffen hatte, der seinem Dienstherrn spottete.

Fortan sah ich ihn regelmäßig. Ich mochte ihn nicht wirklich, aber ich suchte seine Nähe. Ich verurteilte seinen Hochmut, seine Launen, seine Grobheit, aber ich ließ mich von diesen Eigenschaften zugleich in den Bann ziehen.

»Mag sein, dass du nicht der Bastard bist, den ich dich nannte – und doch gebärdest du dich ohne jeden Anstand und ohne jede Manieren!«, schimpfte ich in einer der folgenden Nächte. Längst war ich dazu übergegangen, ihn vertraulich zu duzen.

»Äffst du mir jetzt Maestro Valentin nach, kleine Isis?«, fragte er spottend zurück.

»Es ist nicht meine Aufgabe, dir das rechte Verhalten beizubringen. Doch weiß ich ebenso gut wie jener, dass es dem Kardinal nicht gefallen kann, wenn du deine Worte aus der Gosse fischst!«

Wehleidig verzog er das Gesicht, als setzte ich ihm ehrlich zu, um im nächsten Augenblick girrend aufzulachen.

»Nun gut«, meinte er. »So will ich deinen Ratschlag befolgen. Gibst du mir Geld, auf dass ich mir bessere Kleidung kaufen kann?«

»Du wirst dein eigenes nehmen müssen!«, erwiderte ich. »Zumal dich der Kardinal gewiss dafür bezahlt hat, dass du die Magdalena und den Franziskus maltest!«

Caravaggio zuckte die Schultern. »Pah!«, stieß er aus. »Alles verspielt, noch ehe die Bilder fertig waren. Sieh mich nicht mahnend an – ich hatte kein Glück in letzter Zeit! Also musst du mir helfen, kleine Isis – und wenn du magst, werde ich dir dafür zu Diensten sein!«

Schnell erklärte er mir, welche Dienste er meinte. Er neigte sich vor und küsste meinen Mund – nicht sachte und freundschaftlich, sondern so gierig und unbeherrscht, wie er lebte, sprach und malte. Während er meine Lippen schier zermalmte, zog er meinen widerstrebenden Leib an sich und hielt ihn fest an seinen gepackt. Er stank so ekelhaft wie stets, aber sein Körper forderte ohne Zaudern und ließ mich erschaudern. Hastig stieß ich ihn fort. »Halt ein, meiner zu spotten!«, rief ich verwirrt.

»Aber ich spotte nicht!«, lachte er mir dreist ins Gesicht. »Warum sollte ich nicht an deiner statt die Hure spielen? Gerne würde ich dein vornehmes Gesichtchen betrachten, wie's vor Lust erzittert und bebt! Und das würde es in meinen Armen ganz gewiss!«

Ich fühlte mich schamrot werden und gönnte ihm diesen Sieg nicht. »Auch wenn ich Geld besäße, würde ich es einem Lumpen wie dir niemals schenken – ganz gleich, was für schändliche Dienste du mir erweisen könntest«, erklärte ich rasch.

Ein anderer erwies sich als barmherziger. Ich weiß nicht, wer sich seines Äußeren annahm, aber wenig später konnte ich Caravaggio in neuer Kleidung bestaunen. Ich zweifelte, dass sie lange reinlich und ohne Flicken bleiben würde. Immerhin reichte es, die Menschen für ihn einzunehmen. Nach dem ersten Abend, den er an del Montes Tafel zubrachte, folgten weitere, da er den Gästen als künftiges Genie präsentiert ward. Es musste ihm schwerfallen, in diesen Stunden sein Temperament im Zaum zu halten, doch wider Erwarten gelang es ihm, denn wenige Monate später wurde er mit Aufträgen überhäuft.

Prälat Crescenzi wollte ein Porträt von sich, del Monte äußerte den gleichen Wunsch, und Tiberio Cerasi schließlich verlangte die Darstellung einer Madonna.

Das so verdiente Geld war jedoch rasch wieder vergeudet, denn kaum war es in Caravaggios Taschen angelangt, warf er maßlos damit um sich. Doch sein wachsender Ruhm verlangte keine Sparsamkeit. In dem Jahr, da sich herumsprach, dass er alsbald in der Contarelli-Kapelle malen würde, gab es fast jeden Tag neues Lob über den aufstrebenden Künstler zu hören. Die Zukunft, um die er hatte bangen müssen, als er noch bei Meister Lorenzi, d'Arpino oder dem Prälaten Pucci geschuftet hatte, lag nun glänzend vor ihm.

Solches vernahm ich nicht nur aus seinem eigenen stolzen Mund, sondern es wurde auch von seinen Lehrlingen stets aufs Neue wiederholt. Überzeugt, dass ich Caravaggio wie sie als Großen schätzte, waren mir Giovanni und Nino restlos zugetan.

Sie begriffen nicht, was mich in Wahrheit mehr becircte als jedes Bild. Ich fand beachtlich, wie rasend schnell und zügellos Caravaggio Leinwand um Leinwand füllte – und dennoch blieb er für mich vor allem der Mensch, an dem die Spuren der Gosse hafteten, ohne dass er sie fürchtete. Meine eigene Angst verblasste darob. Das Leben – bislang ein Hort von Gefahren und Bedrohungen – war durch seine Augen besehen ein rasantes Spiel. Man gewann, man verlor, man packte es zum eigenen Vorteil an und versuchte, sich über die Hürden zu schummeln. Solch ein Dasein verlangt nach Einsatz; es verspricht Spannung, während der Würfel noch rollt, seine Zahl ungewiss ist und die Möglichkeit des Siegens ebenso greifbar ist wie die des vollkommenen Ruins.

Caravaggio selbst erlebte eine Strähne des Glücks, und ich nährte mich von seinem Aufschwung. Gelassener als früher ließ ich del Montes Besuche über mich ergehen. Ich belauschte immer noch seine Zusammenkünfte, doch wenn ich Giustiniani davon berichtete, so geizte ich – ohne dass er es ahnte – mit Informationen. Die Schadenfreude, die ich daraus zog, machte es mir leichter, seine schmierigen Berührungen zu ertragen, wann immer es ihm gelang, mich an geheime Treffpunkte zu bestellen.

Caravaggio ahnte nicht, dass er mir Mut verlieh.

»Nun, kleine Isis«, spottete er, wenn ich ihn in seiner Werkstatt besuchte, »stehst du auf meiner Seite und hilfst mir? Säuselst du dem Kardinal meinen Namen ins Ohr, wenn du vor ihm die Beine breitmachst?«

»Gewiss nicht!«, gab ich stolz zurück. »Warum sollte ich einem Unhold, wie du es bist, einen Gefallen tun?«

»Und del Monte?«, fragte er begierig. »Ist er nicht auch ein Unhold? Wenn er gediegen vor mir thront, so möchte ich gerne wissen, wie laut er in jenen Augenblicken wird, da ihn die Lust übermannt. Bleibt er stumm? Schreit er? Stöhnt er?

Ach, liebste Isis de Luna oder wie immer du in Wahrheit heißen magst – wozu treibst du Schlampe ihn im Bett? Machst du's ihm mit dem Mund, auch wenn du ihn jetzo so böse verziehst, dass man meinen könnte, du hättest noch nie Samen geschluckt!«

»Du ekelst mich an!«

»Aber warum denn?«, antwortete er grinsend. »Mein Samen schmeckt gut! Da draußen laufen gewiss hundert Frauen umher, die's bezeugen können, denn sie schlucken ihn wie kostbares Elixier! Also – wie hat es del Monte am liebsten, dieser vornehme Kirchenfürst, der steif dahockt, als hätte er einen Stock verspeist, und mit lateinischen Zitaten seine Reden füllt?«

»Ich muss dich enttäuschen, Caravaggio«, antwortete ich viel überstürzter, als es klug war. »Der Kardinal vergeht aus Furcht vor der Sünde und denkt, sie sei am geringsten zu halten, wenn er denn nur meine Hand gebraucht und den restlichen Leib missachtet!«

Caravaggio warf seinen Kopf zurück und wieherte vor Lachen.

»So gibt er sich vor dir also als Frömmler?«, höhnte er.

»Man mag ihm vorwerfen, dass er Unrecht tut«, verteidigte ich del Monte ungewollt. »Aber zumindest weiß er das! Sein schlechtes Gewissen quält ihn!«

»Er hält dich zum Narren, kleine Isis!«, lästerte der Künstler ungerührt. »Lass dir gesagt sein, dass er sich nicht vor dem Höllenfeuer fürchtet, sondern vor der Möglichkeit, dass du eine zweite Lavinia wirst! Sie hat mehr Macht über ihn erlangt, als ein bedachtsamer Kirchenfürst ansonsten einem Weib zugesteht. Bei dir nun will er's richtig machen und dich von Anfang an klein halten.«

Ungläubig starrte ich ihn an und vermochte das, was er über del Monte berichtete, nicht in Einklang mit dem zu bringen, was ich so oft mit jenem erlebt hatte.

»Das glaube ich nicht!«, entfuhr es mir.

Caravaggio grinste.

»Das solltest du aber«, entgegnete er spöttisch. »Mag er sich vor dir als frommer Kirchenmann geben – so ist das nur die eine Seite. Mir hingegen, der ich ohnehin verderbt bin und dessen Gemüt nicht geschont werden muss, hat er des Öfteren schon die andere gezeigt. Die engsten Berater des Papstes habe ich ihn schon ›Kreaturen‹ nennen hören. Und über den Papst selbst macht er sich auch ganz gerne lustig, weil der nur am Karfreitag fastet, ansonsten aber süchtig nach Leckereien ist und obendrein ein Kenner von schweren französischen Weinen!«

»Das kann nicht sein!«, widersprach ich erneut.

»Wie? Dass Clemens der Chianti zu leicht ist? Del Monte sagte, er würde sich nur im Sommer damit begnügen, aber …«

»Das meine ich nicht … ich glaube nicht, dass del Monte ohne Skrupel ist!«

»In jedem Fall«, fuhr Caravaggio selbstbewusst fort, »war er in der Zeit, bevor er sein Herz an Lavinia verlor, in der Galanterie nur allzu geübt. Es war allseits bekannt, dass er viel Zeit beim Schäkern verschwendete. Und auch beim Glücksspiel. Ich möchte nicht wissen, wie viel er gegen Pietro Aldobrandini schon verloren und wie viele Nächte er mit selbigem im Casino an der Porta Pinciana zugebracht hat.«

Ich schwieg verstockt; mir fiel nichts ein, womit ich ihm hätte widersprechen können. War es nicht so, dass er del Monte besser kannte als ich? Und war es nicht gut möglich, dass dieser mich zum Narren hielt – vielleicht nicht aus böser Absicht, allein, um sich vor mir zu schützen, mich weit genug entfernt zu halten?

»Du darfst auch nicht vergessen«, fuhr Caravaggio eben fort, »dass die Angst vor der Franzosenkrankheit auch bei den ganz großen Herren umgeht – ist sie doch ein sichtbares Zeichen, dass man der Sünde verfallen ist.« Er lachte kreischend auf. »Denk dir: Schon seit Monaten hält sich hartnäckig das Gerücht, dass es Paolo Emilio Zacchia erwischt hat und der sich darum gänzlich auf sein Landgut zurückgezogen habe ... Kennst du den etwa nicht? Ha, das ›Palastorakel‹ wird er geheißen, weil er der meistgehörte Ratgeber des Papstes ist. Doch der muss sich nun damit abfinden, dass seinem engsten Vertrauten das Beisammensein mit einer Hure lieber war als das mit Seiner Heiligkeit ... Sei's drum. Die Angst vor elendem Siechtum erspart sich del Monte, gebraucht er nur dein Händchen.«

Endgültig schwand nun mein Misstrauen. Meine zweifelnd gefurchte Stirne glättete sich; ich stimmte in sein Lachen ein und auch in seinen Spott. »Du vergisst noch eines«, setzte ich hinzu – so selbstbewusst lästernd, als hätte ich mich vor del Monte nie gefürchtet. »Er mag es, im Moment der Lust auch Schmerz zu fühlen, und solcher ist mit der Hand leichter zu bereiten!«

Zu spät gewahrte ich, dass nicht nur Caravaggio Intimstes gehört hatte, sondern auch Giovanni, der eben aus Waidasche Lauge bereitete. Es war mir peinlich, und schnell wollte ich vorgeben, gelogen zu haben. Caravaggio hingegen gönnte mir keine falsche Scham, hörte zu lachen auf und warf mit einem Bimsstein nach dem Lehrling.

»Nicht glotzen, Lümmel, und unerlaubt lauschen! Saupack! Wofür brauche ich euch, wenn nicht zum Schuften!«

Klagend rieb sich Giovanni die wunde Stelle an der Stirne.

»Ich hab's gesehen, kleine Isis!«, herrschte der Maler mich an.

»Was?«, fragte ich zurück.

»Wie du dem Hundsfott da ein klägliches Lächeln schenkst. Wie du dich an meiner statt bei ihm entschuldigst. Wie du denkst, ich sei nichts weiter als ein Rohling und ein Rabauke!«

»Ja bist du's nicht?«

»Ei freilich! Doch wen kümmert's, solange ich male, wie ich's kann! Sieh meine Bilder an! Das wagt kein anderer! Ich bin nicht der Artigste, aber der Beste!«

Sein Hochmut schien mir stets übertrieben – doch wie immer gefiel es mir, seinen stolzen Worten zu lauschen.

Schon einige Tage später sah er zu, dass sich unsere Wege erneut kreuzten. Diesmal zog er den Spott nicht aus del Montes geheimen Liebespraktiken, sondern begaffte mit mir gemeinsam jene Gemäldesammlung, die der Kardinal sein Eigen nannte, um Bild für Bild auf Fehler hin zu untersuchen und jenen, der es gemalt hatte, als unfähigen Banausen zu beschimpfen. Nicht nur mit Worten verteilte Caravaggio seine giftigen Pfeile – gerne äffte er die Maler nach, imitierte deren Gesten, deren Haltung, deren Blicke. Und als ich darüber lachte, so dehnte er sein Schauspiel noch auf andere Menschen aus und machte selbst vor Papst Clemens VIII. keinen Halt.

»Stell dir vor!«, lästerte er und nahm eine seltsam verrenkte Haltung und einen verkniffenen Blick ein. »Der Papst verabscheut alles Nackte; zu gefährlich sei das fürs Auge, wo doch der Blick der Weg sei, auf dem das Gift der Versuchung in die Seele dringe. Und so geht er wichtig von Kirche zu Kirche, von Kapelle zu Kapelle, um zu überprüfen, ob es denn dort nichts Nacktes gibt.«

Schwerfällig humpelte er, um so das Kirchenoberhaupt bloßzustellen. »Und sieh da! Schon wird er fündig! In Santa Maria Maggiore lässt er einige Holzskulpturen einkleiden, und in Santa Maria Trastevere war ihm selbst der Gekreuzigte zu bloß. Prompt ließ er ihn mit einem Schleier verhüllen! Uns Maler heißt er, alles Unschickliche zu unterlassen, und er sendet gar seine strengsten Theologen aus, um das zu überprüfen!«

Jetzt wieherte er vor Lachen, wiewohl in seinem Gesicht

noch stärker als die Belustigung der Zorn über so viel Einmischung stand.

Anfangs lächelte ich, später kicherte ich, am Ende schließlich stimmte ich lauthals in sein Lachen ein. So etwas war mir lange nicht passiert. Gelächter war in meinem Leben ausgestorben gewesen. Kaum verklang es denn in dem halligen Saal, blieb es mir auch schon im Halse stecken.

Ein Schatten tauchte drohend hinter uns auf.

»Warum hast du mir denn nicht gesagt, dass du Caravaggio kennst?«, hörte ich Vincenzo Giustiniani erbost fragen.

Stets hatte ich Giustiniani meine Begegnungen mit dem forschen Künstler verschwiegen. Zum einen folgte ich Gasparas Rat, meinen Wissensvorsprung zum eigenen Vorteil auszunützen und nach freiem Gutdünken, nicht von fremdem Zwang beherrscht, die von mir ergatterten Informationen weiterzugeben. Zum anderen vermeinte ich, dass jene Leichtigkeit, mit der Caravaggio mich köderte und gleichsam ansteckte, nur mir gehören sollte – nicht aber dem Genueser Kaufmann, der nun nicht rotgesichtig und gierig auf mich zuschritt, sondern mit kalter Wut.

Ich erstarrte und schwieg.

»Isis de Luna!«, zischte er. »Du lebst in diesem Haus, weil mein Wohlwollen es dir ermöglicht hat! Nichts wärst du ohne mich – niemals hätte del Monte dich von sich aus erwählt! Wie aber nun lautete dein Auftrag? Mir alles zu berichten, was hier vonstattengeht!«

Er hatte mich erreicht und packte mich am Oberarm.

»Signore Giustiniani«, stieß ich aus, und mir fiel keine Entschuldigung ein, mit der ich ihn hätte gnädig stimmen können.

»Lavinia«, zischte er bereits, »Lavinia hat der Kardinal geliebt! Und auch wenn dieses dumme Ding ihre Macht vergeudet hat, so gab ihr diese doch die freie Wahl zu bestimmen, wie sie handeln wollte. Du aber hast diese Freiheit nicht! Du gehörst mir – viel mehr noch als del Monte –, und falls du daran denkst, mich zu hintergehen, schleudere ich dich in den Dreck zurück, aus dem du gekrochen kamst!«

Ich zuckte zurück. Meine Zunge fühlte sich an wie ein lebloses Stück Fleisch. Auf dass er sehen könnte, dass ich trotz allem auf Vergebung aus war, war ich geneigt, mich vor seine Füße zu werfen und diese notfalls auch zu küssen.

Noch bevor ich es tun konnte und noch bevor er mit seinen kleinen, dicken Fingern meinen Arm fester umfasste, erklang erneut Caravaggios spöttisches Lachen. Indessen Giustiniani mich zur Rede stellte, war der Maler an meiner Seite verblieben, lehnte sich jetzt gemächlich an die Wand und schien sich an dem Schauspiel zu ergötzen, das ihm da geboten wurde.

»Aber, aber, Signore Giustiniani – Ihr wollt doch nicht sagen, dass Ihr es wart, der das dürre Mädchen in del Montes Bett gelegt hat? Und dass Ihr Euch von ihr die Geheimnisse dieses Hauses zuflüstern lasst? Oho! Ich hätte nie vermutet, dass Ihr solch finstere Intrigen spinnt!«

Giustiniani kniff die Augen zusammen. Er schien ob seines Zorns ganz vergessen zu haben, dass er nicht allein mit mir war.

»Haut ab!«, knurrte er verlegen.

Erstaunlich ruhig blieb Caravaggio stehen. Für gewöhnlich war er immer in Bewegung. »Der Kardinal hat mir erlaubt, in seinem Palazzo zu leben und diese Gänge zu betreten«, erklärte er ruhig. »Also werdet Ihr's mir nicht verbieten können. Im Übrigen mögt Ihr gerne damit fortfahren, das arme Mädchen zu beschimpfen, weil's Euch so schlechte Dienste erwies. Gestattet mir jedoch, dass ich Euch dabei zuschaue. Ein Künstler hat stets mit wachen Augen durch die Welt zu laufen und nach Motiven zu suchen!«

»Das hier geht Euch nichts an!«, rief Giustiniani und wurde sichtlich unruhig. Seine Hände ließen mich los und glitten fahrig durch die Luft, anstatt mich erneut zu fassen.

»Ei, gewiss nicht! Aber wenn Ihr schon jemanden auf del Monte ansetzt, warum habt Ihr dann nicht ein saftiges Weib beschafft? Warum keine zweite Lavinia? Denn sind wir ehrlich – die Kleine kann ihr nicht das Wasser reichen. Ich bin mir nicht gewiss, ob sie Euch je genug erzählen kann, womit sich Ränke spinnen ließen. Und genau das wollt ihr doch, auf dass del Monte zu Fall gebracht wird und er nicht mehr auf Euch herabblicken kann, wie solche seines Standes es bei solchen Eures Standes gerne tun?«

»Hütet Eure Zunge!«

»Allzu gerne! Wenn Ihr mich schweigend wollt, so schaue ich denn eben wortlos zu. Im Übrigen weiß ich nur zu gut, dass es die Wollust fördert, wenn man beim Ficken begafft wird. Ich selbst halte es für ein großes Vergnügen! Und das wollt Ihr doch auch – Euch an dem dürren Mädchen vergreifen und Euch solcherart vorstellen, Ihr teiltet mit del Monte eine Kurtisane? Zumal die schöne Lavinia Euch versagt blieb, weil sie Eure Gunst – selbst in der Stunde ihrer größten Not – ausgeschlagen hat!«

Giustiniani vermied es nun, Caravaggio anzublicken. Stattdessen sah er mich an und spuckte beim Sprechen. »Ihr redet wie der Abschaum der Straße!«

»Ich bin ein solcher. Und dennoch stehe nicht ich hier, um diesem Mädchen, welches gar so zittert und sich ängstigt, zu nahe zu treten. Dennoch habe nicht ich einen Spitzel auf del Monte angesetzt. Ich an ihrer Stelle würde mich freilich gegen Euch wehren«, fuhr Caravaggio fort und wandte sich nun an mich. »Warum, Isis de Luna, bist du eigentlich bereit, Signore Giustiniani zu dienen? Warum meinst du, verdient er solche Willfährigkeit?«

»Das ist nicht Eure Sache!«, geiferte Giustiniani, ehe ich zu Wort kommen konnte.

»Hat er tatsächlich die Macht, dich hier zur Rede zu stellen und dir das heimliche Spähen abzuverlangen?«, fragte Caravaggio mich und missachtete ihn. »Warum schreist du denn nicht um Hilfe? Die ganze Dienerschaft würde zusammenlaufen und Signore Giustiniani in diesem Trakt gewahren. Gar manchen würde es erstaunen, dass er sich in die Arme einer Kurtisane verläuft, die ihm nicht gehört.«

»Wer würde ihr denn glauben?«, rief Giustiniani dazwischen. »Welche Macht hätte ihr Wort, stünde es gegen meines?«

»Vielleicht keine!«, spottete der Künstler. »Jedoch würde es Euch reichlich schwerfallen, ein Lügennetz gegen das Mägdelein zu spinnen, wenn ich da bin, um die Fäden zu durchhauen. Ich bin des Kardinals geschätzter Maler. Und was, denkt Ihr, geschieht, wenn ich davon berichte, zu welchem Zweck Ihr sie hierher gebracht habt und dass Ihr heimlich nach ihr fasst? Würde del Monte dann nicht beginnen, an Eurer Freundschaft zu zweifeln? Und würde nicht in ganz Rom Euer Ruf leiden, wenn ruchbar würde, dass Ihr Euren Freund bespitzeln lasst? Ihr könnt etwas gegen sie ausrichten – aber nicht gegen mich!«

Langsam begriff Giustiniani, dass Caravaggio ihm nicht nur ungeziemend die Stirn bot, sondern damit auch auf der sicheren Seite stand. Anstatt jedoch an ihm seinen Zorn auszulassen, packte er mich erneut ungehalten am Arm.

»Leg dich nicht mit mir an, Hure!«, zischte er, wiewohl ich kein einziges Wort gesagt hatte.

»Gewiss nicht, hoher Herr!«, stammelte ich verlegen. »Ich bitte Euch, lasst es einfach gut sein und lasst mich beiseitetreten!«

Unsicher fuchtelten seine Hände in der Luft, weil sie das Ziel nicht fanden. »Leg dich nicht mit mir an!«, wiederholte er. »Werde mir nicht zur Verräterin!«

Caravaggio lachte schrill, und dieser Laut gab mir mehr Mut als alle seine Worte.

»Seid Ihr selbst nicht viel mehr ein solcher, als ich es jemals sein könnte?«, hörte ich mich sagen. »Wenn Ihr mich schlecht behandelt, so werdet Ihr dem Kardinal mehr erklären müssen, als Euch lieb sein kann.«

Giustiniani trat hastig zurück und verbarg seine Verwirrung mit Ärger. »Du weißt nicht, mit wem du redest!«, beschimpfte er mich. »Du bist Dreck von der Straße, Mädchen, und nicht wert, mir die Schuhe zu lecken!«

»Deswegen erstaunt es mich umso mehr, dass Ihr des Öfteren bereits allzu gierig nach mir gefasst habt«, stammelte ich.

Er schnaufte verprellt – nicht nur um das Geschäft betrogen, das er mit mir geschlossen hatte, sondern auch um die Erinnerung an ein scheues, zitterndes Mädchen gebracht. Voller Hass starrte er mich an. Doch wiewohl meine Beine so stark zitterten, dass ich kaum aufrecht stehen konnte, hielt ich seinem Blick stand und ertrotzte seinen Rückzug.

»Ungezogenheit bekommt dir nicht!«, zischte er eine letzte Drohung. »Ich mag an Rang del Monte und meinem Bruder nachstehen. Doch bin ich ein Kaufmann und jedem verpflichtet, der einen guten Handel mit mir schließt. Lavinia tat es nicht, und das war ihr Verderben. Und du tust gar noch Schlimmeres! Du nützt den Vorteil, zu dem ich dir verhalf, aber weigerst dich, dafür zu bezahlen!«

Er spuckte die Worte aus, als wollte er mich züchtigen. Mit den Händen jedoch wagte er es nicht und schritt stattdessen wutentbrannt von dannen, ohne mich oder Caravaggio noch einmal anzusehen.

Dieser löste sich von der Stelle, wo er gestanden hatte. Ruhig kam er näher, um nach meiner zitternden Hand zu greifen. Ich überließ sie ihm gerne, ja mehr als das. Erschöpft vom Schrecken und meinem ungewohnten Benehmen, ließ ich meinen

Kopf auf seine Brust sinken. Ich störte mich nicht an seinem Schweißgeruch, und er ließ mich gewähren.

»Was hatte Giustiniani mit Lavinia zu schaffen?«, fragte ich. »Und wie ist sie geendet?«

»Ach Mädchen«, murmelte Caravaggio, und es klang nicht nur spöttisch, sondern auch mitleidig. »Besser ist's, dass du nicht alles weißt. Begnüg dich damit, dass ich dich von ihm befreit habe. Ohne mich, so scheint es, wärst du niemals auf die Idee gekommen, dass er dich zu den Diensten, die er von dir verlangt, im Grunde gar nicht zwingen kann. Womit könnte er dir drohen, was ihm nicht selber schadet?«

»Und dafür hab Dank!«, stieß ich aus. »Hab tausend Dank!«

Er lachte spöttisch auf meinen Kopf herab. »Aber wofür denn?«, rief er aus. »Es gefällt mir, diese hohen Herren zu necken! Soll keiner von diesem Pack glauben, er könnte mich mundtot machen!«

Sachte ergriff er meine Schultern, um mich von sich wegzuschieben. Ehe er es tat, ließ er jedoch seine Hand nachlässig über meine Brust streichen, genau an jener Stelle, wo Signore Giustiniani mich berührt hatte. Ich erschauderte.

»Ganz gleich, warum du mir geholfen hast«, murmelte ich errötend und trat schnell zurück, um mich an die Wand zu stützen. »Es geschah nun schon zum zweiten Mal. So etwas hat keiner je für mich getan!«

13

Rom, Gegenwart

Auf dem Weg zu Antonella Faresi kamen Frater Elias und Ricarda an Häuserschluchten vorbei, die einander wie Zwillingsschwestern glichen und bedrückend über den Abgasdunst ragten. Nur die Wäsche, die aus Fenstern und von den Balkonen zum Trocknen hing und wie riesige, bunt zerrissene Stoffballen wirkte, lockerte das Grau auf. Horden von lustlosen Kindern lungerten auf dem überhitzten Asphalt herum oder auf den Resten einer Wiese, deren Grün längst verschmort war. Zwei von ihnen spielten mit einem Hund, dem sie eine Blechdose an den Schwanz banden. Die Kinder fanden das lustig, der Hund nicht.

Im Inneren des Hauses war es stockdunkel. Ricarda und Frater Elias stiegen zu Fuß die drei Stockwerke bis zu Antonella Faresis Wohnungstür hoch, weil sie dem sichtlich abgenützten Aufzug misstrauten.

In der zweiten Etage kauerte auf einer der Stufen ein vierjähriges, verheultes Kind und riss seiner blonden Barbiepuppe dicke Haarsträhnen aus. Drei Meter entfernt stand die Wohnungstür weit offen, die Mutter lehnte daran. »Vieni qua!«, rief sie den Lockruf für alle italienischen Kinder, der oft gleichgültig ausgesprochen und ebenso gleichgültig gehört wurde.

Das Kind bearbeitete weiterhin seine Barbiepuppe und brüllte, was völlig sinnlos war, wie Ricarda befand, während sie an dem cholerischen Balg vorbeibalancierte.

»Vieni qua!«, murmelte die Mutter teilnahmslos in Richtung des Kindes, das Rotz und Wasser heulte. »Vieni qua! Vieni qua!«

Am Kopf der Barbiepuppe wurde das Kunsthaar schütter. Abgeklärt zuckte die Mutter die Schultern und verschwand im Inneren der Wohnung. »Vieni qua!«, rief sie noch einmal, ohne sich umzublicken.

»Siehst du«, sagte Elias locker, »jetzt weißt du, warum ich zölibatär lebe. Dann bleibt einem so etwas erspart.«

»Ich lebe nicht zölibatär und habe trotzdem kein Kind«, gab Ricarda zurück.

»Kann ja noch kommen.«

»Nicht, bevor ich vierzig bin.«

An der Wohnung der Faresis angekommen, mussten sie zwei Mal läuten, ehe die Tür geöffnet wurde. Angesichts des abgenutzten grauen Bodens im Treppenhaus erwartete Ricarda ein ähnlich karges Vorzimmer. Doch Signora Luisa, die ihnen öffnete, stand auf einem glänzenden Parkettboden aus dunklem Eichenholz. Ihre Hände staubten vor Mehl – offenbar war sie gerade damit beschäftigt, irgendeinen Teig zu kneten.

Ungläubig weitete Ricarda die Augen, als sie die kostbare Einrichtung hinter ihrem Rücken erblickte und es in dieser Umgebung umso absurder wirkte, dass Signora Luisa eigenhändig in der Küche werkelte. Angesichts des Vermögens, das im Mobiliar steckte, musste es doch eigentlich ein Leichtes sein, Angestellte für solche Pflichten zu finden. Ricarda hatte geglaubt, der Prunk des Campanella-Palazzo auf dem Gianicolo – wenn auch von den Spuren der Zeit nicht unberührt geblieben – könnte nur schwer übertroffen werden. Doch sie wurde nun eines Besseren belehrt. Nichts hatte von außen darauf vorbereitet – doch Antonella Faresis Wohnung, wo diese nicht nur mit Signora Luisa, sondern bis vor kurzem auch mit ihrem Enkelsohn gewohnt hatte, war weniger eine Heimstatt als vielmehr eine überdimensionale Schatztruhe.

Tano hatte mehr als nur einmal angedeutet, dass seine Großmutter wohlhabend war, doch als Ricarda nun die Schwelle übertrat, wusste sie, dass das eine Untertreibung gewesen war. Der Antiquitätenladen in der Via Coronari wirkte wie eine billige Touristenbude verglichen mit all den Kostbarkeiten, die hier so dicht nebeneinanderstanden, dass man kaum einen Schritt machen konnte, ohne an irgendeiner Tischkante, Sessellehne oder Lampe anzustoßen.

Signora Luisa hatte ihr und Frater Elias zwar nicht verwehrt einzutreten, starrte sie nun aber finster an und machte keine Anstalten, ihnen zum Gruß die Hand entgegenzustrecken – auch dann nicht, als Ricarda, nicht sicher, ob die andere sich daran erinnern konnte, ihren Namen nannte und Signora Luisa knapp nickte. Aber vielleicht war ihre starre Haltung gar kein Ausdruck von Unhöflichkeit. Schließlich waren ihre Hände schmutzig. Klebrige Teigreste schälten sich wie Hautfetzen von ihren Fingern, als sie sie an der Schürze rieb, und rieselten auf den teuren Parkettboden.

Während Signora Luisa Ricarda skeptisch musterte, trat Frater Elias selbstbewusst in den Vorraum, nannte seinen Namen und behauptete wieder einmal, dass er Priester wäre.

Signora Luisas Blick wurde ein wenig wacher, ob auch wärmer, vermochte Ricarda nicht zu sagen. Als Ricarda sie darum bat, mit Antonella Faresi sprechen zu dürfen – sie wisse ja, dass man diese schonen müsse, aber es sei sehr, sehr wichtig –, lehnte Signora Luisa zumindest nicht gleich ab, wie Ricarda insgeheim erwartet hatte, sondern führte sie schweigend ins Wohnzimmer. Der Weg kam ihr endlos vor. Sie passierten mehrere Räume, jeder einzelne so vollgestopft, dass man Stunden hätte zubringen müssen, um alle Details zu würdigen. Nach jedem Raum hatte Ricarda das Gefühl, tiefer in ein Labyrinth zu geraten. Offenbar waren die obersten drei Stockwerke des Hauses zu einer riesigen Wohnung verbunden worden – eine architektonische Glanzleistung und sicher eine kostspielige Angelegenheit. Ricarda fragte sich, warum Antonella Faresi nicht in ein besseres Viertel gezogen war, aber dann fielen ihr Tanos häufige Klagen darüber ein, wie stur und unflexibel seine Großmutter sei. Wahrscheinlich hatte beides einen Auszug aus den vertrauten vier Wänden unmöglich gemacht.

Frater Elias betrachtete anerkennend die Antiquitäten: Lüster, chinesisches Porzellan und Elfenbeinstatuen, Vitrinen und Vertikos, Sekretäre und Tischchen, Vasen und Kerzenständer. Ricarda hingegen fand, dass die einzelnen Stücke in dieser Masse kaum zur Geltung kamen.

Am meisten von allen Räumen beeindruckte das Wohnzimmer, das fast so groß wie eine halbe Turnhalle war. Es glich weniger einem Antiquitätenladen als einer Kirche. Die Wände waren dicht behängt, und fast alle Bilder und Gemälde zeigten religiöse Motive: Madonnen mit Kind, diverse Heilige mit ihren Attributen, das blutende Herz Jesu, und natürlich durfte der – in frommen italienischen Haushalten obligatorische – Padre Pio nicht fehlen. An der Stirnseite des Zimmers war eine Art Altar errichtet: Ein riesiger Triptychon bedeckte fast die ganze Wand. Davor standen ein länglicher Tisch mit einer goldbestickten Stola und ein Betstuhl, der, wie Ricarda zu erkennen glaubte, aus dem 17. Jahrhundert stammte. Antonella Faresi saß darauf, ihnen den Rücken zugewandt.

Ricarda meinte, den Duft von Weihrauch wahrzunehmen.

»Regen Sie sie nicht auf«, sagte Signora Luisa leise. »Sie hat ein schwaches Herz.«

Ricarda zuckte zusammen, musste an Tanos Herz denken und daran, dass auch sein Vater an einem Infarkt gestorben war.

Signora Faresi, die die Stimme gehört haben musste, drehte sich langsam um. Beim Begräbnis war ihr Gesicht verschleiert gewesen – nun blickte Ricarda in abgrundtief schwarze Augen. Wie dunkle Spiegel wirkten sie, die alles reflektierten, jedoch keinen Einblick in ihr Inneres erlaubten. Ihr schütteres, graues Haar war unter einem dunklen Haarnetz verborgen. Die Haut ihrer Stirn und ihrer Wangen war glatt, doch um den Mund gruben sich tiefe Furchen ein. Nachdem sie sich umgedreht hatte, verharrte sie so steif wie eine Statue. Nur ihr Mund bewegte sich; noch ehe Ricarda etwas sagen konnte, begann Antonella bereits, mit rasselndem Keuchen zu sprechen. Ricarda verstand nur wenige Brocken. Zu ihrem Erstaunen hatte Antonella Faresi sie sofort als die junge Frau erkannt, die als einzige in Tanos Alter auf dessen Beerdigung erschienen war.

»Tedesco?«, fragte Signora Faresi schließlich.

»Si«, gab Ricarda zurück. »Però posso parlare Italiano. Un pocco.«

Wieder glaubte sie, Weihrauch zu riechen. Aber vielleicht war das nur das Parfüm, das wie eine dichte Wolke um Antonella Faresi hing. Jetzt erst sah sie, dass deren dunkle Kleidung pelzverbrämt war, obwohl es im Wohnzimmer sehr warm war. Eine schwere Brosche hielt an der Brust die Stola zusammen.

Signora Luisa war dicht neben Ricarda und Frater Elias stehen geblieben – ihr Blick wirkte nicht länger starr, sondern kampfeslustig, so, als wollte sie die Bereitschaft signalisieren, jederzeit einzugreifen, falls die beiden Besucher Antonella Faresi doch aufregen würden.

Ricarda zögerte – eigentlich hatte sie gehofft, alleine mit Tanos Großmutter reden zu können, denn sie war sich nicht sicher, wie Luisa reagieren würde, wenn sie erneut dieses Gemälde ansprach.

Schließlich begann sie doch zu reden. Ja, sie sei eine Freundin von Tano gewesen, er habe sie an dem Tag, als er starb, zu sich in die Werkstatt gebeten, er habe ein Gemälde erwähnt, das er …

Sie brach ab, ahnend, dass das zu viel auf einmal war. Frater Elias sah sie etwas zweifelnd an und nutzte ihre Pause, um sich auch Antonella als Priester vorzustellen.

Danach blieb es eine Weile still. Ein leichter Ruck fuhr durch Antonellas steife Gestalt; sie richtete ihren dunklen Blick auf Luisa, und kurz hatte Ricarda den Eindruck, er würde etwas wärmer werden.

Ob sie Pizza mache, fragte sie.

Luisa schüttelte den Kopf. »Nein, Pasta.«

Antonella nickte weise. Dann begann sie völlig unerwartet einen ausufernden Monolog, dem Ricarda kaum folgen konnte. Ihre Stimme klang heiser, aber sie hatte keine Mühe, die einzelnen Worte zu artikulieren.

Die italienische Küche, von der man heute spreche, habe es eigentlich nie gegeben. Ob Pasta oder Minestrone – in jeder einzelnen Region seien die Gerichte früher anders zubereitet worden. Im Norden zum Beispiel werde Pasta als Pasta fresca mit Eiern, Mehl und Salz hergestellt. Im Süden hingegen habe es früher nur Pasta ohne Eier und mit Hartweizengrieß gegeben – Pasta liscia oder Pasta ripiena. Pasta secca im Norden? Das sollte undenkbar sein! Spaghetti, Penne oder Farfalle hätten dort nichts zu suchen. Kein Wunder, dass die Jungen auf Abwege gerieten, da sie sich auf keine Ordnung verlassen könnten. Jeder Niedergang der Kultur beginne damit, dass man sich über die Gesetze der tradierten Ernährungsweise hinwegsetze. Überall sei der Sittenverfall zu beobachten. Hier in Rom zum Beispiel stehe an jeder Ecke ein Burger King, aber nach Zeugnissen der Cucina Romanesca müsse man lange suchen. Oder wüssten die jungen Flittchen etwa, wie man zum Beispiel *Maritozzi alla panna* zubereite? Man wolle in die Ferne spähen, unbedingt, und vergesse dabei die Verantwortung gegenüber der Tradition. Vor allem aber die Demut, das anzunehmen, was man bekomme, und das Leben zu leben, das einem zugeteilt werde.

»Io!«, schloss sie. »Ho sempre seguito questa norma e ho sempre fatto bene. Dio da e dio prende!«

Der Herr nimmt, der Herr gibt.

Mit diesen Worten drehte sie sich wieder zu ihrem Altar um. Jetzt erst sah Ricarda die kleinen Kerzen, die vor dem Triptychon standen. Eine von ihnen war fast heruntergebrannt. Die kleine Flamme zitterte; ein dünner Rauchfaden stieg hoch.

»Tano«, sagte Ricarda leise. »Tano hat mich vor seinem Tod in den Laden gebeten …«

Antonella Faresi schöpfte rasselnd nach Atem.

Pizza. Tano habe immer gerne Pizza gegessen. Mittlerweile würden alle Leute Pizza essen, unabhängig davon, wer sie waren, Arme und Reiche. Keine Ordnung gebe es mehr in der Welt, keine klaren Richtlinien, jeder esse alles und glaube, es stünde ihm zu. Pizza sei ursprünglich das Essen der Ärmsten der Armen gewesen, die kein Fleisch hatten kaufen können. Und heute? Ein italienisches Nationalgericht. Wer könne sich da noch in der Welt zurechtfinden, wenn ihm keiner mehr sage, wohin er gehöre.

Sie machte eine kurze Pause, dann fuhr sie trotz der sichtbaren Anstrengung, die es ihr bereitete, abrupt fort: Tano habe gewusst, wohin er gehörte. Er war ihr einziger Enkelsohn gewesen. Jetzt habe sie niemanden mehr, der die Restauration und den Antiquitätenladen übernehmen könnte. Sie selbst sei alt, die Hände kraftlos, der Körper kränklich. Früher, ja früher habe sie selbst restauriert. Sie habe das Geschäft von ihrem Mann übernommen; er starb früh, danach habe sie ihre zwei Kinder alleine durchbringen müssen. Die seien mittlerweile auch tot. Dio da, Dio prende. Nur Tano sei ihr geblieben. Bis jetzt. Sie habe alte Möbel geliebt, von Kunst jedoch nie viel verstanden – er schon, er sei darin besonders begabt gewesen. Überhaupt sei er ein guter Junge gewesen, anständig, bescheiden, dem Beruf verpflichtet. Wer sei heute noch so?

Ricarda trat etwas dichter an den Altar heran, konnte Antonellas Gesicht nun von der Seite betrachten. Beim Reden bewegte sich ihr Mund, die übrigen Züge waren so starr, als trüge sie eine Maske. Sie hätte sich nicht gewundert, wenn dieses wächserne Gesicht schmelzen würde, käme es einer Flamme zu nahe.

Wie hatte Tano es nur mit diesen beiden Frauen ausgehalten? Wie hatte er sich in dieser Wohnung gefühlt, die die Atmosphäre eines Mausoleums hatte?

Dio da, Dio prende. Ihren Gatten habe sie nach einem Unfall verloren. Zwei Monate habe sie ihn hinterher noch gepflegt, dann war er tot. Ein guter Mann sei er nicht gewesen, ihm rutschte schnell einmal die Hand aus. Aber damals beschwerte sich eine Frau nicht über solche Nebensächlichkeiten. Und immerhin sei er tüchtig gewesen und sehr arbeitsam. So roh, wie er mit ihr umsprang, habe er als Restaurator nie gearbeitet. Er habe alles geliebt, was alt war. Wie Tote, die man vorsichtig und mit geschulter Behandlung zum Leben erwecken müsste, habe er alte Möbel und Gemälde behandelt. Tano sei ihm ähnlich gewesen – nicht so aggressiv, aber er habe die gleiche stumme, ausdauernde, unaufgeregte Leidenschaft an den Tag gelegt …

Sie stockte, dachte nach, schien sich mühsam daran zu erinnern, dass ihr Tano tot war. Anstatt aufzuschluchzen, hob sie die Hand, um ein Kreuz über ihren Oberkörper zu schlagen.

»Nur ich … ich sterbe nicht … Ich bin seit langem krank, der Doktor gibt mir nicht viel Zeit, das Herz, wissen Sie. Was für ein seltsames Schicksal, dass meins schlägt und das von Tano nicht mehr, dass ich alle gehen sehen, aber selber bleiben muss. Dio da, Dio prende.«

Damals, als er noch ein Kind gewesen sei, habe sie ihn nicht oft gesehen. Es habe einen Streit gegeben zwischen ihr und seinem Vater. Erst nach dessen Tod habe sie Tano aufgenommen. Sie habe ihm die Ausbildung gezahlt, ihm alles ermöglicht. Sie habe vom ersten Augenblick an gewusst, dass er talentiert sei. Wobei es vielleicht ein Fehler war …

Sie brach ab.

»Was … was war ein Fehler?«, fragte Ricarda.

»Vielleicht hat er zu viel zu schnell gelernt.«

Sie senkte den Kopf, die Haut an ihrem Hals runzelte sich.

»Aber warum? Er war doch glücklich als Restaurator …«

»Und jetzt ist er tot.«

»Hat es etwas mit seiner Arbeit zu tun, dass er sterben musste?« Ricarda wollte sich noch näher zu Antonella heranbeugen, aber Luisa trat dazwischen.

»Bitte! Es reicht! Signora Faresi ist alt und krank. Die ganze Aufregung – das ist zu viel. Sie muss sich schonen, besser, Sie gehen jetzt.« Obwohl ihre Worte in eine Bitte gekleidet waren, klang die Stimme streng.

»Ich möchte doch nur wissen …«

Ricarda brach ab. Sie sah ein, dass es keinen Sinn hatte, ihr Bleiben zu ertrotzen. Doch als sie bereits nachgab und sie sich Richtung Tür wandten, schrie Antonella ihnen plötzlich etwas nach. Sie klang wie eine Ertrinkende. »Padre!«, rief sie laut. »Padre!«

Ächzend stand sie auf, ihre Beine schienen zu dünn und schwach für den aufgeblähten Körper. Kaum stand sie, wankte sie bereits. Noch ehe Luisa zu ihr hasten und sie stützen konnte, war Frater Elias an ihrer Seite und hielt sie am Arm fest. Ricarda sah, dass Antonella den Mund öffnete und ihm etwas zuflüsterte, was sie nicht verstand. Dann wandte sie sich an Luisa und bat sie mit rasselnder Stimme, mit dem Priester eine Weile allein sein zu dürfen.

Ricarda warf Elias einen fragenden Blick zu. Er nickte zustimmend.

Luisa hingegen stand ganz deutlich der Widerwille ins Gesicht geschrieben, doch auch sie gehorchte der alten Frau.

»Bene«, murmelte sie, und es klang irgendwie unheilverkündend. Dann verließ sie mit Ricarda das Wohnzimmer, um freilich unmittelbar vor dessen Tür stehen zu bleiben.

Eine Weile sagte sie gar nichts, sondern schien lauschen zu wollen. Doch durch die geschlossene Tür drang kein Laut, sodass sie schließlich grollend zu murmeln begann.

»Hat sie nicht schon genug durchgemacht? Alt ist sie, krank ist sie, und jetzt trauert sie um ihren einzigen Enkelsohn!«

»Es tut mir leid«, sagte Ricarda kleinlaut. »Ich verstehe Ihre Sorge, dennoch … Signora Luisa, Sie haben es zwar geleugnet, aber es gibt durchaus Anzeichen dafür, dass Tano tatsächlich an einem echten Caravaggio gearbeitet hat. An dem Gemälde ›Santa Maria Maddalena‹. Diese Sache muss doch geklärt werden! Ich bitte Sie: Es wäre in Tanos Sinn, wenn Sie mir endlich sagen würden, was es mit diesem Gemälde auf sich hat, das im Augenblick seines Todes neben ihm stand. Falls es wirklich sehr alt ist, ist es nicht nur unerhört kostbar, sondern auch in großer Gefahr. Sie müssen wissen: Wenn es falsch gelagert oder transportiert wird, kann das verheerende Folgen haben. Ich bin keine Expertin so wie Tano, aber ich weiß, dass solche Bilder extrem anfällig sind. Sauerstoff, Säuren, Mikroorganismen können es ruinieren. Und es war ohnehin bereits in einem schlechten Zustand!«

Aus dem Wohnzimmer erklang weiterhin kein Laut. Antonella schien verstummt, und wenn Elias sprach, so tat er es wohl raunend.

Signora Luisa kaute eine Weile auf ihren dünnen Lippen. »Ich kann Ihnen gerne versichern, dass sich das Bild in besten Händen befindet«, murmelte sie schließlich.

»Das heißt, Sie geben zu, doch mehr über dieses Bild zu wissen?«

»Es war ein Fehler, dass ich Sie angelogen habe. Es tut mir leid«, erklärte Signora Luisa, aber es klang nicht so, als wollte sie sich wirklich entschuldigen. »Wer sonst sollte Antonella schützen, wenn nicht ich? Sie hat doch nur mehr mich! Mein Leben lang bin ich für sie da gewesen …«

»Vor was oder vor wem wollen Sie Antonella denn schützen?«, unterbrach Ricarda sie hastig.

»Man könnte … man könnte falsche Schlussfolgerungen ziehen.«

»Welche Schlussfolgerungen? Und wer könnte sie ziehen?«

Signora Luisa presste die Lippen zusammen und schwieg.

»Tano hat mich nicht nur wegen des Bildes kontaktiert, sondern auch wegen der Lebenserinnerungen der Kurtisane Isis de Luna«, erklärte Ricarda eindringlich.

»Seien Sie froh, dass Sie nichts mehr damit zu tun haben!«

»Warum? Weil es … weil es gefährlich ist?« Mit Absicht wählte sie die Worte, die Signora di Campanella gegenüber Carlo Forli gebraucht hatte.

Signora Luisa zuckte mit den Schultern. »Weil es kompliziert ist«, murmelte sie.

Ricarda seufzte. Sie hatte das Gefühl, sich im Kreis zu drehen, und keine Ahnung, mit welcher Frage sie das ändern konnte. In die Worte von Signora Luisa konnte man alles und nichts hineinlegen, doch zugleich überkam sie die Ahnung, dass sie sofort einen Sinn ergeben würden, falls sie nur ein winziges Detail mehr zu wissen bekäme. Oder wusste sie es schon und hatte es nur übersehen?

»Warum … warum wurde das Bild zerstört?«, fragte sie.

Signora Luisas Blick blieb kurz starr auf sie gerichtet. »Es ist Sünde«, erklärte sie knapp.

Ricarda schüttelte den Kopf, so verwirrt, dass sie kaum bedachte, dass Signora Luisa mit ihren Worten bestätigt hatte, was bisher nur ein Verdacht gewesen war: Jemand hatte das Gemälde absichtlich beschädigt. »Was?«, fragte sie. »Was ist Sünde? Dass es …«

Sie kam nicht weiter. Noch während sie um die passenden Worte rang, öffnete Elias mit lautem Knall die Wohnzimmertür und stürmte zu ihnen. Sein Gesicht war bleich, seine Augen waren schreckgeweitet. »Schnell!«, schrie er. Ricarda hatte ihn noch nie so panisch gehört. »Schnell! Bitte kommt schnell! Signora Faresi ist …«

Er musste den Satz nicht zu Ende bringen. Signora Luisa war bereits an Elias vorbeigelaufen und zu Antonella Faresi gestürzt, die vor dem Altar auf dem Boden lag, stöhnend und röchelnd und noch weißer im Gesicht als Elias.

Luisa schlug ihr sachte auf die Wangen, als wollte sie wieder ein wenig Farbe damit zurückbringen. Ihre Stimme überschlug sich, während sie eine Unmenge italienischer Wörter ausspuckte – schnell und unverständlich.

Ricarda stand wie erstarrt. »Schnell!«, wiederholte Elias. »Wir müssen einen Arzt rufen! Sie ist ganz plötzlich umgekippt. Vielleicht … vielleicht ist es ein Infarkt!«

Er hielt inne, als würde er jetzt erst bemerken, dass seine Worte nicht nur einen Notfall beschrieben, sondern eine merkwürdige Wiederholung von schon Geschehenem.

»Wie bei Tano«, setzte Ricarda schockiert hinzu.

14

Aus den Lebenserinnerungen der Kurtisane Isis de Luna
Rom, 1600

Als Caravaggio begann, an dem Matthäusbild in San Luigi dei Francesi zu malen, sah ich ihn nur mehr selten. Dennoch blieb sein aufregendes Leben faszinierend für mich. Benedetto, ein Stallbursche und übler Geselle, den sich Caravaggio zum Gefährten auserkoren hatte, wusste strahlend zu berichten, wie der Maler zwei Sbirren eins übergezogen hatte, als sie ihn wegen Trunkenheit hatten verhaften wollen. Danach sei er geflohen und drei Tage verschwunden geblieben. Ich fragte mich, wie man so dumm sein konnte, sich mit den Schutzmännern anzulegen, und zugleich, woher er den Mut nahm, sich jeder Obrigkeit zu widersetzen. Ich bewunderte diesen Mut und versuchte die Brosamen, die er davon übrig ließ, für mich zu ergattern.

Von Nino und Giovanni wollte ich wissen, wie Caravaggio gelebt hatte, als er noch nicht del Montes Unterstützung gefunden hatte, und hörte begeistert schauderliche Geschichten von wilden Prügeleien. Umso lieber war mir, sie davon berichten zu hören, da die beiden Malerlehrlinge selbst darüber entsetzt waren, vor allem Nino, den der etwas abenteuerlustigere Giovanni stets antreiben musste, damit er Schritt halten konnte.

Sie kamen aus dem Süden, als Söhne eines Tuchhändlers in der Zubereitung von Farben kundig, ohne Talent jedoch, wenn es darum ging, daraus selbst Gemälde zu erschaffen. Der Langeweile ihrer Heimat waren sie entflohen, um in der Hauptstadt zunächst für den Kunsthändler Maestro Valentin Botengänge zu tun. Später waren ihre Hilfsdienste in d'Arpinos Werkstatt von Nutzen gewesen, von wo aus Caravaggio sie als seine Lehrlinge mit zum Prälaten Pucci genommen hatte. Dort bekamen sie so wenig zu essen wie er selbst und waren erleichtert, als der Maler in Kardinal del Monte einen großzügigeren Gönner fand. Jenem verdankten sie eine annehmbare Heimstatt und jetzo auch, dass er dem Künstler den bislang größten und wichtigsten Auftrag vermittelt hatte. Über Wochen berichteten sie davon, dass Caravaggio in der Contarelli-Kapelle malte, und ebenso, dass schließlich das erste der beiden Bilder, »Die Berufung des heiligen Matthäus«, fertig gestellt sei.

Der Name dieses Gemäldes weckte unheilvolle Erinnerungen, wiewohl ich es nicht gering schätzte. Denn nur wegen dieses Bildes war ich so tollkühn, ja mehr noch: übermütig, die sicheren Mauern des Palazzo Madama zu verlassen und mich gegen ein Verbot zu erheben, das gar nicht erst ausgesprochen worden war.

Rom war eine fremde Stadt für mich, obgleich ich nun seit fünf Jahren dort lebte. Manchmal schwappten Gerüche in mein Zimmer, manchmal vernahm ich das ferne Gemurmel von Menschenmassen. Nie aber hatte ich mich danach gesehnt, das Labyrinth der vielen Gassen zu entästeln, die großen Bauten zu erschauen, dem schrillen Treiben beizuwohnen. Ich scheute die Stadt – umso mehr ob der Geschichten, die ich von Giovanni erfuhr, wenn er von Caravaggios nächtlichen Streifzügen in den schauderlichsten Farben berichtete.

Obgleich ich Rom nicht erkunden wollte, reizte es mich, Caravaggios bislang größtes Werk zu erblicken.

»Aus ganz Rom lockt es Bürger an!«, erzählte Nino mir kurz nach der Fertigstellung. »Es wird getuschelt, wie er es wagen konnte, solch ein Motiv auf diese Weise zu malen, und gerätselt, was er damit bezwecke…«

»Was ist es denn, was er wagt?«, fragte ich dazwischen.

»Nicht nur die hohen Herren und Damen reden darüber!«, plapperte Caravaggios Lehrling eifrig fort. »Auch im gemeinen Volk spricht sich's herum, dass er ein Bildnis schuf, das sämtliche Standesgrenzen missachtet.«

»Wie hat er denn den Heiligen gemalt?«

»Er traute sich gar viel, und noch ist's nicht gewiss, ob er denn nicht noch manches übermalen muss«, erzählte Nino. »Der Kardinal selbst war gestern dort, um ihn gleichermaßen zu loben wie zurechtzuweisen.«

»Und was ist es, was er tadelt?«

»Es gibt der Gründe viele, warum die Menschen gaffen kommen und noch schwatzen, wenn sie die Kirche lang verlassen haben. Aber es lässt sich schwer in Worte fassen. Du solltest selber hingehen und das Werk betrachten!«

Zunächst lehnte ich ab. Unmöglich könnte ich den Palazzo Madama verlassen, erklärte ich, und Nino nahm es hin. Als er mir jedoch eine Woche später berichtete, dass Caravaggio fortan nicht mehr in del Montes Dienstbotentrakt nächtigen werde, da die üppige Entlohnung für das Auftragswerk ausreiche, um eine eigene Wohnung zu mieten, wurde ich unruhig.

Ich hatte vorerst genügend Erinnerung an seine Hoffart, um meinen eigenen Lebensmut daraus zu speisen – doch sollte es mir reichen, andauernd nur aus zweiter Hand von ihm zu erfahren? Nun, da er zu den Großen gezählt wurde, sollte ich vielleicht nie wieder sehen dürfen, was er malte?

Neben Neugierde trieb mich der Trotz. Ich wollte del Monte nicht gönnen, als Kerkermeister derart mächtig zu sein. Mochte er mich auch in seinen Klauen behalten, es musste möglich sein, das Gesicht unter einem Schleier zu verbergen und den Palazzo zu verlassen.

Ich bat Nino, mir dabei zu helfen, und er war alsbald willig gestimmt, es zu tun.

Diesmal zeigte sich mir Rom nicht im Regen und auch nicht dunkel. Grell beschien mich eine fremde Sonne und setzte mir zu. Doch nicht nur sie war mir feindlich gestimmt. Die Lust zu schauen, die mich auf diesen Weg getrieben hatte, wurde mir alsbald vergällt durch rüde Angriffe auf alle meine Sinne. Nur wenige Schritte führten vom Palazzo Madama zur Kirche San Luigi. Vom Dienstboteneingang musste man nur ein schmales Gässchen nehmen. Doch Nino dachte sich, er würde mir eine Freude machen, wenn er mir von Rom mehr zeigte als nur dieses, und führte mich auf einem kleinen Umweg zur Piazza Navona. Dort freilich nahm ich kaum etwas anderes wahr als Stechen, Wühlen und Hauen, Kreischen, Lachen und Stoßen. Wir hatten das Haus eben erst verlassen, da bekam ich schon keine Luft mehr, war schweißnass und röchelte wie ein in die Enge getriebenes Tier.

»Es ist Markttag heute!«, versuchte Nino mir zu erklären. »Auch sonst ist es nur selten ruhig in den Straßen Roms!«

»Und für mich ist's mein letzter Tag«, stöhnte ich.

»Aber sieh doch nur, wie herrlich bunt es hier ist und was die feinen Damen tragen!«

Ich wagte einen vorsichtigen Blick, um eine Fülle an Schleifen, Rüschen, Quasten und Perlen zu sehen, doch schlug ich mir alsbald voll Panik die Hände vors Gesicht.

»Also gut«, tröstete Nino, der im Schlängeln und Durchwühlen der Massen geübter war. »Dann gib mir deine Hand, schließ die Augen und lass dich führen.«

Solcherart also legte ich den Weg zurück und sah von Rom erneut nicht mehr als schrille Schatten, die vor meinen zusammengekniffenen Augen tanzten. Ich versuchte, sie nicht zu beachten, dachte an nichts als die warme Hand, die mich sicher führte, und an das Ziel, zu dem sie mich brachte. Dort erwartete mich angenehme Stille, die den Straßenlärm in gleicher Weise dämpfte wie die alten Mauern das Sonnenlicht. Die Kirche war prunkvoll, voller Gold und Marmor, doch das spärliche Licht, welches vom Fenster auf den Altarraum floss, vermochte die Dunkelheit nicht zu verjagen.

»Hab Dank!«, sprach ich in Ninos Richtung, erntete ein scheues Lächeln und dachte mir, dass er ein guter Junge war.

Sodann schritt ich erleichtert den Gang von San Luigi dei Francesi entlang, um von meinem zuverlässigen Führer in die fünfte, rechts gelegene Seitenkapelle, die nach dem französischen Kardinal Contarelli benannt war, geschoben zu werden. Hier erblickte ich das größte Gemälde, das mir jemals vor Augen gekommen war. Es war nicht als Fresko ausgeführt, sondern als Ölgemälde auf Leinwand. Lebensecht waren die Figuren, die mir entgegentraten – groß gewachsen, als würden leibhaftige Menschen sich in dieser Wand spiegeln.

Dargestellt war eine Tischgesellschaft, auf die seitlich gebündeltes Licht fiel. Von welcher Quelle es floss, konnte der Betrachter nicht erkennen – gewiss nicht vom Fenster, das auf dem Bild zu sehen war, denn dieses wirkte wie zugemauert. Außerhalb des Lichtscheins lagen tiefe Schatten. Zwei Männer – mit Federhüten, Pelzkragen und Satinwamsen bekleidet – saßen über Silbermünzen gebeugt, die sie eifrig zählten, und schienen sich nicht zu scheren, wer da eingetreten war. Auch der Zöllner, der von Christus zum Apostel berufen wurde, blickte nur halbherzig hoch, die Rechte nicht von seinen Münzen lösend, und er schien sich nicht sicher, ob jener – dessen Hand die Geste von Michelangelos Adam nachformte – tatsächlich nach ihm rief. Nicht ohne überraschte Gegenfrage wollte er ihm Folge leisten.

»Nun, was sagt Ihr?«

»Es ist sehr gut geraten«, murmelte ich. »Doch scheint es so, als ob der Heilige Matthäus in einer römischen Taverne hockte, wo sich das gewöhnliche Pack herumtreibt. Kein rechter Ort für das Erscheinen Christi.«

Hinter mir hörte ich ein Lachen, das nicht zu Nino gehörte und mir dennoch wohl vertraut war. Sogleich antwortete das Pochen meines Herzens darauf. Noch schneller als in den Augenblicken der Panik, welche mich in den überfüllten Straßen befallen hatte, schoss mir das Blut ins Gesicht.

»Und das soll nicht das Einzige sein, was man bemängelt«, sprach Caravaggio. »Man wirft mir vor, dass Sankt Matthäus fast gelangweilt auf den Ruf Christi lauscht. Nicht recht aufschauen will er. Die Hand ist noch gierig auf die Silbermünzen gelegt, die er als Zöllner den Menschen abjagte. Und obendrein lasse ich den heiligen Petrus gänzlich auf dem Gemälde fehlen.«

Jetzt erst drehte ich mich zu ihm um und fand in seinem Gesicht Spuren der Veränderung. Schmaler war er geworden, eingefallen schienen die Wangen. Es deuchte mich, er habe in den letzten Wochen auf Wein und Hurerei verzichtet – was nicht bedeutete, dass er gesünder gelebt hätte. Getrieben von seiner Malwut, schien er über Wochen kaum den Pinsel aus der Hand gelegt zu haben, weder ausreichend geschlafen noch gegessen zu haben, um nun, da es vollendet war, dem Gemälde böse zu sein: Es hatte ihm so viele der leichten Lebensstunden geraubt, hatte ihn ausgezehrt, gequält, gepeinigt.

Als er fortfuhr, klang seine Stimme nicht nur spöttisch, sondern erschöpft: »›Wollt Ihr jemals im Dom von Sankt Peter malen, so sollte Sankt Peter schon vorher nicht in Euren Bildern fehlen‹, schimpfte del Monte. ›Jeder weiß, dass diese Kapelle den Franzosenfreunden untersteht. Durch dieses Gemälde kann die Spanische Partei an des Papstes Hof die Möglichkeit finden, unsereins vorzuwerfen, wir wären dem Pontifex nicht restlos ergeben.‹«

Während ich sein elendes Gesicht musterte, befiel mich weniger Sorge darob als Enttäuschung. Das pralle Leben, das mir draußen in den Gassen noch zugesetzt hatte, wollte ich darin finden. Doch faulig wie Roms Unrat erschien mir sein spöttisches Grinsen: Es war nicht mehr frisch.

Am sichtbarsten betraf die Veränderung seine Augen. Ihr Weiß war pur und nicht mehr durch rote Äderchen durchsetzt wie früher, wenn er zu viel getrunken hatte. Doch sie hasteten auch nicht mehr flink durch die Welt, als gelte es, eilige Beute zu machen. Ein merklich starrer Blick verbarg sich darin und deutete an, dass Caravaggio von der Malerei übersättigt, im Leben aber hungrig geblieben war. Er senkte die Augen, als er fortfuhr: »Und so kommst du, ein Bild zu sehen, das nach dem Urteil deines Kardinals noch nicht vollendet ist. Er hat mir Anweisung erteilt, ich möge den Petrus noch drübermalen, auf dass ich nicht nur mich selbst, sondern auch ihn zum Liebkind des Heiligen Vaters mache!«

Ich verstand weder, warum die Malerei Caravaggio nicht glücklich machte, noch, weshalb seine Stimme an Schärfe verloren hatte. »Und bist du gewillt, dich ihm zu beugen?«, fragte ich und hoffte, dass er's als Sticheln auslegen und endlich wie der Alte reagieren würde.

Tatsächlich zuckte sein Kopf zurück, und seine eben noch trägen Augen funkelten mich an. »Ich hab mit dem Abt Crescenzi schon einen Vertrag übers nächste Bild geschlossen und begonnen, es zu skizzieren – es soll wiederum Matthäus zeigen, diesmal mit dem Engel, der ihm die Worte des Evangeliums eingibt. Ich denke nicht daran, noch weitere Stunden beim ersten Bild zu vergeuden! Wer bin ich denn? Soll del Monte doch selbst seinen Petrus malen!«

Sein Ton frischte auf, wiewohl Caravaggio noch reichlich schleppend auf und ab ging, die Hände auf die Schläfen gepresst, als würden sie schmerzen.

»Ich meine, du solltest ihm Folge leisten«, versuchte ich ihn zu reizen. »Hat er dir denn nicht diesen Auftrag erst ermöglicht?«

»So schwer mag ihm das nicht gefallen sein!«, wurde er laut. »Seit Jahren streiten sie sich in der Fabricca von Sankt Peter, wem diese Bilder zu malen gebühren soll! Jedes Mal, wenn sie sich auf einen geeignet hatten, starb ihnen der Künstler weg. Deshalb war es del Monte ein Leichtes, mich ihnen zu empfehlen. Und seien wir ehrlich: Bei der Summe, die Virgilio Crescenzi, der Verwalter von Contarellis Erbe, hinterließ, ist es nur ein Hungerlohn, mit dem sie mich bezahlten. Weit mehr hätten sie zusammenlegen können! Aber tun sie's? Nein! Am Gängelband wollen sie mich halten, auf dass ich morgen aufs Neue darauf angewiesen bin, mich ihnen zu beugen!«

Ich war erleichtert, dass es unter der offenkundigen Müdigkeit brodelte wie eh und je und dass die Worte frisch auf das welke Gemüt perlten – auf seines wie auf meines.

»So willst du dich heute nicht beugen, auf dass man's morgen nicht wieder erwartet?«, warf ich ein, um ihn darin zu bestärken.

»Gewiss!«, trotzte Caravaggio. »Eben darum male ich den Petrus nicht! Sollen sie mir denn auch drohen, das Bild abzuhängen! Zu viele Gesichter haben es bereits gesehen. Ganz Rom strömt zusammen, mich zu bewundern, und manch einer, der das Beten schon verlernt hat, betritt wieder die Kirche. Das schaffe nur ich, sonst niemand. Mögen sie von mir Dankbarkeit fordern, weil sie mich erwählten – ich denke nicht daran, sie ihnen in den Rachen zu werfen! Wäre es ihnen lieber, d'Arpino hätte an meiner statt gemalt, der mich dereinst wie einen Hungerleider behandelt hatte? Diese elende Meute, die in ganz Rom über mich herzieht, weil sie meint, ich hätte ihm diesen Auftrag weggeschnappt! Oder der alte Zuccari, der behauptet, Caravaggio würde nichts Neues einfallen? Ha!

Elendes Gesindel! Sollen sie kommen und schauen und erkennen, dass sie's allesamt nicht wert sind, mir auch nur die Schuhe zu putzen!«

Obwohl die Schatten auf dem ausgelaugten Gesicht verblieben, war sein Grinsen wieder so selbstgefällig, wie ich es kannte. Ich teilte es, als stünde es mir zu, da ich hierhergekommen und diesen Ausbruch heraufbeschworen hatte. Ich wollte es auch noch bewahren, als er sich gehetzt abwandte. Doch so überstürzt, wie er das Reden abbrach, rutschte mir plötzlich das Lächeln von den Lippen. Jäh erbleicht ließ ich mich zu Boden in den Schatten einer der Kirchenbänke fallen: Menschen strömten zusammen, um Caravaggios Werk zu bestaunen. Und unter der Schar, die eben den Gang entlangschritt, befand sich Vincenzo Giustiniani.

Eine Woche lang hoffte ich, dass mich mein einstiger Auftraggeber nicht gesehen hatte, dass ich rechtzeitig in den Seitengang entflohen war, ehe er den Blick gewendet hatte, um mit seinen Gästen das Gemälde zu inspizieren. Am siebten Tage jedoch stellte mich del Monte zur Rede. Er war farblos im Gesicht, ermüdet, als zehre an ihm das gleiche kräfteraubende Unwesen wie an Caravaggio, und zugleich heiser vor Wut.

»Du warst bei einem anderen Mann«, klagte er. »Du hast Stunde um Stunde an seiner Seite zugebracht!«

Er drängte mich an die Wand, viel hastiger als sonst, klatschte laut seine Hände daran und hielt mich zwischen seinen Armen gefangen.

»Es ist Caravaggio!«, stieß er aus. »Nicht wahr – es ist dieser Künstler, dem du nachhastest wie eine läufige Hündin!«

Es erstaunte mich – trotz all meiner Panik –, dass nur dies seine Anklage war. Den Palazzo zu verlassen schien mir ein ebenso großes Vergehen zu sein. Doch dieses erwähnte er nicht.

»Verlangt es dich nach ihm? Begehrst du ihn? Pfui, schändlich ist deine Lust, die dich hinforttreibt aus meinem Schutz!«

»Warum darf ich nicht in der Kirche beten wie jeder andere gute Christenmensch auch?«, fragte ich, weil es keinen Sinn machte, meinen Ausflug abzustreiten. »Und wenn ich früher Caravaggio erblickt habe, so nur aus Zufall …«

»Das war dir nicht erlaubt!«, brüllte del Monte. »Es steht dir nicht zu, mit einem Mann zu schwatzen!«

»Aber ich bin doch nicht zur Kirche gegangen, um mit …«

»Vincenzo Giustiniani hat mir berichtet, dass er dich nicht nur einmal dort gesehen hat. Vom Palazzo Giustiniani, worin er mit seinem Bruder Benedetto lebt, lässt sich sehr gut auf meinen blicken und ebenso auf die Straße, und dort, so beschwor er mich, hat er regelmäßig ein junges, schwarzhaariges, gut gekleidetes Mädchen aus meinem Palazzo kommen und mit dem Maler schäkern sehen.«

Ich versuchte, zwischen den ausgestreckten Armen hindurchzuschlüpfen, doch er riss mich unsanft hoch.

»Hat denn Signore Giustiniani nichts Besseres zu tun?«, gab ich, derart in die Enge getrieben, zurück. Schlimm genug, dass er del Monte erzählt hatte, was geschehen war; obendrein musste ich erkennen, dass er seine Rache wahrhaft meisterhaft übte, indem er auch noch Lügen verkündete. »Ist dies sein Zeitvertreib – mich zu beobachten? Und woher dieses Interesse? O, ich könnte Euch gar manche unrühmliche Geschichte über ihn erzählen, die Euch gewiss nicht gefallen würde. Und auch Caravaggio könnte …«

Unwillig schlug del Monte mir ins Gesicht, der körperlichen Gewalt viel weniger zugetan, als wenn sie sich gegen ihn und sein Geschlecht richtete. Es trieb ihn keine Lust zu schlagen, doch damit angefangen, versetzte er mir einen weiteren Hieb und zerrte an meinem Haar.

»Verleumde meine Gäste nicht!«

Ich blinzelte unter aufsteigenden Tränen. »Ich spreche die Wahrheit, wenn ich sage, Signore Giustiniani hat mir nachgestellt. Das tat er – ganz gleich, ob er sich Euer Freund heißt oder nicht. Und nur, um es mir heimzuzahlen, hat er von meiner Tat berichtet, welche zwar verboten, gewiss jedoch nicht schändlich war!«

Ich sprach schnell, um der Angst davonzulaufen. Anders regen konnte ich mich nicht.

»Warum tust du mir das an, Mädchen?«, schrie er und nutzte diesmal seine Faust, um mich am bloßen Auge zu treffen. »Warum treibt es dich zu einem anderen Mann, obgleich ich dir ein sicheres Heim gegeben habe? Gestehe, was du mit ihm getrieben hast! Gestehe, dass dich die Gier gefangen hält! Ihr Weiber seid alle gleich. Ihr vermögt eure Lust nicht zu bändigen, wenn man euch die Keuschheit nicht einprügelt.«

Seine Fäuste prasselten mit jedem Wort auf mich nieder. Tränenblind sank ich auf die Knie und packte ihn um die Beine, um mich zu schützen. So dicht und fest hatten wir einander noch nie berührt.

»Ich war nicht unkeusch«, stöhnte ich, »es sei denn, Ihr habt mich besucht! Und Caravaggio trifft gewiss keine Schuld!«

»Verdammtes Mädchen!«, heulte er auf.

Ich packte ihn noch fester und zwängte meinen Kopf in seinen Schoß, weil dies mir den besten Schutz versprach.

»Du lügst, wie Lavinia gelogen hat! Sie hat mich schmählich hintergangen! Ich gab ihr Sicherheit wie dir, und dennoch hat sie sich verführen lassen!«, kreischte er und trat mit den Füßen nach mir.

Während ich an ihn festgeklammert blieb, schlug er weiter auf mich ein. »Bereitet es dir Wohlgefallen, sie nachzuäffen?«, keuchte er. »Du hattest doch den gleichen Plan wie Lavinia! Mir wolltest du Seele und Herz rauben, auf dass du beides mit Füßen würdest treten können. Nur gut, dass ich dir nie erlaubte, mir wirklich nah zu kommen. Trau keinem Weib, denn das Weib atmet Lüge und Betrug. Verdammte Hure! Verdammte, verdammte Hure!«

Er wütete sich an mir ab, spuckte mich an – voller Hass, voller Ohnmacht und voller Schmerz, den nicht ich ihm zugefügt hatte, sondern eine andere. Ich wurde an ihrer statt bestraft.

»Lasst ab von mir!«, klagte ich und verbarg meinen Kopf noch tiefer. »Ich verdiene die Verwünschungen nicht, die Ihr mir zugedenkt!«

»Leugne nicht, dass du wie Lavinia bist!«, schrie er sich die Seele aus dem Leib und duckte sich wie ein gehetztes Tier, um dann, wieder aufgerichtet, seine Füße in meinen Leib zu rammen. »Du beutest mich aus, auf dass du mit einem anderen Mann huren kannst. Du suchst die Freiheit, um dem Verderben zu erliegen!«

»Ja bringt es Verderben«, schluchzte ich, »in einem Gotteshaus den Heiligen Matthäus anzuschauen?«

»Still! Sei endlich still! Hör zu reden auf! Ich habe dir Frieden geboten in meinem Haus. Und du hintergehst mich wie Lavinia!«

Ich fühlte, wie warmes Blut über meine Wangen floss und sich mit dem Schleim mischte, den ich würgend spuckte. Mein Ohr begann taub zu werden, nachdem ein Fausthieb es getroffen hatte. Schwindelnd erkannte ich nicht mehr, aus welcher Richtung seine Hände und Füße kamen.

»Was habt Ihr Lavinia nur angetan?«, brachte ich stöhnend jene Frage hervor, die ich ihm eigentlich niemals hatte stellen wollen. Ihr Geschick, das mich von ferne umkreist hatte, stieß stechend auf mich herab wie ein jagender Geier.

Ich fühlte, wie seine Fäuste zu schlagen aufhörten und sich langsam um meinen Hals legten.

»Gütiger Gott! Ihr habt sie ermordet!«, stieß ich aus, ehe er langsam begann zuzudrücken.

15

Rom, Gegenwart

Sie fuhren mehrere U-Bahn-Stationen mit der Linie B in Richtung Laurentina, die meisten davon schweigend. Die letzten Worte, die Ricarda Elias hatte sprechen hören, waren an die beiden Sanitäter gerichtet gewesen. Diese waren erst eine nervenaufreibende halbe Stunde nach dem Notruf eingetroffen. In der Zwischenzeit hatte Signora Luisa entweder auf Antonella eingeredet oder ihr das Gesicht getätschelt oder sie mit Wassertropfen besprüht. Zuerst hatte Antonella ihre Augen offen gehalten und Luisa unverwandt angestarrt. Doch als die Sanitäter endlich kamen, war sie längst ohnmächtig geworden, und der Puls war kaum mehr fühlbar.

Zumindest hatte Elias das behauptet, der sich – anders als Ricarda – rasch aus seiner Starre gelöst, sich neben Signora Luisa gekniet und die welke Hand der alten Frau ergriffen hatte.

Die Sanitäter ließen sich von seiner besorgten Stimme nicht beunruhigen. Sie verscheuchten ihn ebenso wie Signora Luisa, horchten die bewusstlose Frau ab und hievten sie schließlich unsanft auf eine Trage.

Nein, kein Infarkt, stellten sie fest. Kreislaufkollaps. Aber besser, man bringe sie zur Beobachtung ins Krankenhaus. Wer von ihnen wollte mitkommen?

Signora Luisa, deren Gesicht sich wieder versteinert hatte, nickte entschlossen. Mit einer bloßen Handbewegung scheuchte sie Elias und Ricarda ins Treppenhaus. Langsam, wie betäubt, schlichen sie die Treppe hinunter und dann zur U-Bahn.

»Was … was ist denn im Wohnzimmer geschehen?«, setzte Ricarda erst dort zu reden an. Ihre Hände waren schweißnass und zitterten.

Elias zuckte unbehaglich die Schultern. Er war noch immer kalkweiß im Gesicht, auch wenn seine Stimme wieder beherrscht klang. »Sie wollte, dass ich ihr Trost spende«, murmelte er. »Dass ich ihr versichere, dass sie dereinst Tano im Himmel wiedersehen wird. Ich kam gar nicht dazu, irgendwelche Fragen zu stellen. Sie hat sich ein bisschen an mich geklammert, und ich habe ihre Hand genommen, sie gestreichelt, wie man es eben so macht. Und dann ging plötzlich alles ganz schnell. Es hat gar keine Anzeichen gegeben, dass ihr schwindlig war. Sie hat sich nicht mal an den Kopf gegriffen. Stattdessen ist sie plötzlich umgekippt.«

Er wich ihrem Blick aus, als würde er sich für irgendetwas schämen.

»Es ist Sünde«, sagte sie leise. »Signora Luisa hat behauptet, dass das Bild Sünde sei. Ich habe keine Ahnung, was sie damit gemeint hat.«

Die U-Bahn ratterte so schnell durch die Tunnel, dass sie sich an einer Sitzlehne festklammern musste, um nicht vom Stuhl zu rutschen – Haltegriffe gab es nicht. Eine unverständliche Ansage ertönte im Waggon.

»Bevor sie mit dir allein bleiben wollte, was hat sie da eigentlich gesagt?«, fragte sie unvermittelt.

Frater Elias machte einen geistesabwesenden Eindruck. »Wer?«

»Antonella Faresi natürlich! Sie hat dir doch etwas zugeflüstert!«

Er zuckte die Schultern. »Ich bin nicht sicher, ob ich sie richtig verstanden habe.«

»Was glaubst du denn, was du verstanden hast?«

»Es klang wie: ›Was hätte ich denn sonst tun sollen?‹«

Ricarda ließ sich die Worte durch den Kopf gehen, aber sie ergaben keinen Sinn.

Frater Elias war unterdessen aufgestanden, weil er bei der nächsten Station aussteigen musste. Zum ersten Mal blickte sie direkt in sein bleiches Gesicht.

»Ach Elias«, murmelte sie. Unwillkürlich und ohne sonderlich darüber nachzudenken, erhob sie sich so hastig wie er, breitete die Hände aus und umarmte ihn – nicht locker und freundschaftlich wie sonst, sondern indem sie ihre Hände hinter seinem Hals verkreuzte und das Gesicht an seine Brust drückte. Er zuckte zurück, und kurz war ihr der ungestüme Angriff selbst peinlich. Doch als er seine Hand hob und vorsichtig über ihren Arm strich, war es einfach nur mehr angenehm, sich bei ihm anzulehnen, ihn zu riechen, sein beklemmtes Schlucken zu spüren.

»Ich werde Signora Luisa später anrufen und fragen, wie es Antonella geht.«

»Mach das«, murmelte sie.

Mehr fiel ihr nicht zu sagen ein. Sie hatte auch gar keine Zeit mehr dafür, denn eben hatten sie die Station »Circo Massimo« erreicht, von der aus Elias schnell nach San Anselmo auf dem Aventin kommen konnte. Die automatischen Türen öffneten sich, Elias löste sich von ihr und stürmte grußlos nach draußen.

Trotz einer gewissen Verbundenheit mit dem Manierismus löste sich Caravaggio von diesem Stil, indem er auf seinen Bildern die ästhetische und semantische Funktion der Dargestellten entkoppelte. Das heißt: Inhaltlich bedeutsame Gestalten wie z. B. Christus oder die Heiligen wurden an den Bildrand verdrängt und stattdessen nebensächliche Details in den Mittelpunkt gerückt – Ausdruck seines Bedürfnisses, die Wirklichkeit nicht zu deuten, sondern sie so realistisch wie möglich zu zeigen.

Caravaggio wurde von einem großen anatomischen Interesse getrieben, vom Wunsch, die Bewegungen des Körpers und seine Empfindungen – wie z. B. Schmerz – möglichst akkurat darzustellen. Vor allem galt sein Hauptaugenmerk den Gesetzen der Schwerkraft, die diese Körperbewegungen bestimmen. Die theologische Bedeutung einer Szene zu entschlüsseln, war für ihn hingegen nicht von Interesse, ebenso wenig die Andeutung des Mysteriums, der Transzendenz, des Heiligen.

Dadurch gibt er Zeugnis eines Umbruchs des Weltbilds, der nicht zuletzt von Galileo Galileis Beobachtungen zur Schwerkraft mitbestimmt wurde.

Ricardas Konzentration verflüchtigte sich, die gewohnte Zufriedenheit über ein gelungenes Kapitel blieb aus. Der Bildschirm des Laptops flimmerte gleichgültig, ihm war es egal, ob sie hineinstarrte oder nicht, ob sie etwas ergänzte, Sätze neu formulierte oder Zitate aus zeitgenössischen Quellen einfügte.

Seit dem Besuch bei Antonella Faresi waren vier Tage vergangen. Frater Elias hatte sein Versprechen gehalten und Signora Luisa noch am gleichen Abend angerufen. Die guten Nachrichten, die er bekommen hatte, hatte er sofort an Ricarda weitergegeben: Antonella gehe es gut, tatsächlich sei es nur ein kleiner Schwächeanfall gewesen. Sie solle sich in den kommenden Tagen etwas schonen.

Ricarda war so erleichtert gewesen, dass sie nicht danach gefragt hatte, wie es denn nun weitergehe. Elias selbst hatte nichts von dem Gemälde gesagt, sich seit dem Anruf auch nicht wieder gemeldet, und Ricarda hatte schließlich ihrer Ratlosigkeit nachgegeben und entschieden, bis aufs weitere zur Normalität zurückzukehren.

Sie hatte in den letzten Tagen ihr selbstverordnetes Pensum vernachlässigt und musste endlich an ihrer wissenschaftlichen Arbeit weiterschreiben. Doch nun, da sie Satz an Satz fügte, köderte diese ihre Aufmerksamkeit nicht. Sie fühlte sich in dem stickigen Zimmer wie eingesperrt, während sie wieder und wieder Caravaggios Namen in den Laptop hämmerte. Oft hatte sie ihn geschrieben, hatte akribisch sämtliche Informationen über sein Leben gesammelt, immer nüchtern und niemals begleitet von Emotionen. Ebendiesen hatte sie entfliehen wollen, indem sie sich wieder an die Arbeit machte, doch ihr Geist war träge und einfallslos und schließlich ziemlich verstört von der eigenen Unfähigkeit weiterzumachen.

Eine Zeitlang verharrte sie steif und wollte sich diese Unfähigkeit nicht eingestehen. Sie ließ den Computer eingeschaltet und die Datei geöffnet, als würde sie sich gleich wieder an die Arbeit machen, aber sie griff unauffällig nach der Handtasche und zog sich dann ihre Straßenschuhe an. Erst als sie zur Tür trat, gestand sie sich ein, dass sie die Arbeit für heute aufgeben würde.

Vor der Pension duckte sie sich unwillkürlich vor dem Lärm eines Motorrades, das an ihr vorbeiraste. Als das Geräusch vom Gehupe der naheliegenden Hauptstraße aufgesogen war, hatte sie sich schon für die Bar gegenüber der Pension Buzzo entschieden. Sie trat ein und sah, dass Maurizio dort saß.

Seit dem Streit nach Signora di Campanellas Empfang hatte sie nicht mehr mit ihm gesprochen und beim Frühstück nur arrogant über ihn hinweggesehen. Jetzt war ihr die Aussicht auf sein boshaftes Sticheln lieber als das stickige Zimmer.

Maurizio kauerte schwerfällig auf seinem Stuhl und redete auf Alfonso, den Barmann, ein. Im Fernsehen – der Apparat hing über der Theke – lief ein Automagazin, und Maurizio behauptete gerade, er habe einmal für einen deutschen Privatsender eine ganz ähnliche Sendung moderiert. Eigentlich habe er nicht viel Lust gehabt, die neuesten Fußmatten, Bremskraftverstärker und Kaltlaufregelsysteme vorzustellen, viel lieber hätte er anspruchsvolle Dokus gedreht. Aber ein Produzent habe ihm eingeredet, er wäre das kommende Fernsehgesicht und er könnte mit so einer seichten Nummer einen Fuß in die Tür bekommen. Pah! Nichts wurde daraus! Nach vier Monaten sei er von einem blonden Model ersetzt worden, das nichts von Autos verstanden habe, aber Push-up-BHs trug.

»So sind sie alle beim Fernsehen!«, rief Maurizio abschließend. »Arrogante Säcke, die ihr Maul aufreißen, aber eigentlich keine Ahnung haben! Egal, was man macht, immer heißt es, viel zu anspruchsvoll. Das Publikum wäre doch saublöd und nahe am Analphabetentum. Also bitte keine Fremdwörter! Denn die eine Million Fliegen, die sich auf den Haufen Scheiße stürzt, versteht nun mal keine Fremdwörter!«

»Hallo Maurizio!«, murmelte Ricarda.

Er brach seine Erzählung ab, aber achtete ansonsten nicht weiter auf sie. Stattdessen stritt er nun mit Alfonso, weil der ihm ein weiteres Glas Wein verweigerte und dafür eine Flasche Wasser auf den staubigen Tisch knallte.

»Wasser, Wasser!«, rief Maurizio erbost und fuchtelte mit einem angebissenen Thunfischsandwich durch die Luft, die hier nicht weniger drückend stand als in Ricardas Pensionszimmer. Zu lüften half in Rom nichts, dachte Ricarda. Die Alternative zum Sauerstoffmangel war eine Abgasvergiftung.

»Du hast Wasser bestellt«, meinte Alfonso kühl.

»Du kannst eben doch kein Deutsch, auch wenn du das immer behauptest. Wein wollte ich. Vino! Nicht Aqua! Du verstehen, du blöder Italiener?«

»Aber du hast Wasser gesagt.«

Alfonso blieb gelassen, schlurfte zurück zur Theke und schwieg.

Schwer ließ sie sich auf den Stuhl neben Maurizio fallen,

während der das Wasserglas hob und es wie hochprozentigen Alkohol in den Mund kippte.

»O, unsere Principessa beehrt mich!«, spottete er mit säuerlicher Miene. »Ich dachte, du wärst mit deinem Pfaffen auf Mörderjagd.«

Ricarda sprach leise, damit Alfonso nicht zuhören konnte.

»Er ist nicht *mein Pfaffe*. Er hilft mir lediglich, mehr herauszufinden – über das Gemälde, wegen dem mich Tano zu sich gebeten hat. Nichts weiter. Woran Tano gestorben ist, ob aufgrund einer natürlichen Ursache oder nicht, steht im Moment absolut nicht zur Debatte.«

»Ha!«, lachte Maurizio laut und stellte das leere Wasserglas mit lautem Knall zurück. »Der Klosterbruder klärt einen Todesfall auf, als Freund und Helfer der Menschen. Ganz selbstlos. Völlig dem Altruismus ergeben. So ist's recht!«

»Ich habe eben gesagt, es geht hier nicht um Tanos Tod, sondern um das Gemälde …«

»Warum, Ricarda, warum glaubst du eigentlich, hilft dir der Pfaffe? Bist du schon einmal auf die Idee gekommen, dass er dich gründlich verarschen will?«

Ricarda verdrehte die Augen. Es war ein Fehler gewesen hierher zu kommen – eine Einsicht, die sie in gewisser Weise erleichterte. Vor ihrem Laptop zu sitzen, schien ihr angesichts von Maurizios Laune nur mehr das zweitgrößte Übel, in wenigen Minuten würde es bereits eine willkommene Abwechslung sein, und die wissenschaftliche Arbeit würde sie wieder mit neuer Energie versehen, anstatt sie überdrüssig zu stimmen wie vorhin. Sie würde wieder zügig arbeiten können und froh sein, etwas Sinnvolles zu tun.

»Er macht das doch nicht mir zuliebe, sondern weil ihn die Sache selbst beunruhigt«, erklärte sie. »Und dafür gibt's auch jeden Grund. Wir waren bei Carlo Forli, und dort habe ich etwas entdeckt, nämlich …«

»Die Details interessieren mich nicht!«, winkte er unwirsch ab. »Und der Pfaffe ist mir zu glatt, um ihm zu trauen. Zu wohlerzogen. Und zu eitel. Der will sich von dir bewundern lassen, weil er so ein toller zukünftiger Priester ist. Aber wer du bist, Ricarda, geht ihm sonstwo vorbei. Glaub mir, ich kenne mich bei Menschen aus.«

Lustlos kaute er an seinem Sandwich. Mayonnaise tropfte zwischen den Scheiben hervor und bekleckerte seine Hand, ohne dass er nach der Serviette griff. »Sag mal«, fragte er unvermittelt. »Bist du eigentlich ein bisschen verknallt in ihn?«

»Wie kommst du nur darauf?«

»Also ja!«

»Nein, natürlich nicht! Frater Elias wird Priester. Er hilft mir, das Geheimnis des Gemäldes zu erforschen. Jede Menge Menschen sind daran interessiert, genau dieses zu vertuschen. Signora Luisa hat mir vor wenigen Tagen gesagt, dass es Sünde ...«

»Es reicht, es reicht! Mich interessiert nicht, ob ihr beide Recht habt oder nicht, ob was dahintersteckt oder alles nur Hirngespinste sind. Mich interessiert vielmehr, warum ihr euch da so reinhängt. Was den Pfaffen anbelangt, so denke ich, dass er sich in seinem Kloster langweilt und froh ist, wenn du ihn zur Abwechslung mal durch Rom schleifst und ihm ein paar bewundernde Blicke zuwirfst, weil er ja so ein Held ist. Du hingegen ... ach Ricarda, ich verstehe nicht, was dich treibt. Habe ich dir schon mal gesagt, dass ich genau das am meisten an dir bewundere? Dass du weißt, was du willst? Dass du deine Zeit nicht verplemperst wie ich? Du baust dir eine solide Karriere auf, auch wenn die dir mal nicht viel Kohle einbringen wird. Weißt du, wir sind uns gar nicht so unähnlich. Ich war auch mal so ein Idealist. Wollte der Menschheit was Gutes tun. Sie informieren, belehren, bilden. Ist jetzt egal. Was ich dir eigentlich sagen will: Du verrennst dich. Geheimnisvolles Gemälde hin oder her. Du verbringst zu viel Zeit mit dem Pfaffen.«

Vorsichtig legte er seinen Arm um ihre Schulter – eine nachlässige Geste. Ricarda wurde rot und rückte hastig von ihm ab.

»Soll ich stattdessen lieber mit dir Zeit verbringen?«, fauchte sie.

Maurizio zuckte die Schultern.

»Jemand wie ich tut dir nicht gut. Du brauchst was Stabiles, Solides. Das bin ich nicht. Aber der Pfaffe eben auch nicht.« Er reckte den Kopf Richtung Bar. »Und jetzt will ich endlich Wein, Alfonso, du verstehen?«

Alfonso zuckte mit den Schultern, Ricarda verkrampfte sich.

»Du bist doch nicht mal nüchtern«, schimpfte sie. »Wie willst du jemals einen ordentlichen Auftrag bekommen, wenn du dich tagsüber schon besäufst?«

Maurizio lachte höhnisch auf.

»Dann frage ich mich, warum du mir dabei auch noch zusiehst?«

Die Mayonnaise tropfte nun nicht mehr nur über seine Hand, sondern auch über sein Kinn. Noch war es markant, in ein paar Jahren würde es wahrscheinlich schlaff sein. Seine Klamotten hatten nichts mit dem schwarzen Sakko gemein, das er bei Signora di Campanella getragen hatte, sondern schienen einer Altkleidersammlung zu entstammen.

»Nun gut, lassen wir das«, fuhr er spöttisch, aber etwas versöhnlicher fort. »Nehmen wir mal an, der Pfaffe interessiert dich tatsächlich nicht. Sondern nur das Geheimnis des Gemäldes. Angenommen, dass du da wirklich einer heißen Sache auf der Spur bist. Denkst du, dass du mit deinem Promotionsthema das notwendige Rüstzeug hast, um dich darauf einzulassen? Der Kunstmarkt setzt einige kriminelle Energien frei: Das Bild könnte eine Fälschung sein, ein Raub, ein Versicherungsbetrug. Und du und dein Pfaffe – ihr kommt da aus eurem keuschen, langweiligen Loch gekrochen und denkt, ihr habt alles unter Kontrolle?«

Ricarda rutschte auf dem Barhocker hin und her. »Und was soll ich deiner Meinung nach tun? Zur Polizei gehen? Wenn doch Carlo Forli selbst in die ganze Sache verwickelt ist?«

»Was ich nicht weiß, macht mich nicht heiß. Lass die Sache einfach auf sich beruhen«, murmelte er erstaunlich nüchtern und legte das halb gegessene Sandwich weg. »Was hast du denn davon, wenn du dich einmischst?«

»Tano hat mich um Hilfe gebeten.«

»Ja und? Er ist tot!«

Nachsichtig, fast mitleidig sah er sie an. Sein Blick hatte vorhin noch klar gewirkt, jetzt waren die Augen rot geädert. Er schien seit Ewigkeiten nicht mehr geschlafen zu haben. »Principessa, komm mir jetzt nicht mit Freundschaftsgedusel. Ich glaube, dein Problem ist, dass du so verdammt pedantisch bist. Immer Ordnung schaffen. Immer wissenschaftliche Erklärungen parat haben. Das funktioniert in Büchern – nicht, wenn man im Leben steht.«

Verärgert stand sie auf. »So wie du im Leben stehst?«, höhnte sie. »Mit deinem tollen Job? Der dir jede Menge Kohle und Erfolg einbringt?«

Er packte sie, nicht fest, aber trotz seiner Schwerfälligkeit entschlossen. »Ich weiß zumindest vom Leben, dass es auch mal richtig schiefgehen kann«, murmelte er. »Und dass man nicht immer kriegt, was man will.«

»Lass mich los, Maurizio!«

Er lächelte schief. Dann ließ er sie tatsächlich los, sprang auf seine Füße, plötzlich so frisch, als wäre er nie betrunken gewesen. »Wenn du den richtigen Kick suchst, dann gib dich nicht mit dem Geheimnis eines Toten ab. Du bist jung, du bist hübsch, du bist klug. Also mach endlich was draus!«

Er starrte sie mit offenem Mund an, gespannt und voller Erwartung und irgendwie traurig, als würde er bereits ahnen, dass sie niemals seinen Ratschlag annehmen würde, nicht weil er schlecht war, sondern weil er von ihm stammte. Schon schwächelte sein Blick; die Lider flackerten, sein Griff ließ nach.

Übermächtig war kurz Ricardas Wunsch, ihm einfach eine ins fettige Gesicht zu knallen. Sie beherrschte sich nur mühsam, wandte sich stattdessen unwirsch von ihm ab und ging mit festen, lauten Schritten von ihm fort. Fest stieß sie die Absätze auf den kalten Steinboden.

»Lass mich einfach in Ruhe!«, rief sie harsch.

Alfonso hob interessiert den Blick und lächelte ihr gönnerhaft nach, als Ricarda auf die Straße floh. Sie hatte die Pension Buzzo noch nicht erreicht, als sie bemerkte, dass Maurizio ihr folgte.

»Warte doch mal, Principessa!«, rief er keuchend und wischte sich die fettigen Finger an seinem Hemd ab. »Jetzt sei nicht schon wieder sauer! Eine Sache will ich doch noch sagen: Wenn es tatsächlich so sein sollte, dass du von der Sache nicht lassen kannst, dann wäre ich meinetwegen bereit, dir zu helfen. Ich stelle mich sicher besser an als der Pfaffe. Ich habe noch ein paar journalistische Kontakte, und wenn du …«

»Spar's dir!«, rief sie und ließ die Eingangstür der Pension vor seiner Nase zufallen, nicht länger gewillt, sich von ihrer Arbeit abhalten zu lassen, einer planmäßigen, konzentrierten Arbeit.

Es war jedoch nicht nur Maurizio, der sie dabei störte. Vor der Treppe wurde sie von Signora Buzzo aufgehalten, die ihr den Telefonhörer entgegenhielt.

»Telefono per lei!«

Fliegen umsurrten die Rezeption – schwarze Brocken, die sich immer wieder auf dem angeschlagenen Plastik oder auf kitschigen Details der Einrichtung niederließen. Das Telefon war alt, nicht mit Nummerntastatur, sondern mit einer Drehscheibe ausgestattet.

»Ricarda?«, hörte sie Elias' Stimme am anderen Ende der Leitung rufen, kaum dass sie den Hörer übernommen und ans Ohr gepresst hatte. »Bist du das? Ich versuche dich schon seit einer halben Stunde auf deinem Handy anzurufen, aber du gehst nicht dran! Wo steckst du denn?«

»Ist etwas passiert?« In ihrer Stimme klang noch immer der Ärger über Maurizio mit, der nun ebenfalls schnaufend die Rezeption erreicht hatte.

»Ich habe nachgedacht«, sagte Frater Elias schnell. »Über die E-Mail, die dir Tano vor seinem Tod geschrieben hat. Als ich auf den genauen Wortlaut geachtet habe, ist mir ein interessantes Detail aufgefallen. Wir müssen unbedingt darüber reden.«

16

Aus den Lebenserinnerungen der Kurtisane Isis de Luna
Rom, 1600–1601

»Du bist das dümmste Mädchen, das mir jemals unter die Augen gekommen ist!«

Die Stimme weckte mich viele Stunden später. Sie kam von weit her und quälte sich schleppend langsam in mein taubes Ohr. Jedes Wort schmerzte – und auch als keines mehr erklang, tat es immer noch scheußlich weh. Mein Kopf dröhnte, meine Kehle war ausgedörrt, meine Wangen waren geschwollen unter getrocknetem Blut.

»Ich habe auf dich gesetzt, Isotta. Und du dummes kleines Ding bringst es fertig, deinen wichtigsten Gönner gegen dich aufzubringen!«

Die Stimme war nicht mehr richtungslos. Sie kam von oben wie die grelle Sonne, die sich durch den schmalen Ritz meiner blaugeschlagenen Augen zwängte. Ich versuchte mich aufzurichten, um dem schmerzenden Licht zu entgehen, aber die Hand, die zu der Stimme gehörte, presste mich zurück auf den Boden.

»Bleib liegen!«, herrschte sie mich an. »Du wirst mir sonst ohnmächtig!«

Ich gewahrte, dass die Stimme Gaspara gehörte und dass

mein wunder Kopf in ihrem Schoß ruhte. Sie hockte auf der Straße vor dem Palazzo, wo ich sie für gewöhnlich nur nachts traf und wohin ich gestern geflohen war, nachdem mich del Monte verprügelt hatte.

Unscharf erinnerte ich mich, dass er seine Hände wieder von meinem Hals gelöst und mich liegen gelassen hatte. Hilfesuchend war ich nach unten gewankt, und schließlich war erneut alles schwarz um mich geworden.

O wäre es nur dunkel geblieben! O hätte er mich nur erwürgt!

Gaspara, herbeigeholt von dem verängstigten Giovanni, der mich blutüberströmt aufgefunden hatte, spendete mir keinen Trost, sondern setzte mir mit ihren Worten so scharf zu wie del Monte zuvor mit seinen Fäusten.

»Ich bin kein grausamer Mensch, kleine Isotta!«, schimpfte sie. »Ich hätte dich nicht wahllos Männern überlassen, wie Marzia es geplant hatte, und mich daran geweidet, wie deine sanfte Seele darob verrottet. Aber denke nicht, ich hätte Mitleid mit einem dreisten Geschöpf, wie du es bist, welches die ganze Hand erwartet, wo es doch schon den kleinen Finger hält!«

Diesmal hielt sie mich nicht zurück, als ich mich aufrichtete. Das Blut sank aus meinem Gesicht, sodass es sich taub anfühlte wie mein Ohr. Mir fröstelte trotz der grellen Sonne. »Wovon redest du?«, jammerte ich.

»Ich habe zugesehen, dass du hier Heimstatt findest! Und das, was du als Gegenleistung dafür hättest erbringen müssen, war lächerlich gering! Oder denkst du, du hättest mehr Recht auf Moral und Ehrlichkeit als ich? Mehr Recht auf Widerwillen? Nichts weiter wurde von dir verlangt, als dass du für Giustiniani spitzelst und del Monte dein Händchen reichst! Das kann doch nicht zu viel gewesen sein!«

»Aber steht mir bei alldem nicht ein wenig Freiheit zu?«

»Wenn du Freiheit willst, dann lebe mein Leben an meiner statt!«, herrschte sie mich wütend an. »O ja, gewiss, ich bin frei! Ich kann tun und lassen, was ich will! Und dafür halte ich meinen Arsch jede Nacht einem anderen geilen Bock hin! Was hast du dir nur gedacht, den Palazzo zu verlassen und in die Kirche zu gehen? Brauchst es gar nicht zu leugnen! Dieser unnütze Lümmel hier hat mir alles erzählt!«

Ich hatte die Augen geschlossen, um mich vor dem Licht zu schützen. Nun öffnete ich sie wieder, um den ratlosen Giovanni zu sehen, der neben Gaspara stand.

»Was treibt dich zu Caravaggio, diesem verrückten Maler, der sich mit noch billigeren Huren abgibt, als ich eine bin? Ich bin weiß Gott nicht verwöhnt mit Mannsbildern, aber diesen dreckstarrenden, stinkenden Hurensohn würde ich nicht einmal mit meinen Fingerspitzen anfassen. Und du setzt für ihn dein Leben hier aufs Spiel? Ja bist du wahnsinnig geworden?«

»Del Monte ist wahnsinnig geworden!«, verteidigte ich mich heulend. »Er hat mich beinahe erwürgt, so wie er Lavinia erwürgte. Giustiniani und du – ihr habt mich einem Mörder gegeben!«

»Wie kannst du es wagen, das zu behaupten? Lavinia war noch verblödeter als du! Sie war eine wunderschöne Frau, und del Monte konnte seine Hände nicht von ihr lassen. Alles hat er ihr zu Füßen gelegt, alles – selbst seine Sittlichkeit und seine Moral. Aber was machte sie daraus? Sie verlor ihr Herz an einen anderen Mann. Ha! Als ob eine Kurtisane darauf hoffen kann, dass einer sie ohne Mitgift heiratet! Am Ende hat sie sich lieber mit einem Strick erhängt, anstatt sich del Monte zu unterwerfen oder Giustiniani, der sie gerne genommen hätte. Aber den wollte sie nicht. Nein, ins Gesicht hat sie ihm gesagt, dass sie sich nie unter del Montes Stand verkaufen würde. Du kannst dir gut vorstellen, was Giustiniani fühlte, der er seit seiner Geburt vom Neid auf seinen Bruder zerfressen wird und darüber jeden hasst, der ihm an Rang voraus ist. Wie auch immer. Lavinia schlug del Montes Liebe aus und Giustinianis Angebot, ihr eine Mitgift zu beschaffen – natürlich nicht ohne Gegenleistung. Stattdessen wollte sie lieber sterben und hat sich aufgehängt! An ihrem Fenster hat sie den Strick angebunden, sodass ein jeder sie am nächsten Tag baumeln sehen und erahnen konnte, dass del Monte nicht als keuscher Kirchenmann lebt. Das Geschwätz hat ihm zugesetzt und ihn beschämt. Und nun läufst du frank und frei durch die Stadt, auf dass man erneut über ihn spotte?«

Sie seufzte lange und sah mich durchdringend an. »Hör mir jetzt gut zu, Isotta! Giustiniani will gewiss nichts mehr von dir wissen. Mit ihm hast du's dir verdorben. Aber vielleicht gibt es Hoffnung, dass sich del Monte erbarmt, wenn du vor ihm zu Kreuze kriechst. Er ist kein böser Mann. Wasch dir dein Gesicht nicht, sodass er über das Blut erschrickt, welches an dir klebt! Wenn du Glück hast, mag ihn Ekel überkommen und das schlechte Gewissen packen.«

»Aber …«

»Nicht widersprechen, du dumme Gans! Du tust, was ich dir sage! Du wirst den Palazzo nicht mehr verlassen! Und vor allem Caravaggio nicht wiedersehen!«

»Aber …«

»Del Monte liebt dich nicht wie Lavinia. Mir scheint's, er war von Anfang an bestrebt, dich von sich fernzuhalten. Warum sonst hätte er nur dein Händchen genommen? Und das mag gut sein, denn so wird er die Kränkung schneller überwinden, die du ihm zugefügt hast. Nur, hör endlich auf, Caravaggio zu lieben!«

»Aber ich liebe Caravaggio nicht!«, warf ich ein.

»Umso besser!«, herrschte sie mich an. »Und jetzt steh auf und sieh zu, dass du die Sache ins Reine bringst!«

Sie zog mich an den Händen hoch. Ich stand steif, sodass

jeder Atemzug schmerzte. Ich fühlte, wie mir salzige Tränen über die zerschundenen Wangen flossen, wiewohl ich nicht zu schluchzen wagte.

»Was erhoffst du dir, drängst du mich zurück an des Kirchenfürsten Seite?«, jammerte ich leise. »Welchen Nutzen ziehst du aus meinem Leben?«

Gaspara ließ mich los.

»Mädchen, Mädchen«, murmelte sie, und obgleich sie kein Mitleid erkennen ließ, betrachtete sie mich jetzt mit einem Ausdruck von Nachsicht. »Mädchen, Mädchen«, wiederholte sie. »Ich bin für den Dreck der Straße bestimmt und weiß mir zu helfen. Du aber sollst zeigen, dass unsereins auch etwas Besseres verdient. Verstehst du?«

Anstatt ihr für jenen kurzen Augenblick zu danken, da sie nicht berechnend, sondern barmherzig sprach, schwieg ich stur. Sie schien nicht mehr zu erwarten.

»Also, es geht doch!«, knurrte sie und schob mich dem Eingang zu. »Wenn dies auch unser Abschied für immer sein sollte, so vergiss nicht, was ich dir schon einmal sagte: Du bist eine, die durchkommt. Sei stolz darauf.«

Hastig zog sie den Hut ins Gesicht, der ihre Narben bedeckte, und ging grußlos davon. Als ich ihr nachblickte, sah ich, dass sie Männerkleidung trug wie so oft und damit unauffällig in einer Traube Menschen verschwand.

Unschlüssig verharrte ich neben Giovanni, der mich gerettet hatte und jetzo auf ein Zeichen wartete, dass ich ihn entlassen möge. Ich scheute mich, ihn fortzuschicken. Ich wollte weder allein sein noch zurückkehren an den schrecklichen Ort – ganz gleich, was Gaspara mir riet und was sie wider allen Eigennutz für mein Bestes hielt.

»Was willst du tun?«, fragte Giovanni schüchtern.

»Bitte«, murmelte ich und hoffte, ich würde trotz der geschundenen Glieder aufrecht gehen können. »Bitte, bring mich zu Caravaggio! Er hat mir stets geholfen – er wird es wieder tun.«

Ich hatte Gaspara nicht belogen. Ich liebte Caravaggio nicht. Ich liebte mich selbst in seiner Gegenwart. Dies zog mich zu ihm – und ein bisschen die Hoffnung, über meine Wunden lachen zu können, sobald er del Monte verspottete. Elender Pfaffe, würde er sagen und mich der Sorge berauben, mein Leben leichtfertig verdorben zu haben. Elender Verräter, würde er über Giustiniani urteilen und alsbald zum Kardinal eilen, auf dass der vermeintliche Freund als eigentlicher Bösewicht entlarvt wäre!

Wiewohl erneut halb blind an einer fremden Hand wankend, bekam ich an diesem Tag mehr zu schauen als in der letzten Woche. Wir folgten dem Lauf des schlammigen Tiber, über dem noch Nebel hing. Morgendunst barg wie ein zäher Atem auch die Engelsburg. Giovanni passte das Tempo seiner Schritte dem meinen an und berichtete von der Wohnstatt, die sich Caravaggio leisten konnte, seitdem er für die Contarelli-Kapelle malte. Das Mietshaus, wohin er mich brachte, war einfach, aber nicht dreckig und baufällig wie viele andere, und vor den Türen hockte kein bettelndes Pack, sondern eine Schar spielender Kinder.

Ich betrat es allein und mühte mich Stufe um Stufe hoch, weil mir die wehen Rippen nicht erlaubten, zu viel Atem auf einmal zu schöpfen. Kalter Schweiß trat mir auf die Stirne und vermengte sich klebrig mit dem trockenen Blut. Als ich klopfte, hatte ich Angst, ohnmächtig vor der Türe niederzusinken. Mühsam riss ich mich zusammen und betrat, da mir niemand auftat, Caravaggios Heimstatt schließlich uneingeladen.

Die Räume waren finster, niedrig und offenbar nur zum Schlafen geeignet. Schwere Balken verschlossen die Fensterluken und ließen dem Tageslicht nur schmale Ritzen. Da meine Augen zugeschwollen waren, sah ich beinahe nichts. Zu hören vermochte ich allerdings gut.

Aus der Ecke vernahm ich ein Stöhnen, langgezogen und unwillig ob der Störung. Es stammte von Benedetto, dem Stallburschen aus dem Hofstaat des Kardinals, der mit nackter Haut an den Maler gepresst lag und mit beiden Händen dessen Leib umschlungen hielt.

Ich wich zurück.

»Wer ist da?«, knurrte Caravaggio, der wie Benedetto durch mein Eintreten geweckt worden war. Er rieb sich die Augen und stieß den Stallburschen, der sich noch immer an den warmen Körper schmiegen wollte, unwirsch zur Seite. »Lass mich los, Hundsfott!«, murmelte er.

Benedetto lachte spöttisch. »Tritt nicht nach mir! Immerhin bist du zwei Mal gekommen, da mag ich wohl noch in deinen Lumpen schlafen.«

»Pah! Ich hatte schon bessere Liebhaber! Dein Schwanz ist klein und dünn!«

»Aber hart! Sehr hart! Ich könnte schon wieder! Magst du fühlen?«

Caravaggio stieß ihn erneut zur Seite und erhob sich splitternackt. Beschämt versuchte ich, an ihm vorbeizuglotzen.

»Ach du bist es, kleine Isis!«, hörte ich ihn sprechen. Er machte keine Anstalten, sich zu bedecken, sondern hörte nicht auf, sich die Augen zu reiben. »Bist du in eine Straßenschlacht geraten, so wie du aussiehst?«

»Del Monte hat mich geschlagen, weil ich bei dir in San Luigi war«, gestand ich weinerlich. »Giustiniani hat mich verraten – gewiss aus Rache, weil du ihn verspottetest und ich ihm meine Dienste aufgekündigt habe. Du … du musst mit mir kommen! Du musst vor del Monte aussagen, dass Giustiniani ein Intrigant und Verräter ist, der mich für üble

Zwecke genutzt hat! Mir glaubt er nicht, aber dir … dir vertraut er.«

Caravaggio bückte sich, um in den Lumpen, die verstreut am Boden lagen, nach seiner Kleidung zu suchen. Seine Bewegungen waren steif und schwer und verrieten, dass sein Kopf so schmerzte wie der meine.

»Was beeilst du dich denn aufzustehen?«, fragte Benedetto, der meiner ungeachtet liegen blieb. »Gebärde dich nicht, als wärst du nicht zufrieden! Oder willst du mir sagen, dass es mehr Spaß macht, wenn du es mit Lionello oder Fillide treibst?«

Caravaggio hörte nicht auf ihn.

»Bitte … bitte komm mit mir zu del Monte!«, stammelte ich und fühlte, wie mir im Gesicht heiß wurde vor Scham. Wiewohl er endlich nach Kleidung kramte, war Caravaggio noch immer nackt.

»Du bist das dümmste Mädchen, das mir jemals unter die Augen gekommen ist«, wählte er gleichgültig dieselben Worte, die vor kurzem noch Gaspara zu mir gesprochen hatte. Ohne mich anzusehen, warf er sich ein Hemd über. »Warum konntest du es vor del Monte nicht besser verbergen, dass du in San Luigi warst? Und was fällt dir ein, jetzt zu mir gekrochen zu kommen?«

»Aber du hast mich doch vor Giustiniani geschützt!«

»Habe ich?«

»Gewiss doch! Erinnerst du dich nicht? Du hast ihm gedroht! Du hast ihn davor gewarnt, mich schändlich zu behandeln! Bei del Monte würdest du ansonsten gegen ihn aussagen! Ach bitte«, flehte ich, »bitte hilf mir! Ich will nicht del Montes Prügelknabe sein!«

»Nein, aber du bist seine Hure«, murmelte Caravaggio. »Und das Bettchen, das er dir bereitet, ist doch weich. Denkst du, dass du etwas Besseres kriegen könntest als ihn?«

Übellaunig fuhr er fort, sich anzukleiden, bekundend, dass ihn das, was er nach Wochen der Malerei gesucht hatte, nicht zufriedener stimmte als jene. »Und jetzt raus!«, fuhr er mich an. »Ich kann dich hier nicht gebrauchen und mir schon gar nicht del Montes Missgunst leisten. Ich hoffe, er gibt nicht mir die Schuld, dass du mir nachgerannt bist. Und Giustiniani ... tja, Giustiniani ist ein Schlitzohr, von Neid zerfressen auf all jene, die mehr Macht und Einfluss in Rom haben als er. Er fühlt sich besser, lässt er sie bespitzeln. Was mir ganz gleich ist. Vor wenigen Tagen hat er ein Bild bei mir in Auftrag gegeben. Und mir fürstlichen Lohn versprochen. Du aber hau nun endlich ab!«

Benedetto lachte scheppernd, weil ich den Missmut zu spüren bekam und nicht mehr er. Caravaggio trat mit den Füßen nach ihm. »Maul halten!«, rief er und griff sich wieder an die schmerzende Stirn.

»Du hast dich also von Giustiniani bestechen lassen – ohne Rücksicht, was mit mir geschieht? Und rätst mir obendrein, ich sollte mich del Monte beugen? Bist du es denn nicht, der ständig gegen alle Welt aufbegehrt? Weigerst du dich nicht, des Kardinals Rat zu folgen und dem Matthäusbild den Heiligen Petrus einzufügen?«

In gleicher Weise, wie seine Kopfschmerzen anscheinend wuchsen, fühlte ich meine vergehen. Ich vergaß, dass sich mein Körper kaum rühren konnte, sondern schritt gehetzt auf ihn zu und packte ihn am Hemd.

Angeekelt stieß er mich zurück. »Lass mich in Ruhe, Weibsbild!«, keifte er. »Ich habe die ganze Nacht gesoffen und gefickt. Ich ertrage deine Stimme nicht.«

»Steht's mir nicht zu, nach Hilfe zu verlangen und mich zu wehren?«

»So wie du aussiehst, hast du dich zu wenig gewehrt!«

»Was hätte ich denn tun sollen, wo er doch stärker ist als ich?«

»Umso dümmer, dich mit ihm anzulegen!«

»Aber du tust es doch auch! Du beugst dich nicht, obwohl del Monte dich fallen lassen könnte!«

Er suchte mir zu entkommen, indem er mich stehen ließ und einfach zur Türe trat. Ich aber eilte ihm nach und packte ihn erneut am Arm.

»Hoho!«, lachte Benedetto. »Da kann man ja eifersüchtig werden! Ist nach dem Arsch jetzt wieder die Pflaume angesagt?«

»Jetzt hör mir mal zu, Mädchen!«, zischte Caravaggio überdrüssig. »Es geht mich nichts an, was du mit del Monte treibst. Aber ich meinerseits bin nicht so verblödet, mich mit dem Pfaffen zu streiten. Den Petrus habe ich längst ins Bild gemalt, so wie er's wollte. Was kümmert's mich, wenn er vor dem Papst buckelt? Tu ich's eben auch, solange ich davon reicher werde. Und genauso willig male ich für Giustiniani, ja ich wäre ein Idiot, würde ich mir ihn zum Feind machen, und wenn ich jemals etwas sagte oder tat, was solchen Anschein weckte, so nehm ich's wieder zurück. Und jetzt scher dich endlich fort!«

Benedetto lachte dröhnend. Vom Gang her keifte eine Frau, es möge endlich Ruhe herrschen. Ich blieb denn auch stumm.

Ich hasste Caravaggio so, wie ich ihn niemals geliebt hatte. Ich spuckte ihm ins aufgedunsene Gesicht, hob meine Faust und begann nicht minder zügellos auf ihn einzuschlagen als del Monte vor wenigen Stunden auf mich.

Mein Angriff währte nur kurz. Noch ehe er mich an den Händen packen und davon abbringen konnte, ließ ich sie meinerseits sinken, wissend, dass ich mit jedem weiteren Schlag nur meine Schande vergrößerte – nicht seine.

Ich war die Närrin, die ihm vertraut, die auf ihn gesetzt hatte. Ich war die Betrogene, die von ihm Schutz und Hilfe erwartet hatte. Beides deuchte mich so unendlich verfehlt, wie er da verständnislos grinste und seine Schultern zuckte, sodass mir nur die Flucht blieb. Ich ging, ohne mich noch einmal umzudrehen. Ich ahnte nicht, dass ich ihn für lange Zeit nicht wiedersehen würde – und selbst wenn man es mir verraten hätte, ich hätte ihm gewiss nicht wieder freiwillig unter die Augen treten wollen!

Scham, Wut, Verzweiflung trieben mich viele Stunden das Tiberufer auf und ab. Ich schluchzte, ich schrie, und ich verfluchte, jemals erhofft zu haben, er könnte mir helfen und mein Dasein erträglicher machen.

Dann entschied ich mich für die Unterwerfung.

Als ich vor del Monte am Boden kniete, war jedes Wort nüchtern geplant und darauf aufgebaut, dass sein Verhalten vorhersehbaren Gesetzen folgte.

»Ich liebe Caravaggio«, gestand ich schlicht – mehr nicht.

Er starrte auf mich herab, sichtbar angewidert von meinen grün geschwollenen Augen, dem schwarz getrockneten Blut, den zerrauften Haaren.

»Was redest du da?«

»Ich sagte, ich liebe Caravaggio. Ich liebe ihn, aber diese Liebe ist nichts wert. Seinetwegen habe ich Euch schmählich hintergangen, und es war ein großer Fehler. Ich schäme mich, ihn zu lieben – ich schäme mich, weil Ihr mir so viel gegeben habt und ich mich dessen nicht würdig erwiesen habe. Bitte vergebt mir! Bitte lasst mich zu Euch zurückkehren!«

»Du wagst es, dies alles zu bekennen?«

»Die Sünde endet erst, wenn man sie gesteht, und das tue ich. Mein Herz hat sich verirrt – aber es ist nicht verloren. Bitte, bitte, ich flehe Euch an! Ich bin klüger als Lavinia. Ich habe rechtzeitig begriffen, wie schwer mein Vergehen wiegt, und tue, was sie niemals getan hat: Ich bitte Euch um Verzeihung.«

Er starrte mich an – verständnislos zuerst, wütend, weil ich ihn in die Enge trieb und mich ihm als reuige Sünderin aufzwang, am Ende misstrauisch. Ich glaube, Letzteres war es, was mich rettete. Dass er mir niemals würde trauen können, wiewohl ich mich ihm restlos unterwarf, bestimmte fortan meinen Wert für ihn: Hier war ein Mägdelein, das sich als willfähriger erwies als die untreue Lavinia und das zugleich so viel an Schlechtigkeit besaß, dass er ihm niemals ganz verfallen würde.

»Wasch dich!«, befahl er und ließ mich für lange Wochen allein.

Meine Wunden heilten, und mein Gemüt vernarbte mit ihnen – ruhiggestellt vom traumlosen Schlaf, dem die kommenden Jahre ohne Caravaggio glichen, zermürbt vom sieglosen Kampf, von dem ich nicht wusste, um wessen Heil ich ihn geführt hatte.

Ein einziges Mal nur weckte mich in dieser Zeit ein Ereignis jäh aus meinem Dämmerschlaf.

Ein Jahr nachdem ich Caravaggio ins Gesicht geschlagen hatte, trat im Herbst der Tiber über die Ufer und setzte alle Keller und Gewölbe unter Wasser. Es geschah im Morgengrauen, weshalb das Wasser viele im Schlaf überraschte. Manch einer konnte nicht rechtzeitig ins Freie flüchten, sondern ertrank unbemerkt und wurde später als aufgedunsene Leiche fortgeschafft. Nicht nur unter den Ärmsten der Armen gab es Opfer zu beklagen. Auch die Dienerschaft der reichen Palazzi wurde von dem Unglück heimgesucht. Drei waren es im Palazzo Madama – darunter Giovanni, Caravaggios Lehrling, der in der einstigen Werkstatt Farben zubereitet hatte.

Ich weinte stundenlang um ihn und fühlte mich betrogen, als hätte sich der, der mir so oft von Caravaggio berichtet hatte, mit Absicht davongestohlen.

Später fragte ich nach Giovannis Bruder Nino und bestand

darauf, ihm selbst die traurige Nachricht zu verkünden. Da Kardinal del Monte in jenen Tagen Gast in der Villa Medici war, wagte ich es, mein Gemach zu verlassen und nach unten zu gehen, wo die Dienerschaft um die bläulich aufgeblähten Toten geschart stand. Als Nino herbeigelaufen kam und ich ihm das Schreckliche sagte, klang meine Stimme kalt. Wissend, dass ich im Mitleid ertrinken würde wie Giovanni im Tiberwasser, gab ich ihm nicht nach. Ich stellte mich Ninos Verzweiflung blind und verwehrte ihm die Umarmung, die er suchte.

Ohne meinen Trost heulte Nino laut. Ich hatte stets geahnt, dass Giovanni als der Ältere die treibende Kraft gewesen war, und nun bestätigte sich, dass Nino sich ohne ihn restlos verloren fühlte. Kurz stieg Graziosas Bild vor meinen Augen auf, und ich gedachte der älteren Schwester, die stets tatkräftiger und mutiger gewesen war als ich.

Was soll's, kämpfte ich gegen den Kummer an, ich war's, die überleben musste, und Nino hatte jetzt die gleiche Last zu tragen.

Trotzdem ich mir das Mitleid untersagte, wollte ich ihn nicht sogleich alleinlassen, wollte lieber abwarten, bis er den äußersten Schmerz verwunden hatte. So kam's, dass wir noch eine Weile zusammenhockten, zuerst in Trauer und schweigend, später redend. Nino erzählte von Giovanni, kleine Geschichten aus ihrer gemeinsamen Kinderzeit, und vom Reich der Farben, in dem sie damals gelebt hatten, am Rockzipfel der Mutter hängend, die – unter manchmal beißenden, manchmal köstlichen Gerüchen – weißes Tuch zu blauem, rotem, gelbem oder grünem machte.

Da ich nichts dazu zu sagen hatte, brach er das Erzählen schließlich ab.

»Hab Dank, dass du mir die Nachricht überbracht hast«, bekundete er gramvoll. »Ich werde es Caravaggio sagen!«

Ich hatte mich zum Gehen gewandt, doch beim Klang des vertrauten Namens blieb ich stehen und hoffte jäh auf weitere Geschichten, die Nino erzählen könnte, nicht von sich und seinem Bruder, sondern von dem Mann, den ich eigentlich nie wieder hatte sehen wollen.

»Ach herrje!«, rief Nino aus, und der Kummer über seines Bruders Tod wurde zum Kummer über die ganze Welt. »Gar schwer ist es, dieser Tage seiner habhaft zu werden. Ich weiß nicht einmal, wo ich ihn finden kann! Wochenlang richtet er all sein Trachten auf das Malen aus, doch kaum ist ein Gemälde vollendet, befällt ihn die übelste Laune, und es drängt ihn, sein Leben im Wein zu ersaufen. Dann streift er mit Lionello Spada und Onorio Longhi nächtelang durch die Stadt, hält stets den Degen gezückt und wartet nur auf eine Beleidigung, auf dass er sie jenem, der sie ausgesprochen hat, heimzahlen kann. Und wie ihm die Finger jucken, dies zu tun! Fallen nur freundliche, höfliche Worte, so spricht er selbst so lange Böses aus, bis einer gezwungen ist, auf ihn loszugehen. O, allzu oft gerät er so in Prügeleien, dass ich ihm mehr als einmal die Wunden verbinden musste. Und die Hausherrin klagt und klagt, dass er nicht rechtzeitig die Miete zahlt.«

Geschieht ihm recht, dachte ich hart – um zugleich zu fragen: »Hat er denn keine Aufträge?«

»O doch, gewiss!«, entgegnete Nino eilfertig. »Er gilt als großer Künstler jetzt und kommt mit dem Malen kaum nach. Für Tiberio Cerasi malt er in Santa Maria del Popolo! Und die Brüder Giustiniani haben mehrere Bilder in Auftrag gegeben, um die Gemäldesammlung ihres verstorbenen Vaters zu erweitern.«

Immer noch erzeugte es Bitterkeit in mir, dass gerade Vincenzo Giustiniani Caravaggio förderte. Es erinnerte mich an den Verrat, den der Künstler an mir geübt hatte. Freilich zog Giustiniani Caravaggio gewiss nicht nur auf seine Seite, um einen Mitwisser um seine geheimen Spitzeleien ruhigzustellen. Stärker als das trieb ihn wohl die Rivalität mit del Monte an, den er als Mäzen zu übertreffen suchte.

Ich wartete darauf, dass Nino weitersprechen würde. Da er's nicht tat, fragte ich ungeduldig: »Das ist alles?«

»Nein«, antwortete er. »Die Karmeliter von Santa Maria della Scala wollen, dass er den Tod Mariens malt!«

Trotz seines Kummers klang die Stimme eifrig und stolz, um freilich bald wieder der Verzweiflung zu weichen. »Aber ach! Giovanni wird es nicht mehr bezeugen können. Ganz allein lässt er mich in dieser großen Stadt. Geliebter Bruder, was würde ich dafür geben, gemeinsam mit dir die Heimat wiederzusehen! Was ließen wir uns von Rom, diesem Moloch, locken?«

Seine Worte gingen in Wehklagen über. Es steckte mich nicht an, aber stimmte mich ratlos. Vorsichtig legte ich meine Hand auf seine Schulter und beließ sie dort für einige Augenblicke.

»Es mag sein, dass es mit Caravaggio als Künstler aufwärtsgeht«, erklärte ich dem Weinenden. »Aber wie schnell wird er das Geld verspielen, verhuren, versaufen, das ihm die Aufträge einbringen? Wie schnell wird er sich mit dem unsteten Leben den guten Ruf verderben? Ach Nino, sieh zu, dass du tatsächlich Rom verlässt und von Caravaggio fortgehst! Willst du heil bleiben an Seele und Verstand, dann setz nicht auf ihn!«

Ninos Schultern zuckten. Es war jedoch kein neues Schluchzen, das ihn beutelte. Wütend blickte er mich an und bewies, dass er zwar schwächer als sein Bruder war, aber störrisch genug, an dem Leben festzuhalten, das jener für sie beide geplant hatte.

»Wie kannst du es wagen, in solch elender Stunde auch noch schlecht über Caravaggio zu reden?«, sprach er nicht länger weinerlich. »Gewiss bringt das Leben mit ihm manch Ungemach, und härter wird es sein, es ohne meinen Bruder zu ertragen – aber trotz allem ist er der größte Maler, den ich jemals sah, und die ganze Welt ist dabei, es zu begreifen!«

Er sprach anklagend, als hätte ich diesen Umstand geleugnet. Ärgerlich wie er rüstete ich mich zur Verteidigung. Sollte dies der Dank dafür sein, dass ich mich seiner in der traurigen Stunde annahm? Sollte ich gutheißen, dass Caravaggios Erfolg ihm selbst ganz gewiss nichts einbringen würde?

»Ach was soll's«, meinte ich dann müde und war es leid, ihm den Vorwurf heimzuzahlen. »Dann kriech dem großen Künstler eben nach und leck ihm die Stiefel! Es ist dein Leben, das du vergeudest!«

»Ich vergeude es doch nicht in seinem Schatten! Ganz gleich, welche Fehler man ihm nachsagt: Immer wird er der Größere sein! Und ich diene ihm!«

Er umklammerte meine Schultern, als er eifrig auf mich einredete. Ich versuchte mich unwirsch von ihm loszumachen, doch sein Griff war so fest, dass es mir nicht gelang.

»Vor allem aber bist du an seiner Seite der einsamste Mensch auf Erden«, gab ich zurück.

Ich hatte mich des Mitleids verwehrt, der Trauer um Giovanni und der Erinnerung an längst Vergangenes – die Bitterkeit freilich, die mich jäh überkam, war nicht so leicht abzuwerfen. Kohlschwarz war sie und machte aus meinem Leben, das Caravaggio mit seinem herrischen, trotzigen, spöttischen Wesen einst bunt angestrichen hatte, einen dunklen Fleck ohne Schattierungen und ohne Farbe.

Nino widersprach mir nicht länger. Stattdessen wurde sein Griff noch fester, als könnte er damit jeden Widerspruch aus mir herausquetschen, drängte sich sein Gesicht eng an meines, und obwohl ich mich ihr vorhin noch verweigert hatte, fand ich mich jäh in einer Umarmung mit ihm wieder. Einen Augenblick wehrte ich mich nicht, sondern gab mich ganz darein – der Versuchung erliegend, ich könnte in dieser Umarmung der schrecklichen Trostlosigkeit entgehen, die mich da plötzlich überkommen hatte. Einen Augenblick schien es mir zu gelingen. Nino war zwar schmächtig, sein verschwitztes Hemd mit Farbflecken übersät, sein Haar ungewaschen, aber zugleich war er so anschmiegsam, so weich. Weder widerwillig noch verschämt fiel die Berührung aus, sondern suchend und sehnsüchtig wie die eines Menschen, der einer harten Welt zu trotzen hatte, der den Willen besaß, irgendwie in diesem ungleichen Kampf zu bestehen, und der sich doch unendlich verlassen wähnte. Nah war er mir – nicht nur, weil unsere Körper sich aneinanderschmiegten und wir uns gegenseitig aufrichteten, sondern weil wir ein Schicksal teilten.

Doch während diese Einsicht reifte, während nun endlich Tränen des Mitleids und des Verständnisses und des Elends über meine Lider perlten, gedachte ich des Anblicks, den wir boten, und dass diese Begegnung – würde irgendjemand sie del Monte zutragen – mich vielmehr vernichten als trösten und stärken würde.

Ich entwand mich seinen Händen.

»Hau ab!«, entfuhr es mir, und es klang barscher, als ich beabsichtigt hatte. »O hau doch einfach ab!«

Er hob den Kopf. Seine Augen waren verweint, blickten jedoch vor allem überrascht über den plötzlichen Umschwung meiner Stimmung, und dieser Ausdruck war es auch, der mir von seinem Gesicht in Erinnerung blieb – in jenen fünf Jahren, da ich weder ihn noch Caravaggio wiedersehen sollte.

17

Rom, Gegenwart

»Ich glaube, Tano hat dir eine geheime Botschaft übermittelt«, erklärte Frater Elias stolz, »ich verstehe gar nicht, warum wir nicht schon viel früher auf diese Idee gekommen sind. Ist es dir nicht merkwürdig vorgekommen, dass Tano in seiner E-Mail von einem ›holden Bild‹ geschrieben hat?«

Ricarda blickte ihn stirnrunzelnd an. »Warum soll das merkwürdig sein?«

»Der Begriff ›hold‹ kling schrecklich antiquiert. Wer benutzt den heutzutage noch?«

»Tano war ziemlich altmodisch ...«

»Aber übersetze ›holdes Bild‹ mal ins Italienische!«

Seine gutgelaunte Stimme klang aufgesetzt. Als Ricarda seiner Blickrichtung folgte, ahnte sie, warum er sich dazu zwang. Während Elias an ihrem Schreibtisch saß, hatte sich Maurizio auf ihr Bett gesetzt, als wäre es selbstverständlich, dass er bei diesem Treffen dabei war.

Frater Elias fühlte sich von der »verkrachten Existenz« sichtlich gestört und stellte seinen Wissensvorsprung umso triumphierender zur Schau. Ricarda dagegen konnte sich kaum darauf konzentrieren, weil sie noch immer damit haderte, Maurizio nicht zum Gehen bewogen zu haben.

Mit um Verzeihung heischendem Gesichtsausdruck war er ihr vorhin in ihr Zimmer nachgetrottet und hatte dort das Sprüchlein wiederholt, das er ihr schon aus Alfonsos Bar nachgerufen hatte: dass er sie nicht kränken, höchstens hinterfragen wolle und dass er gern seine Kontakte spielen lassen könne, wenn sie ihn darum bitten würde.

Ihr war nichts eingefallen, um ihn loszuwerden. Als Frater Elias eintraf, saß Maurizio immer noch in ihrem Zimmer – und da es Ricarda peinlich war, vor dem Benediktinermönch einen neuerlichen Streit mit Maurizio vom Zaun zu brechen, blieb ihr nichts anderes übrig, als seine Anwesenheit zu dulden. Sie war noch verwunderter, als er sich obendrein besitzergreifend auf ihr Bett lungerte, aber sie hoffte, ihn schneller loszuwerden, wenn sie das einfach überging.

»Es ist doch ganz klar!«, rief Elias erneut mit siegessicherem Seitenblick auf Maurizio. »›Holdes Bild‹ – das heißt ›un imago grazioso‹. Dämmert's?«

»Nein«, brummte Maurizio, nicht länger hilfsbereit, sondern sichtlich schlecht gelaunt.

»Ja versteht ihr denn nicht? Un imago grazioso! Grazioso! Ricarda, du hast mir doch erzählt, dass gleich in der ersten Zeile der Lebenserinnerungen von Isis de Luna ihre Schwester erwähnt wird. Und welchen Namen trägt sie?«

»Graziosa«, antwortete Ricarda, erstaunt darüber, dass er sich diesen Namen gemerkt hat.

»Ich habe mir alle Details zur Sicherheit aufgeschrieben«, erklärte Elias, ehe sie ihn danach fragen konnte, »und als ich alles, was wir herausgefunden haben, noch einmal durchging, ist mir das aufgefallen. Das kann doch kein Zufall sein!«

Hektisch drehte er sich auf dem Stuhl hin und her – offenbar in Erwartung, dass dieser Räder hatte und sich mit ihm drehen würde. Aber es war nur ein einfacher Holzstuhl, der auf dem Boden kleben blieb. Ricarda lehnte sich stehend an die Wand und fühlte nicht nur Ärger, weil Maurizio stur in ihrem Zimmer sitzen blieb, sondern auch Enttäuschung. Sie hatte sich von Frater Elias' Ankündigung mehr erwartet als ein so nebensächliches Detail.

»Wie einfallsreich«, stichelte Maurizio, dem ihre Miene nicht entgangen war. »Das nenne ich ganze Arbeit! Respekt, Respekt!«

»Machen Sie sich nur lustig!«, giftete Frater Elias zurück. Abschätzend kroch sein Blick durch Ricardas Raum, um die Minderwertigkeit der Pension Buzzo zu belegen, in der jemand wie Maurizio leben musste. San Anselmo war schöner eingerichtet.

»Klar doch, klar doch«, meinte der. »Bald kommt der arme Penner an eure Klosterpforte gekrochen, um zu betteln. Und wenn ich oft genug bitte, bitte sage und meinen Kopf unters Weihwasser halte, dann gebt ihr mir eine verfaulte Banane und kommt euch ach so heilig, ach so gut vor. Und für jedes Kreuzzeichen, das ich mache, gibt's einen Bissen obendrein. Dann hat es sich gleich doppelt ausgezahlt. Einen Heiden bekehrt und Almosen gewährt. Was mich interessieren würde: Kann man eigentlich noch weiter als in den Himmel kommen? Ich meine, Sie strotzen so dermaßen vor Nächstenliebe und sozialem Engagement – schießt man da nicht über die Wolken hinaus wie 'ne Rakete?«

Ricarda blickte betreten zu Boden.

»Bitte!«, warf sie ein und fühlte, wie sie rot im Gesicht wurde. »Bitte, hört auf!«

»Rekapitulieren wir also!«, rief Elias lauter, als es nötig gewesen wäre. »In den Lebenserinnerungen von Isis de Luna wird deren Schwester Graziosa erwähnt, die an der Pest starb. Vielleicht war sie nicht die Einzige aus ihrer Familie, die daran erkrankte. Vielleicht ist die Pest der Grund dafür, dass Isis de Luna überhaupt Kurtisane wurde – weil sie ihre Angehörigen verloren hat. Wir wissen nichts über die Bedeutung, die Graziosa in Isis' Leben gespielt hat, doch wenn Tano nun vom ›imago grazioso‹ spricht, stellt er ganz deutlich den Zusammenhang zwischen Bild und Lebenserinnerungen her.«

Wieder runzelte Ricarda die Stirne. Seine Ausführungen schienen ihr ziemlich konstruiert – nicht zuletzt, weil Tano doch unmöglich von ihr erwarten konnte, dass sie seine E-Mail erst mal auf Italienisch übersetzte. Allerdings wollte sie in Maurizios Gegenwart nicht mit Elias darüber zu diskutieren beginnen.

»Schön«, murmelte sie. »Aber so weit waren wir doch schon. Das Bild und die Lebenserinnerungen liefern uns einige Erklärungen. Vielleicht war die tote Schwester Graziosa tatsächlich so etwas wie ein Vorbild für Isis de Luna; vielleicht war es ein weiterer Deckname als Kurtisane. Und vielleicht lässt sich aus Tanos Wortwahl schließen, dass es Isis de Luna selbst war, die für die Maria Magdalena Modell gestanden hat. Aber ...«

»Genau das«, unterbrach Frater Elias sie eifrig.

Ricarda schüttelte nachdenklich den Kopf. »Das ist allerdings keine sonderlich revolutionäre Erkenntnis«, wandte sie vorsichtig ein.

»Ha!«, lachte Maurizio dazwischen. »Ha!«

»Nun gut«, meinte Ricarda zögernd. »Selbst wenn es nun aber so ist und die Kurtisane Isis de Luna von Caravaggio als heilige Maria Magdalena gemalt wurde, so kann das unmöglich der Skandal sein, den Tano in seiner E-Mail auch angedeutet hat. Oder die ›Sünde‹, von der Signora Luisa gesprochen hat. Caravaggio hat bei viel berühmteren Bildern Straßenhuren als Vorbild genommen: zum Beispiel bei der Madonna von Loreto oder dem Annenaltar oder meinetwegen – wenn wir bei den Darstellungen der Maria Magdalena bleiben – bei der ›reuigen Magdalena‹, für die die Hure Giulia Modell stand.

Natürlich war das damals Blasphemie und hat ihm viel Kritik eingebracht. Das mag auch der Grund dafür gewesen sein, warum er letztlich nie den ganz großen Durchbruch schaffte. Aber heute wäre es keine aufsehenerregende Erkenntnis mehr, wenn die ›Santa Maria Maddalena‹ aus dem Jahr 1606 das Gesicht einer Kurtisane trüge.«

»So kommt ihr doch nie und nimmer weiter!«, dröhnte Maurizio dazwischen. »Ihr geht die Sache falsch an. Wenn ihr mich fragt, dann würde ich ...«

»Wir fragen Sie aber nicht!«, erwiderte Elias barsch.

»Bitte!«, schaltete sich Ricarda erneut ein. »Bitte! Jetzt reißt euch zusammen! Dass eine Kurtisane für Caravaggio Modell saß, ist also nicht ungewöhnlich. Der Skandal muss anderswo begründet liegen. Gerade fällt mir etwas ein: Es gibt eine Geschichte von Pietro Aretino – jenem berühmten Dichter, der gerne von Kurtisanen zitiert wurde, weil er mehr als eindeutig über Sex schrieb.«

»Und?«, fragte Elias.

»Pietro Aretino wurde, als er einmal in Perugia weilte, vorgeworfen, ein Bild in einer Kapelle geschändet zu haben: Er hat bei der klagenden Magdalena, die unter dem Kreuz stand und in ihrer Verzweiflung über den Tod Christi die Arme ausbreitete, einfach eine Mandoline dazugemalt, sodass es aussah, als würde sie nicht nur klagen, sondern diese spielen, und sie – so der Vorwurf – auf diese Weise als Straßendirne lächerlich gemacht.«

»Und?«, wiederholte Elias.

»Mir fällt auch noch etwas anderes ein: Manche Kunsthistoriker behaupten, es wäre zunächst nur Zufall gewesen, dass Caravaggio großen Heiligen das Antlitz seiner Mitmenschen und eben auch mal das einer Prostituierten gegeben hat. Sein erstes Magdalenenbild habe zunächst nur ein schlafendes Mädchen zeigen sollen, bis er es – wahrscheinlich, um das Bild zu verkaufen oder um seinem Gönner, sagen wir del Monte, entgegenzukommen – in die Darstellung einer Heiligen umgewidmet hat. Nehmen wir mal an, Caravaggio malte Isis de Luna ganz ohne die Absicht, sie zur heiligen Maria Magdalena zu machen, sondern als das, was sie eben war. Irgendein Detail auf dem Bild zeigt darum vielleicht etwas aus der Lebenswelt der Kurtisanen. Doch kaum ist das Bild fertig, will er es verkaufen – findet jedoch nur einen Käufer, indem er es zu einem Magdalenenbild macht, und verändert darum die zunächst sehr weltliche, alltägliche Darstellung in ein Heiligenbild. Nun aber könnte es doch der Fall sein, dass dieses eine Bilddetail aus der Lebenswelt der Kurtisanen für den Gesamtkontext des Bildes völlig unpassend ist – ähnlich wie eine Mandoline in der Hand der klagenden Magdalena.«

»Und darin liegt der Skandal?«, fragte Elias interessiert.

»Und deswegen musste Tano Faresi sterben?«, lästerte Maurizio und wühlte in der Bettwäsche herum. Ricarda wollte ihn dabei nicht offen anstarren, aber es fiel ihr schwer, den verstörten Blick von seinen Händen zu lösen. Als er sie unter das Kopfpolster schob, hatte sie das Gefühl, er berührte sie selbst dabei – ohne Scheu zupackend, ganz selbstverständlich.

»Wir wissen nicht, warum Tano gestorben ist«, fuhr sie hastig fort, um sich von dem Gedanken abzulenken, »aber wir wissen, dass jemand versucht, dieses Bild vor der Öffentlichkeit geheim zu halten. Und ebenso, dass jemand dieses Bild stark beschädigt hat, was ein möglicher Beleg für meine These sein könnte. Es bleibt freilich die Frage, warum in der heutigen Zeit jemand bereit sein sollte, ein extrem wertvolles Gemälde zu beschädigen, nur weil sich dahinter eine Blasphemie verbirgt – zumindest nach Ansicht der Leute im beginnenden 17. Jahrhundert.«

Ricarda lehnte den Kopf an die Wand. Ihre Hände waren schwitzig, und auch über den Rücken perlten Schweißtropfen.

Das lange Stehen machte sie schwindlig, aber sie wollte sich nicht neben Maurizio aufs Bett setzen.

»Wenn wir nur wüssten, was in den Lebenserinnerungen steht! Wahrscheinlich sind die der Schlüssel zu allem!«

»Und genau das ist der Grund, warum man sie aus deinem Zimmer gestohlen hat.«

»Caravaggio und eine Kurtisane ...«, sinnierte Ricarda laut.

»Hilft es uns vielleicht weiter, wenn wir herausfinden, wessen Kurtisane sie war?«, schlug Frater Elias vor. »Ich kenne mich nicht so gut damit aus ... aber war es vielleicht so, dass die damaligen Kurtisanen so etwas wie Hauptkunden hatten?«

»Hauptkunden! Wo haben Sie das Wort denn her?«, lachte Maurizio dazwischen.

Ricarda machte ungehalten einen Schritt auf das Bett zu. »Sag, gibt es keine Promis, die du fotografieren musst?«

»Was für eine gute Idee«, fügte Elias sarkastisch hinzu.

»Na gut, ich bin also der Idiot, der die Klappe zu halten hat«, stellte Maurizio mit beleidigtem Tonfall fest.

Er hatte aufgehört, in ihrer Bettdecke zu wühlen, und richtete sich nun endlich auf.

Ricarda konnte sich einen erleichterten Seufzer gerade noch verkneifen.

»Das heißt, ihr braucht meine Hilfe nicht«, setzte er gedehnt an.

»Du musst zugeben, dass du nicht gerade der Experte in Kunstangelegenheiten bist«, sagte Ricarda und trat wieder zurück zur Wand, um sich daranzulehnen. »Und ein paar gute Kontakte magst du ja haben, aber ob sie wirklich ...«

Maurizio zuckte beleidigt die Schultern und ging zur Tür. »Okay, okay, ich hab's verstanden. Mein Typ ist hier nicht gefragt«, erklärte er steif. »Ich bin bei Alfonso, weitersaufen. Bis zum Abend habe ich sicher einen Vollrausch zustande gebracht. Und so was in der Art ist von einem wie mir ja zu erwarten.«

Die Tür krachte laut ins Schloss, als er sie hinter sich zuschlug.

Ricarda zuckte zusammen. Wortlos ließ sie sich auf das Bett sinken, das noch warm war von Maurizio, wühlte in den Laken und wischte ihren Schweiß daran ab – jetzt erst merkte sie, dass es fettig war; Maurizios Finger, noch triefend vom Thunfischsandwich, hatten Spuren hinterlassen.

Frater Elias drehte sich um, zunächst sichtlich zufrieden, den Störenfried los zu sein, dann aber peinlich berührt, alleine mit Ricarda in ihrem engen Zimmer zu sein.

»Ich glaube, wir sollten mehr über Isis de Luna herausfinden«, schlug er vor. »Genau genommen ist das der einzige Anhaltspunkt, den wir haben.«

Ricarda nickte. »Wir könnten die Protokolle gerichtlicher Verhöre im Archivio di Stato di Roma durchforsten«, schlug sie vor. »Das sind die wichtigsten Quellen, wenn man etwas über die Lebenswelt von Kurtisanen erfahren will. Vielleicht stoßen wir auf ihren Namen und erfahren mehr über sie.«

Rom schien sie zu verschlucken.

Als Ricarda am Abend allein durch die Straßen ging, sogen die Neonlichter und der Motorenlärm fast jede vernünftige Überlegung auf. Sie hatte Frater Elias einen Teil des Weges zurück nach San Anselmo begleitet und wollte eigentlich zu Fuß nach Hause gehen, aber anstatt die Pension Buzzo anzusteuern, ließ sie sich ziellos durch das Labyrinth an Straßen und Gässchen und Plätzen treiben.

Also gut, befahl sie dem trägen Geist. Also gut, fassen wir zusammen.

Im Archiv waren sie tatsächlich auf den Namen Isis de Luna gestoßen und hatten herausgefunden, dass dieser der Künstlername einer gewissen Isotta di Mantaco gewesen war. Sie hatten zwar nur ein einziges Dokument entdeckt, aber das belegte einwandfrei die historische Existenz dieser Frau. Dabei handelte es sich um einen Rechtsstreit – im Jahr 1606 ausgefochten zwischen besagter Isotta und einer gewissen Marzia di Pitigliano, offenbar auch eine Kurtisane.

Marzia di Pitigliano forderte einhundert Scudi als den ihr zustehenden Anteil von jenen eintausend Scudi, die Isis de Luna als Vermögen besaß und die sie als Mitgift in ihre Ehe mitnehmen wollte.

Ricarda hielt inne, die Füße taten ihr weh. Wieder einmal streikte die U-Bahn, vielleicht sollte sie ein Taxi nehmen. Die Warnung einer Tante, die diese ihr mit auf den Weg gegeben hatte, fiel ihr ein. »Pass du nur auf!«, hatte sie misstrauisch ausgerufen. »Die römischen Taxifahrer sind alle Betrüger. Die fahren absichtlich Umwege, damit sie dich richtig abzocken können.«

Die Tante war noch nie in Rom gewesen.

Anscheinend hatte Marzia di Pitigliano Isotta di Mantaco abzocken wollen – denn einhundert Scudi waren im damaligen Rom keine geringe Summe gewesen, ganz zu schweigen von den eintausend, die Isis de Luna besessen haben soll. Im »goldenen Zeitalter«, so hatte sie es Frater Elias erklärt, gab es zwar einige Kurtisanen, die sich im Lauf ihres Lebens ein beträchtliches Vermögen erwirtschaften und sich damit eine ehrenhafte Heirat erkaufen konnten, aber selten in dieser Größenordnung. Selbst Kurtisanen, die gut im Geschäft waren, verdienten in einem halben Jahr nur etwa einhundert Scudi: Angesichts eines solchen Lohns war es nahezu unmöglich, sich derart viel Geld anzusparen. Und eigentlich war solch ein Betrag auch gar nicht nötig, um sich den Lebensabend zu sichern. Mit zweihundert Scudi konnte eine ehemalige Kurtisane in eine gute Familie einheiraten, mit einhundert Scudi wurde sie immerhin von einem Handwerker gerne als Gattin genommen.

Wie war Isis de Luna zu diesem Vermögen gekommen? Und war es Zufall, dass sie ausgerechnet in dem Jahr über diesen Geldbetrag verfügte, als Caravaggio das Gemälde »Santa Maria Maddalena« malte?

Nachdenklich ging Ricarda weiter. Mehrmals blickte sie sich um – als würde sie insgeheim erwarten, dass jemand sie irgendwo in einer mit Taubenkot verdreckten Ecke aufhalten und eine Antwort auf ihre Fragen nuscheln würde.

Die Informationen, die sie zusammengetragen hatten, waren wie Mosaiksteinchen – schön geformt, glitzernd und bunt, aber nutzlos, wenn man nicht wusste, welcher Form sie einzufügen waren.

Die hilfreiche Praktikantin vom Archivio di Stato – die Ricarda von früher kannte, was nicht viel half, und die Frater Elias ungeniert anflirtete, was sich als äußerst nützlich herausgestellt hatte – hatte ihnen nach Sichtung der ersten Quelle vorgeschlagen, in der Datenbank noch einmal gezielt nach Marzia di Pitigliano zu suchen. Da keine weiteren Informationen über Isis de Luna/Isotta zu finden waren, bot dieser Name die einzige verbleibende Chance, mehr über die Kurtisane und ihre Lebenswelt zu erfahren.

Während sie auf Ergebnisse gewartet hatten, hatte sich Frater Elias an einem kaputten Süßigkeitenautomaten abgemüht. Eigentlich wollte er nur einen Pfefferminzkaugummi. Stattdessen fielen bei Münzeinwurf drei Packungen mit einer undefinierbaren Zucker-Milch-Schokoladen-Mischung heraus.

»Ich würde das ja nicht essen«, meinte Ricarda.

Frater Elias zuckte die Schultern und stopfte die klebrige Masse in den Mund. Vom dreisten Selbstbewusstsein, mit dem er sich gegenüber Maurizio behauptet hatte, war nicht viel übrig geblieben. Er wirkte ungewohnt unsicher, blickte ständig auf die Uhr und stand keinen Augenblick still.

»Warum bist du denn so nervös?«, entfuhr es ihr, woraufhin er etwas von der Vesper murmelte, die er eigentlich für heute hätte vorbereiten sollen. Der Mitbruder, der ansonsten die Orgel spielte, sei krank und habe ihn gebeten einzuspringen.

»Und das ist dir nicht schon früher eingefallen?«

Die Praktikantin kam wieder zurück und grinste Frater Elias aufreizend an. Es gebe ein zweites Dokument, in dem Marzia di Pitiglianos Name auftauche: Wieder handele es sich um einen Rechtsstreit, den Marzia diesmal mit ihrer eigenen Mutter ausfocht. Sie beschuldigte die Tochter, ihr eine Goldkette gestohlen zu haben.

»Nette Familienverhältnisse«, kommentierte Frater Elias. »Tochter beklaut Mutter.«

»Damals ging's rüde zu – wenn eine Kurtisane erfolgreich sein wollte, durfte sie der anderen die Butter auf dem Brot nicht gönnen, und sei es einer Verwandten …«, murmelte Ricarda.

Der Rechtsstreit war offenbar beigelegt worden, denn es fanden sich keine weiteren Informationen dazu. Datiert war er mit September 1591.

»Ein hartes Jahr«, fügte Ricarda hinzu. »Damals wurde Rom von einer schweren Hungerkrise heimgesucht – die ganze Brotversorgung brach zusammen.«

»Und was hat das mit Isis de Luna und Caravaggio zu tun?«

»Ich habe keine Ahnung«, sagte Ricarda und drängte sich zwischen Elias und die Praktikantin. »Wahrscheinlich nichts. Dieses Dokument zeigt lediglich, dass Marzia um vieles älter war als Isis de Luna – vielleicht hat sie Isis zur Kurtisane ausgebildet. Daraus hat sie wohl auch das Recht abgeleitet, die hundert Scudi zu verlangen. Was jedoch nicht erklärt, warum Isis/Isotta im Jahr 1606 derart vermögend war.«

Wenig später hatten sie das Archiv verlassen, sich an der Abzweigung, die zum Kloster führte, voneinander verabschiedet und beschlossen, eine Nacht über alles zu schlafen. Sie könnten nicht ewig Vermutungen anstellen, meinte Frater Elias, es gebe schließlich auch noch ein anderes Leben.

Als Ricarda durchs nächtliche Rom ging, schien dieses andere Leben unendlich weit fort. Der Alltag vor Tanos Tod war wie ein zerfleddertes Buch, das sie zu oft gelesen hatte und das sie zu gut kannte, um ihm noch einen Reiz abzugewinnen.

Lustlos wechselte sie an der Ponte Vittorio Emmanuele über den Tiber zum Centro Storico. Hauptstraßen und Nebengässchen öffneten und verschlossen sich, verdreckt oder halbherzig gereinigt, in jedem Fall aber laut. Souvenirläden säumten den Weg, *Sali e Tabacchi* stand klein an ihnen geschrieben, viel größer prangten daneben auf Englisch die Worte »Souvenir Market« und »Stamps«.

Als sie an der Via Lata an einem der dreitausend Brunnen Roms vorbeikam, las sie die lateinische Inschrift an der Brunnenfigur, am Facchino, dem Wasserträger.

Vixit quanto potuit et dum vini cadum intus et extra portabat nolens obiit.

Häme über den Tod eines Betrunkenen. Sie übersetzte die Worte rasch, aber auch das gab ihr keinen Auftrieb. All ihre Kenntnisse halfen ihr nicht, die bisher gesammelten Informationen systematisch zusammenzuführen.

Noch mal von vorne!, befahl sie sich.

Tano Faresi restauriert ein historisches Gemälde und ist der Meinung, es könnte ein echter Caravaggio sein – die heilige Maria Magdalena, die der Künstler im Jahr 1606 gemalt hat. Allerdings wird diesem Bild ein schwerer Schaden zugefügt – wahrscheinlich, um ein skandalöses, ja sündiges Detail zu vertuschen. Das geschieht zu einem Zeitpunkt, da Tano Faresi sein Restaurationsvorhaben bereits schriftlich festgelegt hat.

Es gibt eine Verbindung zwischen dem Gemälde und Isis de Luna – einer Kurtisane, die zu Beginn des 17. Jahrhunderts in Rom lebte und die es wirklich gegeben hat. Zu vermuten ist, dass Isis de Luna Caravaggio kannte und für seine Maria Magdalena Modell gesessen hat. Zustande kam dieser Kontakt vielleicht über irgendeinen Mentor Caravaggios. Isis de Luna hat 1606 – in dem Jahr, als das Bild entstand – ein großes Vermögen besessen, was umso verblüffender ist, als die soziale Situation der Kurtisanen in dieser Zeit nicht gerade rosig war.

Dröhnende Dancefloor-Musik strömte aus einer Disco und begleitete sie einige holprige Takte lang. Ricarda versuchte, den Rhythmus abzuschütteln. Obwohl sie sich im Archiv sicher nicht überarbeitet hatte – zumindest nicht so wie manchmal vor ihren Büchern oder dem Laptop, von dem sie meist mit steifem, schmerzendem Nacken aufstand –, fühlte sie sich von den ständigen Reizen, die auf sie einströmten, erschöpft. Die halbhohen Pumps wurden ihr eng, die Füße begannen zu schmerzen. Abgase krochen wie Nebelschwaden durch die Nacht, die die Menschen vor sich hertrieb und aus einer der schönsten Städte einfach nur mehr eine anstrengende und laute machte. Selbst in der kleinsten Seitengasse musste man ständig Angst haben, dass einem ein Fiat Punto über die Füße rollte.

Als Ricarda bei der Pension Buzzo angelangt war, zögerte sie. Wie gestern scheute sie das Zimmer und die einsame Arbeit, obwohl sie dringend das versäumte Pensum nachholen sollte. Noch nie war sie ihren eigenen Vorgaben so weit hinterhergehinkt. Faulheit kannte sie nicht. Ihr Leben war bislang immer glatt verlaufen: behütete Tochter aus gutem Hause, angepasst und trotzdem Außenseiterin, begabt, aber letztlich nur darum überdurchschnittlich, weil sie sich Aufgaben suchte, deren Schwierigkeitsgrad sie mit viel Fleiß erfüllen konnte. Ihr gelinge alles, meinte die Familie, weil sie nur das tue, was ihr liege, und sie sich auf keine Mutproben einließ. In ihrem Studium hatte sie keine Höchstleistungen erbracht, dafür aber mit Eloquenz, Logik und sicherem Auftreten die Professoren für sich eingenommen. Sie lernte brav, um nicht anzuecken, und bekam Einsen von solchen, die ebenfalls nicht anecken wollten. So war sie in die Welt der Skripten, Bücher und Kopien gelangt, ohne jemals überlegt zu haben, ob sie das tatsächlich wollte. Bis heute war sie überzeugt davon, dass sie den richtigen Weg beschritt, auch wenn sie niemals entschieden die Wahl getroffen hatte, dass sie genau dieses Leben führen wollte und kein anderes.

Sie schüttelte den Kopf.

Welcher Skandal verbarg sich hinter dem Bild? Was hatte ihr Tano kurz vor seinem Tod sagen wollen?

Als sie ins Zimmer trat, streifte sie zuerst die engen Schuhe ab, setzte sich dann auf ihr Bett und massierte sich die schmerzenden Fersen. Erst danach schaltete sie das Licht ein, bemerkte, dass am Boden vor der Tür ein dünner Brief lag, und bückte sich danach. Es war ein quadratisches Kuvert, das mit ihrem Namen beschriftet war.

Entweder hatte der Absender dieses Schreiben durch ihren Türspalt geschoben, oder aber Signora Buzzo hatte es hochgebracht und neben den frischen Handtüchern auf das Bett gelegt. Ein kleiner Luftzug hätte ausgereicht, um das Kuvert von dort auf den Boden zu fegen.

Das bedachte sie nüchtern, während sie sich aufrichtete und den Briefumschlag öffnete. Das Entsetzen setzte erst ein, als sie die Worte las, die auf einen Fetzen Papier geklebt waren – aus Zeitungspapier ausgeschnitten und sorgfältig aneinandergeklebt, wie es in jedem schlechten Fernsehkrimi bei anonymen Droh- oder Bekennerschreiben gemacht wurde. Ein Adrenalinstoß jagte durch ihren Körper, als sie nach dem Telefonhörer griff.

Als Frater Elias an der anderen Seite der Leitung abhob, brüllte sie den Inhalt der anonymen Nachricht in den Hörer.

»Se volete sapere di più di questo dipinto, venga a questo indirizzo! – Wenn Sie mehr über das Gemälde erfahren wollen, kommen Sie zu dieser Adresse!«

Der Straßenname und die Nummer, die folgten, waren in noch größeren Buchstaben geklebt als diese schlichte Aufforderung.

18

Aus den Lebenserinnerungen der Kurtisane Isis de Luna
Rom, 1601–1605

Die Zeit schritt voran, aber mein Leben veränderte sich nicht. Oft schien es mir, als wäre es zum Stillstand gekommen. Mein Dasein – vor allem im weichen Bett mit vier Pfosten, kostbaren Vorhängen und einem Baldachin zugebracht – folgte nicht einer geraden Linie, sondern wand sich zu einem Kreis, in dem mir das Alte stets als Neues entgegentrat und der Wechsel vom Tag zur Nacht nicht mehr als ein Trugbild zu sein schien. Durchbrochen wurde die Ruhe einzig von del Montes Besuchen.

Nun, da sich herausgestellt hatte, dass ich nicht Lavinia glich, drohte er mir nicht mehr mit Hölle und Teufel, und seine schmerzvolle Lust blieb frei von Gewissensqualen. Die Ordnung, die zwischen uns bestand, war abgemacht.

Meist verliefen unsere Begegnungen schweigend. Nur manchmal ertrug er die Stille nicht. Dann blickte er mich – kaum dass er seinen Samen in meinen Händen ergossen hatte – nachdenklich an und redete mit mir.

Ich freute mich, wenn dies geschah, weil ich sonst so wenig zu hören bekam und weil seine Geschichten der letzte Rest an Leben waren, der in mein Gemach gespült wurde. Es war mir gleich, dass er – kaum dass er mit gleichgültiger Stimme zu reden anhob – an mir vorbeistarrte und seine Worte nichts weiter als Selbstgespräche waren, denen ich nur durch Zufall lauschen durfte.

Anfangs blieb es bei Belehrungen darüber, was sich auf der Welt zutrug und in welcher Weise Papst Clemens die Geschicke der Kirche lenkte. Dieser war einmal der französischen, einmal der spanischen Partei an seinem Hof zugeneigt, um beide mit seiner Unentschiedenheit zu zermürben. An einem Tag noch galt es als Schandtat, auf Seiten des französischen Königs Henri IV. zu stehen, weil der ein Ketzer wäre, der nur aus Machtgier katholisch geworden sei. Am nächsten Tag jedoch versprach Gleiches seine Gunst, weil nun Henri IV. mit dem Papst ein Bündnis geschlossen hatte, auf dass jener Ferrara dem Kirchenstaat einverleiben konnte.

Manchmal schien del Monte mich ganz zu vergessen und sprach eigene Sorgen aus. Oft galten sie seinem Bruder Guidobaldo, der Gelehrte förderte, die im Verdacht der Häresie standen. Er verstehe ihn, sprach del Monte; er selbst sei ein neugieriger, wissenshungriger Mensch. Doch sein Bruder, der weit entfernt von Rom lebte, wisse manches nicht richtig einzuschätzen, vor allem aber nicht, dass man Leidenschaften durchaus frönen dürfe, jedoch nur im Geheimen. Kaum ausgesprochen, ging ihm auf, dass, was er sagte, nicht nur auf die Wissenschaft zu münzen war, sondern auch auf mich – und er ging hastig von mir.

Bald schon kehrte er wieder, um erneut das Vorhaben, mir gegenüber jedes unnütze Wort zu unterlassen, zu brechen. Caravaggio hatte einst davon gesprochen, dass del Monte bei weitem kein strenger, frommer Kirchenmann sei, sondern geübt in Spott und Witz und den leichten Dingen des Lebens nicht abgeneigt. Auch das erfuhr ich in diesen Jahren – wenn er, einem geschwätzigen Marktweib gleich, den neuesten Tratsch vor mir ausbreitete. Nahezu amüsiert sprach er etwa von der

Heirat der Margherita Aldobrandini, immerhin eine Nichte des Papstes, mit Ranuccio Farnese, der einer der mächtigsten Familien Roms entstammte. Dreihundertfünzigtausend Scudi waren an Mitgift geflossen – ein unerhörter Betrag! Doch die zwölfjährige Braut schien diesen Aufwand den Eltern nicht zu danken, sondern weinte während der Trauungszeremonie immerzu, weil sie viel lieber ins Kloster gegangen wäre – wohin sie, wie del Monte vertraulich hinzufügte, wohl auch besser gepasst hätte, denn nun erlitt sie eine Fehlgeburt nach der anderen, und auch drei Operationen an den Fortpflanzungsorganen konnten keine Abhilfe schaffen.

Nicht nur Worte schenkte er mir in jenen Jahren, sondern auch eine Dienerin, die – anders als die schweigsame Schar, die mir die Mahlzeiten servierte – nur für mich bestimmt war. Sie war eine Mohrin mit schwülstigen Lippen, gekräuseltem Haar und kräftigen, fleischigen Händen, mit denen sie mir – kaum dass ich die Scheu vor ihr abgelegt hatte – den Rücken massierte.

Dies sei, behauptete sie, ihr größtes Talent. In der Küche hingegen sei sie nicht zu gebrauchen, denn dort, wo sie herkam, war sie mit Speisen und Gewürzen aufgewachsen, die man hierzulande nicht kannte. Schwere Arbeit im Stall und im Garten konnte man ihr ebenfalls nicht auflasten, weil sie dafür zu teuer erkauft sei. So ließ man ihr die Arbeit, mit ihren dicken Fingern verspannte Leiber durchzukneten.

Flink wie ihre Hände waren, war sie auch mit Worten. Obwohl sie ein grässliches Italienisch sprach, berichtete sie mir bereits am ersten Tag aus ihrem Leben. Ihr Name war Amina, aber man hatte sie später auf einen anderen getauft und ihr verboten, sich so zu nennen.

Dies war geschehen, als sie vierzehn Jahre alt war, eine Horde Reiter in das sandige Dorf ihrer Kindheit einfiel, die Männer abschlachtete und die Frauen gefesselt durch die große

Wüste brachte. Hinter der Wüste – so hatten sie stets gehört – gäbe es kein Land. Nun erfuhren sie, dass die eigentliche Welt dort erst begänne, dass sie nicht mehr an Allah glauben sollten, sondern daran, dass Jesus Christus Gottes Sohn sei. In einer großen Stadt am Meer, die Alexandria hieß, wurde Amina von einem Priester getauft. Er hatte Mitleid mit ihrer armen Seele, sprach aber zugleich die Absolution über jenen Reiter, der die Mutter in den Wüstensand gepeitscht und dort hatte liegen lassen. Zunächst behauptete er, dass Sklaverei gegen das göttliche Gebot gerichtet sei, und verbot dem Reiter, das Mädchen zu verkaufen. Wenig später handelte er selbst freilich einen guten Preis für sie aus, weil er das Geld brauchte, um in diesem unseligen, heißen Land zu überdauern, und gab ihr den Ratschlag mit, alles zu tun, was man ihr jemals befehlen würde. Nun verdursteten und starben die Menschen rund um Amina nicht mehr in der Wüste, sondern im hitzigen Bauch eines großen Schiffs. Im Hafen zu Ostia angekommen, war sie bis auf die Knochen abgemagert und hatte eitrige Wunden von den Eisenfesseln. Die Wunden verheilten lange Zeit nicht, aber ihr Körper wurde im Heim eines angesehenen Römers fett und aufgedunsen. Jenem fehlte ein *Sarasin* – ein schwarzer Diener –, und er war froh, anstelle eines solchen eine Mohrin zu bekommen. Die dunkelhäutigen Männer schienen ihm wie gefährliche Tiere, und er ängstigte sich vor ihnen. Amina aber plapperte harmlos vor sich hin – zuerst in ihrer ihm unverständlichen Muttersprache, später in gebrochenem Italienisch. Seine Gattin mästete sie, weil der *Sarasin* ihrer Freundin kugelrund war, und ließ sich von ihr zu den Hinrichtungen am Campo de' Fiori begleiten.

Als Amina zu mir kam – die Herrin war kürzlich verschieden –, erfreute sie sich an den grausigen Erinnerungen. Jeden konnte sie mir nennen, der in den letzten Jahren auf dem Schafott gestorben war.

Giordano Bruno war einer von ihnen: Er hatte über Jahre im Kerker gehockt und hatte dennoch nicht von seinen häretischen Lehren ablassen wollen. Selbst im Angesicht des Todes hatte er keine Angst gezeigt, ja jene gar geleugnet. »Ihr, die ihr meine Verurteilung verkündet, habt mehr Angst als ich, der sie entgegennimmt«, hatte dieser unselige Unhold prahlend gerufen. Bis zum Gerippe war er ausgemergelt, und als die Geistlichen, die ihn begleiteten, ihm ein Kruzifix vors Gesicht hielten, auf dass er es küssen möge, wendete er sich ab und rief, dass seine Seele ins Paradies aufsteigen werde. Sie verbrannten ihn nackt, und es war das erste Mal seit ihren Kindertagen, da Amina wieder ein unbedecktes männliches Geschlecht gesehen hatte.

Traurig stimmte mich das Schicksal der Beatrice Cenzi, einer schönen jungen Frau, welche gemeinsam mit Mutter und Bruder hingerichtet wurde, weil sie den Vater Francesco ermordet hatten. Die Zuschauer empfanden Mitleid, weil jeder wusste, dass der Vater sich schändlich an der Tochter vergriffen und sich obendrein hoch verschuldet hatte. Freilich war es Beatrice und der Familie anzulasten, dass sie so dumm gewesen waren, nicht mit Gift zu töten, sondern einen Meuchelmörder anzusetzen, der unter der Folter nur allzu bald gestanden hatte.

Aminas düstere Geschichten waren stets randvoll mit unerlösten, gepeinigten Menschen. Dass es anderen Menschen noch schlimmer erging als ihr, die sie verkauft und von den Lieben getrennt worden war, schien das Einzige zu sein, was sie bewegte.

Wiewohl davon erschreckt, wollte ich sie nicht schelten und war alsbald gänzlich versöhnt, da sie mich eines Tages bat, ihr das Lesen beizubringen. Man habe ihr gesagt, einer wie ihr wäre dies nicht gestattet. Ein Mensch, dessen Hautfarbe der der Tiere glich, könnte keine Buchstaben erfassen – und doch wollte sie es versuchen.

Ich erhoffte mir hiervon eine Läuterung des grausamen Gemüts und tat es gerne. Es gefiel mir, ihren Geist zu formen, der sich als willig und gewandt erwies. Kaum war sie jedoch befähigt, die ersten Worte zu entziffern, zeigte sich mir, wofür sie dieses Wissen nutzte. Sie las Pamphlete, Steckbriefe und das *Avviso*, ein tägliches Journal, auf dass sie erfuhr, welcher Verbrecher sich in Roms Straßen herumtrieb, auf welche Art er nach der Verhaftung gefoltert worden war und wie schauerlich sein Tod sein würde, dem er am Campo de' Fiori entgegenschritt.

Amüsiert erzählte sie von zwei Metzgern, welche – um die Wurst zu verfeinern – das Blut der Schweine mit Menschenfleisch vermengt hätten. Zu diesem Zweck habe man Käufer in die Schlachterei gelockt, ihnen eins übergezogen und hernach die Kehle aufgeschlitzt. Den Mördern wurde kein gnädigerer Tod geschenkt: Die Köpfe wurden ihnen eingeschlagen, hernach die Leiber gehäutet und gevierteilt. Stiller erfolgte die Hinrichtung einer Nonne portugiesischer Herkunft, die aus dem Kloster San Silvestro in Campo Marzo hatte fliehen wollen und schließlich eine Mitschwester, die sie zu hindern versuchte, erstochen und in einen Brunnen geworfen hatte. Um Aufsehen zu vermeiden, erschien der Henker bei Nacht und Nebel und strangulierte die einstmals Gottgeweihte.

Amina schmatzte glücklich. In die Bahnen der Gerechtigkeit gelenkt, war ihr jede Grausamkeit vergnüglich.

Mir hingegen grauste es. »Das soll alles sein, was du von Roms Straßen zu berichten weißt?«, fragte ich angewidert.

»Nun, diesen einen liederlichen Burschen erwischen sie nicht, wiewohl er seit Tagen gesucht wird! Gar nicht lange ist's her, da hat er den Notar Pasqualone blutig geschlagen – und jener ist ein ehrenwerter Herr. Ganz anders als der, der auf ihn losging und ihm die Straßendirne Lena streitig machte.«

»So ehrenwert kann ein Notar nicht sein, wenn er sich um eine Hure schlägt!«, warf ich ein.

»Und doch ist das Recht auf seiner Seite! Denn dieser andere, der Liederliche, hat so viel auf dem Kerbholz, dass man seine schauerlichen Taten gar nicht zählen kann!«

Ich wandte mich ab, um anzudeuten, dass ich davon nichts wissen wollte. Sie aber hatte bereits Vergnügen gefasst, darüber zu sprechen.

»Vor einigen Jahren stand er vor dem Tribunal des Gouverneurs, weil er zwei ehrenwerte Frauen belästigt hat«, sprach sie eifrig. »Kaum dass diese Strafe abgebüßt war, landete er erneut im Gefängnis vor Tor di Nona, weil er den ehrenwerten Künstler Baglione aufs Schlimmste verleumdet hat. Doch weit mehr als mit Worten verletzt er mit Faust und Degen: In Trastevere schlug er einem Mundschenk eine Platte Artischocken über den Kopf, weil ihm der nicht eilends genug den Weinkelch reichte. Und im Albergo del Moro kam's bald darauf zur Schlägerei – provoziert von ebendiesem Unhold. Ein Mann, so heißt's, starb.«

»Wurde er ermordet?«

»Ich bin mir sicher: ja! Der liederliche Bursche nämlich wagte es nicht, sich vor den Richtern zu verantworten, sondern floh nach Genua. Verfluchter Geselle! Weiß gar wohl, dass ihm ansonsten die Galeeren drohen oder das Schafott!«

Ich war erleichtert, dass Amina nicht vom Foltern sprach, und warf gutmütig ein: »So wollen wir denn hoffen, dass er dortbleibt!«

Sie aber wurde wütend wie stets, wenn die Untaten der Welt ungesühnt blieben – gleich jenen, die man an ihr begangen hatte. »Was ich jedoch niemals verstehen werde: Allzu lang wurde dieser Hurensohn von den ganz Großen beschützt! Mochte er auch die schändlichste Tat begehen, einer seiner Gönner sprach denn doch für ihn und befreite ihn aus der Kerkerhaft. Offenbar, so heißt's, weil er ein begnadeter Maler sei. Auch Kardinal del Monte gehörte zu seinen Fürsprechern.

Nun, jetzt ist damit Schluss, und endlich sieht die Welt ihn als die Ausgeburt der Hölle, die er ist. Pah! Möge er in Genua elendiglich zugrunde gehen!«

Sie schlug ihre dicken Finger zusammen, und das Klatschen ließ mich zusammenzucken.

»Ihr seid ja kalkweiß im Gesicht!«, rief sie verwundert.

Entgegen ihrem Hoffen teilte ich nicht ihr Entsetzen über die Ungerechtigkeit. Ein Kummer, auf den ich nicht vorbereitet und der mir fremd geworden war in all den Jahren, senkte sich quälend auf mein Gemüt.

Er hat Rom verlassen, dachte ich. Er ist in Genua. Er wird nie zurückkehren.

»Ja, da mag einem auch die Farbe aus dem Gesicht rutschen, wenn man denn hört …«

»Du sprichst von Caravaggio, nicht wahr?«, fragte ich, und so wenig wie ich die jähe Traurigkeit verstand, die mich ergriff, mochte ich den Tränen Einhalt gebieten, die mir in die Augen stiegen.

Jemand atmete mir heiß ins Gesicht.

Es war mitten in der Nacht, die Dunkelheit war gefräßig und die Gestalt, die sich über mich beugte, ein gefährlicher Schatten. Ich hatte geschlafen, als mich eine fremde Hand an der Schulter packte und mich weckte.

»Still!«, sprach der Unbekannte zu mir und erstickte meinen erschrockenen Schrei mit seinen Fingern. »Bitte, sei still! Weck nicht das ganze Haus auf!«

Es klang so flehentlich, dass die Angst von mir abfiel, der Fremde könnte Schlimmes mit mir planen. Als sich meine Augen an die Dunkelheit gewöhnt hatten, erkannte ich Nino – Caravaggios Diener. Knappe fünf Jahre waren vergangen, da ich ihm den Tod seines Bruders verkündet hatte, und seitdem hatte er den Palazzo Madama nicht wieder betreten.

»Bitte, Isotta, bitte!«, flehte er. »Du musst mit mir kommen, ich weiß nicht mehr, was ich tun soll. Benedetto hat mir Einlass gewährt, du weißt, der liederliche Stallbursche, der manche Nacht mit Caravaggio durchgezecht hat. Er sagte, er könne mir nicht helfen, aber zumindest wies er mir den Weg zu dir. Du musst unbedingt …«

»Nino!«, unterbrach ich ihn, da er endlich seine Hand von meinem Mund löste. »Was suchst du hier? Es ist dir nicht erlaubt, des Nachts in mein …«

»Sei's drum!«, entgegnete er. »Du hast mir einst berichtet, dass mein Bruder verstorben ist. Und ich komme nun zu dir, um zu sagen, dass Caravaggio tot ist. O, dessen bin ich mir gewiss.«

Seine Stimme zitterte vor Aufregung, Verzweiflung und Furcht, indessen ich ihn sprachlos anstarrte.

»Gütiger Himmel! Was redest du denn da?«, stieß ich endlich aus.

»Bitte, du musst mitkommen! Er rührt sich nicht mehr, und als ich nach seiner Brust tastete, konnte ich keinen Herzschlag mehr erfühlen. Lionello Spada hat mir geholfen, ihn heimzuschleppen. Wir waren in der Ripetta unterwegs … und nun liegt er auf seinem Lager wie ein Toter!«

Die Ripetta war das dreckigste, ärmste und gefährlichste Viertel Roms. Gewiss hätte man Caravaggio dort vermuten können – gesetzt, er war in der Stadt. Dies aber konnte ich kaum glauben.

»Aber ich dachte, er sei nach Genua geflohen?«

»Gewiss, gewiss«, gab Nino hastig zurück. »Doch der Gouverneur hat ihm aufgrund der Bitte einflussreicher Gönner gestattet, nach Rom zurückzukehren. Er wird für vergangene Verbrechen nicht bestraft, sofern er keine künftigen begeht. Aber anstatt dafür dankbar zu sein, hat er damit gehadert, dass ihn hier nur die Freiheit erwarte, nicht aber neue Aufträge, und er trank so viel Wein, wie ich es noch nie gesehen habe. Isotta, komm bitte mit! Ich will nicht, dass er tot ist!«

Er packte mich an der Schulter und zog mich vom Bett hoch.

»Ich dachte, ich würde ihn nie wiedersehen«, stammelte ich, und mein Körper stand bereitwillig auf, während meine Gedanken dem Entschluss noch nicht gefolgt waren.

»Und vielleicht wird ihn auch kein Mensch jemals wiedersehen – nach dieser Nacht, die seine letzte war«, schluchzte Nino.

Ich folgte ihm zu Caravaggios Heimstatt, als wären die letzten fünf Jahre nur ein Atemzug gewesen, der sich – kaum da er ausgehaucht war – verflüchtigte. Ich dachte nicht darüber nach, was ich tat; ich ließ mich von Nino antreiben, von der Angst, dass der Maler tatsächlich tot war, und von der Lust, nach all der trägen Zeit etwas Verbotenes zu tun.

Die kalte Nachtluft belebte mehr, als dass sie mich frösteln ließ. Die hastigen Schritte ließen meine des Gehens ungewohnten Fußsohlen schmerzen.

»Er ist tot!«, stammelte Nino indessen ein ums andere Mal. »Er ist gewiss tot!«

Zunächst lauschte ich ungerührt, betäubt vom eigenen Wagemut, als wäre dieser nächtliche Ausbruch das größte Geschenk, das mir Caravaggio machen könnte. Er musste nicht mehr leben, auf dass ich es bekäme. Erst als ich mich außer Atem gerannt hatte, erinnerte ich mich daran, was ähnlicher Leichtsinn mir bereits angetan hatte.

»Ich hoffe, niemand merkt, dass ich fort bin!«, stieß ich keuchend aus.

»Es kann dir doch nicht gleich sein, was aus ihm wird!«, klagte Nino.

»Was soll noch aus ihm werden, wenn er doch tot ist, wie du sagtest?«

»Vielleicht ist er's nicht! Doch gesetzt, ich hätte mich geirrt und es wäre noch Leben in ihm – es bliebe doch dabei, dass er im Verderben versinkt. Er könnte reich, geachtet und berühmt sein und tut nichts anderes, als den eigenen Namen zu schänden. Meidet er die Ripetta, so hurt er an den Tiberufern. Lässt er die Dirnen dort in Frieden, so hockt er in den Spielsalons der Via del Corso. Mit Lionello oder Onorio wirft er Steine auf die päpstliche Corte und verschreckt angesehene Bürger. Gegen Ranuccio Tomassoni verliert er all sein Geld beim Paumespiel, und wenn ihm etwas übrig bleibt, so füllt er die Taschen von Fillide Melandroni, Anna Bianchini und Maddalena Antognetti. Wenn dir diese Namen nichts sagen, so sei froh – denn diese Huren gehören zum dreckigsten Gesindel Roms. Er teilt sie sich, wenn er sie nicht ausreichend bezahlen kann, mit Flaminio Ponzio. Jenen nennt man ›Verrückte Ente‹, und falls Caravaggio jemals wieder zurück auf den rechten Weg finden will, sollte er den Umgang mit ihm meiden.«

Seine Schritte wurden langsamer und seine Stimme matt.

»Aber hast du mir nicht seinerzeit erzählt, wie erfolgreich er als Maler ist?«

»Alles vergangen und verloren«, klagte er verzweifelt. »So viele Bilder wurden abgelehnt. Auch das zweite, das er für die Contarelli-Kapelle hätte fertigen sollen: ›Matthäus mit dem Engel‹. Ohne Würde hatte er den Evangelisten dargestellt, mit nackten Füßen und übereinandergeschlagenen Beinen. Nicht viel besser erging es ihm mit dem ›Tod der Jungfrau‹, auf dem eine Schüssel Essigwasser neben der Toten steht – als ob die Gottesmutter eine Siechende wäre! Und damit nicht genug: Ein zweites Mal musste er die Bekehrung des Paulus malen – weil die Welt allzu schockiert war, dass riesengroß in der Mitte des Gemäldes nicht der Heilige, sondern sein Pferd prangt!«

»Mein Gott, Nino!«, stieß ich aus. »Hab ich dich nicht gewarnt? Habe ich dir nicht gesagt, du solltest ihn verlassen?

Gewiss behandelt er dich nicht besser als vor vielen Jahren, schlägt dich, beschimpft dich, spottet deiner – und doch verharrst du an seiner Seite! Warum nur?«

Wir hatten das Mietshaus erreicht. Der Geruch, der mir jetzt in die Nase stieg, hatte nichts Erfrischendes und Belebendes mehr; verrotteter Unrat und der unweigerlich stinkende Tiberschlamm stiegen mir in die Nase und weckten mich endgültig aus meiner schlaftrunkenen Sorglosigkeit.

»Aber du bist doch auch mit mir gekommen, trotz allem, was er dir angetan hat«, entgegnete er, packte mich am Arm und führte mich in das Haus.

Caravaggio lag in der Ecke – an der gleichen Stelle, wo ich ihn beim letzten Mal in Benedettos Armen vorgefunden hatte. Es roch nach Kotze, Pisse und Kot – als hätte sein Körper alle Möglichkeiten genutzt, die Unmengen an Wein wieder loszuwerden. Würgend schlug ich mir die Hände vors Gesicht und wollte hinausstürmen, wo Nino wartete, als mich ein Laut innehalten ließ.

Es war ein leises, knurrendes Grollen – und es kam nicht von Caravaggio.

»Wer da?«, fragte ich furchtsam.

Ein schwarzer Schatten erhob sich, kam auf mich zu und beschnüffelte mit heißem Atem meine Beine. Im fahlen Schein der Öllampe, die mir Nino übergeben hatte, sah ich den allerhässlichsten Hund. Er war rabenschwarz, ausgemergelt bis auf die Knochen, aber mit wachen, glänzenden Augen, die forsch überprüften, ob ich ein erlaubter Gast oder ein Eindringling war. Das eine Ohr war verstümmelt, das Fell räudig und glanzlos und die Rute zerfetzt, als hätte der Köter in einem Anflug von Zerstörungswut selbst daran gekaut und sich verstümmelt.

Erneut kam ein Grollen aus der Kehle des Hundes, doch es

klang nicht bösartig, sondern lauernd und erinnerte mich an die Hunde, die mein Vater einst besessen hatte. Nie hatte ich mich gefragt, was aus ihnen geworden war, nachdem die Pest meine Familie geholt hatte. Sie waren aus meinen Gedanken gestrichen gewesen, kaum dass ich die Burg geflohen und Hippolyte Botta in die Hände gefallen war.

Nun gedachte ich ihrer, als hätte ich sie gestern noch gestreichelt. Ich beugte mich zu diesem schwarzen Unhold, kraulte ihn hinter den Ohren und entsann mich meiner Kindheit in einer fernen, unschuldigen Zeit. Graziosas Antlitz erschien vor mir, ebenso wie das meiner Amme Serafina und das meiner drei toten Brüder. Ich dachte auch an mein kleines Mädchen, das ich geboren und weggegeben hatte, noch ehe der zarte Flaum zu kräftigem Haar gewachsen war.

Das Grollen verstummte und wurde zu einem lang gezogenen Seufzer – gleich so, als wollte der Hund an meiner statt Kummer bekunden: über den Lauf der Welt und die Grausamkeit des Schicksals. Schwer ließ ich mich auf die Knie sinken und schmiegte mich an das struppige Tier, das seine Scheu verlor und mir das Gesicht leckte.

»Du bist unsäglich hässlich!«, murmelte ich.

Ein anderer antwortete an des Hundes statt.

»Sie ist hässlich, aber der einzige Hund in Rom, der durch einen Feuerreifen springen und auf zwei Beinen gehen kann«, brummte Caravaggio. »Ich hab's ihr beigebracht.«

Er sprach mit kaum geöffnetem Mund, in das dreckige Laken nuschelnd und angewidert von dem schrecklichen Gestank der eigenen Exkremente. Kaum dass er geendet hatte, wandte er seinen Kopf so weit wie möglich davon ab. Er konnte sich nicht aufsetzen; die Lippen waren alles, was zu bewegen er imstande war. Seine Hände lagen wie ausgerenkt auf dem Boden, als gehörten sie nicht zum restlichen Leib. Kein Wunder, dass Nino gedacht hatte, er wäre tot. Als ich vom Hund abließ und die Öllampe hob, sah ich kalten Schweiß auf seinem weißen Gesicht stehen. Caravaggio war niemals schön gewesen und schon gar nicht sauber – aber sein forsches Wesen hatte seine Züge stets lebendig gehalten. Nun schienen sie mir wie von einer Totenmaske gefangen.

»Kein Licht!«, rief er, und zumindest die Stimme erstarkte zu einem Brüllen. »Willst du mich umbringen?«

»Das schaffst du ganz alleine! Dazu brauchst du mich nicht!«

»Maul halten! Ich ertrag keine Gezanke! Wer bist du überhaupt?«

»Isis de Luna. Aber so wie ich dich kenne, du Hurensohn, kannst du dich meiner nicht mehr erinnern.«

Ich hörte meine Stimme zischen – voller Hass und Wut über die vergangenen Kränkungen, voller Lust und Freude, auf ihn herabzublicken und ihm Übles zu sagen.

»Natürlich kann ich mich an dich erinnern!«, murmelte er in sein Laken. »Ich merke mir jedes Gesicht, das mir jemals vor die Augen geraten ist! Jedes! Ich studiere die Menschen! Ich sehe, wer sie sind!«

»Und ich sehe, wer du bist!«, antwortete ich harsch. »Du bist eine versoffene Kreatur, die den Pinsel nicht mehr gerade führen kann!«

»Pah!«, stieß er aus, und das Knurren glich dem seines Hundes, der sich zu meinen Füßen niedergelassen hatte und seine Pfoten mit lauten, schmatzenden Geräuschen zu schlecken begann. »Ich bin gewiss nicht daran schuld, dass meine Finger zittern. Im Gefängnis haben sie mir an den Cordes fast die Arme ausgerenkt. Diese Idioten wussten nicht, wen sie vor sich hatten.«

»Und wen hatten sie vor sich?«, höhnte ich.

»Den größten Maler aller Zeiten!«, stieß er grimmig aus, schaffte es nun, sich auf die eine Hand zu stützen und sich ächzend aufzusetzen. Der hässliche Hund ließ von seinen Pfoten ab und lief mit einem hinkenden Bein zu seinem Herrn, um ihm zuerst das Gesicht zu schlecken und dann an dem von ihm Erbrochenen.

»Mistvieh!«, schimpfte Caravaggio voller Ekel, aber ließ ihn gewähren.

Dumpf blickte er vor sich. »Der Köter heißt Cornacchia«, erklärte er. »Schließlich ist er schwarz wie eine Krähe. Und dürr wie ein Vogel. Glaub nicht, dass er nicht genug zu fressen bekommt. Ich achte auf den Hund, aber er wird einfach nicht fett. Er hätte im Tiber ersoffen werden sollen, aber Lionello hat sich einen Spaß draus gemacht, ihn zu retten und ihn mir zu schenken. Das war kurz, nachdem der letzte Papst krepierte. Wir haben drauf gewettet, wie der neue heißen würde, und das Vieh darum Pius genannt. Aber zum einen stellte sich heraus, dass sich der neue Pontifex Camillo Borghese den Namen Paul gab, und zum anderen, dass der Köter keine Eier hat.«

Er sprach mit leidender, schmerzverzerrter Stimme. Offenbar tat ihm jedes Wort weh – was ihn aber nicht davon abhielt weiterzusprechen.

»Isis de Luna also«, murmelte er. »Willst du mir nicht sagen, wie du in Wahrheit heißt? Solch einen Namen kann sich nur eine elende Puffmutter ausdenken! Passt nicht zu dir! Was treibst du eigentlich hier? Machst du noch immer für den Pfaffen del Monte die Beine breit? Ach nein, das ist falsch! Er braucht ja deine Fotze gar nicht, um wollüstig zu werden! Also – hältst du ihm immer noch dein Händchen hin, auf dass er auf dieser jämmerlichen Erde ein wenig Freude hat?«

Seine Augen waren rot unterlaufen, sein Blick starr.

»Was ich treibe, geht dich nichts an!«

»Oho! Willst wieder mal leugnen, eine Hure zu sein? Und machst du dir nicht Sorgen, langsam zu alt dafür zu werden?

Was wird aus dir, wenn del Monte dich nicht mehr haben will?«

»Solltest du dich nicht lieber fragen, wie dein eigenes Leben weitergeht? Nino hat mich geholt und mir erzählt …«

»Ach dieser Dummkopf! Glaub ihm kein Wort! Macht sich ständig Sorgen und meint, dass ich von allem zu viel tue – vom Huren, Saufen, Spielen –, nur nicht vom Malen. Aber was bleibt mir denn anderes übrig? Man gibt mir keine Aufträge mehr, sondern tritt mich in den Dreck. O ja, vor einigen Jahren hieß es noch, o der große Caravaggio, der berühmte Caravaggio, wir wollen uns alle beweisen, dass wir zu Roms oberen Zehntausend gehören, und deswegen soll er uns ein Bildchen malen. Scheißpack! Sie können mir alle gestohlen bleiben! Auch dein del Monte! Früher prahlte er damit, mich entdeckt zu haben. Und nun hat er mich aufgegeben und empfängt mich nicht mehr. Keiner von diesem Pack empfängt mich noch. O, wenn ein Guido Reni malt, dann kriechen sie zu Kreuze und buckeln und sind zu blind, um zu sehen, dass jener meinen Stil gestohlen hat. Jawohl, gestohlen! Er verdient das Geld, das mir zusteht, und residiert nobel und fein, während ich in diesem Rattenloch hausen muss.«

Seine Stimme geriet weinerlich und wehleidig. Ermattet ließ er seinen Körper zurück aufs Laken fallen und stieß Cornacchia von sich, die winselnd den wund gebissenen Schwanz einzog.

»Du bist eifrig, wenn du die Schuld an deinem Elend anderen zuschiebst!«, sprach ich streng auf den zusammengekrümmten Mann hinab, aber der Hohn, den ich in meine Stimme legte, verging mir. »Hat man dir nicht genug geholfen, als man dir erlaubte, trotz deiner Verbrechen von Genua zurück nach Rom zu kehren?«

»Und was nützt mir das, wenn dennoch niemand mit mir zu tun haben will?«, fuhr er gekränkt fort. »Jeder rät mir, mich gehörig zu benehmen. Aber ich bin Caravaggio! Ich entscheide, wie ich male, und ich entscheide, wie ich lebe!«

»Ja ist denn das ein Leben?«, fragte ich zurück und bekam keine Antwort darauf.

Cornacchia hatte erneut begonnen, mit lautem Schmatzen an ihren Pfoten zu kauen. Im fahlen Licht wirkten sie so wund gebissen wie der Schweif. Für lange Augenblicke war der Hund der Einzige im Raum, der sich regte. Caravaggio krümmte sich stöhnend und dachte offenbar, dass es an Klagen reichte. Ich indessen zauderte, ob ich gehen und ihn liegen lassen oder ihn zu einer Regung ermuntern sollte, die mir erklärte, warum ich hier war und warum mich sein Scheitern verärgerte. Das tat es – als wäre er es mir schuldig, den trotzigen, lebenshungrigen Künstler zu mimen, der vor nichts auf dieser Welt Furcht hatte und sich vor keiner Macht beugte. Stattdessen bot er mir nichts als seinen brummenden Schädel, Blessuren vergangener Händel und fehlenden Erfolg.

Grußlos wandte ich mich ab.

»Kannst du mir helfen?«, tönte unerwartet eine Frage aus dem verlotterten Mann.

»Bitte?«, entfuhr es mir.

»Ob du mir helfen kannst!«, drängte er. »Hilf mir, wieder zu malen!«

Seine Stimme passte nicht zu der Bitte, die er aussprach. Überdrüssig und gereizt bellte sie ob der Zumutung, sich derart weit herabzulassen. Kaum dass er es getan hatte, versuchte er es auch wieder zurückzunehmen. Er lachte heimtückisch, als hätte er sich einen Scherz mit mir erlaubt, den nur ein verblödetes Mädchen wie ich für bare Münze nehmen könnte.

»Oder ist das zu viel verlangt?«, lästerte er, noch ehe ich Antwort geben konnte. »Wagst du es nicht? Ei freilich, du hast Angst, wieder grün und blau geschlagen zu werden.«

Über sein Lachen vergaß er den schmerzenden Kopf. Etwas

gelenkiger richtete er sich auf, um sich, wenn schon an nichts anderem, so wenigstens an der Verachtung für mich zu weiden.

»Ich riskier für dich nicht die Gosse!«, zischte ich.

»Ei, freilich!«, grinste er. »Ich vergaß, dass du ein warmes Bettchen brauchst, worin man weich liegen kann. Und wie heißt's dann am Lebensende? Nicht: Ich habe dem großen Caravaggio geholfen, sondern: Ich habe mein Leben lang weich geschlafen!«

»Beim letzten Mal, da wir uns sahen, hast du mir selbst geraten, mich del Monte zu fügen.«

»Nun, vielleicht habe ich meine Meinung geändert? Also, Isis de Luna – bist du nun mutig? Wagst du's, dich für einen Caravaggio starkzumachen? Ich zeige mich erkenntlich, ich schwör's dir! Ich gebe dir einen Teil meiner Einkünfte, auf dass du del Monte das Händchen nicht mehr reichen musst. Du hast doch keine Zukunft bei ihm. In ein paar Jahren bist du alt und verdorrt, und er wird nach einem neuen Mädchen Ausschau halten. Und dann, Isis de Luna, was machst du dann? Hättest du genügend Geld, könntest du es als Mitgift nutzen und dir eine Heirat erkaufen. Ich helfe dir, ich versprech's!«

Ich wusste nicht, ob ich ihm glauben konnte.

»Unmöglich kann ich beim Kardinal für dich vorsprechen!«, erklärte ich, um einen Teil, wenngleich nicht die ganze Bitte auszuschlagen.

»Aber vielleicht bei einem anderen hohen Herrn?«, fragte er lauernd.

»Ich wäre wahnsinnig, es nur zu erwägen!«

»Ach Isis de Luna, gib dich nicht herzlos! Du magst mich doch, oder nicht? Hast du nicht einst meine Nähe gesucht? Nun gut, ich gestehe es, ich habe mich nicht recht verhalten, als du damals zerschunden vor mir standest. Man sollte ein armes, weinendes Mädchen nicht fortschicken. Ich will es gut machen, gesetzt, du verhilfst mir dazu, es zu tun.«

Er lachte, weil ich zögerte. Ich gönnte ihm diesen Triumph nicht.

»Unmöglich kann ich beim Kardinal für dich vorsprechen!«, wiederholte ich, um nicht zu zeigen, dass ich ihm schon am Köder hing.

»Das weiß ich. Ich habe auch an jemand anderen gedacht«, sprach er auf mich ein. Ächzend erhob er sich, trat mit wackeligen Beinen auf mich zu und streichelte sanft über meine Wange, wie er es früher schon getan hatte. Ich wich zurück, aber ich floh nicht von ihm.

»Ich habe an jemand anderen gedacht«, wiederholte er. »Er und sein Bruder unterstützen mich seit Jahren – vor allem, seit ich nicht mehr in del Montes Palazzo lebe. Mag sein, dass ihn Neid und Zwist dazu treiben – doch manchmal deucht mich, dass er wirklich etwas von der Kunst versteht und ihr nicht nur dient, um seine Widersacher zu übertrumpfen. Mehr als ein Gemälde, welches von meinen kirchlichen Auftraggebern abgelehnt wurde, hat er gekauft, auf dass es nicht umsonst gemalt worden wäre. Er wurde vor kurzem zum Marchese von Bassano ernannt. Dieser Name mag dir nichts bedeuten, denn du kennst ihn unter einem anderen. Ich spreche von Vincenzo Giustiniani.«

19

Rom, Gegenwart

Im Bus saß ihnen eine junge Frau gegenüber, die so angestrengt in ihrem Mickey-Mouse-Heft las, dass eine tiefe Falte ihre Stirn furchte.

»Typisch Italiener«, mokierte sich Frater Elias. »Die lesen auch als Erwachsene noch Bilderbücher ...«

Ricarda umklammerte die Gummischlaufen, als der Busfahrer eine Rechtskurve nahm, ohne auch nur ein bisschen zu bremsen.

»Mir ist nicht zum Scherzen zumute«, gab sie zurück.

»Du musst es so sehen«, sagte Elias. Eine Sorgenfalte, die nicht weniger tief als die der jungen Frau war, verriet, dass er sich nur darum bemüht hatte, sie abzulenken. »Auch wenn wir geglaubt haben, dass wir mit unseren Recherchen nicht sonderlich weit vorangeschritten sind – irgendjemandem sind wir auf die Spur gekommen. Sonst hätten wir ... Sonst hättest du diese Nachricht nicht bekommen ...«

Sie fuhren bis zur Endstation – die meisten anderen Passagiere waren bereits ausgestiegen. Fast neidisch blickte Ricarda den Menschentrauben nach, die in Richtung der Bars, Geschäfte und Büros verschwanden, während es um sie immer stiller wurde und nur mehr das Rascheln des Falk-Stadtplans zu hören war. Frater Elias studierte ihn – oder besser: Er kämpfte damit.

»Das ist die dümmste Konstruktion, die mir jemals untergekommen ist!«, murrte er entnervt, als er die Seiten nicht mehr in ihre ursprüngliche Form zurückfalten konnte.

Ricarda schwieg.

Frater Elias hatte auch geschwiegen, als sie ihm von der anonymen Nachricht erzählt hatte. Ihr Entsetzen war ein wenig verblasst, kaum dass sie es durch die Telefondrähte gezwängt hatte. Es machte der Erleichterung Platz – dem kindischen Gefühl, dass sie etwas vorweisen konnte, dass sie zwar immer noch kein Ergebnis hatte, aber zumindest den eindeutigen Hinweis, mit all ihren Vermutungen in der richtigen Ecke gestochert zu haben.

»Heute ist es zu spät, um in der Sache noch irgendetwas zu unternehmen. Aber ich komme sofort morgen früh«, hatte er entschlossen verkündet, als er sich wieder gefasst hatte.

Am nächsten Vormittag war er um elf Uhr bei ihr erschienen. Fast eine lähmende Stunde lang hatte es gedauert, bis sie sich mit dem Bus durch den hupenden, brummenden, quietschenden Mittagsverkehr Roms gewühlt, die Stadt von einem Ende bis zum anderen durchkreuzt hatten und schließlich verschwitzt angekommen waren. Frater Elias trug keinen Habit, sondern ein T-Shirt, eine halblange Hose und braune Sandalen. Die Kleidung war praktisch, was Ricarda ihm neidete. Ihre Nylonstrümpfe begannen an der Haut zu kleben und schienen dort zu schrumpfen. Am Morgen hatte es leicht geregnet, und sie hatte mit einem kühlen Tag gerechnet. Nun musste sie Frater Elias notgedrungen erklären, dass sie die Strümpfe ausziehen musste. Sie verschwand im Schatten eines Hauswinkels. Ob er sich vorstellte, wie sie den Rock hoch- und die Strümpfe herunterzog und mit nunmehr nackten Füßen wieder in die Schuhe schlüpfte?

»Kommst du endlich?«, rief er schließlich nervös. Sie warf die Strümpfe zu Boden anstatt in einen der stinkenden Müllcontainer. Schwarze Säcke mit ungetrenntem Abfall quollen daraus hervor. Es roch nach saurem Joghurt.

Als sie weitergingen, kämpfte Frater Elias immer noch mit dem Stadtplan.

»Wir sind fast da«, verkündete er und wirkte nervös und geistesabwesend zugleich.

»Wir müssen absprechen, wie wir uns dort verhalten«, murmelte sie. »Wir wissen schließlich nicht, was uns erwartet.«

»Und genau weil wir es nicht wissen – wie sollen wir dann irgendetwas absprechen?«

»Aber es kann gefährlich sein! Wer immer uns erwartet, war bereit, mich zusammenzuschlagen, ein Bild zu zerstören und vielleicht sogar Tano …«

Sie brach ab.

»Ricarda«, versuchte Elias sie zu beruhigen. »Es kann auch nur ein übler Scherz sein. Wir müssen einfach die Ruhe bewahren.«

Sie nickte wortlos. Als sie die gesuchte Straße erreichten, faltete sie die anonyme Botschaft zum wiederholten Male auseinander. Via Alessandra 45.

Eine Weile blieben sie starr vor Erstaunen vor dem Gebäude stehen. Ricarda wusste nicht, womit genau sie gerechnet hatte – auf jeden Fall nicht mit einer Kirche, zumindest nicht mit dieser. Zwar hatte sie immer vermutet, dass das Gemälde in Tanos Werkstatt aus einer solchen stammte, doch Frater Elias hatte nach seinem Gespräch mit Prälat Reinhold Buchholzer deutlich zu verstehen gegeben, dass es keine Verbindung zwischen dem Bild und Santa Maria Egiziaca gab. Doch genau zu dieser Kirche hatte die anonyme Botschaft sie geführt.

Die Restaurierungsarbeiten, die der *Circolo Lucani* finanzierte, waren längst nicht abgeschlossen. Die ganze vordere Front war von einem Baugerüst verstellt. Keine roten Ziegel, sondern riesige weiße Plastikplanen bedeckten das Dach. Die

Fenster waren mit dicken Balken zugenagelt worden, das Tor stand jedoch weit offen. Anscheinend wurde das Portal ausgewechselt oder zumindest renoviert, und man hatte sich nicht die Mühe gemacht, den Eingang in der Zwischenzeit zu verschließen und Unbefugte vom Betreten der Kirche abzuhalten.

»Wie dumm!«, stieß Ricarda aus. »Wir hätten schon längst hierher kommen und nicht vorschnell den Worten deines Onkels glauben sollen.«

Frater Elias kaute unsicher auf seinen Lippen. »Ja denkst du, er würde mich belügen?«

»Nein«, wiegelte sie rasch ab. »Aber nur weil er glaubt, dass Signora di Campanella nichts mit der Renovierung von Santa Maria Egiziaca zu tun hat, muss das nicht auch so sein. Wir hätten…« Sie brach ab. Etwas anderes fiel ihr ein, was sie schon viel früher hätte bedenken sollen.

»Wie dumm!«, wiederholte sie.

»Was?«

»Maria von Ägypten… auch daran hätte ich längst denken müssen. Sie war eine Heilige im vierten Jahrhundert. Eine Patronin der Büßerinnen und reumütigen Sünderinnen. Denn vor ihrer Bekehrung lebte sie der Legende nach siebzehn Jahre lang als Prostituierte in Alexandria… In solch eine Kirche passt ein Motiv der Maria Magdalena natürlich vorzüglich. Auch sie wird als gefallene Frau verehrt, die ein schändliches Leben führte, dann aber auf den Ruf Gottes hörte und sich bekehrte.«

»Und nun?«

»Nun lass uns hineingehen!«

Sie versuchte entschlossen zu klingen. Als sie am Baugerüst vorbeikamen, erkannte sie die blassen Fresken dahinter. Nicht weit vor dem dunklen Loch, das das fehlende Tor markierte, stand ein Schild: »Entrata proprio pericolo«.

Eine Absperrung gab es jedoch nicht. Weit und breit war auch kein Bauarbeiter zu sehen.

Kurz vor dem Eingang blieb Ricarda noch einmal stehen, doch Frater Elias hatte seine Unsicherheit überwunden.

»Komm!«, rief er und zog sie nun seinerseits mit sich. Ihre Schritte hallten in der leeren Kirche, wo es muffig roch, aber wo sie eine angenehme Kühle erwartete. Auch der Boden wurde scheinbar neu gemacht: Sämtliche Kirchenbänke waren herausgerissen, und der ursprüngliche rötliche Marmor, von dem an manchen Stellen noch Reste klafften, war entfernt worden.

Frater Elias hatte Ricarda nicht losgelassen, sondern zog sie immer weiter bis zur Apsis. Er schien erleichtert, dass keine angriffslustige Person sie erwartete, sondern nur die stumme Leere eines Gebäudes, das ihm vertraut war.

Während sie den Mittelgang durchschritten, ertönte plötzlich über ihnen ein Geräusch.

Ricarda zuckte zusammen, Elias auch, doch er fing sich als Erster wieder. »Nur ein Windstoß …«, meinte er.

Sie blickte nach oben und sah ein ähnliches Baugerüst wie an der Vorderfront, dieses wohl zum Zweck, das kaum sichtbare Deckengemälde zu restaurieren.

»Und wenn es nicht stabil ist? Wenn es über uns zusammenfällt?«

»Wenn es wirklich gefährlich wäre, die Kirche zu betreten, wäre sie doch verriegelt!«, rief er.

Als sie vor dem Altarraum angekommen waren, verstärkte sich der Geruch nach Mörtel, Schutt und Leim.

Ricarda blickte vorsichtig nach rechts und nach links zu den beiden Seitenschiffen. Die kleinen Altäre waren mit der gleichen Plastikfolie eingewickelt, die teilweise auch den Boden bedeckte.

»Kein Mensch«, stellte Frater Elias fest. Er stolperte beinahe über eine leere Lemonsoda-Dose, die irgendein Bauarbeiter achtlos hatte fallen lassen – gleichgültig, ob er in einem geweihten Gebäude arbeitete oder nicht.

Nicht weit davon entdeckte Frater Elias eine Taschenlampe und knipste sie an.

»Na also!«, rief er und leuchtete ihr grell ins Gesicht. Dass sie nun etwas besser sehen konnten, half ihnen jedoch nicht weiter. Eine Weile gingen sie die Seitenkapellen auf und ab, aber sie fanden nichts Bedeutendes.

»Und jetzt?«, fragte Ricarda unschlüssig.

»Vielleicht ist es doch die falsche Adresse«, meinte Frater Elias.

Wenn Ricarda nicht so unbehaglich zumute gewesen wäre, hätte sie aufgelacht. »Wir sind in Santa Maria Egiziaca! Natürlich sind wir hier richtig!«

»Aber wonach sollen wir suchen?«

Sie stapfte über die Plastikfolie hinweg wieder zum Eingangsbereich. Das Taufbecken war nicht abgedeckt worden, sondern über und über mit rötlichem Staub bedeckt, wie er nun auch auf Ricarda rieselte. Über ihre nackten Beine breitete sich eine Gänsehaut aus – vielleicht wäre es doch besser gewesen, die Nylonstrümpfe anzubehalten.

Das Licht der Taschenlampe vermischte sich mit dem diffusen Tageslicht, das durch die Ritzen der Fensterbalken fiel. Ricarda ging am Taufbecken vorbei, stieß auf eine Schubkarre, ein paar Ziegelsteine, verschlossene Plastikkübel mit Farbe. Immer noch nichts Ungewöhnliches.

»Lass uns lieber gehen!«, schlug Frater Elias vor.

Kurz war sie geneigt, ihm Recht zu geben. Das Gebäude schwieg, es plauderte nur das Echo ihrer Schritte aus. Doch als sie an den Abend dachte, der vor ihr lag, alleine in der Pension oder auf den Straßen Roms, voller leerer Vermutungen, zog sie ihn am Arm. »Vielleicht gibt es irgendwo eine Krypta!«

Wieder durchquerten sie die Kirche, wieder standen sie eine Weile unter der Apsis, dann umrundeten sie auf der Suche nach einem Eingang zur Krypta den Hauptaltar. Eine

Krypta fanden sie nicht, jedoch einen Pappkarton, der hinter dem Altar abgestellt worden war. Ricardas Name stand darauf, sorgfältig und mit exakten Buchstaben geschrieben.

Scharf sog sie den Atem ein.

Irgendwie wirkte es dreist. Wer immer ihn hier abgestellt hatte, hatte sie erst durch die ganze Kirche getrieben, anstatt ihnen das Päckchen schon im Eingangsbereich bereitzustellen.

»Alora!«

Frater Elias stieß hölzern die italienischen Silben aus und versprach sich davon offenbar eine südländische Leichtigkeit. Die blieb ihm jedoch im trockenen Mund stecken, als Ricarda die wenigen Schritte, die sie von dem Karton trennten, überwand, ihn öffnete und einen Blick hineinwarf.

Die Schachtel war bis auf einen Bogen Papier leer. Buchstaben waren darauf aufgeklebt, wie sie sie von der anonymen Nachricht kannte.

»Lei è sulla pista sbagliata, Signorina Weiss. È tutto diverso da quello che lei pensa.«

Sie sind auf der falschen Fährte, Signorina Weiss. Es ist alles ganz anders, als Sie glauben.

Mehr nicht.

Ricarda hielt die Schachtel zunächst noch in der Hand, stellte sie nach einer Weile auf den Boden und starrte von oben herab auf die Nachricht.

»Und deswegen haben wir den weiten Weg gemacht?«, fragte Elias und versuchte, spöttisch zu klingen.

»Wer immer das geschrieben hat, führt uns an der Nase herum«, stammelte Ricarda. »Er oder sie ist sich sicher, am längeren Hebel zu sitzen.«

»Aber was will dieser Jemand uns damit sagen? Glaubst du, dass wir wirklich falschliegen? Dass es gar keine Verbindung zwischen dem Caravaggio-Gemälde und den Lebenserinnerungen gibt? Oder dass vielleicht viel mehr dahintersteckt als nur dieses einzelne Gemälde?«

»Unsinn! Man will uns einschüchtern!«, stieß sie aus und fühlte, wie ihre Beine zitterten. »Wer würde sich die Mühe machen, diese Schachtel hier zu deponieren, wenn wir ihn oder sie nicht durch irgendetwas aufgeschreckt hätten?«

Frater Elias fröstelte. »Ich glaube, jemand will uns unsere Grenzen aufzeigen. Und wer immer es ist, hat wohl Recht damit. Das war's dann wohl! Am besten, wir halten uns da raus und geben Carlo Forli Bescheid!«

»Bist du verrückt?«, rief sie laut. Ihre Stimme hallte durch die Kirche und verriet die unerträgliche Spannung, die ihren ganzen Körper erbeben ließ. »Carlo Forli steckt doch mit denen unter einer Decke. Warum hat Tano sich an mich gewandt? Weil er mir vertraut hat!«

»Ricarda ...«

Wir dürfen nicht in Panik geraten, dachte sie, wir dürfen jetzt nicht die Nerven verlieren.

Unwillkürlich trat sie dichter an Frater Elias heran. Er vermied es, sie anzusehen, aber legte langsam und sachte seinen Arm um ihre Schultern. Bis jetzt hatte es körperliche Nähe zwischen ihnen nur in geringen Dosen gegeben; wann immer er sie freundschaftlich umarmte, hatte sie den Verdacht gehabt, dass ihn weniger Sympathie trieb als der Wunsch, sich etwas zu beweisen: dass er mit Berührungen und mit Frauen umgehen konnte, dass er ein Mönch von Welt und keine verstaubte Vatikankreatur war.

Ihr Frösteln ließ nicht nach. Sie schauderte umso mehr, als plötzlich die Taschenlampe verlosch. Frater Elias hielt sie noch in Händen, und Ricarda griff danach, um zu überprüfen, ob die Batterien nicht richtig saßen. Durch die abrupte Bewegung stießen ihre Köpfe beinahe aneinander, und im nächsten Augenblick griff sie nicht länger nach der Taschenlampe, sondern nach ihm, packte ihn am Unterarm, zog ihn an sich heran, nicht sicher, was sie wollte: bei ihm Schutz finden, von ihm beruhigt werden oder einfach nur die unerträgliche Spannung loswerden.

Ohne recht zu wissen, was sie tat, lehnte sie an seinem Körper. Er reagierte unschlüssig und erstaunt, versteifte sich. Doch sie rückte nicht ab, sondern presste sich noch enger an ihn, legte ihren Kopf an seine Kehle, spürte, wie er mit trockenem Mund schluckte. Sie roch an der verschwitzten Haut ein billiges Aftershave, nahm den Mentolgeruch von einem Hustenbonbon wahr und versteckt dahinter den üblen Geruch aus den Straßen Roms – ein Gemisch aus Abgasen, Staub, verfaultem Obst und Hundekot.

Sie bewegte unwillkürlich ihren Körper, sachte nur, kaum merklich. Es genügte als Anstoß, dass er seine Hände über ihren Rücken gleiten ließ, vielleicht als verspäteter Trost, vielleicht als Ausdruck seines eigenen Unbehagens. Sie war sich nicht sicher, ob es unangenehm war oder ob sie es genoss. Auf jeden Fall verharrte sie an ihn gedrückt, ignorierte ein Zittern ihrer Waden, stellte sich vielmehr auf die Zehenspitzen. Unwillkürlich neigte sie sich vor, küsste ihn auf den Mund und befand, dass seine Lippen gleichzeitig fleischig und rau waren, ein seltsamer Gegensatz. Es war lange her, dass sie das letzte Mal jemanden geküsst hatte. Ein Mann hatte nie wirklich in ihr Leben gepasst. Nun schien es selbstverständlich, dass es einen solchen Mann gab – auch wenn er angehender Priester war –, dass jemand zu ihr gehörte, dass sie mit jemandem ihre Anspannung und Furcht und Beklommenheit teilte.

»Elias …«, raunte sie, nachdem sich ihre Lippen wieder von seinen lösten.

Er ließ sie nicht los, aber versteifte sich wieder.

»Ricarda«, murmelte er, und entgegen ihrer Erwartung klang es kein bisschen vertraulich, nur peinlich berührt. »Ricarda, hör auf! Hör bitte auf! Wir dürfen das nicht tun …«

20

Aus den Lebenserinnerungen der Kurtisane Isis de Luna
Rom, 1605–1606

Ich wollte Caravaggio beschämen. Ich wollte mich als stärker erweisen als er, der er versoffen am Boden lag und sich nicht selbst aus dem Dreck ziehen konnte, in dem er zu lange gewühlt hatte. Vor allem wollte ich seine Dankbarkeit erzwingen.

Kühl verfolgte ich meinen Plan und machte Amina zu meiner Helfershelferin. Nicht weil sie mich mochte, war sie dazu bereit, sondern weil sie Skandal und Unrecht witterte und ebenso die gerechte Strafe, die mich erwarten würde. Diese wollte sie nicht versäumen. Sie würde unterhaltsamer sein, als ein wortkarges Mägdelein zu massieren.

»Ihr wisst, dass es Euch nicht gestattet ist, einen Schleier zu tragen«, erklärte sie, als sie mir einen solchen überreichte, nachdem ich ihn von ihr erbeten hatte. Ihre Gesten waren willfährig, ihr Blick heimtückisch.

»Ich weiß, dass ich Verbotenes tue, und meine Strafe wird groß sein«, erwiderte ich und verbarg mein Haar.

Da verzog sich ihr schwülstiger Mund zum breitesten Lächeln, das ich je an ihr gesehen hatte. Grinsend begleitete sie mich, als ich heimlich durch den Hintereingang das Haus verließ und die Straße überquerte. Beim Palazzo des Marchese Giustiniani angekommen, versuchte ich, nicht an seine feisten Finger zu denken.

Amina nutzte den Namen ihrer verstorbenen Herrin, um mich bei Giustiniani anzukündigen und um Empfang zu bitten. Dann ließ sie mich allein.

Ich selbst stand zitternd und fürchtete noch mehr als jede Strafe, dass Giustiniani mich nicht mehr erkennen würde. Ich suchte nach Worten, wie ich seine Erinnerungen beleben könnte, doch als ich schließlich in seine Augen blickte, fielen mir keine ein. Vielleicht war es auch besser, ihn sprechen zu lassen.

»Ihr seid nicht die, die man mir angekündigt hat«, begann er – und ließ offen, ob ich für ihn eine Fremde war oder nicht.

Ich meinerseits erkannte ihn gut. Er war fülliger geworden, wenngleich nicht unbeweglicher. Das vermeintlich langsame Schreiten schien aufgesetzt, desgleichen der starre Blick, der die dunklen Augen zu bändigen versuchte. Diese glichen immer noch mehr denen eines neapolitanischen Straßenräubers denn denen eines Marchese.

»Ihr seid gewiss überrascht, mich zu sehen«, begann ich mühsam. »Ich bin hier, weil ich eine Bitte an Euch richten möchte.«

Er studierte mich aufmerksam, jedoch ohne die frühere Gier.

»Weiß del Monte, dass du hier bist?«, fragte er nach einer langen Pause.

Erneut musste ich nach Worten suchen, obwohl ich solche vorbereitet hatte. Dass er wusste, wen er vor sich hatte, erleichterte das Gespräch – und lieferte mich ihm zugleich aus. Nun konnte ich nicht mehr von einem Irrtum sprechen und mich von dannen schleichen.

»Nein«, bekannte ich schließlich. »Nein. Der Kardinal weiß

nichts von meinem Hiersein. Was Euch die Möglichkeit gibt, mich wieder bei ihm schlechtzumachen, mich also wieder zu verraten – so wie einst.«

»Oho!«, stieß er aus, und zögernd schlich sich ein Grinsen auf seine Lippen. »Dich verraten! Große Worte nimmst du in den Mund und zeihst mich einer schlechten Tat! In Wahrheit warst es du, die sich seinerzeit von mir lossagte. Die mich für meine Gunst nicht so bezahlte, wie es ausgemacht war.«

»Was ich bereue«, gestand ich knapp.

»Oho«, wiederholte er. »Und um dies zu sagen, bist du hier?«

Er schien zu schwanken – nicht gewiss, was ihm lieber war: mein widerstrebendes Gebaren von einst erneut zu ahnden oder sich einem vergnüglichen Zeitvertreib hinzugeben.

»Nein«, erklärte ich indes und konnte nun endlich vorbringen, was ich sorgfältig einstudiert hatte. »Nein, ich bin zu Euch gekommen, weil ich eine Bitte habe – und niemand anderen kenne, an den ich sie richten könnte. Ich weiß, dass Kardinal del Monte ein kunstverständiger Mann ist, der sein Heim mit Reichtümern schmückt. Doch scheint's mir, dass Ihr ihm schon seit langem in nichts mehr nachsteht, desgleichen auch nicht Eurem Bruder.«

Suchend und zugleich anerkennend ließ ich meinen Blick über die reich ausgestatteten Wände streifen.

»Soll ich das als dreiste Lüge ansehen oder als fromme Schmeichelei?«, lachte er und entschied sich endgültig für die Belustigung.

»Mitnichten!«, rief ich aus. »Es ist in ganz Rom bekannt, dass Ihr ein Gönner und Kunstfreund seid – nicht minder einflussreich und geschätzt als Kardinal del Monte oder Euer Bruder. Zumindest wusste mir das einer zu berichten, der etwas davon versteht wie kein zweiter: der Maler Michelangelo Merisi da Caravaggio.«

Er ließ nicht erkennen, ob er noch immer vom Neid auf die beiden Genannten getrieben war. »Lebt der denn noch?«, fragte er gelangweilt. »Oder hat er sich nicht längst zu Tode geprügelt oder gesoffen?«

»Er lebt«, sprach ich hastig. »Was nicht heißt, dass er gut lebt. Und deswegen stehe ich hier. Um Euch, da ich von Eurer Macht und Eurem Einfluss weiß, um Hilfe zu bitten. Mögt Ihr sie ihm angedeihen lassen, auf dass er sich den Ruf als großer Maler zurückerobert, anstatt als Trunkenbold und Tunichtgut zu enden.«

Marchese Giustiniani musterte mich schweigsam, als würde er nachdenken. Ich glaubte nicht, dass er es tat – vielmehr schien er mich ängstlich stimmen zu wollen.

»Isis de Luna«, begann er schließlich. »Isis de Luna … So ist doch der Name, den man dir gegeben hat? Ich kann mir nicht vorstellen, dass du ihn dir selbst gewählt hast, und noch weniger, dass dich der Kardinal so heißt. Nun, sei's drum: Kannst du mir nach all deinem Gerede auch erklären, warum ausgerechnet ich dir helfen und mich von deinem liebenden Herzen bewegen lassen soll, das da pocht und pocht und pocht?«

»Ich liebe ihn nicht!«, entgegnete ich hastig.

»Du würdest niemals wagen, vor meine Augen zu treten, wenn's nicht so wäre. Du würdest ihm sonst nie verziehen haben, dass er sich einst von mir bestechen ließ und del Monte meine geheimen Machenschaften verschwieg.«

»Ich schätze seine Bilder!«

»Mach dich nicht lächerlich! Für Menschen wie dich sind sie gewiss nicht bestimmt. Nun denn, wenn du ihn nicht liebst – liegst du bei ihm? Stillt er deine Lust?«

»Nein!«

»Lüg mich nicht an! Ich habe nicht vergessen, wie er dir damals geholfen und über mich gespottet hat. Freilich darf man sich von einem Menschen wie ihm nicht kränken lassen – man täte ihm zu viel der Ehre, wenn man auf seine Worte hörte, wo doch nichts weiter zählt als seine Bilder. Und diese, das ist nicht zu leugnen, versprechen ein großes Talent – was jedoch nicht bedeutet, dass man es fördern muss. Nun denkst du freilich, du kleine Schlampe, du könntest mich dazu verführen …«

Ohne Hast trat er näher. Er berührte mich nicht, aber sein Atem strömte warm in mein Gesicht.

»Einst wolltet Ihr, dass ich Euer Spitzel wäre, auf dass Ihr sämtliche Geheimnisse del Montes erfahren würdet«, presste ich hervor und versuchte, nicht zurückzuweichen. »Wenn Ihr es wünscht, kehre ich zurück in diese Dienste, erfülle sie Euch – und noch mehr … alles, was Ihr wollt!«

»Tatsächlich?«, fragte er nachlässig. »Alles? O lass dich von mir belehren, Isis de Luna: Du verringerst den Preis der Ware, wenn du sie derart feilbietest und allzu bald das Ganze versprichst, anstatt sie scheibchenweise anzupreisen. Ich mochte an Lavinia, dass sie sich so spröde gab, dass sie sich mir stets verweigerte.«

Sein Gesicht rutschte dicht an meines heran. Seine Wangen, die von ferne rundlich schienen, ließen kleine rote Äderchen erkennen, die wie Sprünge die glatte Haut unterliefen.

»Warum sollte ich mich Euch verweigern? Und so könnt Ihr dem Kardinal heimzahlen …«

»Ich bin ein Kaufmann«, unterbrach er mich. »Überhäufe mich nicht mit plumpen Angeboten! Du musst den Wert behutsam höhertreiben. In deinem dürren Körper liegt er freilich nicht – das habe ich dir schon einmal gesagt. Vielleicht jedoch tatsächlich in neuen Spitzeldiensten.«

Entgegen seiner Worte hob er die Hand, und ich war mir gewiss, sie sogleich zu spüren. Stattdessen glitt sie nur durch die Luft, ohne sich bis zu meiner Haut vorzuwagen.

»Also«, forderte er mich auf. »Erzähl es mir! Was gibt es Neues im Palazzo Madama?«

»Del Monte hat große Schwierigkeiten mit dem neuen Papst«, stammelte ich hastig. »Die französische Partei ist geschwächt. Er hat an Macht und Einfluss verloren.«

»Das weiß ich – wie jeder andere hier in Rom. War das alles?«

»Del Monte macht sich Sorgen um seinen gelehrten Bruder Guidobaldo. Gar manche verbotenen Schriften liest jener!«

»Auch das ist bekannt. Weiter!«

»Wenige Gäste empfängt er in letzter Zeit. Oft fühlt er sich zu krank dazu, von zähem Husten geplagt, der regelmäßig wiederkehrt. Die edlen Empfänge von einst sind rar geworden.«

»Oho! Man rückt ab von ihm! Dass er nicht zu den Freunden des neuen Papstes zählt – im Gegenteil –, raubt ihm die seinen! Aber auch das ist in ganz Rom hinlänglich bekannt.«

Vorsichtig hob ich meinen Blick. Viel mehr wusste ich nicht zu sagen. »Werdet Ihr Caravaggio helfen?«, fragte ich.

»Es ist noch gar nicht lange her«, begann er kühl, als hätte sein heißer Atem nie mein Gesicht getroffen, »da habe ich ihm angeboten, dass er im Palazzo Bassano di Sutri die Geschichte von ›Amor und Psyche‹ malen könnte. Doch ihm war dieser Auftrag zu minder. Und mein Bruder … mein Bruder wollte Caravaggio desgleichen helfen und hat ihm vorgeschlagen, den Palazzo der Familie Doria zu freskieren. Für sechstausend Scudi. Das ist eine Summe, mit der er sich den Rest seiner Tage annehmlich gestalten könnte. Er bräuchte lange Zeit, um sie zu versaufen, zu verspielen und zu verhuren. Gerade für Letzteres würde das Geld wahrscheinlich eine Ewigkeit lang ausreichen. Denn seine Huren sind die billigsten der ganzen Stadt, das weiß jeder, und das lässt nicht eben die Achtung vor ihm steigen. Ich meinerseits würde mich lieber an einem dreckigen Lappen reiben als an diesen Weibern. Nun, wie auch immer – mein Bruder hat ihm das Geld geboten. Und was macht dieser Narr? Er erklärt, auch dieser Auftrag sei ihm zu gering und sein Talent zu groß, um einen solchen zu erfüllen! Er wolle in den großen Kirchen malen, am besten in Sankt Peter, nicht irgendwo, wo seine Werke versauern würden, weil niemand sie zu Gesicht bekäme.«

Anstatt mir neuerlich nahe zu kommen, entfernte er sich immer weiter. »Und Ihr?«, fragte ich. »Denkt Ihr nicht genauso? Nämlich, dass er mehr verdient – nicht an Geld, aber an Ruhm, an öffentlichem Interesse?«

Er zuckte die Schultern. »Es mag sein, dass dieser Ruhm ihm nicht zusteht, weil er ihn nicht demütig pflegt und sich nicht als dankbar erweist!«

»Aber gesetzt«, wollte ich nicht aufgeben, sondern fuhr fort, ihm zu schmeicheln. »Gesetzt, Ihr wärt der Einzige auf diesem Erdenkreis, der erkennt, dass Ruhm sich nicht von Demut und Dankbarkeit nährt, sondern von meisterhaftem Können? Dass Ihr deshalb an Caravaggio festhaltet und mehr noch als Euer Bruder und del Monte dessen Ruhm mitbegründet?«

Er gab vor zu lachen; ich sollte wohl nicht meinen, er nähme mich ernst. Dennoch verriet seine gerunzelte Stirn die Neigung, sich von meinen Schmeicheleien bestechen zu lassen. So undurchschaubar mir war, warum er mich nicht mehr bedrängte, hatte ich doch mit all dem anderen in die rechte Kerbe gehauen.

»Gar nicht so dumm, wie du mich umgarnst«, murmelte er sinnend und wechselte etwas schwerfällig von seiner Nachdenklichkeit zurück zu leisem Spott. »Ja, du packst mich bei meinem Stolz … Sei's drum! Was hast du mir noch von del Monte zu berichten?«

Ich zögerte. Die mageren Wortfetzen, die del Monte in meiner Gegenwart hatte fallen lassen, waren aufgebraucht. Das meiste, was ich ansonsten an Neuigkeiten vernahm, hatte ich von Amina erfahren – und dieses kreiste nicht um den Kardinal, sondern war auf Verbrechen und Hinrichtungen beschränkt.

Giustiniani starrte mich lauernd an. Indessen ich noch zögerte, überkam mich eine Eingebung – nützlich und tollkühn und zugleich eine dreiste Lüge. Noch war ich mir nicht gewiss, ob ich, die ich ansonsten nichts von Interesse zu verraten hatte, so grässlich unwahr sprechen durfte.

»Nun?«, drängte da Giustiniani – nicht mehr gierig, sondern meiner überdrüssig. Er würde sich nicht mehr lange mit mir aufhalten wollen.

»Vor einigen Jahren wurde Giordano Bruno als Häretiker verurteilt und öffentlich verbrannt«, begann ich darum hastig und schluckte meine Skrupel hinunter. »Seine Schriften sind noch gotteslästerlicher als die des Galileo Galilei. Doch ebendiese habe ich in Kardinal del Montes Bibliothek gesehen, gewiss nicht nur zum Zwecke, dort zu versauern. Ich bin mir sicher, dass er sie liest und weiterempfiehlt. Und ich denke, seine Liebe zur Naturwissenschaft geht denn doch zu weit, wenn er, wie sein Bruder, verbotene Denker fördert und in Umlauf bringt.«

In den Herbstmonaten des Jahres 1605 malte Caravaggio im Petersdom. Für den Annenaltar der Palafreniere sollte er Maria mit ihrer Mutter Anna und dem kindlichen Christus schaffen. Dass Caravaggio wieder malte, erfuhr ich von Nino, wie es dazu gekommen war, erfragte ich nicht. Ich war mir gewiss, dass Giustiniani es erwirkt hatte, und begnügte mich in den kommenden Monaten damit abzuwarten. Das Bild würde Caravaggio einen reichen Lohn bescheren; mir hatte er davon einen Anteil versprochen, das war fürs Erste genug.

Schwieriger war zu bedenken, ob Vincenzo Giustiniani sich mit meiner Lüge zufriedengeben oder ob er weiteren Lohn für seine Hilfe fordern würde. Manchmal schreckte ich des Nachts vom Schlaf auf und wurde von dunklen Fantasien lange Stunden wach gehalten. Doch entgegen meiner Unruhe war nichts von Giustiniani zu hören.

Einmal – das neue Jahr hatte begonnen, und der Frühling nahte – wurde ich nicht von meinem Bangen geweckt, sondern von einem lauten Gebrüll, und es war nicht Marquese Giustiniani, der diesen Lärm bewirkte, sondern ein ganz anderer.

Die Stimme, die mich und die übrigen Bewohner des Palazzo weckte, war unsagbar durchdringend. Sie glich einem Sturm, der Böe um Böe verweht, was sich ihm entgegensetzt, und der nichts hinterlässt, woran man sich festhalten kann. Mein Gemach, wiewohl weit oben und verborgen liegend, wurde davon mitgerissen. In Erwartung einer schlimmen Gefahr – womöglich eines Hochwassers wie einst, als Giovanni ertrank, oder einer Feuersbrunst, wie sie manchmal ganze Viertel niederbrannte – schreckte ich hoch, warf mir eine dünne Stola über mein Nachtgewand und rannte nach draußen. Ohne Schuhe an den Füßen folgte ich der Stimme.

Sie kam von der Bibliothek, was bedeutete, dass sie sich über deren Empore im großen Saal verbreitete und hallend in alle Zimmer stieg.

»Amina!«, rief ich, gewiss, dass die Mohrin mir von dem Schrecklichen berichten konnte, was die Stimme verhieß. »Amina! Wo steckst du?«

Als ich inmitten dumm umherglotzender Pagen und Mägde auf sie traf, lachte sie zufrieden.

»Dafür wandert er auf den Richtbock«, erklärte sie mir mit begeistertem Gesicht.

Die wütende Stimme brach nur beim Atemholen ab. Dann hob der Mann, der zornig die Bibliothek durchschritt und sich von den neugierigen Gaffern, die an deren Tür zusammenliefen, nicht bändigen ließ, erneut zu geifern an.

»Es ist weg!«, schrie er. »Das Bild ist weg!«

Er spuckte dabei aus. Die Röte seines Gesichts war mir vertraut, wiewohl sie dunkler war als normalerweise. Das Gebrüll verbrauchte sich nicht.

»Es ist weg!«, brüllte Caravaggio ein ums andere Mal. »Es ist weg!«

Gegen unser aller Blicke war er blind – gegen eine Stimme jedoch nicht gänzlich taub. Als diese zu sprechen begann, war er zumindest gewillt zu schnaufen, anstatt sogleich weiterzutoben.

»Es ist nicht einfach verschwunden, sondern wurde vom Altar entfernt«, erklärte del Monte, den man mitten in der Nacht gerufen hatte, um dem Wütenden Herr zu werden. »Und wie man mir sagte, geschah dies aus gutem Grund.«

Er trug den rostfarbenen Morgenmantel, den ich von seinen nächtlichen Besuchen bei mir kannte. Auch seine Miene glich dem Ausdruck, den er in meiner Gegenwart zeigte: abschätzend, unruhig und schließlich auch widerwillig.

Caravaggio scherte sich nicht darum.

»Welche Sünden wirft man mir diesmal vor? Was soll für den frommen Betrachter daran so gefährlich sein, dass es versteckt werden muss?«, geiferte er in den Raum, in den er gewiss unerlaubt eingedrungen war

Noch hütete sich der Kardinal, ihn gewaltsam daraus entfernen zu lassen, sondern suchte ihn mit Worten zu beruhigen. »Denkt nicht, die Vorwürfe erschöpften sich in einem«, sprach er. »Das Kardinalskollegium hat sich lange beraten, und am Ende war vielerlei an Klagen zu hören. Dass Ihr geschmacklos malt, war nur die eine und die harmloseste. Desgleichen bezichtigt man Euch der Vulgarität und der Gottlosigkeit.«

»Ha!«, lachte Caravaggio. »Vulgär! Gottlos! Wenn ich etwas *wirklich* Vulgäres und Gottloses malen würde, würden diese bigotten Fratzen die Schamesröte nie wieder verlieren!«

»Mäßigt Euch!«, zischte del Monte, indessen sein Blick uns

Gaffer streifte. Sichtlich unbehaglich war ihm zumute, er schien darin zu schwanken, uns wegzuschicken oder das Tadeln allein auf den Künstler zu verlegen – eine Entscheidungsnot, die ihn noch mehr verstimmte. Barsch fuhr er fort: »Ihr wusstet um die Schwierigkeit des Auftrags. Ihr wusstet, dass Ihr Mariens Mutter als große Heilige darzustellen habt, welche die Frauen anflehen, wenn sie kein Kind gebären können. Doch Ihr habt mitnichten das gesegnete Antlitz einer gnadenvoll von Gott Erwählten gemalt. Stattdessen habt Ihr ihr das Gesicht einer zerfurchten Greisin gegeben und obendrein die Gestalt einer römischen Bäuerin. Und Maria selbst ist gekleidet wie eine Wäscherin! Vom Kinde ganz zu schweigen, welches Ihr nackt zeigt – obgleich nur Schurken und Verbrecher nackt zu malen sind. Das ganze Bild ist in einem plumpen plebejischen Ton gehalten! Ganz gleich, welche Ratschläge man Euch zukommen lässt – Ihr widersagt Euch sämtlicher Gebote des Anstands und des Glaubens!«

Mit festem Schritt durchquerte Caravaggio die Bibliothek. »Ich male, wie und was ich will!«, rief er unbeeindruckt.

»Und genau deswegen wird man Euch nie wieder den Petersdom auch nur betreten lassen!«, grollte del Monte. »Dies war Eure letzte große Chance. Doch anstatt dem Menschen eine Ahnung von der Unbefleckten Empfängnis zu verleihen, habt Ihr zwei derbe, runzelige Weiber gemalt. Kein Wunder, dass man das Bild baldigst in einem dunklen Keller verschwinden ließ.«

»Das werde ich mir nicht bieten lassen!«, geiferte der Maler, ohne den anderen dabei anzusehen.

»Es wird Euch nichts anderes übrig bleiben«, entgegnete der Kardinal. »Denn wer, Caravaggio, wer sollte jemals wieder für Euch eintreten? Über Jahre habe ich Euch die Treue gehalten und Euch verteidigt – und dafür nicht einmal den elendsten Dank erhalten!«

»Ich bin Euch keinen Dank schuldig!«

»O doch, das seid Ihr! Ich habe Euch diesen Auftrag nicht verschafft, doch als Scipio Borghese nach meiner Einschätzung verlangte, so habe ich ihm zugeraten. Und nun endet es so übel. Ich wusste stets, dass Ihr dreist seid. Aber obendrein seid Ihr dumm!«

»Weil ich vor den Frömmlern nicht zu Kreuze krieche?«, brüllte Caravaggio und stampfte noch fester auf den Boden.

»Nein«, verstieg sich des Kardinals Stimme in schrille Höhen. »Nein, weil Ihr nicht versteht, in welche Situation Ihr mich brachtet, und weil Ihr Euch meinen Nöten blind stellt! Ist das die Antwort darauf, dass ich Euch Heimstatt bot, als Ihr hungernd auf Roms Straßen saßt?«

Ich sah ihm an, dass sein Reden ihn erschöpfte. Er wirkte so kränklich, wie ich ihn in den letzten Wochen oft gesehen hatte. Doch das war nicht, was mich entsetzte und aufwühlte. Vielmehr, als dass seine Worte kraftlos klangen, erkannte ich jäh, dass diese den Namen Giustiniani aussparten, dass von dem Mann, von dem ich dachte, er habe Caravaggio unterstützt, gar keine Rede war.

»Ihr habt auf mich gesetzt«, tobte Caravaggio indes, »weil Ihr mutiger wart als die anderen. Und nun gebt Ihr klein bei, weil Euer Rückgrat so biegsam ist wie das des verfluchten übrigen Packs!«

»Wenn Ihr nicht im dunkelsten Kerker landen wollt, dann wagt es nicht, mich zu beschimpfen!«, entgegnete del Monte heiser. »Und ein solcher Kerker wäre noch ein behaglicher Ort für einen, der mich und meinen Ruf zerstören will. Denn das tut Ihr! Ihr solltet wissen, dass Papst Paul allem gegenüber feindlich gesinnt ist, was französisch riecht, und auch, dass ich, um dessen Parteilichkeit man weiß, deshalb seit geraumer Zeit des Hugenottentums bezichtigt werde. Ihr mögt denn auch erfahren haben, dass Kardinal Bellarmin Galileo Galilei der Häresie bezichtigt und damit einen Wissenschaftler, dessen Schriften – wie jeder in ganz Rom bezeugen kann – bei mir gelesen werden. Das Allerschlimmste aber ist, dass dieser Kardinal Bellarmin, der nun gegen Galilei wettert, derselbe ist, der den gottlosen Giordano Bruno auf den Scheiterhaufen brachte. Mit solch einem Ketzer hatte ich nie etwas zu schaffen. Doch nun, da ich geschwächt bin, nicht mehr geschützt vom Aldobrandini-Papst Clemens, und meine Feinde sich zusammenrotten, nun, da Ihr mich obendrein mit diesem blasphemischen Bild brüskiert habt – so prasseln die unflätigsten Verleumdungen auf mich ein, heißen mich nicht nur Galileis, sondern auch Giordano Brunos Jünger und zerstören endgültig meinen schon beschädigten Ruf. Und Scipio Borghese, dem ich Euch angeraten habe, nützt dieses Unheil, um alle Schuld an dem schändlichen Werk auf mich zu wälzen! Ihr habt nicht nur Euren Namen befleckt, Caravaggio, sondern auch den meinigen!«

»Lieber an mir dreckig werden als sauber an dem frömmelnden Pack!«, höhnte Caravaggio.

»Schert Euch raus!«, zischte del Monte, das Gesicht mit roten Flecken übersät. »Schert Euch raus und wagt es nicht, mir wieder unter die Augen zu kommen! Ihr seid am Ende, Caravaggio!«

Del Monte schnaufte erschöpft – und mehr noch als aus seinen Worten hörten die Pagen daraus den Befehl zum Eingreifen. Starr waren eben noch die Gaffer des jämmerlichen Duells gestanden, um nun – da für kurze Zeit beide schwiegen – einen Tumult zu entfachen. Vier Männer stürzten gleichzeitig auf Caravaggio zu, doch was entschlossen deuchte, als sie ihn einkreisten, geriet zu zögernd, als dass sie ihn zu fassen bekamen. Keiner packte energisch genug zu, um ihn hinauszuzerren. Und kaum starrten sie hilfesuchend auf den Kardinal anstatt auf den Übeltäter, bekam einer Caravaggios Faust ins Gesicht, der Nächste einen Fußtritt in den Magen und der Dritte schließlich einen Hieb mit der noch unbenutzten Hand. Verstört rafften sie sich hoch, um den Maler ein zweites Mal zu ergreifen. Doch nun war der entfesselt und bereit für eine wilde Rauferei.

Caravaggio war darin erprobter und darum der Stärkere. Wohl hörte man ihn stöhnen, wenn einer ihn an den Haaren riss und wieder ein anderer versuchte, seinen Hals zu umklammern, doch beim Austeilen von Faustschlägen war er der Schnellste und Wendigste und brachte die Angreifer stets erneut zu Boden, kaum dass sie standen.

Der Kardinal, in dessen Gesicht eben noch rote Flecken gebrannt hatten, wurde totenblass. Ich sah, wie er, auf das Gemetzel starrend, nach Worten rang und keine mehr vorbringen konnte.

»Hör auf!«, hörte ich mich laut in den Raum rufen – voller Sorge, der Künstler könnte in einem unsinnigen Kampf unterliegen. »Hör doch endlich auf!«

Ich weiß nicht, ob es meine Stimme war, die Caravaggio mäßigte. In jedem Fall griff er nicht aufs Neue nach seinen Gegenspielern, welche würgend am Boden lagen, sondern ließ von ihnen ab, richtete sich auf und schien sich an ihnen so sehr abgewütet zu haben, dass kein weiteres Toben zu erwarten stand. Sein Blick, vorher starr und verdunkelt, glitt aufmerksam durch den Raum, gewahrte die Männer, die zur Verstärkung gekommen waren, die gaffenden Frauen und schließlich mich.

Caravaggio hatte von dem Kampf nur wenige Blessuren abbekommen. Ohne Ausdruck von Schmerzen schritt er entschlossen auf mich zu.

»O, die kleine Isis de Luna!«, spottete er. »Die Konkubine des Kardinals.«

Während ich ihn geistlos anglotzte, hörte ich del Monte wieder zu Worten kommen.

»Isotta! Verschwinde!«, zischte er.

Caravaggio lachte in meine Richtung, um sich hernach, viel langsamer und gemäßigter als zuvor, an den Kardinal zu wenden.

»So wird sie also in Wahrheit geheißen«, meinte er gedehnt. »Sie zeigte sich stets verschwiegen, sobald es um ihren Namen ging. Weniger maulfaul erwies sie sich indessen, wenn sie mir von Euch berichtete!«

Ich hatte gedacht, dass sich sein Zorn und sein Hass beim Prügeln erschöpft hätten, doch nun verlegte sich beides in seine Worte und machte sie zur nützlicheren Waffe als die Fausthiebe.

»Was tust du denn?«, warf ich jämmerlich ein.

Er sah mich nicht. Er war völlig blind für das, was ich zu verlieren hatte. Leichtfertig griff er danach und warf es dem Kardinal vor die Füße – als letztes Aufbegehren, ehe er dem Stärkeren, Mächtigeren und Einflussreicheren weichen musste.

»So feig, wie Ihr Euch gebt, wenn Ihr Euch vor mich stellen solltet, seid Ihr – wie's scheint – beim Ficken!«, lästerte er. »Ihr begnügt Euch doch tatsächlich mit ihrem Händchen, wenn Ihr doch auch alles andere haben könntet. Hat Euch Lavinias draller Körper derart eingeschüchtert, sodass Ihr nie wieder nach einem anderen fassen wollt?«

Ich sah nicht, wie der Kardinal noch mehr erbleichte. Ich wollte es nicht sehen. Ich versuchte Caravaggio mit Blicken zu bändigen, obgleich es verlorene Mühe war, denn er blickte noch immer grinsend auf den Kirchenmann.

»Und ist's doch ein so liebes Geschöpf, unsere kleine Isis!«, fuhr er fort und schlug meine Welt in Trümmer. »Warum traut Ihr Euch nicht, heftiger zuzupacken? Ich glaube nämlich, dass sie eine Frau zum Zupacken wäre. Dereinst hielt ich sie für blutleer und ängstlich. Aber dass sie für Giustiniani die Beine breit macht – und das um meinetwillen –, schenkt ihr meine Achtung.«

Jetzt wandte er sich ab, um nachlässig zur Tür zu schreiten.

»Was tust du denn?«, jammerte ich ein zweites Mal. Er hörte mich so wenig, wie er mich sah. Über die Schulter rief er del Monte zu: »Es sollten Euch keine Gewissensqualen daran hindern, sie zu nehmen, wo Ihr Gott doch schon bewiesen habt, wie gefällig Ihr ihm seid. Schließlich verjagt und verbannt Ihr mich Ketzer auf ewig. Diese Tat sollte für den Himmel reichen und den Allmächtigen Euch gnädig stimmen. Verwirrend nur, dass der gleiche Allmächtige auf einen wie mich so viel Talent hat regnen lassen.«

Nun, da er offensichtlich bereit war, von selbst zu gehen, sammelte die Dienerschaft ein letztes Mal ihren Mut. Offenbar wollten sie nicht als Feiglinge zurückbleiben. Zögernd, aber dennoch entschlossen suchten sie nach ihm zu greifen.

»Fasst mich nicht an!«, kläffte er, und seine eben noch vor Spott triefende Stimme wurde wieder rau vor Wut. Noch ehe ihn die erste Hand erreichte, schlug er sie mit der Faust zurück und bahnte sich nun nicht mehr unerträglich langsam seinen Weg, sondern mit schnellen Schritten. Dann polterte er die Treppe hinab ins Freie, ohne aufzuhören, unflätige Flüche zu rufen.

Ich kann mich nicht erinnern, was genau er dabei schrie – nur mehr an das Schweigen danach.

Kreischend lachte Amina, weil mich nun die gerechte Strafe ereilen würde. Ganz nach ihrem Geschmack stierte del Monte mich an und schien mich mit seinem Blick töten zu wollen. Ich war die Einzige von allen, die mehr in seinem Gesicht sah als nur kalte Wut. Es stand auch Lust darin, mich wie einen Krümel Staub fortzufegen. Seine bitterböse Stimme traf mich ohne das Zögern oder den Widerwillen, womit er stets zu mir gekommen war, um sein Verlangen zu stillen. Sie verhieß Eindeutiges.

»Ich wusste doch, dass du eine verderbte Hure bist!«, rief er. Trotz seiner Beschämung vor der ganzen Dienerschaft triumphierte er. »Ich wusste doch, dass du trotz aller Bitten um Vergebung nicht besser als Lavinia bist!«

Ich starrte auf meine nackten Füße.

Warum war ich vorhin nicht in meine Schuhe geschlüpft?, ging es mir durch den Kopf. Sie hätten mich ein wenig wärmen können, nun, da mein Leben verwirkt war und der Kardinal mich in die Gosse jagte.

21

Rom, Gegenwart

»Wir dürfen das nicht tun!«

Elias' Stimme klang schrill und hoch. Ricarda schreckte zusammen. Sein Tonfall passte nicht zur verstohlenen Umarmung, dem vorsichtigen Kuss inmitten des dämmrigen Lichts und den Berührungen, die nicht getrieben und gierig waren, sondern so langsam wie in Zeitlupe. Das Band zwischen ihnen, lose geknüpft über Tanos Tod und die Recherchen zu dem Bild, war ihr eben noch wie ein warmes, stützendes, behagliches Gewebe erschienen. Doch nun musste sie erkennen, wie brüchig es war.

Elias riss sich von ihr los.

»Wir dürfen das nicht tun!«, wiederholte er nahezu panisch.

Da sein Körper sie nicht mehr wärmte, verschränkte Ricarda unwillkürlich ihre Hände über der Brust und streichelte die Schultern, auf denen sich eine Gänsehaut ausgebreitet hatte. Seine Aufregung erschien ihr völlig überzogen, aber verunsicherte sie nicht, sondern stimmte sie mitleidig.

Er hat also noch nie eine Frau geküsst, dachte sie mit der Befriedigung, in diesem Feld die – zumindest etwas – Erfahrenere zu sein.

Verlegen und mit glühenden Wangen wandte er sich von ihr ab.

»Es tut mir leid, Ricarda«, setzte er an.

»Du musst dich nicht entschuldigen«, meinte sie sanft und fuhr sich langsam durchs Haar. »Ich weiß natürlich, dass du deine Ideale hast und zölibatär lebst. Aber du bist doch nicht einer dieser bigotten …«

Unwillkürlich musste sie kichern, fühlte, wie sich die Anspannung darin entlud, die Furcht, das Unbehagen – eigentlich gegen jede Vernunft, denn die Schachtel und die anonyme Botschaft waren immer noch zu sehen. Für einen Moment aber berührten diese sie ebenso wenig wie Tanos Tod und das Gemälde. Weit weg war alles, einer schrillen, oberflächlichen Lebendigkeit gewichen, als hätte sie ein Glas Prosecco zu viel getrunken.

Frater Elias wand sich, blickte starr und noch immer schamrot zu Boden. »Das verstehst du nicht …«, setzte er an.

Sie ging langsam auf ihn zu, gab ihm keine Möglichkeit, ihr auszuweichen, und ergriff wieder seinen Arm. »Du musst doch kein schlechtes Gewissen haben – deswegen«, meinte sie aufmunternd. »Es ist doch im Grunde gar nichts passiert …«

Er schüttelte den Kopf, versuchte, sich ihr zu entziehen, und fand im engen Altarbereich doch keinen Platz, um ihr auszuweichen.

»Du verstehst das nicht«, wehrte er sie ab, und sein Tonfall war nicht länger panisch und verlegen, sondern rüde, als er hinzufügte: »Ich habe eine Freundin. Ich will sie nicht betrügen.«

Jetzt war er es, dem ein Kichern entfuhr, verschämt, aber zugleich mit einer Prise Ironie, als wäre es trotz aller Peinlichkeit komisch, zu diesem Zeitpunkt, unter diesen Umständen und an einem geweihten Ort sein Geständnis loszuwerden.

Ricardas Hand, die sie eben noch nach ihm hatte ausstrecken wollen, erstarrte in der Luft. Unglaublich langsam zog sie sie zurück, als würde sie keine spontane Geste, sondern ein sorgfältig geplantes Pantomimenspiel ausführen.

»Aber …«, brachte sie hervor, mehr nicht.

Er zuckte mit den Schultern.

»Ich weiß, dass es nicht … korrekt ist«, murmelte er. »Aber ich war doch noch so jung, als ich ins Kloster eingetreten bin, gleich nach dem Abitur, ich habe noch nicht mal die Ewige Profess abgelegt. Und ich glaube nicht, dass es etwas von Dauer ist, aber bestimmte Erfahrungen … sollte man eben im Leben machen. Finde ich zumindest.«

Ihr geschockter Gesichtsausdruck schien ihn zu verunsichern. Er war bereit, sich zu erklären, aber nicht, sich zu rechtfertigen. Als sie nicht darauf einging, drehte er sich unwirsch um.

»Ich denke, wir sollten jetzt gehen«, meinte er, gab ihr nicht die Chance, etwas hinzuzusetzen, sondern nickte bestimmt und begann, den Mittelgang entlangzuschlendern.

Sie stand immer noch steif, suchte nach Worten.

»Halt!«, rief sie, und es klang wie ein Kreischen. »Halt! Warum hast du mir nie etwas davon erzählt? Glaubst du, ich würde dich bei deinem Abt denunzieren? Glaubst du, ich wäre so weltfremd, nicht zu wissen, dass es solche und solche Kleriker gibt? Ist sie Italienerin? Wahrscheinlich! Sie hat dich sicher verführt! Ich glaube nicht, dass du den Mut dazu gefunden hättest, wenn sie nicht angefangen hätte, oder? Warum verheimlichst du mir das? Ich dachte, wir wären miteinander befreundet und könnten über alles reden!«

Er drehte sich wieder zu ihr um, hielt aber den Blick gesenkt.

»Aber doch nicht über Sex«, murmelte er und biss sich auf die Lippen. Sie konnte das nicht einordnen – verkniff er sich ein spöttisches Lachen? Oder ein ängstliches Zittern, weil nicht nur ein läppischer Kuss und eine steife Umarmung sie verbanden, sondern all die merkwürdigen Ereignisse, aufgrund derer sie diesen Ort aufgesucht hatten?

»Was heißt das?«, schrie sie. »Hast du kein Vertrauen zu mir? Denkst du, mir kann man nicht sein Herz ausschütten?«

Sichtlich unbehaglich verknotete er seine Hände ineinander. »Ricarda, ich … ich mag dich ja irgendwie. Aber wir waren doch nie die besten Freunde. Gut, dieser Sprachkurs, den wir gemacht haben … und diese Sache mit dem Gemälde, aber trotzdem …«

»Aber ich kenne doch sonst niemanden in Rom! Wen gibt es denn da außer dir? Maurizio zählt nicht. Tano ist tot. Und genau genommen habe ich den auch so gut wie nie getroffen. Wir hatten nur E-Mail-Kontakt.«

»Eben«, murmelte er. »Und genau das ist wahrscheinlich dein Problem.«

»Wie bitte? Mein Problem? Du hältst mich für gestört, weil ich keine Freunde habe?«

»Das hast du jetzt gesagt! Aber genau genommen vermittelst du immer den Eindruck, als wolltest du so wenig wie nur irgend möglich mit anderen Leuten zu tun haben. Ist ja auch in Ordnung. Es ist dein gutes Recht, so abweisend zu sein.«

Er klang ihrer nun überdrüssig.

»Komm mir nicht so!«, hörte sie sich weiterschreien. »Unabhängig von der Faresi-Geschichte hast du dich doch immer gerne mit mir gezeigt. Ich kam dir eben recht in deinen hochehrenwerten klerikalen Kreisen. Ich war doch die perfekte Alibifrau, weil auch der misstrauischste Kathole von mir nicht erwarten würde, dass ich dich auf unkeusche Wege führen wollte. Du hast mich gebraucht, um in deinen elitären Alt-Herren-und-Weiber-Runden deine Weltnähe zu demonstrieren, nicht wahr? Dazu war ich dir gerade gut genug!«

»Bitte, Ricarda! Steigere dich jetzt doch in nichts hinein. Du musst mir keine Szene machen. Wir sind kein altes Ehepaar!«

»Aber ich habe mich auf dich verlassen. Ich dachte, du wolltest mir in dieser Sache helfen und …«

Ihre Stimme kiekste und brach.

»Das habe ich doch auch getan. Aber das eine hat nichts mit dem anderen zu tun. Du kannst mir glauben – ich habe … *sie* oft genug versetzt, um Zeit mit dir zu verbringen. Also bitte, mach dich nicht lächerlich!«

Sie wusste, dass seine Aufforderung zu spät kam. Sie hatte sich bereits lächerlich gemacht. Es war so unsagbar peinlich, sich vor ihm derart gehen zu lassen, dass sie einfach nur weiterschreien konnte, um diese Blamage zu vertuschen, zumindest kurzfristig, solange sie in dieser eingerüsteten, düsteren Kirche standen.

Sie rannte ihm in den Mittelgang nach.

»Oho!«, lachte sie. »Der Mönch von heute hält es also nicht mehr so mit verstaubten Prinzipien. Wobei das nicht jeder erfahren muss. Deinen alten Tanten, die dir gerne mal ein tolles Essen spendieren, oder deinem ehrenwerten Prälaten-Onkel hast du sicher nicht erzählt, dass du eine Freundin hast. Und deiner Mutter, die dir sämtlichen Luxus, den es im Kloster nicht gibt, finanziert, wohl auch nicht.«

Er tat ihr nicht den Gefallen, darauf etwas zu erwidern. Er ließ ihre Vorwürfe schweigend über sich ergehen, räusperte sich, sah auf die Uhr. Erst als sie bei ihm angekommen war, blickte er sie wieder an.

»Was ist mit der Schachtel und dem Zettel?«, fragte er.

Ricarda hatte sie beim Altar vergessen, was ihr noch peinlicher war als ihr Zornesausbruch. Sie dachte an Maurizios Spott.

Sie wusste, dass sie den Karton holen sollte, aber sie hielt es keinen Augenblick länger hier aus. Beschämt über ihr eigenes Verhalten, drängte sie sich an Frater Elias vorbei und floh völlig überhastet aus der Kirche.

Sie wollte duschen, als sie heimkam, doch das Wasser war eiskalt. Manchmal funktionierte der Boiler nicht. Man musste warten, bis ein anderer Gast sein Bad beendet und das Wasser sich neu erhitzt hatte.

Die Kleidung hatte sie achtlos über den Schreibtischsessel geworfen. Als sie nackt, aber ungeduscht das Bad verließ, wusste sie nicht recht, ob sie den Slip wieder überziehen, den durchgeschwitzten BH wieder anziehen sollte.

Sie starrte auf die zusammengeringelte Unterwäsche und fröstelte, obwohl noch Sonne durch den geöffneten Fensterspalt stach. Noch immer nackt trat sie in das Licht, blickte auf die Straße.

Ein paar Leute versammelten sich unten, Gäste einer Party im Nebenhaus, ein älterer Mann, der einen Hund an der Leine führte – einen kleinen, dreckig-schwarzen Pudel. Der Hund sackte bei jedem dritten Schritt in sich zusammen, wahrscheinlich durch einen Gelenkfehler bedingt, was mitleiderregend aussah und zugleich lächerlich.

Nach den Partygästen ergoss sich eine Schar von Schülerinnen auf die Straße, ziemlich aufgedrehte Gören, die atemlos miteinander quasselten. Alfonso von der Bar gegenüber starrte mal nicht in den Fernseher, um das Automagazin mit der blonden Moderatoren-Tussi zu sehen, sondern auf die knapp sitzenden Tops und die Dreiviertelhosen, unter denen sich die Hintern wölbten, manche knackig, manche fett.

Ricarda sah regungslos zu.

Jemand war von ihren Recherchen beunruhigt. Jemand wollte ihr Angst einjagen.

Aber wer klebte schon solch einen anonymen Brief und brachte ihn in diese Kirche?

Signora di Campanella – absolut undenkbar. Dafür war sich die alte Dame sicher zu fein.

Carlo Forli – ebenso undenkbar. Wenn er sie hätte einschüchtern wollen, wäre er professioneller vorgegangen.

Signora Luisa? Aber warum sollte sie? Ihre einzige Sorge

galt doch der alten Antonella und wie die den Verlust des Enkels verkraftete.

Also ein Unbekannter.

Ricarda fröstelte noch immer. Nachdenklich beobachtete sie weiter das chaotische, lärmende Treiben auf der Straße. Sie fühlte eine abwegige Eifersucht auf die sechzehnjährigen Mädchen, die Spaß hatten, anstatt anonyme Briefe zu bekommen, die mit Jungs flirteten, anstatt ihre Zeit mit Mönchen zu verbringen, die in Discos gingen und nicht in leerstehende, renovierungsbedürftige Kirchen, vor allem aber: die etwas mit ihrer Freizeit anfangen konnten.

Sie konnte es nicht. Sie konnte sich auch nicht an ihren Laptop setzen und weiterarbeiten. Sie stützte ihre verschränkten Arme aufs Fensterbrett, ließ den Kopf darauf sinken und haderte, dass sie den toten Tano Faresi gefunden hatte und er sie in das Geheimnis des Bildes hatte einweihen wollen.

Was soll ich nur tun?, dachte sie – und ungewollt traten ihr Tränen in die Augen.

Ricarda verließ das Zimmer nicht. Sie ging nicht ans Telefon, weil sie Frater Elias am anderen Ende der Leitung vermutete, und verleugnete sich auch gegenüber Signora Buzzo, als diese an der Tür klopfte und wieder einmal frische Handtücher bringen wollte.

Erst am zweiten Tag gab sie ihr Exil vorübergehend auf, um im Speisesaal zu frühstücken – bis dahin hatte sie sich mit Knäckebrot, Löskaffee und mit zweien der Schokoladenkekse, die sie am Tag von Tanos Tod gekauft hatte, begnügt. Eingepackt in der Plastikfolie waren sie frisch geblieben.

Der Milchkaffee im Speisesaal tat gut – erstaunlicherweise auch der Anblick von Maurizio. Er erinnerte an ein funktionierendes Leben, das er als exzentrisches, aber nebensächliches Detail begleitet hatte, und vermied es außerdem, ihr stichelnde Fragen zu stellen. Stattdessen erging er sich, nachdem er sie mit einem flüchtigen Seitenblick und einem ebenso flüchtigen Gruß zur Kenntnis genommen hatte, in einer Ausführung über das italienische Frühstück.

»Kein Ernährungswissenschaftler wird je gutheißen, dass man sich am Morgen mit fettigen süßen Teilen vollstopft. Biscotti, Cremotti, Amarettini. Da kannst du gleich ein Stück Zeitungspapier in Motoröl tauchen und essen. Gleicher Nährwert, ich sag's dir.«

»Seit wann interessierst du dich für gesunde Ernährung?«, fragte Ricarda und warf einen abschätzigen Blick auf sein unrasiertes Kinn und den Bauchansatz.

»Tue ich ja gar nicht«, erklärte er grinsend. »Ich sterbe sowieso ein paar Jahre früher, weil ich geraucht habe. Aber ich mag dieses süße Zeugs am Morgen nicht. Ein ordentliches Wurstbrot, das wär's. Aber schau dir das doch nur mal an hier! Das Einzige, was die Buzzo anbietet, ist Leberwurst, und die schmeckt widerlich.«

Trotz seines Zeterns aß er mit großem Appetit.

»Auf jeden Fall ist es aber besser, am Morgen irgendetwas zu sich zu nehmen als gar nichts«, er warf einen herablassenden Blick auf ihren Café Latte. »Allein schon wegen des Blutzuckerspiegels …«

Am besten wäre Vollkornbrei, fuhr er belehrend fort. Der führe zu keiner unnötigen Reizung der Schleimhäute. Bei ihm sei das freilich auch schon egal, sein Leben sei so beschissen, da könne er seinen Magen gleich mit verderben. Aber sie, Ricarda, sehe so blass aus, da würde ihr etwas Gesundes gut tun.

Sie musste nicht antworten, denn er hielt sich nicht lange bei diesem Thema auf.

Eigentlich könne man in Rom gar nicht gesund bleiben, fuhr er bereits fort, unmöglich sei das bei dieser Hektik und diesem Gestank. Es sei auch eindeutig keine V.I.P.-Stadt mehr, vor Monaten habe wenigstens Mauro Segantini hier gedreht. Liz Fury, das englische Topmodel, habe ihn mehrmals besucht, man habe rätseln können, ob sie noch verlobt seien oder nicht. Das Einzige, was jetzt noch einen journalistischen Kick verheißen könnte, wäre der neuerliche Tod eines Papstes. Beim letzten Mal sei es das Mega-Event des Jahres gewesen. Allerdings: Benedetto sei zwar nicht mehr der Jüngste, aber wahrscheinlich viel zu machtgeil, um vorschnell wieder abzutreten.

»Apropos, was macht eigentlich dein Pfaffe?«

Er sprach betont gleichgültig; die Frage klang genauso nichtssagend wie sein anderes Gerede. Doch als er hochsah, war sein Blick wach.

Ricarda fühlte sich ertappt, senkte rasch die Augen und rührte in ihrer Tasse. Die leise Ahnung eines Kopfschmerzes zog vom Nacken hoch bis zu ihren Schläfen. Sie war zu müde, um Maurizios Frage abzuwehren.

»Vielleicht betet er um sein Seelenheil«, schlug sie nüchtern vor.

Maurizio grinste nicht, obwohl sie genau das erwartet hatte.

»Hat er es nötig?«, fragte er schlicht.

»Kann schon sein«, murmelte sie und rieb sich die Schläfen. »Ich weiß es nicht. Er ist sozusagen aus meinem Leben verschwunden.«

Maurizio blieb ernst. »Wovor ist er denn davongerannt?«, fragte er. »Hat ihn Tano Faresis Mörder zu fassen gekriegt?«

Seine Worte verhießen Spott, seine Stimme nicht.

Sie zuckte die Schultern. »Es ist nicht ausgeschlossen, dass es ein Herzinfarkt war, wie alle behaupten.«

»Hm«, murmelte Maurizio nachdenklich und setzte erstaunlich sachlich hinzu: »Als ich noch Journalist war – lange bevor ich mit dieser Paparazzo-Scheiße begonnen habe –, habe ich mal recherchiert, wie man am besten einen Mord vertuschen kann, oder anders: wie man sozusagen die Symptome einer natürlichen Todesursache vortäuscht, in Wahrheit aber nachhilft. Jährlich werden etwa tausend Tötungsdelikte begangen, aber nie geahndet – einfach, weil niemand dahinterkommt.«

»Warum hast du den Journalismus eigentlich aufgegeben? Wirklich nur wegen der Kohle? So viel mehr verdienst du doch jetzt auch nicht.«

»Nein«, gab er ohne Scham zu. »Im Grunde bin ich ein armer Schlucker geblieben. Aber weißt du, am Ende, als es mit den Drehbüchern und Dokumentarfilmen nicht geklappt hat, da bin ich bei so 'nem Klatschblatt gelandet, und es war so grauenhaft, mir ständig aus den Fingern zu saugen, welcher Promi es mit wem treibt, wer gerade 'ne Ehe in den Sand gesetzt hat oder ein Kind abgetrieben, da dachte ich mir, es würde mir leichterfallen, die Meute einfach nur abzuknipsen, anstatt darüber zu schreiben. Genau genommen habe ich's nicht selbst gedacht. Ein Kumpel brachte mich drauf, sprach von fetter Kohle und dass ich doch immer – rein hobbymäßig – fotografiert hätte.«

Er zuckte die Schultern. Sein Lächeln geriet wehleidig. »Schöne Scheiße. Aber lassen wir das. Einen Herzinfarkt kriegt man relativ leicht hin. Da gibt es so ein Pflanzenschutzmittel, keine Ahnung, wie das heißt. Es soll ziemlich streng riechen, aber wenn man es mit einer würzig schmeckenden Speise verrührt, kann man das schnell mal jemandem unterjubeln. Und prompt hat die Ehefrau ihren ungeliebten Gatten beiseitegeschafft … Was ebenfalls zu Herzrhythmusstörungen führt, ist Arsen.«

Nachdenklich stopfte er den letzten Bissen Brot mit Leberwurst in sich hinein und strich über die grün gemusterte Plastiktischdecke, die Falten warf.

Sie war dankbar, dass er sie nicht verspottete. Trotzdem wiegelte sie ab. »Selbst wenn es so gewesen ist, nützen solche

Überlegungen gar nichts, solange wir nicht den Namen dessen kennen, der das Bild in Auftrag gegeben, die Schriften der Kurtisane geklaut und den anonymen Brief geschrieben hat…«, sprach Ricarda nachdenklich vor sich hin und bemerkte zu spät, dass sie Maurizio mehr anvertraute, als sie beabsichtigt hatte. Als er sie fragend ansah, kam ihr das dennoch recht. Nun war sie gezwungen, ihre Worte zu erklären. Von ihrer Müdigkeit, ihren Kopfschmerzen oder ihrer Verzagtheit dazu verführt, erzählte sie in knappen Stichworten, was geschehen war – oder zumindest das meiste davon. Nur den Streit mit Frater Elias und dessen Ursache sparte sie aus.

»Kommt mir mehr als seltsam vor«, kommentierte Maurizio. »Wer stellt denn 'nen Pappkarton in eine unrenovierte Kirche?«

»Jemand, der verhindern will, dass wir weitere Nachforschungen anstellen.«

»Oder jemand, der euch gründlich verarscht.«

Eine flüchtige Idee streifte ihre Gedanken, nicht ausgereift genug, um sie Maurizio gegenüber zu benennen.

Elias hat viel Zeit mit mir verbracht in den letzten Tagen, dachte sie. Und wenn er wirklich eine Freundin hat, dann wird die sich nicht darüber freuen.

Sie setzte ihre Tasse an, trank einen großen Schluck und stellte erleichtert fest, dass sich der Kopfschmerz verflüchtigte. Eigentlich eine schlüssige Idee. Die unbekannte Freundin – vielleicht von Elias in ihre »Ermittlungen« eingeweiht – war eifersüchtig, wollte ihn nicht mit einer anderen Frau teilen und setzte darum ihren Recherchen ein Ende, indem sie diesen Brief schrieb. In gewisser Weise hatte sie ihr Ziel erreicht – wenn auch auf ganz andere Art als geplant.

»Willst du zur Polizei gehen?«, hörte sie Maurizio fragen.

»Soll ich?«, gab sie zurück.

Als sie ihr Zimmer verlassen hatte, war sie nahe dran gewesen, diesen Weg zu wählen. Wenn ihre jetzige Vermutung zutraf, war der Drohbrief allerdings harmlos. Bestätigen konnte das nur Frater Elias – oder zumindest konnte er den Namen seiner Freundin nennen und zugeben, dass er ihr von Tanos Tod und dem Caravaggio-Gemälde erzählt hatte und dass deren Einmischung durchaus im Bereich des Möglichen lag.

»Hast du nicht immer gesagt, dieser Carlo Forli steckt mittendrin?«, fragte Maurizio eben.

Eine Gruppe Holländer ließ sich am Nebentisch nieder und begann, mit lauten Gesprächsfetzen den Speisesaal auszufüllen.

Maurizio neigte sich dichter zu Ricarda, damit sie ihn besser verstehen konnte. Sein warmer Atem streifte sie, aber zu ihrem Erstaunen fand sie das nicht unangenehm, sondern beruhigend. Die Vorstellung, seinen massigen Leib zu umarmen, war tröstlicher als die Erinnerung an den steifen Körper von Elias.

»Das Problem ist nicht nur Carlo Forli. Ich habe auch keine Ahnung, was ich der Polizei erzählen sollte – abgesehen von dieser anonymen Nachricht«, gestand sie kleinmütig ein. »Was nützt uns schon, was wir über das Bild herausgefunden haben? Dass es die Heilige Maria Magdalena zeigt, dass die Kurtisane Isis de Luna womöglich Modell saß, dass jene, als das Bild entstand, für die damaligen Verhältnisse steinreich war. Das ist doch gar nichts.«

»Aber irgendjemand hat dich zusammengeschlagen, um diese geheimen Schriften zu stehlen. Zumindest das könntest du anzeigen.«

Sie zuckte die Schultern. »Du hast Recht. Aber bevor ich zur Polizei gehe, sollte ich noch mal mit Elias reden«, antwortete sie entschlossen, um mit diesem Satz vollendete Tatsachen zu schaffen, die sie nicht wieder zurücknehmen konnte.

»Willst du mir nicht doch sagen, was zwischen euch vorgefallen ist?«

Er blickte sie fragend an, aber als sie schwieg, wechselte er das Thema. »Ich hab's ja schon mal gesagt«, schlug er vor. »Ich könnte dir auf meine Art helfen …«

»Nämlich?«, drängte Ricarda.

»Nicht nur mit Kontakten, sondern auch … Weißt du, ich glaube nicht, dass sich Signora di Campanella an mich erinnert. Und die ist doch so etwas wie eine Schlüsselfigur. Ich könnte zu ihr gehen, ihr ein bisschen Honig ums Maul schmieren und vorgeben, für einen Artikel zu recherchieren – zum Beispiel für irgendein deutsches Kunstmagazin oder das Feuilleton. Darin soll es um Kunstmäzenatentum in den verschiedenen Ländern Europas gehen oder so etwas in der Art. Die Frau ist eitel. Vielleicht verplappert sie sich, wenn ich mit meinem Presseausweis vor ihrer Nase herumwedle, und sie erzählt mir etwas, was sie dir und Elias noch nicht auf die Nase gebunden hat. Wie wär's?«

Ricarda zuckte die Schultern, zwar vom Café Latte gewärmt, aber zugleich müde und schläfrig – ihr Löskaffee putschte besser auf.

»Warum willst du mir helfen?«, fragte sie zweifelnd.

Maurizio ging nicht darauf ein. »Signora di Campanella hat doch gesagt, dass sie sich an dieser Sache nicht die Finger verbrennen will.«

»Das schon …«, sagte Ricarda. »Aber …«

»Kein Aber! Ich habe nichts Besseres zu tun. Und wenn du dir von dem Pfaffen hast helfen lassen, warum dann nicht auch von mir? Eigentlich mag ich dich.«

Sie schluckte. Es war neu, dass Maurizio sie anrührte.

»Warum nur eigentlich?«, fragte sie.

Er seufzte lächelnd.

»Ach Principessa«, setzte er an und wirkte kurz unbeholfen. »So wie du aussiehst, geht's dir richtig beschissen. Und ich kann doch nicht zulassen, dass du, die hoffnungsvolle Geisteswissenschaftlerin, genauso verkorkst endest wie ich.«

Es ist nicht geklärt, inwiefern Caravaggio Kontakte zu den großen Naturwissenschaftlern seiner Zeit hatte. Anzunehmen ist, dass er Galileo Galilei kannte und von dessen Erkenntnissen sogar inspiriert wurde, nicht zuletzt weil Galilei von Kardinal del Monte, Caravaggios wichtigstem Mäzen, gelesen wurde. Die Probleme mit der kirchlichen Obrigkeit waren zumindest sehr ähnlich: Galilei wurde vorgeworfen, dass er den Himmel entzaubern würde, indem er das Fernrohr auf ihn richtete und behauptete, dass es dort oben Bewegung gebe, die Sonne sogar Flecken habe. Caravaggio wiederum entzauberte die Heiligen, indem er sie – zumindest was ihr Aussehen anbelangte – zu ganz gewöhnlich Menschen machte.

Ricarda zögerte es bis zum späten Nachmittag hinaus, nach San Anselmo aufzubrechen.

Überzeugt, dass sie Frater Elias tagsüber ohnehin nicht dort antreffen würde, ordnete sie Skripte und Unterlagen, schrieb ein paar Zeilen an ihrer Arbeit und redete sich ein, den Tag sinnvoll zu nutzen – im Unterschied zum gestrigen, den sie halb sitzend, halb liegend auf dem Bett herumgelungert hatte. Immerhin knurrte ihr hinterher der Magen, was nur heißen konnte, dass sie etwas geleistet hatte.

Obendrein erlaubte ihr der Hunger, den peinlichen Besuch bei Frater Elias noch weiter aufzuschieben. Sie kaufte sich ein Mozzarella-Panino, ließ es einpacken und schlenderte durch die Villa Borghese.

Langsam wurde es Abend.

Von einer ähnlichen Parkbank aus wie der, auf der sie nach Tanos Tod gesessen hatte, beobachtete sie zwei Kinder, die abwechselnd auf einem Pony ritten und dabei rote Gummistangen in sich hineinstopften. Sie aß ihr Panino mit viel weniger Appetit.

Später war sie durstig und betrat den kleinen Imbissstand

neben dem Karussell. In einer verschmierten Glasvitrine verdarben drei Stück Pizza, und daneben, in einer Aluminiumbox, lag eine Unmenge an Überraschungseiern – völlig verformt, weil sie unter ihrer Verpackung zerschmolzen. Sie hatte eigentlich ein Lemonsoda trinken wollen, doch nachdem sie sich auf einen quietschenden Hocker gesetzt hatte, bestellte sie einen Grappa und kippte ihn hinunter, ehe sie darüber nachdenken konnte.

Mut antrinken für die Begegnung mit Frater Elias, dachte sie zynisch.

»Tourista?«, fragte der Barmann. »Tedesco?«

Ricarda blickte ihn nicht an. »Si«, nickte sie in Richtung eines vollen Aschenbechers.

»Roma is beautiful«, erklärte der Barmann.

»Si«, erwiderte Ricarda.

»And dirty. And expensive«, fügte der Mann mit ausdruckslosem Gesicht hinzu.

»Si«, erklärte Ricarda.

Seine Redebereitschaft versiegte. Nach ihrem dritten Glas stand sie schwankend auf und verließ den Park.

Roma is beautiful.

Die Ewige Stadt lockte trotz all ihrer Nachteile – heute Touristen, damals Kurtisanen und Künstler, die nirgendwo sonst so viele Chancen, so viel Aussicht auf potenzielle Kunden hatten und so viele Möglichkeiten des Scheiterns, des elenden Zugrundegehens. Nie war sie durch die Straßen gegangen und hatte überlegt, dass sich Caravaggios Leben – über dessen Weltanschauung sie sämtliche Informationen zusammentrug – ebendort zugetragen hatte. Spurensuche fand für sie in Bibliotheken und in Archiven statt, nicht in den engen Gassen des Centro Storico.

Heute war das anders. Um weiter Zeit zu schinden, entschied sie sich für einen Umweg, suchte nach jenen alten Gebäuden, deren Lage sie kannte und die sie dennoch nicht besichtigt hatte, seit sie in Rom war, was kein bewusster Boykott gewesen war, sondern eher die strikte Wahrung einer Hierarchie von Prioritäten.

Der Palazzo Madama, gegenwärtig Sitz des Senats, damals Residenz von del Monte und wahrscheinlich für einige Jahre Wirkungsstätte des Künstlers – ein würfelförmiges Gebäude, wo es vor Polizisten wimmelte, die es bewachten. Einige von ihnen machten gerade eine Pause in der Bar Banco gleich daneben. Dem Palazzo Madama gegenüber befand sich der Palazzo Giustiniani, seinerzeit Wohnort von Benedetto und Vincenzo, wichtige Förderer von Caravaggio. Heute war das Gebäude ein Museum, in dem die Sammlung Giustiniani – darunter bedeutende Caravaggio-Gemälde – ausgestellt war. Wiederum nicht weit davon war die graue, schlichte Kirche San Luigi dei Francesi mit den beiden Matthäus-Motiven. Der Platz davor war mit teuren Autos zugeparkt. Auf den Treppen – direkt neben dem Schild, wo auf Französisch zu lesen war, wann sonntags die Messe stattfand – hockte eine Bettlerin und zählte seelenruhig die Münzen, die sie heute eingenommen hatte.

»Hat er dich gemalt, Isis de Luna?«, hörte Ricarda sich zu den Bauten hin fragen. »Aber was war daran skandalös? Warum war dieses Bild eine Sünde?«

Sie presste die Lippen aufeinander, weil ihre Fragen ihr peinlich waren.

Sie ging nun schneller, schaffte es in knappen zwanzig Minuten an den Fuß des Aventins, wo von der Via Santa Maria in Cosmedin aus ein steiler Anstieg hoch nach San Anselmo führte. Die spitzen Pflastersteine schmerzten in den Fußballen, aber immerhin verpuffte langsam der anstrengende Straßenlärm Roms. Ricarda hatte Frater Elias hier noch nie besucht, obwohl er sie irgendwann einmal dazu eingeladen hatte.

Jetzt bereute sie es, denn sie wusste nicht, wo der Eingang war, sondern musste erst im Souvenirladen »Negozio Benedetto« nachfragen, wo nicht nur theologische Fachliteratur verkauft wurde, sondern auch Rosenkränze aus rosaroten Perlen und bayerisches Weißbier – wohl eine Hommage an den Papst. Verschwitzt gelangte sie schließlich in den Innenhof, verwechselte anfangs den Eingang zum Benediktinerkolleg mit dem, der zum liturgischen Institut führte, aber landete dann doch an der Pforte, wo ein alter Mönch saß und telefonierte. Seine Haut war vertrocknet wie ein verschrumpelter Apfel, sein Blick unsäglich gelangweilt von der hiesigen Welt. Jene schien ihm ausschließlich ein Hort der Pflichterfüllung zu sein.

Zu seiner Pflicht gehörte es offenbar auch, Ricarda das Leben schwer zu machen. Zumindest hatte sie diesen Eindruck, da er hartnäckig die Auskunft verweigerte, ob sie Frater Elias Buchholzer sprechen könnte oder nicht. Ja, er sei im Haus, aber nein, im Zimmer erreiche er ihn nicht.

Damit schien der Fall für ihn erledigt.

»E adesso?«, fragte sie.

Er gab keine Antwort. Gleichgültig lehnte er sich zurück, während Ricarda sich schwer aufstützte. Die Grappas setzten ihr mittlerweile so sehr zu, dass sie kaum noch gerade stehen konnte.

Als sie schon damit rechnete, den erneut telefonierenden Mönch darin bestätigen zu müssen, dass die Welt verdorben war – indem sie sich nämlich entweder auf den Boden erbrach oder aber nur mehr lallende Worte würde ausstoßen können –, kam ihr eine vertraute, freundliche Stimme zu Hilfe.

»Kann ich Ihnen helfen?«

Das Schicksal schien gnädiger als der Bruder Pförtner. Neben ihr war Prälat Reinhold Buchholzer aufgetaucht, Elias' Onkel, den sie auf Signora di Campanellas Empfang kennengelernt hatte. Trotz ihres unmäßigen Alkoholkonsums erkannte sie ihn sofort und war erleichtert, als er ihren Namen nannte und ihr die Hand schüttelte.

»Sie suchen meinen Neffen?«, fragte er lächelnd.

Wenig später saß sie im Besucherraum – von einem Kavalier der alten Schule dorthin begleitet – und faselte etwas von ihren neuesten wissenschaftlichen Erkenntnissen, nachdem er sich zuvor über ihre Forschungsarbeit erkundigt hatte. Gott sei Dank hatte er ihr sofort einen Platz angeboten, sitzend hatte sie sich zumindest so weit im Griff, dass sie in ganzen, klaren Sätzen sprechen konnte. Ob diese tatsächlich Sinn machten, bezweifelte sie, aber er widersprach nicht, sondern begann ähnlich umständlich und zeitraubend wie bei Signora di Campanella über seine eigenen wissenschaftlichen Vorlieben zu reden. Eben sei er, in Kooperation mit der Päpstlichen Kommission zur Erhaltung christlicher Kulturgüter, damit beschäftigt, eine Ausstellung über die Sixtinische Kapelle vorzubereiten.

Sie verstand nur die Hälfte, schluckte heftig gegen einen Würgreiz an und fürchtete erneut, den Alkohol gleich erbrechen zu müssen – immerhin dann nicht mehr vor Reinhold Buchholzers Schuhe, denn der unterbrach endlich seine Endloslitanei, um seinen Neffen zu holen. Er habe ihn zwar heute noch nicht gesehen und sei auch nicht seinetwegen hier, sondern weil er ein Gespräch mit dem Rektor führen wolle, aber er könne ihm gerne ausrichten, dass sie, Frau Doktor Weiss, auf ihn warte.

Ricarda verabschiedete sich mit einem Kopfnicken. Der muffige, süßliche Klosterduft, der im Besucherraum hing, setzte ihr zu – die typische Mischung aus Schweiß, weil meistens keine Aftershaves benutzt wurden, und Kantinenessen. Eigentlich wollte sie nicht ans Essen denken. Ein Schluck Wasser was das Einzige, was sie ihrer brennenden Kehle zumuten konnte.

Sie stand auf, verließ ein wenig schwankend den Raum. Sicher gab es außerhalb des Klausurbereichs eine Toilette, und diese sollte auch ohne die Hilfe des mürrischen, runzeligen Pförtners zu finden sein. Doch sie stieß nur auf verschlossene, unbeschriftete Türen. Aus einem Raum hörte sie Stimmen.

Ricarda stutzte, als sie die eine als die von Frater Elias erkannte. Noch verwunderlicher aber war, dass ihr auch die zweite Stimme vertraut vorkam, diese jedoch nicht zu diesem Ort passte. Sie traute ihren angeschlagenen Sinnen erst, als sie die Türe leise aufmachte und durch den schmalen Spalt lugte.

»Glauben Sie nicht, dass sie herausfinden könnte, was passiert ist?«, fragte Carlo Forli eben.

Und Frater Elias, ihr engster Vertrauter in Rom, den sie fortwährend auf ihrer Seite gewähnt hatte, antwortete: »Nein, auf gar keinen Fall. Sie ist meilenweit von der Wahrheit entfernt. Und ich kann mir nicht vorstellen, dass sie von allein darauf kommt.«

»Er hat mich die ganze Zeit belogen! Er hat gemeinsame Sache mit ihnen gemacht! Dieser Verräter! Dieser verdammte Betrüger!«

Kleine Speicheltröpfchen flogen von ihrem Mund weg, als sie Maurizio von dem Vorfall erzählte. Ihr Schreien und Toben war befreiend – ähnlich wie vor einigen Tagen in Santa Maria Egiziaca, als sie das erste Mal gegen Frater Elias gewütet hatte. Heute war ihr Ausbruch jedoch nicht von Peinlichkeit genährt, sondern von Wut.

»Hast du dich bemerkbar gemacht?«, fragte Maurizio nachdenklich.

»Natürlich!«

»Das heißt, du bist in den Raum gestürmt und hast in einer ähnlichen Lautstärke getobt wie jetzt?«

»Natürlich!«, wiederholte Ricarda und fühlte sich nicht länger zittrig und benebelt von den Grappas. Das Adrenalin, das nun durch ihren Körper gepumpt wurde, hatte die Nachwirkungen des Alkohols vertrieben. »Was hätte ich denn sonst tun sollen?«, setzte sie unwirsch hinzu.

Sie hatte erwartet, dass er mit der gleichen Inbrunst wie sie über den verdammten Pfaffen herfallen und sich darüber hinaus lobend auf die Brust schlagen würde, weil er diesen Möchtegernseelsorger ja schon immer durchschaut hatte.

Stattdessen sparte er mit Worten.

»Ich verstehe dich ja«, meinte er schließlich. »Jeder hätte empört reagiert. Ich sage den Menschen auch gerne meine Meinung. Aber wenn du mal genauer darüber nachdenkst, dann wirst du feststellen, dass es nicht sonderlich klug war, dich zu erkennen zu geben.«

»Na hör mal!«, fauchte Ricarda und schien bereit, ihren Zorn notfalls auch über Maurizio auszuschütten. »Die beiden sitzen da und reden ganz selbstverständlich über mich ...«

Erst jetzt, als sie sich die Szene noch einmal vor Augen rief, vor allem, wie sie in das Zimmer gestürmt war, sich gerade noch beherrscht hatte, um Elias nicht ins Gesicht zu schlagen, und schließlich die beiden Männer ohne jede Bedachtsamkeit angeblökt hatte, flackerte nicht nur neuer Ärger in ihr auf, sondern vor allem das Gefühl der Demütigung.

Verarscht. Nach Strich und Faden. Von einem Menschen betrogen, den sie für einen Freund gehalten hatte. Zu dumm, zu lebensunerfahren, um die Wahrheit zu erahnen. Null Menschenkenntnis. Null Sensibilität für die Tücken und Tricks der Kommunikation.

Das war nicht nur ein Scheitern, das war eine totale Niederlage. Sie war nicht durchgefallen, weil sie das Examen verpatzt, sondern weil sie den gesamten Lehrgang versäumt hatte.

»Schau, Ricarda«, versuchte Maurizio sie zu besänftigen. »Es ist müßig, darüber nachzudenken, was du hättest anders machen können. Reg dich ab und lass uns überlegen, was das

Gespräch der beiden zu bedeuten hat und welche Schlussfolgerungen sich daraus ergeben. Wenn Elias wirklich ein falsches Spiel mit dir getrieben hat, dann solltest du rauskriegen, wie er dich beeinflusst und auf welche falschen Fährten er dich geführt hat!«

Ricarda starrte ihn an, als würde sie jetzt erst bemerken, dass es Maurizio war, mit dem sie sprach und der da in ihrem Zimmer saß, befremdend nüchtern, überlegt, solidarisch. Es war, als hätten sich die Rollen vertauscht, als wäre sie plötzlich zur rastlosen und zugleich lächerlich anmutenden Kämpferin gegen die Unbill der Welt degradiert und er zum Rationalisten erhoben worden.

»Er war da, als die Schriften der Kurtisane verschwunden sind«, murmelte sie, um sich im nächsten Augenblick auf die Stirn zu schlagen. »Scheiße!«, entfuhr es ihr, als die ganze Wucht der Erkenntnis sie traf. »Wahrscheinlich war er es, der mich zusammengeschlagen und sie geklaut hat«, rief sie, »und hinterher hatte er ein schlechtes Gewissen …«

Wieder klatschte ihre Hand laut auf die Stirn. Verdammt, verdammt, verdammt! Wie naiv! Wie vertrauensselig! Warum habe ich mich nur so an der Nase herumführen lassen?«

»Ricarda!«, sagte Maurizio eindringlich. »Die Frage ist nicht, warum du ihn nicht durchschaut hast. Die Frage ist: Warum hat Elias dieses falsche Spiel mit dir getrieben? Warum macht er gemeinsame Sache mit Carlo Forli? Welches Interesse treibt ihn?«

Sie begann unruhig im engen Zimmer auf und ab zu gehen. Die Schwüle des Tages hing hier immer noch fest, obwohl es draußen schon dunkel geworden war.

»Elias kennt die Wahrheit über das Bild. Er will nicht, dass ich sie herausfinde. Er ist sogar davon überzeugt, dass ich meilenweit davon entfernt bin, sie auch nur zu erahnen«, begann sie langsam.

»Gut«, meinte Maurizio. »Dann musst du jetzt alle Puzzleteile noch mal neu betrachten und zusammensetzen. Du musst dir sein Verhalten exakt in Erinnerung rufen und es dahingehend hinterfragen, ob er dich belogen hat und warum.«

Dort, wo sie mit der Hand gegen ihr Gesicht geschlagen hatte, brannte es. In ihrem Kopf – der sich eben noch nüchtern und klar angefühlt hatte – begann es wieder zu rauschen. Nun, da ihr Zorn langsam versiegte, war sie einfach nur fassungslos.

»Warum hilfst du mir?«, stammelte sie und konnte es nicht verhindern, weinerlich zu klingen.

»Eines dieser Puzzleteile kennst du noch gar nicht«, sagte er, ohne auf ihre Frage einzugehen. »Wie versprochen habe ich Signora di Campanella besucht und mich als Journalist ausgegeben.«

»Und dann?«

»Ich habe geblufft. Habe gesagt, dass ich alles über das Caravaggio-Gemälde wüsste und dass ich darüber einen Artikel schreiben würde.«

Er machte eine kunstvolle Pause.

»Und dann?«, fragte Ricarda wieder. Die Aufregung, die sie befiel, brachte den Ärger und die Enttäuschung über Frater Elias etwas zum Verstummen.

»Dann hat sie eine Weile herumgedruckst. Und schließlich ihr wahres Gesicht gezeigt.«

22

Aus den Lebenserinnerungen der Kurtisane Isis de Luna
Rom, 1606

Mit nackten Füßen stand ich vor Vincenzo Giustiniani. Er war mir als Einziger in den Sinn gekommen, zu dem ich mit diesen nackten Füßen laufen konnte, nachdem del Monte mich aus seinem Palazzo gejagt hatte. Durch die Hast, mit der ich zu ihm gerannt war, fror ich zumindest nicht – Kälte war neben Dreck und Hunger das, was ich am meisten fürchtete.

Diesmal stand Giustiniani nicht vor mir, sondern war tief in einen Stuhl versunken und gab vor, müde zu sein.

»So habt Ihr denn nun zweifach Rache bekommen!«, rief ich außer Atem. »An Caravaggio und del Monte zugleich! Und habt dafür fast gar nichts tun müssen!«

Nachlässig hob er den Kopf.

»Warum sollte ich?«, grinste er heimtückisch. »Auf Caravaggio ist Verlass, nie wird er's lassen können, die Frömmler gegen sich aufzubringen.«

»Aber wie konnte es geschehen, dass …«

»Del Monte versucht seit langem, seinen Einfluss am päpstlichen Hof zurückzugewinnen«, unterbrach er mich. »Ein Pech, dass er als Franzosenfreund bei Paul V. so misstrauisch beäugt wird. Ein Glück hingegen, dass der Papst einen Neffen hat, Scipio Borghese, der sich für die Kunst – auch solche revolutionärer Art – erwärmt. Ich bin zu unbedeutend, als dass man mich dem spanischen oder dem französischen Lager zuschreiben würde, so tat ich das meinige, um einen Kontakt zwischen Scipio Borghese und del Monte herzustellen.«

»Und das tatet Ihr, um ihn zu Fall zu bringen?«, fragte ich.

»Ich war mir nicht gewiss, ob mein Spiel aufgehen würde. Allein, Scipio Borghese hat Einfluss auf seinen Onkel, den Papst – und del Monte hat Kenntnis über alle Künstler Roms, von denen Caravaggio gewiss der umstrittenste, freilich auch der bekannteste ist. Gemeinsam einigten sie sich, ihm diese große Chance zu geben.«

»Doch jetzt, da sein Bild nur Verachtung findet, schiebt Borghese die Verantwortung dafür auf del Monte!«, begriff ich zögernd, was geschehen war.

Giustiniani lachte kreischend. »Borghese ist viel weniger verwundbar als del Monte. Er kann sich's sogar leisten, das verfemte Bild in seinen Privatbesitz zu nehmen. Er ist der Neffe des Papstes – keiner wagt es, seinem Ruf zu schaden. Ganz anders sieht die Sache für del Monte aus. Just in dem Augenblick, da er sich der Empörung des Kardinalkollegiums über Caravaggios Bild anschließen wollte, streute ich ein Gerücht: Gar nicht verwunderlich sei's, dass solch ein gotteslästerlicher Künstler von del Monte gefördert würde, wo der sogar noch Schlimmeres täte – nämlich Giordano Bruno lesen! Unmöglich konnte er sich von Caravaggio lossagen, nachdem sich herumgesprochen hatte, dass er ihm selbst einst die Ketzerei in die Ohren geträufelt hatte, die nun durch seine Bilder spukte: dass nämlich das Göttliche in allem Seienden schlummert, ganz gleich, wie erbärmlich und dreckig es ist!«

»Ihr habt Eure Genugtuung«, stöhnte ich, nachdem ich die Tragweite seiner Intrige erfasst hatte. »Aber was habe ich? Del Monte hat mich verjagt!«

Giustiniani schmatzte genüsslich mit den Lippen. »Und jetzt«, stellte er zufrieden fest, »bin ich der Einzige, an den du dich wenden kannst! Oder willst du auch lieber am Strick baumeln wie Lavinia, die sich dem Falschen anvertraut hat?«

»Nein«, murmelte ich geschwächt und fühlte nichts, als dass meine Welt zerborsten war. »Nein, gewiss nicht.«

»Glaubst du, dass Caravaggio dir in deiner Not helfen wird?«

»Seine leichtfertigen Worte waren es doch, die mich aus del Montes Palazzo vertrieben«, gestand ich kleinlaut.

Ich warf ihm mein Scheitern überreif in den Schoß.

Schläfrig nahm er es entgegen und begnügte sich zunächst mit einem gutmütigen, väterlichen Lächeln. In jenem Augenblick aber, da es mich zu wärmen begann, da ich hoffte, er möge kein grausamer Mensch sein, befahl er kühl: »Zieh dich aus!«

Ich blieb ruhig. Dass er mich nackt sehen wollte, deuchte mich nicht beschämend, sondern gab mir Hoffnung.

»Ihr schickt mich nicht fort, nicht wahr?«, fragte ich. »Ihr helft mir in dieser Stunde, so wie Ihr's Lavinia dereinst angeboten habt.«

Er winkte nur nachlässig mit der Hand. »Nun mach schon!«

Hastig, als wären die Kleider nur lästiges Beiwerk, streifte ich sie ab und stand bloß vor ihm. Ich bemühte mich nicht, meine Brüste oder meine Scham zu verbergen. Mochte ihm alles geopfert sein, solange er mir Schutz vor der Gosse versprach.

Zuerst begnügte sich Giustiniani damit zu schauen. Dann erhob er sich langsam, fast mühselig vom Stuhl und umrundete meine Gestalt, die von nichts anderem bedeckt war als von meinen langen schwarzen Haaren.

Er hob eine Strähne hoch und roch daran, als wolle er prüfen, ob sie denn frisch gewaschen waren. Offenbar versprachen sie die gleiche Sauberkeit wie mein restlicher Körper, denn zufrieden ließ er die Strähne fallen und ging nun daran, die nackte Haut meiner Schultern zu streicheln. Merkwürdig zahm geriet sein Händedruck, ehe er, da ich nicht mehr damit rechnete, seinen Druck plötzlich verstärkte und mich zu Boden zwang.

»Knie dich hin!«, befahl er, um danach wieder Abstand zu nehmen und mich wie ein Tier zu umkreisen, das die Beute aufgestöbert hat, aber noch nicht zuschnappen will.

Diese Verzögerung war mir vertraut und ängstigte mich nicht. Auch der Spott, der folgte, perlte von mir ab.

»So, so«, murmelte Giustiniani, »der Kardinal verstößt dich, und dein Caravaggio bietet dich der Gosse feil.«

»Er wusste nicht, was er tat«, entgegnete ich schwach. »Er war von nichts getrieben denn von Wut.«

»Unsinn!«, entgegnete er. »Natürlich wusste er, was dich dies kostet, aber er scherte sich nicht darum. Dein Geschick ist ihm gleich. Die Frage ist, ob es auch mir gleich sein sollte.«

Er stand nun hinter mir und beugte sich über mich. Sodann fasste er an mein Kinn und hob es schmerzhaft herrisch hoch, auf dass ich ihm von unten ins Gesicht schaute. Hierbei presste er seine dickliche Gestalt an mich, sodass ich sein Geschlecht in meinem Nacken fühlte.

»Bitte!«, entfuhr es mir. »Ich kenne niemanden in Rom als Euch!«

»Ach nein?«, fragte er und ließ mein Kinn wieder fallen, indessen der Druck seines Geschlechts sich verstärkte. Er ging in die Knie, um nach meinem Hals zu tasten und tiefer nach meinen Brüsten, welche klein und fest waren. Ich erwartete, er würde schmerzhaft zukneifen wie dereinst, doch er streichelte sie nachlässig, bis sich die Spitzen aufrichteten. »O gewiss hast du jemanden in Rom – die Hure Gaspara, wenn ich mich recht erinnere …«

»Ich habe sie seit vielen Jahren nicht mehr gesehen!«

»Und dennoch bin ich überzeugt, sie würde dir ein paar Freier beschaffen, vorausgesetzt, sie könnte daran mitverdienen.«

Leise schnaufend ließ er von meiner Brust ab, richtete sich wieder auf und umrundete mich, bis er vor mir zu stehen kam. Hochblickend sah ich seinen dicken Bauch und sein Kinn, kaum aber sein Gesicht. Er schaute nicht auf mich herab, sondern geradeaus.

»Ich bin keine billige Straßenhure«, murmelte ich.

Er öffnete langsam seine Beinkleider. »Das stimmt nicht«, antwortete er amüsiert. »Du willst keine sein – aber das heißt nicht, dass du keine wärst.«

»Gewiss«, gab ich nach. »Und dennoch flehe ich Euch an, mich davor zu bewahren.«

»Verwöhntes Biest«, murmelte er heiser und zog sein steifes Glied aus dem Gewand.

Ich schloss die Augen. Er mochte nichts Unerträglicheres treiben als alle anderen Männer, die nach mir gegriffen hatten.

»Nicht wegschauen!«, befahl er indessen. »Sich mich an!«

Sein Bauch bebte, während er die Beine grätschte und sein Glied dorthin führte, wo eben noch seine Hände gestreichelt hatten. Er berührte damit die Spitzen meiner Brust und drückte sie nieder, um darob laut zu stöhnen.

»Warum hast du mich seinerzeit hintergangen und zurückgewiesen?«, fragte er heiser.

Mir schmerzte der Nacken vom Hochblicken.

»Ich war ein dummes Mädchen«, log ich. »Ich sah nicht, dass Ihr verlässlicher wart als der Kardinal.«

»Hast du's mit Caravaggio getrieben?«

»Niemals, denn er ist kein hoher Herr wie Ihr!«

Er packte mit beiden Händen meine Brüste und presste sie zusammen, auf dass er in den engen Spalt stoßen konnte.

»Wirst du mir zu Willen sein, in welcher Weise auch immer ich's begehre?«, stöhnte er.

»Jederzeit und auf jede Art!«, gab ich zurück und wagte nicht, den Kopf zu senken. Seine Augen blickten hoch zur Decke.

»Du ekelst dich vor mir!«, stieß er ächzend aus. »Ich widere dich an, und dennoch wirfst du dich auf mich, auf dass du nicht in der Gosse landest?«

Er beschleunigte den Takt seiner Stöße, während ich versuchte, mich aufrecht auf den Knien zu halten.

»Ja«, seufzte ich ergeben. »Ja ...«

Die Wahrheit war: Ich fühlte keinen Ekel – nur Taubheit. Mein Leib glich einer leblosen Puppe, aus der der Geist längst geflohen war – nicht nur, um Giustiniani zu ertragen, sondern auch Caravaggios dummen, dreisten, leichtsinnigen Verrat. Er schmerzte nicht. Er durfte nicht schmerzen. Ich wäre daran gestorben wie am Widerwillen vor dem stöhnenden, keuchenden, spuckenden Giustiniani, der zwischen meinen Brüsten seinen Samen ergoss.

Nun konnte ich unmöglich hochschauen, sondern kniff die Augen zusammen und mit ihnen meine Lippen. Ich biss darauf, bis ich Blut schmeckte und nicht mehr fühlte, wie die warme Flüssigkeit über meinen Bauch rann. Jetzt erst gewahrte ich, wie ich hinter meinem Rücken die Hände ineinander verkrampft gehalten hatte, sodass mir die Nägel tief ins eigene Fleisch geschnitten hatten. Kaum gelang es mir, sie voneinander zu lösen.

Es ist vorbei, dachte ich. Es kann nicht schlimmer werden.

Vorsichtig öffnete ich die Augen.

Giustiniani hatte sich angekleidet und wischte sich mit einem Tuch über die verschwitzte Stirn.

»Und jetzt«, sagte er schlicht, »und jetzt verschwinde!«

»Aber ...«

»Verschwinde einfach! Steh auf und geh!«

»Aber …«

»Scher dich raus! Ich will dich nie wieder sehen. Glaub nicht, dass ich ein Weibsstück wie dich in meinem Haus dulden werde! Du kannst Lavinia nicht das Wasser reichen.«

Achtlos warf er mir das Tuch vor die Knie, auf dass ich mich damit abwischen möge. Ich konnte nicht danach greifen.

»Ihr schickt mich fort?«, stammelte ich.

»Aber natürlich!«, lachte er kalt. »Denkst du, ich nehme, was mir del Monte übrig lässt? Soll ich stets als Letzter kommen – nach meinem Bruder, nach ihm? Ich hab's nicht nötig, von ihren Tellern zu fressen. Des Weiteren gedenke ich schon des Längeren, den Moloch Rom zu verlassen und mich auf Reisen in die Niederlande zu begeben. Du siehst – für dich ist kein Bedarf.«

Meine Knie gaben nach. Ich sackte noch tiefer zusammen …

»Wo soll ich denn hin?«, fragte ich und fühlte, wie alles an mir zu zittern, zu erschaudern begann.

»Das ist mir gänzlich gleich«, gab er sich genüsslich der Rache hin, auf die er so geduldig, so wohl geplant hingearbeitet hatte. »Du hast mich abgewiesen. Du hast mich gemeinsam mit Caravaggio verspottet. Und nun fahrt beide zur Hölle! Ich werde die Bilder behalten, die er für mich gemalt hat, aber mit seiner Hure will ich nichts zu schaffen haben.«

Er wandte sich zu gehen und ließ mich sprachlos zurück. Keine Bitte fiel mir ein, ihn zu erweichen. Keine Erniedrigung, mit der ich ihn an mich fesseln könnte. Ich hatte nichts mehr zu bieten, weil er längst die Waagschale geleert hatte, in die ich alles geworfen hatte.

»Ich habe keine Schuhe!«, stammelte ich wie eine Idiotin.

Er antwortete mir nicht. Erst später, als ich mein dünnes Nachtgewand angezogen und die Stola, die kaum Wärme versprach, um mich geschmiegt hatte und auf der Straße stand, die langsam im Morgendämmern erwachte, da bekam ich von ihm eine letzte Antwort. Die Türe wurde noch einmal geöffnet, und daraus geflogen kam ein Paar Stiefel. Sie waren aus Leder, durchgewetzt und dreckig – und sie stanken wie das Leben, das ich vor mir hatte.

Es war meine erste Nacht in der Gosse. Ich blieb zitternd vor dem Palazzo Giustiniani hocken, denn im Schatten des ehrwürdigen Gebäudes vermutete ich weniger Dreck als auf den verästelten Straßen rund um die Piazza Navona. Mit dem Morgen überkam mich Müdigkeit, aber kein Schlaf. Verzweiflung hielt mich wach, Scham und Ekel und schreckliche Angst. Doch lauter und belebender als das war meine Verbitterung. Mein Geschick deuchte mich nicht nur schändlich und hoffnungslos – sondern ungerecht. Dies hätte mir Giustiniani nicht antun dürfen, haderte ich und hielt mich an Flüchen gegen ihn aufrecht. Und del Monte – gleichwohl er jedes Recht gehabt hatte, mich zu vertreiben: Verhielt es sich nicht so, dass er und nicht ich die Wahl getroffen hatte, wie er mich gebrauchte? Nichts weiter als die Wahrheit hatte ich einst an Caravaggio ausgeplaudert …

Mit zugekniffenem Mund starrte ich auf das Treiben, das sich im Tageslicht um mich entfachte. Ich hoffte, dass der Lärm, der in meinem Kopf tobte, mich dieser regsamen Welt einverleiben würde und dass ich von dort, wo die Lebenden sich schreitend, rufend, schwatzend, verkaufend, betend ihren Alltag schufen, noch nicht ausgeschlossen wäre. Doch niemand beachtete mich.

Später saß ich am Ufer des Tibers, starrte auf sein grünlichgraues Wasser und wie es Unrat mit sich trug, der sich in dem kargen Geäst an seinen Rändern verfing.

In der gleißenden Mittagssonne wurde ich durstig, und nun erst begann meine innerliche Schelte den zu treffen, den ich bislang ausgespart hatte.

O, wie ich ihn hasste, diesen Lumpen, diesen Rüpel, diesen Hurensohn Caravaggio! All meinen Mut hatte ich zusammengenommen, um ihm zu helfen, auf dass er mich am Ende so schmählich del Montes Zorn auslieferte! Wieder und wieder war ich ihm nachgekrochen – aus Sorge und Bewunderung und Begeisterung –, und nun blieb er mir nicht nur den Lohn dafür schuldig und vergeudete sein Talent an einem Bild, das die frommen Gemüter in Aufruhr versetzte, sondern überließ mich auch noch dieser schrecklichen Strafe!

Ich wollte ihn schlagen wie dereinst. Ich musste ihn schlagen. Sollte er nicht denken mich los zu sein, nachdem er mich in den Dreck der Straße getreten hatte. Er hatte mir Geld zugesagt, und das musste er mir geben.

Ich stand auf und trottete durch die Straßen, von Ärger und Rachedurst getrieben und von dem Wissen, dass er, den ich so sehr verachtete, der Einzige geblieben war, an den ich mich wenden konnte.

Ich kam nur schleppend voran, stolperte ermüdet und schwerfällig über die ausgeleierten Stiefel. In der Sonne stanken sie, als hätten sie über Tage in Pisse gegoren.

Am Tiberufer angelangt, konnte ich nicht mehr fortschreiten. Nicht weit von Caravaggios Wohnhaus sank ich auf die Knie und begnügte mich damit, nach ihm zu rufen, anstatt mich mit dem verderbten Schuhwerk zu quälen.

»Caravaggio!«, brüllte ich, und ich glaube, dass ich nie so laut geschrien habe wie damals. »Caravaggio! Komm und sieh, was du mir angetan hast!«

Der kalte Schweiß brach mir aus.

»Caravaggio! Nun sieh zu, dass du mir hilfst! Du schuldest mir Geld!«

Das Lärmen in meinem Kopf war erloschen. Aber meine Stimme hielt gegen die Stille an, die stattdessen meine Gedanken bezwang.

»Caravaggio!«, kreischte ich.

»Willst du wohl still sein, dummes Mägdelein!«, antwortete krächzend ein altes Weib an seiner statt. Es streckte seinen runzeligen Kopf hinter jenem Fensterbalken hervor, der Caravaggios Heim als Nächstes begrenzte. »Caravaggio schuldet der ganzen Welt Geld! Glaub nicht, du hättest mehr Recht, es zurückzufordern, als alle anderen!«

»Ich schreie, wann ich will!«, begehrte ich auf und fühlte zugleich, dass ich nicht mehr schreien wollte.

»Mag sein!«, gab das Weib zurück. »Aber nach Caravaggio rufst du vergebens, und seine Schulden wird er auf lange Zeit nicht begleichen können. Man erzählt es sich bereits allerorts. Im Morgengrauen hat ihn ein Schutzmann des päpstlichen Hofs kontrollieren wollen. Daraufhin schlug er ihm so kräftig auf den Schädel, dass jenem das Hirn zerrann. Der wird nie wieder heil, wenn er denn überhaupt noch lebt. Und der Übeltäter sitzt, wie sich's denn auch gehört, im Gefängnis. Sie haben Caravaggio nach Tor di Nona gebracht.«

Nirgendwo stinkt es schlimmer als in Tor di Nona.

Ein Geruch nach stechendem Schweiß, nach Blut und Eiter und nach fauligem Stroh überflutete mich an dem schrecklichsten Ort, den ich je gesehen hatte. Der Boden war schmierig, das Licht düster, die Hitze unerträglich.

Hier hausten die Verlorenen, Verurteilten und Gefolterten – und ein grinsender Wärter. Er gab sich gut gelaunt – vielleicht, weil er sich mit seinem schaurigen Dienst abgefunden hatte und das Beste daraus machte oder weil er, ähnlich wie Amina, selbst noch im elendsten Auswurf des Menschengeschlechts eine gerechte Ordnung erkennen konnte.

Ich hatte auf dem langen Weg meine Stiefel verflucht. Hier lobte ich sie mir als Schutz. Ich wollte mir gar nicht ausdenken, was auf dem dreckigen Boden verrottete.

Nino, der treue Nino, der mir alles von Caravaggios schändlicher Tat erzählt und mich hierher begleitet hatte, zauderte, tiefer in das Gefängnis hineinzugehen.

»Willst du tatsächlich zu ihm?«, fragte er wispernd, indessen der Wärter seelenruhig vor sich hin grinste – ungeachtet der Schreie, des Stöhnens, der Zänkereien, die von den einstmals weiß getünchten, nun von Pisse gelben Wänden hallten.

»Soll er nicht glauben, er bliebe von meiner Schelte verschont, nur weil er inzwischen ein noch schlimmeres Verbrechen verübt hat! Jedes Wort soll er hören, das ich in sein verdammtes Ohr zu brüllen habe!«

Ich schien robuster zu sein als Nino. Während er, der die Schönheit der Farben suchte, an dieser fahlen Welt verzagte, sah ich in ihrem Dreck Caravaggios gerechte Strafe.

»Warte draußen!«, forderte ich ihn auf. »Ich kann dich hier nicht brauchen, wenn du vor Ekel umkippst!«

Ich brachte dem Wärter mein Ansinnen vor, und nun endlich sah er mich an. Seine Miene blieb gelassen, als säße er in einer gemütlichen Taverne und nicht an einem grauenhaften Ort, wo Sträflinge wie Vieh eingepfercht waren.

»Zu Caravaggio will ich!«

»Und was soll mein Lohn sein?«, entgegnete er dreist.

Mir ging auf, warum er lächeln konnte. Sein Amt musste manchen Gewinn von verzweifelten Verwandten einbringen, die alles taten, um den Bruder, Sohn oder Gatten sehen zu können.

»Schaut mich an und entscheidet, ob ich einen Scudo bei mir trage!«, gab ich forsch zurück.

Er neigte sich vor, wiewohl er hocken blieb. »Ein Kuss würde genügen!«, sprach er aus dem Maul, das keine Zähne mehr trug.

»Wenn ich wieder herauskomme!«, ging ich halbherzig auf das Angebot ein.

Offenbar genügte ihm das. Schmunzelnd kramte er nach einem Schlüsselbund, erhob sich und führte mich in einen Gang voll winzig kleiner Zellen. Während er daran entlangschritt, erklärte er mir seine Welt, als wäre sie eines Besuches wert.

Prahlend nannte er die Zahl der Inhaftierten, unter denen sich gewalttätige Mörder befänden und arme Schuldner, gefährliche Banditen und übers Ohr gehauene Dirnen. Die meisten müssten sich zusammenquetschen. Dem Künstler Caravaggio habe man ein eigenes Kämmerchen gestattet – eben weil er ein Künstler sei. Die strenge Befragung hingegen habe er erdulden müssen wie all das übrige Pack. Und bei der griffe man nicht mit solch zarten Händen zu, wie ich sie hätte.

Ich versteckte besagte Hände rasch hinter meinem Rücken.

Wovon der Wärter sprach, als wäre es ein seltenes Privileg, war nichts als ein kleines Loch, von der Sonne zum Glutofen erwärmt und zugleich fast stockdunkel, mit matschigem Boden, auf dem Maden und Spinnen krochen, und zerkratzten Wänden, denen manch einer sein Unglück eingeschrieben hatte.

Caravaggio schrieb nicht.

Zum dritten Mal in meinem Leben sah ich ihn am Boden liegen. Das erste Mal hatte ich ihn in einer Umarmung mit dem Stallburschen Benedetto angetroffen, das zweite Mal im eigenen Erbrochenen, nun auf dem Bauch mit wundgepeitschtem Rücken. Es roch nach salzigem Blut.

Rasselnd fiel die Tür ins Schloss, und ich ward mit ihm zusammen eingesperrt.

Zögernd tastete ich mich zu dem Liegenden vor. Ich wollte ihm nicht zu nahe kommen und nichts in diesem unsäglichen Loch berühren, schon gar nicht ihn, der sich nicht rührte.

»Caravaggio!«, stieß ich aus, und meine Stimme, die diesen Namen vor einigen Stunden noch lauthals gebrüllt hatte, geriet in dem engen Raum raunend.

Keine Regung.

»Caravaggio!«

Es blieb mir nichts anderes übrig, als ihn an der Schulter anzufassen und leicht dagegenzustoßen. Sogleich krümmte er sich schmerzverzerrt.

»Nicht, nicht!«, krächzte er aus wunden Lippen.

Es blieb dies nicht seine einzige Regung. Hastig richtete er sich auf, um den Unbekannten zu erschauen, der ihn womöglich erneut zur Folter zerrte.

»Ich bin es nur«, sagte ich und trat zurück. »Und ich will dir nicht wehtun. Auch wenn ich allen Grund dazu hätte.«

Dass eine Frau zu ihm sprach, schien ihn zu erleichtern. Die Panik verschwand aus seinem Gesicht, indessen er blicklos zu sprechen begann.

»Sie haben mich an das Cavaletto gefesselt«, stöhnte er. »Mir beinahe die Arme ausgerenkt. Und mich ausgepeitscht … ich ertrage es nicht …«

Er krümmte sich – nicht nur wehleidig, sondern voller Entsetzen über den erlebten Schrecken.

»Nach allem, was du angerichtet hast, hast du es verdient«, erwiderte ich kühl und ließ offen, was ich damit meinte: sein schändliches Verbrechen am päpstlichen Schutzmann oder seinen rücksichtslosen Verrat an mir.

Er hörte mir ohnehin nicht zu.

»Ich ertrage es nicht …«, wiederholte er. »Ich ertrage es nicht. Das römische Fieber ist zurückgekehrt …«

Er schlug sich die Hände vors Gesicht. Erst jetzt fiel mir auf, dass seine Haut nicht nur zerschunden und verletzt war, sondern mit roten, hitzigen Flecken übersät. Seine Augen glänzten wie Glas.

»Wasser«, stammelte er. »Ich brauche Wasser. Bitte …«

»Und warum sollte ich es dir reichen?«, fauchte ich ohne Mitleid.

Stöhnend rieb er die aufgeplatzten Lippen aufeinander.

»Isis de Luna …«

»Du weißt nun, wie ich wirklich heiße.«

»Isotta …«

»Nichts da, Isotta! Denk nicht daran, mich um irgendetwas anzubetteln! Denk nicht, dass ich dir jemals wieder helfen werde! Selbstsüchtig hast du mein Leben verdorben! Deinetwegen stehe ich auf der Straße!«

»Ich brauche Wasser …«

»Es ist mir gleich, was du brauchst! Zuallererst zählt, was du mir schuldig bist! Du hast mir einen Anteil an deinen Einkünften versprochen, und ich bin hier, um diesen einzufordern.«

Er sank in sich zusammen, nicht von Schmerzen, sondern von Schwäche bezwungen. Dieser Anblick war neu. Ich kannte ihn leidend, nicht aber sterbend, und trotzdem ich ihm das schändlichste Schicksal gönnte, schloss jenes den Tod nicht ein. Dessen Schatten senkte sich auf ihn und erschreckte mich.

»Das römische Fieber …«, flüsterte er kraftlos. »Es kehrt immer wieder … Es hat mich beinahe getötet in meinem ersten Jahr in Rom. Ich bin auf offener Straße zusammengebrochen und wäre dort liegen geblieben, wenn mich mein Freund Longo nicht ins Armenhospital geschleppt hätte. Dort wetteten sie nicht gerade hoch auf mein Leben. In die dunkelste Kammer warfen sie meinen schwachen Leib, tief unten in der Erde, ohne Licht. Und das Fieber – es wütet und wütet seitdem immer wieder. Es lässt mich verdursten, es dörrt mich aus. Ich bin niemals wieder gesund geworden. Es quält mich, es jagt mich. O, ich habe Angst vor dem Fieber! Ich habe Angst vor dem Tod!«

Ungeachtet des Drecks und ungeachtet des Wunsches, es möge ihm elend ergehen, beugte ich mich unwillkürlich vor, kniete mich an seine Seite und befühlte das glühende Gesicht. Ich griff nach seiner Stirn, seiner Nase, seinen Wangen – insgeheim hoffend, dass nicht überall die Zeichen des Fiebers zu ertasten wären. Erst als ich die Hand zurücknahm, gewahrte ich, dass ich ihn das erste Mal derart berührt hatte.

»Warum hast du Angst vor dem Tod?«, fragte ich streng. »Ich dachte, du wärst einer, der nichts und niemanden fürchtet!«

Er versuchte nicht, sich ein neuerliches Stöhnen zu verbeißen. »Hilf mir!«, stieß er ächzend aus. »Hilf mir hier raus! Ich überlebe das nicht. Der Bacchus ist krank.«

»Was meinst du?«, entfuhr es mir, da das Fieber ihm die Sinne zu vernebeln schien.

»Der kranke Bacchus«, sprach er wider Erwarten erstaunlich klar. »Eines meiner ersten Bilder. Der Gott des dionysischen Rauschs, von dem man sich Ekstase erwartet, Wildheit, Verrücktheit, ein Leben wider alle Gesetze und Konventionen, ein Leben, das sämtliche Grenzen überschreitet. Er ist der Gott des Weines, der Freund von Ceres, die über die Fruchtbarkeit wacht – aber ich habe ihn nicht gemalt, wie das verrückte Leben in ihm pocht, ich habe ihn krank gemalt, totenbleich, mit leerem Blick. Das bin ich. Denn ich bin nicht gesund, Isotta. Ich war es nie. Und hier gehe ich zugrunde, noch ehe sie mich zum Richtbock schleifen.«

Der Gedanke an den Tod setzte ihm mehr zu als das Leiden, und es gelang ihm, mich mit seiner Verzweiflung anzustecken. Mein Hohn schwand. Die Gründe, weswegen er hier litt, hatten nichts mit seinem Unrecht an mir zu tun; dieses Elend taugte nicht, um meinen Zorn zu nähren. Er wich vielmehr der Panik, Caravaggio könnte unter meinen Händen als der Letzte sterben, der für mein Wohlergehen hätte sorgen können.

»Ich wäre verrückt, dir zu helfen, nach allem, was du mir angetan hast!«, versuchte ich mich des Mitleids zu erwehren. »Hast du es bereits vergessen?«

»Was ich bei del Monte gesagt habe... o, ich habe nicht nachgedacht«, gab er sich zerknirscht. »Es tut mir leid.«

»Ha! Und was soll ich mir davon kaufen?«

»Nicht so laut! Brüll mir nicht ins Ohr!«

»Ich rede so laut, wie du es vor del Monte getan hast!«

»Ich sagte doch, es tut mir leid!«

»Ich hab's wohl vernommen. Was nicht bedeutet, dass es mir Nutzen brächte!«

Er presste die Augen zu zwei schwarzen Strichen zusammen und war darob zu blind, um zu sehen, dass meine Miene nicht meinen Worten folgte. Es bereitete mir keine Freude, auf ihn einzuhacken. Es deuchte mich armselig.

»Ich will es gutmachen«, raunte er kläglich. »Ich will dir helfen und dir das Geld geben, das dir zusteht. Nur lass mich hier nicht verdursten. Hol mich endlich aus diesem gottverdammten Loch!«

Der Wärter lächelte wie zuvor. Das Grinsen war ihm ins Gesicht geschrieben wie eine Narbe, die stetig an eine Wunde gemahnt und zugleich daran, dass sie längst verkrustet ist und nie wieder bluten wird. Gleiches musste mit seinem Ekel und Widerwillen ob dieses schrecklichen Orts geschehen sein.

Ich erinnerte mich, ihm einen Kuss versprochen zu haben, aber es bekümmerte mich kaum. Vielmehr setzte mir das Schreien zu, das mir von allen Seiten entgegengetönt war, kaum dass ich Caravaggios Zelle verlassen hatte.

»Ein Verhör!«, erklärte der Wächter vergnügt. »Manchmal, wenn die Delinquenten hartgesotten sind, dauert es Stunden. Aber am Ende kriegen sie alle klein. Sie sind sehr einfallsreich, müsst Ihr wissen.«

Ich schwieg.

»Bei Caravaggio werden sie sich nicht lang mühen müssen«, fuhr er fort, ohne dass ich ihn darum gebeten hatte. »Ich kenne ihn, denn er ist nicht zum ersten Mal hier. Früher hat er sich manch zusätzlichen Peitschenhieb eingefangen, weil er frech war. Heute wird er den Folterknechten keinen Spaß mehr machen. Der stirbt ihnen unter den Händen weg.«

Er sprach aus, was ich dachte – aber ich erschrak, als vernähme ich es zum ersten Mal. »Er darf nicht sterben!«, stieß ich aus.

»Ei freilich!«, lachte der Wärter und führte mich zurück zu dem Tisch, hinter dem er sein Leben verbrachte. »Wenn er Glück hat, setzt sich ein hoher Herr für ihn ein und kauft ihn frei, aber das mag einige Tage dauern, und bis dahin verdurstet er!«

»Ihr gebt ihm doch Wasser?«

»Ei warum sollte ich?«, fragte er grinsend, und seine Augen leuchteten glückselig, als wären ihm die Qualen ein Fest. »Hat mich jemand darum gebeten?«

Seine Zungenspitze kroch über die schmalen Lippen und tanzte aufgeregt hin und her. So ruhig und ausdauernd wie sein Lächeln war sonst nichts an ihm. Seine Augen zuckten ohne Unterlass, und seine Beine stampften unruhig auf den Boden.

»Ihr müsst für ihn sorgen! Ihr müsst zusehen, dass er Wasser bekommt und Essen!«

Gewiss war es nicht zum ersten Mal, dass ein armes Mägdlein für einen Inhaftierten flehte. Und gewiss war es nicht das erste Mal, dass er aus diesem Elend einen satten Gewinn zog.

»Ich könnte darauf achtgeben, dass er überlebt!«, schlug er krächzend vor.

Er neigte sich vor und griff nach meinen Händen. Die seinen standen voll klebrigem Schweiß.

»Soll ich Euch noch einen Kuss versprechen?«, fragte ich, nicht gänzlich abgeneigt.

Nun geschah es, dass er nicht nur lächelte, sondern lachte.

Tief und hallend waren diese Laute und kamen von allen Seiten als Echo wider. Für Momente übertönte es selbst das Stöhnen und Schreien, das in jenen Räumen haftete wie der Dreck und der Gestank.

»Dies, mein Mädchen«, sagte er, packte meine Hände erneut und zog mich ganz nah an sein ledriges Gesicht, »wäre denn doch ein schmählich geringer Lohn, für den Caravaggio nicht mal meine Pisse zu saufen bekäme! Wenn du ihn retten willst, musst du schon mehr für mich tun!«

23

Rom, Gegenwart

Sie waren in ihrem Zimmer, die Fenster geschlossen, dumpf der Lärm, der von draußen kam. Beide schwitzten sie. Maurizio lag wieder einmal auf ihrem Bett und stützte sich träge auf den Ellbogen. Ricarda saß an ihrem Schreibtisch und hackte Informationen in den Laptop.

Bis spät in die Nacht hatten sie gestern zusammengesessen. Maurizio hatte erzählt, was Signora di Campanella ihm angeboten hatte, und Ricarda hatte Mutmaßungen darüber angestellt, an welchen Punkten Frater Elias gelogen haben könnte.

Am Ende war sie nicht ärgerlich, beschämt oder ratlos gewesen, sondern nur noch müde.

»Schlafen wir erst mal 'ne Nacht drüber«, hatte Maurizio geraten. »Morgen gehen wir es systematisch an.«

Als er das Zimmer am nächsten Tag betrat, hatte sie den Laptop bereits angeschaltet.

»Ich werde alles aufschreiben«, entschied sie.

»Und dann?«, fragte Maurizio zweifelnd und noch schläfrig von der Nacht. Er versenkte seinen Kopf im Kissen.

Sie hörte nicht auf seinen Einwurf. »Also gut«, begann sie und wiederholte, was sie gestern schon besprochen hatten. »Die Campanella kannte das Bild. Sie war es, die Tano den Restaurationsauftrag vermittelt hat. Zwar war das Bild nicht in ihrem Besitz, aber es hing in der Seitenkapelle der Kirche Santa Maria Egiziaca, in deren Renovierung die Campanella große Summen investiert hat.« Sie machte eine kurze Pause. »Dieses Schwein!«, stieß sie aus.

»Bitte?«, fuhr Maurizio erschrocken zusammen.

»Ja!«, bekräftigte sie böse. »Er ist ein Schwein! Elias! Die Campanella hat mir schon ganz am Anfang von dieser Kirche erzählt. Ich hab's für einen wichtigen Hinweis gehalten und sofort vermutet, dass es eine Verbindung zwischen dem Gemälde und der Renovierung der Kirche geben könnte, und ihn darauf aufmerksam gemacht. Und er? Lügt mir was vor von wegen, die Alte würde übertreiben, sie hätte mit der Instandsetzung der Kirche gar nichts zu tun. Ein Ablenkungsmanöver, nichts weiter. Wahrscheinlich war er darum so nervös, als wir von dem anonymen Brief ausgerechnet in diese Kirche gelotst wurden.«

»Aber es ist immer noch nicht klar, warum der Pfaffe dir was vorgemacht hat«, warf Maurizio ein.

Ricarda gab keine Antwort. »Weißt du, was ich mir heute Morgen überlegt habe?«, fuhr sie verbittert fort. »Dass Elias auch selbst den anonymen Brief geschrieben haben könnte. Dass er mich einschüchtern wollte. Du hast doch gleich gesagt, dass das nur ein übler Scherz sein könne, und wer, wenn nicht er …«

Maurizio versank tiefer im Kissen. »Aber warum will er verhindern, dass du die Wahrheit erfährst? Und was mir auch nicht klar ist: Warum hat mir die Campanella Geld angeboten, damit ich meine Recherchen aufgebe und nichts über das Gemälde schreibe? Richtig viel Geld – zumindest nach meinen Maßstäben. Und du hättest ihren Gesichtsausdruck sehen sollen. Als ich sagte, ich würde es mir überlegen und es sie wissen lassen, war sie völlig durcheinander.«

Ricarda nickte nachdenklich. Das war nicht das Einzige, was Maurizio bei der Campanella herausgefunden hatte. Außerdem hatte er erfahren, dass er nicht der Erste war, der mit Geld zum Stillschweigen aufgefordert wurde. Anscheinend war auch Signora Luisa mit einer üppigen Summe versorgt worden, um die Existenz des Bildes zu leugnen.

Ricarda presste ihre Finger an die Schläfen und ging in Gedanken erneut durch, was sie wussten oder zu wissen glaubten.

Die Arbeit, an die sie gewohnt war, bestand aus Wiederholungen. Selten gab es in der Forschung etwas wirklich Neues. Aber das stetige Wiederkäuen von schon bekannten Fakten, deren Analyse unter einem neuen Gesichtspunkt oder die Veränderung der Gewichtung von einzelnen Aspekten konnte manchmal revolutionäre Erkenntnisse bedingen.

»Eine Sache kommt mir merkwürdig vor«, überlegte sie laut. »Wenn sich das Gemälde jahrelang, wahrscheinlich sogar jahrhundertelang, nicht in Privatbesitz befunden hat, sondern in dieser Seitenkapelle hing und der Öffentlichkeit quasi zugänglich war, dann kann dieses fehlende Bilddetail nicht sonderlich auffällig sein. Dann ist das Skandalöse, Sündige nicht auf den ersten Blick erkennbar. Erst durch die Lebenserinnerungen der Kurtisane, die dieses Detail vielleicht erklären, kommt ihm plötzlich eine gewisse Sprengkraft zu. Warum nur?«

»Das hast du dich jetzt schon tausend Mal gefragt. Genau genommen hilft dir das Gespräch, das ich mit der Campanella geführt habe, da auch nicht weiter. Es bestätigt Vermutungen – aber es erklärt sie nicht.«

Nachdenklich blickte Ricarda in ihren Laptop. Sie hatte einige Wörter geschrieben, aber keine vernünftigen Sätze. In der entstandenen Bleiwüste wiederholten sich die Mutmaßungen und drehten sich im Kreis.

»Beleuchten wir mal die Kirche«, fuhr sie fort. »Santa Maria Egiziaca. Maria von Ägypten. Eine bekehrte Sünderin, wie Maria Magdalena. Im Übrigen ist diese biblisch gesehen gar keine Sünderin. Im Neuen Testament war Maria aus Magdala eine von Dämonen besessene Frau; dass sie als Prostituierte ihr Geld verdiente, ist nirgendwo zu lesen. Aber das tut jetzt nichts zu Sache. Wichtig ist, dass Maria von Ägypten und Maria Magdalena die gleiche Funktion hatten: den Gläubigen zu sagen, dass man mit seinem Leben zwar so richtig scheitern kann, aber dass damit die Sache noch nicht verloren ist. Gott ist so barmherzig, da kann auch ein ganz schrecklicher Sünder die Hoffnung haben, dass ihm vergeben wird, dass er noch einmal neu anfangen kann …«

Sie stockte.

»Na toll«, murmelte Maurizio.

»Jetzt lass mich doch in Ruhe nachdenken! Maria Magdalena ist also die Symbolgestalt der Umkehr, der Versöhnung mit Gott. Sie ist die Verlorene, die heimfindet. Sie ist die unreine Frau, die von Gott geläutert wird. So ist es auch bei Maria von Ägypten. Ich habe ihre Legende nachgelesen. Demnach will sie einen Gottesdienst in der Grabeskirche von Jerusalem besuchen, aber jedes Mal, wenn sie die Kirche betritt, wird sie von einer unsichtbaren Macht zurückgehalten, und eine Stimme sagt ihr, dass sie es nicht wert ist, die Kirche zu betreten. Doch dann erblickt sie ein Bild von der Jungfrau Maria, betet zu ihr um Vergebung der Sünden. Und schließlich, dank dieser Hingabe an die Gottesmutter, wird ihr der Weg geöffnet. Sie darf über die Schwelle der Kirche treten. Sie lässt ihr schmutziges, verderbtes Leben vor den Tor zurück. Sie streift die Existenz der Hure ab und wird zur Heiligen.«

»Ricarda …«

Ächzend hob Maurizio seinen Kopf; er war offenbar müde und hatte keine Lust mehr.

»Was ist das Skandalöse an diesem Bild?«, rief sie entnervt. »Ich verstehe es nicht! Angenommen Isis de Luna war eine bekehrte Kurtisane, hat mit dem früheren Lebensstil gebrochen, hat gar ihr Vermögen verwendet, um ein Bild für den Seitenaltar zu stiften ... das ist nichts Anstößiges ... zumindest nicht in der Art, dass man es heutzutage vertuschen müsste.«

»Aber vielleicht liegt darin sein Motiv.«

»Wessen Motiv?«

»Das des Pfaffen natürlich«, meinte Maurizio und klang wieder etwas frischer. »Angenommen, irgendwas an diesem Bild widerspricht massiv den religiösen Vorstellungen, die du mir da lang und breit aufgezählt hast, ja steht völlig im Widerspruch zu der Magdalenen-Tradition oder meinetwegen dieser Geschichte von dieser ägyptischen Maria. Etwas, was man einem Caravaggio – und sagtest du nicht, er sei ein Provokateur gewesen? – zutrauen kann. Und Frater Elias, ganz frommer Kirchenmann, will vermeiden, dass du das rausfindest und es in die Öffentlichkeit bringst.«

»Aber Elias kannte Tano Faresi nicht! Ich weiß zwar nicht, welche Rolle er bei der ganzen Angelegenheit spielt, aber mit Tanos Tod ... o mein Gott!«

Ihre Stimme war laut geworden, energisch und viel zu schrill für den drückenden Nachmittag. Sie sprang auf, lief gehetzt durch den Raum.

»Ricarda ...«

»Antonella Faresi!«, schrie Ricarda hitzig und fuchtelte mit den Händen, während sie zumindest wieder stehen blieb, direkt vor Maurizio, um ihm aufgeregt ins Gesicht zu brüllen: »Dio da, Dio prende. Die ist richtig religiös. Hat ihr schweres Leben nur aufgrund ihres unerschütterlichen Glaubens bewältigt. Wenn irgendwas an dem Bild blasphemisch ist, dann wäre sie darüber gewiss empört gewesen.«

»Und deswegen zerschneidet sie es?«, fragte Maurizio skeptisch. Er setzte sich auf.

»Sie ist selbst Restauratorin gewesen. Sie kann das professionell hinkriegen, ohne dass der Rest des Bildes beschädigt wird!«, rief Ricarda aufgeregt, und ihr brach der Schweiß aus.

»So eine fromme Alte ist doch keine Vandalin!«

»Und Frater Elias hat sie gedeckt!«, rief sie über seinen Einwand hinweg. »Als wir damals bei ihr waren und sie mit einem Kreislaufkollaps umgekippt ist, hat Elias mit ihr allein gesprochen. Ich habe sogar gesehen, dass sie ihm etwas zugeflüstert hat.«

»Was?«

»Er hat später behauptet, dass sie gefragt habe: ›Was hätte ich sonst tun sollen?‹ Das war vielleicht gelogen … oder warte mal: Womöglich war es sogar die Wahrheit. Die Frau war verzweifelt. Sie musste etwas tun, um das Geheimnis des Bildes zu vertuschen … also den zur Seite schaffen, der die Wahrheit kannte. ›Was hätte ich sonst tun sollen?‹ Für sie gab es keine andere Möglichkeit, sie hat sich Elias anvertraut, war sicher, dass der Priester sie versteht. Wer, wenn nicht er. Und ihr Zusammenbruch … vielleicht hat sie sich so aufgeregt, weil sie ihm die Wahrheit gestanden hat … vielleicht war ihr Zusammenbruch ein Teil der Lügen.«

»Komm, Ricarda, das ist doch jetzt …«

»Doch! Es könnte so gewesen sei! Ich hatte ein schlechtes Gewissen, als die Alte plötzlich umgesackt ist! Es hätte ein Infarkt sein können und unser Besuch womöglich daran schuld. Tja, ein guter Trick, um mich völlig von der richtigen Fährte abzubringen. Ich bin danach nicht mehr auf die Idee gekommen, noch einmal hinzufahren und nachzubohren – im Gegenteil! Und Elias hat mich darin bestärkt, die arme Alte in Ruhe zu lassen.«

»Hm«, machte Maurizio. »Schon wieder nur Vermutungen.«

»Aber stichhaltige! Jetzt wo ich's genau bedenke! Ich hab ihm blind geglaubt, dass er sich um Antonella Sorgen machte, habe es gut gefunden, dass er ganz den sensiblen Seelsorger gab. Aber von wegen arme Frau! Die hat ein striktes Weltbild, eine strikte Ordnung, nach der sie lebt. Alles Moderne ist ihr suspekt. Anfangs hat sie eine elend lange Leier über die heutigen Essgewohnheiten abgelassen, hat gesagt, dass die jungen Frauen von heute mehr oder weniger Schlampen wären, weil sie nicht mehr in der Küche stünden und dort die *Cucina Romanesca* zubereiteten.«

Wieder begann sie hektisch im Zimmer auf und ab zu laufen.

»Ricarda«, warf Maurizio ein, zumindest nicht mehr müde, sondern voll Unbehagen, »das ist alles schön und gut. Aber ich mache mal einen auf strengen Chefredakteur. Und der sagt: Fakten, Fakten, Fakten.«

Ricarda hörte ihm kaum zu. »So ließe sich vielleicht auch erklären, wo die Lebenserinnerungen aufgetaucht sind«, fuhr sie entschlossen fort, »zwar nicht die echten Schriften, aber eine Abschrift, die selbst sehr alt ist – 19. Jahrhundert vielleicht. Wo könnte so etwas auftauchen? Wer könnte so etwas gefunden haben? Wer, wenn nicht eine Restauratorin mit Antiquitätenhandel? Antonella Faresi war auf alte Möbel spezialisiert. Ihre ganze Wohnung ist vollgestopft. Sie findet das Schriftstück, übersetzt es … und dann taucht eines Tages Signora di Campanella bei den Faresis auf. Es geht um die Kirche, um dieses Gemälde, das in der Seitenkapelle hängt, und Tano soll es restaurieren. Er erzählt seiner Großmutter davon, woraufhin sie den Zusammenhang zwischen dem Gemälde und den Schriften erkennt.«

»Tja …«, murmelte Maurizio.

»Er streitet mit seiner Großmutter, die davon nichts in die Öffentlichkeit dringen lassen will«, fuhr Ricarda fort und strich ihre schweißnassen Haare aus dem Gesicht. »Als er nicht auf sie hört, beschädigt sie das Bild – merzt das ›blasphemische‹ Bilddetail sozusagen aus. Tano bekommt es mit der Angst zu tun – informiert mich und Signora di Campanella.«

»Und bevor er mit euch reden kann, bringt sie ihn um?«

»Ich weiß, das klingt völlig verrückt! Aber irgendwie passt doch alles zusammen!«

»Und Carlo Forli? Und Elias? Was haben die damit zu tun? Warum hat Frater Elias aus deinem Zimmer die Schriften gestohlen?«

»Die Campanella will nicht, dass ihr Name besudelt wird, sie fürchtet den Skandal – und das wäre es, wenn sie mit einem solch schrecklichen, abartigen, fanatischen Mord in Verbindung gebracht würde. Sie versucht, alles zu vertuschen, und deshalb bittet sie Carlo Forli um Hilfe, einen alten Bekannten und nicht gerade der Typ, der ständig der Gerechtigkeit hinterherjagt. Ich kann mir gut vorstellen, wie leicht sich auch der bestechen ließ. Genauso wie sie Signora Luisa besticht. Die würde vielleicht auch ohne Geld loyal zu Antonella stehen, sie ist schließlich ihre Vertraute. Aber sicher ist sicher.«

»Bleibt noch Elias!«

Ricarda starrte ihn verständnislos an, nicht sicher, ob er sie mit seinen Einwänden nur dazu aufforderte, ihr Gedankengerüst stabil und nach allen Seiten abgesichert zu errichten, oder ob er es mutwillig zum Einsturz bringen wollte.

»Er ist zunächst ahnungslos«, sagte sie hastig, »bis zu dem Tag, an dem ich mit ihm bei Antonella Faresi auftauche. Dort erzählt sie ihm die Wahrheit, und er läuft zu ihr über.«

»Ich mag deinen Pfaffen nicht. Aber er deckt doch keinen Mord! Und hat er nicht womöglich schon vor eurem Besuch bei Antonella Faresi die geheimen Schriften gestohlen? Und eine falsche Fährte gelegt, als er die Verbindung Campanella – Santa Maria Egiziaca leugnete?«

»Aber vielleicht hat Signora di Campanella ihn darum gebeten, dass er die Schriften an sich bringt.«

»Die hat er zu diesem Zeitpunkt doch noch gar nicht gekannt!«

»Vielleicht war es doch nicht Frater Elias, der die Schriften gestohlen hat.«

»Sondern? Etwa Antonella selbst? Glaubst du wirklich, eine alte Frau ist körperlich stark genug, dich niederzuschlagen?«

Ricarda zuckte die Schultern. Sie dachte an Antonellas dürre Beine und wie ihr schwammiger Oberkörper gewankt hatte, weil die Beine kaum sein Gewicht halten konnten.

»Sie hätte mich vielleicht nicht niederschlagen können, aber sie ist nicht zu schwach, einen Mord zu begehen. Sie ist schwer herzkrank, nimmt starke Medikamente. Ich bin keine Pharmazeutin, aber ich kann mir vorstellen … Ich meine, wenn man eine Überdosis davon nimmt … dann kann es doch sein, dass man genau die Symptome auslöst, die man eigentlich zu bekämpfen versucht. Gleiches mit Gleichem behandeln – heißt es nicht so? Ach Maurizio! Denk mit! Du hast doch gesagt, dass du dich da auskennen würdest!«

»Nun«, begann er gedehnt. »Es gibt da diverse Digitalispräparate. Das Gift des Fingerhuts – du weißt schon: in kleinen Mengen nützlich, in großen schädlich. Aber Ricarda, ehrlich, ich kann mir nicht vorstellen, dass wir hier gemütlich in deinem Zimmer hocken und eben mal so einen Mord aufdecken. Wir sind hier nicht bei Donna Leon!«

»Du nimmst mich nicht ernst, oder? Du denkst, ich bin völlig übergeschnappt«, klagte sie unwirsch. »Du glaubst, ich denke mir das alles nur aus, weil ich ohne ein logisches Gerüst aus Ergebnissen nicht mit meinem Leben fertig werde. Ich steigere mich nur in etwas rein, oder?«

Das angenehme Kribbeln, das ihre plötzliche Aufregung begleitet hatte, legte sich. Sie fühlte sich nicht mehr euphorisch, sondern wie leergepumpt.

»Ich habe Durst«, murmelte er.

»Na tolle Hilfe! Herzlichen Dank!«

»Ricarda, ich sage ja nicht, dass du völlig falsch liegst, nur …«

»Wenn du Durst hast, dann trink eben etwas«, unterbrach sie ihn rüde, bückte sich und zog unter dem Bett eine Kiste mit Cola light hervor. Mit sichtlichem Widerwillen vor dem warmen Getränk nahm er eine der Dosen, öffnete sie mit einem Zischen und hielt sie kurz abwartend in der Hand.

Nachdem er ein paar Schlucke genommen hatte, baute er, sichtlich konzentriert, die restlichen Dosen übereinander. Sie beobachtete ihn missmutig.

»Also gut …«, begann er und wand sich unter ihrem Blick. »Vielleicht solltest du mit jemandem über deine … über deine Erkenntnisse reden.«

»Die du für Hirngespinste hältst«, meinte sie gekränkt.

Sie setzte sich nicht wieder an den Schreibtisch, sondern neben ihn aufs Bett. Sie ließ zwei Arme breit Platz zwischen ihnen, aber fühlte dennoch die Hitze, die sein Körper ausstrahlte, als sie fortfuhr.

»Vielleicht hast du Recht, und ich bin nicht besonders lebenserfahren. Zumindest habe ich so etwas in der Art noch nie erlebt. Aber deswegen lasse ich mich nicht zur Idiotin abstempeln. Weder von Frater Elias noch von dir.«

»Ricarda, ich habe dich nie als eine Idiotin bezeichnet. Ich habe nur angedeutet, dass du dich zu sehr abschottest, zu sehr verkriechst und dass dieser Fall der falsche Weg ist, um das …«

»Spar's dir!«, unterbrach sie ihn rüde. »Ich mach das nicht zum Spaß oder um vor irgendetwas zu fliehen! Ich finde es auch nicht sonderlich lustig, dass eine Großmutter aus religiösem Wahn ihren eigenen Enkel umbringt. Aber was soll ich denn sonst glauben?«

Es klang trotzig und verärgert.

Jeder Hauch eines Triumphs war in der Hitze des Zimmers verraucht.

Maurizio richtete sich etwas auf. »Hör jetzt endlich auf, das eine mit dem anderen zu vermischen!«, knurrte er, und es ließ sich nicht heraushören, ob seine Strenge echt oder aufgesetzt war.

»Was meinst du?«

»Mir kommt es so vor, als inszenierst du grade eine kleine Lebenskrise. Ausgelöst von Tanos Tod. Davon, dass du mal mehrere Tage nicht an deiner Forschungsarbeit gearbeitet hast. Und von dem Pfaffen, der offenbar ein mieses Spiel mit dir getrieben hat. Aber deswegen …«

»Lebenskrise! Ha! Das sagt der Richtige!«

»Ja, ja, ich weiß schon, was jetzt kommt. Ich … der gestrandete Schreiberling … der unfähige Paparazzo … Aber hier geht es nicht um mich!«

»Um was geht es dann? Um mich? Darum, dass ich ein verklemmter Bücherwurm bin? Oder dass Elias mit 'ner Frau vögelt, obwohl er eigentlich ewige Keuschheit gelobt hat?«

»Oh.«

»Ja, hatte ich vergessen zu sagen. Er hat zugegeben, dass er eine Freundin hat. Oder wie immer man das nennen will. Denkt, er müsse Erfahrungen sammeln. Ist ja auch so jung in den Orden eingetreten, der Arme.«

Verlegen zog Maurizio ein Taschentuch aus seiner Hosentasche, putzte sich die Nase und wischte sich dann die schweißnasse Stirn damit ab.

»Weißt du, was das Schlimmste ist?«, fragte sie. »Dass du der Einzige bist, der hier bei mir sitzt. Dass ich mich sonst niemandem anvertrauen kann.«

Sie lehnte ihren Kopf zurück, rückte unmerklich näher heran an seine massige Gestalt.

»Ja, der Einzige«, wiederholte sie. »Weil ich sonst niemanden kenne in Rom. Und das liegt an mir, nicht an der Stadt. In Salzburg habe ich auch kaum jemanden gekannt. Ich habe mich mit Leuten unterhalten, aber ich war nicht mit ihnen befreundet.«

»Ricarda ...«

Sie war noch ein Stück näher an ihn herangerückt.

Rüde erhob er sich.

»Ricarda ...«, kam es wieder heiser.

»Herrgott, hast du Angst vor mir? Strahle ich irgendwelche giftigen Dämpfe aus? Oder glaubst du, ich falle gleich über dich her?«

Er sagte nichts.

Unter seinem T-Shirt trat ein Stückchen nackte Haut hervor, ein Speckfalte an der Hüfte. Er war dicht vor dem Bett stehen geblieben. Sie richtete sich auf, fuhr vorsichtig über die Speckfalte, nicht gierig nach Nähe, sondern mit einem Anflug von Präzision und Sorgfalt. Wie ferngesteuert und mehr pflichtbewusst als neugierig oder gar sehnsüchtig wanderte ihre Hand weiter hinauf, befühlte nun die fahle Haut seines Bauches, die anders als die Brust kaum behaart war.

Er versteifte sich. »Hör auf!«, rief er. »Lass das! Bist du völlig verrückt geworden?«

Unwirsch trat er einige Schritte von ihr fort. Sein Gesicht war rot, als er zum Waschbecken ging und sich unter dem dünnen, lauwarmen Rinnsal die Hände wusch.

»Du hast also doch Angst vor mir!«, rief Ricarda, halb triumphierend, halb genervt.

»Ich habe keine Angst vor dir! Es ist mir einfach peinlich ...«

Er bückte sich und hob die Cola-light-Dose auf, die er am Boden abgestellt hatte.

»Peinlich? Was für ein Blödsinn! Bei dem Beruf, den du ausübst, kann dir doch schon lange nichts mehr peinlich sein.«

Er setzte die Dose wieder an und trank in gierigen Schlucken. Als er sie leergetrunken hatte, wirkte er angestrengt – so, als liege ein regelrechter Kraftakt hinter ihm.

»Du denkst, ich bin der Einzige, dem du vertrauen kannst, oder?«, fragte er.

»Aber das kann ich doch?«, rief sie verunsichert.

Er zögerte, wischte sich die Stirn ab, seufzte schwer.

»Maurizio! Was ist denn los mit dir?«

Er seufzte wieder, zuckte mit den Schultern und gab es schließlich zu.

»Ich muss dir etwas sagen«, brachte er mühsam die Worte hervor. »Ich bin nicht der liebe und perfekte Helfershelfer, der treu an deiner Seite steht, während der gemeine Pfaffe dich nach Strich und Faden hintergeht. Natürlich will ich dir helfen, und natürlich mag ich dich auch – weil du so zielstrebig bist, so intellektuell und zugleich so spröde. Lässt das meiste an dir abprallen. Gehst einfach deinen Weg, ungeachtet, wie mies das Leben manchmal sein kann. Aber das ist jetzt egal. Das spielt keine Rolle. Denn es ist so, dass ich vor ein paar Tagen noch ziemlich sauer auf dich war.« Er räusperte sich. Es fiel ihm sichtlich schwer fortzufahren. »Genau genommen war ich vor allem auf den Pfaffen sauer, weil der sich so wichtig gemacht hat. Getroffen hab ich euch aber beide damit. Um es kurz zu machen: Ich, Ricarda, habe diese anonyme Nachricht geschrieben und durch deinen Türspalt geschoben. Und ich habe diese Schuhschachtel in der Kirche versteckt. Ich habe den Namen aufgeschnappt, als wir damals von der Campanella nach Hause gingen. Ich hatte keine Ahnung, was genau diese Kirche mit dem Gemälde zu tun hatte – das habe ich erst gestern erfahren. Wie auch immer: Ich dachte, ihr würdet das natürlich sofort rauskriegen, aber dann … dann habe ich mitgekriegt, wie fertig du wegen der ganzen Sache bist. Es tut mir leid, Ricarda, ehrlich. Ich wollte euch nur ein bisschen verarschen, oder sagen wir mal so: dich wachrütteln. Mir auch mal einen Spaß erlauben und nicht nur der Penner vom Dienst sein. Das ist alles. Ich wusste doch nicht, was hinter dieser ganzen Sache steckt, und wenn es tatsächlich so ist, dass Antonella … Sorry, aber das wird mir jetzt langsam zu viel!«

Sie saß unbeweglich auf dem Bett, beinahe unbeteiligt. Der Ärger, den er zu erwarten schien, blieb aus.

»Na also«, murmelte sie schließlich sarkastisch. »Ich bin also doch eine Riesenidiotin, die nichts durchschaut und nichts mitkriegt.«

Verlegen senkte Maurizio den Blick.

»Ricarda, ich wollte nicht …«

Sie verbarg ihr Gesicht in den Händen, und dann konnte sie gar nicht anders, als hysterisch und mit heftig zuckenden Schultern zu lachen.

24

Aus den Lebenserinnerungen der Kurtisane Isis de Luna
Rom, 1606

Der Wärter von Tor di Nona hieß Salvatore, und ich teilte zwei Wochen lang das Leben mit ihm, als wäre ich sein Weib.

Ich bereitete ihm sein Essen, kehrte den Boden seiner kärglichen Kammer und saß ihm abends gegenüber, wenn er grinsend von seinem Leben sprach. Er tat es mit den kurzen, einfältigen Sätzen eines Idioten – und oft wusste ich nicht, ob er aus eigener Erinnerung erzählte oder ob ihm andere eingebläut hatten, wer er war.

Er entstammte einer angesehenen Familie, die durch schlechte Geschäfte verarmt war. Die Gläubiger hatten ihn an seines Vaters statt in den Schuldturm geworfen, auf dass jener die Darlehen zurückzahlte. Doch der tat nichts dergleichen. Das wenige Vermögen, das er vor den wachsamen Augen hatte verstecken können, nutzte er, um sich – und nicht dem Sohn – die Freiheit zu schenken. Er dachte, dass er diese Freiheit, der er sie ein Leben lang und darum viel länger als ein Fünfzehnjähriger gekannt hatte, besser genießen könnte und mehr verdienen würde. Der Junge würde sich an das Gefängnis gewöhnen – er hingegen niemals. So packte er Hab und Gut, flüchtete in den Norden und ward niemals wieder gesehen.

Man vergaß ihn, und man vergaß Salvatore. Er hockte in einem dunklen, unterirdischen Verließ, und das Einzige, was er von der Welt sah, war ein Wärter, der ihm täglich verschimmeltes Brot und ranzige Milch zuschob. Dabei lächelte der Wächter, ohne zu sprechen. Nach sieben Jahren konnte Salvatore nicht mehr reden, keine geraden Schritte mehr tun, und er fürchtete die Sonne – aber zu lächeln vermochte er.

Ein Priester hatte von seinem traurigen Geschick erfahren und entsetzt die Freilassung eines Menschen gefordert, der alles verlernt hatte, was einem guten Christen stand. Er suchte es ihm beizubringen, bläute ihm das Vaterunser ein und ebenso, wie die Kommunion zu empfangen war – und gab es schließlich auf, weil Salvatore nur eines zustande brachte: zu lächeln.

Das Leben in Freiheit sei ihm nicht möglich, entschied der Priester. Zugleich könne man ihn nicht als Schuldigen im Kerker lassen. So war es denn die beste Lösung, ihn an vertrauter Stätte zu belassen, wiewohl nicht mehr als Häftling, sondern als Wärter.

Salvatore lächelte, wenn er erzählte. Nie nahm ich Spuren des Schmerzes ob seines verdorbenen Lebens wahr, nie klang Kummer an oder Zorn über den verräterischen Vater. Aber der feste, beharrliche Griff seiner Hände verriet, dass seine Sehnsüchte nicht gänzlich erloschen waren. In den zwei Wochen, die ich bei ihm zubrachte, galten diese Sehnsüchte mir. Er wollte mich berühren, mich halten, mich streicheln. Er wollte an meinen Körper gepresst einschlafen. Er wollte sich glauben machen, er hätte ein Weib.

Die Geschlechtlichkeit war ihm hierbei fremd. Nachdem ich einen Pakt mit ihm geschlossen hatte – und der verhieß, dass er sich um Caravaggio kümmern und ihm jede erdenkliche Milderung seiner Haft zukommen lassen würde, indessen ich ihm restlos zu Willen sein würde –, erwartete ich, er würde meinen Körper benutzen. Stattdessen forderte er von mir Wärme und Behaglichkeit. Er wollte mich anfassen und küssen, jedoch nicht, um seine Lust zu stillen – dazu war sein zerstörter Leib nicht fähig –, sondern um einen Menschen zu haben, der sein schreckliches Leben teilte.

Das setzte mir mehr zu, als ich gedacht hatte. Ihm mit Ekel zu begegnen wäre mir ein Leichtes gewesen, denn solchen kannte ich. Sein dümmliches, leeres Grinsen aber ließ mich argwöhnen, dass nicht nur sein Leben ranzig und verdorben war, sondern die ganze Welt. Anstelle von Furcht fühlte ich Schwermut, und in jenen Nächten, da ich mich nicht an die ächzenden Stimmen des Gefängnisses gewöhnen konnte, war es mir kaum ein Trost, dass ich dieses Opfer für Caravaggio brachte und er nicht elend am Römischen Fieber verrecken würde.

Ich lag wach in der Dunkelheit, teilte das Bett mit einem stinkenden Mann, der fest an mich gekauert lag, und weinte stundenlang ob des Elends, das mich gefangen hielt. Ich begann, Salvatore um sein stumpfsinniges Lächeln zu beneiden und ebenso darum, dass ihn das dumpfe Klagen der schimmelnden Gemäuer kalt ließ.

Ein einziges Mal nur lächelte er nicht. Nachdem ich zwei Wochen bei ihm gelebt hatte, mein strähniges Haar so stank wie der Strohsack, auf dem wir schliefen, und ich für das ferne Getrippel von Ratten ebenso taub geworden war wie für das gequälte Ächzen der armseligen Häftlinge, verlangte ich danach, Caravaggio zu sehen.

Treu hatte mir Salvatore bis dahin berichtet, was er ihm zu essen und zu trinken brachte, dass er von alledem auch den Folterknechten abgab, auf dass sie den Künstler verschonten, und schließlich, dass sein Fieber gesunken sei.

»Nun, dann bring mich zu ihm!«, verlangte ich nun.

Salvatores Augen, ansonsten glücklich glänzend, wichen mir aus. »Aber das ist nicht möglich!«, stotterte er verlegen.

»Ich hocke bei dir Tag und Nacht!«, herrschte ich ihn gereizt an. »Ich habe alles erfüllt, was du von mir wolltest! Und nun willst du mir verbieten, ihn zu sehen?«

Zunächst senkte er beschämt den Kopf – dann richtete er sich wieder auf und blickte heimtückisch wie ehedem, als er noch nicht gezeigt hatte, wie sehr er meiner Wärme bedurfte.

Anstatt zu lächeln, lachte er mir dreist ins Gesicht. »Gewiss verbiete ich's dir nicht, Mädchen!«, rief er und packte gierig meine Hände. »Wenn ich sage, es sei nicht möglich, so meine ich, dass niemand ihn sehen kann, weder du noch irgendein anderer!«

Ich entriss ihm meine Hände. »Willst du sagen, er sei tot?«, schrie ich entsetzt.

Sein Spott verflog. Leise und beinahe gutmütig sprach er auf mich ein.

»Er ist schon lange freigelassen«, bekannte er treuherzig. »Zwei Tage nachdem du kamst, wurde ihm die Freiheit geschenkt. Der französische Gouverneur hat sich für ihn eingesetzt.«

Er dachte, er könnte mich mit diesem Bekenntnis versöhnlich stimmen. Stattdessen hob ich die Hand und schlug ihm in sein vertrocknetes Gesicht.

»Und du verlangst, dass ich hier bei dir vertrockne, wiewohl es längst nichts mehr gibt, was ich dir schuldig wäre?«

Blind prügelte ich auf ihn ein, voller Ekel vor seinem Gestank, voller Wut über diese Dreistigkeit und zugleich voller Bedauern, dass ich einem armseligen Mann derlei antat. Gewiss hatte er ob all dem Schlechten, das ihm widerfahren war, verdient, zwei Wochen seines Lebens bei einer Frau zu liegen. Gewiss wollte ich ihm das auch gönnen, vorausgesetzt, ich müsste die Frau nicht sein, an der sein Schweiß nun klebte wie sein Schwachsinn, seine Dickfelligkeit und seine kindische, trotzige Sehnsucht, dass es doch einen Menschen für ihn geben müsste auf dieser Welt.

»Du Bastard!«, brüllte ich und schlug und schlug und schlug. »Ich gehe noch in dieser Stunde.«

»Aber nicht doch! Du musst bleiben! Es gibt keinen anderen Ort für dich!«

»Du irrst! Du bist es, der da draußen nicht mehr leben kann, nicht ich!«

»Aber du hast dich an mich gewöhnt!«

»Denk nicht, du modriger Schwachkopf, dass ich mich an einen wie dich jemals gewöhnen könnte!«

Es widerte mich an, auf ihn einzuschlagen. Es widerte mich an, derart zu schreien. Am schlimmsten aber war zu gewahren, wie ihm das Lächeln entzweiriss. Er öffnete den zahnlosen Mund, leckte suchend mit der Zunge über die Lippen, als müsste es von der Welt mehr zu schmecken geben als nur das eigene Elend, und heulte schließlich wie ein kleines Kind.

So musste er geschluchzt haben, als er an seines Vaters statt langsam im Schuldturm verrottete und verstand, dass er niemals wieder die Freiheit spüren würde. Ich suchte die Freiheit an seiner statt, stapfte entschlossen nach draußen, um den grässlichen Ort hinter mir zu lassen.

Aber als ich blinzelnd in die Sonne starrte, die ich zwei lange Wochen entbehrt hatte, deuchte mich die Erleichterung darüber schal.

In der Nacht traf ich Caravaggio wieder.

Ich trat ihm mit geröteten Augen gegenüber, die sich noch nicht wieder ans Tageslicht gewöhnt hatten, mit verfilztem Haar, zerlumptem Nachtgewand und mit den Lederstiefeln, die man mir aus dem Palazzo Giustiniani nachgeworfen hatte und in denen meine Füße unendlich schmerzten. Ob des langen Laufens waren meine Zehenballen geschwollen, sodass sich jeder Schritt wie tausend Nadelstiche anfühlte, und meine Fersen waren wundgerieben. Noch mehr als das setzte mir das Gefühl zu, von den letzten Wochen zerrieben worden zu sein und Salvatores Gestank immer noch an mir haften zu haben.

Ich traf in einer der schummrigen Tavernen auf ihn, in denen er seine Nächte durchsoff – nach seiner Freilassung noch öfter als früher, wie mir Nino berichtete. Der war es im Übrigen auch, der mich durch das Dickicht der römischen Straßen, das mich wie eine mannshohe Hecke zu erdrücken schien, zu Caravaggio führte. Dort angekommen sank ich auf meine Knie, weil alles, was etwas anderes als verzweifeltes Herumirren versprach, mich wie eine heimelige Wohnstatt deuchte. Erst später gewahrte ich, dass dieser Ort dazu nicht taugte. Nach dem Gestank in Tor di Nona konnte ich den nach ranzigem Olivenöl und abgestandenem Wein gut ertragen. Aber die rötlichen Wände waren so niedrig und die Menschen, die grölten, so zahlreich, dass mir der kalte Schweiß ausbrach.

»Isotta!«, hörte ich Ninos Stimme an meinem Ohr. »Ist dir auch wohl?«

Mir war nicht wohl.

Einer Närrin gleich hatte ich den ganzen Tag versucht, von Tor di Nona ins Herz von Rom zurückzugelangen, hatte mich verlaufen und hatte unerträglichen Durst gelitten. Ich hatte ihn mit schlammigem Tiberwasser gelöscht, um danach am Ufer einzuschlafen und schließlich von zahnlosen Bettlern geweckt zu werden – zornig und aufgebracht, weil sie dachten, das zerlumpte Etwas, als das ich meiner Wege kroch, würde ihnen den Platz streitig machen.

Langsam hatte ich die Orientierung wiedergefunden und mich zu Caravaggios Wohnung geschleppt, wo mich der allseits wachsame und treue Diener fand. Als ich ihm nach Trastevere folgte, ging mir auf, dass er ein besonderes Talent haben musste – nämlich immer und überall zu wissen, was in Rom vor sich ging. Einem Hund gleich konnte er Caravaggios Fährte aufnehmen – und alles erschnüffeln, was mit ihm zu tun hatte, also auch mich.

Eine noch bessere Nase als Nino besaß Cornacchia, Caravaggios rabenschwarzer Köter, der in der Taverne als Erster meiner ansichtig wurde. Schwanzwedelnd kam die Hündin auf mich zu und dachte, es wäre ein Spiel, dass ich am Boden hockte. Sie schleckte zuerst über mein verschwitztes Gesicht, um danach nervös an den eigenen Pfoten zu kauen. Hastig wischte ich mir das feuchte Gesicht sauber – immerhin wieder zu einer Regung fähig und nicht mehr merkwürdig taub.

Cornacchia folgten Blicke. »Was ist denn das für ein zerlumptes Mädel?«, hörte ich einen Mann rufen, dessen Stimme ich nicht kannte. Er brach in schrilles Gelächter aus; offenbar amüsierte ihn mein Anblick.

»Schafft sie raus hier! Wie die stinkt!«, kreischte hingegen eine Frau.

»He, he, Fillide! Magst nicht über andere spotten, sondern lieber vor der eigenen Tür kehren! Zwischen deinen Beinen riechst du kaum besser!«

»Und wann hast du mich das letzte Mal geleckt, dass du das weißt?«

»Fick dich doch selbst, du Schlampe! Wenn ich bei dir liegen müsste, wollte ich selbst Geld verlangen, anstatt es dir zu bezahlen.«

»Kriegst doch eh keinen hoch, Schlappschwanz!«

Ob des Gezänks hatten sie mich vergessen, doch während sie sich unflätig beschimpften, fielen andere Blicke auf mich. Eine Frau trat auf mich zu und starrte prüfend auf mich herab. Sie roch nach einem stechend süßen Parfüm, trug schwere Ohrgehänge und hatte das Gesicht schrill und farbig angemalt.

»Hast hier nichts zu suchen!«, fuhr sie mich an, zwar leiser als Fillide, aber nicht minder streng. »Das hier ist unser Terrain, und du solltest ...«

»Lass sie!«, unterbrach sie da eine vertraute Stimme. Sie kam von weit hinten, wo das Gewölbe so niedrig war, dass man kaum aufrecht sitzen konnte. Vier Männer hockten um einen Tisch und ließen Würfel rollen. Einer von ihnen war Caravaggio, das Gesicht nicht mehr ungesund rot wie beim letzten Mal, aber aufgedunsen. Die Haare, die ihm sonst struppig um das Gesicht hingen, waren im Nacken zusammengebunden. Er drehte sich zu uns um, aber dachte nicht daran aufzustehen.

»Lass sie, Lena!«, wiederholte er. »Das ist Isis de Luna, sie gehört zu mir!«

»Das kann doch nicht dein Ernst sein, Caravaggio, dass du so ein Lumpenbündel fickst!«

»Ich habe auch nicht gesagt, dass ich sie ficke, sondern nur, dass sie zu mir gehört! Und nun haltet euer Maul und lasst mich weiterspielen!«

Während er unwillig die Lippen aufeinanderkniff, wollte sich Lena nicht geschlagen geben. »Isis de Luna!«, zischte sie. »Wer hat dir denn diesen Namen gegeben?«

Ich antwortete nicht. Cornacchia zu Füßen, die immer noch an ihren Pfoten kaute und mir zwischendurch treuherzige Blicke zuwarf, war ich kraftlos in mich zusammengesunken.

Da ich nichts sagte, musste Caravaggio an meiner statt antworten. »Irgendeine Puffmutter, die meinte, man könnte aus der Kleinen was machen. Keine Sorge, sie reicht euch nicht das Wasser. Die ist etwas für Zölibatäre, die sich vor Frischfleisch ängstigen. Jetzt fällt's mir überhaupt erst ein, was machst du eigentlich hier, Isotta, so ist doch dein wahrer Name, oder? Solltest du nicht deinem Kardinal das Händchen reichen?«

Ich konnte kaum glauben, was ich hörte. »Caravaggio ...«, stöhnte ich, noch immer auf den Knien hockend.

»Und wie siehst du überhaupt aus, Isotta! Gibt es bei deinem Kardinal keinen Kamm?«

Er lachte – und dröhnend stimmten Lena, Fillide und ein paar der Männer ein, die ich nicht kannte. Vielleicht waren Lionello Spada und Onorio Longhi darunter, Caravaggios engste Freunde, vielleicht auch der Stallbursche Benedetto, mit dem er früher sein Bett geteilt hatte.

»Weißt du denn nicht mehr, was geschehen ist?«, jammerte ich. »Del Monte hat mich verstoßen, weil du den Mund nicht halten konntest. Ich bin bei Giustiniani für dich eingetreten, und er hat mich benutzt wie ein Tier ohne Seele. Ich war bei Tor di Nona und habe zwei Wochen bei diesem schrecklichen, unglücklichen Salvatore zugebracht, nur damit die Folterknechte von dir lassen, und du …«

Meine Stimme brach, und ich begann zu schluchzen.

Entnervt verdrehte Fillide die Augen. Ihr Gesicht war nicht so stark geschminkt wie das von Lena, aber die Augenbrauen waren mit schwarzem Kohlestift dick nachgezogen.

»Was schleppst du uns dieses Pack an, Caravaggio«, höhnte sie, »wo wir doch selbst ein Pack sind!«

»Also hör mal!«, kreischte Lena dazwischen, »vergleich mich doch nicht mit diesem Gesindel! Für die ist diese Spelunke noch zu fein. Also los, Mädchen, hau ab! Du hast hier nichts zu suchen! Und du, Caravaggio, magst ihr gern folgen, wenn's denn sein muss, aber ob nun allein oder mit dir – auf jeden Fall geht sie!«

»Caravaggio …«, schluchzte ich.

Schulterzuckend, wiewohl nicht ohne ein neuerliches Auflachen, neigte er sich wieder dem Würfelspiel zu. »Mit euch ist nicht zu scherzen, Dirnen, so viele Haare wie ihr auf den Zähnen habt!«

»Wird's bald, Mädchen!«, kreischte Lena in mein Ohr.

»Du bist mir Geld schuldig!«, heulte ich. »Ich habe alles für dich getan, und du wolltest mir einen Teil deiner Einkünfte geben!«

Mein Leib zitterte und konnte nicht mehr aufhören. Die Tränen quollen aus meinen Augen und machten mich blind. Während Fillide mich am Arm hochreißen wollte, entschieden die anderen spielenden Männer, dass es lustiger war, der Huren Streit zu betrachten, anstatt erneut den Würfel zu rollen.

»Ein feines Mädchen hast du dir da ausgesucht, Caravaggio!«, kreischte einer von ihnen. »Ihre Stiefel stinken ja noch mehr als meine!«

»Fürwahr! Und wie oft hast du meiner gespottet, weil ich so oft in Pferdemist trete!«

Ich versuchte, mich aus Fillides Fäusten zu befreien, doch während ich ihre festgekrallten Finger löste, hielt mich Lena am Haar gepackt.

»Caravaggio!«, schrie ich.

»Also gut«, meinte er schließlich ungeduldig, erhob sich langsam und bedeutete den Huren, mich loszulassen. Als er auf mich zuschritt und mich langsam hochhob, dachte ich, er würde sich seines Versprechens besinnen und mich hinausbegleiten. Stattdessen warf er mich wie ein Bündel über die Schultern, trug mich zu dem Tisch und ließ mich hart darauf fallen.

Die Männer grölten und applaudierten.

»Also gut«, wiederholte er. »Vielleicht bin ich dir tatsächlich etwas schuldig. Allerdings habe ich mein ganzes Geld verspielt, so muss es dir reichen, wenn ich dir stattdessen mich selbst schenke. Wie magst du's denn am liebsten?«

Zunächst begriff ich nicht, was er plante. Dann fühlte ich, wie seine kräftigen Hände mein Kleid hochzerrten, unter dem ich nackt war, und fordernd die Innenseite meiner Schenkel hochkrochen. Schmerzhaft stieß mein Kopf auf die Tischplatte.

»Holla!«, rief einer der Männer. »Das muss man dir lassen, Caravaggio! Du verstehst es, den Weibern was zu bieten.«

Seinem Lachen schlossen sich selbst Fillide und Lena an, die näher kamen, um besser gaffen zu können.

Meine Hände klammerten sich an die Tischplatte, indessen sich die von Caravaggio immer höher schoben und das Grölen lauter wurde. Zuerst hielt ich mich fest, dann ertastete ich einen Krug Wein, aus dem der Maler vor kurzem erst getrunken haben musste – wahrscheinlich zu viel, wie so oft. So benebelt war er davon, dass er nicht wusste, was er mir antat.

Ich vergaß zu weinen, packte den Krug und zerschmetterte ihn mit aller Macht auf seinem Haupt. Ich machte mich strampelnd frei, indessen er stöhnend zurückwich und sich an die Stirn griff.

»Verflucht!«, ächzte er und fühlte mit der Hand nach dem Blut, das über seine Schläfen troff.

Das Gegröle verstummte, und die Männer wussten nicht, ob sie lachen sollten oder ob ihnen das einen wütenden Fausthieb einbringen würde. Sie entschieden zu schweigen – anders als ich.

Weinerlich hatte davor meine Stimme geklungen, nun war sie heiser.

»Das steht dir nicht zu!«, stieß ich aus, einmal, zweimal, immer wieder. »Das steht dir nicht zu! Das steht dir nicht zu!«

Ich wiederholte es so rasend schnell, dass mich keiner unterbrechen konnte. Es stets aufs Neue beschwörend, glaubte ich es mir selbst.

»Das steht dir nicht zu! Das steht dir nicht zu!«

Die Männer blickten auf den Boden – und seltsamerweise taten es ihnen die Huren gleich, gebändigt von meiner rauen Stimme, die nicht aufhörte, auf ihr Recht zu pochen.

»Das steht dir nicht zu! Das steht dir nicht zu!«

Cornacchia duckte sich.

»Isotta …«, murmelte Caravaggio.

»Nein, es steht dir nicht zu!«, schrie ich ihn an. »Du magst ein großer Maler sein, du Hurensohn! Aber vor allem bist du ein treuloser Verräter! Du bist nicht nur wankelmütig und blind für meine Nöte, sondern obendrein so armselig, dass du meinst, über mich spotten zu können! Aber das steht dir nicht zu!«

»Isotta«, setzte er noch einmal an und kicherte armselig, »es war doch nur ein Scherz, ich wollte doch nicht …«

»Mein Leben ist kein Scherz, sondern bitterer Ernst!«, unterbrach ich ihn heftig. »Und deswegen, und das schwöre ich dir bei allem, was mir heilig ist, deswegen werde ich nie wieder auf dich setzen. Nie wieder! Denn wer dir traut, ist verloren, Caravaggio!«

Ich raffte mein zerfleddertes Kleid über meine nackten Beine. Es war zu sehr zerrissen, als dass es meine Haut noch verdecken konnte. Ich kümmerte mich nicht darum, sondern ging aufrecht zum Eingang. Dort bückte ich mich, schlüpfte aus den grässlichen Stiefeln und warf mit dem einen nach Caravaggios Kopf. Er riss den Kopf zur Seite und entwich ihm nur mit knapper Not. Cornacchia – wiewohl in sicherem Abstand – heulte auf.

»Ich will dich nie wieder sehen!«, sagte ich und warf den zweiten Stiefel nach ihm. »Du hast mich in diesen Dreck gezogen. Du hast mich aufs schändlichste belogen und verraten. Gott schütze mich davor, jemals wieder in dein verkommenes Antlitz schauen zu müssen!«

Ich stolperte beinahe über Nino, der draußen im Dunkeln hockte. Er wollte aufstehen und mit mir reden, doch ich stieß ihn von mir wie Caravaggio.

»Fass mich nicht an!«, schrie ich. »Geh hinein zu deinem Herrn. Er ist es doch, dem du seit Jahren nachkriechst, ganz gleich, was er dir schon alles angetan hat!«

Verstört wich er zurück, indessen ich hastig davonlief. Ich

rannte so schnell, dass ich kaum den Boden unter meinen nackten Beinen spürte, nicht die spitzen Steine, nicht den verfaulten Unrat, nicht den getrockneten Tiberschlamm. Ich lief wahllos durch die verwinkelten Gässchen, konnte dabei kaum Atem schöpfen und dachte doch erleichtert: Mir ist nicht kalt!

Ich trug nur ein zerlumptes, zerfetztes, dreckiges Hemd, aber ich fror nicht, solange ich derart schnell lief. Dies war der letzte Gewinn, der mir verblieben war, und ich gedachte, ihn auszunützen. Ich wollte nicht stehen bleiben, auch wenn mir die Lungen beinahe zerbarsten. Ich wollte nicht innehalten und bedenken, wo ich war und wohin ich mich wenden sollte.

Ich lief, und gewiss wäre ich bis ins Morgengrauen hinein gelaufen, hätte mich nicht eine Hand zum Stehen gebracht. Sie packte mich an den Schultern, riss mich zu Boden und hielt mich dort gepresst. Eine Fackel wurde mir ins Gesicht gehalten, grell und heiß. Die Hand gehörte einem fremden Mann mit gegerbtem Gesicht und gelben Zähnen, und der Mann gehörte zu dem gleichen Pack, das sich nun um mich scharte und auf mich hinabblickte.

»Welches Täubchen ist uns denn da zugeflogen?«, höhnte er und blies mir seinen heißen Atem ins Gesicht.

Ich schrie, so laut ich konnte, aber es geriet zu einem Krächzen, kaum dass er mir seine schwielige Hand auf den Mund presste.

»Still sein, Täubchen! Magst später gurren!«

Schmerzhaft verdrehte er mir meinen Arm am Rücken, um mit seiner freibleibenden Hand meinen Körper abzutasten.

»Die trägt keinen Schmuck!«, stellte einer seiner Kumpane mit Kennerblick fest. »Das ist nichts weiter als eine billige Hure!«

»Na und? Sollten wir uns darum weniger mit ihr amüsieren dürfen? Ich nehme sie mit, und wenn du sie nicht willst, dann gehört sie eben mir allein.«

Mein Haar blieb beinahe am schmierigen Boden kleben, als er mich hochwuchtete. Erneut stieß ich einen lauten, spitzen Schrei aus, doch wieder erstickte er ihn mit seiner groben Hand, die mir fest aufs Gesicht schlug. Obgleich mir der Atem wegblieb, begann ich, um mich zu schlagen und zu strampeln – beschämt daran erinnert, dass ich mich vor kaum einer Stunde in der gleichen Lage befunden hatte.

Diesmal war es hoffnungslos. Die Häuser um mich herum waren dunkel. Keiner scherte sich darum, als ich von dannen geschleppt wurde, einer Räuberbande anheimgefallen, die in dem dunkelsten, gefährlichsten Viertel Roms hauste.

Ich biss in die schwielige Hand, doch sie war so verhornt, dass es der Angreifer nicht einmal fühlte. Er presste meine Beine so fest zusammen, dass ich nicht mehr strampeln konnte, und wuchtete mich über seine Schultern wie einen Sack Mehl.

Ich ersticke, dachte ich, ich werde ohnmächtig. So soll also mein Leben enden. Geraubt, geschändet, ermordet.

Doch just bevor meine Sinne schwanden und ich mich ins gnädige, alles auslöschende Dunkel flüchten konnte, löste sich jählings der brutale Griff meines Angreifers.

25

Rom, Gegenwart

Blinkende Leuchtschriften kämpften sich in Ricardas Gehirn. In der Nähe der blau beleuchteten Santa Maria Maggiore im Bahnhofsviertel saßen drei Prostituierte auf einer kleinen Holzbank, tuschelten miteinander und rauchten.

Vielleicht waren es auch gar keine Prostituierten, die sich die Wartezeit auf einen neuen Freier mit einem Schwätzchen vertreiben wollten, sondern zu stark geschminkte Frauen, die auf den Bus warteten – und es mit Unbekannten gratis trieben.

Vor einer Peepshow warteten Männer und wirkten geduldig und resigniert zugleich.

Hastig ging Ricarda an ihnen vorbei. Der blaue, durchwölkte Himmel über ihr verrutschte ins Schwarze, ohne dass sie wusste, wohin sie wollte.

Rom bei Nacht, und sie eine unbrauchbare Statistin.

Sie hatte Maurizio nicht beschimpft, ihm nur erklärt, dass sie allein sein wollte.

»Was sollen wir jetzt tun?«, hatte Maurizio gefragt. »Ich meine, wegen deines Verdachts?«

»Morgen«, hatte sie geantwortet. »Lass uns morgen darüber reden.«

Wenn selbst Maurizio sie an der Nase herumgeführt hatte

– wie konnte sie sich in irgendeiner Sache noch sicher sein? Wenn alle Vermutungen auf Lügen basierten – wie konnte sie dann die Wahrheit herausfinden? Oder war vielleicht doch nicht alles Lüge, und hatte Elias womöglich auch einmal die Wahrheit gesagt?

Ein holdes Bild.

Das hatte Tano ihr geschrieben, und Tano war der Einzige, dem sie auf jeden Fall trauen konnte. Er hatte nie versucht, sie zu hintergehen.

Un imago grazioso.

Und Isis de Luna hatte eine Schwester, die Graziosa hieß.

Hatte Tano mit dieser Formulierung wirklich etwas bezweckt – oder war es reiner Zufall gewesen? Wenn er den Ausdruck aber absichtlich gewählt hatte, was stand dann dahinter?

Frater Elias hatte sie auf den Zusammenhang aufmerksam gemacht – Frater Elias, der sie verraten hatte, der gemeinsame Sache mit Carlo Forli machte, wenn ihr auch noch nicht klar war, wie und warum. Das konnte wiederum bedeuten, dass es ein nichtiges Detail war, in das sie sich verrennen und das sie von der wahren Bedeutung des Bildes ablenken würde. Es konnte aber auch bedeuten, dass er ihr unfreiwillig mehr verraten hatte, als er eigentlich bezweckt hatte – gewiss, dass sie mit dem Hinweis ohnehin nichts anfangen konnte.

Die Bezeichnung des Bildes mit dem Adjektiv »grazioso« sagte etwas über den Inhalt des Bildes aus – vielleicht also Graziosas Schwester, dachte Ricarda. Es könnte so etwas wie ein Pseudonym für den wahren Namens des Gemäldes sein.

Der Name des Gemäldes.

Santa Maria Maddalena.

Ricarda atmete tief durch. Anstatt ziellos weiterzuirren, folgte sie einer spontanen Eingebung, wo und wie sie mehr über den Gemäldenamen herausfinden könnte. Sie versuchte sich zu erinnern, welche Buslinie Elias und sie genommen hatten – dann, nach längerem Suchen und mehrmaligem Umsteigen, saß sie wieder in dem Bus zur Kirche Santa Maria Egiziaca. Die Kirche, deren Name während ihrer Recherchen schon so früh gefallen war. Von der Frater Elias abgelenkt hatte und in die schließlich Maurizio sie doch geführt hatte – wenn auch bloß von bösartiger Rachsucht getrieben. Beim ersten Besuch hatten sie sich nur darauf konzentriert, etwas zu finden, was die anonyme Nachricht erklärte. Doch vielleicht hatten sie dabei einen entscheidenden Hinweis übersehen, und es galt nun, nach Maurizios Geständnis, den Ort noch einmal neu und unvoreingenommen in Augenschein zu nehmen.

Eben noch hatte sie sich ausgelaugt gefühlt, doch der plötzliche Entschluss ließ ihre Anspannung wieder wachsen. Sie hatte in der letzten Reihe des Busses Platz genommen, sah bei jeder Station mehr Leute aussteigen, bis sie zuletzt ganz allein war. Der Busfahrer drückte aufs Gas, als wäre ein einziger Fahrgast zu wenig, um noch Rücksicht zu nehmen.

Ricarda machte es nichts aus, im Sitz hin und her geschleudert zu werden; jetzt, da sie sich dazu aufgerafft hatte, konnte es ihr gar nicht schnell genug gehen. Am Ziel angekommen, musste sie dennoch kurz zögern. Bei einbrechender Dunkelheit sahen die Straßen anders aus, als sie sie in Erinnerung hatte. Sie war sich nicht mehr sicher, welche Richtung sie nehmen sollte. Durch die Fenster der soliden Wohnsiedlung flimmerte das blaue Licht von Fernsehgeräten. Sie kam sich verloren vor, ausgeschlossen, erst nach einigem orientierungslosen Umherlaufen glaubte sie, ein Gebäude wiederzuerkennen, ging nun im Laufschritt darauf zu und sah nicht weit davon entfernt den Turm von Santa Maria Egiziaca aufragen.

Die Straßen waren sauberer als im Centro Storico. Nur vor der Kirche floss ein dünnes, gräuliches Rinnsal über den Gehweg. Sie fand Santa Maria Egiziaca so vor, wie sie die Kirche verlassen hatten: Die Fenster waren immer noch verriegelt, der Boden war mit Plastik ausgelegt, die Türe stand weit offen. Kurz hatte sie das Gefühl, beobachtet zu werden, aber dann erinnerte sie sich daran, dass niemand sie hier erwartete. Schon beim letzten Mal war das Licht trüb gewesen, nun konnte sie kaum etwas erkennen und benutzte das Display ihres Handys als eine Art Taschenlampe. Im Eingangsbereich stieß sie auf ein Holzpult, das ihr beim ersten Besuch nicht aufgefallen war: Kleine verstaubte Zettelchen waren in die einzelnen Fächer geklemmt. Sie zog einige heraus und stellte fest, dass sie in verschiedenen Sprachen Informationen über die Geschichte der Kirche boten.

Demnach war sie um 1607 von Carlo Maderno vollendet worden, nachdem unter Kardinal Rusticucci mit dem Bau der Kirche begonnen worden war. Sie wurde an jener Stelle errichtet, wo im 6. Jahrhundert Maria von Ägypten eine Kapelle geweiht worden war. Rusticucci war der Protektor der Zisterzienserinnenorden gewesen, und in deren Besitz befanden sich bis heute die Kirche und das angrenzende Kloster. Welche Gemälde sich dort befanden, war jedoch nicht beschrieben.

Sie steckte die Zettel wieder zurück ins Fach und atmete tief durch. Langsam tastete sie sich Richtung Altarbereich vor.

Der Name, dachte sie, vielleicht war der Name des Gemäldes der Schlüssel zu seinem Rätsel.

Santa Maria Maddalena. Mit welchem Zusatz konnte es versehen sein?

Sie besann sich der Bilder von Tizian, Negretti oder d'Asaro, die das gleiche Motiv zeigten. Diese hießen »Reuige Magdalena« oder »Büßende Magdalena« – jenes von Lucio Massari, das einige Jahrhunderte vorher entstanden war, trug den Titel »Maddalena in Medidazione«.

Wieder hob sie das Handy und leuchtete in alle Richtungen. Beim letzten Mal hatten sie sich auf den Altarbereich konzentriert und eine Krypta gesucht – erst heute fiel ihr eine kleine

Tür hinter einem der Beichtstühle im Seitenflügel auf. Langsam trat sie darauf zu, drückte eine eisig kalte Klinke herunter. Die Tür ließ sich tatsächlich quietschend öffnen, und schon stand Ricarda in der Sakristei. Der Geruch von staubigen und verschwitzten Messgewändern erwartete sie. Sie waren sorgfältig aufgehängt worden, doch niemand hatte sich die Mühe gemacht, sie vor den Renovierungsarbeiten in schützendes Plastik einzuhüllen. Das Fenster der Sakristei stand – anders als die des Kirchenraums – weit offen; das diesige Licht einer Laterne fiel von außen herein, beleuchtete den Raum und wies den Weg in einen zweiten, kleineren. Langsam ging Ricarda darauf zu. Ein großer, wurmstichiger Schreibtisch stand darin, auf dem viele lose Zettel durcheinanderflogen. An den Wänden hingen Listen mit Namen – vielleicht die von Ministranten, die hier regelmäßig ihren Dienst versahen.

Neben dem Schreibtisch befand sich ein kleineres Tischchen. Ein riesiger Computer stand darauf, von seiner Größe her zu schließen ein Uraltmodell.

Ricarda setzte sich auf den Schreibtisch und schaltete den Computer ein. Sie hatte keine große Hoffnung, dass er funktionierte, aber nach einer Weile machte er tuckernde Geräusche, und der Bildschirm begann zu flimmern.

Die Tastatur war verklebt, einige Buchstaben ließen sich kaum runterdrücken.

Es schien eine Ewigkeit zu dauern, bis der Computer endlich hochgefahren war. Es waren so gut wie keine Programme installiert worden, auch keine Internetverbindung, nur Microsoft Word und ein Bildbearbeitungsprogramm.

Ricarda klickte sich durch das übersichtliche Dateienverzeichnis. Niemand hatte sich die Mühe gemacht, es durch ein Passwort zu schützen. Oberflächlich überflog sie einige Dokumente, in denen es um diverse administrative Angelegenheiten ging. Sie wollte schon aufgeben, als sie einen eigenen

Ordner nur mit Fotos entdeckte. Einige zeigten eine Gruppe Kinder bei der Erstkommunion, die Mädchen sahen aus wie kleine Bräute.

Ihr Puls beschleunigte sich, als sie weiterklickte. Nun entstand – quälend langsam – der kreuzförmige Grundriss der Kirche auf dem Bildschirm. Das nächste Foto zeigte Abbildungen vom Deckengewölbe und vom Altarbild. Eine Frau war darauf zu sehen, die von ihren langen Haaren bedeckt wurde und drei Brote hielt – die Attribute von Maria von Ägypten. Darüber befand sich Christus als Gekreuzigter, vor dem die weinende Maria Magdalena stand.

Ricarda klickte das nächste Foto an, ihr Puls beschleunigte sich noch mehr. Einer der Seitenaltäre war fotografiert worden, danach der zweite, schließlich waren Fotos von den – damals noch vorhandenen – Kirchenbänken gemacht worden. Dahinter vermeinte sie Gemälde zu erkennen, noch diffus und zu verpixelt, um Einzelheiten wahrzunehmen. Ungeduldig trommelte sie auf den Tisch, während sie die weiteren Fotos öffnete. Wer immer sie gemacht hatte, war dann näher an die Gemälde herangetreten. Sie reflektierten stark den Blitz des Fotoapparats, aber waren nun deutlich zu sehen – die Darstellung einer jungfräulichen Himmelskönigin, zwei weitere Heiligengestalten daneben, eine davon eine mittelalterliche Nonne, die andere …

Ricarda atmete scharf ein.

Das Gemälde aus Tanos Laden.

Es war etwas verzerrt und glänzte wie die anderen Bilder, aber das Gesicht der heiligen Sünderin war deutlich zu erkennen.

Eine Weile fühlte sie sich wie berauscht, starrte auf den Bildschirm, nahm in Sekundenschnelle wahr, dass das Gemälde unbeschädigt war. Doch jener Teil, der später gewaltsam herausgeschnitten wurde, war auf dem Bildschirm nur ein dunkler Fleck, auf dem sie nichts erkennen konnte, schon gar kein Motiv, das die Sündhaftigkeit des Gemäldes erklärte. Ihre Euphorie verflog. Nun hatte sie also den Beweis: Das Gemälde stammte tatsächlich aus dieser Kirche. Und es war erst später beschädigt worden. Aber das half ihr nicht sonderlich weiter, bestätigte nur, was sie Tanos Restaurationsbericht entnommen und was Signora di Campanella Maurizio bereits anvertraut hatte.

Etwas sorgfältiger als vorher prüfte sie noch einmal alle Word-Dokumente. Vielleicht hatte sie etwas übersehen, vielleicht ein Detail, das mehr über die Gemälde der Kirche verriet, nicht beachtet. Doch nichts.

Wieder starrte sie auf den Bildschirm, wieder trommelte sie mit den Fingern auf den Schreibtisch. Sie wollte den Computer schon herunterfahren, als ihr plötzlich eine Idee kam.

Sie markierte das Bild, klickte auf die rechte Maustaste und wählte »Eigenschaften«. Wer immer das Bild auf dieser Seite eingestellt hatte, hatte der jpeg- oder gif-Datei einen Namen gegeben.

Maddalena_in_estasi.jpeg.

»Also, es geht doch!«, triumphierte Ricarda.

Doch der Triumph verflüchtigte sich rasch. Nahezu verlegen senkte sie den Kopf.

Magdalena in Ekstase – darauf hätte sie schon früher kommen können. Caravaggio hatte auch »Franziskus in Ekstase« gemalt, den Heiligen also in einem Zustand der religiösen Verzückung, der Entrückung von dieser Welt, dem völligen Versunkensein. Angesichts des Motivs ein passender Bildtitel – und viel aussagekräftiger als von der reuigen, der bekehrten oder nur von der heiligen Maria Maddalena zu sprechen.

Sie schüttelte den Kopf und haderte mit ihrem Versäumnis. Wie hatte sie sich so einen Lapsus erlauben können! Sie, die Caravaggio-Expertin!

Erst als sie den Computer herunterfuhr und die tuckernden Geräusche an den steinernen Wänden verhallten, wurde ihr bewusst, dass sie eben auf den fehlenden Mosaikstein gestoßen war, mit dem sich das Geheimnis des Bildes entschlüsseln ließ.

»Ich weiß, warum das Bild Signora Faresi derart erzürnt hat! Ich weiß, warum sie mit aller Macht verhindern wollte, dass es in der Öffentlichkeit bekannt wird!«

Ricarda hatte weder gegrüßt noch eine andere Höflichkeitsfloskel gebraucht, um ihr Gegenüber auf sie einzustimmen. Sie wollte Signora Luisa keine Zeit geben, sich zu sammeln und auf ihr plötzliches, stürmisches Auftreten zu reagieren – und das gelang ihr auch. Signora Luisas Züge verhärteten sich zwar sichtbar, und die Augen wurden schmal und undurchdringlich, aber um die Mundwinkel bebte es – umso mehr, da Ricarda nicht nur mit Worten zudringlich wurde, sondern auch, indem sie immer näher an die Frau herantrat. Anstatt hinter dem kleinen Verkaufstisch eine Rückzugsbastion zu finden, musste die Signora hinnehmen, dass Ricarda diesen umrundet hatte.

»Ich habe keine Ahnung, wovon Sie reden«, gab Signora Luisa sichtlich überrumpelt zurück. Als Ricarda in den Antiquitätenladen gestürmt war, war sie gerade dabei gewesen, ihn zu schließen.

»O doch, das haben Sie! Sie haben Antonella von Anfang an gedeckt. Ständig haben Sie betont, dass die arme, kranke Frau geschont werden müsste. Als unwissendes Opfer haben Sie die alte Dame hingestellt, wahrscheinlich auch gegenüber Signora di Campanella. Von der Sie sich sogar Schweigegeld haben zahlen lassen, damit Sie nichts über das Gemälde verraten! Aber das hätten Sie ohnehin niemals getan! Schließlich wollten Sie Antonella schützen. Nun macht es keinen Sinn mehr, das alles zu vertuschen. Geben Sie endlich zu, was Sie wissen, das sind Sie Tano schuldig!«

Langsam schien sich Signora Luisa wieder zu fassen. Sie war fast einen Kopf kleiner als Ricarda, aber ihr drahtiger Körper spannte sich sichtbar an. Anstatt sich von Ricarda weiter zusetzen zu lassen, packte sie sie ihrerseits am Arm.

»Ach ja?«, fragte sie – nicht erregt, sondern flüsternd und verbittert. »Sie haben überhaupt keine Ahnung, schon gar nicht davon, wer hier wem etwas schuldig ist. Zuallererst hatte Tano eine Verpflichtung, nämlich Antonella Faresi gegenüber loyal zu sein. Wissen Sie überhaupt etwas von Tanos Vergangenheit? Wissen Sie, was er Antonella verdankt?«

Die letzte Frage klang fast triumphierend. Sie schien nicht zu bemerken, dass sie mit diesen Worten Ricardas Anklage gegen Antonella nicht entkräftigt hatte.

»Sie ist seine Großmutter«, rief Ricarda, »und Tano ist der einzige Enkelsohn. Da geht es doch nicht um Verpflichtungen!«

Verärgert presste Signora Luisa die Lippen aufeinander, ließ Ricarda los und drehte sich um. Diese folgte ihr freilich unerbittlich zu der Tür, die ins Atelier führte und die Signora Luisa vor ihrer Nase hatte zuschlagen wollen, und baute sich energisch im Türrahmen auf.

»Lassen Sie mich in Ruhe!«, zischte Signora Luisa.

»Nicht, bevor Sie mir die Wahrheit gesagt haben!«

»Ha!«, lachte Signora Luisa verbittert. »Ich dachte, sie wüssten diese Wahrheit bereits, ja hätten sie für sich gepachtet! Aber nein! Gar nichts wissen Sie! Antonella war vielleicht Tanos Großmutter, aber nach ihrem Streit mit seinem Vater hatte sie nie Kontakt zu ihm, all die Jahre nicht. Ich … ich stand ihr immer viel näher. Ich lebe bei ihr, seit ich eine junge Frau war, habe auf ihre Söhne aufgepasst, da war ich selbst noch fast ein Kind. Und der Laden – warum denken Sie, hat er so viel Geld abgeworfen? Antonella versteht viel von Kunst und Antiquitäten, aber von finanziellen Dingen hat sie keine Ahnung. Tano hatte das im Grunde auch nicht. Er ist im Süden aufgewachsen, ziemlich armselig, sein Vater hat nie wieder Fuß fassen können, nachdem Antonella ihn vor die Tür setzte. Nur zu verständlich, dass der Junge so schnell wie möglich da rauswollte… vor allem ein hochbegabter, sensibler Bursche wie Tano. Mit seinem Vater hat sich Antonella nicht mehr versöhnt, obwohl der Grund ihres Streits wirklich lächerlich war. Es ging um irgendeine alte Kommode, die er teuer verkaufen wollte, sie aber nicht. Sie hasst es, sich von Dingen zu trennen. Nun, wie auch immer – nach dem Tod ihres Sohnes hat sie Tano bei sich aufgenommen, hat sein Studium finanziert, wollte ihm ihr Geschäft vererben. Ich habe sie darin bestärkt und unterstützt, denn Tano war ein guter Junge, nicht wie die anderen. Immer leise, immer höflich, immer gut erzogen. Er schien zu uns zu passen. Aber ich habe mich geirrt und ihn falsch eingeschätzt. Er hat nicht begriffen, dass er nicht… so weit gehen…«

»Ach so«, gab Ricarda steif zurück. »Weil sie ihm diese Chance gegeben hat, musste er also ihr bedingungsloser Gehilfe sein? Durfte nicht sagen, was er dachte? Musste sterben, weil er die Bedeutung dieses Bildes nicht herunterspielen wollte?«

Signora Luisas kalte Augen musterten ihre Gestalt. Noch mehr zum Frösteln brachte Ricarda die Tatsache, dass die Frau erneut nicht widersprach und ihren schrecklichen Verdacht somit bestätigte.

»Lieber Himmel – in welchen Zeiten lebt Antonella Faresi denn?«, rief Ricarda. »Ist sie im 16. Jahrhundert steckengeblieben wie Caravaggios Zeitgenossen, die fortwährend danach trachteten, ihm Blasphemie und Gottlosigkeit vorzuwerfen? Nun gut, was das anbelangt, hat er mit ›Maddalena in estasi‹ gewiss alle Grenzen überschritten und eine unvorstellbare, nie da gewesene Provokation gewagt – aber nach den Moralvorstellungen von damals, nicht von heute!«

Was sie sagte, schien an Signora Luisa abzuprallen.

»Sie kennen Antonellas Leben nur bruchstückhaft«, erklärte sie heiser. »Ihr Glaube hat ihr Kraft und Orientierung gegeben – und beides hatte sie dringend nötig. Ihr Mann war gewalttätig, hat sie und ihre beiden Buben fast totgeschlagen. Sie suchte Hilfe bei einem Priester, doch was sagte der? Du musst bei ihm bleiben, du darfst ihn nicht verlassen, ganz egal, wie er sich aufführt. Schließlich hast du ihm die Ehe versprochen, in guten wie in schlechten Zeiten, das ist ein heiliges Sakrament, dagegen darfst du dich nicht versündigen. Antonella hat sich gefügt, aber nur, weil sie sich an ihre Gebete und an strikte Regeln halten konnte.«

»Das ist nicht mein Verständnis von Gott und Glaube.«

»Das hat doch nichts mit Gott zu tun! Der Mensch braucht schlicht und einfach etwas, was ihm Halt gibt. Er braucht eine Ordnung. Noch mehr als an den Schlägen des Mannes wäre sie daran zerbrochen, nichts zu haben, was ihrem Leben einen Sinn gibt.«

»Und das Caravaggio-Bild spottet dieser Ordnung?«, warf Ricarda zweifelnd ein.

Signora Luisa zuckte die Schultern. »Es ist Sünde, Blasphemie«, sagte sie leise. »Zumindest nach Antonellas Vorstellungen. Sie ist eine Frau, die nicht zweifelt.«

»Wissen Sie übrigens, welches Gebot vor allen anderen steht? Ich meine, wenn wir schon bei dieser Ordnung sind. Dass ein Mensch nicht töten darf.«

»Aber sie hatte einen Grund …«

»Nichts, was man heutzutage ernst nehmen könnte!«

Für einen Augenblick veränderte sich Signora Luisas Gesichtsausdruck. Sie blinzelte, und als sie die Augen wieder öffnete, blickten sie nicht kalt und streng, sondern heimtückisch. Mochte Ricarda sie mit ihrem unerwarteten Besuch anfangs überrumpelt und mehr herausgefunden haben, als sie ihr jemals hätte sagen wollen, an einem Punkt war es dennoch sie, Signora Luisa, die einen Wissensvorsprung hatte.

»Sie irren sich«, begann sie gedehnt und zögerte die folgenden Worte deutlich hinaus. »Es gab sehr wohl jemanden, der sie ernst nahm. Vor Tanos Tod hat sie mit einem Priester gesprochen. Er war mit ihr einer Meinung, dass das Geheimnis des Bildes vertuscht werden müsste. Er hat sie ermutigt – und nur aus diesem Grund fühlte sie sich beauftragt, Tano ...«

Vielsagend stoppte sie ihren Redefluss.

»Welcher Priester?«, fragte Ricarda entsetzt.

Signora Luisas Blick wurde wieder ausdruckslos. Dann neigte sie sich vor – nicht zutraulich, sondern mit stiller Verachtung. Sie spuckte Speicheltröpfchen an Ricardas Ohr, als sie den Namen nannte.

Ricarda klapperte vier Telefonzellen ab, denn der Akku ihres Handys war leer. Für das erste Telefon brauchte man eine Wertkarte. Beim zweiten war der Schlitz mit einem Kaugummi verklebt. Durch die anderen beiden rasselten ihre Euro-Münzen – sie waren tatsächlich noch auf Lire eingestellt.

Als sie es endlich schaffte und am anderen Ende der Leitung abgehoben wurde, war sie kurz so erstaunt, weil das Telefon tatsächlich funktionierte, dass sie nichts sagte.

»Pronto? Hallo?«

Sie schluckte hastig und fing sich wieder. »Hier ist Ricarda«, rief sie in den Hörer und hoffte, den Straßenlärm zu übertönen. »Dr. Ricarda Weiss. Ich möchte Sie sprechen. Wir treffen uns in einer halben Stunde in der Kirche Santa Maria Egiziaca.«

Sie wartete nicht auf eine Antwort, sondern legte sofort auf.

Das Gefühl, endlich etwas richtig gemacht zu haben und eine Situation zu meistern, war ihr nach den letzten Tagen fremd geworden. Kurz schien es ihr, als würde sie es zum ersten Mal erleben.

26

Aus den Lebenserinnerungen der Kurtisane Isis de Luna
Rom, 1606

Hoffnungslos wähnte ich meine Lage, nachdem ich in die Hände einer Räuberbande geraten war.

Doch der Mann, der mich so unbarmherzig festgehalten hatte, schwankte plötzlich und ließ mich beinahe fallen. Der Boden, über den ich kopfüber gehalten wurde, kam mir bedrohlich nahe. Ich hörte ihn fluchen, brüllen und vernahm schließlich einen Faustschlag, der sein feistes Gesicht traf. Fallend stolperte er über meine Haare, die bis auf die Straße hingen, und riss mich mit sich. Kaum dass ich aufprallte, wurde ich von ihm weggeschleudert und rollte mit geschundenen Gliedern bis an die nächste Hauswand. Dort blieb ich liegen, ohne zu begreifen, was geschah. Hinter mir tobten Schatten, wanden, prügelten, würgten sich. Die Fackel, die mir vorhin noch ins Gesicht geblendet hatte, fiel zu Boden.

Stöhnend ergriff ich sie, um zu erschauen, wer sich meinetwegen schlug. Als ich sie hochhob, war mein Angreifer bereits hinkend auf der Flucht, und seine drei Kumpanen rannten ihm ächzend hinterher.

Ein Einziger verblieb – einen funkelnden Dolch in den Händen, mit denen er die nächtliche Luft durchschnitt.

»Ich stech euch ab, ihr Saukerle!«, dröhnte er. »Ich roll euch eure Gedärme aus dem Leib und häng euch daran auf!«

Er hörte nicht auf, furchterregend mit dem Dolch ins Nichts zu schneiden – als föchte er mit einem Schatten. Aus diesem Schatten löste sich schließlich ein Zweiter und trat zu mir.

»Was ist dir geschehen, Isotta?«, fragte Nino besorgt.

Noch ehe ich antworten konnte, senkte der andere seinen Dolch und beugte sich nieder, um seinen Hund zu streicheln. Der hatte sich nicht an der Schlacht beteiligt, kläffte nun aber, da sie vorüber war, wütend und ausdauernd.

»Cornacchia ist nicht nur der hässlichste, sondern auch der feigste Hund von ganz Rom«, meinte Caravaggio und steckte den Dolch in die Scheide. »Und du, Isotta, solltest dich vom Diebespack lieber fernhalten!«

Ich trottete hinter ihm her – beschämt über meine Rettung, dass er mich einlud, diese Nacht bei ihm zu schlafen, und dass ich zu müde war, dieses Angebot abzulehnen. Kein Wort des Dankes kam mir freilich über die Lippen. Ich schwieg, bis wir seine Heimstatt erreichten, und selbst dort blieb ich misstrauisch. Ich wollte nicht glauben, dass er fürsorglich sein könnte – umso mehr aber, dass er sich einen bösen Scherz erlaubte.

Erst als wir die Treppe hochstiegen, dachte ich bei mir, dass er, der er so wankelmütig und launenhaft war, sich wohl kaum vorstellen konnte, dass ein anderer meinte, was er sagte – weswegen er auf meine Worte nichts gab.

In seinem Gesicht stand auch kein Zeichen von Schadenfreude, nur Müdigkeit. Ich erwartete, er würde sich – nachdem Nino ins Nebenzimmer verschwunden war und Cornacchia sich zusammengerollt hatte – auf seiner Schlafstatt niederlassen und mich nicht weiter beachten. Stattdessen erwies er sich zum ersten Mal als höflich und deutete auf einen Eimer abgestandenes Wasser.

»Wenn du dich waschen willst ...«

Ich wollte ihm nicht auch noch dafür dankbar sein. »So dreckig wie du bist, erträgst du mich wohl auch mit dem Schmutz der Gosse«, gab ich übellaunig zurück.

Der Anflug eines Lächelns glitt über sein Gesicht. »Ich werde sicherlich keiner Menschenseele jemals vorwerfen zu stinken«, meinte er.

Hernach schwiegen wir beide – er müde, ich verstockt. Da er sich nicht regte, trat ich schließlich doch vor und wusch mir Hände und Gesicht. Einzelne Tropfen liefen dabei über meinen Körper, der unter dem zerfetzten Nachtgewand nackt war. Obwohl ich ihm den Rücken zugewandt hatte, war ich überzeugt, dass er mich begaffte. Umso erstaunter war ich, dass er nichts dergleichen tat, als ich mich wieder umwandte. Stattdessen schritt er mit der Öllampe vor seiner Staffelei auf und ab, die ich erst jetzt in einer Ecke des Zimmers entdeckte. Ihr Anblick stimmte ihn nicht fröhlich. Er starrte sie an, als gehörte sie nicht zu ihm, sondern wäre unnützes Mobiliar.

»Seit dem Gemälde für den Petersdom male ich nicht mehr«, murmelte er. »Was nützt es, wenn ich doch keine Käufer habe? Und zugleich frage ich mich, wie ich's denn lassen kann. Gehört es nicht zu mir? Hast du mir dabei nicht schon zugesehen, damals, als ich für del Monte den Franziskus schuf und du mir deine Hände als Modell botest?«

Er sprach unwirsch, als wäre ihm jedes Wort zuwider.

Meinetwegen könnte er gerne schweigen, ging es mir durch den Kopf. Ich wollte nichts mehr mit ihm zu schaffen haben. Ich würde die Nacht hier schlafen, weil es keinen anderen Ort für mich gab, aber am Morgen umsetzen, was ich heute angekündigt hatte: ihn niemals wieder zu sehen.

»Dafür, dass dir andere Menschen gleichgültig sind, ist dein Gedächtnis erstaunlich scharf«, merkte ich dennoch an.

»Du zürnst mir«, stellte er fest, und jetzt erst huschten seine flinken Augen über meine halbentblößte Gestalt. »Du zürnst mir wegen tausend Dingen, vor allem aber, dass du mir Dank schuldest, weil ich dich eben gerettet habe.«

»Du irrst«, gab ich kühl zurück. »Ich schulde dir keinen Dank. Du hast mich vor diesen Räubern gerettet – aber was bedeutet das gemessen an dem, was ich alles für dich aufs Spiel gesetzt habe?«

Die hastigen Bewegungen seiner Augen verlangsamten sich. Stattdessen begann er, heftig mit seinem Kiefer zu mahlen. Zwischen den zusammengepressten Zähnen presste er schließlich hervor: »Es tut mir leid!«

Es klang unendlich überdrüssig – und das erboste mich mehr als alles, was seine Worte jemals hätten verheißen können.

»Lüg mich nicht an!«, schrie ich durch den Raum und konnte meine Stimme nicht mäßigen. »Lüg mich bloß nicht an! Es tut dir nicht leid! Dessen wärst du gar nicht fähig! Du bist von dir selbst so sehr besessen, dass dich nicht kümmert, wie du andere zerstörst!«

Cornacchia erhob sich beunruhigt, doch als sie gewahrte, dass die aufwühlende Stimme einer vertrauten Frau gehörte, senkte sie wieder den Kopf.

Caravaggio trat von der Staffelei zurück.

»Ich habe mir nicht ausgesucht zu sein, wer ich bin!«, sprach er so leise, dass ich es kaum verstand.

Das Flüstern seiner Stimme besänftigte mich nicht. »Ach nein?«, gab ich gleichbleibend laut zurück. »Willst du's etwa dem Herrn im Himmel, der uns alle geschaffen hat, anlasten, dass du skrupellos bist, undankbar, gemein?«

»Jener Herr im Himmel hat mir das Talent zu malen gegeben.«

»Und darum solltest du ihm demütig auf Knien danken, anstatt dein Leben zu vergeuden!«

Er zuckte die Schultern und ließ den Kopf nach vorne sinken. Wiewohl kräftig und muskulös, schien er in sich zusammenzusinken – ausgelaugt vom Spielen, vom Trinken, vom Prügeln.

»Mein Talent ist ein Fluch«, sagte er.

»Ein Fluch ist einzig, dass du nichts Rechtes daraus machst«, gab ich zurück und versuchte mich nicht darum zu kümmern, dass er langsam auf mich zutrat, den Blick weiterhin gesenkt, die Hände unruhig hinter dem Rücken knetend. »Ein Fluch ist, dass du dein eigenes Leben mit Füßen trittst und obendrein nach all jenen, die es gut mit dir meinen.«

»Du verstehst das nicht«, begann er zu sprechen. »Keiner versteht das. Ich muss malen, es bleibt mir gar nichts anderes übrig, als es zu tun. Wer wäre ich denn, wenn ich nicht malte? Aber nur weil ich es muss, heißt es nicht, dass ich es auch will. Es stimmt mich nicht froh, es quält mich, es treibt mich, und es macht mich müde, so unendlich müde.«

Langsam hob er den Blick. Ich wich ihm aus. Er sollte nicht glauben, er könnte mich einlullen, könnte mein Interesse dafür wecken, was er tat und was nicht.

»Vor kurzem sagtest du noch, dass es das römische Fieber wäre, das dich durchs Leben hetzt – und nun soll's plötzlich das Malen sein?«, versuchte ich zu höhnen.

»Es ist beides!«, stieß er aus. »Ich will nicht sterben, Isotta! Ich will nicht elend verrecken – nicht bevor ich der Welt etwas hinterlassen habe, was mich unvergessen macht, was meinen Namen einschreibt ins Buch der Geschichte. Vielleicht werde ich ruhiger sein können, wenn ich nur endlich den Tod los bin. Er verfolgt mich, seit ich geboren wurde. Er raubte mir viel zu früh den Vater; ich kann mich kaum noch an ihn erinnern. Man sagte mir, ich müsste stolz auf ihn sein, denn er hat es am Hof des Francesco Sforza weit gebracht. Aber wie kann ich stolz auf einen sein, dessen Gesicht ich nicht vor mir sehe?

Ich muss es sehen – sonst nützt es nichts! Meine Mutter hingegen habe ich ganz genau gesehen, wie sie uns fünf Kinder durchzubringen versuchte. Sie war die Erste, die ich malte … und sie war es auch, die an den Fürsten Colonna schrieb und mein Talent so eifrig rühmte, dass dieser mich an Simone Peterzano vermittelte.«

Ich starrte noch immer stur an ihm vorbei.

»Was du erzählst, verheißt, dass du unendlich viel Glück in deinem Leben hattest. Du wurdest mit einem besonderen Talent gesegnet, und man hat es erkannt und dich stets gefördert. Es könnte dir ein Leichtes sein, die Unsterblichkeit zu erlangen, um die du flehst. Nur solltest du, wenn sie dir denn so viel wert ist, mit deiner Malerei nicht allem Heiligen spotten, sondern mehr Ehrfurcht in der Wahl deiner Motive zeigen!«

Er trat noch näher.

»Solch eine Ehrfurcht mag jetzt verlangt werden, Isotta – doch wer verspricht mir, dass in hundert Jahren der gleiche Maßstab gilt? Vielleicht bin ich dazu verdammt, jetzt verachtet zu werden und in einer fernen Zukunft endlich verstanden und geschätzt zu sein.«

»Ha!«, lachte ich auf. »Du wirst nicht nur wegen deiner Bilder verachtet, sondern auch für dein Leben und deine Gewalt. Für dein Saufen, dein Spielen, dein Huren! Und nicht zuletzt für deinen Hochmut und deine Selbstgefälligkeit!«

»Es ist nicht so, dass mir mein Leben gefällt!«

»Dann sieh zu, dass du's änderst!«

»Ich kann es nicht!«

»So solltest du's zumindest versuchen!«

Wieder schrie ich ihn an und schaffte es darum nicht mehr, an ihm vorbeizublicken. Ich musste ihn ansehen – und kaum tat ich's, sah ich mehr, als ich je von ihm hatte wissen wollen.

Es waren keine Spuren von Siechtum an ihm zu erkennen. Er machte den robusten Eindruck eines Mannes, der vor kurzem noch seinen Dolch gegen vier Angreifer erhoben und sie in die Flucht geschlagen hatte, der kräftig sein musste, um das eigene Leben durchzuhalten, und der so vieles, woran andere gestorben wären, überlebt hatte – als wäre seine Schädeldecke aus Stahl, der Nacken kräftig wie der eines Stiers, die Haut reißfest wie ein Panzer.

Dennoch verbarg sein Anblick nicht, dass er verwundet war. Seine Augen zeigten es – sie waren nicht gesund. Sie suchten nach dem Leben, sie stopften es hungrig in sich hinein, sie sparten keinen Bissen auf, aber sie verdarben darob. Sie erlagen einem unermesslichen Appetit und zugleich einem schrecklichen Ekel vor der Welt.

»Nein, ich kann mein Leben nicht ändern«, sprach er da. »Ich kann es nicht, weil ich nicht weiß, was ich will. Was ich in einem Augenblick begehre, ist wertlos im nächsten. Was ich heute als großen Wunsch benenne, ist morgen nichtig. Ich bin zerrissen und werde niemals ganz. Ich sagte, die Malerei sei mein Fluch, und manchmal möchte ich ihn abschütteln und als normaler Mann leben, der nicht begnadet ist. Und doch wär's so, dass ich mir solcherart die Seele aus der Brust reißen würde. Friedlich möchte ich leben, das schon, aber wenn ich nicht male, so fühle ich mich tot, als hätte mich das Fieber schon geholt. Ich suche Lärm und Menschen und Leiber – und denke mir bei allem, wie es mich anödet, wie ich es hasse. O ja, ich hasse diese Welt! Den Schädel möchte ich ihr einschlagen, die Glieder einzeln zertrümmern! Und gleichsam klebe ich an ihr und fürchte nichts so sehr, als von ihr zu verschwinden, ohne ihr meine Spuren eingekerbt zu haben. Das ist mein Elend, Isotta: dass ich nicht weiß, was mich glücklich macht.«

Er seufzte und schwieg.

»Lass uns zu Bett gehen«, murmelte er schließlich.

Ich dachte, dies wären die letzten Worte, die er an diesem Abend an mich richten wollte. Doch noch während er sich langsam auf das Lager fallen ließ, hob er den Kopf, starrte mich an und fragte: »Weißt du es, Isotta? Weißt du, was du willst und was dich glücklich macht?«

Ich fühlte keinen Zorn und auch keine Angst, er möge erneut mein Mitleid fordern und ich würde es ihm – überstimmt und sprunghaft – erneut gewähren. Er tat mir nicht leid. Er mochte sein Leben beklagen, ich würde es gewiss nicht für ihn tun. Aber noch während er sprach, begann ich schmerzlich zu vermissen, was er mir stets gewesen war: ein lauter Mann, der sich niemals fügte, niemals klein beigab und jede Stunde der Schwäche überspielte, indem er sich in der nächsten erneut als unverbesserlich und unverwundbar gab.

Nun war er bezwungen von Schwermut. Ich witterte diese und ahnte zugleich, dass es nicht reichte, vor ihr davonzulaufen. Um sie abzuschütteln, musste ich ihr etwas entgegensetzen.

»Ja«, sagte ich entschlossen. »Ja, es gibt etwas, was ich mir wünsche. Seit die Pest meine Familie holte, laufe ich vor dem Tod davon wie du, aber auch vor dem Hunger, vor der Kälte, vor der Armut. Ich wäre glücklich, könnte ich still stehen und müsste ich keine Sorge haben. Ich will ein Leben ohne Angst und ohne Not. Und dann …«, ich stockte, »… und dann gibt es mein kleines Mädchen. Ich hab's vor vielen Jahren geboren, und man ließ es mir nicht. Es wird bei Nonnen erzogen, doch was würde ich geben, wäre es bei mir. Gewiss, es kennt mich nicht als Mutter. Doch könnte ich ihm etwas Besseres bieten als nur den Dreck der Straße, so würde ich zusehen, dass es mich Mutter nennt.«

Er lauschte mir wortlos. Als ich fertig war, lächelte er – nicht warm und freundlich, sondern mit dem üblichen bissigen Spott.

»Wie heißt dein Mädchen?«, fragte er und klang nicht länger melancholisch, sondern abfällig.

Es störte mich nicht. Alles schien mir besser zu sein als sein Trübsinn.

»Lilia«, murmelte ich. »Meine Tochter heißt Lilia.«

Ich hatte ihren Namen nur ein einziges Mal ausgesprochen. Das war, als ich die Kleine in meinen Armen hielt – danach nie wieder. Zu kostbar schien mir dieser Klang, um ihn zu verbrauchen.

Caravaggios Spott schwand, und seine Miene wurde ausdruckslos.

»Lass uns schlafen«, sagte er und ließ seinen Kopf fallen. »Und denk dir, so elend du dich fühlen magst: In dieser Nacht ergeht's dir besser als dem großen Caravaggio. Denn wo er dir gesteht, keine Wünsche zu kennen, hast du etwas, wovon du träumen kannst.«

Der Schlaf überwältigte mich. Wie ein schwarzes, traumloses Loch schluckte er mich, noch ehe ich gewahrte, dass ich an Caravaggios Leib gepresst ruhte. Hätte ich die Augen offen halten können, hätte ich seine Nähe gemieden. So aber war's mir gleich, wo ich niedersank – und kaum tat ich es, war ich bereits eingeschlafen.

Als ich erwachte, graute der Morgen. Ich sah sein fahles Licht durch die Ritzen der Balken fließen, während mein Körper noch wie totenstarr lag. Meine Augen versuchten sich zurechtzufinden und erblickten Cornacchia, wie sie an ihren Pfoten leckte wie stets. Meine Glieder folgten den Bewegungen meines Blicks nicht. Taub deuchten sie mich, beinahe gefühllos. Das Blut floss zwar darin, doch viel zu langsam, um mich ins hektische Leben hinauszutreiben. Das war mir eben recht. Ich wollte noch nicht, dass es Tag wurde. Früh genug musste ich diese Schlafstatt verlassen, aber nicht jetzt, nicht jetzt.

Ich rekelte mich stöhnend, und erst in diesem Augenblick fühlte ich, dass Caravaggio beide Arme um mich geschlungen hatte. Schlief er noch? Sein Atem ging regelmäßig, seine Hände aber hielten nicht still. Langsam und gleichmäßig strichen sie über meine nackten Arme.

Ich seufzte wohlig, zu ermattet, mich des Verrats zu bezichtigen, da ich mich an den Mann schmiegte, von dem ich bald endgültig weichen wollte.

Sei's drum. Wenn ich mir von meinem elenden Geschick ein paar geruhsame Stunden stibitzte, warum nicht auch von seiner Wärme? Mochte ich mit seinem Wesen hadern und damit auch nach seinem gestrigen Bekenntnis nicht versöhnt sein – taugte sein Leib nicht wie der eines jeden, um sich dem Traum hinzugeben, man wäre nicht allein auf der Welt?

Ich gewahrte, wie sich ob seines langsamen Streichelns die Härchen auf meiner Haut aufstellten – und erinnerte mich, dass dies schon früher einmal geschehen war, als er mich berührt hatte. Nie hätte ich gedacht, dass ein solch unsteter Mensch so weich und langsam streicheln konnte. Aber er tat es – auf viel angenehmere Weise, als jemals del Monte oder Vincenzo Giustiniani, Hippolyte Botta oder Salvatore nach mir gefasst hatten.

Er schien nicht nur zu streicheln. Er schien die üblen Erinnerungen von mir abzustreifen. Ich seufzte erneut.

»Schscht«, machte er schlaftrunken, löste seine Hände von meinen Armen und ließ sie zu meinem Nacken kriechen, um dort sein Streicheln fortzusetzen.

Cornacchia hörte auf, an ihren Pfoten zu kauen, und ringelte sich zum Schlaf. Ich war nun aber hellwach.

»Hör auf!«, murmelte ich verlegen, weil dort, wo seine Hände waren, Hitze aufstieg.

»Schscht«, wiederholte er, »vergiss, dass ich es bin, der bei dir liegt!«

Er umschlang mit dem Fuß meine Beine und rollte mich halb herum, sodass ich auf dem Rücken lag. Während die eine

Hand in meinem Nacken verblieb, fuhr die andere über mein Kinn, meinen Hals, meine Brüste, meinen Nabel.

»Hör auf!«, wandte ich erneut verlegen ein, ohne dass ich mich rührte, um ihn abzuwehren oder um seinen suchenden, streichelnden, fordernden Händen Einhalt zu gebieten. Das konnte ich nicht. Mein Körper lag zwar wie totenstarr, aber fühlte jede seiner Berührungen, als wäre selbst die feste Haut der Schultern und des Rückens so zart und weich und reizbar wie die verborgenen kleinen Falten zwischen meinen Beinen. Mein Herz pochte ein süßes, brennendes Sehnen herbei, indessen der Druck seiner Hände sich verstärkte.

»Sei still!«, sagte er. »Schließ die Augen.«

»Ich kann nicht!«

»Doch, du kannst! Öffne sie erst, wenn ich es dir sage!«

Ich versuchte, meinen Kopf von ihm abzuwenden, aber er verstärkte den Griff um meinen Nacken. Sein Gesicht war nun so nahe über meines gebeugt, dass ich ihm nicht entweichen konnte. Endlich schloss ich meine Lider, um gleich darauf zu fühlen, wie seine Lippen sich darauf senkten, zuerst das eine, dann das andere Auge küssten. Sie waren schmal, aber nicht so hart, wie ich erwartet hatte. Jetzt senkten sie sich auf meinen Mund und schmeckten salzig.

»Hör auf!«, wandte ich ein drittes Mal ein, jedoch kleinlaut und längst bezwungen.

Er lachte leise. »Lass die Augen zu! Ich weiß, was ich tue!«

Sein Körper rollte auf den meinen, blieb jedoch nicht schwer darauf liegen, sondern kniete sich alsbald über mich. Er ließ meinen Nacken los, auf dass seine Zungenspitze dem Weg folgte, den vorhin seine Finger genommen hatten. Er leckte damit bis zu meinem Bauchnabel – und tiefer –, während seine Hände das zerfetzte Kleid über meine Schenkel streiften.

»Was tust du denn!«, rief ich und dachte, ich müsste brennen, langsam und süßlich und berauscht. Kaum bemerkte ich, wie ich kreisend meine Hüften hob, meine Scham noch dichter an sein Gesicht schob, den Kuss seiner flinken, rauen Zunge mit lautem Stöhnen begleitete.

Als es in ein besinnungsloses Keuchen überging, glitt sein Gesicht wieder an meinem Körper hoch und erreichte meinen Mund.

»Was ich tue? Das, was noch kein Mann mit dir getan hat, nicht wahr? So hast du noch nie empfunden!«

Ich mochte keine Antwort geben. Meine Hände, die eben noch regungslos neben mir gelegen hatten, umschlangen seinen Rücken. Er war fest und muskulös, aber die Haut war rau von den vielen Narben und den kaum verheilten Wunden.

»Lass die Augen zu!«, befahl er, als meine Lider zu flattern begannen.

Er stützte sich mit dem einen Arm auf, indessen die andere Hand behutsam meine Schenkel spreizte, sanft mein feuchtes Fleisch streichelte und damit auch nicht aufhörte, als die Spitze seines Geschlechts in mich einzudringen begann. Durch zweierlei entfachte er nun jenes zittrige, hungrige, wogende Verlangen: durch langsame, aber tiefe Stöße seines Geschlechts und durch das Kreisen seiner Finger an einem bislang verwunschenen, im kräuselnden und nun nassen Haar verborgen liegenden Knoten, der unter seinem Streicheln anschwoll und zu pochen begann.

Ich darf es ihm nicht gestatten, dachte ich – und zugleich, was soll's, es lohnt sich nicht mehr zu bedenken, was er mir schuldig ist, warum ihn nicht nehmen, diesen gestohlenen Augenblick, dieses warme, harte Fleisch, das nicht verletzt, sondern erfüllt, das nicht quält, sondern das aufgeregte Sehnen stillt.

Ich hörte mich atmen, laut und hechelnd und schnell. Mein Kopf wölbte sich nach hinten, ohne dass ich es vermochte, ihn still zu halten.

»Mein Gott!«, stieß ich aus.

»Du fühlst es zum ersten Mal, nicht wahr? Du hast noch nie den Gipfel der Lust erklommen«, redete Caravaggio auf mich ein. Ich fragte mich, warum er so ruhig bleiben konnte, während ich ihm meine Hände in den Rücken hieb. Ich fragte mich, wie er mich beobachten konnte, gleich so, als hätte er nichts mit der Gier zu tun, die er entfachte.

»Und nun mach die Augen auf!«, murmelte er. »Schau mich an, bitte, schau mich an!«

Ich öffnete meine Lider – und war überrascht. Nicht nur, dass jenes bittersüße Ziehen nun meinen ganzen Leib erfasste und ihn aufzuweichen schien, als würden ihn die Knochen nicht länger formen, sondern mit ihm zerfließen. Es war auch sein Gesichtsausdruck, der mich erstaunte. Für einen Augenblick, winzig klein nur, zurechtgestutzt auf die Dauer eines Wimpernschlags, schien das ansonsten so angespannte, hochmütige, gehetzte Gesicht zärtlich und liebevoll. Er war der erste Mann, der mir Lust schenkte – und während er mich anblickte, stahl er mir ein wenig von deren Zauber und ergab sich wie ich ihrer leisen Macht.

Nackt schlief ich ein, und als ich erwachte, lag Caravaggio nicht mehr an meiner Seite.

Er war aufgestanden, zu seiner Staffelei getreten und malte dort, ohne sich angekleidet zu haben. Verschämt blickte ich an dem entblößten Körper vorbei, den ich eben noch in mir gefühlt hatte.

»Du malst also doch noch«, stellte ich nach einer Weile fest, da er mich nicht gewahrte. Auch jetzt löste er seinen Blick nicht von dem Bild. Nicht gehetzt wie ansonsten flog dieser über die Leinwand, sondern blieb gewissenhaft starr auf einen Punkt gerichtet.

»Was soll's«, knurrte er, seine Stimme gewohnt gereizt und

bar jener raunenden Zärtlichkeit. »Man mag mir Aufträge entziehen, aber gewiss nicht verbieten, meine letzten Farben zu verschleudern.«

Ich wollte aufstehen und in seiner kargen Unterkunft nach etwas suchen, was mir als Gewand dienen könnte. Der Stoff meines Kleides war endgültig zerrissen.

Indessen aber löste er sich von dem Gemälde, trat auf mich zu und presste mich sanft zurück. Eben hatte er noch nach einem frischen Pinsel gegriffen und hielt diesen nun in der Hand.

»Du musst nicht gehen«, erklärte er barsch.

»Aber ich will«, erwiderte ich. Seine nackte Gestalt beschämte mich nicht länger, sondern ließ mich sanft erschaudern. Dies deuchte mich als geeigneter Anblick, den ich als meinen letzten von ihm bewahren wollte.

Er widersprach nicht. Ernst sah er auf mich herab, um schließlich – als einzigen Einwand gegen mein Gehen – die weichen Borsten des Pinsels langsam über meinen Körper gleiten zu lassen, ebenso wie es gestern seine Hände getan hatten.

»Caravaggio«, stöhnte ich.

»Lass mich«, murmelte er und erreichte meine Scham, die noch nass war von seinem Samen und meiner Lust. Tief tauchte er die Borsten in die weißlich schimmernde Flüssigkeit. »Weißt du, wen ich male? Die Heilige Maria Magdalena. Ich zeige sie in Anbetung, in Verzückung, in Ekstase – und gebe ihr dein Gesicht, wie es grade eben noch von der Lust verzerrt ward.«

Er zog den Pinsel zurück und trat damit wieder zur Leinwand, um – ohne ihn in Farbe zu tauchen – das Bild zu bemalen.

»Du bist verrückt«, sagte ich.

»Mag sein«, gab er als Antwort, ohne mich noch einmal anzusehen, »doch wenn man mich ob meiner Gottlosigkeit und

Blasphemie verdammt, wenn man mir vorwirft, ich würde mit meiner Malerei Ketzerei betreiben – in ähnlicher Weise wie Giordano Bruno und Galileo Galilei mit ihrer Wissenschaft –, so sollte ich ihnen einen rechten Grund dafür bieten. Mein Ruf ist ruiniert – warum also die düstersten Mutmaßungen dieser engstirnigen Frömmler nicht noch überbieten und malen, woran sie nicht einmal zu denken wagen? Und sollte dies das letzte Bild sein, das ich in dieser verfluchten Stadt vollende – es soll ein echter Caravaggio sein, der reizt und ärgert und verwundert und vor den Kopf stößt und dennoch nichts weiter zum Vorbild hat als das wahre, pure, verdammte Leben.«

Ich wollte nicht ergründen, was er damit meinte. Nun, da er von mir weggetreten war, stand ich endgültig auf, um mein Haar in jenen Eimer Wasser zu tauchen, in dem ich gestern meine Hände gewaschen hatte. Es war strähnig, schmierig und verfilzt, und das Wasser perlte daran ab, ohne es zu reinigen.

»Wenn du mich schon malst«, meinte ich, »so sieh zu, dass du mir schönere Haare gibst. Meine Schwester Graziosa hatte solche – sie waren lockig und lang und honigbraun. Sie glänzten in der Sonne, und ich beneidete sie darum bis zu dem Tag, da die Pest sie holte.«

Er antwortete nicht.

»Hast du Kleidung für mich?«

»Such dir in der Truhe Hemd und Hose.«

Danach schwieg er. Ich tat, wie mir geheißen, und zog mich langsam an, nicht wissend, wie ich von ihm scheiden sollte. Da er so in sich versunken malte und nicht zu fragen gewillt war, was ich zu tun beabsichtigte, wollte ich auch meinerseits nichts von seinen Plänen wissen.

»Ich gehe jetzt«, meinte ich schließlich.

»Ja«, sagte er schlicht.

Ich stieg über die noch schlafende Cornacchia, und als ich sie dabei leicht am Ohr berührte, zuckte sie zusammen und begann wie stets nervös an ihren Pfoten zu nagen. »Irgendwann wird sie sich blutig beißen«, murmelte ich.

»Ja«, sagte er erneut und sah nicht auf.

»Sodann, leb wohl!«

»Ja.«

Er hob seinen Blick nicht von der Staffelei, und ein letztes Mal betrachtete ich ihn bei dem, was er am besten konnte und was ihn zugleich niemals glücklich machte.

Dann wandte ich mich ab. Es war besser, nicht zu viel von diesem Unglück zu erahnen, denn mein eigenes Leben schmeckte bereits bitter genug. Es war besser, seine Nöte abzustreifen, auf dass sie nicht zu meinen wurden. Es war – und dies stand ohne Zweifel fest – Zeit, von ihm zu gehen.

27

Rom, Gegenwart

»*Maddalena in estasi. Magdalena in Ekstase*«, begann Ricarda ihre Ausführungen. »Eigentlich sagt der Name dieses Gemäldes alles über seine Bedeutung. Caravaggio hat mit der Kurtisane Isis de Luna eine Liebesnacht verbracht. Später hat er sie als Maria Magdalena gemalt – und zwar mit dem Ausdruck, der ihr Gesicht verzerrt hat, als sie ihren Orgasmus erlebte. Damit hat er jeden Akt der Blasphemie, dessen er sich im Laufe seines Lebens schuldig gemacht hat, übertroffen. Nicht nur, dass er einer Heiligen das Gesicht einer Hure gab – das tat er nicht zum ersten Mal. Nein, er hat den Sexualakt mit dem Zustand der religiösen Entrückung gleichgesetzt, einen körperlichen Vollzug auf eine transzendente Ebene gehoben, aus dem weiblichen Höhepunkt etwas zutiefst Heiliges gemacht.«

Ricarda stand im Mittelgang von Santa Maria Egiziaca.

»Und um diese absurde Mutmaßung anzustellen, haben Sie mich angerufen und mich hierherbestellt?«, fragte Prälat Reinhold Buchholzer, Frater Elias' Onkel. Er war ihr zwar in die Kirche gefolgt, blieb aber in ausreichender Entfernung zu ihr stehen, als wollte er mit dieser sichtbaren Distanz nachträglich bekunden, nur aus reiner Gnade hierhergekommen zu sein.

»Ich glaube nicht, dass sie absurd ist«, fuhr Ricarda fort. »Caravaggios Werk war für seine Zeitgenossen in vielerlei Hinsicht skandalös, was ihn jedoch nie dazu gebracht hat, sich zu mäßigen. Er war ein kompromissloser Künstler, der sich nicht fügte und der so malte, wie er es für richtig befand. Im Jahr 1606 hat er seinen Ruf ohnehin eingebüßt – wenig später musste er aus Rom fliehen, und er kam nie wieder zurück. Dieses Bild war so etwas wie sein Vermächtnis. Und so schlicht dieses Motiv auch sein mag, es vereinigt doch alle Grundsätze seines Schaffens und seines Weltbildes in sich.«

Seit sie zu sprechen begonnen hatte, hatte ihre Nervosität deutlich nachgelassen. Ehe Prälat Buchholzer eingetroffen war, hatte sie Kerzen gekauft, sie aufgestellt und sie angezündet, sodass sie ihn nicht im Dunkeln erwarten musste. Kurz erschien ihr das lächerlich melodramatisch – aber zugleich wusste sie, dass es keinen passenderen Ort gab, um den Prälaten zur Rede zu stellen.

»Warum soll ich mir das anhören?«, fragte er eben kühl und wandte sich zum Gehen.

»Sie haben sich doch sehr für meine Forschung interessiert«, entgegnete Ricarda. »Und für Kunstgeschichte ohnehin. Erlauben Sie mir also diesen kleinen Exkurs. Ich glaube nicht, dass es Caravaggio ausschließlich um Provokation ging. Er war ein Rüpel, ein Unhold, ein Schläger – wahrscheinlich ohne Manieren und voller Derbheit, ungepflegt und sittenlos. Aber er war intelligent. Hinter diesem Bild steckt eine systematische Gesellschaftskritik und ein radikal neues Weltbild, nämlich das der modernen Welt. Es stellt sämtliche kirchlichen Dogmen infrage.«

Er starrte sie ausdruckslos an, aber immerhin schien er nicht länger gehen zu wollen.

Nachdem sie ihn zur Kirche bestellt hatte, hatte Ricarda mit Maurizio telefoniert und ihm alles erzählt. Schweigend hatte er ihr zugehört. »Und Signora Luisa hat tatsächlich zugegeben, dass Antonella ...«

Er wollte es nicht aussprechen.

»Sie hat es nicht mit eigenen Worten bestätigt«, hatte Ricarda erwidert, »aber sie hat mir an keiner Stelle widersprochen.«

Mit nüchterner Stimme fuhr sie nun fort: »Eine der Fragen, die sich die Naturphilosophie damals stellte, war: Was ist die Seele? Ist sie unsterblich, unsichtbar? Oder hat sie auch eine physiologische Seinsweise? Ist körperlicher Schmerz also auch ein Ausdruck der Seele? Die für die damalige Zeit gewagteste Behauptung war, dass es neben der höheren, eigentlichen Seele auch eine ›niedere‹ gibt, die für die körperlichen Regungen zuständig ist. Caravaggio, der stets ein besonderes Interesse für den menschlichen Körper, seine Empfindungen und seine anatomischen Gesetze hatte, greift diese revolutionäre Sichtweise auf und geht noch einen Schritt weiter. Mit diesem Bild nivelliert er den Unterschied zwischen höherer und niederer Seele. Er setzt eine körperliche Empfindung mit einer religiösen gleich, macht keine Unterscheidung zwischen der Wahrnehmung des Geistes und der Sinnesorgane. Damit übertrifft er nicht nur seine kühnsten Zeitgenossen, sondern wird bereits zu Beginn des 17. Jahrhunderts zum Vorboten des Materialismus und des Atheismus: Die Seele ist leibimmanent, Teil des Körpers und nicht unsterblich. Ihre Empfindungen sind quasi gleichzusetzen mit den Reaktionen der Nervenenden auf sinnliche Erlebnisse. Es bedarf keines fernen Gottes mehr, der die ewige Seele berührt – die gleiche Verzückung kann vielmehr durch den Körper ausgelöst werden.«

Der Prälat trug keine Soutane, nicht einmal ein Collarhemd, sondern einen altmodischen grauen Anzug mit Hut. Sein Anblick war banaler, als sie erwartet hatte. Wie ein mittelmäßiger älterer Herr erschien er ihr, ohne besondere Würde, Bosheit oder Macht.

Immerhin verzog er jetzt abschätzend sein Gesicht, und seine Stimme, aus der sich bislang keinerlei persönliche Betroffenheit hatte heraushören lassen, klang plötzlich ungehalten.

»Sie machen den gleichen Fehler, den viele nachlässige, schlampige Wissenschaftler machen. Sie stülpen Überzeugungen und Erkenntnisse des 19. und 20. Jahrhunderts über ihr Forschungsobjekt«, bemerkte er.

»Ich bin noch nicht fertig«, gab Ricarda zurück und verringerte den Abstand zu ihm um ein paar Schritte. »Selbstverständlich war Caravaggio ein Kind seiner Zeit. Aber in ebendiese Zeit fällt der Beginn der modernen Naturwissenschaften, die Abkehr vom geozentrischen Weltbild. Caravaggio war ein Zeitgenosse von Galileo Galilei. Und dieser behauptete nicht nur, dass sich die Erde um die Sonne drehe und nicht etwa umgekehrt, sondern auch, dass Himmel und Erde den gleichen Gesetzen unterliegen. Es gibt keine strikte Trennung zwischen Vollendung und Endlichkeit mehr, zwischen ewigem, jenseitigem Raum und sündenbehaftetem Diesseits. Eine ähnliche Aussage trifft Caravaggio mit seinen Bildern: Seine Heiligen sind nicht weltentrückt, sondern schmutzig, faltig, dreckig, alt, das heißt, sie sind denselben Gesetzmäßigkeiten ausgeliefert wie alle Menschen. Und mit dieser heiligen Magdalena will er nun gar sagen, dass selbst die Essenz des Heiligen – die Begegnung mit Gott – ein heftiges, aber irdisches, endliches Gefühl ist. Auf diese Weise revolutioniert er nicht nur die Kunst, sondern gibt Zeugnis von einem radikal veränderten Weltbild, und das zu einer Zeit, da dieses noch als große Häresie galt.«

Zu Beginn ihrer Rede hatte sie die Hände auf dem Rücken verschränkt gehalten. Bei den letzten Sätzen begann Ricarda zu gestikulieren.

»Das war alles?«, fragte der Prälat und spielte den Gelangweilten.

Offenbar verfügte er über ein reiches Repertoire an Verhaltensweisen. Ricarda erinnerte sich, wie sie ihn als sonoren, freundlichen Kirchenmann kennengelernt hatte, als einen Kavalier der alten Schule, aufmerksamer und entgegenkommender als sein Neffe.

Wahrscheinlich hatte er ihr gar nichts vorgespielt. Wahrscheinlich war das eine von vielen brauchbaren Facetten, mit denen er Menschen begegnete. Sie hatte sich nicht nur davon blenden lassen, weil er seine Rolle perfekt spielte, sondern weil er ihr so unwichtig erschienen war. Bei Signora di Campanella war er ihr mit seinem Geschwätz über die Dissertation lästig gewesen, aber sie hatte nie ernsthaft hinterfragt, warum und in welcher Rolle er dort aufgetaucht war.

Selbst als Signora Luisa vorhin den Namen »Buchholzer« erwähnt hatte, hatte sie zunächst an Elias gedacht, nicht an seinen Onkel.

»Auch einen Einfluss durch Giordano Bruno könnte man aus diesem Werk ablesen«, fuhr sie fort. »Laut dessen Pantheismus ist Gott oder aber das fließende Leben überall anwesend. Es gibt keine Gegensätze mehr – zwischen Gut und Böse, Recht und Unrecht, Heiligem und Sündigem. Es kommt zur *coincidentia oppositorum*, zum Zusammenfall der Gegensätze. Und ist nicht genau das die Aussage von ›Maddalena in estasi‹, wo zwischen Sündigem und Heiligem keinerlei Grenze mehr gezogen wird?«

»Ich sehe, Sie lassen nichts aus und unterwerfen munter alle Zeitgenossen Caravaggios Ihrer Interpretation.«

»Lassen Sie uns zur Gesellschaftskritik kommen«, überhörte sie seinen ironischen Einwurf und fuhr energisch fort. »Das 16. Jahrhundert war keinesfalls prüde – im Gegenteil. Über die obszönen Verse von Pietro Aretino kann man heute noch erröten. Aber frei und lustvoll gelebte Sexualität war nicht die Sache der Frau. Und hierbei fallen nicht nur all die üblichen

Gründe ins Gewicht – nämlich die Angst vor der sexuellen Macht des Weiblichen und die daraus folgende Unterdrückung der Frau. Nein, eine frei gelebte Sexualität hätte die gesellschaftliche Ordnung maßgeblich erschüttert. Diese beruhte damals auf den großen Familienclans – verwandtschaftliche Verbände, die weit über die Kleinfamilie hinausgingen und gerade im italienischen Raum Zentren politischer Macht waren. Autonomie des Einzelnen hätte diese Cliquen maßgeblich bedroht. Es war undenkbar, dass Mann und Frau einander erwählten und auf diese Weise die Macht des großen Verbands brachen. Kleinfamilien, die von einem selbstbestimmten Ehepaar gegründet wurden, gab es damals noch nicht, sondern erst ab dem 19. Jahrhundert. Caravaggio nun aber erlaubt der Frau das Ausleben von körperlicher Lust und Leidenschaft. Zur Forderung nach sexueller Selbstbestimmung und danach, dass die Rechte des Individuums vor den Interessen des Familienverbands stehen, ist es da nicht mehr weit.«

Reinhold Buchholzers Mundwinkel zuckten sachte – ein halbherziges Lächeln, das ihrem sichtbaren Eifer entweder gönnerhaft applaudieren oder ihn herunterspielen sollte.

»Also erneut eine Revolution«, meinte er sarkastisch.

»Genau das«, sagte sie und übersah das Lächeln. »Und das ist immer noch nicht alles. Eine andere Überzeugung der Zeit lautet, dass die Kunst der Kirche dient, dass sie Magd der Theologie ist. Caravaggio nun aber stellt sie in den Dienst der Naturwissenschaft und befreit sie von jeglicher Bevormundung durch die religiöse Doktrin. Das Bilderdekret des Konzils von Trient erklärte strikt die Trennung von Sakralem und Profanem. Nicht nur Papst Clemens VIII., sondern auch sein Nachfolger Paul V. setzte sich energisch für die Umsetzung der Dekrete ein. Caravaggio aber leugnet den Gegensatz zwischen Heiliger und Hure. Das Ureigenste der einen – nämlich der Zustand religiöser Verzückung – ist gleichgesetzt mit dem sexuellen Erregungszustand der anderen. Damit sagt er ganz klar: Kunst ist keinen Dogmen unterworfen. Sie fügt sich weder gesellschaftlichen noch kirchlichen Grundüberzeugungen, sondern fordert den Menschen heraus, indem sie seine Überzeugungen infrage stellt.«

Ungewollt überschlug sich ihre Stimme, jedoch nicht aus Enthusiasmus über das Gesagte, sondern weil der Prälat Schritt für Schritt näher an sie herangetreten war.

»Worauf wollen Sie eigentlich hinaus?«, fragte er.

Sie sprach leiser, weil sie keinen Abstand mehr überbrücken musste, vielleicht auch, weil der Mut sie ein wenig verließ.

»Eine Frau im Zustand ihres Orgasmus zu malen – das ist heute kein Skandal mehr«, raunte sie. »Wir sind abgebrüht. Was Blasphemie ist, verstehen nur mehr kirchliche Insider. Und dennoch: Solch ein Gemälde schlägt Wellen – aus den Gründen, die ich Ihnen genannt habe. Kunsthistoriker, Theologen, Philosophen werden sich dafür interessieren. Sie werden es untersuchen und analysieren, und vielleicht wird ›Maddalena in estasi‹ in kürzester Zeit das berühmteste Gemälde von Caravaggio werden. Die Touristen, die nach Santa Maria Egiziaca kommen werden, würden dort keine Besinnung mehr finden und auch keine schön restaurierte Kirche sehen wollen, sondern diesen Skandal fotografieren. Und noch eine ganze andere Diskussion wird aufflammen – eine, von der Caravaggio gar nichts wusste und die nicht erst seit Dan Browns ›Sakrileg‹ die Gemüter erhitzt: Maria Magdalena – war sie nicht nur die fromme Gefolgsfrau, sondern auch die Geliebte von Christus? War sie die Frau, mit der der Sohn Gottes Sex hatte? Die sich folglich beim Anblick von Christus an leidenschaftliche, lustvolle Erlebnisse erinnert?«

Sie zuckte die Schultern, ließ die rhetorischen Fragen unbeantwortet und ging rasch zum nächsten Punkt über:

»Spott wird es natürlich auch geben – bedenkt man, dass

dieses Bild über Jahrhunderte neben dem Opferstock hing, wo manch einer aus Marienfrömmigkeit eine Kerze angezündet hat. Es war nicht in einem Museum ausgestellt, nicht in Privatbesitz – nein, es hing in einer Kirche. Jemand wie Sie würde das als Skandal empfinden, und genau das wollten Sie nicht: dass ebendieser Skandal publik wird, dass es Aufsehen gibt, dass darüber berichtet wird. Wenn ich ehrlich bin, werfe ich Ihnen das auch nicht vor.«

»Aber was dann?«, fragte der Prälat.

Seine Stimme hallte durch die Kirche, sie klang nun ziemlich erbost.

»Sie haben mir doch über die Grundsätze der Päpstlichen Kommission für die Kulturgüter der Kirche erzählt«, hielt sie dennoch dagegen an. »Die römisch-katholische Kirche hat ganz klare Vorstellungen, wozu die Kunst dienen soll. Sie soll die unendliche Schönheit Gottes widerspiegeln; sie soll den menschlichen Geist auf Gott hin ausrichten; sie soll die christliche Botschaft bezeugen. Und die Zeugnisse der Kunstgeschichte müssen nicht zuletzt dahingehend betrachtet werden, inwiefern sie zur Glaubensverkündigung beitragen.«

»Und was ist daran schlimm?«

»Nichts … eigentlich nichts. Ich finde es verständlich, dass jemand mit Ihrem Weltbild und Ihrem Glauben die Hintergründe des Bildes verschweigen will. Aber umso unverzeihlicher ist, dass dafür ein Mord vertuscht werden sollte.«

Kurz schien er einen Schritt auf sie zu machen zu wollen – was bedeutet hätte, dass sich ihre Gesichter berührt hätten. Stattdessen hob er den Fuß, um zurückzutreten und sich verärgert zu geben. Die Sohle seines schwarzen Lederschuhs machte ein quietschendes Geräusch.

»Machen Sie sich nicht lächerlich!«, zischte er.

»Signora di Campanella, die den *Circolo Lucani* unterstützt, kannte Tano Faresi«, rief Ricarda. »Sie wusste, dass er ein außergewöhnlich guter Restaurator war, und übergab ihm das stark beschädigte Gemälde. Was sie nicht wusste, war, dass Tano seit längerem im Besitz der Lebenserinnerungen von Isis de Luna war – ein Schriftstück, aufgefunden in einem alten Möbelstück, das er restauriert hatte. Lassen wir es eine Truhe sein, einen Schrank, einen Schreibtisch. Vielleicht hat er es auf irgendeinem Flohmarkt entdeckt, vielleicht hat es sich bereits im Besitz von Antonella Faresi befunden. Fest steht, dass er die Geschichte gelesen und übersetzt hat.«

Sie atmete heftig ein. »Und dann – dieses Gemälde. Er erkennt das Motiv, untersucht das Alter des Bildes, seinen Stil, sieht deutliche Hinweise auf Caravaggio. Mehr und mehr wird es ihm zur Gewissheit: Es scheint mit dem Bild, das in den Lebenserinnerungen der Kurtisane erwähnt wird, identisch zu sein. Vermutlich gibt es in der Schrift auch einen Hinweis, der das Bild mit der Kirche Santa Maria Egiziaca oder zumindest mit dem Orden der Zisterzienserinnen, in deren Besitz sich diese befindet, in Verbindung bringt. Ich weiß nicht genau, was in den Lebenserinnerungen steht – Ihr Neffe hat sie mir gestohlen. Aber man kann es sich in etwa denken.«

Sie machte eine kurze Pause.

»Die Erste, der er davon berichtet, ist Antonella Faresi«, fuhr sie fort. »Ihr verdankt er alles, sie hat ihn zu dem gemacht, was er ist. Aber anstatt diese außergewöhnliche Entdeckung zu fördern, ist sie entsetzt. Für die religiöse Frau ist das Gemälde reine Blasphemie. Sie selbst hat sich einer brutalen Ehe gefügt – weil Gott es offenbar so wollte. Undenkbar, dass ein vermeintlich gottloses Bild über Jahrhunderte eine Kirche entweiht hat. Tano darf die Wahrheit nicht öffentlich machen.«

Der Prälat setzte einen weiteren Schritt zurück.

»Tano zögert und tut das Naheliegende«, erklärte sie fest. »Er spricht mit Signora di Campanella. Wir kennen diese Dame – sie ist eine Schwätzerin, aber letztlich unentschieden und wankelmütig. Sie wollte keine Entscheidung treffen, sondern vertraut sich Ihnen an, da Sie dem *Circolo Lucani* seit langem als Förderer und Unterstützer verbunden sind. Was sollen wir tun?, wird sie gefragt haben. Es war doch so ein schöner Empfang geplant, wenn die Kirche fertig restauriert ist! Sie versprechen, sich um die Angelegenheit zu kümmern, suchen Tano auf. Doch Tano ist jung, ehrgeizig, er lässt sich nicht überreden, die Sache zu vertuschen. Jetzt tritt Plan B in Kraft. Sie üben Druck auf Antonella aus – subtil natürlich, sehr klug und zurückhaltend.«

Seine Hände waren verschränkt, während sie mit ihren weiterhin gestikulierte.

»Antonella selbst reagiert alles andere als zurückhaltend. Nach Ihrem Besuch kommt es zu einem Streit mit Tano – und als er nicht davon lassen will, die Sache publik zu machen, da zerstört sie das Bild, und zwar an der Stelle, wo das Kruzifix zu sehen ist. Ich habe mich geirrt. Ich dachte stets, das fehlende Bilddetail würde den eigentlichen Skandal ausmachen. Doch in Wahrheit ist Maria Magdalena der Skandal, und vom Anblick dieser verderbten, obszönen Frau befreit Antonella den Gekreuzigten. Ihr Fanatismus erschreckt Tano zutiefst. Er schickt mir die Lebenserinnerungen und bittet mich, in die Werkstatt zu kommen, gemeinsam mit Signora Campanella. Wenn er eine objektive Expertin an seiner Seite hätte – nämlich mich –, würde die Campanella wahrscheinlich einknicken, so seine Hoffnung, und sich nicht länger zur Helfershelferin seiner Großmutter degradieren lassen.«

Prälat Buchholzer öffnete den Mund, wartete.

»Und dann hat Antonella ihn getötet?«, fragte er schließlich – betont gnädig, mitleidig, als würde er mit einem Kind sprechen.

»Mit einer Überdosis Digitalis. Sie ist selbst schwer herzkrank, und es ist hinlänglich bekannt, dass dieses Medikament nicht nur eine heilende Wirkung hat, sondern – im Übermaß eingenommen – auch eine tödliche«, erwiderte sie heftig.

»Liebe Frau Doktor Ricarda Weiss …«, begann er und deutete wieder ein väterlich nachsichtiges Lächeln an.

»Sie hat lieber getötet, als die Prinzipien ihres Glaubens aufzugeben, als die Ordnung, an der sie sich orientiert hat!«, rief Ricarda schrill. »Gut und Böse. Recht und Unrecht. Die Hure und die Heilige. Was für ein stabiles Gerüst! Welch eindeutige Normen, an denen es nichts zu rütteln gibt! Im optimalen Fall – so sagt es doch auch der Präsident Ihrer Kommission, Erzbischof Piacenza – dient die Kunst eben diesen Normen. Sie überwindet ästhetische und hedonistische Irrlehren durch eine erneuerte ethische Ära. Natürlich, ein Mord war nicht in Ihrem Sinn; so weit wären Sie nie gegangen. Aber um Antonella das zu erklären, ist es jetzt zu spät. Im Gegenteil: Durch ihr fanatisches Vorgehen wird die Sache für Sie nun richtig unappetitlich. Schlimm genug, wenn die Wahrheit des Bildes publik geworden wäre – aber jetzt könnten Sie obendrein als derjenige dastehen, der eine fanatische Frau aufgehetzt und sie zu einem Mord überredet hat. Diesmal müssen Sie beim Vertuschen noch geplanter vorgehen. Es war ein Leichtes, die Campanella erneut für Ihre Zwecke einzuspannen – und obendrein konnten Sie auf die Hilfe von Carlo Forli zählen, der den Fall ohne Obduktion zu den Akten legte. Der ist ein bequemer Mann, der lieber in Ruhe seinen Espresso trinkt. Nur nicht nachspüren, nur nicht zu viel fragen. Und Signora Luisa war ohnehin stets die wackere Fürsprecherin von Antonella. Sie hätte auch ohne den Geldbetrag geschwiegen, den ihr die Campanella gegeben hat – offiziell so etwas wie eine mildtätige Spende für zwei trauernde, alte Frauen. Nur ich – ich wurde Ihnen lästig, ich habe zu viel nachgebohrt. Gut, dass Sie einen Neffen haben, der mich auf die falsche Fährte bringen konnte.«

Er lächelte schief.

»Liebe Frau Doktor Weiss …«, wiederholte er von oben herab. »Ich wusste nicht, dass man als Wissenschaftlerin derart kreativ und erfindungsreich ist!«

»Ich erzähle hier kein Märchen!«

»Wenn Sie von Fakten reden – wie wollen Sie die beweisen?«

»Sie leugnen sie nicht, oder?«

»Sie machen es sich zu leicht. Sie behaupten, dass Menschen wie ich an der strikten Ordnung der Welt festhalten. Dabei sind Sie es, die dieses Gedankengerüst errichtet haben. Können Sie wirklich zweifelsfrei behaupten, das sei die Wahrheit? Kann es sich nicht auch ganz anders bgespielt haben?«

»Wenn niemand es herausfinden will, dann werden wir das nie wissen!«

»Aber müssen wir es denn wissen? Was bringt denn die Wahrheit? Tano Faresi ist tot! Nichts macht ihn wieder lebendig! Angenommen, Sie haben Recht, und Antonella Faresi ist seine Mörderin. Halten Sie es für richtig, eine alte Frau, die höchstens noch ein paar Jahre zu leben hat, ins Gefängnis zu stecken? Ist es das, was Sie erreichen wollen?«

Quietschend klangen seine Schritte, während er an ihr vorbeiging, sie umrundete, wieder zurückkehrte.

»Das wäre nur gerecht!«, rief Ricarda.

»Ach was!«, knurrte er unwirsch. »Ich dachte, die strikte Trennung zwischen Tugend und Unrecht sei – zumindest in diesem Gemälde – aufgehoben? Ich dachte, Caravaggio läutet eine atheistische, wertelose Zeit ein? Sie haben mir übrigens noch nicht verraten, ob Sie das gut oder schlecht finden. Als Wissenschaftlerin reicht es ja, Fakten zu benennen, nicht wahr? Wie Menschen mit diesen Fakten leben können, ist nicht mehr Ihr Problem. So oder so: Sie kommen damit nicht durch. Wie wollen Sie Ihre Behauptungen belegen? Wer steht auf Ihrer Seite? Sie waren mit Tano nicht verwandt oder verheiratet. Sie haben nicht das Recht, die Wahrheit einzufordern, wie auch immer diese aussehen mag. Und wenn Sie es dennoch versuchen, dann werde ich Ihnen Ihr künftiges Leben so schwer wie möglich machen. Ich habe bessere Kontakte, als Sie es sich vorstellen können. Ich ruiniere Ihren Ruf als Wissenschaftlerin, bevor Sie Ihre akademische Karriere überhaupt begonnen haben. Und damit werde ich nicht mal viel Mühe haben, denn mit Ihren fragwürdigen Behauptungen entziehen Sie sich selbst jeglicher Glaubwürdigkeit.«

Jetzt bewegte auch er seine Hände – allerdings maßvoll und kontrolliert. Nahezu belehrend hob er den Zeigefinger.

»Lassen Sie es gut sein, Frau Doktor Weiss! Lassen Sie sich von Ihrem Eifer nicht in ein hoffnungsloses Unterfangen treiben! Gegen mich haben Sie nicht die geringste Chance.«

»Sie geben also alles zu?«, fragte sie.

»Darum geht es nicht!«, erwiderte er streng. »Sie sind nicht diejenige, die mir ein Geständnis abringen wird. Sie sind nicht diejenige, die mir drohen kann. Sie haben nichts in der Hand – ich aber habe umso mehr Einfluss. Wenn Sie sich mit mir anlegen, das schwöre ich, ziehen Sie den Kürzeren. Ein falsches Wort – und ich werde Ihren Ruf vernichten.«

Er ließ ihr nicht einmal die Möglichkeit zu antworten. Seine Schuhe quietschten – aber das war nicht das einzige Geräusch, das durch die Kirche hallte. Anstelle ihrer Stimme antwortete eine andere.

»Nein«, sagte Frater Elias und trat aus dem Schatten des Eingangsbereichs. »Nein, das wirst du nicht tun!«

Der Prälat fuhr herum. Als er seinen Neffen auf sich zukommen sah, senkte sich ein Anflug von Verunsicherung auf sein Gesicht, den Ricardas Worte nicht hatten auslösen können.

Er fasste sich schnell wieder.

»Was willst du hier?«, fragte er – die gleichen Worte, die auch Ricarda auf der Zunge lagen.

Sie musterte Elias nicht weniger streng als sein Onkel. Er sah blass und unausgeschlafen aus.

»Halt dich da raus!«, zischte sie erregt. »Du hast doch von Anfang an mit ihm unter einer Decke gesteckt. Du hast mich zum Narren …«

»Ich will, dass du gehst«, fiel der Prälat ihr ins Wort. »Ich kümmere mich um diese Sache!«

Flackernd glitt Elias' Blick zwischen den beiden hin und her. Seufzend entschied er sich schließlich, Ricarda zuerst anzusprechen.

»Es tut mir leid«, murmelte er zerknirscht. »Es tut mir wirklich leid. Ja, ich habe dich hintergangen, ja, ich habe dich belogen, aber nicht von Anfang an! Es war erst beim Empfang der Campanella, als ich meinen Onkel zur Garderobe brachte … da erzählte er mir von dem Gemälde und ebenso, dass es besser wäre, die Sache würde nicht publik werden …«

»Und da dachtest du, im Lügen bist du ohnehin gut, da kannst du ruhig mal bei mir testen, wie weit du's damit bringst!«

»Ricarda!«, flehte Elias. »Ich dachte immer, es ginge nur um dieses Gemälde. Ich habe nie ernsthaft geglaubt, dass Tano ermordet worden ist. Ich hätte niemals einen Mord vertuscht!«

»Dein Onkel ist aber dazu bereit!«

»Das behaupten Sie«, rief der Prälat dazwischen. »Sie können Ihre Geschichte durch nichts beweisen. Und ich rate Ihnen davon ab, es zu versuchen. Ich warne Sie noch einmal aufrichtig: Legen Sie sich nicht mit mir an. Ich sitze am längeren Hebel!«

»Onkel Reinhold …«

»Misch dich nicht ein, Elias! Wir wollen die Sache jetzt auf sich beruhen lassen. Am besten, keiner verliert auch nur mehr ein Wort darüber …«

Er maß seinen Neffen streng, um ihm ein Zeichen des Gehorsams abzuringen, doch dieser starrte hartnäckig an ihm vorbei und versuchte wieder, Ricarda versöhnlich zu stimmen.

»Bitte, Ricarda! Du musst mir glauben! Die Geschichte mit dem Mord habe ich für ein Hirngespinst gehalten… Ich dachte, du würdest dir das nur einreden. Wenn ich ernsthaft davon überzeugt gewesen wäre, so hätte ich doch niemals… Aber Maurizio hat mich vorhin angerufen. Er meinte, du hättest stichhaltige Beweise, und deswegen…«

Händeringend kam er auf sie zu, aber sie wich vor ihm zurück.

Dass sie abgelenkt waren, nutzte der Prälat, um sich energisch umzudrehen.

»Ich höre mir das jetzt nicht länger an«, beschied er streng und schritt auf das Tor zu. »Komm jetzt mit mir mit, Elias! Wenn du's nicht tust, bereust du es ebenso sehr wie sie!«

»Onkel Reinhold!«

Unsicher folgte er dem Prälaten, holte ihn ein, hielt ihn halbherzig auf. Er wollte ihn nicht wirklich mit Gewalt zum Stehen bringen – aber sein Onkel schien damit zu rechnen. Kaum spürte er die Hand des Neffen auf seiner Schulter, rammte er ihm wütend den Ellbogen in die Rippen. Frater Elias – auf diesen Schlag nicht vorbereitet – stolperte und fiel auf eine der Plastikplanen, die den Boden bedeckte.

Ricarda schrie auf.

Verwirrt über den eigenen Gewaltausbruch starrte der Prälat seinen Neffen an – und konnte offensichtlich kaum glauben, dass er ihn zu Fall gebracht hatte. Doch kaum erhob sich Elias stöhnend, wandte er sich wieder zum Gehen. Erneut wurde er aufgehalten.

Maurizio stellte sich ihm in den Weg. Lautlos und von allen unbemerkt hatte er die Kirche betreten.

»Kaum zu glauben, dass ausgerechnet ich deinem Pfaffen zu Hilfe komme«, scherzte er in Ricardas Richtung, um an den Prälaten gewandt ernst fortzufahren: »Ich finde, wir sollten die Sache hier und jetzt klären.«

»Wer sind Sie denn?«, fragte der Prälat wütend.

»Ich bin Journalist«, sagte er knapp, »und mich würde ebenfalls brennend interessieren, ob Antonella Faresi denn nun wirklich ihren Neffen ermordet …«

Er kam nicht weiter.

Ricarda hatte nicht damit gerechnet, dass die Situation noch verwirrender werden, dass zu dem Tumult an Drohungen, Bitten und wütenden Appellen noch eine völlig unerwartete Frage kommen konnte.

»Antonella Faresi?«, unterbrach Elias Maurizio verwirrt. »Ihr wollt doch nicht sagen, dass Antonella für den Mord an Tano verantwortlich ist?«

Alle starrten ihn fassungslos an – sowohl Ricarda und Maurizio als auch Prälat Buchholzer.

»Ja aber darum geht es doch die ganze Zeit!«, rief Ricarda aus.

»Maurizio hat nur erwähnt, dass es Indizien für einen Mord gibt, aber nicht, wer ihn verübt haben soll!«, rief Elias. »Nein, Ricarda, nein … das ist völliger Unsinn!«

Ihre Stimme wurde scharf, als sie zu reden ansetzte – wollte er sie erneut in die Irre führen? »Du selbst hast doch mit Antonella allein gesprochen«, rief sie. »Du selbst hast ihr wahrscheinlich gesagt, dass sie sich keine Sorgen machen müsse, dass ihr Geheimnis bei dir sicher sei und ihre Sünden vergeben …«

»So war es nicht!«, verteidigte sich Frater Elias – so aufrichtig entsetzt über ihren Verdacht, dass sie ihm unwillkürlich glauben musste. »Sie hat mir erzählt, dass sie mit Tano gestritten habe, dass sie mit ihm nicht einer Meinung gewesen sei, dass sie ihn davon habe abbringen wollen, die Wahrheit über das Bild zu verkünden. Aber sie sagte mir auch, dass sie ihn unendlich vermisse, dass sie ihm alles würde nachsehen können, wenn er denn noch lebte, dass sie keinen Sinn im Leben mehr sehe ohne ihn. Sie könne nur hoffen, dass Gott sie in dieser Situation trösten werde! Sie hat sich schrecklich aufgeregt, als sie das alles sagte. An die Folgen kannst du dich noch erinnern: Es hat sie so mitgenommen, dass sie zusammengebrochen ist …«

Maurizio rieb sich nachdenklich das Gesicht. Der Prälat stand stocksteif. Beklemmend langsam reifte in Ricarda eine Überlegung – wie in Zeitlupe schien sie in ihrem Gehirn anzukommen und das Gedankengerüst zu zersetzen, das sie dort aufgebaut hatte.

»Aber wenn nicht Antonella – wer dann?«, fragte sie. Die Antwort und die Gewissheit, dass diese richtig war, stellten sich schneller ein als der erste, zögerliche Verdacht.

Viele Bruchstücke vereinten sich zu einem Ganzen.

Frater Elias hatte eben gesagt, er habe erst nach ihrem Besuch bei der Campanella die Fronten gewechselt. Das bedeutete, dass nicht er sie zusammengeschlagen und ihr die Schriften geraubt hatte – die Schriften, über die sie auch mit Signora Luisa gesprochen hatte. Sie konnte sich noch an ihre eigenen Worte erinnern.

»*Tano hat mich nicht nur wegen des Bildes kontaktiert, sondern auch wegen der Lebenserinnerungen der Kurtisane Isis de Luna.*«

Und Luisa hatte geantwortet: »*Seien Sie froh, dass Sie nichts mehr damit zu tun haben!*«

In ihrer Aufregung hatte sie nicht darauf geachtet, was genau Signora Luisa da verriet. Sie hatte nicht nur zugegeben, von den Schriften der Kurtisane zu wissen. Ihr war auch klar gewesen, dass Ricarda diese nicht *mehr* hatte.

Ganz deutlich hatte sie ihn jetzt vor Augen – Luisas Blick, als sie erklärte, das Bild wäre eine Sünde. Dieser Blick war nicht voller moralischer Entrüstung gewesen, sondern voller Kälte. Was sie nicht gesagt hatte, war, in wessen Augen es Sünde war.

»O mein Gott!«, stieß Ricarda, von der Wucht der jähen Erkenntnis überwältigt, aus.

28

Aus den Lebenserinnerungen der Kurtisane Isis de Luna
Rom, 1606

Ich fand Zuflucht bei Marzia di Pitigliano, jener Kurtisane, die mich dereinst nach Hippolyte Bottas Tod bei sich aufgenommen hatte. Vom Schicksal ward ich dorthin zurückgespült, von wo mich Gaspara einst freigekauft hatte. Gaspara, die ich zunächst gesucht hatte, weil ihr Name einer der wenigen war, die ich in ganz Rom kannte, war schon seit Jahren tot. Am Neujahrstag Anno Domini 1602 hatte man sie auf der Piazza di Spagna mit aufgeschlitzter Kehle und weit aufgerissenen, starren Augen gefunden – das Opfer eines dreckigen Packs, das sich zu Silvester hatte amüsieren, aber nicht dafür hatte bezahlen wollen.

Marzia lachte darüber so grob, wie ich sie in Erinnerung hatte, und meinte danach, dass es für manche Huren besser sei, zur rechten Zeit geschlachtet zu werden, als jämmerlich zu altern. Dass Zweiteres ihr Geschick war, nahm sie mit der gleichen Kälte, Wehmut und mit Spott hin wie einstmals, da ich als zitterndes Mädchen vor ihr gestanden hatte.

»Ich habe zwei Scudi«, sagte ich und ließ mich von ihrer blechernen Stimme nicht einschüchtern. »Lass mich dafür eine Woche bei dir schlafen, bis ich etwas Besseres gefunden habe.«

Das Geld hatte mir Nino gegeben.

Nachdem ich Caravaggio verlassen hatte, war er mir nachgeeilt. »Lass mich dir raten«, rief er viel aufgebrachter, als es seinem ansonsten stets leisen, kummervollen Gebaren stand, »lass mich dir raten, nicht wieder zurückzukehren. Niemals würde ich dich vertreiben wollen, doch so, wie du mir einst rietst, mich rechtzeitig von Caravaggio zu trennen, so meine ich, dass denn auch du es besser träfest, hieltest du dich von ihm fern.«

Ich konnte nicht anders als lachen. »Spricht so der treue Nino?«

»Nie will ich ein Wort gegen den Künstler Caravaggio sagen – gegen den Mann Caravaggio aber durchaus!«, sprach er ernsthaft.

Ich schüttelte ihn sachte ab. »Was du mir rätst, hab ich bereits selbst beschlossen. Doch will ich wissen, warum du bleibst.«

Er senkte seinen Blick. »Ich bin sein Wesen gewöhnt, und wie sollte ich anders Brot verdienen, als ihm die Farben zuzubereiten? Ich liebe Farben, und wenn ich könnte, so würde ich dem Moloch Rom entfliehen, nach Campanien heimkehren und dort in meines Vaters Tuchhandel werken, doch fehlen mir dazu das Geld und die Jugend.«

»Du bist nicht alt – und hast du dir nichts sparen können?«

»Caravaggio hat meinen Lohn zu oft verspielt. Zwei Scudi aber habe ich, und ich möchte sie dir geben, auf dass du fürs Erste dein Brot kaufen kannst. Leider vermag ich dir nicht mehr zu helfen.«

So schieden wir voneinander.

Lange starrte ich ihm nach, als er von mir ging, doch wie ich stand und nach etwas suchte, worin ich die Scudi verstecken könnte, gewahrte ich an Caravaggios Hose, die er mir überlassen hatte, einen Gurt und daran geheftet einen der Dolche, die er nächtens mit sich trug. Der Griff war rostig, die Hülle jedoch mit funkelnden Steinen besetzt, und das Messer, das ich aus der Scheide zog, glänzte in der Sonne.

Ich überlegte, ihn zurückzubringen, doch entschied mich sodann dagegen. Vielleicht würde der Dolch mir eines Tages nützen – und wär's nur als Andenken an den Maler.

Ich entfernte mich von dessen Wohnstatt, um niemals wiederzukehren, entschied, nach Gaspara zu suchen, und ebenso, zu diesem Zweck Marzia zu befragen. Schwer nur gelang es mir, mich im Hortaccio zu orientieren, ich fand schließlich aber dorthin zurück, von wo aus ich einst aufgebrochen war, um bei del Monte zu leben. Das Glück war mir hold, denn Marzia lebte noch dort – doch kaum mochte ich Fortuna ob dieses Umstandes danken, erfuhr ich von Gasparas traurigem Geschick.

»Also gut«, meinte Marzia, nachdem sie das Nötigste von mir erfahren hatte. »Eine Woche magst du bleiben. Keinen Tag länger. Es sei denn …«

Sie musterte mich lauernd, und indessen ihre Wangen noch welker und großporiger unter der dicken Schminke lagen, waren ihre Augen berechnend wie eh und je. »Es sei denn, dir mag's gelingen, weitere Scudi ranzuschaffen. Magst zwar älter geworden sein. Und ich weiß nicht, ob man dich mit dem richtigen Rüstzeug jünger aussehen lässt, aber …«

»Aber ich habe bei namhaften Männern wie Kardinal del Monte und Marchese Vincenzo Giustiniani gelegen, und das mag manchem was wert sein!«, unterbrach ich sie und nahm ihr Angebot an, ohne es zu überdenken.

Erst viel später, nachdem ich zwei Tage fast fortwährend geschlafen hatte, deuchte es mich für einige Augenblicke schmählich, in meinem Leben nichts weiter erreicht zu haben als einen Aufschub von sechs Jahren, um dann zu tun, was Marzia seinerzeit als mein Geschick bestimmt hatte. Mein Hadern aber ließ mich nicht verzweifeln. Mochte ich auch mein annehmliches Leben bei del Monte verspielt und auf solch unglückselige Weise auf Caravaggio gesetzt haben – zumindest war ich robuster geworden, um das Unausweichliche zu ertragen. Wenn ich nur als Hure überleben konnte, so würde ich es eben tun und mich nicht obendrein durch Furcht und Abscheu und Verzweiflung zugrunde richten lassen. Du bist eine, die durchkommt – sei stolz darauf!, hatte Gaspara einst gesagt, und wenn ich jetzt an ihre Worte dachte, dann wollte ich zum ersten Mal daran glauben.

Dies war mein Vorhaben in der Zeit, die ich bei Marzia zubrachte – der letzten Gnadenfrist, da ich meist schlafend und liegend mein Leben wie ein abgelegtes Gewand betrachtete. Manchmal hockte ein hohlwangiges, großäugiges Mädchen bei mir, das Marzia ausgebildet hatte und das nun an Männer verscherbelt wurde. Es sprach nie ein Wort, und ich dachte, das Entsetzen über seine Behandlung habe das arme Geschöpft stumm gemacht. Später berichtete mir Marzia, dass man ihm – als Opfer eines langen Zwistes zwischen zwei Familien – die Zunge abgeschnitten und es geschändet habe. Danach schlossen die Familien Frieden, aber Dora, so ihr Name, sei verstoßen worden. Marzia war froh, dass das Mädchen nicht plappern konnte und ihr andauerndes Schweigen ein Geheimnis versprach, das Männer betörte. Mir jedoch tat sie leid, und manchmal in der Nacht, da mein nunmehr ausgeruhter Körper nicht mehr schlafen konnte, war ich froh, dass sie sich an mich schmiegte und mich träumend umarmte.

Dora war es auch, die mich eines Morgens weckte und mir mit aufgeregten Gesten bedeutete, eiligst zu kommen. Ich war nicht erfreut aufzustehen. Es war dies der siebte Tag bei Marzia und darum der letzte, da sie mich ohne Gegenleistung bei sich leben ließ. Gestern noch hatte sie laut gejammert, dass man die Unzen des Brotlaibes von siebeneinhalb auf sieben hinabgesetzt habe, wiewohl der Preis – nämlich vier Quattrini – der gleiche geblieben sei.

»Bald bleibt mir nichts als der Bettelstab!«, hatte sie erbost gerufen und mich gierig gemustert, gewiss, dass ich gemeinsam mit Dora bald für ihr Wohlergehen sorgen würde.

Nun sagte sie nichts. Erstaunt deutete sie auf ein Geschenk, das für mich gebracht worden war. Der Bote stand daneben – es war Nino, Caravaggios Lehrling. Er sagte nichts – und musste mir auch nichts erklären.

Ehrfürchtig wie stets, wenn es die Kunst seines Herrn zu bestaunen galt, enthüllte er Caravaggios Gemälde von der heiligen Maria Magdalena. Jene trug das Haar meiner verstorbenen Schwester Graziosa – und meinen Gesichtsausdruck, als ich in seinen Armen Lust gefunden hatte.

Durch Nino ließ er es an mich übergeben, und noch während ich müde und verschlafen darauf starrte, erkannte ich, dass es mich reicher machen würde als alle elendigliche Hurerei, zu der mich Marzia trieb.

Als ich vor Kardinal Francesco del Monte im Palazzo Madama erschien, kleideten mich ein abgetragenes, wiewohl mit feinem Hermelinpelz versehenes Gewand von Marzia, eine dünne Goldkette, die mir Dora gegeben hatte, und mein hochgebundenes Haar. Nino begleitete mich einem Pagen gleich und trug das Gemälde. Er war es auch, der bei den ihm vertrauten Dienstboten erreichte, dass ich – die ich mich als Gräfin von Mantaco, wie mein Vater geheißen hatte, bezeichnete – in des Kardinals Bibliothek gewiesen wurde. Dort warteten wir.

Del Monte hatte mich kaum erblickt, als er die Hand erbost und abweisend hochriss – eine Geste, die genügen sollte, mich zu verjagen. Ich war ihm nicht genug wert, um auch nur ein wuterfülltes Wort zu schreien, und schon wollte er sich umdrehen, um meinen verabscheuenswürdigen Anblick nicht länger ertragen zu müssen. Noch ehe er es konnte, enthüllte ich das Gemälde und zeigte es ihm wortlos.

Als ich schließlich sprach, richtete ich mich nicht an ihn, sondern an Nino. »Warte draußen auf mich!«

Nino hatte kaum den hohen Raum verlassen, als mich del Monte wegzubellen suchte: »Wie kannst du, Verderbte, es wagen, dich mit Lügen hier einzuschleichen und vor mich zu treten? Ist dein Frevel nicht bitter genug, muss ich nun erneut dein Antlitz dulden?«

Er sprach mit dem wie üblich geröteten Gesicht, nur sein Blick fiel ungewohnt aus. Früher hatte er an mir vorbeigesehen, stets im Hader, ob er mir nach der unglücklichen Liebe zu Lavinia überhaupt gestatten durfte, ihm nah zu kommen. Jetzt hingegen verbarg sich keine Abscheu hinter seinen leicht gesenkten Lidern. Ob der Gewissheit, dass alle Weiber Schlechtigkeit verhießen und mir nicht mehr zu trauen war als seiner einstigen Liebsten, schien er zu triumphieren.

»Nicht lange will ich Euch mit meiner Gegenwart quälen«, entgegnete ich, des Zitterns vor ihm nicht entwöhnt, aber doch entschlossen, Wort um Wort hervorzubringen. »Allein für kurze Augenblicke mögt Ihr mich anhören und ein Geschäft eingehen, das ein kunstverständiger Herr sich nicht entgehen lassen wird!«

Er erstarrte zunächst, um sich dann entschlossen abzuwenden. »Scher dich raus!«, bellte er über seine Schultern.

»Dereinst hat Caravaggio die Reuige Magdalena gemalt – für Euch«, rief ich ihm nach und bemühte mich, schneller zu sprechen, auf dass er jedes Wort zu hören bekam. »Nun tat er Gleiches – für mich. Und diesmal nun ist sie nicht versunken im Bedauern über ihre vergangene Schuld, sondern ist ihr Haupt zurückgerissen ob des ekstatischen Verzückens, sich gänzlich in Gemeinschaft mit Christus zu wissen.«

Meine Rede brachte ihn zum Innehalten, wiewohl er mir ein

neuerliches »Scher dich raus!« entgegenrief. Er klang heiser und hustete lange nach seinem schrillen Befehl, dadurch bestätigend, was die Dienstboten von ihm erzählten, nämlich, dass er krank sei und seit Wochen das Bett hüte. Ich hatte nicht daran glauben wollen – vielmehr vermeint, dass dies nach dem Skandal um Caravaggio nur ein Ausrede wäre, um nicht den neugierigen Blicken ausgesetzt zu werden. Sein Husten belehrte mich eines Besseren, aber es stimmte mich nicht mitleidig.

»Magdalena in Ekstase ist der Name dieses Gemäldes!«, entgegnete ich und suchte ihn mit meinen Worten anzuketten. »Es mag Euch bekannt sein – wie allen anderen, die Caravaggio schätzten –, dass er sich gerne der Menschen aus dem einfachen Volk bedient, auf dass sie Modelle seiner Werke werden. Schon oft hat dieses zur Kritik gereicht. Diesmal nun aber hat er sich der größten aller Blasphemien schuldig gemacht. Denn er suchte den Gesichtsausdruck, den er der Heiligen geben wollte, in meinem Gesicht – und auf dass es jene entrückten, erschlafften Züge annehmen möge, schenkte er mir größte körperliche Lust. Dieses Verhalten mag jede vergangene Gotteslästerung als eine mindere Untat erscheinen lassen.«

Meine Worte waren von mir lang durchdacht worden und verfehlten ihre Wirkung nicht. Langsam zwar, aber stetig drehte del Monte sich um und nahm mich in Augenschein, diesmal nicht nur widerwillig, sondern zugleich erstaunt über diese Anmaßung. Er mochte mich früher schon für störrisch gehalten haben, nie aber solch deutlicher Auflehnung fähig.

»Ich verfluche die Stunde, da ich dir Hilfe gewährte!«, stieß er aus.

Ich trotzte seinem Blick. »Diese Hilfe habe ich teuer bezahlt, und außerdem ist sie es nicht wert, eine solche genannt zu werden. Und nun werdet auch Ihr teuer bezahlen – nämlich mich. Für dieses Bild. Ich übergebe es Euch für tausend Scudi!«

»Bist du verrückt geworden?«, lachte er grell. »Soll dies der Wert für einen Künstler sein, den man in ganz Rom verachtet?«

»Mag auch kein anderer so viel dafür zahlen, Ihr werdet es tun«, verfolgte ich unbeeindruckt meinen Plan. »Wenn dieses Bild aller Welt gezeigt würde, so bliebe es nicht beim Tuscheln über Caravaggios Gottlosigkeit. Um wie viel lauter würde man schwatzen, wäre zu hören, dass Eure Konkubine bei ihm gelegen hat? Dass er jene als Heilige malte? Dass er eine leibliche Regung mit religiöser Inbrunst gleichsetzte? Mir kam zu Ohren, wie viel Spott Ihr ertragen musstet, als die Kurtisane Lavinia sich erhängte. Und obendrein erfuhr ich, dass man Euch als Förderer von Ketzern wie Bruno und Galilei benennt. Soll nun ein neuerlicher Skandal bis an des Papstes Ohren dringen und diesem Kundschaft geben, dass Ihr auf den sündigsten aller Maler setztet und mit jenem obendrein ein Weib teiltet?«

Ungeachtet, dass er mich niemals hatte berühren wollen, kam er in raschen Schritten auf mich zugehetzt, beugte sich drohend über mich und spuckte, als er redete.

»Du kleine Hure willst mir drohen? Mach dich nicht lächerlich! Caravaggios Einfluss ist längst vergeudet, und vor dir schließt sich das Tor eines jeden hohen Herrn, dem du von diesem schändlichen Treiben berichten willst!«

»Ihr irrt, Eminenz!«, hielt ich dagegen und wich zwar mit meinem Kopf zurück, nicht aber mit meinen Beinen, die wie verwurzelt stehen blieben. »Seid Ihr nicht bereit, dieses Bild für tausend Scudi zu kaufen, so finde ich einen anderen Interessenten. Marchese Giustiniani ist seit langem erpicht, sich nicht nur als gewöhnlicher Kunstsammler zu erweisen, sondern als einer, der in diesem Fach größeren Ruhm erlangt als Ihr!«

»Der Marchese würde mir niemals in den Rücken fallen!«

»Der Marchese ist zerfressen von Neid auf seinen Bruder und auf Euch. Seid gewiss, dass ich wahr spreche. Er hat gar verlangt, dass ich Euch heimlich belausche und ihm Kundschaft gebe. Ja, gar manches Wort habe ich mit ihm gewechselt, ehe er nur mehr schnaufen konnte, weil er sich zwischen meinen Brüsten der Wollust hingab.«

»Halt deinen schändlichen Mund!«, schrie er.

»Ich will gewiss nicht mit Euch sprechen. Ich will nur tausend Scudi.«

Er erstarrte, und ich dachte schon, er würde nachgeben, doch als ich den Kopf wieder recken wollte, hob er die Hand und ging ungehalten auf mich los. Noch ehe seine Faust donnernd meine Wange erreichte, hielt er inne. Bedrohlich richtete sich die Spitze eines Dolchs auf seinen Leib. Es war der Dolch von Caravaggio, und er wurde von meiner Hand geführt.

Sachte riss seine Kleidung auf, als ich den Dolch über seinen Leib gleiten ließ.

»Eminenz«, erklärte ich kühl, »wenn Ihr mich darum bittet, so bin ich gerne bereit, Euch jenes Körperteil, das Euch so großen Kummer bereitet hat, einfach abzuschneiden. Seid Ihr nicht wegen Eurer Begierden Lavinia verfallen? Haben Euch diese nicht auch zu mir getrieben – obwohl Ihr mir nicht erlauben wolltet, ähnliche Macht über Euch zu bekommen wie Lavinia? Wenn Euch die eigene Lust so sehr anwidert, dann mag ein kurzer Schnitt genügen, und Ihr lebt so hoheitlich und vornehm, wie Ihr's Euren teuren Gästen stets vortäuscht! Wollt Ihr, dass ich's tue?«

Er wagte kaum zu atmen. Sein Blick begann zu flackern, wie einst, wenn er meine Hand an sein Geschlecht geführt hatte. Ähnlich wie in solchen Augenblicken trat er nun mit gesenktem Kopf zurück, befremdet, in eine derart elende Lage geraten zu sein, und begrenzt auf den Wunsch, ihr zu entfliehen.

»Kein Bild ist solch ein Vermögen wert«, murmelte er, um seine Niederlage hinauszuzögern. »Selbst dann nicht, wenn Caravaggios Name noch ein hochgerühmter wäre.«

Der Dolch wurde schweißnass unter meiner Hand, so fest hielt ich ihn umklammert.

»Caravaggio mag so viel nicht verdienen. Darin habt Ihr Recht. Aber ich verdiene es. Ich bin dieses Geld wert. Es soll mein Hurenlohn sein, dafür, dass ich sechs Jahre an Eurer Seite lebte – und denkt nicht, dass Ihr mich billiger bekommt. Ich bin die hochwohlgeborene, in allen Künsten gebildete Tochter des Grafen Baldassare von Mantaco, eines Condottiere der Medici.«

»Du hast den Verstand verloren!«, stieß er aus und schüttelte ungehalten den Kopf. Zugleich trat er immer weiter von mir zurück, als fehlte ihm der Mut, erneut den Kampf aufzunehmen. Er begann, nach Atem zu ringen und heftig zu husten.

Vorsichtig ließ ich den Dolch sinken.

»Ich habe mehr Verstand, als Ihr ihn mir jemals zutrautet«, schloss ich und war mir meiner Sache sicher. »Marchese Giustiniani hat mir geraten, stets guten Handel zu treiben, und das tue ich nun. Ich verlange tausend Scudi. Denkt gar nicht erst daran, auch nur einen weniger zu bieten. Damit werde ich ein neues Leben führen. Und dieses Leben steht mir zu.«

Ich begegnete Amina, als ich den Palazzo verließ, und ich war gewillt, die Dienerin, die mir über so viele Jahre die Wohltat ihrer massierenden Hände hatte zukommen lassen, zu belohnen.

»Komm mit mir«, versuchte ich sie zu locken. »Nie wirst du die Freiheit deiner Kindheit in Afrika zurückbekommen, aber ich biete dir die Chance, nicht mehr buckeln und dienen zu müssen.«

Sie aber sah mich nur entsetzt an, wich zurück und suchte mir eiligst zu entkommen. Unrecht sei's, den hohen Herrn herauszufordern, rief sie mir nach, und dafür würde ich dereinst auf den Richtblock wandern.

Ich ging wortlos von ihr.

Draußen wartete Nino.

»Sprich nicht«, ich hob abwehrend die Hand, als er zu reden ansetzte. »Lass mich zuerst etwas sagen.«

Wir gingen eine Straße weiter, wo ich meinen Vorschlag kundtat.

»An Caravaggios Seite kannst du nicht glücklich werden«, begann ich. »Vielleicht jedoch in deiner Heimat und im Tuchgeschäft deines Vaters, so wie du's mir vor kurzem erzähltest. Wenn dir das Geld fehlt für die Reise und für den Handel, so wirst du es von mir erhalten – das Nötigste und noch mehr. Ich suche einen Mann, der mir die Ehre zurückgibt, der mir ein sicheres, behagliches Dasein bietet und der meiner Tochter ein Vater ist. Diese lebt bei den Nonnen, und ich gedenke, sie zu mir zu nehmen. Ich bin nicht blutjung, ich bin nicht jungfräulich, und auf mir lastet die Vergangenheit einer Kurtisane. Und dennoch bin ich mir gewiss, dass du mit mir ein zufriedeneres Leben haben könntest als je an Caravaggios Seite. Nino, ich frage dich, willst du mir die Ehe versprechen?«

Die Sonne hatte ihren höchsten Stand erreicht. Um uns summte und lärmte das mittägliche Rom: Wasserträger schnauften unter ihrer Last, weißgewandete Pilger stimmten das Ave Maria an, Sänftenträger schleppten hochwohlgeborene Damen durch die Straßen. Nicht weit von uns prahlte ein Possenreißer, zwanzig Brotlaibe einen nach dem anderen zu essen, ohne dabei Wasser zu sich zu nehmen. Eine Gruppe schwerer Panzerreiter ritt unter lautem Getrappel vorbei.

Zwischen uns blieb es lange Zeit still.

»Ich muss den Hund holen«, murmelte Nino schließlich. »Als Caravagigo mich mit dem Gemälde zu dir schickte, hat er mir Cornacchia geschenkt. In Rom beißt sie sich die Füße blutig. In Rom haben wir nichts mehr verloren.«

EPILOG

Rom, Gegenwart

»Es war Signora Luisa. Und wenn ich nicht restlos davon überzeugt gewesen wäre, dass Tanos Tod mit dem Gemälde zu tun hatte, hätte ich das vielleicht schon viel früher geahnt«, Ricarda hielt inne.

»Du musst dir am allerwenigsten Vorwürfe machen«, unterbrach Frater Elias sie rasch. »Ich bin schuld. Vor allem aber mein Onkel. Er hat genau dasselbe vermutet wie du – und deswegen mit aller Macht verhindert, dass ein Mord aufgeklärt wird. Doch der hatte nichts mit religiösem Fanatismus zu tun, sondern einfach nur mit Eifersucht und Gier.«

Fast eine Woche war seit den Ereignissen in Santa Maria Egiziaca vergangen. Der Todesfall Faresi war aufgeklärt worden und Prälat Buchholzer von seinem Amt als Konsultator der Päpstlichen Kommission zurückgetreten.

Ricarda und Frater Elias trafen sich im Park der Villa Sciarra, wo sich Roms Panorama am besten genießen ließ – über die Kuppeln von Sant'Andrea della Valle und San Carlo ai Catinari, das Rathaus auf dem Campidoglio und San Saba hinweg. Obwohl er von Touristen überlaufen war, hatte Ricarda diesen Ort vorgeschlagen – er erschien ihr als neutrales Terrain.

»So abwegig war es auch gar nicht, die wahre Bedeutung

des Bildes mit Tanos Tod in Verbindung zu bringen«, sagte Ricarda leise. »Schließlich hat das Bild Luisa erst dazu bewogen, ihren finsteren Plan auszuhecken. Es hat ihren jahrelangen Frust auf die Spitze getrieben.«

Elias nickte. »Sie war Antonellas Vertraute. Sie hat die Geschäfte geführt, ihr alles abgenommen, damit gerechnet, ihr gesamtes, nicht unbeträchtliches Vermögen zu erben. Und dann plötzlich setzt die alte Frau ihr diesen jungen Mann vor die Nase, hochbegabt und sensibel.«

»Luisa hatte es vermeintlich verständnisvoll hingenommen«, fuhr Ricarda fort, »zumindest bis zu dem Zeitpunkt, als Tano und seine Großmutter in Streit über das Bild gerieten. Antonella wollte der Bitte des Prälaten Folge leisten und seine wahre Bedeutung vertuschen – Tano hat es aber zu Recht für einen zu bedeutenden Fund gehalten, um ihn der Öffentlichkeit vorzuenthalten. Wahrscheinlich saß Signora Luisa händereibend daneben. Jetzt wirft sie ihn hinaus, hat sie wohl gedacht. Jetzt hat er den Bogen überspannt und ist nicht länger Omas Liebling.«

»Aber Antonella hat sich nicht von ihm losgesagt. Antonella hat zähneknirschend zugestimmt, dass er dich zu Rate zieht – und Signora di Campanella einweiht. Ab diesem Zeitpunkt war Signora Luisa klar, dass die alte Frau Tano ehrlich liebte, dass er mehr war als nur ein potenzieller Nachfolger, dass sie zu ihm stehen würde, egal, was passierte. Sie würde nie die Chance haben, ihm das zugesagte Erbe streitig zu machen.«

»Da hat sie ihn umgebracht – und zwar noch viel raffinierter, als wir dachten. Sie hat sich nicht nur Antonellas Medikamentenschrank zunutze gemacht, sondern auch die vielen hochgiftigen Lösemittel, die Tano in seiner Werkstatt verwendet hat. Wenn man ein Gift mit Dimethylsulfoxid mischt, genügt es, dieses äußerlich aufzutragen, und es durchdringt die Haut, ohne Spuren von Gewalt zu hinterlassen. Dann noch eine Tasse starken Kaffees – Koffein verstärkt die Wirkung von Digitalis.«

»Und das Gemälde war so etwas wie ihr Alibi. Signora Luisa hat es teilweise zerstört, um Antonellas blinden Eifer zu belegen. Dann hat sie sich mit meinem Onkel in Verbindung gesetzt und ihm wortreich ihren schlimmen Verdacht bekundet: dass Antonella seine Bitte, die Hintergründe des Bildes zu vertuschen, mehr als wörtlich genommen hätte. Und dass die verblendete Frau sogar vor einem Mord nicht zugeschreckt wäre.«

Frater Elias brach ab.

»Dein Onkel war natürlich entsetzt, sah einen größeren Skandal auf sich zukommen, als je einer durch das Caravaggio-Gemälde hätte ausgelöst werden können. Von da an hatte er nur ein Ziel: Die ganze Sache durfte niemals ruchbar werden. Und genau darauf hat sich Signora Luisa verlassen – und hat nun auch mich zu ihren Zwecken eingespannt. Sie hat mir die Schriften gestohlen, weil sie wusste, dass ich dann beginnen würde nachzubohren – was bei allen anderen Beteiligten reflexhaft dazu geführt hat, das vermeintliche Verbrechen noch entschlossener zu vertuschen, anstatt zu hinterfragen, ob es sich wirklich genauso zugetragen hat.«

Ricarda drehte sich zu ihm um. Bis jetzt hatte die kitschige Aussicht ihnen die beste Ausrede geboten, sich nicht ansehen zu müssen. Jetzt musterte sie Elias vorsichtig von der Seite. Er sah besser aus als in den vergangenen Wochen, nicht mehr so blass, getrieben, unausgeschlafen – aber zugleich auch nicht mehr so selbstbewusst und eitel, wie er sich sonst gebärdete.

»Antonella hat die Wahrheit wahrscheinlich geahnt«, sagte sie. »Sie wusste um Luisas Eifersucht. Darum fragte sie dich ganz verzweifelt: ›Was hätte ich denn sonst tun sollen?‹ Aber zugleich war sie zu unselbständig und zu alt, um sie zur Rede zu stellen. Und auch deinem Onkel hat sie nichts gesagt.«

»Tja«, murmelte er, »er hat sich von Signora Luisa missbrauchen lassen – als williger Helfershelfer beim Vertuschen. So wie ich.«

Das Schuldbekenntnis klang kleinlaut und beschämt – und ein bisschen kokett.

»Er war immerhin dein Onkel«, murmelte Ricarda. »Irgendwie verstehe ich, dass du ihm gegenüber loyal sein wolltest.«

Doch am Ende hatte er ihm diese Loyalität verweigert. Noch in Santa Maria Egiziaca hatte er ihm ein Ultimatum gestellt: entweder Reinhold Buchholzer würde jetzt Carlo Forli anrufen und von ihm die sofortige Aufklärung des Falls fordern, oder er selbst, Elias, würde es tun und zugleich sämtliche Kollegen und Vorgesetzten des Prälaten informieren. Der Prälat hatte ihm nachgegeben, jedoch seit diesem Augenblick kein Wort mehr mit seinem Neffen gewechselt.

»Jetzt hilfst ausgerechnet du mir, eine Ausrede für mein mieses Verhalten zu finden?«, rief Elias mit der Andeutung eines Grinsens. Pathetisch hob er die Arme. »Ach Ricarda, das habe ich nicht verdient!«, stieß er in einem übertrieben hohen Tonfall aus.

Sie wollte nüchtern fortfahren, aber dann erwiderte sie sein Lächeln, davon bestochen, dass es nicht nur selbstgefällig war, sondern jungenhaft, ein bisschen zurechtgestutzt von Verlegenheit. »Ach was soll's«, erklärte sie hastig. »Ich bin dir nicht mehr böse. So wie's aussieht, werde ich mein bisheriges Forschungsthema um ein Kapitel erweitern und mich darin ganz auf ›Maddalena in estasi‹ konzentrieren. Das gibt einiges her. Der erste Orgasmus der Kunstgeschichte – oder so in der Art.«

Er ließ seine Hände wieder sinken. Als er fortfuhr, klang seine Stimme nicht mehr aufgesetzt, sondern belegt. »Ich meinte, ich habe nicht nur in dieser Sache gelogen …«

»Du meinst deine Freundin.«

»Es ist nicht mal Liebe dabei – nur eine Affäre. Es einmal ausprobieren … vor meiner Priesterweihe … mehr steckt nicht dahinter. Ich dachte, es würde gar nicht wirklich zählen und danach bin ich der Superpriester, der so was nicht mehr braucht. Jetzt frage ich mich allerdings – werde ich so enden wie mein Onkel? Werde ich am Ende Teil dieses zynischen Systems aus Scheinmoral, Vertuschen, Falschheit sein? Ich bin doch nicht einfach so ins Kloster gegangen! Ich hatte doch meine Ideale!«

Sie zuckte die Schultern, nicht sicher, wie ernst sie sein Bekenntnis nehmen sollte, wie tief es ging und wie viele der üblichen Showelemente darin verpackt waren.

»Dann lebe sie!«, rief sie ihm zu und wandte sich zum Gehen. »Oder lass es sein! Aber nimm nicht den Mittelweg. Und im Übrigen glaube ich, dass es besser wäre, wenn wir uns mal eine Zeitlang nicht sehen.«

Er eilte ihr nach. »Du bist doch noch sauer auf mich.«

»Nein … nein, das ist es nicht«, sagte sie schnell, zögerte, verlangsamte die Schritte. Plötzlich zählte nicht mehr, wie echt sein schlechtes Gewissen war, sondern, ob sie ehrlich war. »Aber ich glaube, ich muss mir über einige Dinge klar werden. Was ich wirklich will und ob mein Leben aus mehr bestehen soll als aus der Wissenschaft.« Abwehrend hob sie die Hand, als er den Mund aufmachte. »Sag nichts. Man muss nicht alles zerreden. Lass es einfach mal gut sein.«

Später, im Speisesaal der Pension Buzzo, wo Maurizio wieder einmal Spaghetti pomodoro aß, erzählte Ricarda von ihrem neuen Forschungsthema.

»Typisch«, grinste Maurizio mit rot verschmierten Mundwinkeln. »Am Ende kannst du es eben nicht lassen, aus allem eine wissenschaftliche Erkenntnis zu machen. Du bist und bleibst ein Bücherwurm.«

Nachlässig wischte er sich mit der Serviette über den Mund. Er hatte ihr vorgeschlagen, eine Dokumentation über ›Maddalena in estasi‹ zu drehen. Da der Fall viel Aufsehen erregt hatte, würde sicher der ein oder andere Produzent Kohle locker machen. Und sie könnte als wissenschaftliche Beraterin mitwirken.

»Ja«, sagte Ricarda, »ich bin ein Bücherwurm. Aber nicht morgen Abend. Falls du dank meiner wirklich bald mal über etwas Kohle verfügst, würde ich vorschlagen, du verzichtest einmal auf deinen Nudelteller. Ich habe gelesen, im *Piperno* gibt es den besten *Rombo ai ferri* – oder im *Checchino* die besten *Rigatoni con la payata*. Und in einem dieser beiden Restaurants werden wir auf unsere zukünftige Zusammenarbeit anstoßen.«

Campanien, 1618

»Sag Mutter«, drängte Lilia, nachdem sie die Lebenserinnerungen gelesen hatte, »ich verstehe nun vieles besser, aber was ich immer noch nicht weiß: Liebtest du nun Caravaggio oder nicht?«

Sie stand vor dem schmucklosen Tisch, während die Mutter davor saß und die Hände auf der Platte überkreuzt hielt. Ihre Augen schienen starr auf den diesigen Meeresstreifen zu blicken, der Mund aber verzog sich zu einem schmalen Lächeln.

»Ich habe es stets aufs Neue abgestritten«, murmelte sie, in sich versunken, »und weiß bis heute nicht, ob ich mich selbst belog. Gewiss, so möchte man meinen, muss man es Liebe nennen, dass ich so hemmungslos hinter ihm hergerannt bin. Und hätte ich mich denn von seiner Stärke nähren können, wäre da nicht Liebe gewesen, die mich an ihn band? Und zugleich denke ich: Liebte man einen Mann wie Caravaggio, so endete man von ihm zerstört.«

Sachte legte Lilia das Pergament nieder und strich zögernd darüber. Sie wollte nicht den Anschein erwecken, der Mutter für diese Gabe nicht zu danken. Gewissenhaft hatte sie in den letzten Tagen gelesen – und war dennoch erleichtert, die Blätter heute, am Tage ihrer Vermählung, wieder abzugeben.

»Ich erinnere mich an Cornacchia«, versuchte sie ihr Interesse zu bekunden.

Isotta lachte auf. »Dieser räudige Hund versöhnte dich mit mir. Ich war dir fremd und ebenso der Mann, der fortan mein Gatte und dir ein Vater sein sollte. Wir holten dich aus der vermeintlich sicheren Heimstatt, wo du – dank Hippolytes Vorkehrungen in seinem Testament – zur Braut Christi erzogen wurdest. Und nun, obwohl auf dieses Geschick so gänzlich eingestimmt, musstest du in die Fremde ziehen, umgeben nur von unbekannten Gesichtern.«

»Aber den Hund mochte ich! Es gab kein Tier im Kloster«, warf Lilia ein.

»Und so begannst du denn zu sprechen – zuerst mit ihm, dann mit Nino, zuletzt mit mir.«

»Heute kann ich mich kaum mehr ans Kloster erinnern«, murmelte sie.

Isottas Blick verlor sich wieder, indes das Lächeln nicht von ihren Lippen wich. Unter den Balken begann es schwül zu werden, und Lilia hoffte, der Vergangenheit endlich Genüge getan zu haben.

Noch aber konnte Isotta nicht von der Erinnerung lassen. Nachdenklich trat sie ans Fenster

»Beschwerlich war die Reise nach Campanien. Ich zahlte viele Männer, die uns beschützen sollten, wie einstmals Hippolyte Botta es bei seinen Kaufmannszügen getan hatte. Marzia hielt mich fest und wollte mich nicht gehen lassen, ehe ich ihr einen Teil meines geheimnisvollen Vermögens abgegeben hätte. Ohne sie, so wagte sie zu drohen, würde ich längst nicht mehr leben. Ich versprach ihr dreißig Scudi, aber das war ihr zu wenig; hundert wollte sie und drohte mit einem Rechtsstreit. Noch über zwei Jahre schrieb sie Briefe, dann hörte ich nichts mehr von ihr. Sie ist wohl so elend gestorben wie die meisten anderen ihrer Zunft. Sie war die Letzte, die mir schrieb. Nur Nino erfuhr von alten Freunden, was sich in jener Stadt zutrug, die einstmals mein Geschick bestimmt hatte.«

»Und weißt du auch um Caravaggios Los?«

»Er erschlug seinen Freund Ranuccio Tomassoni nach dem Paumespiel – nur wenige Wochen nachdem ich Rom verlassen hatte. Hernach war er auf Lebzeiten ein Getriebener. Er floh nach Neapel, dann nach Malta, bemühte sich um Rückkehr, kam schließlich – als Kardinal Gonzaga die Erlaubnis dazu für ihn erreichte – nach Porto Ercole. Dort verwechselte man ihn mit einem Verbrecher – als hätte er selbst nicht genug Missetaten begangen! – und warf ihn für Tage ins Gefängnis. Wieder freigelassen hatte das Schiff mit all seinem Hab und Gut nach Ostia abgelegt. Er irrte am Hafen umher, wurde vom Fieber erhascht und sank tot am Strand zusammen. Ich habe ihn nie betrauert – zu sehr gehörte er einem anderen Leben an – und frage mich doch bis heute, ob er dem nahenden Tod furchtsam entgegenblickte oder ob er sich von Angesicht zu Angesicht endlich mit ihm versöhnt hat.«

Isotta wandte sich von der Fensterluke ab. Entschlossen stand sie auf, nahm das Pergament und verschloss es, wie Caravaggios Dolch, in einer Truhe. Hastig waren ihre Bewegungen – und Lilia doch vertraut als die ihrer entschiedenen, lebenstauglichen, klugen Mutter, die den Stoffhandel des Vaters mit dem gleichen Selbstbewusstsein lenkte wie das Leben ihrer Tochter und der drei Söhne. Sie waren der Erstgeborenen gefolgt und trugen die Namen von Isottas drei toten Brüdern: Baldassare, Anselmo und Giovanni.

Lilia wollte ihr diese Eile nicht aufgezwungen haben. Wiewohl froh, sich nun endlich für den eigenen großen Festtag rüsten zu können, neigte sie sich vor, ergriff die Hand der Mutter und hielt sie fest.

»Und was ist aus dem Bild geworden?«, fragte sie.

Isottas Finger waren rau, aber feingliedrig. Vorsichtig streichelte sie mit dem Daumen über Lilias junge Haut. Das Mädchen zu liebkosen war ihr stets schwerer gefallen als die drei kleinen Brüder. Behutsam nur, als wäre sie ein kostbares Gefäß, griff sie nach der Tochter – der Scheu nie entledigt, die die ersten fehlenden Jahre in ihnen beiden gezeugt hatte. Wärmer aber als jede Berührung war es, nun so nah bei ihr zu stehen.

»Del Monte war gezwungen, es zu kaufen – doch allzu verständlich ist's, dass er es nicht um sich haben wollte. Ich denke, Giustiniani hat ihm das Angebot gemacht, es seinerseits zu erstehen – kaum dass er von seinen weiten Reisen wiedergekehrt war. Anstatt es ihm zu überlassen, übergab es del Monte einem Kloster der Zisterzienserinnen. In deren neu erbauter Kirche – Santa Maria Egiziaca – ist es zu sehen, von nun an bis in alle Zeiten. Gewiss hätte es auch Caravaggio vergnüglich gestimmt, dass manch einer betend davor niedersinken und niemand je erahnen würde, dass das, was Heiligkeit zu sein verspricht, nichts weiter als Begierde ist.«

Sie machte eine kurze Pause, starrte wieder hinaus Richtung Meer.

»Freilich denke ich mir manchmal«, schloss sie mit leiser Stimme, »dass diese Begierde, wenn auch im Gefäß des Leibes gesammelt, nicht gänzlich bar des Heiligen sein kann, ja dass ihre Hitze keine Höllenqualen verheißt, sondern auf des Himmels wohliges Schaudern einstimmt. Abartig und schmählich ist nicht des Körpers Lust, sondern nur die Weise, wie manch einer sie vom anderen erzwingt – so wie es Giustiniani oder del Monte an mir taten.«

Sie riss sich vom Fenster los und lächelte die Tochter an. »Nun aber lass uns hinuntergehen. Niemand soll auf uns warten müssen.«

ZEITTAFEL

1571:	Michelangelo Merisi wird in Caravaggio, einem Dorf im Bergamo, geboren.
1584:	Caravaggio tritt in Mailand in das Atelier von Simone Peterzano, einem Schüler von Tizian, ein.
ca. 1592:	Caravaggio reist nach Rom und arbeitet dort in verschiedenen Werkstätten.
1593:	Caravaggio tritt in die Werkstatt des berühmten römischen Malers Giuseppe Cesari ein, überwirft sich aber bald mit ihm.
1595:	Caravaggio wird von Prälat Pucci gefördert, für den er diverse Bilder malt, dann von Kardinal del Monte, seinem bislang wichtigsten Mäzen. Er lebt für längere Zeit in dessen Haushalt im Palazzo Madama.
1597–1600:	Nach vielen Werken mit profanem Inhalt (z. B. »Musizierende Knaben«, »Die Wahrsagerin«, »Die Kartenspieler«) folgen nun Bilder mit religiösen Motiven, z. B. »Die reuige Magdalena«, »Die Verzückung des Heiligen Franziskus« oder »Die Opferung Isaaks«.
1599–1601:	Caravaggio erhält den ersten wichtigen öffentlichen Auftrag: Er malt für die Contarelli-Kapelle

in San Luigi dei Francesi die beiden Seitenbilder »Die Berufung des heiligen Matthäus« und »Das Martyrium des heiligen Matthäus«. Beide Bilder lösen Skandale aus. Später malt er – wieder für die Contarelli-Kapelle – das Altarbild »Matthäus mit dem Engel«.

1601–1605: Die weitgehend umstrittenen Werke wie »Der Tod Mariens«, »Die Grablegung Christi«, »Die Berufung des Heiligen Paulus« entstehen.

1603: Nachdem er den Künstler Baglioni diffamiert hat, wird Caravaggio inhaftiert. In den folgenden Jahren folgen weitere Aufenthalte im Gefängnis – wegen Widerstands gegen die Polizeigewalt und unerlaubten Tragens von Waffen.

1605: Nach handgreiflichen Auseinandersetzungen mit einem Notar entgeht Caravaggio einer neuen Verhaftung, indem er vorübergehend nach Genua flieht, wo er sich dem Schutz der Doria unterstellt. Ende des Jahres kehrt er wieder nach Rom zurück.

1606: Caravaggio malt die »Madonna dei Palafranieri« für den Annenalter in Sankt Peter. Das Bild wird abgelehnt, später vom Neffen des Papstes Scipione Borghese erworben.

Im Mai tötet Caravaggio nach einem Paumespiel einen gewissen Tomassoni und flüchtet aus Rom. Er findet Zuflucht beim Fürsten Colonna und begibt sich dann nach Neapel.

1607: Im Juli flüchtet Caravaggio aus Neapel, wo es zu neuerlichen Gewalttaten kam, nach Malta. Dort wird er Ritter des Malteserkreuzes und malt einige größere Werke für die Basilika San Giovanni (darunter »Das Martyrium des Hl. Johannes Baptist«).

1608–1609: Wegen einer neuerlichen Inhaftierung wird Caravaggio aus dem Malteserorden ausgeschlossen. Er flieht nach Messina, später nach Palermo. Dort malt er – krank und geschwächt – »Die Auferweckung des Lazarus«, die »Geburt Christi« und »Ecce Homo«. Schließlich kehrt er nach Neapel zurück, wo er bei einer Schlägerei schwer verletzt wird.

1610: Caravaggio malt sein – wahrscheinlich – letztes Gemälde »Das Martyrium der Heiligen Ursula«. Später erhält er die Nachricht aus Rom, begnadigt worden zu sein. In Porto Ercole geht er an Land, offenbar malariakrank. Man findet ihn am 17. Juli tot am Strand; er ist knapp 40 Jahre alt geworden. Hartnäckig halten sich Gerüchte, wonach er ermordet worden ist. Eindeutige Beweise gibt es jedoch nicht.

HISTORISCHE ANMERKUNG

Das Caravaggio-Gemälde »Magdalena in Ekstase« existiert tatsächlich. Es befindet sich heute in Privatbesitz, wenngleich nicht feststeht, ob es sich dabei um das Original handelt, das um 1606 gemalt wurde, oder um eine spätere Kopie von einem Caravaggio-Schüler. Die Hintergründe seines Entstehens, so wie ich sie in diesem Roman geschildert habe, sind reine Fiktion. Ebenso wenig gibt es in Rom eine Kirche namens »Santa Maria Egiziaca«.

Wofür das Gemälde in meinem Buch jedoch steht – Caravaggios revolutionäres Weltbild, seine Auffassung von Körperlichkeit, seinen ausschweifenden Lebensstil –, entspricht dem, was man über den ebenso hochbegabten wie zügellosen, innovativen wie exzentrischen Künstler weiß. Die Spannung, in der sein Leben und Werk standen und an der er nicht zuletzt scheiterte, die Notwendigkeit, sich einerseits bei kirchlichen Auftraggebern lieb Kind zu machen und andererseits dem Anliegen treu zu bleiben, selbst große Heilige alltäglich, menschen- und wirklichkeitsnah darzustellen, könnte meines Erachtens durchaus in einer solch äußersten Provokation kulminiert haben.

Dieses Buch ist ein Roman, das heißt eine weitgehend fiktive Geschichte, und hat nicht den Anspruch, eine Künstlerbiographie zu sein. Dennoch entspricht Caravaggios Leben, so wie ich es für den Zeitraum von 1597 bis 1606 geschildert habe, weitgehend den historischen Fakten: Seine biographischen Eckdaten, diverse Konflikte, in die er geriet, oder die Namen wichtiger Weggefährten und Freunde (selbst der seines Hundes »Cornacchia«) orientieren sich an diversen Zeugnissen. Freileich entsteht durch Isottas Perspektive eine neue Gewichtung: Zentrale Ereignisse wie die Flucht nach Genua werden nur am Rande erwähnt, andere wiederum, wie etwa sein ambivalentes Verhältnis zu del Monte, werden teilweise überspitzt dargestellt. Hinzu kommt, dass Caravaggios Biographie nicht vollständig erforscht ist. Gerade diese »dunklen Flecke« (so ist etwa nicht bekannt, wie lange genau er bei del Monte lebte) habe ich mit meiner Fantasie ausgefüllt.

Gleiches gilt für seine Werke: Zum einen stellen die im Buch genannten Gemälde nur einen Ausschnitt seines Schaffens dar. Zum anderen lassen sich Zeit und Hintergründe ihrer Entstehung nicht immer genau festlegen. Ich habe mich bemüht, erwiesenen Fakten gerecht zu werden. Gerade dann jedoch, wenn es in der Forschung offene Fragen gibt (z. B. ist unklar, welches Gemälde für die Contarelli-Kapelle zuerst entstand, ungewiss ist auch die genaue Datierung des Gemäldes für den Annenalter von Sankt Peter), habe ich mich so entschieden, wie es der Dramaturgie meines Romans am förderlichsten war. Gleiches gilt für den »weltanschaulichen Background« Caravaggios (z. B. die Einflüsse, die die Lehren führender Naturwissenschaftler wie Galilei auf sein Werk hatten), bei dem ich viele komplexe Themen auf einige zentrale Aspekte reduziert haben.

Bei der Darstellung von Caravaggios Charakter habe ich mich an vielen historischen Quellen orientiert, die diesen ausführlich (wenngleich meist subjektiv, voreingenommen und einseitig) schildern: Demnach galt Caravaggio als jähzornig, brutal und verkommen. Seine »Malwut« wurde von regelrechten Exzessen unterbrochen: Er trank, spielte, gab sich mit Straßendirnen ab, hatte wahrscheinlich auch homosexuelle Beziehungen.

Während mein Protagonist dem tatsächlichen Caravaggio in vielem nahekommt, habe ich mir bei den Personen aus seinem Umfeld (z. B. dem Kunstagenten Prospero Orsi, Kardinal Francesco del Monte oder dem Kaufmann Vincenzo Giustiniani) mehr Freiheiten genommen. Die »Eckdaten« ihres Lebens sind korrekt wiedergegeben – viele Details (ihre Charaktere oder bestimmte Handlungsweisen, z. B. Giustinianis Intrige gegen del Monte oder dessen Liebe zur Kurtisane Lavinia) sind jedoch reine Fiktion. Fiktiv ist auch die Biographie von Isotta alias Isis de Luna. Sie nimmt jedoch Anleihen aus den Lebensschilderungen berühmter römischer Kurtisanen. Aussagen über deren Alltagsleben in Rom, über sexuelle Praktiken und zunehmende Probleme ihres »Berufs« habe ich teilweise Marzia oder Gaspara in den Mund gelegt. Auch andere Ereignisse oder Anekdoten, wie sie im Roman geschildert werden – sei es das Tiberhochwasser, bei dem Ninos Bruder Giovanni ums Leben kommt, oder die von Amina geschilderten Hinrichtungen am Campo de' Fiori –, haben sich in ähnlicher Weise zugetragen.

btb

Historische Bestseller von Julia Kröhn

Die Regentin

Roman. 608 Seiten
ISBN 978-3-442-73658-4

Eine wahre Aschenputtelgeschichte aus dem Frühmittelalter: Von Wikingern verschleppt und verkauft, muss die angelsächsische Fürstentochter Bathildis am französischen Königshof harte Sklavendienste verrichten. Doch der Merowinger-König Chlodwig II. macht sie zu seiner Ehefrau und Königin. Aber die junge Frau hat einen mächtigen Feind, einst hat sie ihn zurückgewiesen, jetzt soll sie dafür büßen …

Die Tochter des Ketzers

Roman. 576 Seiten
ISBN 978-3-442-73709-3

Südfrankreich nach den Katharerkriegen: Ein verbotener Glaube, eine geheimnisvolle Reliquie, eine junge Frau, die in stürmischen Zeiten um ihr Leben, ihre Überzeugung und ihre Bestimmung kämpft.

»Die selbstbewussten Frauen haben es Julia Kröhn angetan. Vor allem diejenigen, denen es gelang, in weitaus schwierigeren Zeiten als heute eine eigene Identität zu finden und sie zu leben.«
Frankfurter Neue Presse

»Julia Kröhn nimmt den Leser mit auf eine Reise ins tiefe Mittelalter, und das ist nichts für schwache Nerven.«
Frankfurter Rundschau

www.btb-verlag.de